兰河记忆

酒卫红　著

团结出版社

图书在版编目（CIP）数据

兰河记忆 / 酒卫红著. -- 北京：团结出版社，
2024.1
ISBN 978-7-5234-0783-7

Ⅰ.①兰… Ⅱ.①酒… Ⅲ.①散文集—中国—当代
Ⅳ.①I267

中国国家版本馆 CIP 数据核字（2024）第 018624 号

出　　版：团结出版社
　　　　　（北京市东城区东皇城根南街 84 号　邮编：100006）
电　　话：(010)65228880　65244790
网　　址：http://www.tjpress.com
E-mail：65244790@163.com
经　　销：全国新华书店
印　　刷：武汉鑫佳捷印务有限公司
装　　订：武汉鑫佳捷印务有限公司

开　　本：170 mm×240 mm　16 开
印　　张：30.75
字　　数：584 千字
版　　次：2024 年 1 月第 1 版
印　　次：2024 年 1 月第 1 次印刷

书　　号：978-7-5234-0783-7
定　　价：88.00 元

序　言

◎ 吴效群

　　我跟作者认识,缘于 2017 年初开启、至今未竟的一个大型调研项目《大河心声:1938—1947 年豫东黄泛亲历者影像志》。

　　我的职业是高校教师,在河南大学从事民俗学教学和研究工作。2017 年春节,我带领学生到西华县的女娲城(豫东民众祭祀补天造人的大神女娲的地方)进行民间信仰调查。一天上午,我们在女娲城门前遇到了一位老先生,我们交流,他一会儿一个黄水前,一会儿一个黄水后,不知不觉我们的话题就转到了 1938 年黄河花园口决口事件,转到了 9 年黄泛之于当地严重而持续的伤害。他介绍的情况、悲伤的面容,给我心灵带来极大的冲击。

　　当时,我脚下的那片土地就是黄泛区。1938 年黄河花园口决口,89 万人死亡,390 多万人流离失所,以豫东为核心形成 5.4 万平方公里的黄河泛滥区。有一首诗这么描写新中国刚成立时豫东黄泛区的状况:"百里不见炊烟起,唯有黄沙扑空城。无径荒草狐兔跑,泽国芦苇蛤蟆鸣。"我没有想到,少年时代在历史课堂上让我大感震惊的事件,就这么一下子呈现在我的眼前。我当即决定,我要访谈这些存世的黄泛亲历者,倾听他们的黄泛故事,记录他们的所见所闻、悲伤痛苦。那么多无辜的同胞白白地死去了,他们的控诉和呐喊应该记录下来,教育后世的子孙:幸福生活来之不易,落后就要挨打!

　　如何寻找幸存者,让他们敞开心扉,讲述悲伤的过往? 这是我们自项目开始即面对的问题。我们决定依靠私人关系去寻访,有熟人引见,信任关系大概容易建立吧?

　　在项目进行到第三个月时,我们依靠项目团队一位老师的介绍,认识了酒卫红。为了表示尊重,大家见面都叫她酒姐,我虽然比她年长,但也随大家的称呼叫她。酒姐娘家在太康县独塘乡酒庄村,这个村子 1938 年黄泛时遭到了严重破坏,曾发生过 20 多位酒姓族人饿死在一间屋子的悲剧。酒姐了解了我们的项目情况后,表示欢迎我们去酒庄调查采访。我们在酒庄调查时,她不仅给我们介绍了她家黄泛期间的情况,还带我们拜访了村内经历过黄泛灾难的族人,带我们参观了村子里黄泛灾难的遗迹。

　　这以后,她又两次带领我们去她姥姥家——太康县逊母口镇谢营村,进行访谈拍摄。酒姐姥姥家族太康谢氏,历史上曾出过多位文人、军事家,是中国历史上著名的门阀。唐诗"旧时王谢堂前燕,飞入寻常百姓家""王谢风流满晋书",其中的谢姓就是说的他们家族。由于酒姐无私的帮助,我们对黄泛区的两个家族和村庄进行了较为完整的调查采访,这对我们的项目意义重大。后来,我们专门以酒家和谢家两个家族的黄泛经历制作了一集纪录片,讲述黄泛时没来得及外逃的民众的悲惨遭遇。

酒姐对祖上的历史感到自豪,很是看重,也因此对自己有着更高的要求。她热爱文学,很早便有文字见诸报刊或被电台采用。我鼓励她可以把自己的家世写一写,这对学术研究和文学欣赏都是有价值的。

现在呈现在大家面前的这部作品,便是酒姐几年辛勤劳动的结果。作品就文类而言,应属随笔,整部书在主题上不是特别凝练,但她对家世、身世、农村生活的描写,情真意切,引人入胜,自有一种催人奋进的力量。这是"黄水窝"里历经苦难,仍保持勤劳善良本性的人民坚忍不拔、自强不屈精神的体现。中华民族何以历尽劫难而始终屹立于世界民族之林,酒姐的这本书从一个侧面给出了答案。

作为从事社会和历史研究的学者,我特别看重民众自我发声表达。平民角度的历史宏大叙事,生动具体,娓娓道来,能给人留下难忘的印象,历史是因为细节而被人记住的;另一方面,"仓廪实而知礼节,衣食足而知荣辱",只有当社会呈现出安定富裕的状态,民众才会有更高的精神追求,践行真善美的意愿也会更加强烈。我把自发活跃的民众创造活动视为太平盛世的风向标。

有人形容 1938 年的黄河花园口决口事件,是中华民族永远的痛。可这样一个改变了中国历史进程的大事件,受灾的主体民众都经历了什么?对他们产生了怎样的影响?他们如何评价?这些地方现在情况如何?这些历史和社会研究最为重要的材料存世非常少,也缺乏有分量的研究成果和震撼人心的艺术作品出现。中国有"盛世修史"的说法,从酒卫红女士的发声表达,我认识到沉默的黄泛区已经苏醒,看到了这片沧桑的土地重又焕发了勃勃生机。我相信这以后会有更多更好的黄泛区主题的作品出现。

是为序。

2023 年 7 月 15 日

前　言

记录过去不是为了唤起万般痛楚，而是为了平息一种辛酸。生命中那些不顺和苦难，在叙述的过程中无法绕开。我在回忆当中，想诚心诚意地找出一些潜藏于心的力量，这种力量在现实的羁绊和未来的命运中，能让我逢山开路，遇水搭桥！我的文字若是让你共情流泪，请不要忘记生活中还有很多诗意和美好！在我文字的黑暗和曲折中，请坚信前面会有光明和坦途！

我用含泪的微笑诠释着什么是坚强！讽刺、挖苦、讥笑根本磨灭不了我存在的价值，暂时的困难掩不住我身上积极向上的光芒！几代人沉淀于骨血里的勤劳、淳朴、善良在铮铮作响！我要从困境中寻找乐趣，在悲痛中汲取力量，扬起抗争精神，活成一部出色的乡土纪实！

河水悠悠向东南流去，我出生的小村——酒庄，就依偎在兰河的身旁。她地处大许寨、独塘、毛庄三乡交界处，是那么不起眼，没有人关注过她。但没有人比我更熟悉她、更了解她、更热爱她，没有人比我更有热情去回忆并记录她。我用力不从心的笔触，以杂乱无章、粗陋浅显的文字记录我的记忆，老实坦白地直陈着一切，回忆她的昨天，亲历她的今天，憧憬着她的明天。

酒庄人数十年来的生存状态和生活变迁，是观察时代发展和人生沉浮的一个窗口，也见证着底层社会的艰辛和无奈以及人性的丑恶和善良。酒庄发展到今天的300多人和近千亩良田，勤劳的人们周而复始地耕耘着，人们不再因贫困饥饿而饱受苦难。民以食为天，无论何时，粮食都维系着家乡父老的生存底线，也关系着我们的国运。

一提起农村，人们往往将其跟落后和愚昧联系在一起。"乡村"这个词我比较喜欢，她听起来温情、诗意，承载的是亲切的乡音、乡土、乡情。时代发展到今天，城市吸收了大量的乡村精英，因为城市能给他们提供更好的学习和工作机会。他们漂泊于城市，但他们知道，没有故乡的人，心灵是无处安放的。他们不会忘记家乡，一有能力和机会，便会满腔热忱地回乡建设。数千年的中华文明史，就是一部农耕文明史。乡村文明孕育了城市文明，乡村文明的振兴，又离不开城市文明的支持，城市文明反哺着乡村文明，城乡文明是相互依存的。

我是农民，深知农民之苦！如果把我们的社会阶层用金字塔来形容的话，农民就是金字塔的塔座，他们用看似平凡的劳动，支撑和给养着建筑的上层结构。虽然我文笔拙劣，但只要我拿起笔，就想把笔下所有的文字献给我们最朴实最辛苦的农民！十余年来，我躬耕黄土，日出而作、日落而息，几乎与外界的人类文明绝缘。每天周而复始地从事繁重的体力劳动，手指变得粗糙，皮肤晒得黑红……得益于每晚临睡前的夜读，我的灵魂才不至于被风干。我会在犁地时看到犁铧的锐意进取，从而感悟到生命的意义；在烟熏火燎的做饭过程中，看到苦瓜在被油烹时仍独守其味，顿悟出人生的道理……我会在每一份农活中感知、体味那些与生命有关的深刻命题。晚上我会回忆白天劳作时的感想，奋笔疾书记录下来。当然，我也有脆弱无助的时候，我会在无人的角落，无声地一任眼泪扑簌扑簌地落下来。这时候，脑海中会时不时地跳出那些伟大人物，来给我止痛疗伤。"千磨万击还坚劲，任尔东西南北风"，这类诗句在我的脑海里涌现着，慢慢会抑制我的泪腺分泌，给低谷期的我注入新的活力，让我很快走出迷茫！

我在北国的冰封中漂泊求生过，在南国的椰风中环岛游历过，可人生旅途中再好的景致也抵不过兰河旁的那个村落。因为故乡之于我，是一个精神家园，是呵护和抚慰我心灵、守护我灵魂的自留地。每每念及家乡的一景一物，我的情感之弦就会震颤，文字便会在我的心底流淌。

爷爷喜欢《周易》，他对其中那句"天行健，君子以自强不息"的理解是：人要效法日月星辰刚健运行那样奋斗不息、积极进取。这是爷爷对父亲说的，父亲又传给了我。这就是中华民族历经磨难不倒，华夏文明历经浩劫而传承的一种精神。在这片孕育中华文明和华夏文明的中原大地上，千千万万个像我的父辈、祖辈、曾祖辈一样有着百折不挠、愈挫弥坚精神的人，他们平凡得像路边春风吹又生的小草，生生不息地在生养他们的土地上努力活着。在巨大的困苦和灾难面前，他们有着不屈的民族品格。正是千千万万个他们用粗糙的大手推动着历史的车轮滚滚向前，默默地为实现民族复兴而创造着，他们是社会主义建设的践行者！

一场疫情让我的生活节奏慢下来，让我在整日为几两碎银的奔波中放慢了脚步。我开始记录过去，思考生命的意义和活着的价值。我在村里老人的讲述中、在回忆中走近我那早已故去的曾祖，走近祖父、父亲和过去的自己。

曾祖的敦厚老实，爷爷的乐观仁慈，父亲的自强不息、与人为善、豁达大度，还有他亦庄亦谐、生动有趣的灵魂，无时不在影响着我，潜移默化中，他们早已成为我人生路上的一个个标杆。父亲知廉耻、明是非、懂荣辱、辨善恶，他博览群书，通晓儒家的仁、恕、诚、孝的核心价值观，并对道家的自然之道有独到的见解，同时对佛家宇宙之道的精髓也略有感悟，从而造就了父亲淳厚中刚健自强的人文品格。

他们是平凡得没人会多看一眼的小人物，但他们不愚昧，只是艰辛。他们没有机会成才，终日和泥土打交道，省吃俭用养儿育女，操持生计。他们的生命不卑微，只是人生路径不同。中原大地几千年的文化积淀和璀璨的华夏文明同样滋养着他们的浩然正气，他们的血脉中流淌的是悠悠千古的道德传承。他们吃糠咽菜，衣衫褴褛，瘦弱身躯里迸发出的却是勃勃生机。无论环境多么恶劣，他们在精神上的追求始终没有停止过。穷困、平庸而沉闷的生活，也被他们过得熠熠生辉。他们的一生，不只是从尘世中走过——他们的精神纯洁高贵，内心像哲人一样深邃、充实、丰富，他们的优秀只不过不为人知罢了。

人的生命不过是永恒宇宙中闪现的一颗微粒，肉体和躯壳终会化作一抔黄土，但精神是不朽的！数十年后的我，也将和我的父辈、祖辈一样，归于大地，化作沃土，生长成一片青绿……

乡愁是文学作品的永恒主题！当我飞越山海落脚天涯的时候，想起家乡那么远，我的心突然有点慌了！头顶的天那么蓝，白云仿佛触手可及，而有关故乡的记忆，如这云朵一样向我压来！我要撷取几朵生活的浪花，记录这段过往的岁月——欢乐的、忧愁的，当然也有痛苦的。透过生活的五味杂陈，让文字前的你走近我，陪我一起去翻晒那段发霉的记忆，让它沐浴在阳光之下。

抖音是一个开放的公众平台，这里有我的亲人、朋友以及乡里乡亲，他们都会刷到我。实名坦陈过往是需要很大勇气的，我写那些痛苦的回忆，等同又亲历一次那些彻骨的寒凉，揭开愈合的血痂会连皮带肉地撕扯下来，淋漓地疼！

语言是文学的第一要素，我的文字粗浅无章，可我用大胆的笔触、独特的视角书写赤裸裸的真实、愚昧和保守。像素描、像写生，又有油画真实饱满的色彩。虽然很难将其归类，千头万绪有一些杂乱，但再现了底层人物的生存状态和喜怒哀乐。文字中有我的人生态度，也有我对家乡那片土地深沉、炽热的爱！

观古今，总有那些看似不懂写作，不是科班出身，提笔为之竟成绝唱者。看似不入流的作者，写出来的作品读起来往往更具特色和韵味，因为他们不盲目跟风，能坚持我手写我心。文学最高贵的品质就是真实，千篇一律的传统写作套路容易成为包装华丽的道具，作秀就失去了固有的活力和色彩！我觉得纯自然之态的文字是稀缺的。我就是个农民，不是作家，也不知天高地厚地拿起了手中的笔。我觉得是劳动的过程让我有了创作的灵感，是坎坷曲折的经历让我有了提笔的念头。我不会转弯抹角，就用原生态的笔风，记录自己过往岁月中的生命体验！

我和周岗的结合，不是贫富上的门不当户不对。两个家庭的贫富也没有太大差异，主要是家风、认知、眼界上的差异。我的家庭在农村，思想算是超前的，而他的家庭虽然也在农村，但思想是落后的。我们的结合是两极的结合，所以说才会有新旧思想的碰撞,婚后我才那么痛苦。希望读者能绕过我踩过的坑,在我的文字中汲取到积极向上的力量,在工作、学习、择偶、教育等方面,借鉴到更多有益的东西。

　　人间烟火气,最抚常人心。写作的过程中,我也在抖音平台分享一些篇章。感谢大家对我的支持、理解和厚爱!我的粉友大多是晋、冀、鲁、豫、苏、皖等省的朋友,也有漂泊在全国各地的河南老乡。因为我们的民风民俗和生活经历比较相似,所以大家能在我的文字中找到共鸣。我的文字都是在烟熏火燎中构思,甚至就是在做饭的过程中谋篇布局好,别人吃饭时,我坐下来提笔写就的,然后修改一遍成稿,大家看到的文字都是这样形成的。我是个农民草根,因喜欢文字,有缘和大家相见于抖音平台。离开大家,我啥都不是,大家就是养育我的那片厚重的热土,我就是一棵小草。

　　没有你们的供养,我哪来蓬勃的生命!

　　把盏北望,远隔山海,祝福你们!

　　我深深地爱着你们,希望我的文字能温暖你们。

　　愿为西南风,长逝入君怀!

2022 年 5 月 8 日于三亚

《兰河记忆》跟读感悟

◎ 晨阳暮雪(抖音网友)

> 银城历史耀千秋,璀璨文明万代留。
>
> 地沃物丰福梓里,贤才良士效神州。
>
> 兰河有志入沧海,岸柳无心遮榭楼。
>
> 今看英杰追往事,玉笺情满墨香流。

《兰河记忆》是一部励志纪实文学,作者酒卫红以朴素的语言和热烈的情感,把自己从少年到中年的人生经历描述出来,反映出当时的社会变迁,以及豫东农村民众的生活状况和精神面貌,歌颂了他们勤劳勇敢、努力拼搏、奋发向上的优秀品质。

在丰饶的银城大地上,兰河蜿蜒曲折,悠悠东流。在她的一个转弯处,依偎着一个小村庄,故事就从这里开始。酒卫红天资聪颖,性格倔强,既有勤劳、纯朴、贤良的传统美德,又有豁达、坚强、勇于追求美好生活的现代女性特质。她出身贫寒,却耕读传家,受到了良好家风的熏陶,从小就知道孝敬父母,读书更是刻苦用功。为了减轻家庭负担,她选择辍学回到农村,耕种、养蚕、做生意、做家务,样样精通。同时,不忘汲取精神营养,读书学习,创作文学作品,始终探寻着人生的真谛。结婚后,由于她和丈夫一家人思想观念上的差异,产生了许多家庭矛盾。在感情挫折和贫困的双重打击下,她悲观过、失望过,但坚强不屈的性格让她奋起抗争,向贫穷宣战,向落后的思想宣战,毅然只身进京,谋求发展。凭借智慧与胆量,经过一番艰苦奋斗,她在京城开辟了一片新天地。为了赡养老人、教育子女,她放眼长远,顾全大局,又回乡另谋出路。她和丈夫在家乡进军建筑行业,不怕苦累,诚信经营,做得非常成功。后来,她转战服装行业,巧于设计,精于品质,又做到誉满银城。通过努力让生活水平全面提升,翻盖宅院,购置汽车、房产,子女也进入大学深造,彻底改变了一个贫穷落后家庭的面貌。现在,一家人移居海南省,开启了新的征程,正在描绘一幅宏伟蓝图。

初读《兰河记忆》,耳目一新,如清风拂面。文章语句炽热,饱含深情,细读文字,意境入心,触及灵魂,心境随着阅读而变换,情感跟着故事而悲欢,有时随文而笑,有时掩卷泪流。

《兰河记忆》里的人物形象非常鲜明。周岗与酒卫红成长在不同的家庭环境中,形成了不一样的人生观——一个做事马虎,安于现状;一个追求完美,积极向上。两人看待问题和处理问题时总有分歧。奶奶思想固化,愚昧落后,她的霸权致使儿媳早逝,儿失爱妻,孙失母爱,给他们的心灵蒙上了阴影,给家庭造成了巨大损失。公公邋遢懒惰,事无主见,不思进取,得过且过,他不知道以身作则,带领一家人去奋斗,是这个家庭贫穷落后的关键所在。

《兰河记忆》通俗易懂,感情真切。作者不以华丽深奥的词语成篇,更适合大众阅读。没有跌宕起伏、波澜壮阔的情节,却充满了柴米油盐、家长里短的烟火气息。

《兰河记忆》有奇彩,是农村题材文学中的一面新帜。它选用真实素材,反映最底层人民的喜怒哀乐、恩怨情仇、悲欢离合。《兰河记忆》能鼓舞人心、催人奋进、提升格局。这本书不仅是一部优秀的文学作品,也是一部珍贵的历史文献,它真实地记录了那一时期中国农村的发展与进步,也反映了中国人民坚韧不拔、勇于进取的精神。读完这本书,你的心灵就做了一次完美的旅行。《兰河记忆》让你对豫东文明的魅力和厚重历史有更加深入的了解,并从中获得启发和收获,让你感悟到人生的真谛,更加珍惜当下的生活!

愿《兰河记忆》成为又一部经典,发扬光大,文史永存!

2023 年 7 月 6 日于深圳

《兰河记忆》喜相逢

◎ 吴迎果（抖音网友）

人生没有如果，命运没有假设。我们行走世间，每一段经历都会有收获。有的人，学会了坚持；有的人，学会了付出；而有的人，学会了放弃。

但愿最终，告别的都是过去，到来的都是惊喜。愿每个人，都经得起岁月的波澜，放得下执念和伤害，成长为自己想要的模样。

2022 年 6 月，大姐推荐过来酒卫红老师的《兰河记忆》纪实连载，说："卫红与你年龄相仿，是个很有才华的女子，心性与咱姐妹很像！"

我顺势打开视频，激昂的音乐摄人心魄，朴实的文字写满赤诚。年代背景、家庭际遇、不屈精神……和咱姐妹真是高山流水般契合！

故事娓娓道来，似小河一般，有激流，有险滩。评论区群情激昂，读者各抒己见。我也每期必看，赞完作品翻评论，自己也往往参与评论。就仿佛化身丛林中叽叽喳喳的鸟雀，热情超乎自己想象，大概是封闭交流久矣，有了泄洪的渠道，才突破了极限。

年轻的时候以为，风花雪月是美景；人到中年才发现，柴米油盐皆是诗。仅仅活着是不够的，还需要有阳光、自由和花的芬芳。

在我身边，有千千万万个女性，在自己的一亩三分地里辛勤耕耘，在艰难的日子里挣扎徘徊。她们是女儿、是妻子、是母亲、是儿媳，唯独难是自己！辛劳一生，收获了一脸皱纹，积攒了一身病痛。

相同的年龄，不同的经历，相同的年代，不同的选择！佼佼者也不乏其例，她们勇敢地冲破婚姻枷锁和世俗束缚，坚定地走出去，在他乡的广阔天地，谱写人生新篇章。

酒卫红，无疑是新时代的代表人物，个性倔强，敢想敢干。持家家兴旺，经商奔康庄，把自己活成女人中的典范。少女时代，家中父母言传身教，兄友弟恭，相亲相爱共渡难关；结婚后在婆家，用大爱包容周家老少；北漂期间，用智慧斗骂街女、治龌龊男，义愤填膺替乡亲讨回工钱；为孩子教育计，毅然弃商回家，重新调整思路，开创新事业——包粽子、做水磨石、成立私人定制服装品牌……在她的世界里，通往发家致富的途中,从来不只有一条固定道路,通过努力奋斗,最终成就了小康之家。

有些人来到你的生命里,是教会你爱;有些人,是教会你成长。格局是被委屈撑大的,和平是用斗争换来的。一次次与周岗吵、闹、打,到现在他不服不行,对卫红更是疼爱有加。

心酸楚,眼泪在打转,内心在绞痛,可日子照样过。在我们山西有句俗话:"一个好媳妇,三辈好人才。"在酒老师农业商业齐奋进、过好光景的同时,也顾全了家里老小——体恤照顾老人,让他们老有所养,也把三个孩子教导得特别优秀。我们都在变老的路上,孩子则是朝阳、是未来,更是希望!

酒卫红的《兰河记忆》通过讲述她的经历,启示着读者:草根也有出头日。她的智慧,给人希望、助长勇气,让很多有类似经历的人,心灵不再孤单,未来不再恐慌。

在这热闹又孤独的人间,因为酒卫红,我们天南地北的读者相聚在《兰河记忆》读者群,结识了诸多同频共振的人。恰似一股清流,我们日常的交流,既有说笑,又有雅趣。能共同坚守一份爱与欢喜,给彼此以心灵的慰藉;更能相互鼓励,给彼此以智慧与力量。

正是:

　　　　人生诸多难预料,群友结识在今朝。

　　　　休言繁华如梦幻,也曾一线系惊涛。

又云:

　　　　历尽沧桑过半生,清风杯酒且相逢。

　　　　过往多少伤心事,如今俱付笑谈中。

2022 年 11 月 26 日

赞酒女士

—— 读《兰河记忆》有感

◎ 静笃（抖音网友）

2022年7月下旬，我出差到贵阳，夜晚下榻维也纳酒店，约好谈事的人还没有到达，我便坐在酒店大厅的沙发上，一边等人，一边打开抖音刷视频……

忽然，孙国庆演唱的电视剧《平凡的世界》主题歌《就恋这把黄土》从视频里传出，曲调激越高亢，唱腔浑厚悠扬，经典的旋律让人思绪飞扬。随即跟着视频，开启了《兰河记忆》的阅读，作者的经历让我欲罢不能，不由自主地把《兰河记忆》连载的所有文字读了一遍，而每晚在休息之前跟读续写的《兰河记忆》，便成了必修课。

秋去冬来，春去夏至，转眼一年。趁着近期闲暇，我用了近一周时间，把《兰河记忆》从头到尾重读了一遍，浓浓陕北风情的民歌韵律在耳边久久回荡，《兰河记忆》中悲愤不屈、仰天长叹的呐喊在脑海、在心中挥之不去，我的思绪随着文字与情节飘忽飞扬……

沉重的笔杆几次拿起，又几次放下，想写几句读后感，却不知道从哪里下手，也唯恐亵渎了酒女士的美好篇章。

酒女士的生活阅历丰富多彩，笔下的兰河如诗如画。兰河情怀是酒女士对亲人的思念，对故乡的眷恋，是酒女士心中最柔软的角落。

"不要试图去填满生命的空白，因为音乐会来自那空白之处！踏实进取、积极向上永远是我生命的主旋律。文武之道，一张一弛是我喜欢的生活方式，生活之弦不会永远绷得那么紧，我在岁月里昂首前瞻的同时，调侃、诙谐、顽皮时不时会奏出平淡生活的协奏曲。那些美妙的、刺耳的、平缓的、尖锐的、活泼的、庄严的各种声调组成了乐曲的高潮与低谷。人生真正的意义也就是将生命的低音，推向高潮过程中奏响的一曲生命之歌。该快乐时不要悲伤，悲伤过后，也要学会把快乐找回来。不要总是抱怨生活曲折，那些平凡日子里的苦难和委屈是一个个灵动的音符，正是它们的跳动，流淌成了华彩的乐章。记得泰戈尔说过，只有流过血的手指，才能弹出世间的绝响。"

读着这段极富诗意的语句，仿佛看到一个阅尽生活沧桑仍旧不屈不挠，果敢刚毅中带着自信、睿智优雅中带着成熟稳重的女士,轻盈灵动地款款而来……

她就是红遍抖音平台的《兰河记忆》的作者,也是本书的主人公——出身草根的农民酒卫红!

她用朴实无华的文字表达了对故乡以及母亲河——兰河的深深眷恋之情,娓娓述说着对家中亲人、对淳厚善良乡亲的深深思念之情……

"河水悠悠向东南流去,酒庄依偎在兰河的身旁,她地处大许寨、独塘、毛庄三乡交界处,是那么不起眼,没有人关注过她。但没有人比我更熟悉、更了解、更热爱她,没有人比我更有热情去回忆并记录她。我用力不从心的笔触,以杂乱无章、粗陋浅显的文字记录我的记忆,老实坦白地直陈一切,回忆她的昨天,亲历她的今天,憧憬着她的明天。"

"酒庄人数十年来的生存状态和生活变迁,是观察时代发展和人生沉浮的一个窗口,也见证着底层社会的艰辛和无奈以及人性的丑恶和善良。酒庄发展到今天的 300 多人和近千亩良田,勤劳的人们周而复始地耕耘着,人们不再因贫困饥饿而饱受苦难。民以食为天,不论何时,粮食都维系着家乡父老的生存底线,也关系着我们的国运。"

缅怀着自强不息、积极进取的先人们,他们祖祖辈辈生生不息地在生养他们的兰河之畔努力地活着。

"爷爷喜欢《周易》,他对其中那句'天行健,君子以自强不息'的理解是:人要效法日月星辰刚健运行那样奋斗不息、积极进取。这是爷爷对父亲说的,父亲又传给了我。这就是中华民族历经磨难不倒、华夏文明历经浩劫永存的一种精神传承。在这片孕育了中华文明和华夏文明的中原大地上,千千万万个像我的父辈、祖辈、曾祖一样有着百折不挠、愈挫弥坚精神的人,他们平凡得像路边春风吹又生的小草,生生不息地在生养他们的土地上努力活着。在巨大的困苦和灾难面前,他们有着不屈的民族品格。正是千千万万个他们用粗糙的大手推动着历史的车轮滚滚向前,默默地为实现民族的复兴而创造着,他们是社会主义建设的践行者!"

苦难的生活让聪慧的作者心智早熟,因为懂事,因为心疼父母,为了兄嫂和弟弟妹妹,毅然放弃复读升学的机会,留下终身遗憾,但是无怨无悔……

辍学回家务农,用稚嫩的双肩替父母分担重担。虽然生活艰难,却不忘家训,依然坚持晴耕雨读,笔耕不辍,过着"泥里生活,云里写诗"的充实日子。

带着满腔自信,怀着对美好生活的向往,憧憬着勤劳致富的美好未来,嫁入周家。而周家人愚昧迂腐、顽固保守的家庭现实状况,却给了酒女士当头棒喝!回顾结婚以后在周家的点点滴滴,万般酸楚历历在目……

在此,我们且看酒女士初嫁周家时的状况:

一、婆奶愚昧迂腐、顽固保守,是一个被封建家长制垄断思想毒害得极其严重的女人,小气抠搜,为人狭隘自私、专横跋扈,又贪图权力,唯恐别人夺了她当家做主的宝座,动摇了她的家庭地位。

二、公爹是单传的独生子,从小在长辈的娇惯中长大,养成了四体不勤、好逸恶劳的懒惰习惯,在家中倚老卖老,才四十多岁就想过上让子女端吃端喝的享受生活,家里大小事不管不问,全当甩手掌柜,任凭糊涂老娘胡搅蛮缠、恣意妄为。遇见外事胆小懦弱、毫无主见,被村里的恶棍们捏扁揉圆,肆意欺负。纯粹的"窝里横",地地道道的"煤渣坑儿大王"。

三、婆母因不堪婆奶的无礼虐待,痛恨公爹的不争气、不成器而抑郁成疾,年纪轻轻含恨离世。

四、丈夫周岗幼年丧母,在爷爷奶奶的溺爱中长大。受其父亲影响,既不甘受苦,又不思进取。受封建思想影响,大男子主义意识严重,没啥能耐,正应了社会上那句俗话:要啥没啥,脾气傻大。

五、小姑妹跟随婆奶长大,生活邋遢,好吃懒做。生活习性神似公爹;在待人接物,维系乡邻方面,颇似婆奶。在家人跟前任性自私,对外人刁蛮刻薄,不懂礼数。

但是,即便家庭环境如此不好,依然阻挡不了酒女士热爱生活、积极向上的初心,她的存在就是一种力量、一种鼓励、一种向前冲的勇气,他用事实让周家和同时代的人明白,生活不止有平淡和挫折,更有那份不屈不挠的精神、热爱生活的热情!

"记录回忆不是为了唤起万般痛楚,而是为了平息一种辛酸。生命中那些不顺和苦难,在叙述的过程中无法绕开,我在回忆当中,是想诚心诚意地找出一些潜藏于心的力量,这种力量在现实的羁绊和未来的命运中,能让我逢山开路,遇水搭桥!我的文字若是让你共情流泪,请不要忘记生活中还有很多诗意和美好!在我文字的黑暗和曲折中,请坚信前面会有光明和坦途!"

这是酒女士在周家受尽委屈发自内心深处的呐喊,这是在向旧传统、旧风俗和旧邪恶势力发出挑战的公开宣言……

因为同情,因为承诺,因为仁孝,因为良知,因为教养,因为修养,因为道义,因为礼仪……

当婆奶无事生非、百般谩骂时,她隐忍回避;

当婆奶恼羞成怒、持棒追打时,她胳肢窝携儿落荒而逃,成乡邻笑谈;

当婆奶无理取闹、装疯卖傻时,她义正词严地给予训斥:不痴不聋不做家翁,不恭不敬不为儿孙;

婆奶每一次惹是生非后,她不计前嫌,做了好吃好喝的,依然第一时间先给婆奶送去,奶奶长奶奶短地叫着,嘘寒问暖。

当多次遭遇丈夫不问青红皂白、是非不分的家暴后,她幡然醒悟:"回顾在周家这段鸡飞狗跳的日子,反思自己的短板与不足。错就错在我骨子里的理想主义,总是对人心存幻想,总是想用自己的行动和努力来影响他们,殊不知这些都是他们认知外的东西。"

结婚几年,掏心掏肺的真诚换来的是被刻意欺负、忽略和曲解,但是,婆家人的所作所为以及发生的桩桩事件也让她深深懂得:"一个内心强大的人知道,在风雨来临时真正可以依靠的人是自己。"一味地迁就和忍让,只会让不明事理的周家人得寸进尺,需要收起知书达理的一面,用铁腕果敢的一面来对待周家人,"做人得有不伤人的教养,也要有不被人伤的气场,善良中需要透着锋芒"。

"我用含泪的微笑诠释着什么是坚强!讽刺、挖苦、讥笑根本磨灭不了我存在的价值,暂时的困难掩不住我身上积极向上的光芒!几代人沉淀于骨血里的勤劳、淳朴、善良在铮铮作响!我要从困境中寻找乐趣,从悲痛中汲取力量,扬起抗争精神,活成一部出色的乡土纪实!"

带着对孩子的愧疚和眷恋,酒女士只身进京寻找商机,经过几天的实地考察,她以敏锐的视角关注到菜市场卖菜是可行的,果断决定在京卖菜。从此,一年四季起早贪黑,没日没夜地东奔西走,任凭风吹雨打。特别是冬季,无惧北国的严寒,在冰封的漂泊中餐风啮雪。

为了让孩子快乐地成长,为了在孩子的成长过程中不缺席、不留遗憾,为了让婆奶、公爹两代老人过上体面、舒适的生活,为了生而为人应尽的责任和义务,酒女士不得不舍弃在京摸爬滚打、苦心经营多年的根基和资源,回到生她养她的故乡——兰河之畔。

至此,我们回过头来再看酒女士离京回家后的一系列作为,令人不得不感叹:酒女士真"奇女子也"。不得不拍案称颂,酒女士乃巾帼不让须眉的女中丈夫!

正如酒女士所说:"周家日子在我手中姹紫嫣红了!"

正如酒女士的闺密艳琴对周岗所说:"你们周家烧了几辈子高香,她真是嫁到你家来拯救你们的!你周岗上辈子拯救银河系了吧,要不你何德何能娶到她!"

老辈子人说:"娶一个好媳妇旺三代!"从酒女士嫁到周家后,周家在她的带领下所发生的一系列变化证明,此言不虚!

积德虽无人见,行善自有天知!酒女士祖辈耕读传家,受我中华五千年文明熏陶,深知为人之道——穷则独善其身,达则兼济天下!酒女士经过数十年的奋斗使周家的生活条件得到质的提升之后,致富不忘乡邻,真诚帮乡邻脱贫致富,千方百计给乡邻们出谋划策,为使乡亲的生意早日走向正轨经常废寝忘食。

人间烟火气,最抚常人心。作者写《兰河记忆》的宗旨在于唤醒世人,激励后人!

《兰和记忆》是分章节的散文体纪实回忆录,是一本正能量满满的励志作品,作者别出心裁,写法新颖,不拘泥于陈旧老套的传统手法——写人声情并茂,写物栩栩如生,写景如诗如画。反而是叙事引人入胜,如歌如泣,读后仿佛身临其境,令人耳目一新!

当系统地读完一遍时,你会发现:贯穿始终的主体线条清晰,主体时间分明,人物多而不乱,事件圆满。无论记录多少故事,出现多少波折,主角一线贯穿始终。"我"是中心,是枢纽。"我"的亲人是主体线条,"我"的家是主体团队——娘家、婆家和"我"的五口之家。由此足见酒女士作品的独到之处。

酒女士功底非凡,行文语句朴实无华,更彰显出文化底蕴和内涵:

1. "我"的童年,从九岁就跟随着勤劳善良、睿智博学、知书达理的父亲参加田间劳动,父亲的言传身教影响了"我"的人生。

2. "我"手写我心,书中章节全部是"我"真实的亲身经历,没有虚构,无可复制。

3. "我"写本书的初衷在于唤醒同一时代、同样背景、同一层次、同样经历、同样爱好的人,正所谓"仁者见仁,智者见智",不求观点、看法、目标相同,唯愿"灵魂默契"!

如果有一天你有幸漫步在兰河岸边,你一定会被那美丽的自然风光深深吸引,也会为那独特的文化韵味所打动。《兰河记忆》就是这样一部带你穿越时空、感受自然之美与文化之韵的作品。

60 后、70 后、80 后的你值得拥有,时常阅读,会让你激情澎湃、热血沸腾,忘却苦恼,抛却烦恼,重拾昔日记忆,信心满满地踏上新的征途……

2023 年 7 月 7 日于昆明

目　录
CONTENTS

第四章　情定兰河

第五章　婚后的一地鸡毛

第六章　家贫走他乡——北漂六年

第十五章　我的古风流韵工作室

第十六章　天地有正气

跋

后记

兰河记忆

第一章

悠悠兰河流过往

先辈和曾祖

我的爷爷是几代单传,他四十多岁逃荒回来娶了奶奶,才有了父亲,这一门算是没有绝户。

我出生在豫东太康县一个以酒姓为主的村庄——酒庄,酒姓来历目前有六种渊源:

第一个渊源是源于西周时期廷官酒正,后裔子孙以先祖官职称谓和职业为姓氏。

第二个渊源是源于芈姓,出自春秋时期楚国公族后裔封地,以封邑名称为氏。

第三个渊源源于官位,出自汉朝时期学官博士祭酒,属于以官职称谓为氏。西晋时改为国子祭酒,隋朝时期改为国子监祭酒,为国子监的总管。在祭酒的后裔中,有以祖上官职称谓为姓氏者,称酒氏。

第四个渊源是源于姬姓,出自战国时期晋国君主晋静公姬俱酒,属于以先祖名字为氏。酒氏族人大多尊奉晋静公姬俱酒为得姓始祖。

第五个渊源源于匈奴族,出自汉朝时期甘肃酒泉郡,属于以居邑名称汉化为氏。

第六个渊源源于满族,出自明朝时期女真阿尔吉氏族,源于以氏族名称汉化为氏。

爷爷曾给父亲讲过一个流传于民间的传说:北宋时开国忠臣呼延家受奸臣所害,要被满门抄斩。在汴梁城的一个小酒馆里,有一个年轻的后生常来喝酒,这个后生就是呼延家逃出来的后人。一天店小二随口问他:"客官贵姓?"

后生迟疑了一下,拿起手里的酒壶晃了晃。

周围有人接话:"你姓酒吗?"

当时还在通缉呼延家后代,他不便说出呼延二字,就微微点了一下头。此后酒馆的人再见他,就喊他酒公子。传说中原一带黄河两岸分布的酒姓都是他的后人。

酒氏是一个多民族多源流的古老姓氏,但因人数少,未列入百家姓前一千位。全国共五千人左右。酒姓分布以河南、山西居多。

我的曾祖叫酒学忠,高祖名讳明新,高曾祖名讳魁远,往上溯源名讳端云,再上名讳文雅,酒氏族谱上可考证的就这几代人,我们的家谱记载是元朝至正元年从山西泽州(今山西晋城)阳城迁居河南太康。

太康县有南北两个酒庄,我家住南酒庄。20世纪60年代"大跃进"时期,北酒庄村南发现悬棺五处。村西有五亩地的坟地,曾出土一块祭母石,碑文六百多字,刻石时间是明朝万历年间。酒氏史料稀缺,祭母石的出现给太康酒姓的正本溯源提供了力证。

村旁的兰河是老涡河支流,兰河在太康县境内的马厂乡大施村流入老涡河,新老涡河在此汇流后称涡河。涡河是淮河第二大支流,是历史上黄河夺淮入海的必经之道。

1987年秋冬,举全县数十万青壮年之力人工修建,兰河才有了今天清秀的姿态,她的碧波在绿野中像一条明亮的带子,被拖拽着一路向东南蜿蜒而去。

祖祖辈辈临河而居,这看似平静的河水下,曾涌动过多少彻骨疼痛的记忆!远的都湮灭在历史尘烟之中,而最近的也是震撼世人的大灾难,却真真切切地发生在我的祖辈和曾祖身上。所以在我儿时,爷爷奶奶常常一开口就是逃荒要饭,那些苦难的记忆整整伴随了他们一辈子啊!

1938年6月9日,蒋介石下令炸开花园口大堤,黄河之水真如天上来一样,顺着贾鲁河倾泻而下,咆哮的大水浩浩荡荡奔向豫东南……村里的土坯房和土墙冒起一股白烟,"扑通扑通"就倒塌没了,柴草垛和麦秸垛被水一冲打着旋儿转着就流走了。地势低洼的瓦房也抵挡不住水势浩大"呼啦呼啦"倒在水里。树上房顶上爬满了人,房倒树断,哭爹喊娘嘞,呼儿唤女嘞,哀号片,水里漂浮的物资以及猪、羊等牲口一起一伏地被水浪冲着顺水而下……

全村还有三幢房子没倒,那是村子的制高点,其中有我曾祖的一幢。黄河决口从1938年持续到1947年复堵,我们这儿成了连年灾荒的黄泛区,被淹过的农田土地严重沙化、碱化。村民流离失所,无人耕作,连年歉收。爷爷曾讲过,1942年春,连日的干旱无雨,当时民间都传着"水旱蝗汤"四大灾害,发了黄水发清水——黄水指黄河之水,清水是指雨水,不旱就涝,兵荒马乱没个好时候。这年夏秋之交,遮天蔽日的蝗虫席卷而来。我家在村子西北角,爷爷说从西北袁桥那边,黑压压的蝗虫蜂拥成团滚落入村北的河沟里,把沟都填平了!村民迷信称之为神虫,蝗虫过后寸草不留,多灾多难的中原大地正经历着历史上最苦难的岁月!最终爆发了震惊于世、骇人听闻的1942年"河南大饥荒"!

曾祖父酒学忠就是在这个荒年,到兰河岸边送走我爷爷、曾祖母和大姑去东乡逃荒的。村里还有一些老年人没走,曾祖父也守着自家老屋没走,他把平日省吃俭用积攒的大洋都找了出来。他曾多次站在岸边,看村里谁外出逃荒,就送上一两块大洋让路上零花,然后恋恋不舍地望着乡亲,相互挥着手,看着木筏顺流向着东南远去。

这些情景是邻家近九十岁的常香爷爷讲给我听的,常香爷爷讲起曾祖眉飞色舞,连说带比画,讲到动情处,还学着曾祖父的腔调说话。我问及曾祖父哪来的大洋时,常香爷爷说:"俺和恁(音nen,方言,你、你们的意思)家是邻居,过去人亲啊,我小时候天天去恁家串门,恁老爷(方言,曾祖)品行好,他从不抽老海,他和恁老奶一起给地主种'拉边地'——就是他们出力,地主出生产资料,所得收成地主要八成,恁老爷要两成,恁老奶就恁爷一个孩子,省吃俭用也积攒点钱。"

常香爷爷接着又讲起曾祖父的一些故事。他说每年庄稼收获季节,总有人偷。有一次,曾祖父去看夜,远远看见有人偷割一大捆豆子,他没惊动那人。可因为捆得太大,那人蹲下去晃了几下,怎么也背不起来,他就上前帮把力,助那人站了起来。那人扭头一看是他,就要放下跑。曾祖说:"这时候来,你们家是没有办法了,你背上走吧!"此后他的乐善好施被传成佳话,大家听说后,就对他越发敬重,再没人来偷他的庄稼了!

曾祖父和曾祖母除了种地外,还趁农闲在家熬制碱和小盐卖。酒庄盐碱多,熬制的碱分两种,一种叫糊涂碱,较稀软,当时做水煎包喜欢用这种碱,做馍也常用;另一种叫牙碱,固态块状,卖给富人用来洗衣物,穷人是用不起的。曾祖父和曾祖母靠勤劳的双手积累了一些财富,他们就我爷爷一个独子,所以爷爷得以衣食无忧地读书。

爷爷名叫酒兰香。说起爷爷的名讳,我小时候曾百思不得其解,怎么像古装戏里丫鬟的名字呢?这兰那香的就觉得别扭。出门去玩才得知,村里那么多叫香的爷爷,便觉得更奇怪。我很小就喜欢琢磨事儿,把他们的名字连着叫起来更觉得奇妙!酒奇香、酒常香、酒熏香、酒闻香、酒醇香、酒甜香、酒敬香、酒槟香等。我琢磨着这些名字很有趣,忍不住问父亲:"咱们姓酒,酒本来就香,每个人的名字为啥都带个'香'字呢?""那是家谱上排的字辈,以后你见到名字带'香'字的酒姓人,就是要喊爷爷的。"父亲这么一说,我觉得祖辈续谱时真会找字,这个"香"字排得好,连着酒姓一喊,这名字香得那么绵长而生动!

爷爷1907年出生,1984年农历九月十一日去世。他少时读过四书五经,粗通文墨,通读《周易》,精通六爻八卦;他还打得一手好算盘,我记事时,附近姚楼、韩庙等村的人常跟他学珠算;爷爷能刻各种字体的章印,精通木工,会织各种渔网;村里的织布机、纺车等农耕机具,大家都找他义务帮忙做,建房子搁磨房料也来找他;他略通医术,记得常用药方;他还会裁衣服、炸油条,每到年节人们都排着号找他帮忙。他在人们的眼里仿佛无所不能,当地人送外号"活神仙""万事通""济公"。

20世纪70年代末,当时的人们也没啥娱乐。我记事后,冬天农闲常有年轻人来跟着爷爷学织渔网。趁着一棵矮树杈子,爷爷给他们起好头,他们边学织网边听爷爷前三皇后五帝地讲故事。有时他们问一些问题,爷爷随问随答,话题涉猎历史、自然、科学、易经、百草等。爷爷最爱讲家族里让我们酒姓族人长志气的故事,他们讲得最多的是发生在清末民国初,我们酒家的老二爷酒魁龙,智斗县东刘营大族刘姓的故事。

兰河东岸不远是一个叫刘庄的村子,村里刘姓居多,但人多地少。方圆十里都知道酒庄人少地多,因为酒庄沙碱,薄地多,产值低,有些地块没有被官方登记造册。酒庄在河东有百十亩地,被刘庄的刘姓人觊觎已久。这年又到秋耕,刘家想占这宗地块。两族相争,互不相让,但都拿不出地契文书,刘家人准备倚仗人多势众,强行占有来耕作小麦。

刘庄刘姓和县东刘营是同宗同族,为此事他们搬来了刘营的族人助阵。当时刘营有顶戴举人在朝为官,氏族力量影响很大,是方圆刘姓人有事时的依靠。刘庄刘氏族人放言让酒家人随便去告,拿不出文书这地就是他们的。两族之争闹得方圆数十里路人皆知,大家都觉得刘姓势众,酒姓人寡,酒姓老辈留下的地没有地契,这次说不清要吃亏了,硬争是鸡蛋碰石头,必败无疑。

酒姓族人聚在一起议论此事,光生气,没有良策。这时候老二爷酒魁龙让大家暂且忍耐,说他想起一个人来,可以去寻他试试。当夜他带两个后生,套上马车,拉上礼物,不声不响连夜赶赴开封。这开封道尹一见恩人到来,热情接待,老二爷给他诉说族人被欺之事,需要有地契文书才能打赢官司。道尹给他在拟订好的地契上盖上官印,老二爷拿着这份地契星夜赶回家中。

县衙大堂上,有头有脸的刘家人虽是被告,但皆是满脸得意之色,他们都不正眼瞧一下原告老二爷酒魁龙。只见老二爷不慌不忙地回答县老爷的问话,虽身单力薄,却镇定自若。最后地契一出,刘家人面面相觑,惊诧失色,眉眼都挤在一块,理屈词穷到张口结舌啊!

这开封道尹为何认老二爷为恩人呢?说来话长,这人啊,谁还没点糗事呢!早在老二爷年轻时,道尹那时还没中举,他去赶考时途径太康地界,突然内急,瞅见一片坟院就跑过去隐身坟头。这本是人间常态,可无巧不成书,适逢坟院的几个后人路过,他们瞥见有人在坟头拉屎,觉得坏了风水,遂高声怒骂,非让道尹吃屎给先祖赔罪不可。此地离酒庄不远,年轻的老二爷正好赶集路过。他智勇双全能说会道,一看道尹文质彬彬、气度非凡,此刻却窘得面红耳赤、无言以对,想必是个读书人。再看坟院后人他认识,就拱手作揖上前说道:"兄弟们请息怒!可巧这位是我家亲戚,不承想今日冒犯了众弟兄,我先给你们赔罪了,哪天弟兄们有空到我家吃酒去,我马上把这脏物清走,请兄弟们对我的亲戚高抬贵手!"老二爷本就在附近村庄有些名望,这么一说,那帮人便散去了。

这道尹千恩万谢,说他是要去赶考,并留下姓名,说他日若能榜上有名,还望能有见面之日。多年后,老二爷听说他做了开封道尹,并没去打扰过。这次田产之争,他便想起了道尹。

刘家人怎么也想不到羸弱的酒家人能把官司打赢。此前他们放出口风说,酒家人趁早放明白些,拿不出地契,去衙门就是诬陷了刘家,非办酒家人一个难堪不可,到时让酒家人给他们磕头赔罪又赔地。他们仗着县东有人,故意宣扬此事,恨不得让天下人都知道。借了他们在县西雄踞一方之势,有好事者也等着看酒家人的笑话,都觉得刘家人稳操胜券。

酒家人赢了官司后,老二爷和族人商议决定,在太康西关请三天大戏,凡是乞丐和民间艺人到场都有钱有饭。这样一来,那些唱快板的、唱莲花落的艺人即兴把这个故事编成了曲儿。这曲儿在戏场子一唱,传到刘营,几个上岁数的族中执事听说后,被气得险些送了命。爷爷常常讲完这一段,拖着长腔把莲花落的词儿也说唱下来!

老年人常思过往,一点不假。常香爷爷跟我讲述爷爷和曾祖时也是滔滔不绝。虽然没有时间顺序,想到哪儿讲到哪儿,但记忆思路还是很清晰的。他说曾祖父勤劳能干,是周边村子里出了名的,多少积累了点儿财富,总是引来匪祸。月黑风高的夜晚,总有脚步声在曾祖家院子外走动,曾祖父就会故意朗声喊着爷爷的小名:"金顶,起来,快把枪药装上膛!"他们都知道爷爷平日喜欢打兔子,枪法好。曾祖这么一喊,就听见"噔噔噔"的脚步声随着曾祖父的吆喝声渐渐远去了。兵荒马乱的年月里,就这样成天提心吊胆地过日子,没睡过囫囵觉。可百密一疏,爷爷终是没逃过被绑这一劫。

邻村有一李姓土匪(新中国成立后此匪被枪决),看曾祖家境好,膝下又是独子,便蒙面绑了我爷爷,劫持到兰河东边老涡河西岸的韩桥村。此村有个韩山门,便把爷爷带到了那里,以此勒索曾祖父母。那时绑匪经常在韩山门撕票,善良的曾祖父母无奈,只好拿出积攒的血汗钱赎回了爷爷。

先前我觉得提起曾祖是那么遥远,可听着眼前的常香爷爷念叨着曾祖的为人,突然觉得那么近!常香爷爷口若悬河地讲着,眼里放着光彩,那一件件往事仿佛刻在他脑海里似的,学曾祖的语气时都那么生动。

他说曾祖最爱帮助穷人。村民们陆陆续续东逃柘城要饭,村里有家外姓人季里海,带着家眷,准备乘筏顺流而下逃荒。曾祖父听说匆忙赶上,送他两块大洋让路上用。季家人逃荒回来后,还感念临走时曾祖父的资助(回来曾祖父已离世),便找到爷爷商量认了大姑做干女儿,和爷爷又拜了干亲,直到我们这一辈还是世交,关系非常好。村西还有一家,也是因此和爷爷认了干亲的。

爷爷带着失去生母的大姑和曾祖母去柘城逃荒,把六十岁的曾祖父安顿在没被淹倒的老南屋里(因往南没有出路,就盖了南屋,出路朝北)。因为老屋地基两米,是村里三所没淹倒的老房子之一。《太康县志》记载,1938年黄泛区的章页中有酒庄三间房白骨满地的惨状,白骨满地的房子是另一个同族,纯香爷爷的房子。他家后面是顺香爷爷家,顺香爷爷家后面背靠背是我家祖上的老南屋。全村就这三间房,因地势高,没有被黄水冲塌。

当时爷爷到东乡(柘城)后,隔三岔五地把讨要的吃的或粮食给曾祖送回来。爷爷是村里有名的大个子,一米八几,正值青壮年,他凭着智慧和本事换点粮食,在那个艰难的岁月里,养活着他的家人!

在那个饿殍满地的年代,爷爷给曾祖父的时常供给,却为曾祖父带来了杀身之祸。一次他回家送粮食时,不见上次送的粮袋子,但见曾祖父早断了气,脖子上有卡痕,断定粮食被抢走了!他寻了好多地方才找到个扬叉头,用熬盐的两口缸将曾祖父的尸体合在里面,趁着门前的柳树坑,用扬叉挖土,用手捧黄土草草葬了……

我刚记事时,就知道家门口的坟里,埋着曾祖父和曾祖母。坟的西南角种着两棵柏树,有一大把粗。柏树上结的柏壳落下时,母亲让我们捡起来,放到缝制的袋子里,挂在堂屋的箔篱子上当香料,屋子里便会有一缕天然柏壳香味。我们出门都绕道柏树外侧,特别是夜晚路过时,哥哥总吓我说:"老鬼来了!"我便头也不敢回地拼命往家里跑。

一到冬天,爷爷就躺倚在坟上晒暖儿睡觉。爷爷微张着没有牙齿的嘴,一张一合地翕动着,微微地打着鼾。小小的我喜欢站在他身旁,注视着爷爷的脸。心想爷爷怎么这么胆大呢?都说坟里是鬼,爷爷咋不怕呢?可那时的我哪里懂得,爷爷是完全放松的,幸福地卧躺在他父母身边,所以他会很安详地进入梦乡!

1987年秋,教代数几何的父亲拿起爷爷生前的木业工具,用家里的木板定做了两口棺材。农历九月十一日,爷爷三周年纪念日这天,父亲请来了曾祖母的娘家毛庄镇的毛氏族亲以及村里人帮忙,将长眠在大缸里四十多年的曾祖遗骸,还有棺材已化作黄土的曾祖母遗骸,重新装殓安葬在了爷爷的墓地上方。

爷 爷

1942年,爷爷35岁。夏秋之交的蝗灾过后,他带着曾祖母和十来岁的大姑,跟曾祖父泪别于兰河岸边,用木筏顺水去了东乡柘城。先给大姑找个人家,跟人家讲好,过两年他拿钱来赎大姑,他若不来,大姑就给人家做童养媳。然后他和曾祖母一边讨饭一边找工,还得想办法给家里的曾祖父送吃的。小时候听爷爷讲,逃荒路上卖妻子儿女的、卖田地的到处都是,他曾用胶泥和萝卜给人刻过印章、盖过文书……

1943年秋,爷爷带着曾祖母从东乡回来,村里也陆续回来几个人。水患之后,荒野苍凉、人烟零落,房前屋后长满了野稞(kuo)子。望着黄水褪去后的满目萧条,茕茕独立的爷爷没有绝望,他知道人定胜天,得改造自然,他就裸背赤脚地开始开荒种地。

黄水因为带有巨量泥沙,有"紧搭沙,慢搭淤"的说法,就是所过之处的主流地带,因水流急形成了沙土,俗称泡沙地,肥力非常差。村东兰河两岸都形成了沙地,村西村南村北距离主流远,水流缓慢呈现出了黄河母亲般的温柔一面,她沉积出的黏土和沙土,给我们留下了肥沃的两合土,村里人把这种地块称为"好地"。河东因地势低洼,水流急过之后形成了迂回的水流滞留,干涸后形成了碱地,村里人称为"赖地"。碱地质地坚硬板结,肥力差,种下种子总出不来苗,易涝易旱。

村外的两合土地和稍微淤一点的地,看着表面已经干皮了,但下面像沼泽一般。刚回来时新搭成的土质特别稀软,走上去会漏脚。爷爷就把鞋底上钉两片大木板,增加脚踩地时的受力面积,防止吸脚漏脚。穿着这种特制的"鞋子"去撒一点豆类的小秋种子,秋后寸草结籽,多少有点收成,先保证不饿肚子,慢慢重建家园。秋后比较淤的地块干后收紧就会裂大缝,没有耕作条件,爷爷就把小麦种子撒上去,用大扫帚扫入缝隙,遇到雨水出了苗,那真是天无绝人之路啊!听爷爷说那年的小麦收成很好。

收了小麦种绿豆,那时就绿豆值钱些,家家户户都种。就这样爷爷白天种地,晚上帮曾祖母熬碱卖,夜以继日地劳作着。

一天,充满历史沧桑感的老南屋突然倒塌了。当时曾祖母正在屋里干活,附近有人听到响声,便飞跑着去地里找干活的爷爷……

历经黄水的老南屋是 1916 年筹建的,年轻时的曾祖父为筹备房料,步行跑遍太康县,在县城东北离家六十多里的杨庙集的一个村子,发现有两棵大榆树是做梁的好材料,就跟树的主人谈好了价格。

那时没有架子车,是赶着吱吱扭扭的太平车拉回来的,树又高又大,拉到家往下卸时,曾祖父差点被砸死!曾祖父积攒了半辈子,终于建起了这幢老南屋。

屋里的这两架榆木垛子梁,见证了曾祖父后半生的艰辛和晚年的惨死,也见证了曾祖母的勤劳,爷爷奶奶的苦难。

当时,三间老南屋的房料是很过硬的。垛子梁,三道檩子,方木椽子扣在檩子上,结构均匀合理。垛子梁的大梁、二梁以及三个立柱都是榆木,主梁和二梁是请木工刨圆做成的,大梁的两个立柱和二梁的一根立柱,用榫槽扣合,结实耐用。

俗话说,垛子梁房塌不砸人,是有道理的,只要躲过大梁正下方都能幸免。老南屋倒塌时,曾祖母正在屋里干活,因垛子梁的特殊结构,倒塌时仍然保持挺立的状态,所以曾祖母幸免于难。

爷爷跑回家先把曾祖母解救出来。又在废墟中,把没摔坏的瓦片慢慢扒出来摞好,碱脚砖也捡了出来。梁和檩子完好无损。爷爷清点盘算了一下,准备还用这两架老梁再建造三间堂屋,出路丢在右屋山外往北走。

逃荒前一年,曾祖父和曾祖母去韩庙窑上订过砖头和瓦块,交了一笔定金,那时就想筹备着建堂屋。逃荒回来多次去窑上询问都是没有货,说烧的砖不够分,定金却不想退。曾祖母和他们打了一年官司,多少要回来一部分定金。爷爷又添置了一些房料,找来泥工师傅包工,谈好的就是用两大布袋绿豆做工钱。房子的设计就是用砖压碱脚,碱脚上垛泥墙再往上用土坯,大梁下面用砖,俗称"硬梁垛",山花用砖包墙。

爷爷精通木工,木工活他自己干。房屋的深浅,门和窗的大小全用鲁班尺定尺寸。盖房那年天气不好,连阴雨拖得坯不干延误了工期,两大布袋绿豆都吃完了也没有盖好房。说好的条件也不行啊,人家饿着咋干活呢?民以食为天!爷爷又筹备粮食给师傅,将近一年才把房子盖好。

后来鳏寡的爷爷又娶了逃荒回来的奶奶,奶奶比爷爷小十多岁,一年后生了个儿子没成人,之后又生下了父亲。四十岁的爷爷有了父亲,别提多高兴了。父亲下面有个弟弟,十个月时也病死了。父亲还是独苗,到父亲这一代已是几世单传。父亲到了读书时,表现出了超乎常人的颖悟,他过目不忘,让爷爷觉得很欣慰,后来奶奶又生下两个姑姑。

我出生在 1972 年,记事已是 20 世纪 70 年代末了。全家人住在新中国成立前爷爷盖的这幢老堂屋里。家里人口越来越多,父亲母亲又在老堂屋的后院,给爷爷奶奶盖了两间土坯瓦房。

我们慢慢长大，老堂屋住不下了。1982年冬，父亲和爷爷跑到县东陶母岗买回两棵大槐树，树是风干过的，爷爷量好大小，正好是两架垛子梁的料。父子俩用大锯按尺寸截好，用架子车一趟一趟分装拉回来，运输过程中的困难可想而知。

爷爷趁农闲天天用传统的木匠工具开始搁磨房料，一锯、一锛、一斧、一凿都做得很精细，父亲教书回来连口水都顾不上喝，就在院子里赶紧跟爷爷一起忙活。

每天早上不知道他们什么时间起来的，妈在厨房做饭，我抱着二弟，总是站在院子里看爷爷他们干活。檩条上落满了霜雪，父亲和爷爷哈着呼呼的白气，上身的破棉袄放在一边的柴火上，只穿件破旧的单衣也不寒冷。

1983年过完正月十五，父亲请人包工开始另建新房。房子用了两窑砖砌的三七墙，纯砖木结构，父亲加工了许多木板，铺钉在椽子上面，代替传统的箔材。这样用木板代替箔材建房子在村里是头一家。箔材容易坏掉，木板不但结实还显得非常干净。找的县西孔庄的师傅建的，完成后父亲让大舅用毛笔（大舅毛笔字写得好）在堂屋的房顶木板上记录建房师傅人员名单以作纪念。大舅还笔走游龙洒脱地写下一副对联："金龙盘玉柱，白虎架金梁。"我那时不懂书法，但看出了笔力雄浑、遒劲有力，那字体至今想起来犹在眼前。当时房子墙高一丈三，起五层檐，方圆数里没这么高的房屋，引来鸽子数百，房顶上几乎站满，看起来蔚为壮观！

记事时除了姥姥家的亲戚之外，就是东院的舅爷家。奶奶的娘家弟弟，逢年过节，得去给他们家送饺子和大馍（豫东晚辈给长辈必送的年礼）。逃荒回来的奶奶光犯晕病，嫁给爷爷时，还带着她弟弟一家人。爷爷田产多，就把东院给了舅爷，让他们在涯庄落了户。大表叔比父亲小一岁，他长得一表人才却成家晚。我记事时，父亲给他介绍一个学校老师的亲戚嫁了过来，就是我的大表婶。大表婶懂亲疏，还明理知进退，对年幼的我很亲近。

还有一家亲戚就是我大姑。逃荒回来，爷爷种地有了收成，就去柘城把大姑赎了回来。大姑比奶奶小五岁，能帮衬着下地干活。奶奶刚嫁给爷爷时光犯病，后来爷爷帮她治好了。奶奶不会扎裹孩子，茶饭也做不好，不是灵巧人，就下地干活出力。爷爷搁哪儿哪儿行，无师自通连衣服也会裁，曾祖母勤劳能干、节俭持家，抚育着孙男娣女。爷爷和曾祖母感念奶奶给爷爷熬了个下辈人，宽厚地善待着奶奶的娘家人。当时逃荒回来十室九空，再婚再娶现象多，村里上一代同父异母、同母异父者的家庭很多。

奶奶来了三年后，大姑嫁到了兰河东岸的一个村子。我跟着父亲进城时，路过大姑家，父亲就会拐弯去看看。大姑孩子多，日子过得紧巴。那时我还小，很纳闷大姑怎么看着跟奶奶一样大呢？但我是听到大姑对奶奶喊娘的。小时候我们觉得大姑老了，并不跟她怎么亲近。爷爷常去大姑家，我能感觉得出，爷爷从内心里是很疼大姑的。

　　大姑没有喊过父亲的名字,她都是用非常柔软的声音叫着"兄弟"。印象最深的一次是20世纪80年代的一个初夏,大姑来我们家走亲戚。她不会骑车,步行抱着个买来的西瓜,热得满头是汗。到时已经快晌午了。母亲让大姑用水洗洗脸,给她拿把扇子坐下凉快凉快。父亲听说大姑来了,扛着锄头回来,心疼地说大姑走几里路,还蹚水过河抱个瓜多沉啊!大姑说瓜摊上人家帮她挑的西瓜,下地回来了就切开吃吧!谁知那么大的瓜切开竟是白瓤,我在一旁看着都心里酸酸的,大姑抱了这么远!父亲拿起瓜大口大口地吃着,多年后父亲每每提起大姑,讲起这件事都动容落泪!

　　1994年,大姑因病去世。我那时也就每年几次走亲戚见到她,嘴边的那几句话说完,并没有坐下来认真和大姑聊聊天。后来听母亲说,大姑没读过书,算账却是神速,多复杂的账她都能一口算出来,她人老实,不多说话,但头脑是聪慧的。

　　回忆到这里,我闭目停笔,脑海里晃动的都是故去亲人的影子。有步行蹚过兰河水来走亲戚的大姑;有出了那么多力依然腰板挺直的奶奶;还有染了满身金色夕阳的爷爷,不急不缓地扛着农具朝家里的老院子走来!他总是乐呵呵地张着没牙齿的嘴,哼唱着听不出词的小曲儿,我没见过爷爷愁眉苦脸的样子,他随遇而安的心态永远那么好!

　　爷爷身材魁梧,背微驼,听说他年轻时至少有一米八五,全村第一大个。晚年微胖,细眼长眉,肤色白净红润,额头饱满,耳如元宝,手臂很长,因背微驼伸手过膝。冬夏都是粗布衣服,非黑即白,夏天多穿紫花布(一种米黄色的棉花纺织成的粗布)做的大裆短裤,裤腿长过膝盖,肩上搭一个紫花布的汗巾子,带穗子,穗子像现在衣服上的流苏。

　　相比爷爷,父亲的身材就显得有点单薄,一米七的个头,偏瘦,也是手臂较长,皮肤没有爷爷的白皙。爷爷是那种晒不黑的人,最多皮肤被晒红,但不会变黑。夏天他喜欢光膀子光脚,让肚皮上的肉赘在粗布腰带上。

　　记事时,村头的兰河没有桥,汛期经常涨水,河水清澈见底。我们跟着大人蹚水去河东干活。口渴时,奶奶带着我,卷起裤腿蹚过长着绿藻和水草的浅水区,到水深急流处,就用双手捧起河水喝,甜丝丝的!

　　兰河涨水时,村后的小河沟里都灌满了水,沿沟的鱼塘也都蓄满了水。等下游提闸时,爷爷就在河沟筑个堰,用他的推网堵住堰口,鱼儿顺水而来,几个小时收一次网,总能捕很多鱼。母亲便把爷爷捕回的鱼剖洗干净,用盐腌一下,拌上面粉,在小铁锅里煎,我们都抢着吃锅底上的那几条鱼,因为油都跑锅底去了,那几条最好吃!

　　兰河水往下游流去,每次快断流时鱼是真多。全村男女老少有网的拿网,没网的会用手摸鱼,真是有逮鱼的,有浑水摸鱼的。附近的村民也都闻讯赶来,一河筒子黑压压的,像赶集一样,说笑声不绝于耳。这时候兰河沸腾起来了,兰河成了村民们劳作之余的天然乐园!

　　秋收的时候,最早是肩挑绳背蹚水过河,后来有了架子车,水浅时村民们拉着载满庄稼的车子蹚水过河,水大的时候就转到几里外的王庄桥上过来。冬春两季兰河时常断流。1987年挖河之后,兰河水就日夜不停地四季欢歌了。

没有架子车的年代,爷爷想换俩钱急用时,天不亮就扛上一布袋红薯干,过兰河往东去十二里路的县城余家院卖。爷爷把粮食布袋从左肩换到右肩,说是肩扛,其实颈椎才是真正的支点。侧偏着头,一手抓着袋口,一手晃晃悠悠地甩动着逶迤前行,从后面望去,瞅不见头部,只能看到爷爷的身影蠕动着慢慢远去,我小时曾一度怀疑爷爷的背是那些长布袋压驼的!

余家院粮食市上比土产公司的价格高些,行情不好卖不掉时就去土产公司便宜也卖,到下半晌就回来了。爷爷进城回来会带回几个烧饼和一些水煎包,他到家门口看见我们就找个树墩子坐下来,掏出吃食,两条长胳膊搭在膝盖上,张开没牙的嘴微喘着气,乐呵呵地望着我们咀嚼着童年幸福的味道!

一到麦罢或是八月十五,家家户户就该走亲戚了,总有人请爷爷去炸油条,有时候炸到半夜才回来,主家会让爷爷带十来个油条回家,第二天让我们吃。爷爷炸的油条口感筋道松软,后来无论在哪儿也吃不到那个味道了!爷爷为人随和,没有架子,我记事时,有富人来访,他平常对待,穷人来找他,也会想尽办法解其所难。

1984年农历九月初十晚上,趁着月光,我和爷爷围坐在大篮子旁剥有点发霉的棉花桃子,雨水多棉花都霉了,父亲在旁边抱着六个月大的三弟。爷爷乐呵呵地逗着孙子,到我们这一代不再单传了,爷爷看见三个孙子,可想而知心情是多么高兴啊!

头晚还共享天伦的爷爷,怎么也没想到竟然没有撑到天亮。五更时分我被奶奶的哭声惊醒了,她拍着门说爷爷不行了,让父亲快起来,母亲也起来了,让我看着弟弟。我心想昨晚还好好的爷爷,怎么突然就不行了呢?可一会儿母亲回来叮嘱我看好弟弟,就听到院子里父亲逮公鸡的声音,要捉领魂鸡,我的眼泪一下子就出来了,爷爷真的走了!因为人断了气是要用鸡带路去十字路口送魂的,所以叫领魂鸡。

天一亮村里人就陆陆续续来送纸份子帮忙,他们嘴里安慰着父母节哀,念叨着爷爷在世时的一件件善举,说爷爷一辈子行善帮人,这是老天爷看着呢,不让他老人家受罪,让他跟睡觉一样地走了!这样是好积德,他自己不受罪,亲人也不受累。

爷爷下葬后第四天吃的是黄豆芽,奶奶说:"这是你爷爷刨地梁子(地老鼠)窝掏的豆子,他把豆子埋地里,生的豆芽我扒出来了,以后再吃不上他种的豆芽了!"

我嘴里嚼着豆芽抽泣起来,怕奶奶看见,端着碗到没人的地方哭着吃着,根本不知道咽下去的菜啥味儿。脑海里闪现着爷爷在世时的一幕幕,吃完后,我拿支笔和本子,抱着爷爷给我做的小凳子,躲到没人的地方流着泪尽情地释放着无法抑制的悲伤,并写下一首思念爷爷的长长的谁也未曾见过的诗……

记忆里的柴门

　　小时候跟母亲去姥姥家，母亲和大舅他们谈话中提起姥爷姥姥都是称"咱爸咱妈"，我心里就疑团重重，那个年代我们这里都是说"咱爹咱娘"或"咱大咱娘"，为什么他们的称呼像城里人呢？

　　冬天姥姥家的床单为什么不是粗布而是军绿色呢子料的呢？长大点了母亲才给我讲，她们是阳夏谢氏，是今天的逊母口镇谢营村人，姥爷谢成国，字卫民，生于 1919 年，卒于 1958 年，黄埔军校第十四期学员，作战有勇有谋，工诗善文，可谓文武双全。

　　姥爷自幼聪颖，不到两岁没了生母，其父谢宗鲁又续娶了继母生下三个弟弟。他和同胞哥哥由奶奶抚养，他二叔谢宗敬师范毕业，是国立学校教员。姥爷九岁时，他二叔开始教他读书，就是趁寒暑假在自家客房里学习小学课本，仅用一年半时间就学完了小学课程。他的父亲看他肯学，便出资让他在开封用四年半的时间上完了初、高中学课程，考燕京大学落榜后，考取了黄埔军校。

　　1937 年 3 月 6 日入学，因战情急切抗日需要，1939 年 2 月 1 日肄业，2 月 22 日因抗战军情紧急便上任陆军十三军军士教导队少尉区队长，从此 20 岁的他便开始了戎马生涯。

　　他的军人手册战历一栏记录显示：鄂北隋枣战役，时任少尉区队长，张轸签名盖章；豫南舞阳战役，时任上尉参谋，吴绍周签名盖章；中原会战，时任上尉副营长，廖运周签名盖章；豫西西峡口战役，时任少校团副，廖运周签名盖章。1948 年淮海战役，姥爷在廖运周师部起义后解甲归田。

　　在我儿时的记忆中，有一处比家还温暖的去处，那就是姥姥家。在家不是下地帮着干农活，就是帮母亲照看弟弟，而去姥姥家有好吃的又不用干活，觉得是记忆里最幸福的时光。

　　我们这里的习俗寒暑假都会走两次亲戚，寒假的大年初二是一定要去姥姥家的。再就是麦罢场光地净的时候，也要去姥姥家。麦罢走亲戚母亲一般都是会拖到七月初二之后。因为地多，收麦种秋得很长时间。天热秋庄稼苗子长得快，出来不几天就得锄

一遍,一是保墒,二是锄去杂草。等父亲锄完这些地的时候,就快到农历七月了。母亲会选农历七月初二或是初六走亲戚,这时候就到暑假了。

弟弟们出生之前,父亲一个自行车也带不完我们,走亲戚那天就得拉着一个架子车。先把车厢一遍又一遍扫干净,再垫上凉席,车帮上母亲也要垫上东西,后面扎上一个荆笆,放上一个我们小时候的旧褥子。我们也都换上干净衣服和新塑料凉鞋。母亲穿上干净的鞋袜,父亲总是穿绿色的劳保鞋(俗称解放鞋)和蓝色的毕呢裤子,白色的背心,拿件平时不舍得穿的的确良衬衣,路上不穿,等到进姥姥家的村子之前才用肩上搭的毛巾擦擦汗穿上。

带的礼物是用两个竹篮子装着的,有母亲蒸的白面馒头,早上父亲赶集买的新鲜的天鹅蛋形甜瓜、桃子、饼干之类,炸的油条用柳条穿上摆放在瓜果上面,用干净的大桐树叶子盖着油条,再盖一个干净的大花毛巾。在车厢里坐着的母亲搂着妹妹,我和哥哥背靠背坐在前边没扎荆笆的位置,扶着车子两边的把手,脚在下边夯拉着。遇到爬坡的时候,我和哥哥就会很麻溜地跳下来帮父亲推车。

去姥姥家有十多里路，要过姚楼、张楼、前店和余营这些村子。过了余营，有一条田间小斜路直通谢营小学，我和哥哥走到斜路岔口就不坐车了。因为父亲拉车得走大路，碰见姥姥村的人还得给人家说话掏烟，人家还要问长问短。所以我和哥哥总是走小斜路，一路小跑赶在父母之前早早就进村了，一踏上老寨子洼地里的这条路，就可以看见姥姥家的屋山和篱笆门了，就觉得一股亲切的暖流扑面而来……

我们不等跑进院子，就大声喊着姥姥、二舅。大舅家离姥姥家远点，二舅因小时候发烧，大脑受损人显得有点木讷，他一辈子没成家，和姥姥一起生活。二舅会出来用手解开篱笆门上的链子扣，姥姥也会跟着出来，她总爱系着围裙，看见我们满脸笑容，喊着我俩的名字迎进院子。

我们跑得满头大汗，姥姥赶紧让二舅压水先让我们洗脸，给我们洗好掰开沙瓤的西红柿，拿来她舍不得吃的饼干之类，姥姥会微笑着怜爱地看着我们，坐到院子里那棵大槐树的阴凉下，我们嘎嘣嘎嘣咬着饼干，掉的渣子引来了姥姥家的那群母鸡，姥姥就一手给我们摇着扇子扇风，一手拿着个棍子撵鸡，顺边问着我们家里的近况。

姥姥长得非常漂亮,那时候都快 60 岁了,皮肤还是那么白净细腻,嘴唇红润好看,眉眼带笑温润慈祥。夏天姥姥总是顶一个蓝色四边带着条纹的方巾,穿着自己织染的月白色或者毛蓝色平裁的盘扣偏襟粗布上衣。脖子后的托肩用拱针缝制,针脚平实匀称,衣服都是自裁自做的,姥姥针线活儿好。肩缝到袖口的直直的折痕看起来很显讲究,起翘和腰身都是那么得体合身。姥姥中等身材,不胖不瘦,脚裹了不到一年就放了,所以说不是标准大脚也不是小脚,鞋子都是她自己根据自己的脚型裁制的鞋样子,自己做着穿。姥姥冬天会戴一顶黑色的平绒圆帽子,系着一个深棕色方巾对角叠成的三角头巾,出门时两边披着,围着嘴和鼻子。她除了粗布衣衫还有一件三合一面料做成的偏襟盘扣罩衣,无论新旧还是赖好面料的衣服,姥姥穿出来总是显得那么合适得体,那么干净。

春节去的时候,姥姥家各式各样的小凳子上都会缝制一个干净的小棉垫子。厨房很简陋,说是厨房,其实就是一个大锅加一个小锅的锅台和一个案板,用牛毛毡做顶的棚子,四边二舅用去掉叶子的玉米秆围系(ji)的墙。就是这么一个棚子,姥姥也收拾得干干净净。土灶下漏的柴灰姥姥每天都收集起来,留着用它淋灰水拆洗二舅的被子和褥子床单之类,特别是豆秸和棉柴灰淋水去污力最强。柴草码放整齐,土灶前的小凳子上也缝制了小棉垫子,炊帚、把子、火棍儿、火柴等小物件各放各的地方,看上去很舒服。

每年寒暑假走亲戚,我吃完午饭就和表妹出去玩,跑到大人找不到我们的地方,等天黑透再回来,母亲走娘家没早回来过,都是昏天黑地才到家。那时候的冬天特别冷,一场雪冻化了很多天路都出不来,初二走亲戚早点去趁着不化冻,晚点走趁着快上冻时不沾脚路好走。天黑了觉得父母带着哥哥和妹妹都回去了,才和表妹回来,这样我就能住下来了!所以我小时候常住姥姥家。记得有一次天气不好,下雪了,我听到父母说该走了,就藏到姥姥里间的一个粮食缸里,母亲怎么喊也不吭声,躲在里面就是不出来。那个时候都是正月初九开学,每一次都是住到初八,姥姥会煮上一兜子鸡蛋,让二舅带上把我送回家。

姥姥蒸馒头蒸得特别好吃,春节时蒸玉米面和好面各占一半的发面卷子,蒸一半好面馒头,客人来了吃好面的馒头,客人走了姥姥和二舅都是吃那玉米面卷子,给我馏个好面馒头吃。姥姥喜欢用肉丁炒萝卜菜,放姜葱炝锅,因为我不怎么好吃姜,姥姥都是把姜末切得非常碎,我吃萝卜菜的时候就可以把姜末留下了。

姥姥还经常拿着大豆去一家豆腐店里换那种卤水老豆腐,她喜欢把豆腐放在高粱挺子做成的箅子上先沥去浆水,晾凉切成片放油锅里炸成油豆腐干。我最喜欢吃凉拌的油豆腐干,跟猪肉一块儿炖着也好吃,跟海带粉条炸的小酥肉炖菜更是别具风味。姥姥的油炸豆腐干是我一生挚爱的味道!

成家后无论在老家还是漂泊在外,我的冰箱里总不断油炸豆腐干,因为每每吃豆

腐干时,我都能回味出姥姥忙前忙后的身影,还有她那个用了半辈子的小铝盆里,拌好的散发着蒜黄、大葱、香菜、香油、酱油、醋混合后的诱人味道。姥姥还喜欢把红薯蒸完之后剥净皮,放一点点面粉揉匀醒发一会儿煎红薯糕吃,软糯香甜的感觉现在回忆起来就流口水。

寒假里该准备晚饭时,姥姥就端一瓢红薯干坐到堂屋门口,用剪刀把红薯干的边皮剪掉再剪碎喂鸡,鸡吃完就扑棱扑棱飞上了西墙边上的弯楝树上。姥姥就把没皮的红薯干洗净,掰碎下锅馏,打成糊糊。炊烟袅袅升起来了,我坐在姥姥的旁边,看着灶膛里的火苗映得姥姥的脸庞也红红的,心里好温暖啊!写这些文字的时候,耳边似乎能听到姥姥喊我回家吃饭的声音,她喊我名字的声音里充满慈爱,音节又长又轻。我闭眼穿越时空去回味姥姥的喊声,是那么近,近在耳畔!睁开眼睛搜寻却是那么远,远在天涯!

2007年的农历四月,姥姥出现轻微咳嗽,我和父母还有大舅带着姥姥去县人民医院看病。医院内科的主治医师是父亲的老同学,他给姥姥做完检查之后初步诊断是肺癌晚期,姥姥已经86岁,医生建议保守治疗。

我知道姥姥的时间不多了,心里有说不出的难过。我用电动三轮车带着姥姥在县城的大街上看看,姥姥年轻时可是见过大世面的人啊!她家离县城25里,竟然20年没逛过县城了。

我给姥姥讲述着县城的变化,走到城西刚建好的广场停了下来。暮春的阳光暖暖地照在姥姥慈祥的脸上,她的皮肤依然白皙中透着红润,微笑着,嘴唇还是那么好看,眉眼还是那么美!

　　那天我认真、仔细、微笑着注视着姥姥,端详着她的面容,我要把姥姥的样子永远地留在我的记忆里!那天我真的惊叹一个不做任何皮肤护理,生活在农村的老太太,皮肤竟然没有暗黄,而且不长一点老年斑,姥姥年轻时的皮肤该是多好啊!

　　姥姥是何等聪慧之人,虽然大家瞒着她,但她肯定知道自己的病情!年轻人总有一种永生不老之感,不知道珍惜拥有的一切,谁知来日并不方长!

　　4月底父亲意外烧伤,我和三弟陪护父亲在医院一待90多天。听母亲说,姥姥不让母亲去陪她,让好好救治父亲!父亲出院之前,我赶回去看姥姥,带了相机给姥姥留了个影,姥姥已经骨瘦如柴,她依然那么干净!

　　姥姥硬撑到父亲出院后,没几天就病逝了!

兰河记忆

第二章

河床里涌动的岁月

上河工

为响应国家"兴修水利"的号召，从 20 世纪 50 年代开始到 20 世纪 80 年代末，每到冬天农闲，河渠断流时节，生产队就组织社员挖河，疏浚河路，防范水患，调洪灌溉。最早是锨挖肩挑，人抬河泥上堤，吃的是黑面窝窝，下的可是真力气啊！虽是入冬，工地上热火朝天，一件单衣能汗透，晚上搭个窝棚吃住在河堤。

小时候奶奶一开口不是逃荒跑反就是出去挖河，吃着饭也给我讲她年轻时上河工的苦日子。后来我问父亲过去为啥年年挖河，父亲就打开了记忆的闸门，我才知道如今太康境内的这些河流都是父辈和祖辈们，啃着窝窝头日夜流汗人工兴修而成。

从父亲记事起，祖辈们先后开挖老涡河、新涡河、铁底河、黑河、李惯河、周商永运河。其中新涡河和周商永运河工程最大，新涡河是因老涡河上游故道淤塞废弃，自通许境内青岗河流入太康境内晏城河，老涡河流经太康城南，新涡河流经太康城北，两河于太康县东南马厂大施庄北汇流东去流入淮河。晏城河就是改道后的涡河源头，故此晏城河在太康境内又称新涡河。青岗河上游源头是开封市西姜寨郭厂村附近，青岗河、晏城河就是新涡河的上游。

周商永运河是平地起河，是在 1958 年"大跃进"的背景下开挖的。奶奶在世时常提起挖运河的情景，苦不堪言，这条废弃的河道里，爷爷奶奶曾抛洒了多少汗水啊！当时是有省、专、县三级领导研究决定开发的，当年调集淮阳、太康、鹿邑、柘城、夏邑、永城六县 15 万名劳力，苦战一冬完成了一期工程。

开挖运河原意是引黄南下、调沙河水北上，让县乡河网相连，综合运用，结果开通后与愿望相悖成为一条害河，1961 下半年停航废弃。

"咱们国家的河流大多是西北东南走向，而周商永运河却是西南东北走向的，有悖咱们国家的地理地势，领导们决策失误啊！"父亲的思绪回到了他的儿时记忆，他娓娓道来，当跟我讲述周商永运河工程最终废弃时，唏嘘不已！我听完心酸起来，那是爷爷、奶奶的一段壮年岁月啊！

父亲是 1948 年出生的，爷爷奶奶冬天去河工，父亲就和年迈的曾祖母以及两个更小的姑姑在家。曾祖母个子高，晚年驼背严重，弓着身子也闲不住，平日曾祖母非常疼父亲，舍不得父亲干活。1958年冬天，爷爷奶奶又去挖运河了，曾祖母病得非常厉害，她躺着教父亲和面擀面条，父亲个子小用不上力气，就天天踩着板凳擀面条，正赶上饥荒年代，曾祖母连病带饿没等到爷爷到家就咽了气。

父亲给我说到曾祖母时情绪失控，哽咽了好一会儿才接着讲述。当时青壮年都去挖河家里没人，好在爷爷给曾祖母早就准备了棺材，到毛庄把曾祖母的娘家人请来，爷爷去给生产队说说，端回来一筐子黑窝头，在客人和家里留守老人的帮助下，把曾祖母和曾祖父合葬在了家门口的墓地里。

村旁的兰河是1987年全段治理开挖的。那时，奶奶老了，母亲照看两个弟弟，我在上学，哥哥才17岁去做义务工，父亲在离家十来里路的官桥教书，我们家人口多，还得出钱买义务工。

此前的兰河东岸没有河堤，西岸的河堤也不成形。兰河太小，名不见经传。始于清代，称兰河沟，后经黄泛水冲击，河沟扩大。新中国成立初期治理时称兰河至今。河长38.7公里，流域面积191平方公里。起源于本县西北常营镇西南，流经本县七个乡镇，于县东南马厂乡苏堂村汇入老涡河，而后老涡河与新涡河在大施庄交汇，向东南而去。爷爷记事时听老辈人说曾不成规模地挖过兰河，挖出河床下有水井、房子的根基，河道里曾有几个消失的庄户，老辈人能叫出村庄名字，有朱庄户、李庄户等，黄水来时都逃荒落户他乡了。

兰河因受太康县地势西北高、东南低的海拔落差影响，河床被流水冲积后，所以呈现西北东南走向的自然之态。我能清晰地回忆她的样子，她在广袤的原野上蜿蜒着，没有人为的航标引导，她有一种单纯的、质朴的、天然的美，像沿河两岸不施粉黛的农家女子！

开了春，冰渐渐地融化了，鱼儿开始穿梭，河水也生动起来！河坡上迎风斗霜的白茅草，摇曳着枯干的叶子，点头欢迎明媚春日的到来。夜潮的坡地湿润而松软，茅草在它衰枯的母亲怀里抽出了嫩芽儿来。

进入初夏，水涨起来，小河也就欢唱起来了！成群的小鱼在水中穿梭，两岸的沟渠像兰河延伸的毛细血管，开始源源不断地给周围的村庄输送活力和生机，河水沿着沟渠流淌着，滋润着萋萋芳草，催开了簇簇野花，夜晚的虫蚤蛙鸣，流水声组成了一曲和谐的自然之声。

秋天的兰河是忧愁的，水浅多了，记忆中勤劳的人们把裤腿挽到大腿根儿，从河东往河西，背扛肩挑着沉甸甸的收获。有年长者一手拿根棍子，在水里拄着、试探着深浅，一趟又一趟地运送着能果腹一冬的喜悦！

岸边不远处的芦苇、荻花，还有三三两两的野鸭，在长了一夏的水草边嬉戏着，秋天的晚霞映照着兰河,半河红晕晃动,格外醉人!忙碌一天的庄稼人顾不上欣赏这如画般的美景,他们关心着牛该上槽吃草了;孩子回家看不到大人该哭了;还有沟边用铁蹶子栓紧绳子,吃草的母羊带着羊羔是否"咩咩"叫了,它们急了该带着蹶子回家扒着前腿啃挂在矮树上的玉米棒子了!

秋日兰河更像是岁月写在大地上的一曲乡愁,粼粼的波光闪现的都是这一夏又一夏的故事,在这个成熟的季节里,仿佛每一滴水都是有思想的!

初冬的兰河,静谧而安详,不到三九天,河水是不会结冰的,早晨水面上升腾着白色的雾气,给兰河氤氲出一层神秘的色彩!瑟瑟北风吹来,荻花摇着白头,两岸麦田里的麦苗,裹着霜条儿匍匐在大地上,河堤不远处的旷野上升起一层白色的雾纱,像一条飘逸的带子环绕着小村的周围,村舍如在仙境一般!冬日的田野人踪稀少,兰河略显寂寞和孤独!

1990年,种上麦后村里又派村民去挖河,家里劳力少还得补不少钱,我跟父亲说我去。起早吃了饭,骑着自行车沿着兰河西堤就出发了。这次去挖的是官桥东国道边的以河代沟工程,挖得很深很陡。八家一组,河道不是很宽而显得很陡,我们用箩筐抬土嫌慢,还是用架子车几个人往上拉,前面两边分别站人用绳拉,两侧后边用手推,架子车在45度的坡上爬着。拉到上面心就扑通扑通跳,浑身冒汗,腿肚子酸软。装土时他们还不停地打趣说笑着,笑话一个比一个说得鲜,以此打发着超负荷的劳累和无聊。我机械地脚踩、手舞着铁锹,默不作声地体验着集体劳动的艰辛和快乐。

来时带个铝锅,中午就地找三个坷垃支锅,拾柴烧火野炊,买的粉条豆腐和白菜,炖了一锅汤,买来了馍。出了一上午力,我吃了三个馒头一碗菜。

午饭后就地坐着休息会儿,突然听见有人喊着父亲打招呼,我抬头一瞅父亲来了!自行车把上挂着个网兜子,里面用几层草纸包着炸的小鱼。父亲乐呵呵地问我吃多少饭,我说吃仨馍。父亲说:"能吃就好,不能吃就干不了这活儿。"他说放学时从兰河边过,买的鱼做好了给我送点,怕我累得不想吃饭了。

"卫红,我走了,等干一歇子活后别忘了吃!"父亲又叮嘱几句就去学校了。干到太阳落时收拾一下东西,磕磕鞋子里面灌进去的土,跟着人家骑车回家。睡一夜起来浑身散了架似的疼,咬牙起来接着坚持干,三天过后就不咋疼了。

父亲时不时地给我送点好吃的过来,虽然亲历了人工挖河之苦,但没有体会到饥荒之年,祖辈们饿着肚子出力的味道!

在河工上干了九天,结束了,收获和感悟还是挺多的。这些天下来后再没有身体的劳累不适感,浑身每一块肌肉都是轻快的。看来有些事情,只有经历后才能真正面对,就像第一天劳累过后的酸痛!

在希望的田野上

我们能有今天的幸福生活,得感谢改革开放的春风! 1978 年人均收入不到 50 元,粮食的统购统销,农民的粮食一律按国家定价卖给国家,农民承受着剪刀差。

家庭联产承包责任制的实行,计划经济体制向市场经济体制转变,农民农村农业发生了巨大的变化。1979 年到 1984 年,全国全面推广落实联产承包责任制,农民的积极性空前高涨,粮食产量大幅度增长。

1982 年,我家交完公粮之后,还余粮 2700 斤,母亲笑着说,以后再也不用吃赖面了。责任制解放了劳动力,也解放了农民自身。粮食越来越多,粮票不值钱了,1993 年 1月 1 日,粮票在全国范围内废除,其他票证相继废除。

人民公社的解体与家庭联产承包责任制的出现,使多数地方集体经济瓦解,农民和集体经济的纽带弱化,基层组织处于瘫痪状态,社会稳定性遭到破坏,突发性械斗暴力时有发生,弱肉强食在 20 世纪 80 年代中后期尤为明显地凸显出来。

我们兄妹三人小的时候,父亲整日干劲满满,他努力用他的勤劳改变着家里的经济状况,教育我们好好读书,并对母亲说一定得让我们读大学。联产责任承包制之后,父亲买个农技员手册,天天学习改良土壤科学种田,家里的庄稼长势也比别人家的好,光景一年比一年强起来了!

父亲爱憎分明、勤劳勇敢、能言善辩,当时国家明文规定,三提五统的八项收费加一起不能超过农民纯收入的 5%,许多地方征收此款时远远超过了这个规定。父亲懂政策,就是尽量谨小慎微也难免触动少数人利益,成了少数人肉里的刺儿。

因为几代单传人丁少,祖上的宅院和荒林子比较多,村里土地资源有限,父亲的这些田产自然成了一些有侵略野心的人盯着的目标。父亲不会打架,偏偏他有一身硬骨头,啥事都会论个直理,从来不会谄媚谁,在拳头说话的年代,父亲肯定处处吃亏。母亲的家族虽然大点,但是鞭长莫及。那个时候通信不发达,法制不健全,挨打后又能奈何?明抢暗夺你的财产,霸占你的田产,抢不到就给你毁掉。小时候看着别人用拳头挥向父母却无能为力,常常在教室里读着书,想着家里父母受欺挨打的场景。

记得有一次，我读初二，正好中午放学，吃饭时哥哥来了，他手放在胸前捂着，我问哥怎么了，哥说家里的树被人扒皮毁掉了，父母一吭声又被打了。哥哥的小手指被咬得连着一点皮肉，他已包扎了，刚又去教育组给领导说一下帮父亲请个假，来学校看看我。望着只长我两岁的哥哥离开的背影，我泪如雨下，那种砖头坷垃乱飞，棍棒、榔头、铁锹齐上的噩梦般的打斗场面，一幕幕在眼前闪现……

哥哥目睹过更多父母被人欺负的场景，他住校读初三时，瞒着父母去了东关飞机场的一家少林武校学习散打，等父母知道时他已经去了几个月。哥哥腿上每天绑着几十斤重的沙袋，干活走路也带着，在院子里的大槐树上垂一根很粗很粗的大绳，双手交替握大绳蹭蹭就能攀爬上去。哥哥刻苦训练，曾在散打班拿过冠军。

好汉架不住人多，父母常因寡不敌众挨打。在这样的生存状态之下，父母不顾计生政策的罚款，又生下了两个弟弟。从 20 世纪 80 年代初到 90 年代初的十余年间，家里外患不断，武力冲突时人家人多战线拉得长，连几岁的弟弟都不放过，去袁桥小学的路口堵截着放学回来的弟弟们，恨不得斩草除根。

父亲在毛堂小学教书，那次毛堂的校长听闻有人打父亲并拦截弟弟，校长骑车赶到接走了两个弟弟，从此弟弟就在毛堂读小学。1989 年暑假，因偷割我家红薯秧为导火线的一场恶战，于黄昏时分在村后的桐树林展开，哥哥一人力敌六人未伤，人多势众的对方被灭了气焰。这次以少胜多的械斗基本上结束了我们家长达数十年在村里被欺凌的历史。对我们这个不屈的家族来说有着划时代的意义，也是家族开始走向复兴的一个分水岭！

记录过去是为了平息一种辛酸，不是为了唤起万般痛楚。生命中的那些不顺和苦难，在叙述的过程中无法绕开。我在回忆当中，是诚心诚意地希望能找出一些潜藏于心的力量，这种力量在现实的羁绊和未来的命运中能让我逢山开路，遇水搭桥！我的文字若是让你流泪，请不要忘记生活的诗意和美好！在我文字的黑暗和曲折中，不要忘记前路会有光明和坦途！

没有哪一个国家不保护农业，没有哪一个朝代不懂休养生息。新中国成立后到社会主义过渡时期，在人力物力有限的情况下，为恢复生产走合作社的道路，农民变成了社员，吃大锅饭导致了消极思想，破坏了生产力，内耗严重，未激发个人的活力和效率。1979 年开始，陆续在全国推行家庭联产承包责任制。

解散了生产队分组分地，把牛、马、骡等统计出来分给社员，量少的没法分的卖给社员。我们那儿是 1980 年分的，我才八岁，家后边就是生产队的牲口屋，生产队的牲口是以抓阄的方式分的，父亲抓了一头大红马，这匹马个子高大但干活飘，父亲就转手卖了 300 块钱。正好别的生产队在处理一头骡驹子，父亲添上了 150 块钱也就是以 450 块钱买了下来。那个时候家里要是有一头好牲口，一家人的幸福指数都会飙升。

　　记得小时候在姥姥家住时，后院住的是四姥姥家，她家的一头驴死了，她坐在驴的尸体旁呼天喊地地悲哭，齐耳的短发因抢地而乱得不成样子，被泪水沾得脸上都是，涕泗横流，蓝色的士林布偏襟上衣也没有了往日的周正和整洁，边哭边喊没法过了。那时候很小，理解不了死个牲口咋恁伤心呢？那一幕刻在了我的记忆当中，多年难忘，隐隐中我知道了一头牲口在一个社员家中有多么重要的位置。

　　父亲买的骡驹子长大后人见人爱，有力气能独立拉耙，村里人常围着它说能顶一千多块钱。父亲和爷爷高兴得喜笑颜开，又做了一个大一点的架子车。走亲戚套上骡子，冬天我们可以放个被子坐进车厢里，父亲也可以赶着骡子坐车帮上了！

　　家里自打有了这匹骡子，父亲高兴得不亚于今天的我们拥有了一辆宝马。牲之谓口是对牲畜的敬畏之称，牲口和人口能并称可见牲口地位之高。那个年代牲口是农家最重要的生产资料，也是家里最大的财富，一头好牲口顶几个劳动力。新中国成立初期牲口的地位上升到法律的高度，要是随便宰杀牲口是要负法律责任的，听父亲说我们村里就有人因宰杀牲口吃了官司。

　　骡子和马叫快牲口，驴和牛叫慢牲口，快牲口论匹如一匹马，慢牲口论头如一头驴，骡子拉车或耕地时肩膀处挂的是皮质的护脖怕磨损伤到皮肤，看着也威武好看。骡子不叫唤这点也是讨人喜欢的，不像驴长声嗯啊大叫，俗话说"难听得跟驴叫似的"，可见驴叫声有多讨人嫌！快牲口和慢牲口是不能搭配的，快慢不一致要乱套。快牲口播种又快又直，慢牲口多用来耕田耙地，虽然慢但有力气。

　　喂养骡子的活大多由母亲来干，父亲专门盖了一间小草屋存放铡好的草，趁阴天下雨不干活的时候，炒玉米和黄豆，配在一起去打料。小时候我坐着父亲的车子去打过料，打料屋里的马达一开香喷喷的料味儿就弥漫起来了。

　　马不吃夜草不肥，骡子和马的习性一样，得吃夜草。骡子和牛不一样，骡子是奇蹄动物，牛是偶蹄动物，骡子隔段时间就要切蹄钉蹄掌，牛不用。我们小孩子喜欢围着看，切掌可是个技术活儿，我总是担心那小铲子切着骡子脚上的肉，先帮骡子的腿抬到小凳子上放好，用腋窝顶着铲子上的横把子，咔咔一层一层地切，边儿修得也齐齐整整。

　　小时候什么都稀罕，特别爱看骡子打滚儿。每次骡子干完活下套回来，就被牵到屋后有干土窝儿专门打滚的地方，转儿圈后卧倒左边翻几下，右边翻几下打几个滚儿，看它那神情很舒爽很解乏的样子。

　　父亲拿教鞭激昂文字，捏起粉笔求解方程游刃有余，可拿起使牲口的鞭子就不灵了。二舅是个好把式，我家的骡子是快牲口不好找人家搁犋子，因为村里快牲口不多。二舅总是牵着大舅家的马来帮我们犁地，二舅教父亲如何使牲口，如何犁地开塃，如何耕地耙地。二舅是个细作人，编制的笼头、缰绳都很精致，还把大舅家的那匹马的护脖上坠上铃铛红缨，干起活来铃铛作响红樱飘舞，看上去意气风发，煞是美观！

二舅常来帮忙，村里人都认识他，喊着"老俵"跟他打着招呼，再一夸他使的这一铓子牲口，老实略显木讷的二舅甭提多开心了。二舅是 1955 年出生的人，浓眉大眼，身材魁梧。二舅不光是因为木讷些，还因为赶上了那个特殊的年代，才没娶上媳妇的。

别看平日二舅老实巴交不多说话，可他使起牲口来，却像战场上指挥千军万马的勇士，动作灵敏，眼疾手快！嘴角叼着父亲给他买的红梅牌香烟，嘴里还不耽误喊着牲口们听得懂的官方作业号子，时不时地炸声响鞭，骡马们躬身奋蹄，二舅是一脸的春风得意！

骡子因占了马和驴杂交的优势，泼皮好养，尤其是驴骡遗传了驴的长寿基因，更受人们待见。俗话说铁打的骡子纸糊的马，马真的不好养，喂马得有耐心，马吃草料得细嚼慢咽。

大舅的马到我家就被尊为槽头的上宾，母亲喂得很精细。有一次母亲想着我们家地多活重，别把大舅的马累瘦了，就天天多喂了一瓢精料。结果没等活干完，马得了结症，肚子疼得满地打滚。父亲吓得拉着它赶紧去县城西关的兽医站，兽医给它打吊瓶，又掏出粪便终于给治好了。父亲松了一口气，说要是马死了，可在你大舅面前亏欠大了。

家里这头骡子活儿好吃受也好，很通人性，二舅不来的时候河东的沙地好打耙，父亲套上骡子也能犁耙。有一天骡子拉着耙急着往家赶，收工路上都是耙齿朝上，过村头的小桥拐弯处父亲没撇好缰绳，拐得有点急且土路不平，高岗下洼的耙床一磕一顿的，一不小心骡子被绊倒，一屁股坐在了耙齿上！父亲心疼得掉泪，帮着它拔出耙齿，那骡子闪身站起竟然没惊。后来慢慢地也长好了伤口。父亲至今讲起来眼里还闪着泪花，说当时骡子肯定疼麻了！

回忆到这里，我满脑子都是记忆中那些可亲可敬的父老乡亲。那时的人多容易知足啊！他们穿着破旧的衣服，被太阳炙烤的臂膀裸露着，不怕脏不怕累，只想着顿顿有大白馍吃！

凤阳花鼓戏词里唱"泥巴房、泥巴床、泥巴囤里没有粮，一日三餐喝稀汤，正月出门去逃荒"。记事时，一到春天家门口常来拄着打狗棍儿、背个布袋要饭的，一问不是兰考的就是安徽的。我们这边地多，年景好起来后，要饭的多起来了。要饭的一来母亲就会喊我踩个凳子，去摘下挂在堂屋钩子上的馍篮子，把里面半个的馒头给要饭的，再让我拿着瓢去囤里抓些红薯干给他们。有打呱嗒板儿会唱的，要是母亲不在家，我就站门口听人家唱完，去拿囫囵馒头给他们，他们会即兴来几句顺口溜夸赞我几句。幼小的我就想：他们脑子里的词儿怎么开口就来啊！

数十年来，农民为吃商品粮的人们提供着富足的粮食，让他们的物质基础得到保障，农民自己是种粮食的，却往往食不果腹！

随着包产到户，农民摆脱了集体农业的枷锁，慢慢享受到一定程度上的经济自由。

改革开放之前,农村几乎没有商品交换,种地是农民的唯一职业。开放搞活之后农村的各种市场经济发展起来,农民不再是单一的劳动者。农村的人际关系,社会风气,农民的精神面貌发生了深刻的变化。

"我们的家乡,在希望的田野上……我们世世代代在这田野上生活……生活在人们的劳动中变样……"这首 20 世纪 80 年代火遍大江南北的歌曲,唱出了实行责任制后,农民的喜悦心情和农村的巨变景象,家家户户安居乐业,种田的积极性空前高涨,经济条件也一天比一天好起来!

父　亲

父亲清瘦的身影，是我心中永远的暖！

他是一位乡村教师，博闻强知的他是我一生的骄傲，让我的内心永远有一种取之不竭的力量和底气！

年轻时的父亲生活清苦但很有情调，他骨子里是文艺而浪漫的，走路或者干活的时候，会激情地放声歌唱，在困难面前，他也会用妙趣横生的幽默来鼓舞我们战胜困难的勇气。

围着火炉取暖时，父亲会翻着花样给我们烧烤馍片、红薯、粉条等小美食，我们坐在父亲身旁，流着口水巴巴地等着吃。大雪纷飞的时候，他会给我讲咏絮才谢道韫和芝兰玉树的故事，他常常会燃起木炭，用一个旧筛子放入玉米，戴上破手套在炭火上双手匀速地晃动旋转筛子，炸出一筛子玉米花来。

雨雪天就是我们最幸福的时光，不去地里干活啦！父亲看报纸我们看书，他给我们买了成套的连环画，还给我们订阅了半月刊的《儿童时代》，从小让我们养成了爱阅读的习惯。

看连环画里的伯牙摔琴，让我早早地就知道高山流水、知音难觅的故事，让我在今后的人生道路上珍视友情真诚待人。

读季札挂剑的故事，让我懂得了什么叫诚信，而且在以后的人生道路上，不论做什么事心中都将这两个字铭记于心！

看《命运》认识了贝多芬，为他敢于向命运之神做出的坚定回答和无所畏惧的挑战而感动着！

《外国文学家的故事》让我爱不释手，看了一遍又一遍。从书中我认识了托尔斯泰、巴尔扎克、歌德等一大批伟大的作家和诗人。托尔斯泰教会了我永远说真话、善良、单纯、真实；巴尔扎克让我终身热爱劳动，喜欢工作和创造。同龄的小伙伴都没有书读的时代，我能有这些精神食粮的确是一种幸福，也一直非常感恩父亲对我精神上的富养。

记事起，家里的高粱秆织成的箔就是家里客厅和卧室的屏风，俗称箔篱子。箔篱入口处的麻绳上有一个挂钩挂着一支油光红亮的竹笛，上面刻着一棵青松，下面题写着陈毅的那首赞颂青松的诗："大雪压青松，青松挺且直。要知松高洁，待到雪化时。"青松和字被染成了蓝色，我还没上学父亲就教我会背这首诗了，父亲也常常会取下竹笛吹一些不知名的曲子，虽不怎么专业，听起来却十分悠扬。父亲很喜欢他的竹笛，随着年龄的增长，我好像懂了点父亲似的。

十几岁时去邻居大娘家玩，大娘和奶奶年纪差不多。她说儿时的父亲是十里八乡有名的神童，那时生产队都在一起开会，父亲小小年纪在会场中就显露出了天赋异禀，被十里八乡人称"神童"。每每人夸赞父亲时，细眼的爷爷便乐得没了眼睛！

2015 年我在三家集做水磨石，中午在东家吃饭时，东家因知道我姓酒，是后面酒庄的，就问我父亲是谁。我一说父亲的名字，东家的父亲听到了，那老者接话道："我和你爸是同学，上学时我成绩好，没服过谁，唯独服你爸。上小学四年级时你爸生病了，是痴傻病，你爷爷就这一个独苗，到处求医问药，看了一年才好。他休学一年后，跳级和我还是同班，到期末考试他还是把全班同学甩了好远，老师和学生都稀罕你爸的脑子，咋越病越聪明呢！"

父亲 1948 年出生，1968 年应届高中毕业，实际只读了一年高中，过目成诵的父亲是文理通才，在高中时成绩惊人的优秀，可惜生不逢时！

在 20 世纪 80 年代的豫东农村，门风势力最能凸显出人类的劣根性，那些地边子、落下来的树叶子、柴草等都是当时的珍贵资源，而拳头就是硬道理！上有年老体弱的爷爷奶奶，下有我们姊妹五人，没有叔伯弟兄，单枪匹马的父亲在弱肉强食的丛林法则中，活成了挺直的青松，是何其苦！

坚韧不拔，宁折不屈，刚直豪迈，遇到再大的困难都压不垮，反而愈挫弥坚。父亲常常忙得顾不上吃饭，更不修边幅，许多天不刮胡子时很像教科书里的鲁迅先生，瘦得叫人担心。他棱角分明，消瘦的脸庞在压与挺的抗争中，依然展现出凌厉的热情和坦荡！

父亲有睿智的头脑，敏捷的思辨，犀利的洞察力。年幼的我目睹父亲在社会的最底层，承受着来自精神和肉体的双重碾压，每每想起这些我都忍不住潸然泪下！备尝生活艰辛的父亲，总是在挣扎中坚强地站立着，从小我就深受父亲人格魅力的熏陶和感染！

父亲虽历经坎坷磨难，阅尽人性之恶后，依然宽容平和，真诚善良，平生肝胆，遇人常热！这是最值得我学习的地方，潜移默化之下，这些早已成为自己的人生标杆。我虽是女孩，却渐渐养成铁骨铮铮、临危不惧的个性。

后来在课本中学到了鲁迅先生的作品，愈加觉得父亲有着类似鲁迅的性格，也就更加喜欢鲁迅的作品了，这大抵都是因父亲跟他一样的硬骨头吧！

我记事时，父亲和大姑去逊母口化肥厂拉氨水，那时还是生产队时期，黑色厚实的袋子里装满了氨水，回来稀释后用于苗期灌溉。生产队也买硝铵施肥。尽管人们很努力,可土地依然那么贫瘠,村里的土地大都在兰河两岸,盐碱沙地多,产量低,分那点粮食根本不够吃。

1980年分田到户,我家分了十多亩地,地块零星,有的地方盐碱厉害,种不出苗长不成庄稼,许多地都是打折的,还有不在地亩册的地。

父亲尝试了许多改良土壤的办法,他去逊母口化肥厂买了新生产的碳酸氢铵做底肥,又把那些盐碱重的地方深耕翻晒闲置。那时的兰河冬季总干河,父亲就会抽空去河底挖出一些黑色稀污泥晾晒,等稍微干些之后喊上我,让我扶着车子把,他装污泥土拉到晒闲的田里去。

拉车爬坡时父亲走之字形,他挎上绳袢身子几乎平行于河坡,脚蹬过的印子都成了坑。我脱掉外面的棉袄,棉袄里面套的是一件又破又小的线呢布衫,袖子短半截,一穿袄袖筒子总是跑到胳膊肘上面,干活一出汗俩胳膊拧磨得不舒服。我在后面拼命使劲儿地给父亲推车子,跟着父亲和车子的节奏左扭右摆,吃力地前进着。上了坡风呼呼地吹着,我的棉裤显得非常臃肿,父亲就叮嘱我赶紧穿上袄。等车子空了,父亲就会把车尾巴着地让我坐上,爬上车子的那一刻心里幸福得不得了,想着等下一车我要用更大的力气给父亲推车!

最怕干的活是割红薯秧,拉不动拽不动扯不完。父亲总是趁中午放学去割,他割几沟我一沟也割不到头。快到上课时间了,父亲就赶紧带我回家,匆匆吃了饭赶到学校,等下午放学后,拉着车子带着我下地,我的童年是很少跟小伙伴们一起上下学的。父亲用抓钩锛出来红薯,我就在后面用手抠上面的泥土,撂成堆,我抠得还没有父亲锛得快,他一抓钩就是一个。

红薯分春红薯和晚红薯,春红薯一般拉去地里刮红薯干,晚红薯入窖。收晚红薯时都快到霜降了,那时天真冷,我抠着土,手冻得猫咬似的疼,哈几口热气插袖筒里暖暖接着抠土。天黑得啥都瞅不见了,把架子车扎上荆笆,我就用篮子帮父亲往里面装红薯,然后跟着车子深一脚浅一脚地推着。从河东到家有两三里路,走着走着,下坡的时候,我就拽着荆笆跟着父亲的车一溜儿小跑。

吃了晚饭,父亲点亮提灯,他一个人蹲在那里,把拉回来的红薯中有伤疤的挑出来,好的红薯盖好等着天亮入窖。母亲这时候会解下身上的围裙,让我们张开膀子转着圈打掉我们身上的灰土。打一遍她还嫌不干净,我困得不行,心里埋怨母亲太好干净,挣脱她想睡觉,她就抓紧我不放,嘴里还吵我女孩家不知干净肮脏。母亲还得让我把外面的棉衣脱掉,她会拿到一边再使劲地摔打。那个年代没有电热毯,我钻进被窝蜷缩成一团,母亲便把打干净的棉衣给我盖到二层被褥里面,帮我掖好被子!

秋季收种时间跨度长,不像三夏大忙抢收抢墒抢种。农时错过一天庄稼就不一样。秋夜的星空是最美丽的,我们会在夜空下拾红薯干,枯燥劳作现场会被父亲当成了我们的亲子活动课堂。他给我们科普天文、地理、自然、历史、生物科学领域的小知识，儿时的我觉得父亲的大脑里装着一部百科全书。

父亲让我们先认识浩瀚的银河系、牵牛星和织女星。牛郎星挑着的一双儿女，还有隔河相望的织女星和她身后的梭子星。北斗七星是大熊星座的尾巴，斗口的两颗星相连，朝着斗口的方向延长线五倍的距离就是北极星，北斗星会绕着北极星自东向西规律地旋转，叫斗转星移。小熊星座也叫小北斗，还有一个美丽的星座叫仙后座，我们在北半球秋季就是观察她的最好时节，她由五颗最明亮的星组成 W 或 M 型。秋夜的东南方天亮时会出现猎户座，父亲会随口吟哦杜甫的诗句"人生不相见，动如参与商"。然后教我们辨认猎户腰带上的三颗明星，给我们讲参星在猎户座，商星在天蝎座，两星座不会同时出现在星空，所以杜甫才有那句千古名句。我认识了天空中的很多星座，也从父亲口中听到了许多美丽的传说。

父亲能说出各种农作物被引进中国的时间，以及相关的一些小历史故事。听到蛙叫蛮鸣，他会给我们讲这些小动物的学名和习性，干活时听着父亲的讲解不累也不困！

爷爷在世时，喜欢雨后出去溜达。转一圈之后，两只手里会拿着蘑菇回来，拿不完的时候就用个大桐树叶子包着。小时候就听村里人说野蘑菇会吃死人，不清楚他们是听说还是见过，他们见到爷爷采蘑菇也跟着爷爷问这问那，但他们不敢拿回家吃。而爷爷特别喜欢吃野蘑菇，从没中过毒，他寻回来之后让奶奶包成菜饺子吃，我吃着就问爷爷："这么好吃的美味，他们怎么说有毒啊？"爷爷说："吃野蘑菇得认清蘑菇的种类，大多数人不认识，他们当然不敢吃了，吃错了会中毒的。"

父亲受爷爷的影响，也喜欢寻找蘑菇吃。特别是夏秋两季雨后，父亲从教书的学校官桥回来，走老涡河的西堤，然后再入兰河的东堤，一路上护堤林下面的枯树根多，腐烂的树叶也多，适于各种野生菌类生长。父亲经常采回来的有那种野生的平菇、鸡腿菇，还有羊肚菌等。

深秋的时候，桐树伐过后的根旁常有长得黄亮的小蘑菇，蘑菇的伞顶用水一洗有黏黏滑滑的黏液，我们不知道它的名字，就给它取名小香菇，根部黑细短，吃起来特别滑嫩鲜香。还有野生平菇味道鲜美，比人工种植的平菇香味浓郁得多。

鸡腿菇易长于春夏秋雨后沟旁路边、麦田林地，这种蘑菇长得快老得也特别快，其味鲜嫩肥美。

羊肚菌是一种非常珍贵稀有的食用菌，香味独特，营养丰富，它对生长的环境和温度很挑剔，兰河堤上的坡地常能寻到。

还有一种真菌类的生物也是十分珍贵的食用菌，它能净化血液，预防血栓和中风，增强抗癌和抗病能力。它长老后风干皮内是褐色的粉末，这种粉末对外伤止血效果非常好，清热解毒，能防止感染，加速愈合，而且切片后加清水煎汤服用，对咽炎和扁桃体炎也有很好的疗效。这种菌就是我们俗称的马皮包,学名叫马勃,它嫩时肉质细实白嫩,状如立着的鸡蛋,大的如鹅蛋。

父亲喜欢带着我们去采寻这些,他教我们如何辨认,给我们科普它们各自的生长习性和特点。蘑菇的美味不仅能满足口腹之欲,采寻的过程更是一种乐趣!

不光我们受影响,到20世纪90年代末,下一代的孩子们小时候过周末或者假期,也都喜欢跟着父亲去野地里找蘑菇,这帮孩子采蘑菇的本领一流,每次都是收获满满。我北漂的时候,让孩子跟着父亲两年,他们采蘑菇的本领连我都感到惊诧,出去一顿饭的工夫,总能给我带来惊喜!

母　亲

"非谢家之宝树,接孟氏之芳邻。""初唐四杰"之首的王勃的《滕王阁序》乃骈文中的名篇,是王勃的巅峰之作,此句又是此文中的名句。当时此文影响很大,震动了当时的政界文坛,学界诸子争相抄诵。这两句似乎成了赞颂谢氏的专用名句,"宝树堂"号便应运而生,成为谢氏引以为荣的堂号,母亲的家族便是"宝树堂"。

母亲说她记事时,姥爷教育她,最常说的一句话就是:做人要诚实守信,一定要活出个人样!她小时候并不完全懂这么深刻的话,但母亲说她理解的就是要他们争气,母亲跟我讲起她的娘家时,眼睛是温润美丽放射着光彩的!讲起她的爸爸时,表情是充满敬意的,姥爷热爱国家热爱民族,忧愤成疾于 1958 年去世。母亲那年才 9 岁,后来读完高小,去清集读到初一下学期,就辍学了。

姥姥一人供养他们读书太不易了,1958 年赶上"赖年景",人都饿晕了,之后就是20 世纪 60 年代的大饥荒。二舅体弱多病,姥爷去世时他才两三岁,吃树皮、草根、棉籽等充饥,姥姥独自带着四个孩子的确无力供养,当时母亲成绩优异,校长替她惋惜,跑到家里叫她好几次。

母亲虽说识些字,但跟父亲的博学是无法相提并论的,每每讲起谢氏文化,父亲总是滔滔不绝,王谢风流满晋书啊!唐诗中能看出谢氏文化的影响之大,狂放不羁的李白留有诗句"令人长忆谢玄晖""登舟望秋月,空忆谢将军",诉说了他对谢氏文化的倾慕;"蓬莱文章建安骨,中间小谢又清发"表达了他对谢氏文化的极高赞许。清代文坛领袖王士禛的《论诗绝句》中说李白"一生低首谢宣城"!

母亲比较喜欢讲谢道韫,她知道"芝兰玉树"的典故,知道谢氏儿女该有的样子,她给我讲过淝水之战的故事,知道什么是"运筹帷幄"。母亲遇事时从来不慌乱,这是母亲身上最明显的优点,所以小时候我总觉得母亲不像个农民,而像个大家闺秀。

"似谢家子弟,衣冠磊落",后来读书之后才懂得,母亲的临危不惧,是因为骨子里渗透着她的家族文化呢!辛弃疾的这句词也如影随形地影响着我,为人做事不能辱没了母亲的家族门风啊!

　　母亲不光会做传统的老式衣服,还无师自通地试着裁缝各种新式的衣服。小时候,母亲给我做的小偏襟红格子布衫,我生了颖儿回娘家时,母亲又找了出来给我看,我便拿回去给颖儿穿到一岁多。母亲常常晚上点着煤油灯给我们做棉衣,记得家里最早用向阳牌缝纫机,后来换了个蜜蜂牌的新缝纫机,还有人常来找母亲帮忙做衣服。

　　母亲爱干净,她从不站着梳头,摆上她的带脚的大圆镜子,镜子右下角有朵银白色的梅花,她梳头之后把地上的头发整理得干干净净,室内母亲也天天打扫得没一丁点碎屑。锅灶前后都是整整齐齐,柴火也要捋顺堆好,各类物件井井有条。她衣服的领口、袖口、裤口,该翻绾的也得平展伏贴。

　　母亲是那种慢节奏的人,做饭也精细,我们家要不是这么多孩子,母亲该是个优雅之人吧！她身材高挑、皮肤白净、五官秀美,只是我的相貌不似母亲,她的皮肤天然妆成,雪花膏母亲都没用过,我也受她影响护肤品都很少用。

　　母亲嗓音不错,会唱一些耳熟能详的豫剧段子,还有八大样板戏里的唱段,她有时候做着家务没人时会唱,但有人在场她不唱。母亲曾给我讲过一件伤心往事,说她辍学后被叫到村里宣传队,那时都是唱八大样板戏。一日午饭后女孩子都在一起玩,有人唱段豫剧《花木兰》,母亲也唱了几句替父从军的唱词。别人唱没事儿,母亲一唱就被一个成分好的女孩讥讽了一顿。母亲觉得自己的父亲受了侮辱,和那女孩吵了一架,再不去宣传队了,谁来叫也不去。

　　母亲思想守旧,衣着朴素,从我记事起她就只两件褂子,黑条绒和灰的卡,裤子是灰色和蓝色哔叽,数十年里添置的衣服屈指可数。

　　那时候是早起喝糊涂,中午吃面条,离开这两样没别的。"深红落尽东风恶,柳絮榆钱不当春",有榆钱的日子很短,三两天就过去了,榆树上嫩嫩的叶子就长出来了,母亲就常用榆树叶下面条。

　　院子里有一棵老榆树,能够着的地方的枝条都已经被母亲钩下来吃榆钱了。母亲常喊我爬树去捋榆树叶下面条。我最害怕榆树上的那个榆喇子,密密麻麻的黑黄色的榆喇子,在那个有疤的树干里密集着晒日光浴,我一看见心里又害怕又想吐。没办法,还得爬树,腰里先拴根绳子,就从背着它们的另一侧树干上去。先把钩子挂到树杈上,然后爬上树杈子把钩子放下来,喊母亲挂上竹篮,我把竹篮提上来,用钩子勾着枝条捋榆树叶。捋好了榆树叶就把钩子撩下去,用腰里的绳子系着盛着榆叶的竹篮慢慢往下放。榆树叶还得挑一遍,背面有长瘤子的得扔掉,我们称那种瘤子叫榆娃娃。

　　每天一放学,我就把书包往门口一旁的木橛子上一挂,开门提着水桶走到井旁,桶里留的水倒进压水井里赶紧压,可压着压着还是吸不出水来。母亲听到皮碗子喘气的声音就赶紧跑过来把盆里剩的一点储备水倒了进去,抓起压井杆快速地压,水终于上来了。母亲就交给我来压,我压水时个子低,力气也不够,总是蹦起来用肚子摁着助力压水,把水盆里水缸里都装满水。

20世纪70年代末80年代初的冬天,每家的早饭锅里都是蒸红薯,锅边贴上玉米饼子。红薯堆的中间母亲总是放上一碗自家做的酱豆,里面切入姜末葱花上锅蒸。蒸过的酱豆别样香,出锅后淋入几滴香油,那酱香味儿便随着热气弥漫着扑鼻而来!

母亲把饭掀出来,我们便端一筐子红薯往大门外的空地里,找棵老树倚着一谷堆(方言蹲着),就一块接一块地剥着吃。邻居们这个时候也都端着筐子和汤碗,找个地方谷堆下来了。吃着说着,同辈分的叔嫂调侃着,各家的狗狗站在主人旁等着吃红薯皮,掉下来的馍花儿饭粒儿被鸡捡拾得干干净净,谁家有好吃的紧着给孩子吃点。到中午端着面条就个蒜瓣子或是大葱,吸溜吸溜一个人能吃两大碗,那时一个人吃的顶现在一家人的饭量!

提到美食,现在回味挺馋人的,过完年出了正月就暖和点了,柳芽儿、榆钱儿、槐花陆陆续续都上了餐桌。麦苗在几场春雨的滋润下也返青了,水萝卜棵、羊蹄子棵、荠荠菜、米米蒿、狗儿秧、蒲公英、灰灰菜等都陆陆续续长出来了,菜品真丰富啊!这些菜很适合做蒸菜吃,放大点蒜泥和香油就拌出了蒸菜的灵魂!腌制的新蒜薹配一碟母亲做的豆糁片,食欲大增啊!豆糁有辣的也有不辣的,切片用鸡蛋一炒,那香味儿能飘半个庄子,诱人哪!

新蒜下来时捣成蒜泥放点香油蘸馍吃,越吃越想吃,本来准备吃一个馒头,结果得吃俩。

俗话说"地里活儿成撮,家里活儿没垄(方言音luo,就是干不完的意思)",母亲在家也没闲过,每天收干晒湿缝缝补补到半夜。

我性子急,听到外面小朋友都在玩却不能出去,总嫌母亲慢,心里有怨气。她喊我干活,我总是干着摔打着,五肚子六气,对母亲很叛逆。家里喂的各种家畜都有,都是些张嘴货,很忙人,从来都没有歇着的时候。

我和妹妹很小就帮着母亲出粪,拉垫糠土垫牲口圈,秋后还得扫叶子拾柴火,不光吃的紧张,烧的也不够。霜降后母亲还让我们用长长的竹签子扎杨树叶,扎一串捋到篮子里,因为杨树叶子烧火旺些。

母亲经常使唤我去三冢集的合作社灌煤油,俗称洋油,点灯用,比柴油的烟小,比柴油亮一些。我拎着那种盛过农药的大白铝空瓶子去灌,那时候都是德国进口的3911、1605、1059包装瓶,都是白色的铝瓶子,能装两斤洋油,三毛七分钱一斤;大盐一毛五分五一斤,称两斤三毛一。母亲也会多给几分钱,让买梨膏糖吃,我从小不咋爱吃甜食,买了就带回来。回来后把大盐放在洗刷干净的石臼里捣碎,那种大盐吃起来非常的咸香。

三冢集是逢初五、初十有集,母亲就会提着竹篮去赶集,总是散集了买一篮子东西回来。她说快散集的时候,买这些东西比刚到集上时省不少钱呢!母亲喜欢买些碎的纯瘦牛肉块回来让我们吃,碎牛肉块要比大块的牛肉便宜点,不过也挺好吃,就是有点咸,母亲自己一口也不舍得吃。

她买东西总是算来算去,有些日用品她去了几个集才买回来。她和父亲进个城也是昏天黑地的才回来,买个东西货比三家。父亲不喜欢置办次品货,买啥都是要质量好的,钱不够买不上不买,等攒够了钱再去买,宁缺毋滥。

三家集供销社离我们家大概有三里路,母亲需要我跑腿买东西时,只要不拿瓶瓶罐罐的,我都会骑着自行车去。最早是掏腿骑,后来就学会上大杠了。

因为个子矮,直接掏腿上不去,就用右脚踩着脚踏,左脚点地滑行,滑到一定速度时,左脚踩着脚拐子轴,飞右腿上大杠。虽然让父亲把座子落到底了,可坐上座子腿却短,只能蹬半圈。这时,用脚背勾动脚踏板,左右脚交替配合协调就能骑行自如了。碰到下坡或者是紧急情况,手闸不灵时,就把鞋底伸向没有挡泥板遮挡的前轮,用脚刹车制动。骑车带风不觉得热,就是等到家一下车红头杠脸的,满脸汗就下来了。

夏天的午饭,几乎每天都是捞面条,母亲偶尔也给我们改善生活,就是摊煎饼。用面粉和自家打的红薯淀粉调成面糊,煎出的煎饼看着晶莹剔透,吃起来很好吃,口感筋道。但是一般都得等到阴雨天不忙时,或者冬天农闲的时候才做。摊煎饼慢,母亲摊的供不上我们吃的,面糊快摊完了母亲还没尝呢!现在想不明白那时候怎么跟吃不饱似的,一个人能吃好几张,现在怎么一张就饱了呢?

最爱喝的还是母亲做的老式咸糊涂,就是用手洗面筋的那种。早上吃过饭就把生花生米泡发上,和面醒到中午用手把面筋洗出来备用。将采摘的西红柿、豆角择洗干净并切好,再从地里掐回一大把荆芥,母亲再把从院子里的朽木上采的木耳洗净。母亲喜欢把木耳炒上鸡蛋盛出来待用,然后把豆角切好用盐腌一下备用,把西红柿炒出汤后加一部分面筋水,放入泡好的花生米烧开,顺方向把面筋搅成条状。然后加食盐、五香粉适量,把余下的面筋水全部倒入锅内,等烧开把炒好的木耳和腌过的豆角放入,然后再烧开,停火后再放入荆芥,咸糊涂就算做好了。当然,里面的食材可以根据个人喜好放入,母亲把豆腐炒好,和其他食材一起加入锅中烧开。出锅后用香油、醋等调味料(根据个人口味)加入碗中调和,一个人一顿都得喝两三碗。

刚分地时不够吃,母亲有时会做玉米面饼子,我和哥哥都不喜欢吃,哥哥嫌玉米饼刺喉咙。我们比较喜欢吃红薯面的窝窝头,那种刚出锅的窝窝头,趁热吃起来筋道好吃,窝窝里面放点蒜泥或者辣椒就馍吃更香。红薯面窝窝不能剩,一剩就不好吃了,变得黑硬结实了。

面条是豆面、红薯干面、好面三样掺到一块的杂面,这种杂面擀出来的面条,用母亲摘的被霜打过的红薯叶下锅,在锅里使劲闷一会儿,然后盛出来放点香油,红薯面滑溜,豆面香,吃起来滑爽可口。家里有谁感冒,母亲会擀上一顿好面面条,葱花用盐腌一下然后下锅，出锅盛到碗里再放点醋和香油，就是酸汤面，母亲说吃两碗鼻塞就透气了。

母亲的家族观念很强，见了娘家村里的人都亲，记得有一次她娘家村里有一个人到我们村收废品，中午见了母亲就拐到我们家。那时家里没啥菜，母亲把粉条用热水泡发了一下，然后切长段在锅里撒上面粉放油翻炒至面发黄，这算一个菜；另一个菜是面糊里头磕上几个鸡蛋煎成的鸡蛋饼。做好这两个菜，又给他烙了几张好面油饼。那个时候我觉得衣服穿得很破旧很自卑，家里来了客人，一般就是躲到厨房里给母亲烧火，等客人走了才敢出来进堂屋。

喜欢文字，却极少写给母亲，除了上学时命题作文里必须写给母亲的文字之外，有关母亲的文字，我几近吝啬。

儿时的认知里，总觉得母亲看似温柔却隐藏孤傲，父亲能言善辩有个性，他们俩脾气上来时，谁也不服谁，一辈子也没分出个高下，生活在柴米油盐的烟火里，时有矛盾和争吵，多以父亲包容母亲做出让步得以和平解决。

少时的我总是站在父亲的这边，替父亲帮腔，总想说服母亲对父亲也做出点让步，往往惹得母亲更加生气。她会非常伤心地落泪，觉得白养了我，但过了那一会儿，她就原谅了我。

如今的母亲已经70多岁了，每次我回家，她的眼神都会满是欢喜和温情，她颤巍巍地想着给我做好吃的东西，我就赶紧穿上她的围裙下厨，让她找个凳子坐下说话。母亲是多么爱我啊！我不优秀也未曾是她的骄傲，可她始终视我如宝！我总是以各种不足道的理由拖欠着对母亲的爱！

俗话说得好，不生儿育女不知道报娘恩，当我经历了三天三夜的阵痛，顺产生下大女儿时，我才体会到做母亲的不易，光生孩子就几乎让我拼尽了生命的全部力量啊！

我的女儿体弱腹泻，反复不愈时，每次我都用鼻子去闻女儿的便便，因为那是女儿肠胃健康的晴雨表。女儿生病时，我整夜不眠，生怕睡着了女儿发生不测！

已为人母，我开始悔恨自己曾经的年少无知，悔恨和母亲顶嘴，悔恨苛求母亲的完美时给母亲贴上各种不实的标签。理解了母亲的唠叨和她的不屈，并不是我所简单认为的强势，那是母亲那颗操碎的心，已不能承受苦难生活之重时的呐喊！

年轻时母亲没有走进我的文字，是因为我不懂母亲，而如今，我把母亲请进我琐碎的回忆文字里，可是发现爱太浓，我手里的笔却无力，道不透，也写不尽！

打捞童年趣事

20 世纪 70 年代末 80 年代初,5 岁的我就开始跟着父亲走村后往西北去袁桥学校的这条路了。顺着路,河沟坡上长的都是白茅草,茅草根系发达,冬天用抓钩锛出来的白茅根,吃起来甜甜的,春风吹拂大地的时候,白茅草就该抽薹了,我们俗称"茅燕儿"。

刚抽出来的时候嫩嫩的特别好吃,回家挨吵也挡不住茅燕儿对我的诱惑。小伙伴抽着茅燕儿就开始嬉闹起来,天都暖和了还都穿着小棉袄,热了就解开扣子散热,再热就脱掉。

我站一边很少和他们一起打闹,因为回家会被爱干净的母亲看出身上有土,她会用棍条子敲打我身上的棉衣,棉衣荡着黄土,打过的地方冒着印子,母亲很生气,下次就绝不会允许我再出去玩。

那些伙伴会越玩越有兴致,出汗了他们会把磨破露着棉絮的小袄脱掉。棉衣的袖口擦鼻涕擦得黑亮,比把玩过有年份的古玩器物上的包浆厚得多,能划着火柴。手上皴裂的蚂蚱口子,裹着洗不净的灰痂,看着黑乎乎的。里面的内衣又小又烂缺失了扣子,袖子一揎手臂上都是灰,胸口腰窝上的灰也时不时地因扣子的缺失露了出来,脖子上黑灰到下巴,两条鼻涕虫一伸一缩地动着。

我们村地多,所以家家户户也都比别的村子忙些。爷爷奶奶年纪大了,能帮着父亲干点轻活,重活还得靠父亲一个人干,半工半农两头沉。农闲时父亲没闲过一天,起早搭黑也干不完,除了雨天从来不见父亲坐在家里。算上不在地亩册的赖地,我家有二十来亩,没有机械化全靠人工,别人收完了,我们家还收不完。别人种完了,我们家也种不完,种到上冻还种着地呢!还得圈养家畜积肥攒粪,没有闲着的时候。

1981 年母亲生下了二弟,家里更忙了,但对人丁单薄的我们家却是大喜事,计划生育罚款二百元,父亲很高兴地就交了。母亲每天就是忙着照顾二弟和做家务,我们就干些力所能及的活帮衬着大人。

一入冬,头天晚上就得把第二天早上蒸的红薯洗好,因为早上做饭时间紧,压井又容易上冻。那个时候我嫌冻手,最怕洗红薯,我将红薯倒入压井出水口的石槽内,用扫

帚头来回地搅洗两三遍之后，再用手洗一遍就好了。

　　厨房的准备工作完成了，母亲就把二弟交给我，她开始用掏灰木板把锅底下面的灰掏出来，然后让我坐在锅底门口搂着二弟靠着灶口取暖。母亲用筛子过一遍草木灰，再把滤去杂质的草木灰装进干净的灰布袋内去铺床。

　　母亲铺床也铺得非常讲究，我见过母亲铺床，大褥子上一层小褥子，一层小单子，单子上铺上灰布袋，上面再铺上大片的尿布，得铺得平平整整才算结束，然后她就开始暖被窝。

　　母亲养孩子特别精细，孩子没睡过凉被窝，我搂着二弟靠着热乎乎的灶台，眼皮直打架。二弟睡着了，我两只手扣紧二弟，趴在他身上困得眼睛都睁不开，一会儿就进入了梦乡，母亲暖透了被窝才喊醒我把弟弟抱过去。

　　母亲爱干净、干活细是优点，可对9岁的我来说，哪会去思考这些，心里着急不耐烦，嫌她太细作太慢。

母亲干活时我总是仔细观察,心里总结着她的优点,也记下了她没有时间观念,做事不分轻重缓急的弱点。她的这些不足是我从小就发狠要规避的,所以我就琢磨着怎么又快又好地去做这些事情,这对我性格的养成和今后做事的态度影响很大。

在实践中我早早学会了生活事务中的统筹方法,等上学学到华罗庚的那篇《统筹方法》的课文时,我颇为自得,觉得这些我早就掌握了。

虽然知道心疼父母,可毕竟还是小,看见人家玩就急得慌,我和哥哥都有分工,哥哥放学不帮父亲干活,就得去放养骡子。那时候入冬的麦苗也得控苗发根,就放养牲畜去啃食控制麦苗旺长保留养分。

哥哥每天放学去放一会儿骡子,骡子很听哥哥的话,不用牵缰绳,吃得差不多哥哥一喊它就会跟着回来。记得有一次上早自习,牲口屋没有门,骡子的缰绳不知道咋开了。哥哥挑个忽闪灯,就是用萝卜中间挖个洞,放上棉捻子和煤油燃着,上早自习天还未大亮,挑着忽闪灯可以照明。快到学校时一回头,见骡子跟着他呢,它又想跟着哥哥去啃青呢!

冬天农闲,我的任务就是放学后帮母亲照顾二弟。特别是冬天有月亮的晚上,听见胡同外小朋友喊着"大柳树,砍大刀,你那边勒紧俺挑……"总是急得不得了。有捉迷藏的,有摔跤打斗着玩的,他们嬉笑着玩闹到深夜。那时候夜很沉寂,总有谁家的大人拖着长腔喊着孩子小名一遍又一遍,小伙伴们才约好明晚见,不情愿地结束游戏。

暑假干得最多的活是割青草,中午吃完凉面条怕母亲让我抱二弟,就赶紧挎个篓斗说下地割草去了,其实是喊上小伙伴去地里找个有树荫,或者在碱青地头用铲子划上格子搁方或是搁翁,这是豫东农村的一种土棋。六条线的叫方,四条线的叫翁,翁的玩法简单些,就地取材,草梗、树叶都可做棋子。

玩到太阳快落山的时候,我赶紧去割草。篓斗的三个口,俗称老虎嘴和老虎眼,其中老虎嘴就是指篓斗的大口,老虎眼指篓斗的两个小口。我总是连老虎眼都塞不实,最多把老虎嘴给塞结实。放工路上,同样是割草,人家用铲子把拧着篓斗绳背在后背上;我割的草少,用胳膊挎着就回家了。我因逃滑有点心虚,到家不等母亲吩咐,就赶紧去换淘草缸的水,很有眼力见儿地拿这干那,母亲也就不会因我割草少而吵我了。

兰河自北向南流过村头,拐个弯直奔东流去,河堤的北岸是我们村的地,因一个叫毛的年轻人死后葬在那里就叫毛坟,据说这块地紧嗒(就是闹鬼的意思)。

我小时候就胆大觉得啥都不害怕,当时生产队从东乡请了一个瓜匠来种西瓜,那时候的西瓜个头特别大,最大的有20多斤吧,一般的也有十几斤。那次是我一个人去割草,大中午走到西瓜地,突发一个念头:偷个西瓜吃。

那是我第一次见地里长了那么多西瓜,进城时父亲曾给我买过人家切好的两牙子瓜吃,平日是吃不到的。西瓜地的北头是一个东西长的灌溉沟。这条灌溉沟延伸到的东头连着南北沟直通兰河，当时是干沟没水。我趴在灌溉沟沿看那瓜匠进瓜棚子休息去了，就小心地爬进西瓜地挑了一个最大的拽掉，滚着下坡到沟里面，然后顺着沟滚着走到地最东头的南北沟里。这条南北沟很深，少说也有两米多深。因为多个排水渠的排水都由此通往兰河，所以冲得很深，也比较陡，沟坡上长满了节节草。

我坐下来喘着气想着，那瓜匠怎么也追不到这里，就坐下来，用铲子把西瓜划开一看，大白瓤不能吃，我很失望，累了一身汗也没吃到。很松劲，左右瞅了瞅，这一瞅不打紧，原来不远处风化的土中露出了几根白骨。当时我一看断定是人的腿骨和肋骨，吓得我掂起箩斗飞也似的跑。回头想想，可能是曾经花园口决堤淹死的人。多年之后我一直记得白骨的样子，也没敢跟谁讲过，更不敢独自靠近那条沟。不跟别人讲，一是因为偷生产队的瓜不光彩；二是因为一直觉得对不住那位瓜匠和那个大瓜，没长熟被我给糟蹋了；三是最重要的一点，因为我一直自诩胆大，见到白骨落荒而逃，以后见了小伙伴就没法再吹牛了。

平时和小伙伴一起割草，我们会比谁胆大，那时爱上河坡割草，旋风特别多。小伙伴见了旋风都绕着走，说旋风里面有鬼，传说若是用铲子转一下会有血的。没人敢试，我不怕，曾用铲子无数次地转向旋风，去证实旋风里啥都没有。

记忆之锚抛向童年，接着打捞那些趣事。各家各户都没有院墙，邻居家住着一个奶奶，奶奶的外孙女比我小两岁，是她家的常客。她们吃我家压井里的水，有时候不想上河也在我家洗衣服。在我们的名字都被打上了时代烙印的年代，那个女孩却有一个听起来非常洋气的名字——阿华。

阿华天天找我玩，她皮肤白净，穿得也好看，长发马尾，一瞅就是城里人。那时候城乡差别非常明显，我一年四季都是母亲给剪的短发，剪一次哭一次，嫌母亲剪得难看。

阿华在城里上过一段时间幼儿园，有时候她会跳舞给我看，看她舞动的双臂像飞动的蝴蝶一样美，扭动的腰身像杨柳一样软，等她回家后，我也学着她的动作跳。她有时候也和小伙伴们斗嘴，她争执不过的时候就会随口来一句"乡呱子"，小伙伴会喊她"街皮子"。说实话，我也讨厌她称我们是"乡呱子"，只是我想跟她玩，不想跟她太过不去，但心里是不悦的。

阿华每天在我家，不到睡觉时间不回家。一次在我家玩，我提议去村北头的甜秫秸(音 jie)地偷一根吃。小时候我们这边不种甘蔗，只种一种比甘蔗节长的甜秫秸，没有甘蔗脆。阿华也说想吃，我俩就趁着月黑风高，顺着棉花地拱进了甜秫秸地。我小声对阿华说哪一根粗掫哪一根，我咔的一声掫断了一根，夜静响声真大！

甜秫秸的主人听见响声大喊一声"谁"，就开始往这边追来！我赶忙拉起甜秫秸喊着阿华跑，阿华掫倒了的甜秫秸没来得及拿起来，我俩顺着棉花备垄跑。

快出地头时，我说咱俩反方向往东跑，因为往西是直接回家的路，往东得蹚过一条河沟,绕一圈才能进村回家。追我们的人不可能往东,很可能往回家的方向追!

拉着甜黍秸一口气跑到河沟旁,阿华怕水,我用甜黍秸量着水深,牵着阿华蹚过河沟,分吃了甜黍秸。

我回到家时,家人都睡了,怕母亲听见动静,就蹑手蹑脚地摸黑找到衣服换了,把湿衣赶紧洗掉。

1983年夏天,爷爷在自留地种了很多黑色品种的狗腰南瓜,地头离村子很近,种别的庄稼鸡叨羊嚼的不成,种南瓜好猪都不去啃!

新摘了绿豆,母亲让我去拽个南瓜回来熬粥。我挑个挂白霜的,双手抱着从地头的河沟子里爬了上来。村里一个双目失明的爷爷,天天一个人坐在树林下的椅子上乘凉。我从他身旁过时,突然冒出一个念头,假装给他送南瓜看他啥反应。我喊了声爷爷,他很高兴地答应了。我说给你个南瓜吧,他连声说好,把手里拐杖放地下,伸双手准备接南瓜,我却不作声了,抱着南瓜边走边回头看,他伸着的双手好一会儿才收回去,脸上的欣喜又恢复了往日的木然。我的心紧了一下,下意识地站了一会儿,却没有回头去送给他。回到家里心里很不好受,总是忘不了他欣喜之后失落的表情,很后悔,不该戏弄一个可怜的老人!

再去自留地也不敢从那片树林里经过了,虽然他看不见我!也曾不止一次地想拽个更大的南瓜真的给他,并想给他认个错,可终究没有勇气!

不久他去世了,这件事像根刺一样扎在我的心里,我慢慢长大,憎恨着自己的年少无知,怎么能去欺骗、奚落一个因病致盲的老人呢?怎么能让不幸的他再去感受人间的凉薄呢?这种内疚伴随着我长大,每每回忆起来就成了一种精神折磨!

看到别的小伙伴会骑自行车了,我就宁愿两个中午不吃饭,在打完麦子的场里蹚了多少圈也记不清了,也非得学会!

先学会了掏腿蹬半圈,常常一紧张只顾脚下蹬,怕车子歪倒腰就不自觉地往回拧,腰一使劲手一硬方向就把死了,一猛子就扎进了场角的麦秸垛上,扎麦秸垛摔一下不咋疼,爬起来没事。摔地上是很惨的,腿磕破皮也只是唏嘘几声没有哭过,但是有一次膝盖处的裤子磕破了,心疼得哭了。因为腿破皮很快就会长好,可裤子烂了,连条替换的都没有。

从小就羡慕有姐姐的伙伴,她们可以穿姐姐穿小的衣服,每年也就是过新年的时候,母亲会去三家集的合作社扯上方格的那种线呢布料,做成上衣和裤子,总觉得线呢布不结实,袖口和边角老是先磨破。七八岁时的夏天,母亲还让我光着个脊梁,我就天天跟母亲闹,母亲才去合作社买了两件碎花不带袖的针织汗衣给我。

哥哥长得快,他穿小的衣服,母亲就让我穿,我觉得穿男孩子的衣服人家会笑话,虽是满脸不高兴却还是得穿。那时候还没有弟弟,上面有一个哥哥,下面有一个妹妹。

出门总有人逗我，老大娇，老小娇，你看你妈带你不娇，穿的吧紧着哥哥，吃的吧紧着妹妹，你是要的，你赶紧找你的亲娘去吧！

我知道他们是逗我，也不吭声。父母的确很节俭，我知道他们攒着钱是计大事呢。

母亲不舍得让我们穿好的，但吃的方面，还是比别人家孩子要强些，因为母亲常说一句话，冻不着就行了，但得吃好，正长着呢。

母亲有一个攒钱的小罐子，上面有一个小锅拍盖着，又用一个两头圆中间方的太平车上的车轴压着，我打开看过里面成捆的一元的五角的一角的纸币，但是我从来没有拿过一张。虽然有时候拨浪鼓的声音吸引着我想去买，江米糕的味道诱惑得我咽口水，但我从没动过一分钱。去地里偷瓜吃是因为打小就听说过那句话"青瓜李枣，谁见谁咬"，长在农村的孩子偷吃个瓜果没多大错，最多逮着回家挨一顿打，但钱是绝对不可以随便拿的，不论自家的还是人家的。

母亲攒了好久的钱，就是想买一个架子车轮子。爷爷因背驼，走路时总是用左臂绕过后腰挽着右肘，这样可以平衡一下他因驼背而前倾的身躯。在没有架子车的年代，独轮车不是家家有的，爷爷大多是徒步负重去十里开外的县城卖粮食，或进行货物交换，家里能有个车该多好，爷爷就不用再拖着沉重的步伐肩扛粮食了！

车轮子终于买回来了，爷爷和父亲做了一个架子车。从此，爷爷和父亲躬身驼行的背影，在我的记忆中越走越远了！

架子车的出现，对当时落后的生产力，可以说是个飞跃式的大发展。大人们用它拉庄稼和其他货物更方便省力了。孩子们也是极富创造力的，我对上一个架子车，你对上一个车轱轮，喊上几个小伙伴，把车轮用绳绑到架子车的右车把上，坐上用脚左右蹬着车轮杠试试拐弯自如，一辆四驱儿童游乐车就算大功告成了！江山轮流坐，一人驾驭，几个人在后面推，推到下坡滑行时都趴在架子车后面把腿荡起来！

有了架子车，每到冬日农闲，父亲就趁星期天拉着装有红薯干，或者需要变卖的粮食去县城里的集市或者是酒厂去卖。父亲赶集是我童年里最大的期盼，他无论卖东西、榨油，还是弹花都会拉上我帮他看车子。总是在车前边给我留一块地方铺一件旧衣物让我坐好。年轻时的父亲便健步抬起，麻辫子袢绳在他的肩上随着他的步伐一松一紧地起伏着。绳一紧，我心也跟着一紧，提着气身不由己地往上抬！上坡时，袢绳深深地陷在父亲肩头的衣肉里，我就不顾父亲的反对跳下来，跑后边拼命地帮父亲推车！

到了集市口，找个停车的空档，满头冒汗的父亲口里哈着白气，一刻不歇着，赶紧解开他那洗得发白的灰涤卡制服的上口袋扣子，从里面掏出零钱来，去切点牛肉加一个大热烧饼让我一边吃着一边看车子，他去打听行情。那一刻，我觉得我是世界上最幸福的孩子！

父亲对精神层面的追求一直高于物质层面。阴雨天不能下地的时候，父亲喜欢坐在屋里看书,家里有很多报纸和《人民文学》《奔流》等期刊。父亲也是村里第一个有收音机的人,夏天晚饭后,在场地上乘凉,半个村的人都来听父亲的收音机。到20世纪80年代中期,家里的藏书已经很多了,《道德经》《弘一法师》《四大名著》《关汉卿》《三言二拍》,莫泊桑的短篇小说,托尔斯泰的长篇等,经典的、通俗的都有。

一到秋季,早茬的作物收完又种上,各村就该轮流放电影了。劳力多的人家都早早地场光地净了,我家地里的活还多着呢。收到一起被红薯秧盖着的早红薯,还没来得及刮红薯干;晚红薯的叶子都被霜打后全变黑了还没空刨;棉花上没开完的棉桃,被霜打得脱了水后,几天就全开了,开出来的棉花就会发红,卖不了好价钱。父亲总是带我去帮他撒红薯片或者摘棉花,白天时间少就晚上摸黑干。家里地特别多,实在种不上了,父亲就留着当春地,开春后种春红薯或是种棉花。母亲在家里喂完牲口做家务,她留在家里看家,很少去看电影。父亲会带着我去看电影,但没有去早过。

哪个村放电影,下午消息就会传开,人家都是早早吃了晚饭,搬个凳子去,占个好位置。可是父亲带着我都是摸着黑还干着活呢,他操着心听着电影场发动机的响声,他喜欢看电影,不会错过去的时间,发电机的嘟嘟声一响,他就带着我赶紧把农具送回家,对母亲说一声,牵着我的手直奔电影场而去。

电影开始之前一般都有一段加演片,到的时候加演片就演完了,去晚的有站在背面看的。父亲很少站在背面看,他站在后边的人群里。我个子小看不见,父亲会抱着我看,每到换片的时候,父亲就把我放下来歇歇。电影快放完的时候,我爱犯困,父亲就会背着我看,我就伏在父亲的后背上睡觉。回来的路上父亲背着我,随着父亲脚步迈动的节奏震颤,我会被惊醒,就睡眼惺忪地下来牵着父亲的手,深一脚浅一脚地跟着父亲往家跑。

乌麦和尿素裤

生产队时期种大麦,第一是因为大麦早熟,可以在青黄不接时果腹;第二是为了喂快牲口。大麦带麸皮儿,它的麸皮占籽粒的十分之三(这是父亲给我科普的),所含的面筋不容易黏着牲口的肠胃,小麦面筋大,不能喂牲口。所以牲口该出力时就喂点大麦。

大麦出穗时,我们喜欢去大麦地里寻找那些乌麦(当地俗称)吃。没出穗时,剥开是灰白色,硬硬的,很好吃。乌麦很好辨认出来,我们见了就抽出来吃,越嫩越好吃。

其实乌麦就是小麦生了黑穗病,只是当时年纪小,不知道是黑穗病,也没听说把人吃坏,别人吃我也吃。玉米地也有但不好吃,高粱地里的病穗,没出穗前吃,白生生脆生生,甜甜的口感最好。

父亲说他很小的时候,爷爷就教他辨认病株。病株秸秆长得跟正常植株的秸秆不一样,爷爷教过几次,他就能分辨了。等高粱顶端刚一膨大时,就把高粱摁倒剥出病穗来吃。等抽穗后变黑,就不能吃了,会散发出大量的黑粉,就是孢子粉,味儿腥臭。

这种黑穗病主要通过种子和土壤传播。到 20 世纪 80 年代中后期,用药剂处理种子、轮播改茬等有效措施可以防治,现在的作物已很少生这种病了。

日本进口的尿素袋子外包装,用的是一种黑灰色的化纤布料,来保护内层包装的塑料布。生产队买来之后,外包装的布料被他们做成了裤子,因为这种布料比较下垂、滑溜,穿到身上走路带风,穿惯了厚粗布,换上这种面料,觉得清爽极了。

不知道布料的名字,它不像粗布硬实挺阔,很轻薄。因穿在身上走路乱抖,社员就起名"忽闪闪"。穿上招摇过市,心里甭提有多美了,惹得其他社员一片羡慕。那个年代满大街都是穿土布的人,谁穿这么一条裤子,那可人物得不得了。有村上好赶时样的女子托关系才能从大队干部那里弄来一块这种布料做一条裤子,穿上走路都觉得飘得不是自己了。有歌谣唱"大干部,小干部,穿的都是尿素裤,前看是日本,后看是尿素"!

父亲夏天一般都穿白背心,有件白色的确良衬衣,只是走亲戚或去县公社里学习开会穿。春秋冬都是灰色的涤卡制服,新一点的制服也是上哪儿去时才穿,平日穿最旧的干活。旧涤卡制服洗得发白,袖口和底边都磨得没边了,露着毛布茬儿,干活磨损得厉害,前面两片衣襟都磨得缺失了一部分。

入冬了没有毛衣,父亲一撩子穿两三件旧制服,后来母亲给他买了一件绿色的军大衣,就是去学校的路上骑自行车的时候,外面套一件大衣。一回来自行车往地头一扎,去地里开始干活,脱得只剩一层单衣。父亲常说"冻闲人,饿懒人",干着活是不会冷的。也没有毛裤,冷了就多套一条旧裤子。

因年轻时节俭惯了,直到现在母亲还改不了这些习惯,我们给她买的新衣总放着不穿,天凉了,还是在里面套上一件又一件旧衣服,我和弟弟妹妹们怎么说都不行。

20世纪80年代中后期那种涤纶布料时兴开来,父亲、母亲也都扯了涤纶布做成了裤子,这种化纤面料特别耐磨耐穿,但夏天太阳一晒起热烫皮,这种布料得经常熨烫,家里哪有熨斗啊,父亲和母亲因为长时间蹲着干活,小腿后面的裤管因为起横皱拉得很高,像弹簧一样。

我和妹妹小时候都是穿花哗呢小棉袄,用一个绿色方头巾对折成三角巾系在脖子里。下边不是哗呢就是线呢做的棉裤。小时候买双尼龙袜子穿得都没有底儿了还穿着呢,还说袜子不怕烂,只要有个好脚面,袜底都是补了一层又一层。

张爱玲说过:"人生就像一袭华美的袍,里面爬满了虱子。"这句话是说,看似风光的人生背后,是各种各样的烦恼。虱子多了不怕咬,账多了不愁,这是句俗语,既然能流传下来,说明虱子是一直和人类共存的。

晋人王猛去见恒温,摸着虱子谈天下形势,留下个成语"扪虱而谈"。虱子体背腹扁平圆身子尖脑袋,喜欢温暖隐蔽的地方,寄生在人的头发、裤缝里。二十世纪七八十年代的人,谁也不笑话谁,虱子和人们同呼吸共命运,甘苦与共。那个时候供销社里不缺的是篦子、木梳。如今走在大街上风度翩翩的中年成功人士,谁能说他的少年没有生过虱子呢?高中之前有几个穿过秋衣秋裤呢?头上觉得蠕动着痒,用手一摸准逮个活物,捏下来用指甲盖一碾嘎嘣一声血色四溅。

小时候虽然穿得破旧,但母亲总是给我们拆洗得很干净。从记事起,奶奶和爷爷住在后院的两间堂屋里,奶奶总生虱子。就因为这个,母亲一般不让奶奶照顾我们,在那个都生虱子的年代,母亲干净成了错。奶奶说自己是甜皮人,苦皮人不生虱子。母亲也说服不了她,只好自己累点忙点亲手照顾我们,这也是母亲下不了地的原因之一。

母亲是从来不生虱子的,到上学的年龄,别的小朋友头发上布满了虮子,母亲天天安排我说上学的路上千万不能用别人的梳子梳头,会把虱子给带回来的,我嘴里答应着,心里却不听,觉得哪会传染呢!我不喜欢母亲那个桃木的梳子,中间用得都凹了下去。那时候上学回来的路上小伙伴有留长头发的,喜欢书包里装一个塑料梳子,你一下、我一下地拿着乱梳。我用了几次别人的梳子,头上真染上了虱子,一向温和的母亲,气得把我狠狠地吵了一顿,然后去三冢集合作社买了刮头篦子和虱子药,中午饭都没吃,母亲就把我的两个小辫子给剪成了短发,给我搽上虱子药,用个头巾捂着,捂了一个中午,又给我烧了热水,洗了好几遍,然后又用篦子蘸上醋把头发上的虮子刮了下来。那是我这一辈子第一次也是最后一次生虱子,母亲又给我从货郎那里换了一把新梳子,打那时起我再也不敢用别人的梳子梳头了。

乡土乡情

在村子东北角的兰河边上有一片树林子,是村里的老窑遗址。记事时,白花花的盐碱地种不成庄稼,就散落落地种点碱青。村里人农闲时在窑场附近磕土坯轮瓦坯,排着号在老窑里烧青砖蓝瓦建房子。

1981年秋天,我大舅和姨父天天来帮我父亲磕土坯轮瓦,他们白天磕坯晚上还要把半干的坯子收架,忙得没工夫回来吃饭,搭一个简易棚子,打地铺住在那儿。

那时二弟刚两三个月,我刚满九岁,放学后我照看着二弟,母亲做饭,哥哥比我大两岁但他上学特别早,秋季已去我们乡重点初中住校读书了。那时候的亲戚真亲啊!舅舅和姨父不求报酬,帮我们家干活,星期天还骑着大杠自行车去十五里外的乡中接送哥哥。

母亲做好饭都是由我挎着篮子送去饭,还得拎壶热水,白天还好,晚上我总有点害怕,那时的晚饭很晚,不像现在五六点就吃晚饭。

老窑离家有三里路,中间过一片洼地,走到洼地前我不怕,回头可以看见不远处的家。走进洼地黑漆漆的一片,我就一溜儿小跑,出了洼地就能看见远处窑场的灯光了,就气喘吁吁地放慢了脚步。等父亲和舅舅他们吃完饭,我已倒在地铺上进入梦乡了。父亲喊我回家睡,我能听到,但装成站不稳困得睁不开眼的样子,父亲会心疼地把我背起来送回家!

1983年建完房子还有欠的账,粮食这时候已经吃不完了,还能卖点慢慢还账。1984年春天,母亲生下了三弟,父亲刚由民办教师转为公办教师不久,超生罚款要4500块钱,还要把父亲开除公职。

父亲当时宁愿回家种地,那时候已经撤公社改为乡镇,乡教育组的领导力保父亲。

可罚款去哪儿凑?因为一直筹不够,刚建的三间大瓦房,其中两间被计生队的给揭掉了瓦。父亲东拼西凑,又把那匹为我们家出过大力的骡子卖了,本来值1000多块呢,急着出手700块钱给人牵走了。母亲听说后都哭了,好不容易才凑了1800块钱,还差得远。

　　交不了罚款,母亲和三弟家都不敢进。三弟小时候长得白胖可爱,这时候妗子来找母亲劝说着把三弟送人算了,并找了一户人家,在郑州铁路局上班的两口子,他们没儿子,人家条件挺好,说三弟要是到他们家,可是享福了,比跟着我们强。哥哥那年已经14岁,从小看着父母因人单势薄被人欺凌,他已经很懂事了,哥说因为咱家人少,成天价被人家欺负来欺负去,现在有了弟弟,说啥也不能给人家。

　　教育上的领导又去计生队说情,算是交了1800块钱的罚款后暂时不追究,但每个月扣父亲20%的工资抵没有交齐的罚款。父亲工资那个时候才36块钱,每个月扣除七块二,每月工资仅剩二十八块八。

　　骡子卖后没有了种地的主要生产力,种地难了。村里还是好心人多,困难面前最能见真情,前院的邻居顺香爷爷长得慈眉善目,高个儿,腿因过度劳累有点往外弯着。顺香奶奶心肠也特别好,常隔着矮墙喊母亲,我家有什么困难她也帮衬着,他们老两口就一个儿子,在村里也是孤门独户,对孤苦无依的父亲颇感惺惺相惜。

　　顺香爷爷喂了一对子牛。那时候家里有独犋牲口的不多,他知道,我们家没有牲口,今年小麦都没法种。他家的地一种完就趴在墙头上喊父亲,说把粪和肥料撒好,他帮我们家犁地,父亲感动得直掉眼泪。顺香爷爷说,谁没有个难处呢,日子长着呢!

　　没在我们家喝一口水吃一顿饭,把河东的地给我们犁好耙好还帮着种上。第二年,父亲托顺香爷爷家的儿子去安徽涡阳帮我们买了一头母牛犊子。

　　房子漏雨了,村里的瓦工技术最好的永祥大爷(大伯的意思,方言称呼)和永安大爷就带着瓦刀爬到房顶上,帮忙给修好。

　　永安大爷和永祥大爷都是大高个儿,诚实、耿直又热情,对父亲像是对自家兄弟,父亲有难他们必来。村里的清忠叔、清良叔、友亮大爷、金良哥等许许多多的好人们,每每想起生我养我的这片土地时,他们的身影都会一一地在我眼前闪现!他们行走在我笔下的文字里,他们满身汗土、衣着简单、勤劳朴实,他们都曾在我们身处困境时不计报酬地来帮助过。

　　父亲常跟我们说:"咱老少都得记着人家的好,滴水之恩,当涌泉相报!"等我们的经济略有好转时,父亲就会设法去回报人家,父亲爱看书报,订有《河南科技报》等,他关注科技兴农信息,人家还因循守旧传统地种植作物时,他就跑到郑州农科院去找专家咨询买来良种示范种植,然后推广给乡亲,谁有不懂的都来问他,他会详细地给人指导。小时候常常见父亲在田里一边忙着一边跟人聊天,传授种田的经验及注意点。

　　有谁遇到婚丧嫁娶手头不宽裕的也总是来找父亲,父亲定会倾力相助,手里没钱时也许诺人家过两天来拿。很多时候他是卖了粮食给人家备好的,父亲曾跟母亲说:"人家来找咱,肯定是在家想了又想的,觉得咱能帮到他,才开这个口,这个口可不是好开的。所以但凡有一点办法,不能空了人家。"

那时候不像现在花钱可以雇人干活，乡里乡亲的谁都抹不开面子挣这个钱，都是那种自愿互助式的你帮我、我帮你的基本对等关系来往着。有些活儿不是一两个人能完成的，比如烧窑、装窑这类活儿，这次我帮你装窑、出窑，下次我家烧窑你来帮我们。

父亲常常感到歉疚的是人家来帮了我们，赶上人家需要帮忙时，父亲因学校教书不能耽误帮不上人家的忙。父亲就把这些感情债一笔笔地记在心里，有机会时就想着得补上。

后来我和哥哥辍学之后，只要人家有用得着的地方，我们就赶紧去帮忙。哥哥曾振振有词地对我说："咱们父亲不在家，多年来对外交际少，以后我就是咱家'外交官'。"

哥哥去县城包装一下自己，订制了一身藏蓝色中山装，那年时兴男穿藏蓝色，女穿将军绿中山装套装。哥哥又买个蓝色的鸭绒袄（就是丝棉袄），脚穿旅游鞋，本来哥哥就身手敏捷，这一收拾更显得潇洒帅气。从家里走出去俨然如东方睡狮初醒，英姿勃发！那时的我看着哥哥远去的背影，想起了一句"弱国无外交，吾辈当自强"！

村里谁有个事也开始喊哥哥去，办喜事搬个亲请个客的体面活儿总少不了哥哥。

20世纪90年代初期，因连年干旱，父亲置买的抗旱工具和农具都是当时最先进、最好用的，人家需要借用或合作，找父亲和哥都好说。

前文曾提到的常香爷爷，他的老母亲，我应该喊她老奶，是我们村里远近闻名的姣生婆（接生员）。这位老奶是一个非常慈祥的老人，在村里口碑好，说话做事有度，她高高的个子裹着小脚，但是动作非常麻利。

我经常和她的孙女一起玩，见过她做饭时的情景，肩上搭一条毛巾，十多口人擀凉面条得擀几大剂子。先捞出一盆让小孩们吃，她再继续擀。那面条又细又长，刀工均匀，一看就有一手好厨艺，瞅她那茶饭，就知道是心灵手巧之人。

接生得靠经验积累和胆大心细，还得懂点心理学，会用语言安抚产妇。数十年来，这位老奶用她那一双粗糙的大手，托起了一个又一个的新生命。说起接生这个职业，它是和人类共存的，也是社会变迁的一面镜子，《诗经》里就有一句"哀哀父母，生我劬劳"，可能是最早歌颂生育的诗歌吧！

几千年来人类就是这样繁衍生息的，生、老、病、死四件大事，生是排在第一位的，一旦有人来求，不管风霜雨雪，白天黑夜，放下锄头解下围裙立马赶过去。在那个医疗落后的年代，人们思想保守，妇女生孩子都是在自家卧室，接生赶上顺产还好，若难产老奶跟产妇一样揪心痛苦，也是累得筋疲力尽。所以当时老奶是个受人敬重的人，是产妇眼里的菩萨。

母亲说生我那年冷得特别早，农历九月中旬已经穿棉裤了。父亲请来了这位老奶，正半夜，那时条件差，生了孩子都是用破棉絮包着。母亲爱干净，她早就准备好了洗干净的洋布单子和褥子，老奶手脚麻利，我一出生她就用秸档子（高粱秸秆破开的刃）划

开我与母亲的那根生命通道，并麻利地用绳子扎好脐带，把我包好，又帮母亲娩出胎盘。按当地风俗，因我是女孩，胎盘是被父亲埋到厕所的角落里，若是男孩，胎盘就得埋到堂屋的大梁下面，意思为儿子是顶梁柱。

父亲给接生老奶和母亲做了红糖荷包蛋以示犒劳和感激，母亲说喝完茶送老奶回家，公鸡已经叫二遍了。生二弟和三弟都是中午，也都是请老奶接生的。

我奶奶胆子特别小，不能见事儿，遇到什么事情就会吓得脸色发白，不敢近前，她在场会心里上不来气的。奶奶一辈子都能出苦力，就是针线和茶饭都不行，平日爷爷做饭多一些。生二弟那天父亲是请来了接生老奶之后，去窑上帮忙了，那时我们家烧第一窑砖刚点火两天，火候很关键不能断人。这位老奶把弟弟包好，收拾停当又给母亲做了碗荷包蛋，伺候母亲吃下，她自己说啥都不吃。等过些天后，母亲让父亲去三冢集买了东西给老奶送去。老奶却说啥都不要，非得让拿回来给我们吃！

我们家西邻住着村子里灵魂最干净澄澈的人！我喊他吞儿叔，我请他慢慢地从我的笔下走来，为这五彩斑斓的乡村画卷添上一抹不可缺少的和谐色彩！

这位叔叔祖上有点地，他母亲是县城楼院里的大家闺秀，所以做得一手好茶饭和针线活儿。小时候看这位奶奶洗衣服特别干净，揉搓之后对着太阳照看有没有污迹。包的饺子包子摆放在锅拍上像一个个艺术品，小时候爱看这位奶奶做饭，我觉得我做饺子和包子不但受到了母亲的影响，也得到了这位奶奶的真传。

吞儿叔出生时不足月，养了几个月他的父亲又因病去世了。从我记事起就是他和他的老母亲相依为命。他家也是几代单传，上面有四个姐姐，都是温良贤淑之人。他出生时为了好养活，故意起个赖名"狗吞儿"，因为体弱多病，影响了听力和说话，他的四姐一家住在他们家后院，经常照顾他们母子的生活。

因为他说不成句，只能发些简单的音节，村里有人称呼他哑巴狗吞儿。说实话，听人这么喊他，我觉得非常刺耳。

父亲45岁之前抽烟一直很厉害，只要他抽烟，吞儿叔来串门了，父亲一定会给他让烟，他会很高兴地接过去。父亲会把手里燃着的烟头递过去让他接火，我们看到了父亲对他的尊重，从父亲的小心里，也觉得他和常人一样应该得到我们的尊重。

赶上家里有好吃的东西，他来我们家串门，母亲也会拿着让他，可是他总摆着手连连说着："不要不要……"他讲的话和手语我们都能听得懂。他喊我哥的名字喊得特别清楚，母亲说他比哥哥大十来岁，常领着哥哥玩，所以叫哥哥的名字他能发出声音来，而且很清楚，哥是他唯一能叫清楚名字的人。

村里谁拉着个车子上个岗子，只要他碰上准会上前推一把，他是一个善良又热心的人。他端个碗常来我们家串门，有好吃的就用筷子敲着碗，嘴里呜啦啦地喊着叫我们吃。我们从小母亲就不让我们随便吃别人的东西，所以他叫我们也不吃。他大方又刚强，从来不要别人给他的东西。

哥哥成家之后，他也常来哥哥家串门，有活就帮忙，现在三弟媳说他还是常来串门，她和三弟会拿出水果零食之类招待，他还是不要。他一生鳏寡，在他眼里邻居家的这些晚辈们都是他的亲人吧！

每一次我回娘家，路上看见他，就赶紧停车摇窗喊他，他会很激动地呜啦呜啦地说着："回家回家。"然后他会去地里通知我的家人，让赶紧回来。他说的话可能别人听不清楚，但是我们家大人孩子都懂……

青涩时光

现在想想我的学生时代，除了愚蠢还是愚蠢！

自入学成绩就不错，小学每次考试几乎都是双百。三年级数学开始学应用题，我最喜欢思考应用题，教数学的是王校长。有一次王校长不知咋回事解错了一道题，我举手站起来，当着全班同学的面指出他的错误，一点不照顾他的感受，当场弄得他一个大红脸，他也没说什么，但是看得出来他一脸窘态。

要说是童言无忌吧，可是那时候我也十来岁了，这一点可见我当年情商很低。过些天他在全校大会上含沙射影地说："有些同学学习好却骄傲，一瓶不满半瓶子晃荡，觉得了不起，看不起老师了……"

坐在下面的我觉得每一句话都是在针对我，本来坐下面的人听批评都有一种自己有一份的感受，听他这么一说定是批评我无疑了！我坐在台下心里很不舒服，有错别人提出来就改，为人师表不虚心还记仇，当时还有举手站起来发表言论的冲动，最后还是忍了。

现在想起这事，觉得这位校长也不比我情商高到哪儿去，那个学期我考了前三名，却没被评为三好学生。我对他愈加叛逆了，逢他上课，总是在课堂上挑他的疏漏之处，当然这件事到现在我也没给父亲讲过，那校长可能也从来没给父亲提起过。平日父亲对我的学习采取的是老庄态度，顺其自然。

小学四年级时，我在教室靠右边坐，每次都得经过讲台。我们班有一位王同学在前排中间坐，他不是那种踏踏实实学习的人，总爱说个能话。我路过讲台时，他吆喝一声小白脸，我佯装没听见不理他。可有一次我从讲台上过，他不但喊小白脸，还啐一口吐沫在讲台上。我心里的火气一下子蹿了上来，近前动手就打，他当然不认怂，我们两个在讲台上打了一架，从此之后，他再不敢那么喊了。

那时候男女生是不说话的，到五年级升初中时，我们学校考上乡重点的就三个人，有我、王同学，还有另一个男生。去乡重点上初中大约有 15 里的路程，拎着个提篮，里面装着够吃三天的馍，拿太多会发霉，每周三中午再回来拿一趟，路上我们总是一前一后走着，从来不说话。

去年在抖音上，王同学关注到我，他说30年了，咱们前后村竟然没见过面，想不到在抖音上遇见了。我提起跟他打架的事，他说早忘了，并说咱们可是发小啊！还说那个时候怎么那么傻呢，同路几年不说话，也不知道帮你背一下馍篮子。

乡重点初中全班正取生60名，全乡才招了120人，分了两个班，但每个班里走后门进来的有近60名，一个班里坐100多人，桌子排得特别挤，桌缝里坐的都是学生。

到了期中考试，第一名是个男生，第二名是淮阳县的孙同学（走后门来的女生），第三名是我。成绩一公布，班主任讲话了，按分数排位，全体学生搬着凳子坐到教室外面，听着班主任按分数名单叫着进班挑选座位。第三个喊到我，进班一看孙同学自己坐中间排跟我招手，我就过去跟她成了同桌。她是一个皮肤非常白净，长得胖乎乎的女孩，眼睛也不大，灵动间闪着智慧，人特别聪明，家里条件比较优越，那时候我们都很土，唯独她每天穿着时尚的蝙蝠衫儿。

学期快结束时，二班的都在评模范学生。我们是一班的，班主任出了个新招，不选模范选"赖人"！所谓"赖人"，就是平日违纪的同学。

班主任教代数几何课，讲课幽默风趣，常能深入浅出、举一反三，很是生动、精彩，同学们都喜欢听他的课。他40来岁，个子不高，微胖的身材，眼睛不大却目光犀利，课堂上投向你一束光，会让你觉得如同一道闪电。他说话讲课没有寒过脸儿，嘴角眉梢都挂着笑意，但是笑里藏刀，批评起人来尖锐辛辣、毫不留情，这是他不同于其他老师的地方。现在细想，他是忠言逆耳，可当初不解啊！

就说选"赖人"这招也是史无前例的。班主任让全班同学在纸条上投票，说是投票不如说是举报，写好交到讲台上。班主任让两个男生上讲台，一个男生念一个男生写，名字后面用"正"字记票数，念着念着孙同学和我榜上有名了！就我俩是女生，其余的都是调皮捣蛋的男生名字，举报我俩的理由是——上课不好好学习，自习课说话，课堂下面做小动作。

我俩的确有这些行为，黑板上的"正"字在一笔一画地添着，最后我们两个人分别得了十几票入围"赖人"！

事后我俩得知，是坐在我俩后排的班主任的儿子捣的鬼，他自己写好纸条，让周围的同学都抄写他的纸条。班主任的儿子号召力当然很强，所以我俩榜上有名。因为我俩挑的是全班最好的座位——中间第四排，"赖人"榜一公布，班主任说："你俩可是我们一班的宝贝呀，坐这么好的位置，怎么能是赖人呢？跟别人换位置吧！"

然后把我俩调到右墙边倒数第二排，班里共十二排座位。十一排又偏又反光看不见板书。孙同学抱着书小声说一句："走！"

我俩就挪过去了，坐好后，孙同学用她的小眼睛看着我笑着说了一句："珍珠放到哪里都会闪光！"

这句话整整影响了我一生，学习退步时自嘲，日后逆境时打气！

虽说坐到被人遗忘的角落，任课老师却都知道我们俩，课堂提问还是经常点到我们的名字。

没过多久就又一次按分数排位了，班主任又出新招，为了课堂上避免说话，让男生同桌交替插花而坐，每个女生前后左右四周都是男生，每个男生前后左右四周都是女生，同性之间斜对角可见。

每个教室的讲台右侧角上都放着一张床，是两个看教室的男生的，每天早自习之前把床掀起来，床腿上挂两个盛馍的提篮。有个李同学总是用个罐头瓶子装一瓶子腌制的葱叶子，那一缕缕刺鼻的葱味儿在教室里弥漫飘荡着，还有不知谁的脚臭味儿交织在一起，熏得人头疼。

有一次排位的时候，独塘街上的衡同学跟我同桌，他长着一脸青春痘，像癞蛤蟆皮似的，看着让人硌应得起鸡皮疙瘩。他很少说话，学习也很踏实，但是很笨，成绩也就一般靠上。

几天后我发现，原来教室里的臭味是他发出来的，他上课就把鞋子脱掉给脚放风。本来看着他就很别扭，不想跟他同桌，挑选位置时我先挑的靠过道，他后来坐到我里面了，这下岂能放过他。一天晚自习的时候，我站起来喊班主任直接指名给老师说了，结果他挨了批评。等老师走后，他生气地冲我想嘟囔几句，可能他有一点口吃，他一张口，我就一顿连珠炮似的怼，噎得他无语了。

全班同学也都厌恶他，下课后一女生拍着我的肩头说："你好样的！真敢说，别人都暗地里骂他呢。"我说我不骂人，不喜欢背地里放冷枪！

还有一位朱同学，初三时来的插班生。冬天的一个晚上班主任把他领入教室，坐在我的前排，他看上去年龄很大，比我们班的同学大四五岁的样子，像个社会青年。脖子里围了一个绿色带白点的长绒围巾。他长得黑，还搽了一层紫罗兰粉，这个紫罗兰粉香气浓烈，随着他的入座扑鼻而来。一个男生穿搭成这个样子，我便对他没有一点好感。

可能别的同学也闻到了他身上的味道，乱瞅他，看得他有点拘谨。他每天学习怪认真，好像很努力的样子，但是成绩平平。他可能因为年龄大，也有点自卑，见了同学总是点头示好，但是融不进老同学的圈子。

每到放学，他总是很匆忙地回家吃饭，他离家很近，是走读生。有一次他因慌张踩了我的脚，彻骨疼痛之下，我又瞅一眼他那双火箭式皮鞋，火苗子直蹿，心想年龄这么大看着得有二十岁，还这么笨，便不叫他的名字，冲他大喊一声"twenty"！

他敷粉的黑脸有点紫红色，连声说着："对不起，对不起……"可能他没有听清我喊的啥，身边的同学都笑了，大家都心领神会这个单词的特别意思。从此，同学们私下里都不再喊他的名字。我真没有想到,"twenty"因此成了他的外号,他最终没到毕业就走了。

他走后我觉得很忏悔,是不是因为我的那句话给他带来了极大的伤害呢?不会因我给他留这个外号退学的吧?

语文老师的女儿和我同班,她偷偷从他爸那儿拿来了朱同学的作文让我看,作文题目是《妈妈请听我说》,第一句就是:"妈妈你说什么大麦不熟,小麦怎么能熟?你催我回去结婚,然后赶紧给弟弟订婚,你可知道我是多么想上学……"读完他的作文,才知道他真的是年龄大,他退学并不是因为我那次对他无心的伤害。

初三时换了语文老师,听说这个新换的李老师特别偏向学习好的,提问有个特点,成绩好的一堂课能提问好几次,成绩差的他一次不提问。

一场语文测试之后,李老师发现了我,每堂都向我提问。一个偶然的机会,见到了同班耿同学的作文,这同学有个性,他不写老师留的作文题目,自命题是《撑死与饿死》,就是写老师提问这个现象的。他写了洋洋洒洒好几页,还用了议论文的形式,有理有据地论证了自己的论点,很有思想和见地。

自从看了他的这篇作文,我细想一下,李老师也的确是这样。他每天都得提问我好几次,别的同学他几乎不提问。学了韩愈的《马说》这篇课文,通篇让背诵,一上堂就点名让我背,其实我早就会背了,但是站起来大声地说:"我不会背。"他就用捏着粉笔的手很和蔼地示意我坐下。

第二天上课又点名让我背,我还是说:"我不会。"他有点生气但没有发火,还是示意我坐下,等第三天我依然不背。从此,他气得不再向我提问,李老师肯定认为我不知好歹,孺子不可教也!

那位耿同学用文字表达了他对老师的不满,我直接用行动表达了对老师这种做法的不屑和反感!

乡初中的同学们学习都非常努力,晚自习放学之后还不去睡觉,每天我是第一个回寝室睡觉,早上最后一个起床的人。

我的头发短也不用梳,发质很顺滑,每天晚上洗脸,早起不洗脸只洗手刷牙,从不用护肤品,这样可以在别人梳洗打扮时,多躺十分钟。

这习惯我从初中保留至今,皮肤还真自我感觉良好。爱人教育女儿竟然说:"你皮肤底子好,也别乱用化妆品,看你妈一辈子啥都不用皮肤不也挺好嘛!"我听着他把我这毛病夸成优点不禁暗自窃喜。

初中时的我,体育课站第一排,人家都进入青春期了,我那时像墙边不见花期的狗尾巴草,没有谁会注意到。身体像吃了铁一样结实,但就是不长个头,各项体育运动都喜欢。十六岁时的身高是一米四三,体重是八十二斤,整个人像久旱禾苗一样缩卷着不开展。

　　我那时身、心、智都晚熟，不喜欢读三毛和荷西的爱情故事，不喜欢琼瑶的言情小说。后来琼瑶的作品改编的电视剧我也不看。喜欢汪国真、席慕蓉的清新，喜欢鲁迅、巴金、老舍等作家。

　　十七岁之后我才开始长个儿，也不是像别人的青春期那样拔节似的猛增。爱憎分明的个性，加上青春期的叛逆，让我做事无畏无惧，甚至有点标新立异。青春期的矛盾心理我表现得比较明显，看似勇敢有时却内心怯懦，看似奔放实则很内敛，既有率真的个性又有传统的思想。

　　因为心智成熟晚，没有及时树立正确的人生观，没有一个端正的学习态度，终是辜负了自己的梦想，中考因几分之差没考上太康一高。

　　我生命的春天来得太迟，便觉得仿佛没有青春期，没来得及做梦，可能花开得太迟，便不知季节，一开便是一生吧！青春期的这些成长经历在我成年后也留下了烙印，面对打击挫折百毒不侵，但内心却一直住着一个小女生，灵魂深处是万般柔情！所以今天我还喜欢做梦，没有意识到自己的年龄已走完不惑，进入了天命之年，依然觉得自己的生命蓬勃年轻。

　　当别人都进入青春期略显矜持羞怯的年龄时，我像个愣头青，后来性格慢慢发生了变化，见人开始觉得脸红，身体的变化让我像做了亏心事一样惴惴不安，仿佛是一种罪过，不敢挺胸，不敢迎接别人的目光。这种心理影响我很多年，怀孩子时不敢直腰觉得很丢人，从来没有把自己当个孕妇看待过，该干啥活干啥活，怀着儿子时一次单手搂墙翻身跳过墙头，被村里一个奶奶看见，她一惊说道："你咋像个半大孩子呢！"

　　把追着岁月跑远的思绪给拉回来，回到那个中招之后的暑假。学生时代也就随着那个暑假的结束永远地结束了，再也听不到老师精彩的讲课，看不到老师流利的板书，远离了同学们的欢声笑语。

　　难忘的是，我在学校大火上馏馍时，被人偷走后没东西吃，走读的阿文从家里用报纸包着冒着热气的馒头赶了过来，我们俩揭掉粘在馒头上的油墨纸屑，不就菜狼吞虎咽地吃着说着，吃完我俩找张纸写上各自的名字，再写上"有福同享，有难同当"，用手指沾上蓝墨水摁上指印。

　　难忘美琴跟我分享从家里带来的炒菜；还有艳琴带的辣萝卜干，以及夹杂着香椿味的豆糁多么让人馋涎；蔡同学的酱豆里曾经挑出一只蛆虫，但我们还是挡不住诱惑，把拿馒头的手伸了过去……

　　中考报考时心里想着读高中，从来没想过考师范当教师，因为父亲一辈子当个乡村老师太苦了，我是教师子女考师范可以加分。那年的师范分数凑巧比一高还低，可我压根没想着去读师范，所以没报。分数一出来离一高还差几分，心情很失落，等开学再说吧！

　　村里人都窝在家里种那二亩地，资源有限，内卷严重。前文我已提到过家里的境况，就是这个暑假哥哥以少胜多，结束了多年来受人欺凌的局势，之后因那家打架吃了亏，和我们开始了一场马拉松式的官司，持续半年之久。

　　我一人干活，地里的棉花快荒芜了，父亲没吃过一顿安生饭，没睡过一夜安稳觉，瘦得叫人担心。开学时父亲让我去复读，我心里很难过，觉得自己上学这么多年不知刻苦努力，对不起父亲，心里还想去，可走了父亲累坏了怎么办？我在家还忙不过来呢，下边还有两个年幼的弟弟，父亲真累倒了这个家怎么办？哥哥也该结婚了，还没有给他盖房子，父亲的经济压力多大呀，我脑子里天天矛盾着。父亲除了吃饭和睡着不抽烟，其余时间都不停地抽烟，我真是太心疼父亲了！特别是听到他的咳嗽声，心揪着痛，我要是在家，父亲的担子会轻很多。

　　有句老话：荒了庄稼一季子，荒了学业一辈子。我也知道不去读书就是一辈子走不出去了，可思来想去还是决定放弃学业分担家里，看似简单的一个决定，曾是我无数个夜晚内心撕裂般的挣扎！就这样，我离开了校园，开始了面朝黄土背朝天的生活。

兰河记忆

第三章

成长

那些刺痛的回忆

酸甜苦辣都是歌

四轮上风一样的女子

外面的世界很精彩

代课老师笔记

家里的羊中毒了

卖棉太难，植桑养蚕

那些刺疼的回忆

布谷鸟一叫,我最害怕的收麦季节就来了! 过去老话讲"三月不糙场,麦打土里扬"。父亲从杨柳树上砍下枝条,扎好绑挂在石磙框上的销钉上,用土和些泥覆盖在上面,就开始准备糙场了。

我家地多,兰河西我家院子后面有一个大晒场,记事时一年四季就在那里晒东西,麦收秋收打场。麦收时河东的麦子拉回来太费劲,每年父亲就在河东的大块地头,临麦熟时糙一个大麦场,所以我家就有两个打麦场。

生产队刚分地时,分的地都有老场地,后来许多人家舍不得撂荒都种上了庄稼。

糙场前父亲在地头打一眼小压井,把已经成熟的小麦连根薅起来,用压井压水浇一遍阴透水,晾到半干的时候用牲口拉着石磙开始糙场,打麦场要多糙几遍才好用。

我记事时爷爷已经年过古稀,重活父亲尽量不让爷爷奶奶去干,收麦时爷爷个子高大弯腰很困难,所以说他很少用镰刀去割麦,他用楝木条刮的铲子杆,头上开个榫子安装上楝木把子,那木把子早已磨得油光红亮。爷爷磨几把铲子替换着装在铲子秆上戗麦,随着"哧愣哧愣"有节奏地推戗,小麦顺势压着茬应声倒下,天越热麦秆晒得越干越好戗,所以中午爷爷会帮着父亲紧着用铲子戗麦,早起麦秆潮时戗不动。我们小孩用镰刀割麦,我也用过爷爷的铲子秆戗过麦,麦垄子厚一点就戗不动了,一会儿手掌就起泡。

天还没亮,父亲就把所有镰刀都磨好了。父亲还会带上磨刀石下地,从东方发白割到落日西沉。饿了累了就坐在地头的树荫下,母亲会带着弟弟给我们送饭吃。父亲会提个水桶去附近的井边打一桶凉水,让我们洗洗脸凉快凉快,然后把买来的小香槟,放进水里凉一凉让我们喝。我不喜欢喝香槟,我喜欢母亲用梨叶或是枣叶做的凉茶。那时候没买过茶叶,母亲就去自家栽种的梨树或枣树上采摘新鲜的叶子,准备好这样的凉茶。

麦锈荡透汗湿的衣襟染留在里面的皮肤上,结了一层厚厚的痂灰。晚上收工时,跳进村东的兰河洗去一身的污垢,皮肤上已经布满了无数个小丘疹。又累又困回家倒头便睡,身上的小丘疹在睡梦中被抓挠成一道道淋漓血痕,如今想起那时的收麦季,仍浑身刺挠,心理过敏!

父亲把木棍捆绑改装的架子车装得像小麦垛似的,还在装,恨不得一下子把一块地的小麦都装完,父亲说趁早起有露水潮气的时候好装。父亲把牛套上拉车,不敢走快,摇摇晃晃地蠕动着,我用木叉在后面十二分小心地推着。八九点以后,麦秆被烈日暴晒得有了骨气,全身硬挺着,却不好装了,容易往下滑落。好不容易装了一大车,缆绳也不好刹,父亲双手使劲连同身子下坠着用力刹紧,走到我最担心的小桥头,因为路不平麦车子经常歪躺下来。

拉麦子时,奶奶跟着我们的装麦车,用落耙搂着遗落的小麦,等我们拉完后奶奶还跑着捡拾一遍,才算净地。那时候觉得那么多的麦子也吃不完,拾那一点麦穗能打多少小麦呢?父亲有时让我帮着奶奶拾麦,我都是隔三留四应付性地跑一遍完事,心里还怨着父亲怎么见粮食那么亲。奶奶天天都是忙着拾麦,她说看见那么大的麦穗子都走不动,太心疼了,她天天忙得饭都没吃安稳过,拿着馍边走边吃着。奶奶吃馍的习惯都是两只手捧着馍吃,左手拿着馍啃着,右手叠放在左手下面捂着,掉一个馍花漏到右手里她也赶紧填到嘴里,下地路上瞅着路边地头有一个麦穗也弯腰捏起来!

只要和奶奶待在一起,一开口就是给我讲 1942 年或者 1943 年逃荒要饭的事,她不管我能不能听懂,不管我听没听进去,就自顾自地说着那些往事,仿佛她脑子里就这么多记忆,没有别的。我长大后了解了那个年代,才知道奶奶的少年、青年、中年全是在饥荒中度过的,1942 的大饥荒,1958 年赖年景之后,到 1962 年三年自然灾害,奶奶都是被饿晕过多少次,才活过来的,晚年落下了老胃病。

我们小时候称小麦面粉为好面,小麦馒头为好面馍,其余的面粉统称赖面。母亲说吃红薯面和玉米面多了会胃酸过多烧心,吃南瓜和豆类多了胃也会胀气,就吃小麦面粉平和养胃,要不咋叫好面呢!

进入 20 世纪 80 年代之后,虽然小麦已经吃不完了,可每到收麦季,奶奶在家里一分钟都坐不住。等夏苗种上之后,奶奶也不闲着,每天都挎着个竹篮子去捡拾遗留的麦穗,顶着白花花的大太阳跑一个大晌午,有时才能捡到一竹篮子麦穗,回到家她就把麦穗倒在家里的石臼里捣碎,然后用簸箕筛出麦麸,筛得干干净净装到化肥袋子里。只要不下透雨,奶奶就一直捡拾麦穗,等地锄了头遍下了透雨,地里的麦穗发了芽,奶奶才不上地。她总是说当时要一天能拾这一篮子麦穗,也饿不死人了。她经历了那个苦难年代,别的她不懂,但在她的心中,粮食事关人命呢!

看到现在机械化收麦的场面,我感慨万千,在记忆的长河里,收麦时的一个个场景又一次浮起!

那是 1994 年 6 月 7 日下午,在河东的这个麦场里,扬好的麦子装起来一半就装满了车子,父亲拉着先送回家一趟,剩余的小麦我继续装袋。快装完的时候,天空突然出现了黑色的云层，一会儿浓云变成黑黄色，继而发白发亮，须臾风起来了！我迅速将麦子收完，抬头望天情知不妙，大雨要来了！

家中的人还没来麦场，没有油布盖麦子，北风怒吼着夹着卷起的麦芒麦秸秆扑打着我的脊背。用麦秸盖麦子是不行的，怎么办？先将分散的麦袋子集中一下，边集中边想，若能将袋子挪到麦秸垛头能避些风雨，等拿来油布也好盖些。想到这儿，我就抱着袋子准备往麦秸垛头挪。突然听到弟弟喊我，他送来了油布。可风大得睁不开眼睛，天昏暗得瞅不清东西了！

风大得无法松手，我和弟弟死命地拽着油布想围在袋子上。雨点密集起来了！漫天的乌云黑压压的，大地如同进入了夜幕一般。

父亲来了，我和父亲拽紧油布让弟弟把装麦朴子用的棍子拿过来，压在油布上也无济于事。风仍然肆虐着，雨点砸在人身上冰凉，我大声告诉父亲说："风太厉害，油布盖不住，在麦秸垛南头掏一个大洞，干脆把麦袋子挪过去算了！咱们三人拽着不是个办法，看这天气一时半会雨是不会停的！"

"这是个好主意！"父亲也大声赞同。

我和弟弟拽着油布盖着麦子，父亲慌着去掏麦秸洞。由于天色昏暗瞅不清，再加上太急慌，我突然听到父亲非常痛苦地呻吟了一声，蹲了下去，心想不好！

我忙大声惊问父亲怎么了？原来父亲慌乱中一脚踏在了落耙齿上，下雨光脚被扎了一个洞！我心头一阵生疼，双泪顺着雨水长流默念道：老天啊，这是怎么了！

我让父亲和弟弟拽着油布，我哭着去垛南头掏好麦秸洞，赶紧又去抱麦袋子。麦袋子淋湿后打滑不好抱，父亲仍要坚持与我抬袋子，我不让他抬，咬牙坚持自己搬！

场地走着泥滑，风和雨还有扬起的草秆狠劲地抽打着我，我提着劲，心中暗暗给自己加油，一定要经得起这场风雨！

一袋、两袋、三袋……父亲忍着疼痛也在搬！终于，我和父亲把20袋麦子全部搬入麦秸洞中，压上麦秸，盖上油布。因为刮的是北风，所以这里成了最安全的地带！

盖好麦子我踏着雨水路，拉着车子和父亲、弟弟回了家，赶紧让父亲去处理脚上的伤口。这场残酷而现实的考验，让我一辈子都忘不了。这种场面随着生产力的进步已经一去不复返了，但每到麦收季节，我脑海中总是涌现出那些辛酸的岁月，唤起我这段刺痛的回忆！

常言说"紧持庄稼，消停买卖"，农时很重要，热苗子晚种一天就给个样子看看。先抢种抢收拉回来，顾不上打的小麦怕雨淋先垛起来，收完种上，回头接着打场，扒垛摊场碾场起场都是又累又脏的活。起完场得趁风扬出来，父亲扬场很有技巧，一点微风他也能把麦子扬得干干净净！

父亲一木掀接着一木掀地扬撒着丰收的金黄，他清瘦的脸上那双有神的眼睛随着麦粒的飞扬闪耀着光芒！汗水顺着他被阳光晒得黝黑的额头和脸颊流淌，他全然不顾，翻扬的麦粒形成了一道道抛物线，准确无误地落在那一溜麦堆上，他心里的幸福是那金色弧线一层层叠加起来的厚度！

母亲用扫帚将去没有被风吹出去的桔梗、麦穗子和那些穿长衫的麦粒(俗称麦余子，有会说话的老年人说是穿长衫儿的)，动作轻重有度，在母亲灵巧的双手中，扫帚轻盈地舞动，起承转合成一首平仄有致的诗！她与父亲的每一次扬撒配合得很是默契，汗水在她的下巴处汇聚成滴，不断地掉落在麦场干硬的土地上，瞬间蒸发得没有了踪影。

小时候我看惯了这一幕又一幕，当我拿起木掀扬场时，脑海里闪现父亲扬起的抛物线，可我模仿着撒上去却落成了一大片，我努力把学过的代数几何常识回顾应用一遍来总结经验，实操起来还是眼高手低！

熟能生巧，还是《卖油翁》里老汉的那句激励的话，让我决意苦练，最终工专。拿扫帚也不是一日之功，操作不当该扫的清不出去，不该出去的却扫得满地都是，真是三百六十行，行行出状元！当我把农具用得得心应手的时候，我知道，我再也不是那个同学少年，我已经是一个地地道道的农民了！

等场一打完，就赶紧晒小麦交公粮。我家离粮站十几里路，家里每年得交两大车子公粮，一趟拉不完。中午把晒好的麦子再扬一遍装袋，等拉到粮管所已经下午四五点了，早排成了长龙，等着的人们有站着的、坐着的、斜靠在车上的，还有躺在粮食袋子上的，千姿百态。柏油路晒得发烫流油，没一点阴凉的地方，也不敢离开，一点点地挪动着，天快黑时好不容易轮到了粮站前，验粮员打开袋子抓一把往嘴里嚼了嚼，说："有点潮，再晒一天吧！"

乡亲们都知道交粮难，他们来的时候都有预备。交不掉就拿着破被子将就着找个不碍事的旮旯住一晚，等到第二天在粮站旁的水泥地晒一上午，就交掉了。交完领回个条子，上面写着小麦的等级、价格、斤数，回村交到会计那儿入账，顶"三提五统"款。

庄稼地里的那些活儿，虽然从小跟着父亲都懂，但毕竟没有一天到晚长时间干过，都是干些轻活儿。

刚辍学整日整晌地干就不是个味儿了，锄地时走几步，就挂着锄头东瞅西望一阵子，给棉花整枝打杈，蹲一会儿就腿酸站起来歇歇。特别是比较长的地块，总也不到头，俗话说"不怕慢就怕站"！我想我为啥不能像父亲干活一样踏实地埋头去干呢？想着还是憋不住左扭扭右看看，一会儿瞅瞅地头还有多远，一会儿瞅瞅日头到哪儿了，越是东张西望越不见功。

我望着被烈日炙烤得发红的皮肤，想起了小学课本中那篇俄罗斯画家列宾的油画《伏尔加河上的纤夫》，我又何尝不是那一个红衣少年呢？画面上，他是想脱去身上的绳索，但还是用左手翻转着垫住了被绳索勒得疼痛的肩膀，紧皱的眉头说明了他不习惯这现实的生活,从年龄和肤色上可以看出,他拉纤的日子不长,还适应不了这种与他年龄不相称的重负。想想这些,我脑子里的思绪更加纷乱,想想昔日的同学大多都在校园里。我却将在这无边无际的黄土地上和土坷垃打一辈子交道,数年之后少年的意气风发会完全消失,土里刨食的我将会活成现代版的闰土,想着想着会很伤感,蹲在庄稼地里让泪水放纵一会儿,擦干眼泪还得接着干。

父亲有一本厚厚的《农技员手册》,从土壤结构到土壤的耕作,还有常见农作物的栽培管理要点及病虫害的防治等,我都基本掌握,再加上每天的实操总结,还有父亲的指导,很快我就能单独胜任各类田间作业了。

父亲之前种地都是拣省手的庄稼种,我辍学之后第二年,父亲和我商量着种了好几块地的棉花,因为棉花收入高些但比较费事,之前父亲不敢多种。

庄稼地里没好活儿,秋天摘绿豆一边摘一边扶着倒伏的绿豆秧,那绿豆秧总是刺激得皮肤瘙痒发红。最难受的是玉米地里第二遍追施化肥的滋味儿,钻出地头那一刻好凉爽!

我们豫东有"金杞县银太康"之称,太康是产棉大县,家家户户都种许多棉花。棉花地里的棉铃虫抗药性越来越强,早起身上绑一块油布趁露水捉虫子,穿凉鞋被露水打湿后沾点泥土脚会打滑,就干脆把鞋子脱在地头,可光脚在湿热的棉田里时间久了,脚底板发痒长湿毒难受。

隔天得打一遍药,棉田里热气蒸腾的药味让人想吐,常听说有打药中毒的事儿,每次打药都要湿透一身衣服,不打完不收工,经常打十一桶子或者十二桶子,地块多天天打。后来父亲去逊母口机械厂买回来一个打药机,那种两冲程的汽油机动力带动的,趁中午放学我帮父亲挑水,父亲背起打药机打药快多了!

20世纪80年代末,农村人的精神文化生活开始丰富起来了。最先普及的是半导体收音机,家家都有,进入90年代初,村村开始通电普及电视机。国产电视剧部部是经典,港台武侠剧也进入巅峰时期。我追剧不多,还是比较喜欢读书,读书可以忘记一切,真的可以让人在深陷泥潭时,依然仰望星空。是抵御失去梦想之后生活枯燥的一剂解药,读书能安抚我皮肤下面血液里的那些过敏因子,所以喜欢夜读,进入一个人的狂欢,跟着书中的人物去游历。仿佛置身于书中的场景,忘了身子下面睡的绳床吊成了兜儿,忘了没有天花板的老房子的房顶上挂满了蜘蛛网,忘了自己天天穿着破旧的衣服干活时的所有痛苦。

读书让我赶走了迷茫,对抗着平庸。等我白天在面对困难和劳累时,仿佛能听到书中那些伟大人物的召唤,浑身便又充满了无穷的力量,让我勇往直前。读书让我抵抗住精神的孤独和内心的匮乏。那时候老堂屋西间做厨房东间喂两头牛,中间放一张绳床,有时候坐那儿喂牲口时也看着书,一钻到书本里就再也闻不到牲口连屎带尿和它肺部大排量呼出的臭味儿。进入西间厨房做饭时也想拿本书看看,辍学一两年多的时间,我把父亲进修时学过的中师语文和其他课程都学习了一遍,又时不时地借阅别人用过的高中课本,日子就这么日复一日地流淌着。

常常在做饭或是给牛添草时,映入眼帘的是微微拱起的垛子梁的那根大梁,我就会想起父亲的脊背,再没有了年轻时的挺拔,父亲老了,一如我家这道弯弯的老梁!一天晚上,我挥笔而就一篇3000字左右的散文——《父亲老了》,第二天就骑车去县城老十字街的邮局把稿件寄到了河南省人民广播电台的一档午间文学节目《青青芳草地》的栏目组,几天后被主持人声情并茂地朗诵播出了。之后我就经常写写散文、随笔之类的文章寄到省电台或是省经济电台的文学节目,从未被退过稿,都一一播出了。罗云、杨中、小婷、早林等这些主持人的名字我至今记得,他们都朗诵过我的作品。后来又买来新闻写作的教材,劳作之余,学习写短消息、人物通讯和事件通讯。

除了看书我还有一个最大的爱好就是听收音机。收音机陪伴了我青春岁月里的辛劳和寂寞,欢乐和幸福,田间地头、乡村饭场、午后夜晚都能听到不同时段自己喜欢的精彩节目,每天听天气预报以便安排农事。边干农活边听着单田芳那独特的嗓音演播的《隋唐演义》,刘兰芳的《岳飞传》,那叫一个过瘾和赶劲儿!

随着时代的更替,多媒体的到来,收音机已淡出了人们的生活记忆,但是在那个时候它就是我了解外面世界的窗口。电台里的节目丰富多彩,还有一档交友节目,让我认识了许许多多笔友,几乎每天都有信件从全国各地飞到我的手中,在与笔友书信往来的同时,也提高了我的文字功底。

那时候我特意买了一个袖珍收音机,并且定做衣服时专门做了一个上面带拉链大口袋的衣服,下地干活时穿。我喜欢听流行歌曲,20世纪八九十年代都是些经典老歌,那时候的歌曲大多都是歌手自己作词作曲并演唱,一首歌就是一个故事,用歌曲诠释着自己的经历,所以词曲都是直击灵魂的,再加上歌手的倾情演绎,听起来很容易引起心底的共鸣。每个电视剧,里边的片头曲、片尾曲也都是随着电视剧的播出而在大街小巷上兴起,那时候的词曲作者都是靠实力,极少有商业炒作。

港台歌手我比较喜欢齐秦、罗大佑、姜育恒、童安格、赵传、张雨生、陈淑桦、潘美辰、林忆莲等,大陆的歌手喜欢韦唯、毛阿敏、李娜、刘欢、毛宁等。很喜欢听古筝《梁祝》、古琴《高山流水》、二胡《二泉映月》等古典名曲。还喜欢贝多芬的《命运交响曲》所表达的那种人类积极进取,不被现实所压迫的奋斗精神,那种英雄主义!让我醉心的还有奥地利作曲家舒伯特的《小夜曲》的诗意和浪漫,法国的理查德·克莱德曼的钢琴曲《梦中的婚礼》,还有俄罗斯柴可夫斯基那支《四小天鹅舞曲》的欢快流畅……

棉花从播种到收获的全过程,除了打药之外,都可以听收音机,特别是打营养钵和秋后棉花地腾茬被拔回来之后,集中到树林里晒摘的时候,家家抱着个收音机放旁边,有听评书联播的，有听戏曲的，有听广播剧的，人们在劳动的同时，也享受着难得的快乐时光！

我喜欢种棉花不光是因为它的播种管理过程可以听收音机，更重要的是它可以为家里提高经济收入，而且全身都是宝，干枯的枝叶可以喂羊，那时候吃的是棉油，烧的是棉柴，盖的是纺染织成布绗套的棉花被子。在所有的农作物中，棉花是我不过敏的，我喜欢摘棉花，花开天下暖！我喜欢它一树一树的花开，是暖！是爱！是丰收的希望！

掰玉米、割麦、摘绿豆、割豆子、收油菜，我都得忍受皮肤过敏的痛苦无药可医，只得忍受！麦播时六二式套作模式种棉花，小麦产量高，不影响早茬棉花的移栽。年前父亲和我趁空把棉花地用铁锹深翻冻晒，这样既可以利用太阳的紫外线杀死病原菌，又可以冻死一部分越冬的害虫，改善土壤结构，提高土壤肥力。

开了春等下一场雨后，用铁耙耧好地，保墒备播，每年三月三前后开始育苗，挖好池子，用水阴好营养土，打营养钵。我是在用水浸泡营养钵钵体时学会挑水的，刚开始拿捏得死八死九，累得不得了，满桶水挑回来只剩半桶。我嫌扁担不好用，就去借别人家的扁担，可别人家的还不如我家的好用呢！唉！想起母亲教我干活时常说的那句话：手不溜，怨袄袖，袄袖长，怨他娘……自己琢磨别人挑水的动作反复实践，慢慢掌握了技巧。跟着扁担起伏的节奏借力迈开步子，水也不洒了，也不用那么拿捏了。看来世事皆学问！看着别人干时很简单的活，其实都有讲究，挑个水也得讲究抑扬顿挫啊！

酸甜苦辣都是歌

　　家里缺劳力,1989 年秋,哥哥把未过门的嫂子叫来帮我干活,嫂子长得漂亮还很能干,村里人见了没有不夸的。那时娶媳妇儿都得盖三间新房子,我们家已经给哥哥烧好一窑砖,父亲把木料也备齐了,还缺点瓦。三弟才五岁,计划生育罚款欠的账还没还清。

　　嫂子的父亲去世早,家里姐妹七人又没有兄弟,在农村这种家庭更怕别人说三道四。她的母亲很传统也很善良,觉得嫂子早点来我家帮着干活也好,就托媒人跟父亲说:"等过了门再盖房,让他们早点结婚吧!"

　　嫂子的娘家跟我姥姥家是同村不同姓,离逊母口很近,父亲忙到腊月二十四学校才放寒假。腊月二十六逊母口有集会,父亲一大早跑到逊母口丁家果行,按豫东当地风俗,买了几十斤油炸果子等礼品,又买了包装纸。因嫂子的母亲提前捎信说,不用回我们家封装果子了,直接把果子拿过去就行,她们自己装封。父亲就买了果子直接带着礼品去嫂子的娘家,把婚期给定了下来。

　　豫东农村结婚俗话说是"赖三趟儿",意思就是娶儿媳妇公爹少不掉的三趟"礼"。东西拿得少了就被戏称为"老鳖一",被儿媳妇的嫂子辈取笑。

　　"赖三趟儿"指的是:第一趟叫"要好";第二趟叫"送好",就是订婚期;第三躺叫"商量事儿",商量婚礼相关事宜,沟通双方礼俗达成一致。

　　嫂子的母亲,非常通情达理,她说父亲忙,再加上时间紧正逢年关,只让父亲去了这一趟。父亲不让嫂子的母亲准备陪嫁用品,哥哥学了木工会做家具,我家木料多,等过了门让哥哥做,被褥之类的母亲准备,就这样定到正月初二娶亲。

　　距婚期时间非常短,准备暂住在爷爷奶奶住过的两间土坯房,里边哥哥用生石灰刷了一层,村里的年轻人送来了祝贺的一些画和中堂贴到墙上,新房就算布置完毕了!

　　1990 年正月初二,嫂子嫁到了我们家,三弟才六岁,我也刚辍学不久,哥哥学做木工活儿,因学活儿(当学徒)也没钱。家里已经准备了一窑砖,父亲把木料都准备齐了,盖房子就差一点瓦。父亲说娶你嫂子没盖房,来了咱不能亏待了她,再烧一窑货吧!烧点八砖(薄砖)再烧点小瓦,父亲说给哥盖三七墙八砖扣顶的房。

过完正月十五，我们就开始拉土准备磕砖坯。嫂子也爱听收音机，她和哥进城买了一个比较大的带音箱的那种收音机，拿到坯场里听。

嫂子帮我们阴泥收拾砖坯子，哥哥自己做的砖斗比一般的砖斗尺寸要大一点点。哥哥一个人磕土坯很慢，我也端着砖斗学磕，头一天挖的泥块也不小，可是往砖斗里甩泥的力度达不到，磕出的砖坯缺角少棱的，一上午过去终于磕得有模有样了。端一天砖斗下来，胳膊、腿肚子、腰都累得酸疼。

母亲天天叮嘱我要多干活，当妹的得多在嫂子跟前拉憨套。母亲这样说，跟当时的世风有很大关系，村里许多嫂子和小姑子因为干活吃穿搅嘴吵架，闹生分不说话的常有。我不在乎吃穿，又不惜力，嫂子也很懂事，所以我们姑嫂之间很融洽，从来没有不愉快过。嫂子嫁来将近七年，我才出嫁，嫂子的家教很好，虽识字不多，但勤快贤惠，我和嫂子没红过脸。

我结婚后回娘家，嫂子说："你一走咱家跟塌天了一样。"嫂子干活麻利快，她只读过小学四年级，但账算得很好，我比她多读了几年书，她就觉得我比她强，总是用欣赏而又充满爱意的眼光看着我。有时候我边干活边给她讲从书中学到的知识和看到的故事，嫂子悟性高，学习能力强。她比较喜欢戏曲，经典曲目都能给我一一讲上来，会唱几段经典的唱腔。我们天天干着活说笑着，繁重的体力劳动也不觉得累。一个春天把砖坯和瓦坯备好，收完麦子点火烧窑。

1991年正月过后，父亲开始请泥瓦师傅包工建房子，但是上梁和钉椽子的时候得管饭，父亲在学校忙，哥哥得操心建房时所需材料及木工方面的活儿。

上大梁那天一大早，父亲让我拿钱去县前街菜市场赶集买菜。19岁的我骑着二八大杠自行车，后面还带着一个篓子。我是第一次单独搞采购，照着父亲开的菜单子买好。回来时带着重篓子，跟带个人不同，车子不好骑，推着上兰河堤岗子时，摁不住车把车头翘了起来，等着来个路人帮我才掀起来，到家把我难为了几身汗。

年前嫂子生了侄女儿，母亲还得帮着照看侄女儿，母亲本来做饭就比较慢，这么多人她得做到啥时候呢？我就跟母亲说我来做，让她帮着烧火就行了。那是我人生第一次做那么多菜，不像现在的炊具这么方便，中午一顿晚上一顿，每顿饭得几十个菜。吃饭时两扇下房的旧门板往一块一拼，板凳不够掂两块砖头一摞就坐下了。我把拌好的凉菜都端上，大家围着坐开始吃着、说着、笑着，我在厨房里就一盘接一盘地炒热菜。

提到这次做饭我不得不谈及母亲，我觉得从小对母亲都是叛逆的，因为我总是嫌母亲慢，这跟她的性格有关，不好改变。她啥都会做就是慢，做得却是真好，但效率太低啊！她成天一刻也不闲着，天天在家出不了门下不了地。每次看到父亲在地里那么劳累没有帮手，就觉得父亲身上的担子太重，难免对母亲生出一种怨恨情绪。

说到这儿，又联想到我的辍学，这也是我多年的心结，当时的家境和条件不是经济原因上不起学,父母的思想肯定是不想让我辍学的。其实我辍学的真正原因真的和母亲有一定的关系,我一直认为如果母亲干活快点,父亲干重活时就有了帮手,我就不会那样担心父亲的身体,也就不会想到辍学。

我对母亲的感情当时很复杂、很矛盾,有感激、有怨恨。她九岁失怙,成长经历曲折,经历了灾荒、苦难、动荡、辍学等,每每想到这儿我又从心底心疼母亲。成年后的我也曾问过父亲:

"你成绩那么好,为什么恢复高考了不参加高考?"

父亲说:"有了你们仨,我走了你妈和你们怎么过?"

我也问过父亲:"母亲这么慢,那时人家都是两个人下地,你去学校教书,母亲快晌午了还走不出家门,你为什么不抱怨母亲?"

父亲一句话让我落泪了:"她那么早就失去了你姥爷,跟着你姥姥长大很不容易,我总觉得自己多苦都没啥。"

我能感觉得到,母亲身上有大家闺秀的特质,她从不和街头巷尾的人扎堆闲聊,说三道四,她遇事淡定从容,是时代弄人啊! 做一个只需要出力干活麻利的农民,她真的做不到,也真的太难为她!

辍学时,无论父亲母亲怎么劝说,我就是铁了心地在家帮父母。正因为如此,我辍学之后,无论家里地里我都顶着头干,这对我后来的性格乃至一生影响都很大。母亲身上的优点我发扬传承,她的弱点提醒我时刻自查反省,生怕在自己身上出现。直到我做了母亲,再苦再难也设法克服,分担周岗的责任,至少顶起半边天,努力给孩子创造一个良好的学习环境,尽量不让孩子为家里的事情分心。

辍学后的我嘴里怨着母亲,但在行为上处处体谅着她。母亲是很疼我的,20世纪90年代缺教师,我们县教师进修学校连着招生几届学生,交一万六千块钱有编制。父亲回来跟母亲商量着说让我去,母亲说卖点粮食钱就够了,当时我一听得那么多钱就拒绝了。我对父母说:"拿钱太多了,毕业了工资那么低,还总是拖欠着,比农民强不到哪去,再说下面还有俩弟弟呢,不能光顾着我,你们养弟弟的任务多大啊!"

那时我已经和周岗订婚了,去上学就意味着跟他退婚,他家境不好,从小失去了母亲,退婚对他肯定是伤害,几方面考虑后,我就放弃了这次求学的机会。

父亲无论干什么活都是又快又好,他从小就培养我们做事先快后好的习惯。比如写字,刚入学的时候,他就要求我们写快点,不论写得好坏就要快。父亲说,手快才能锻炼我们的大脑思维敏捷。我从小跟着父亲,看他干活做事受影响也大,父亲干活好动脑子,勤于思考,尽量避免做无用功,力求一步到位,达到事半功倍之效。我从小在父亲的教导下,也养成了思路快、做事快的习惯。后来在我写东西的时候,总是思路赶着笔头走,文字流淌如泉涌一般。

记得 1998 年冬天农闲,我怀着儿子到七八个月时,怕计划生育躲住在娘家。父亲忙让我帮他写篇年终总结之类的稿子,要求不低于六千字,他跟我把写作要求说了之后,我坐下来一上午,六千字的稿子一气呵成。父亲回来一看很满意,他疼爱而又语重心长地说:"坚持你的爱好吧,再忙也不要停笔啊!"

一是因为已习惯了长期干活锻炼,二是因为我生来急性子,只要我在家,很少让母亲做饭。嫂子嫁来不久有了身孕,得多照顾她的身体,厨房里我也不让嫂子插手。嫂子生下孩子后,母亲看管侄女多,下地回来我和嫂子做饭。特别是到了农闲,家里种的棉花多,榨的棉油都用一个油缸盛着。嫂子手巧,她炸徽子炸得好,她手把手教我动手操作。我俩还在一起研究尝试着做酥脆的小金果、麻花等美食。在后来的岁月中,我不喜欢去买食品类的东西,喜欢自己动手做美食,跟嫂子那时候对我的影响是分不开的。

母亲最大的优点就是照顾孩子,干净有耐心,这是她的强项。人都是会有短板的,全才的人少之又少。母亲养育我们五个,三弟比侄女大了六岁,母亲这一生养育了子辈养育孙辈,她自己从来舍不得吃舍不得穿,我常常去想母亲的这些优点,心里也就只剩下感恩回报了!

妹妹的辍学是因为和她一般大的女孩都不上学了,她说啥也不愿意去了。妹妹和我不太一样,我从小体格强壮得像个男孩子,她略瘦些,出力不行,干手工活挺好,勤快麻利。父亲不在家的时候,我们两个下地,我大些干重点的活儿,下地回来之后,我俩就分了工。妹是专管喂牛、给淘草缸换水、出牛粪等一系列的活儿,妹天天喊着累得受不了。我是一下地回来就做饭。20 世纪 90 年代初,表妹靠熟人介绍去了广东省第二棉纺厂打工,她走时来我家跟我说:"人家要人的话,我就赶紧给你写信。"

果然她走了不久就给我来了信,说那边要招工了。母亲说:"你别去了,让你妹去吧!她在家出力不行。"

我啥都没说,能说什么呢?妹去了江门第二棉纺厂,工资待遇还挺好。那年的秋后,太康县劳动局也为广东那边招了一批纱厂女工,工资条件也不错。母亲觉得妹去棉纺厂打工比在家收入高,就让父亲带着我去劳动局,身高、学历等条件都行,最后伸出手让人家看一下,结果不合格,因为我天天在地里干活手太粗糙!

20 世纪八九十年代,豫东农村的风俗,就是年前年后娶了儿媳妇,等收麦一结束就分家。娶媳妇时盖的是三间房,再盖一个简易的小厨房,建一个土灶台,买大小一套锅就算是分家了。

跟嫂子差不多时间来的都是当年分了家,因为我们家盖房子晚,所以分家晚,哥哥常做木工活儿,农闲的时候贩卖棉花。家里我和母亲嫂子帮衬着。有时候哥哥需要时,我也帮他去收卖棉花。

那时我们家有九口人吃饭,俩弟弟比大人少吃不了多少。馒头是主食,我每天晚上发面起早蒸馍，连锅边上都贴满了馒头，出锅能掀满一竹篮子，有时候多余的面就用在小锅里炕油馍，才够吃早晚两顿，中午还得擀两大剂子面条。

夏天做饭可真不是个味儿，有句老话说得好"夏天哪都不凉快，厨房门口最凉快"！意思就是说，夏天的厨房是最热的地方。

一顿饭下来，得汗湿一身衣服，中午我就干脆不要人烧锅，索性自己一个人来。我家树林子多，柴火好，干柴往锅底里一填，我自己擀面时操心着火就行了。

我揉馒头面、剁卷子、擀面条的技术都是在那个时候练成的，剁卷子手起刀落一气呵成，个个一般大。那时候吃得真多啊，两大尿素袋子面吃半个月就不错了，每次都是我拉着去兰河里淘小麦，下午去苗庄打面，打面的人多，需要排队。苗庄离家有六七里路，我步子快胆子也大，经常拉着架子车咣当咣当昏天黑地的才回来。

当个庄稼人不认识杆秤是个麻烦事儿，不像今日的电子秤物品往上一放，输入单价之后应付钱数一目了然。有句老话形容两个人旗鼓相当，叫半斤对八两，说的是十六两秤。自秦朝统一六国以来，为了便于各国商贾和百姓交易，丞相李斯上奏皇帝，废除六国旧制，统一度量衡，得到秦始皇允许以后，李斯奉命制定新的度量衡制度，十六两为一斤。那时候的秤不同于现代的杆秤，其实是最原始的天平，后来出现了杆秤，秤上第一个星被称为定盘星。当秤砣处于定盘星的位置时，与空秤盘重量平衡，所以第一个星就是秤杆上的零刻度。定盘星一词，后来被引申为做事的准则，也可以形容一个人能拿主意，电视剧《宰相刘罗锅》那首主题歌就把定盘星诠释得很到位。一斤为何为十六两呢？十六两秤又叫十六金星秤，是被赋予了古人的智慧的。传说古人制秤时观察北斗七星南斗六星，再加上旁边的福禄寿三星，正好十六星。北斗星主亡，南斗星主生，与人交往称东西缺斤短两会受到上天惩罚，告诫买卖人拿起秤要诚信不欺不瞒。短一两无福，少二两少禄，缺三两折寿。古人都信奉举头三尺有神明，所以面对十六两秤不做昧心事，公平买卖。

父亲在教我认秤时，给我讲完了这些关于秤的小故事，又给我讲了一个当地的笑话。附近村子里有一家相亲，见面时男方问女方："你会算账不？"

女方说："会！"

"认识秤不？"

"认识啊！"

可结了婚卖东西时，女方却不会用秤，男方说："你不是认识秤吗？"

女方答："我认识秤，可没说认识秤杆上的秤花呀！"

秤花是秤星的俗称，此事在我们当地成为笑谈。

我很早就学会认秤，那个暑假我才15岁。同村离我家很近的一个姐姐天天找我玩，她比我大4岁，她读完小学四年级就辍学了，因为家里她是老小，父母年岁虽然大了也舍不得让她干活。她比较清闲，有时候跟我一起下地帮我干活，她很聪明啥活一看就会，她说她就喜欢跟我说话，能增长知识。我是现学现卖，就是从父亲那里听到或是书上看到的都给她讲。

离我村不远的老涡河旁，有一个村庄叫胡庄，种菜的特别多。有一天，我俩一嘀咕说一起上点番茄去卖吧！我回家跟母亲说了，母亲说你想去就去呗，给了我几十块钱。那个姐姐也回去拿了几十块钱，我俩拉架子车扎上荆笆，下午就去人家菜园子了！

那个姐姐比我大几岁，比我成熟，她先从地头捡些青草垫在车厢里。至今记得她那天穿着新买的白底带暗花纱质的短袖上衣，以及黑色的裤子，当时是很时尚的。她让我先看着车子，在一旁等她。她是想先去问问价格，看哪家的货性价比高。她把裤子兜里装着的一个淡粉色花手绢掏出来，拿在右手上，用手绢往脸上扇着风，故作老道地张望人家菜地的番茄。实则她也是羞怯紧张的，手绢成了她掩饰情绪的最好道具。

姐姐问了好几家菜农，都是五分或六分一斤。当时下乡去卖一毛五一斤，因为村里农户自己种的番茄还没有下来呢，想着该好卖的。我俩选那种刚有一点红的，不敢选太熟的，因为过一夜后，色相正好看，也就好卖。我们装了一架子车。回来的路上，我算着这么多番茄能赚多少钱，盘算着去哪个村子卖，走哪条路能多卖。天黑到家，把第二天用的东西和零钱准备好，晚上我俩睡在她家里，叽叽喳喳地激动得半夜没睡着，想的都是卖番茄的办法。

第二天一大早她家的大娘就把饭给我们做好了，起来吃完饭，我们就拉着一路向西，因为往东离胡庄菜地和县城比较近，到处都是卖菜的。向西离县城远，没有专业种菜的人家，想着应该好卖些。

往西第一个村子是韩庙，离得近，多数人都认识，有点不好意思开口吆喝，所以在韩庙就没有停留，直接去了何营。这个村子里卖菜的、卖豆腐的、做小生意的特别多，而且他们这些人爱瞅便宜，不下好货。

此前对此缺乏了解，我们拉的番茄个儿大颜色好，还没卖钱呢，所以舍不得放低价钱。下乡得叫卖，我们俩都喊不出来，就是碰到人群站一会儿，光站着不吆喝卖不掉。出了何营去张楼的路上，找个凉快的树荫歇了一会儿，下定决心进村得吆喝，不吆喝不行。这卖菜全得在中午卖呢，过完中午就不好卖了。

我们从张楼到前店、孔庄、余营这几个庄子，就到了中午了，总算把本钱卖回来了。价钱从一毛五一斤降到一元八斤，又降到一毛。然后我提议去谢营我大舅家吃饭，大舅家临着大街住，姥姥家在背街住。村子很大，进村走着卖着。等我们赶到大舅家的时候，已经过了吃饭的时间，大舅正好在家里，赶紧喊着进屋，给我们倒好茶水，递过来扇子让我们歇着，大舅往肩上搭个毛巾，就去厨房给我们做饭了。

姐姐用竹篮给他拾了一篮子番茄，大舅说啥都不要，让我们多卖点钱。在大舅家吃完饭，还剩半车厢呢，得赶紧去卖啊，再过夜就不行了。往回去的方向改道走别的村庄，然后从一毛又降到八分六分，小麦换番茄也要，快到天黑的时候才到家。车上还剩大约有百十斤没卖掉。坐下来盘点，一共才赚了三十多块钱和几十斤小麦。剩下的番茄自己留一点，又送一些给人，就处理完了。忙了两天，挣了这点钱，累得浑身酸痛，我俩感叹着："唉！钱难挣，屎难吃，依着算，没穷汉，这话不假！"

这次卖番茄忙了两天，跑得腿肚子疼，也没赚到钱，觉得不划算就不卖了。等快开学的时候，我家种的番茄吃不完了，我跟父亲说，我带到三家集卖吧！装有两半化肥袋子，蹭同村人的架子车拉到集市上去，找个空当处放在地上，挽好袋子口，把番茄露了出来，把钩子秤和竹篮子放一边。还没开张来了几个人，一看就长得黑壮眼露凶光，那面相一瞅就是那难劈的柴——纹路不对啊！为首的一个人说："谁让你摆这儿的？"

我心里有点害怕，也没见过这阵势，不知道咋说就嗫嚅着回答："今天不是有集会吗？谁不是都能摆吗？"

"拿管理费了吗？"他黑虎着脸道。

我说："我还没卖钱呢！"

那人也不理我了，甩了一下头递个眼色，上前两人背起我的两半袋子番茄，又要拿我的秤，我伸手抓起了秤说了一句："土匪！"

望着他们扬长而去的背影，心里想着父亲在菜地里劳碌的身影，气得差点掉下眼泪来！

我怔怔地站在原地好久，旁边的人说："你拿钱或者找关系去跟他们要吧！"

我想了想，没去要，挎着空篮子拿着秤回家，一路上心里很难受，几次想回去找他们理论，想想还是作罢！到家母亲没吵，劝我说："也不值几个钱，算了！"

经过这次，我不敢再去集市单独卖东西。辍学后，第二年种的豆角结得太多，送人也吃不完。嫂子说："咱俩捆好去卖吧！"我俩捆成两毛钱一捆，去姚楼卖完了。嫂子很会卖东西，我跟着她学会了卖东西时咋跟人说话。嫂子是个会过日子的人，地里种的啥吃不完就去卖。慢慢地我自己也不怕了，吃不完的也带着去卖，只是没再去过三家集。

收完小麦后，我们家种的春红薯秧长势非常好，可以带到集市上去卖。头晚上父亲给剪好一大捆，第二天早上天不亮，我就骑车带到县城的县前街菜市场去卖，有等着栽麦茬红薯的，见了这么好的秧苗就一下子买走了。来这里卖红薯秧时发现，家里吃不完的菜可以在这儿对装给菜贩，不等管理员来就卖完走了。从那之后我家种的豆角、荆芥、番茄、冬瓜、洋葱等吃不完的，我就带来卖。

四轮上风一样的女子

1989 年冬,父亲叫来了三冢集牲口市上的行(hang)务来家里看牛。这头牛是父亲托人从安徽涡阳买来的,来时是个小牛犊,长大后很有力气,活儿好,性子不肉。每年还下个小牛犊,有一年还下了双胞胎小公牛,喂到会吃草卖了 360 元。听说卖老牛,我和母亲都从厨房出来了,那头牛仿佛能听懂人们的谈话,它望着我们,大颗大颗的泪水从它的大眼睛里滴落着,我和父亲、母亲都掉泪了,1000 块钱被他们牵走了!那头牛一步三回头的叫声和它流泪的大眼睛,至今定格在我的脑海当中,记忆犹新!父亲是看好了许昌农机公司卖的潍坊四轮,得 5400 元,家里钱不够,能换钱的也只有这头牛了。

1991 年秋收,往年都是哥开那辆潍坊四轮车,他不在家,我和父亲都不会开车。父亲没日没夜地收割,用架子车拉得很慢,家里车和拖车斗都有,我心里不甘,对父亲说:"您打减压,我试着来摇车。"

我烧了半锅开水,加到四轮机器的水箱里,让父亲帮着打减压,我深吸一口气,憋足了劲儿,马步站稳,双手握着摇把,摇三圈喊话让父亲松减压的同时猛加力,车就突突突地着了起来!父亲看我把车摇着了很高兴,我就开始开车下地,去时从家里拉粪出去,回来捎回玉米秸秆,就这样拉了一天。

第二天父亲去学校了,表妹和她对象来我家玩,我就故作老练的样子开车来回带着他们,他们刚处对象,给我帮忙时,双方为了更好地展示自己,干活麻利又有眼色。我也有点分散注意力,没有自己干活时的那份认真了。回来时先爬河堤岗子,我用的是三档,上了岗子想换四挡,正常操作是先用左手把高低杆拨到低档位置,然后用右手把换挡杆拨到四档位置,我却忘了左手操作高低档,直接右手从一、三档位换到四、六档位,因三档是高档位置,所以这么一换我想换的四档实际是六档,更有失误是摇车后忘了把手油门调减到怠速。

无巧不成书,村里的结实叔正好撵着他家的牛犊子上了桥,一看我这车速快,他在车前面跑得更快,牛犊子吓得没命地惊跑,结实叔左右躲藏,我方向稳不住,总和他躲一块,他左躲我赶紧往右打方向,发现他又在右边……我手忙脚乱,右脚油门松完点刹车也不咋灵，因为手油门大呀，结实叔吓得一脚跨上了桥栏，我拼尽全力握紧方向盘，右脚刹车到底，同时左脚离合到底，然后身子因用力几乎站了起来！车戛然而止！我吓得浑身都被汗湿了！刹住车后的我坐在四轮座椅上，双腿发软！

跨坐在桥栏杆上的结实叔惊魂未定，他脸都白了，喘着气说："卫红啊，你再刹不住车，我就要跳河了！"

表妹也顾不得在对象面前的形象，冲我大喊，她对象也做好了跳车的准备……

从那以后，我骑车、开车都特别稳！也是从那次后，结实叔每次见我都铁青个脸，哪怕他是步行，只要见我开车都会让道！

1992年的夏天大旱！玉米叶子像被滚水烫过似的，卷着筒儿。年年乡里拨款，春季打井，施工队偷工减料，愣没打出过几眼好井！水泵插上抽一会儿停一会儿。哪一眼井要是好用点，晚上裹被子睡井旁，等着抢井的村民得好几个，还常有因抢井打架的。

父亲和地邻商量，在高庄前门那块最大的地里，自费三千多块请打井队打了一眼井，紧着我家和地邻的地浇，我们浇好了谁来打个招呼就可以用井。自费打的这眼井好，水很清很旺，用之不竭！

平日都是我和哥抗旱，那天哥有事不在家，我开车拉着水泵去地里，父亲帮我稳上水泵就赶往学校了。我自己把四轮大轮子上的皮带扒掉，又把带动水泵马达的皮带挂上，水泵有封闭不严处和点稠泥糊好，我摇着车开始浇地。

夏天的天气预报总是不那么准，浇到晌午变天了。我灭停了机器，赶紧拿工具把水泵上的皮带扒掉，车上的皮带上好，刚摇着车雨来了！地里没处避雨，水泵在井里，我一个人提不上来，顾不了那么多了，我开着车先回家！

雨瓢泼一样，睁不开眼，小路成了一条小河，我开出有三百米左右，雨太大没法前行了。我瞅见路北有一麦秸垛，这时候雷电大得吓人，衣服被大雨浇透了，风一吹直打冷战。我停了车灭了火，把头上淋湿的破草帽子解掉，盖在了车烟筒上，就着麦秸垛南侧用手掏出了一个可以隐身避雨的窝，钻进去，拢拢头发，抹去脸上的雨水，感觉安全多了，麦秸垛里好温暖啊！

侄女满一岁时，哥嫂和我们分了家。开春哥买了一辆时风机动三轮车，开始趁农闲收玉米、收棉花。哥是个细作人，干啥都行。为了增加收入，秋收后他留了一块春地种西瓜。父亲看我也能单独卖东西,也留了一亩三分春地,和哥嫂一起育瓜苗一起移栽。

有一次我给西瓜打药的时候,药量用大了,两天后西瓜苗全成了烫发头,叶子蜷缩着,父亲回来一看,说是因为药量太大中毒了。哥哥家的西瓜秧爬好长了,我家的西瓜苗才可以盘瓜秧,我学着盘瓜秧很认真,留三根壮实的瓜秧压上土块盘平整,多余的瓜秧剪掉,打药管理格外小心。哥家的西瓜比我们家的成熟早,我因为苗期打药不当,影响瓜期推迟了十多天。西瓜成熟时,春瓜下市,晚瓜没上市,正是青黄不接的时候,因为错峰反而好卖了呢!

去县城零卖价格好些,但耗时比较长,只要瓜好,城里人不在乎那几分钱的差价。下乡换小麦比较快,稍微次点的瓜价格略低点也好卖,乡下人不那么注重瓜的品质。卖瓜的时间正赶上暑假,棉田里整枝打叉,打药逮虫活忙。父亲带我一起去城里卖过瓜,父亲会做生意,他让人感觉到不仅瓜好吃,人也实在,他带我去两趟后,再去就有老客户了,一看是我和父亲,不问价钱就让称瓜送回家。父亲带我几趟后,就让我带着十三岁的二弟去县城卖瓜,他在家干农活。

最让我记忆犹新的是有一次卖瓜,早起趁凉快挑个头大的装了一架子车,准备去县城卖,我放秤的时候不小心拿掉了秤锤,正好砸到我的第二个脚趾上,因为摘瓜时有露水鞋子脱在了地头,还光着脚呢!我"啊"了一声之后,咬牙一个劲地吸冷气,疼得霎时涌出了两行泪!低头又一瞅,血冒出来了,赶紧用手捏着,猛抽吸着冷气,再徐徐吐出来,脑子里一想这一天还没出门呢,怎么这么倒霉呢?想到这儿,偏着头抬一下手臂,在衣袖上擦干眼泪,忍着疼痛连"呸"了两口唾沫,算是赶走霉运的一个破法。

我蹲在地上,又缓缓地抽吸着凉气,等疼痛缓解,又摁了一会儿,不出血了,但是脚趾盖变紫了。等疼劲过去了,我瞅着这一车瓜得卖啊,不卖明天又摘一车咋办?父亲去远处的棉田里打药了,我站起来,掂着地头的布鞋,光着脚一扭一拐地回家,把满脚底的露水、泥土洗净,在破皮处上点马皮包粉。

我换了一双凉鞋,省得磨受伤的脚趾,这样不耽误走路。喊着二弟跟我一起去县城卖瓜。二弟自小数学好,账也算得快,从小就会操心,他跟着我能计事着呢!进城卖瓜不比下乡,城里人力气小,他们买几个瓜还得让你给他背到家属楼上,有的没人送,他就不要了。二弟可以看着车子,我可以给人家送瓜,也好卖得快些。他能帮我操心算账收钱找零,路上帮着我推车子。

我们姐弟二人拉着瓜车,沿着兰河堤上了许太公路,柏油路上的热浪扑面而来,我回头看看二弟也是满头大汗地在后面推,突然满脑子都是白居易《卖炭翁》中的那句"可怜身上衣正单,心忧炭贱愿天寒"!脑海中闪现的都是一个沧桑老汉"满面尘灰烟火色,两鬓苍苍十指黑"!我忍着脚疼,边走边祈祷今天可千万别下雨,西瓜越热越好卖,我当时是多么理解卖炭翁在寒风中卖炭的心情啊!心头忽然就跳出两句:可怜身上如雨汗,心忧瓜价愿天炎!这不正是我此刻内心的写照吗?

瓜熟得越来越多,每天进城卖一架子车是卖不完的,进城卖瓜只能用架子车,无法开四轮车多拉点,有查农用机动车进城的。下乡卖瓜可以开四轮车带个马车桩子,父亲又借了一辆马车,就在四轮车后面的老虎嘴上把我们家的马车挂上,用一个废旧的车外胎套着马车后尾,后面又挂上了一辆马车,就这样小四轮后面带了一拖一挂。

十一点把瓜装好,下乡卖瓜得赶中午,人都下地回来了好下货。十岁的三弟和我一起,十一点从家里出发,上许太公路往西,没有查农机的卡点,我们去陶母营和逊母口(过去叫寻母口),拿小麦换西瓜。陶母营十一个生产队是个大村子,逊母口是个镇,更大,南街的回民比较多,我们一般去逊母口的北街卖。隔天去一次,两个地方交替着。他们知道我们隔天来,都等着来呢,我家西瓜沙瓤口感好。正好从家里 11 点出发,到地方不到 12 点,每天两点多就可以卖完,回来时正热,公路上人少车少,我是挂六档,一路油门踩到底,飞快往家赶。回来吃完饭,休息一会儿不耽误凉快时下地。

父亲让我和十岁的三弟一起去,因为三弟喜欢跟车,他对车很操心又机灵,车加水加油他比我都操心,我摇车他打减压,等过两个压缩他松减压,我跟过第三个压缩车准启动着火,他九岁就跟着我犁地干活,帮着打减压,已经配合得很是默契。对车的了解,三弟比我懂得多,因为他之前总是跟着哥哥干活,他早就记心里了。我那时开四轮的技术还算不错,倒车什么的也操作自如。去时拉着两车瓜,一上公路换上五档(快二档),人少时就换上六档(快四档),跑起来觉得视野开阔,发梢飞扬,很是拉风!右手单手打方向,左手扶着工具箱,右脚稳着油门待命刹车,左脚待命离合。三弟坐在我右侧的瓦壳上,抓扶着座椅靠背,他往后边操着西瓜车的心呢!当时我出门喜欢穿的衣服是白色文化 T 恤衫配板儿裤,外扎腰穿运动鞋,自我感觉利落干练,不喜欢弱不禁风的娇柔姿态,觉得女孩子得有几分英气,才能配得上激情燃烧岁月里的青春色彩!

不知是老乡们对我姐弟俩的照顾,还是买瓜认人,每次去都有热心的人帮着义务宣传,一般情况下,我们都不用挪车动地方就能卖完。瓜都是在家挑过生熟的,摘瓜时看瓜须、颜色,然后个个过手。瓜好,一斤小麦二斤半西瓜,他们知道价格,吃过的连价都不问,放心地让我给他们装瓜。去陶母营更省心,姨家是那里的,姨父人缘好,他一招呼就围上来了,我光称秤和算账就行了。这一亩三分地的瓜,卖了四千多块,父亲也很高兴,那时一亩棉花才卖一千多块,所以自打那年之后,年年种西瓜。

提起开车这事儿。又想起了前文中的那一次飞车。吃一堑,长一智,此后我在开车之前,会把手油门调到怠速位置,慢慢熟练多了,挂挡、换挡、倒车都灵活自如了。开车是习惯性的动作,熟能生巧。早茬地都腾出来了,该犁地时,父亲把粪土和复合肥料也都撒好。我和父亲把犁抬出来。看着犁上乱七八糟一堆的拉杆和一堆销栓,父亲也不懂,那年哥哥不在家,我们不知道怎么组合。这时候,九岁的三弟跑过来,把那些拉杆伸开穿入升降杆各就各位,拿起销栓咔咔咔一会儿给上好了。他平时爱跟着哥哥下地。哥哥怎么操作怎么装,他都一一记心里了。从这次以后,我下地干活,三弟经常坐到车瓦上给我帮忙。哥哥把农具收拾得很好用,焊接有升降耙,耙地时有闲人就站在耙上,等着到地头升耙时捡拾耙脚(耙出的根须枯草)。没有闲人压耙时,直接撂上两半袋土,一个人也可以进行耙地作业。

第一次去犁地,父亲跟着去的,之前我也看过《农技员手册》,讲述土壤结构以及土壤的耕作方法,可实操起来总是眼高手低。常见犁地法分为绞着犁和扶着犁两种方法,为了地块平整,好播好浇,两种耕作方式年年轮换进行,绞着犁就是从地块的四角找边界点。分别在地块两边开塝土往两边外翻,最后塝沟在中间。扶着犁就是从地块两头取中心点,从中间开塝土往中间内翻,塝沟最后在两边。不论哪种犁耕方式,最后耙完地都得平整,不能显出塝沟。

第一次犁地是扶着犁的,父亲去附近找了两根玉米秸秆,又摘了两团棉花,然后用脚步丈量地块找出中心点,把玉米秸秆扎在中心点上,然后把棉花放在秸秆的顶端。父亲让我把车站好,犁铧扎在中心点上,准备开塝,他告诉我要盯着地对头的那个玉米秆上的白棉花,这样开出来的塝比较直。我心里明白了,这是两点确定一条直线!

我握着方向盘,紧盯着那团白棉花,随着铁牛那铿锵有力的节奏声起,我踏稳油门,犁铧翻吐着肥沃的新土,耕耘着崭新的希望,垦出了一道生命的主题!初次进行犁耕作业,等犁完最后一钏地,由于右侧轮在塝沟内,四轮一直有一定的倾斜度,我坐在上面加上初次犁地的紧张,右腿、右胯、右脚拿捏得酸麻,我犁完了这块地,父亲很高兴地鼓励我犁得不错!晚上我捋顺一下白天犁地的思绪和感悟,在灯下写了一篇《犁》,在一个无法干活的雨后去邮局寄出,几天后收到省电台的稿件采用通知单。

经过这一季早茬地的耕作之后,我犁地的水平有了飞跃式的进步。最后一块晚茬地,是兰河堤外的两亩棉田,那天三冢集有集会,东边高庄的几个老农去赶集,路过看见我犁地,愣是半晌都没走。当时三里五村也不见一个姑娘家开车犁地的,他们很是稀罕,不住地称赞。等回来又看我锁耙地更是觉得开了眼界!耙地常用方法分为两种:通耙(顺耙)和锁耙(对角线斜耙法)。一个锁耙相当于耙两边地,特别沙的土壤地块好打耙,一个通耙,一个锁耙相当于三遍地就行了。两盒土地块也比较好打耙,先来两个通耙,然后搁一个锁耙,正好四遍地就可以了。偏淤的地块坷垃多难打耙,得六遍地,先来一通一锁,再来一通一锁,正好六遍。锁耙是比较好的耕作方法,可以切碎压平土壤,锁耙地时走之字形路线,耙与耙要平行穿插叠压,到塝沟边上拐弯得有度,一定耙到位,省得最后边上显塝沟,对不住地邻。我最喜欢看锁耙地合严,通耙压边之后的土地,它纹路清晰、脉络分明,简直就像是一幅刚完成的杰作,似一帧清新的素描画,正默默散发着土地的芬芳!

外面的世界很精彩

20 世纪 90 年代初,外出打工得有熟人,没人是进不了工厂的。我每天晴耕雨读,辍学就是奔着替父母分担的,我又喜欢读书,赖好算是有点爱好,精神上有点追求,所以就不过多在乎穿着的好坏了。

妹小我两岁,她读书又少,没有太多思想和精神追求,每天超负荷地劳作,连件像样的衣服都没有,母亲精打细算过日子,舍不得让她穿,妹心里常常很苦恼。

常言说,力气是个本,她从小体质不如我,我是干啥活都不怵力,妹害怕干重活。想出去打工又没人带,父母不放心。妹脾气比较执拗,不太随活儿的那种,我个性虽强但比较随活儿,狂风暴雨之后雨过天晴仍见彩虹的那种性格。长大后想想,自己是姐姐,还是对妹妹照顾不够,干起活来有时候光嫌她没材料。

一次犁玉米地时,妹撒化肥,不太清楚为了啥,父亲吵她几句她不听,父亲动手朝她背上打了两下,妹妹撂下挎化肥的笸斗子就走了。父亲挎起笸斗子继续撒化肥,等我们犁完地回家,不见了妹妹,母亲说她也没注意。就赶紧上她常去玩的那几个女孩家问,都说没见,一直到晚上也不见妹妹回来。

全家一夜无眠,从不迷信的母亲第二天非让我骑自行车带她去找算命先生不可,算一下说妹走远了。我和母亲听后特别难过,回家的路上浑身像散架了似的发软无力。妹脾气犟,肯定是把父亲激怒了,父亲才打她的。我记事起,父亲从来没打过我。

小时候因为我对母亲的叛逆,一次和母亲顶嘴,把她气急了,她扬起棍子打我,我没有因她扬起的棍子而有丝毫屈服。我梗着脖子不服气,把她说得一无是处。母亲一棍子下来,打到我身上,棍子断成两截。我不哭也不动,只看着母亲,那表情肯定是宁死不屈的宣言!从此母亲再不打我了。事后母亲说,打你时,你咋不跑呢?

我挨打之后,该干啥干啥,从不怄气。妹蹩(方言犯拧),那时人贩子特别厉害,害怕她被人拐卖。母亲天天精神恍惚,吃不下饭,父亲也瘦了好多,到处打听妹妹的下落。我每天更加起早贪黑地干活,心里默默祈祷妹妹能平安,大约过了半个月左右,我收到了妹妹的来信。她说那天搭车去了开封,在开封县给人家看孩子,让我跟父母说一下,不要挂念,她一切都好,也为她自己的任性向父母道了歉。还说一个月工资 150 块,并把地址写得很详细。我赶紧回信告诉她,一定不要挪地方,等种完小麦,我就去接她。

农历十月初四,天下着毛毛雨,就剩最后一块自留地了,这是一亩四分地的棉田,我急着犁完赶紧去找妹妹。下着雨我坚持犁地,十月的天很冷,天又短,中午没回家吃饭,连犁带耙,我穿着一条秋裤套一条裤子,等犁完地天都黑了,衣服全湿透了,急着干活也不觉得凉。

就在那天夜里,可能因膝盖受了凉寒,再加上这个秋季的劳累,夜晚我的腿酸痛得睡不着觉,万般滋味涌上心头,我忍不住放声哭了起来。哭声惊醒了隔屋住的父亲,他起来站窗前喊我开门。我说没事腿有点疼,明天就会好的。

第二天,我坐上了去开封的汽车,第一次去开封。那时没有高速,车很慢,我的心很急,满脑子都是妹挂着泪水的脸和在家劳作时瘦弱的身影!妹爱哭,有时候父母说她几句,她就委屈哭了,哭着还干着活。我这姐姐也不称职,我俩有分歧时也不知让着她,总忏悔着妹离家出走,是不是也有我的过错,想着想着就落泪了!

我按信上的地址找到了妹妹。这家主人还给我们炒了几个菜,说真舍不得让妹妹走,吃完饭我谢过人家带着妹妹离开了,在曹门大街找了个旅店住下,准备在开封带妹妹玩一天再回去。来时买的梨剩一个在包里,我拿出来洗了洗说咱俩分着吃吧!读书不多的妹说了句让我至今不能忘却的话:"姐,你吃吧!咱们永不分梨(离)!"

妹回来后,我收到表妹从江门寄来的信让我去棉纺厂,母亲说:"你在家干活,让你妹去吧!"那时满大街都在唱"外面的世界很精彩",说实话,谁不想走出黄土地到外边的世界看看呢?棉纺厂里风不吹雨不淋,再累也比种地的活儿轻。可我是最适合留在家里的,因为我能出力呀!妹妹此去打工之后,再不愿回家种地,妹很顾家,每月的工资都寄回来。她也是个勤快人,从不舍得闲着,打工之余又给父亲和弟弟们织了毛衣寄回来。

1993 年,父亲的工资每月才 80 元,而且拖欠得厉害。当时,北大教授停职留薪卖馅饼的事儿,被媒体炒得沸沸扬扬,全国掀起了一阵下海热潮。我觉得父亲每天教书,付出的时间和精力才拿那一点工资,太得不偿失了!父亲思维缜密,又有经济头脑,他睿智而颖悟,诚信而德高,下海经商肯定行。我有了这点想法之后,有一天就跟父亲说:"您别教书了,停薪留职吧,咱父女俩一起去深圳、广州那边瞅机会经商做生意。"不知道是成年累月激昂文字时,对三尺讲台产生了眷恋,还是因为课余习惯土里刨食时,对那片土地爱得深沉,父亲没有答应我的提议。每年累死累活也存不了几个钱,当时我怎么都想不通一向喜欢创新、思变的父亲,怎么不愿意离开黄土地呢?多年之后,我一提起这件事儿,说父亲要是听我的,早就在南方打下了一片江山,父亲都是默不作声!

每年的农历十一月到来年的三月,都是农闲时节,这段时间我是比较自由的,可以读书,可以去县城逛书店、逛街。村里有个爱荣姑和我非常要好,我们俩无话不谈,经常在一起织毛衣、听歌。爱荣姑是一个秀外慧中的人，手特别巧，织毛衣自己创意出图案花纹，非常漂亮；还有阿文常来，我们两个常自喻为伯牙、子期，许多想法不谋而合，心有灵犀。

1993年春，我和阿文一起去找同学美琴玩，美琴上学时聪慧好学，高考因几分之差名落孙山。见面之后，她说她的姐姐在郑州，过几天准备去找姐姐，看能不能在郑州找个活儿干。她的姐姐和我们同校不同级，我们都认识，她们姐妹二人上学都是那种勤奋好学之人，但都没能从独木桥上过去。那时候她的姐姐在德化街卖壁纸，我还没去过郑州，想想这段时间家里不忙，就想跟美琴一起去几天。于是跟美琴约定好时间，回来再跟母亲说这个事情，看能不能在郑州找个活儿干几天，体验一下打工生活。

3月27日中午到了郑州，我们先到春芳姐那里，美琴的弟弟铁工也在郑州打工，我没见过他，他听说我们来了，也赶到了大姐那儿，我们四个人聊了一下午。美琴想学刺绣，第二天我俩就一起去了一个温州人开的刺绣店，我不喜欢刺绣，只是想出来看看有没有合适的活儿，体验一下打工生活。父亲准备再建五间房子，到时候我得回家。刺绣学徒没有工资，但管吃管住，美琴就在那儿留了下来。当天晚上，我跟美琴住在了那里。

3月29日，我去二马路附近的劳务市场看了看，有一个50多岁的中年男人，当时在我看来就是一个老头，和我聊了一会儿说，听你说话也是个文化人，我们有个热干面的摊位，要招一个服务员，工资是150块钱，管吃管住，你干不？我说我不会做热干面，他说有一个姐姐在那儿做，你当帮手就行，就负责收钱找零，收碗刷碗。我说我干不了太长时间，最多一两个月，因为家里有事情。他满口答应，并承诺干多少天给多少天的工资，我就答应了。

我到美琴那里留了我要去的摊位地址，然后就跟雇主去了店里，店在西郊的工人路上，他雇佣的另一个女孩，孙姐，24岁，个子中等，大眼睛，皮肤微黑，烫发扎着马尾，算不上很漂亮，也有那么几分姿色，干活利落。

经营的有热干面、米皮、凉皮三种。老板说每天收完摊之后煮热干面的时候，我跟孙姐帮忙就行，也没什么其他的活儿，凉皮、米皮是人家配送的。我和孙姐同住一间租赁的房子，在一个大杂院里，周围全是租户。

我来时带有一个袖珍收音机和一个日记本，晚上记完日记就是听歌或是和孙姐聊天，我隐隐觉得这个女孩好像有很多心事，她不谈她家里的情况，就知道她是漯河舞阳县人，人前人后都没见她笑过。

白天店里的生意非常好，一天最少卖五六百碗，吃饭得排队，我光是收钱找零洗碗就闲不住多少时间。孙姐有时候忙不过来，我也帮着拌凉皮和米皮。中午老板来给我们送两瓶健力宝，安排我们吃好喝好，让去附近饭店想吃啥买啥。白天忙着挺好，一到晚上我就特别想家。每天忙到下午三点，基本上就没人来吃了，然后就收摊回家。回去之后把第二天用的热干面煮好过水抹上油晾着,然后去附近的市场把所需的食材买回来就没事了。

3月31日,收摊后我抽空去看了美琴,美琴学习刺绣很投入,我也受到了她的感染,回来的路上,思乡的情绪得到了很大的缓解。走在灯火辉煌的郑州街头,听着不同口音的人讲着话,别人都在背井离乡地为生活打拼着,我怎么就不能去克制自己的情绪呢?连这一点都战胜不了,将来还能干啥呢?望着街上川流不息的行人,看着他们步履匆匆,我想家的情愫淡化了。能出外的人都是吃过苦的,酸辣苦咸就是生活的本色,想到这儿决心好好干,啥时候父亲让回去再回。

4月1日晚上起了大风,刮得特别脏。我和孙姐忙完去洗澡,浴池人很多,她让我帮她搓背,我注意到她的身子,心中略微惊了一下,咋觉得她不是个姑娘家!再加上她平日与年龄不相称的忧郁,让我内心对她提高了警惕,我当然也不敢多问。从浴池回来,孙姐让我去买油,卖油的是杞县人,他告诉我附近有很多老乡,让我不忙时出来跟老乡聊聊天。还有一家淮阳夫妻开的烩面馆,两口子很好,见了我说了很多安慰的话,又提醒我在外应该注意的方方面面,我很是感动。回去的这个晚上,我就不咋想家了。

4月2日下午,美琴的弟弟铁工和他的朋友小叶来到工人路店里看我,他喊我姐姐,我看见他心里也很高兴,觉得像自家弟弟来了一样。他说他晚上坐飞机去福建,票已经订好,那个时候听说坐飞机,都很羡慕。我把他们送到陇海路口,临别前他聊到婚恋问题,说之前他父母给他订了婚,是一个村干部的女儿,但觉得三观不合,他就提出退婚分手了,他不想让父母再为他操心,想要出去闯闯,自己为自己的婚事做主。他又要了我的家庭地址,然后说,你第一次来郑州,我们姐弟应该照顾你,但也没能照顾到,觉得心里过意不去。我说有你们在这儿,我心里很踏实,这已足够!

4月3日,天还不亮,我就醒了,竟然听到对面孙姐的床上有人低语,我们两个人的床隔了过道和一个布帘。我屏住呼吸,仔细听是老板的声音,心里大惊!原来他俩的关系暧昧不清。再也睡不着了,这老板啥时候来的呢?一想到这儿,我吓出一身冷汗。觉得太可怕了,心想说啥也不能在这儿干了!一会儿之后,老板走了。之前他在我心中是个长辈,我平时非常尊重他,此刻我觉得他恶心又丑陋,再也不想看见他了,我对孙姐的看法也一落千丈。

4月4日早上,老板又来了出租屋,我就跟他说,让他再去劳务市场找一个人,我计划明天走。他一听,故意和颜悦色地说:"小红啊,我对你这几天干活挺满意的,你孙姐也说对你满意,店里的生意是比较累,要不行就给你加点工资,或者是再找一个帮手也行,看你有啥想法说出来,我都会考虑采纳的。"

我心里知道他在伪装,就说:"我不是怕累,是家里真有事情,必须得走。"

"那你等我啥时候找到人再走吧!"他脸色陡然变得很难看,对我说这句话的同时,随手把我的包拿去了。我当时就被他的话和拿包的举动震惊了!可立刻又冷静了下来。先忍着气愤,跟着孙姐把摊子出好,已经十点多了。

我心里拿定主意和孙姐打了个招呼,就直接去了老板家。他家的大门虚掩着,我推门进去,几个人正在打牌,我站在门口叫了一声:"叔叔,你把我的包给我吧,我今天要回家了!"

他大喝一声:"滚!谁见你的包了!"

另一个人也跟着斥责,让我走,我认识这个人,是小龙爸,因为他带着小龙去吃过凉皮,想让我给他加点量,找话套过近乎,说他是杞县邢口的,是半个老乡呢!这会儿他再不喊老乡了。我一看老板这态度,心想说好听的也要不回我的包了,就转头离开了他家。

我从他家出来边走边想,我的身份证和所有东西都在包里,我一定得想办法要回来!我就去报亭买了张郑州地图,先查看了一下工人路属于林山寨派出所管辖。然后我坐上公交车去德化街春芳姐那里,简单跟姐姐说了情况。她问我怎么打算,我说我准备去派出所,想写一份反映材料,店里没有稿纸,让她给了我一块壁纸。我在壁纸的背面,用圆珠笔把劳务市场和老板的口头协议,以及这几天的情况都如实叙述了一遍,又把我的诉求写上。等我写好,天又刮起了风下起了雨,我一刻也不想等,就告别了春芳姐,坐上了去林山寨派出所的公交车。

到地方已经是两点多了,两个民警瞅瞅我又看看我写的反映材料,说你先稍等,我们把手头的事情办了回来跟你一起去。然后一个民警说你还没吃饭吧?我说我不饿,他出门去给我买了两个包子和一份米粥,让我先吃饭,我很感动地接过。

没过多久,他们回来了,换上便衣,给了我一把伞,他们各自拿了一把伞带着我开车去老板家。到老板家的胡同外下的车,打着伞步行穿过胡同,他们让我先敲门进去,我喊开门一瞅他们还在来牌,老板抬头一看是我,又摸了一张牌说:"你咋又回来了!"

还没等我回答,那两个民警箭步穿过去,以迅雷不及掩耳之势,把他们四个都铐了起来,我看得惊呆了!像看一场电影大片里的精彩片段,他们身手太敏捷了!

四个人都没有反应过来是咋回事,老板的儿媳在院子里愣过神来冲我尖叫:"你怎么能去把警察叫来呢?"说着气得上来把我手里的伞给夺了过去。

一个民警说:"你甭理她,咱们走!"推着他们四个就往外边走,我就赶紧跟着他们上车了。回到所里,让他们几个坐在那儿写检查,然后把身上的零钱都掏出来,把老板的那些零钱都给我,我说我要够我工资就行了,多余的我不要。然后一个民警叮嘱我看着他们几个,说他到隔壁办公室有点事。

民警一走,小龙爸先说话了:"老乡,'赌博'这俩字咋写?我想不起来了。早知道是这点儿事情,你跟我说明啊,我可以帮你的呀,你一会儿跟民警说吧,我就来这一次,不是惯赌，平常我从没来过。"

老板那满脸横肉也挤出了笑容："小红啊，叔叔对你可不薄啊，想吃啥让你们买哈，叔叔是真想留你，找个会操心又能干活的人不容易，拿包是我跟你闹着玩呢，就想让你在这儿干下去，你咋当真生气了呢？"

我说："我就是家里有事，想要回我的东西回家，没想过别的，你们赌博摊上了是你们自作自受。"

那老板听了我的话，像是对我说，也像是自言自语，叹了口气说："我弟兄五人在西郊混了这么多年，没丢过人，今天没想到在你这条小沟里翻了船！"

一会儿民警回来了，问老板我的包放在哪儿了，老板让我们去他家跟他家属要。然后这两个民警又带着我去拿包和那把伞。老板的老婆把包给了我，我一看少了一本日记，民警让她交出来那本日记，她不交，说没看见。

民警就带我从她家出来，路上民警问我："你准备去哪儿？"他没等我回答接着说："看你写材料的水平可以拿去发表了，你别去打工了，我给你介绍个报社去做校对吧！"

我就给他说："在家时给电台投过稿子，家里地多，来的时候准备盖房子，我爸让我在这儿待一两个月就得回家呢，不能长期干，恐怕人家不用。"

"那你今晚准备去哪儿，天快黑了！"他很关心地说。

"我明天回家，现在先去德化街我同学那里住一晚。"我回答道。

那个民警叮嘱我路上注意安全，给我叫了一辆黄色的面的，看着我上了车。

到了德化街，春芳姐正担心我呢，我给她讲了发生的一切之后，她也很受感动，说："你碰到好警察了！"

我说："这两个民警很年轻，肯定是刚走出校门不久，太有责任心了！在当今腐化的社会风气中是一阵清风，是浊水中的一股清流，咱们的法制建设太需要这样的人了，得弘扬这种精神。"

春芳姐听了说："哪天我抽空去给派出所定制一面锦旗。"

4月18日，阿文来我家说，她见春芳姐了，春芳姐去了派出所，并知道了那两个民警的名字，一个叫田奇，一个叫刘明山。

5月12日，我又收到了田奇寄给我的日记本，包裹上贴了三元六角的邮票，并附带了一封短信："我们只是做了我们应该做的！这本日记会对你今后的写作有用，所以给你寄回来。"

我随即写信回复田奇日记收到，也给春芳姐写了封信一并感谢！

那时候同学笔友们和我都有书信往来，寄到村子里得十天半月才能收到，村干部一忙有时就忘了给我。我就让他们寄到父亲的学校。信件到学校快时三天慢时五天就能收到，父亲放学就带回来给我。由于书信较多，偶尔有杂志社的，也有电台的，所以学校的鲁校长也知道我常写东西。

1994年11月3日，拿着父亲给我的两份报纸，上面有一则招生信息，还有一则招聘信息。上午和阿文抵达郑州，招生信息就是郑州商贸专科学校招生，招生对象是想学习供销与公共文秘的初中以上学历的人。我想去学供销，父亲让我去学校考察，去看一下办学目的和待遇是否属实。招聘信息是鲁校长给父亲说的《中原经济日报》招聘新闻工作者的消息。我们先到郑州看了学校之后，觉得不是很靠谱。下午又去火车站买了去邯郸的车票，晚上十点乘坐226次列车，夜里两点多到达邯郸。次日六点到人民路中原经济日报社的综合部，见了接待人李女士，对外宣传说是晋、冀、鲁、豫四省新闻部门联办的一家报纸，我们交谈了许多之后算是面试合格，李女士想让我留下，我问到具体薪资情况后大失所望，万没想到文化圈内更是"钱"途淤塞！专职采编收费一万五千三，兼职收费五千。这哪是聘用新闻人才，这是集资办报！归去，也无风雨也无晴！

下午，我们在街上吃了小米煎饼，喝了棒子面粥后，去火车站买票赶回许昌，坐的是一列开往洛阳的车，到新乡还得下来签字转车，等赶到许昌，已经是半夜了。在候车大厅外，我们吃了两份砂锅面。砂锅面煮得一点味道都没有，里面下了两棵菠菜还不熟！记着以后就再不会在火车站门口吃饭了。吃完饭，许昌的候车大厅半夜不让进，我们在大厅外站了半夜。天亮赶往小火车站买票回家，到三冢集是上午10点，适逢两列火车会车，阿文没见过，我们下了车后，看着两车相会之后步行回家。

这年我从郑州回来不久，就听说我的一个同学和四个女孩（其中还有一个我村的）在郑州劳务市场找工作被拐卖，据说是让她们进厂做工，坐上火车之后分别被拐卖到广西、北京郊区、江苏等地，都是十几年后才得知下落，家里父母整日以泪洗面。

父亲学校的一个校长的儿子，因和父母有一点小摩擦离家出走，数日不归。他母亲为他茶饭不思，父亲为他四处奔波寻找，也去郑州许多地方找过，都没有音讯，也去劳务市场打听多次无果。终于有一天来信了，他果然还是去了郑州，在工地做了14天民工，因不堪受欺负与人打了架，打架之后又准备去上海或者天津，在信中也谈到了打工之苦，但是不愿意回头。信是在大街上写的，连个地址也没有留，也没法去找。

外面的世界很精彩，外面的世界很无奈！打工，极具诱人的字眼，却是极具艰辛的历程！

代课老师笔记

　　1993年5月初，父亲因客观原因需请假外出办事，他请示了领导让我为他代几个月的数学课。到了学校听校长讲了该年级的情况之后，我心中产生了一些压力。这个学校是乡里重点小学，师资水平比较高，如果因我代课成绩下降，我怎么给父亲和校长交代呢？

　　抱着一丝小心，揣着一份彷徨，我第一次踏上讲台，望着擦得黑亮的黑板，摆放整齐的讲桌，当班长一声"起立"，60多个童声齐喊"老师好"的时候，我的心涌起一阵热流，忙俯身点头：同学们好！60多双求知的眼睛热切地望着我，陡然间，我感到了此刻我是为人师表，传道授业解惑。这是三尺讲台赋予我的使命，无论我代课的时间是长还是短，决不能敷衍，一定要对得起这些孩子！

　　原以为乡村小学生一定很捣蛋，课堂会起哄，结果一上课，教室静得出奇，学风之好，学习积极性之高出乎我的预料。第一次批改作业我特别认真，干净、认真、正确的都给他们批了优，出错较多的几个同学的作业本，我另放一边，放学时亲自发给他们，并给他们把错误的地方讲解一遍。到了下次交作业时，我惊喜地发现，上次这部分同学的作业出错之处，已都认真地重新做好了。

　　乡里举行竞赛，班里八个名额，语文老师跟我商议说预定九人，因为有个叫韩静的和一个叫王月娜的女生成绩不分上下，所以暂时初选九位。到了临考前日，九位同学都来了，语文老师说："王月娜这次你不去了，好不好？"小月娜一听泪都掉了下来，我忙去安慰她，告诉她下次会有机会。看着孩子的认真劲，真不忍心让她放弃竞赛机会。放学后我立即骑着自行车去了王月娜家。到她家时，小月娜正在母亲面前哭呢，我与她母亲谈了很久，又安抚了一会儿小月娜。

　　短短几个月的代课生涯，让我爱上了这些孩子！他们的童真涤荡着我的心灵，他们把我当成了最好的朋友，下课时挤到我的办公室里，不留秘密地跟我讲这讲那，常令我非常感动。

　　他们听说我快要离开了，有两个男生到我办公室，手里捧着一只他们逮的非常漂亮的不知名的小鸟说："老师,我想把它送给你!"我接过来心头潮热,他们走后,我思绪万千,对这些孩子有不舍有感动!我捧着鸟儿,走出室外,默念着展开了手掌:"愿你们飞得更高更远!"

家里的羊中毒了

1994年11月的一天下午，突然刮起了北风，母亲让我去自留地的树林里放羊，树林里摞着许多没来得及垛起来的棉花棵，羊喜欢吃棉花棵上的花叶和枝头的嫩棉壳。我把羊拴在棉花棵旁，跟母亲说一声，就骑车去城里给上学的二弟送棉袄去了。

等回来时，母亲说羊挣脱绳子跑地里去了，她刚撵了回来，人家麦田地头丢的有药麦，不知吃了没有，等会儿操心看看吧！

家里一共养了七只羊，果然有两只母羊和一只小羊中了毒。天已经黑了，我在夜幕中骑车去邻村找兽医，兽医把针剂、针管、针头给了我，他说羊是反刍动物，中了毒夜间会发作的，让我等羊毒性发作时，给羊打针。我接过来针管，心里犹豫，那兽医说不用怕，照着羊脖子上打针就行了！

夜里羊的药性发作，吐着白沫痛苦得浑身筛糠似的发抖。我把针剂吸入针管，望着叫声凄然的羊儿却下不了手。母亲接过针管也紧张，竟忘了把针管里的空气排净，母亲就把针头插入了羊脖子处的皮下组织，羊疼得直跳！母亲心疼羊，拔出针头不打了。我又接过来针管排净空气，母亲帮着我扶着羊头，我左手揪着羊脖子，右手拿着针就听到咯嘣一声，针头扎进了羊脖子的皮下组织。我缓缓地将药水推入，分别给两只母羊和一只小羊注射了12支药水，解磷定和阿托品各半。大约过了五分钟之后，羊嘴里的白沫停止了，也不再前穿后拱地翻滚发抖了。

遵从医嘱，观察它们反刍时再行注射，一宿没睡。天亮时，羊的症状还是那样，一反刍就犯，正好贾千楼的回民来村里买羊。我看着几只羊痛苦的眼神，也不吃东西，再也不忍心给它们注射药水了，无奈把买羊的叫来，三只羊才卖了伍佰块！

一说到喂羊，就想起了村里一个年轻媳妇儿去给羊牵羔（配种）时闹出的一则笑话！我很小就发现，周围目不识丁的乡亲就算一天书都没读过，说起话却是很讲究含蓄的语言艺术的。众所周知，动物的繁衍过程都有发情期，各种动物的发情期都被劳动人民冠以专属名词，说错或说得不恰当就会闹出笑话。牛发情叫牛打栏，猫发情是猫叫春，羊发情是跑羔，狗发情是走窝子，猪发情叫猪打圈，等等，都有其当地的讲究叫法。

　　我们村里一个特帅的小伙家境贫寒,娶了个县城里的女孩,常言说嫁给当官的做娘子,嫁给杀猪的翻肠子。她嫁来之后开始种地喂羊,有一天有只母羊跑羔,丈夫不在家,她牵着羊去临村一家喂种羊(公羊)的家里牵羔。按规矩得给人家两块钱,牵过羔后,她牵起了羊就走,种羊的主人跟她要钱,她瞪大眼睛,说了一句让主人啼笑皆非,却被传为笑谈的话:"我们家的可是水羊(母羊的俗称)啊!我不找你们要钱,就算便宜你们了!"

卖棉太难,植桑养蚕

1994 年秋,政府提倡植桑养蚕,城南的毛庄镇建立了缫丝厂,并在村里选出代表去参观。要求每家每户都得栽桑树苗。谁不想致富呢?听说养蚕非常忙,但不那么晒啊!种棉花得年头忙到年尾,人都晒焦地里也卖不到几个钱。这年的棉花棵,我和父亲是 12 月份才把棉柴垛垛起来,我站在垛上面,父亲用木杈别着棉花棵给我往上递。我望着父亲瘦弱的身躯,鼻子直发酸,日渐佝偻的背影,背负着生活万钧的压力啊!

父亲一边干活一边和我聊着,征求我的意见,看准备栽多少桑苗。我思考着抓农业的号召大会上相关领导的讲话内容,分析里面有多少水分和误区。同时脑子里也想起前两天去五里杨卖棉花的情景,想起了语文书上叶老的那篇课文《多收了三五斗》。

今年的棉花产量特别好,秋后的天气也好,所以棉花质量非常高。前几天我拉了一大包皮棉,排了一上午的队快轮上时,天又下雨了,检验员去吃午饭。冬天的雨湿冷,到饭点了又饿,会更冷,也不敢走远,淋着小雨,耐心地等着吃饭回来的检验员。人们瑟瑟发抖地跺着脚,手插在衣兜里,有一句没一句地闲聊着。

终于,检验员打着饱嗝回来啦,他穿过排队人群和棉花车子,却进了办公室,到了规定的上班时间,他们才出来检验。

排在我前面的一辆车子是两个 50 多岁的老农拉的两包皮棉,检验员看过后,用红色蜡笔在上面画了一个 429。两个老农满脸堆笑地凑上去央求检验员重新检视一下,想从四级提到三级,检验员看都不看棉花包,张口毫不吝啬地说:"给你们三级 327!"

言毕之后问道:"要四级还是要三级?考虑好了哈。""当然要三级。"两个老农受宠若惊,很高兴地回答。当他们又听旁边人说 327 的价格低于 429 时,他们又赶紧满脸赔笑地给验级员说:"还是要 429 吧。""俩老哥到底要几级?"验级员又不耐烦地大声问了一遍。"你说哪个好就要哪个级,随便给吧!"好实在的回答!

种了一辈子地,卖了一辈子棉花,自己都不知道哪个级别价格高!我看得心里酸酸的。轮到我了,这包皮棉是母亲选出来的上好皮棉,68 斤,给了个当天最好的等级 129,单价是六块二毛七。

第二天，母亲又让我跟她一起拉了两包皮棉去大王庙收购点卖，117斤，等级是229，单价六块零九分。母亲听说哪儿价格高点就让我去哪儿卖，最后卖完也没多少钱。

养蚕能改变收入吗？和父亲商议着先栽一块地试试吧，这一块地不小，五亩呢！今冬栽上，明年入秋就可以养一季秋蚕了。

1994年冬天栽上的桑苗，经过春夏的施肥管理，到了8月份，桑条长得郁郁葱葱。开始养蚕了！

父亲把新建的三间西屋，用生石灰消了毒，又用硫黄熏了之后当作养蚕室。加工了很多泡桐板钉成上百个正方形的蚕匾，靠墙钉牢蚕匾架。蚕匾一个个可以像抽屉一样放入蚕匾架，很方便喂蚕。

8月14日，早起将催情后的蚕卵放入蚁袋内摇匀放好，蒙上黑布遮光。16日开始感光操作，感光需要3个小时，操作细节很多，用少量小蚕一号撒在匾内消过毒的油布白纸上备用。

去地里采摘蚁蚕将吃的桑叶，一般要桑条上的第二片叶，颜色要绿中透黄，皱褶稍伸的叶片最好。将采来的嫩桑叶切成一厘米宽的长条，等着感光时间到了，放置于收蚁袋上起蚕蚁。第一次收起蚕蚁之后，还要对蚁袋进行二次感光收起蚕蚁，这时蚁袋内的蚕蚁才算起完。

两次感光收蚁的时间有差别，到后期蚕儿的成长、发育、成熟就会有几天的差别。收蚕蚁完毕，撒些切好的碎叶给蚕蚁，用消过毒的油布盖在蚕匾上，隔三个小时添加一次碎叶，此后每隔八小时喂蚕蚁一次。

养蚕是个特别费工夫的活儿，得心细，能熬夜。自从养蚕开始，我就成了家里的专业养蚕员。母亲忙家务，父亲忙地里的农活儿，他们还得兼顾着跟我一起去采桑叶。

采桑叶的时间也很讲究，最好是早晨十点之前晨露刚干时，或者是下午五点以后采摘最好。蚕蚁吃的桑叶得用消过毒的白布擦拭正反两面，叶子切得大小适中，过大的蚕蚁不易食吃，过小会损失叶子的营养成分。

8月20日进入二龄，蚕体损失不少，我初步总结了造成蚕体损伤的原因，有三点：第一，蚕座上生石灰过量造成了一定的损伤；第二，喂蚕间隔的时间把握得不是很好；第三，没有饱食的蚕不能按时就眠，也造成了不少损失。后来我反复思考后认为，养蚕中的失误除了以上三点原因，还有就是小蚕一龄的时候就眠不齐，提了两次青，最后一次误将起蚕当青头又提了出来，弄得该就眠的不能就眠，该饲食的不能饲食，喂蚕混乱严重影响了蚕的生长发育。还有对养蚕知识的了解太有限，具体原因还待进一步观察。

8月21日，摘桑叶五包，蚕儿生长情况正常，第一次收蚁的蚕儿已进入二龄期，第二次收蚁的蚕儿正处于眠期。正赶上父亲开学，真是忙得不可开交，棉花也正缠手，我感觉太累了！

疲惫散乱的心情没有时间去捋顺,太多的灵感瞬间无法用笔去记录,时间——生命的组成材料,我感到它太不经用!

8月23日,我起早打面,回来又进城买了蚕具,赶到家又匆忙去采桑叶喂蚕。

24日早起,再次进城买蚕药,蚕儿进入速长期后,长得特别快,吃得也多,天天分蚕增匾。父亲去了学校,我还得兼顾去棉花地里打药,打药回来跳进兰河洗个澡,湿衣服都顾不上换,赶紧去拉桑叶,母亲在地里不停地打着桑叶,还不够喂的。

8月26日,听说这两天棉花价格好,上午又去五里口卖棉花173斤,单价八元,花三块钱吃顿饭,回家赶紧喂蚕,今日第一次收蚁的蚕儿正值三龄期,第二次收蚁的蚕儿进入二龄期,桑叶食用量越来越大了。

8月27日晚上,喂蚕喂到11点多,桑叶喂上蚕食的声音沙沙作响,等喂到最后一匾时,前边喂的都吃去了大半,还得匀上些叶子才能睡觉,半夜还得起来喂蚕,连累带困啊,直叹养蚕真不是人干的活儿!

8月31日,第一次收蚁的大蚕进入四龄期,早上发现大蚕有拉肚子的现象,病死掉十多只,我忙看书加观察,将大蚕移匾之后,喂氯霉素拌的药叶症状消失。

9月3日,第二次收蚁的蚕儿进入了四龄期,9月7日,第一次收蚁的蚕儿上山,俗话说"麦熟一晌,蚕老一时"。一点不假,蚕儿上山更忙人了,24小时连轴转,最长的时间我坚持了三天两夜没合眼!困得我饭都不想吃,只想睡觉。

9月12日,第二次收蚁的蚕儿也开始上山了。半月之后把结好的蚕茧从格子里一个个抠下来,上秤数数三百多个才一斤啊!

雪白亮实的蚕茧拉到了官桥的羊场,羊场是乡里兴办的波尔山羊养殖场,种种原因投产不久就破产废弃闲置了,临时被设置成蚕茧收购点。检验员抓一把蚕茧看看,嘴一张给了价六块九,我一听浑身像是散了架,没了力气,摇头无语啊!

这是我和母亲摆弄了无数次,还有父亲熬了多少个通宵的结果呀!母亲还挑拣得那么仔细,稍微薄点的都挑出来,一斤才给六块九毛钱!母亲挑出来的几斤发黄的茧给了一块五毛钱一斤!不卖也不行啊,茧这玩意儿放一天不光少分量,到了天数还会出蛾子啊,无奈!

各类作物相继成熟,天天忙得晕头转向,收茧卖茧时,玉米熟了顾不上掰,也被人偷了。由于今年养蚕,导致棉花减产不少,让人很是心疼。关键是茧太便宜,让我们彻底失望了。

"种啥都比养蚕强!"这是老百姓在卖茧的回来路上,见面打招呼说的第一句话。

收秋时,父亲剥玉米有时能熬通宵,我总是犯困,好像养蚕时缺失的睡眠补不过来似的,我得调整心态振作起来,提起精神准备收秋拉粪犁地,为自己加油!经过太阳炙烤过的双肩,得能承受千钧的负重!

兰河记忆

第四章

情定兰河

我住兰河头，他住兰河尾

　　我们那一代人订婚叫换帖，结婚叫娶媳妇儿、成亲或完亲，我觉得成亲这个词用得很实在、很贴切！两个人从陌生人一下子成了亲人，开始一心一意地过日子。骂也不走，打也不离，眼里泪啪啪地滴落着，也不忘搂着怀里的孩子吃奶，随着孩子咕咚咕咚吞咽奶水的声音，瞬间就化解了所有的委屈和怨气，唤醒了母性的宽容、坚韧和力量！

　　记得辍学后，一次和母亲进城，遇到了一个看相的老先生。我以为母亲平日不信这个，因为爷爷精通周易，六爻八卦合得好，母亲从来没有让我爻过卦。可这次，母亲却让老人给我看了面相，也看了手相。那个老人让我在地上写一个字，说写啥字都行，想写什么就写什么。我就捡起一个小石子，在地上写了一个"福"字，那老人说的话，我至今还记得："这孩子命好，等她长大了，走到哪里树开花，走到哪里草发芽。"

　　我当时只当他是为了要卦钱，故意说好听的话，心里却记下了这句话，想着我无论将来干什么都要干好。母亲是很爱我们的，哪个母亲不想自己的孩子将来过好日子呢？也许母亲一直坚信她的女儿会用双手创造自己的美好生活，她肯定希望女儿走到哪儿都会带来一片欣欣向荣吧！

　　1991年腊月二十四日那天，经人介绍，我第一次相亲。豫东农村定亲三部曲：看孩（母亲和嫂子先看通过初审）、见面、换贴。

　　此前听说村里的女孩见面，会叽叽喳喳地约上要好的闺密去偷看，她们换上高跟鞋把"霞飞增白蜜"搽上。我是独来独往，不搽"霞飞"也不穿高跟鞋，不换深红浅碧色的那种人。

　　我想着头次相亲也不一定能成，并不上心，穿着平日天天穿的在县武装部花16块钱买的绿色军用褂子罩棉袄，深蓝色裤子，脚穿29块钱买的蓝色回力牌翻尖子的旅游鞋。通过嫂子和母亲初审之后的他，早早地就在我家后院等我了，媒人和母亲到前院喊我过去，我到后院一瞅，他穿的和我完全同款——绿色军用褂子，蓝色裤子，蓝色翻尖回力旅游鞋！咋会不约而同！

　　我瞅他，他也正瞅我，我心里想笑，倒是憋着没笑。那时见面都是教科书式几句老套话,姊妹几人,多大了,在哪儿上过学,等等。最后一个问题,我说的是没上过学,叛逆桀骜的我没好气地怼他,他并不生气。接下来他的问话更直白:"你有意见不?反正无论你愿不愿意,我是愿意的!"

一点不含蓄,这是实诚(老实的意思)还是装半吊子呢!我听完没再回答,抬腿迈出了门槛,等我走远快转弯时,回头看他还在门口盯着我呢!人家见完面都是让媒人来试探有没有意向,他倒是不拐弯,自己直接问我,也不怕我说不同意闪个大长脸!

媒人跟他家是亲戚,夸起他们家巧舌如簧,我妈和嫂子看他长得不赖,知道他家境不好却并没有嫌弃,母亲一个劲儿地说:"穷没根,富没苗!"

一向对母亲叛逆的我,在这件事上并没叛逆。还有就是我刚十九岁,本来生理和心理成熟晚,觉得这种事儿让人很害羞,人家一说媒,我就不敢正视父母和哥嫂的眼神,特别不好意思。更别说自己谈对象,那样会觉得背叛了所有家人。

和他见面后,我没想太多,常听说村里的女孩一天有相两三个男孩的,挑着就花了眼。许多女孩自己也不是三好头(相貌好、家庭好、有本事),却都心高想挑三好头的将来享福。我从来没想过这辈子靠别人来享福,也没担心过自己会穷困潦倒。平日做事很理性的我,在这件事上却想听听母亲的意见。

母亲的理由很简单:"他从样貌身高来说都可以,看着也机灵,应该也不笨。听他说话,脾气应该不错,将来靠自己,日子也不会穷到哪儿去,主要是人看着很顺眼,穷可以改变,人你看见就烦的话,可是换不了。"

母亲那代人的婚恋观,是从一而终。许是受母亲的影响吧!当时我看他相貌清秀,始于颜值吧,就默允了。

腊月二十四见面,因媒人催得紧,腊月二十九日就要换贴。媒人的女儿和我年龄相仿,平日总是找我玩,她偷偷告诉我,我和他没见面的时候,他的父亲就去找人合了八字,说我的八字好,属相和他儿子也相配。

当时的礼俗。见面准备换帖时,女方都得跟着去买几身衣服。他家也托媒人说让我去买衣服,我不愿意去,特烦这些成规烂俗,做什么事都喜欢特立独行。而一般的家庭定亲都少不了三大件——皮箱、缝纫机、自行车,还有几身衣服。讲排场的家庭会拿一些礼金,数百元到 1000 元不等。女方须为男方准备洗漱用品或者衬衣、裤子之类的小礼品四样,叫四色礼。我给他买了个牙刷、牙膏、日记本,又买了一条裤子。听人说要想富买条裤,算是图个吉利吧!因为快到新年了,就在日记本的扉页,给他写了一句祝福的话。

腊月二十九,他们家送来了庚帖,皮箱里装了七身衣服,没一件我能看上眼的。后来听说是她二姐定亲时,人家给她买的,为了省钱就原封不动地给了我。没有缝纫机,说是家里有台新缝纫机,没人用,将来留给我用。买了自行车,是那种二八大杠的红旗自行车,没有礼金,我们家也没有计较。衣服对我来说无所谓,我不是注重穿戴的人,缝纫机我也不计较,因为记事时我家里就有,再说我也不做多少针线活,除了干农活,就是读书。这辆自行车我是真不喜欢,等送帖的人一走,我就把自行车给媒人推了过去。因为媒人和他家是亲戚,也和我同村,我就让媒人给他家送去,让他们自己骑吧!

没过多少天,父亲给我买了一辆绿色的女式小单车,是天津自行车二厂出产的斯普瑞克淑女自行车。当时踩单车进城,觉得跟今日在街上开跑车一样风光!车子骑起来轻巧灵动,衣袂飘飘,心里美着呢!

人可以一生都没有爱情,但没有人一生都没有渴望过爱情。爱情是人类最朴素的情感,它照耀着大地上踽踽独行的灵魂,爱情就是一种精神,精神是不会死的,所以才有了那句:这个世界什么都会变老,唯有爱情不老!

兰河堤边的初次约会

那时没有电话，订婚之后也不往来。因为他奶奶的娘家和我同村，时不时会有人来见我说，见过他们家人来走亲戚，但我没有遇见过。我们村里半个庄子的人都认识他和他的家人，我们家离他亲戚家比较远，父亲忙于学校工作，母亲整日忙家务，对外面的事情知之甚少。我晴耕雨读，从来不站大街跟人闲聊。所以说在村子里，我家的消息相对闭塞。

1992 年的一个春日午后，他的亲戚来见我，给我带口信说，他在兰河铁路桥的西堤那儿等我。他姓周，单名一个岗字，他家离我家七八里路，沿着兰河堤直行就到。我家住兰河中游，他家在中下游。兰河流到他们村后，往东去了，所以他家在兰河南岸。

我是骑车去赴约的，天还冷着呢，见到他，我下来把车子扎好。他指着河堤和铁路交角处说："这儿背风向阳，咱们下河堤晒晒太阳吧，下面暖和些。"

我就跟着下去了，见到我，他好像很拘谨，站在那儿跟我聊天，两手插着裤兜，一个劲儿地用脚踢着地上的土坷垃和麦苗。那片麦苗都快被他踢光了，地也踢秃了。

他说他今天来，是想送我点东西。我问是啥，他从口袋里掏出一枚老式银戒指，上面是绿色和蓝色的花纹，还有一对手工刻花的银镯子。我说："我不是喜欢戴饰品的人，再说天天晒太阳锄犁、镂耙，戴上这些更是俗不可耐，你拿回去给姐妹们吧！"

他说："这是家里的老物件，是俺妈定亲时的东西，你不想戴就保管着吧！"

他在手心里捧着，我不接，他一直坚持说想给我，我怕他心里失落，面子也难堪，就用食指和拇指从他手掌里捏了过来，生怕不小心碰到他的大手。取过来后，仍旧站在离他有两米远的地方跟他聊天，聊到太阳快落山时，骑车回了家。

这次见面之后，我就回忆他的样子，从他的谈话内容思考他的想法，能感觉到他的迷茫，也隐隐感到，他那个家庭缺失的东西太多，因为他没有我身上迸发的那种自信。可能遇到我之后，他的世界才有阳光照进来！

我想进一步了解他，但不想去跟谁打听，我相信自己的判断力。一次进城给朋友寄信时，我顺便胡编了个地址，也给他寄了封短信。不留真实地址是怕别人看出是我的信笑话。他收到信后，给我回了信，现在我还记得信中他夸我："你是一个学以致用的人！"他的字很潦草，像鸡挠的一样。说实话我真看不上他那字，看着就有退婚的想法。内容很长，写了五六页纸，情真意切也让我有点小感动。估计他上学时作文很难写满半张纸的，给我写这封信，应该是调动了所有脑细胞！他在信中告诉我，他准备出去打工了，等到了地方，一落脚就给我写信，字里行间能感受到，我就是照亮他内心的那束光！

多年之后我才知道，他当年送我的镯子，是他从二姑姐的衣柜里偷出来的。他母亲定亲的时候，有一对镯子，他奶奶的一对镯子也给了他母亲，所以他母亲手中有两对镯子。大姑姐不满 20 岁就出嫁了，大姑姐拿走了一对，这一对二姑姐一直放着呢。二姑姐脾气好，他就把二姑姐的镯子偷了出来，送给我了。结婚之后我才知道实情，我和二姑姐提起这件事时，二姑姐笑说，就应该给你。我再还给二姑姐，她说啥也不要，那枚戒指我就送给了小姑子。

明知婚姻不是扶贫，可我却心怀悲悯

　　行笔到此，我得给大家交代一下周岗的成长环境和他的家庭背景。回忆起来字字沉重、压抑、窒息！周奶奶和周妈妈（下文简称奶奶和婆婆）是他生命中最重要的两个人物，特别是我未曾谋面的婆婆，永远是萦绕在他心头的一曲悲伤凄楚的挽歌！

　　婆婆早已作古，奶奶于2012年去世，我和他及大姑姐陪伴病榻数日，送她入土为安，我又书写碑文，找人刻碑以示铭记。

　　写这段文字之前，我出去转了一圈，很纠结，走到海边望着故乡的方向，静默了许久！我若是身在老家，定会放下手中的笔，取一炷香，拿一份纸钱去我们周家的祖坟，给爷爷奶奶和未曾谋面的婆婆磕个头，请求她们原谅我的文字惊扰到另一个世界的他们。我把他们请到我的笔下来，让他们在笔下鲜活地走动，诉说他们在那个落后、愚昧的年代里所承受的苦与痛、忧与怨！

　　奶奶命很苦，从小就失去双亲，和弟弟相依为命，童年正赶上黄水泛滥。我嫁到周家之后，奶奶常跟我讲她挎着篮子牵着弟弟要饭的情景，见了人家的学堂，就和弟弟踩着砖头趴在窗口听，一听一晌午，人家放学回家了，他们姐弟俩饿得发晕。奶奶和他弟弟很亲，老姐弟俩走动非常亲密。奶奶茶饭做得很好，也勤劳能干。爷爷在弟兄三人里排行老三，那时候的大家庭是不分家的，奶奶年轻时做几十口人的饭，夏天的布衫从来都没有干过，衣服角都能拧出水来。

　　奶奶特别疼他的儿孙以及曾孙们，有一点护短，生气时一点也不顾大局，看不开一拃没有四指近。奶奶十一二岁的时候到爷爷家做了童养媳，15岁就圆房了。爷爷年龄比她大，爷爷当过兵打过仗，枪法好，村里人送外号"老麻利"。听堂大伯说爷爷从太康步行去周口能两头见太阳，可见其身手之敏捷！周家的曾祖母有材料，奶奶小时候纺花爱瞌睡，曾祖母就打她。奶奶16岁就生下了公爹，当时的卫生条件差，可能是产褥期的感染，以后就再没有孕育过。平时爷爷主外，奶奶主内。爷爷奶奶特别娇惯公爹，到结完亲还没干过活儿。

　　我嫁过去之后曾问奶奶："为什么不看医生，多生几个孩子呢？"

　　奶奶回答："你爷爷和你老奶没说过让看先生(医生),我哪敢提呢？"

　　听大姑姐说过,奶奶很怕爷爷。公爹18岁就娶了亲,婆婆长得很漂亮,嫁到周家时奶奶才34岁。听婆婆的娘家侄女说："俺四姑长得漂亮,四外庄的人都托人说媒,洪山庙街上还有一个大学生托人来说媒,奶奶怕人家将来嫌姑姑不识字,就推了媒人,硬是做主把姑姑嫁到了周家,早早地走了。"

　　婚后四年,婆婆生了三个孩子,两个姐姐和周岗,奶奶这辈子孩子少,光想让儿媳妇多生孙子。周岗七岁时,婆婆在农历三月又超生了一个妹妹,奶奶看婆婆又生了个孙女,很失望,说是把攒着原本给婆婆坐月子吃的鸡蛋,让老母鸡孵小鸡了。婆婆也就因此在月子里受了气,月子没坐好,再加上婆婆成天起早贪黑地干活,大露水也下地,生了风湿性心脏病。

　　婆婆在村里口碑很好,公爹老实木讷死脑筋,俗话说"老实人,恼死人",他不会处理家庭关系。婆婆难免心里憋屈,又爱面子,只能自己忍着,日积月累导致病越来越重。奶奶从小要饭的苦日子过怕了,生活上特别节俭,甚至苛刻,而且重男轻女的思想严重。婆婆心里委屈。奶奶那种千年媳妇熬成婆的封建思想根深蒂固,她当童养媳时挨打受气比较多,对她的心理也造成了很大的伤害和影响,一旦转换身份成为婆婆后,她就又成了那个封建婆婆的样子。毕竟奶奶当婆婆时才30多岁,我后来听村里人说,奶奶发脾气时很怪,她会动手打儿媳,所以婆婆很怕奶奶。奶奶发脾气时,她就关上门拴上插销,在屋里不出来,任凭奶奶把气撒完,等奶奶气消了再出来下地干活。回来奶奶做好饭了,她吃完饭还挎着箩斗下地,能不待在家里就不回来。奶奶在家里带孩子做饭,家里活不让婆婆管,奶奶也是很辛苦的。

　　公爹思想守旧,看不开,舍不得筹钱给婆婆看病,就自己抓点药给她调理。周岗12岁那年夏天,37岁的婆婆就去世了。听说婆婆的娘家人在婆婆出殡时很生气,婆婆是他们兄妹中最小的,他们太心疼啊！村里人对公爹和奶奶的指责声比较多,但逝者已逝,其实以后的日子最苦的还是他们和孩子。

　　我曾问过大姑姐,她也说婆婆的病生气是会吃大亏的,她总是忍在心里呢！要面子想分家又不敢。多年之后,二姑姐也曾说,她母亲的脾气要是像我就好了,话总窝在心里,病哪会好啊！我是有啥事儿就摊到桌面上说的人,大大咧咧说完,翻篇结束。

　　婚后我也曾问过周岗,记不记得他母亲去世之前的情景。他说婆婆是晚上病发作的,喘不上气来,他父亲要抱他母亲上架子车去医院,婆婆自知病情已晚,不愿意去,只拼尽全力朝他父亲脸上打了一记耳光。我听到他痛苦的回忆,心一下子被刺痛了！公爹该是多么不作为,让自己的女人能恨到生命的最后一刻？该是怎样的一种恨,至死不能放下,能让气若游丝的婆婆,拼尽生命中最后那点气力,去掌掴自己的枕边人呢？她该是多么挂念她的孩子,对死亡该是多么的不甘啊！病不是绝症,是奶奶的守旧思想和公爹不作为的性格无形中扼杀了她年轻的生命！

　　当然以上的这些，婚前我是不知道的，订婚后光听媒人（媒人是奶奶的娘家侄子）夸周岗爷爷懂人情世故，是明理之人。我几度想退婚，可是母亲却说，咱看的是周岗这个人，可靠就行，再说奶奶的娘家人都特别好，退婚了村里人会说咱们事多。我也考虑到，他们的思想跟时代有很大的关系，他们的是是非非是以前的事，这些年来他们养大孩子也不易，许多思想也该转变了。再说我是又一辈的人，只管去努力改变这个家庭的经济状况，等将来孝敬老人，让他们晚年幸福。

鸿雁传书

　　1992年春,周岗送来镯子后不久的一天,我收到了他的一封来自北京六铺炕的信,还是写了五六张,把地址留给我,让我给他回信。从北京发到地方的信很快,一般三天就到。他在信中表达了对我的思念,说我善良、聪明、极潇洒,说我在他心中非常美!我是从这几句话中,读出他不算傻的,因为我长得不漂亮,若他用美丽漂亮这类字眼,我会觉得他敷衍虚伪,用上面这句话夸我,倒是表达出了他的真情实感,博得了我的一丝好感。因为当时我们刚进入初步了解期,这点他把握得还是很好的。我自己也不知道当时对他是一种什么样的感觉,是朦胧的爱吗?可一想到会和他共度今生,心里就莫名有那么一丝不甘,矛盾、纠结,但又忘不了他见我时那张单纯灿烂的笑脸,他的影子在我心中总也挥之不去。每每想起他时,我那颗清冷略微孤傲的心旋即变得温柔起来!

　　提笔回信时,还是在信中跟他提了分手,没说啥理由,就是觉得不合适,并说自己是个傻瓜,让他忘记我,等他回来我就给他把贴送还,不耽误他赶紧相亲。

　　收到我的这封信后,他很快又回了一封挂号信,说他就要这样的傻瓜,他已经认定和我这种人相伴会很幸福。信中说了一句很耐人寻味的俗语:“我就不信小羊不吃麦苗!”就他这句话,让我琢磨了好几天,他哪来这么大的自信!

　　他走后的这一段日子,我是很理性的,日记中曾经多次拷问自己的内心,依目前我对他的了解,我俩的精神世界将来绝不会处于同一层面上,理性考虑后就得分手。可为什么一见他,我就又变得感性了呢?因为他是闯入我视野中的第一个异性吗?说不清是哪种情愫,什么叫爱,真的不懂!

　　没过多久,到了麦收季节,他从北京回来了,当天下午就骑车沿着河堤来我家。这是定亲后他第一次来我家,因为刚从北京回来,离开了风吹日晒,他看起来更显得阳光帅气了。他给我带了从北京买的纪念币,让我保存,还有一对装帧精美的情侣笔。

　　他跟母亲说了几句话,母亲忙去了。我们聊了会儿,怕人说闲话,我就送他走,他推着车子,我们一直步行沿着河堤走。走到安庄北的河堤旁的一片桃园,我说我去买几斤桃子,你带给家里老人,来而不往非礼也!

这时候桃园里走出两个女孩,其中一个女孩大声地喊他的名字,他名字是单字,那女孩不带姓氏喊他,很亲热地打招呼,并且向我们走过来。他对那女孩倒是很冷的样子,我下河堤买了几斤桃子,本想留给他们说话的空间,可是他也跟着我下来了,不让我掏钱。我说他:"你去跟人家说话唄!"

"她是俺邻村的同学,媒人给我提过亲,我看不上她,脸上有雀斑,还有点猫叨(方言举止轻浮的意思)。"他小声跟我说。

我细看那女孩一眼,她穿着时尚,脸抹得煞白,一身脂粉气。

我想回去,他非让我再送他一段路不可,我就又跟他一起走,边走边问他:"见我之前,你相过多少亲?"

"那天我准备见三个,一听你说话就相中你了。你要真不愿意的话,我就回去再见那俩。"他说话停顿了一下,又接着说,"换帖后看到你给我买的四色礼,以及写在日记本上的字迹,就更喜欢你了。"

"这女孩长得可以啊,咱俩退了,你干脆把她娶回家算了!"

"她哪能跟你比呢!"

这女孩在多年之后见我们时,看他的眼神还是发亮的,每次都故意在我面前卖弄一番,可能在她心里,得不到的一直是最好的吧!

我俩走着聊着,七里路的河堤我都快送了一半了,不能再送了,他非要骑车再送我回去不可。我说:"咱俩送到啥时候是个头啊?再送我天就黑了。"不让他送。他说他从北京回来时,请了一个星期的假,就是想见我,他知道我在家忙,说想来帮我家收麦。我怕人家会说闲话,不让他来,母亲和哥哥也好面子,肯定怕人家说。他说走时会去三家集火车站坐车,离我家近,想让我送他,我答应了。

这个收麦季,舅家表妹来给我家帮了两天忙,又非要我去她家帮她收麦不可。表妹说:"你咋不让俺知道?你把周岗约出来,我看看咋样,叫他去我家收麦。"

我说:"他正好在家呢,可找谁捎口信呢?"

"咱俩骑车去他家。"表妹随口说,她是大庄子长大的人,比我胆子大。

"我不好意思,脸皮薄怕人家说我。"

"咱俩骑车去,你在他村后兰河堤等着,我去叫他。"表妹说完就骑着自行车带着我出门了。我俩顺着河堤走到了他们村后,河堤上有间护林的小屋,我站在小屋旁等着。表妹自己骑着自行车就奔他家去了,刚好在村口问路时,问到二姑姐,二姑姐就领着表妹进了家。

一会儿工夫表妹就回来了,说他马上就来。表妹说人挺帅,就是家里几个老人,将来怪难的。表妹说:"等他来了再说,让他去俺家,刚才我没说。"

"姥姥家门口人太多,他该嫌炫(方言害羞的意思)了。"我有点担心他不敢去。

"是,周庄才小嘞!小庄子人胆小,怪胆大的人到俺门口也被看毛点(方言就是不好意思),一会儿问他愿意去不,他要害怕就别难为他了。"表妹嘻嘻笑着说。

周岗骑着车子来了,我一问,他很高兴地答应了。

妗子和一个邻居表嫂都来看他,妗子也夸好,姥姥也高兴地向他问这问那。那表嫂跟我打趣说:"卫红,你这女婿就是一天让少吃两顿饭,跟着也乐意啊!"她这话说得我脸热心跳。

钟　情

周岗走那天，家人把他送到车站，就回去收种了。麦忙还没有结束，坐车的人不多。我来时没见到他的家人，火车晚点十分钟，等车的人都乱发牢骚，他看见我后咧着酒窝笑了笑说："挺好！"我回望他，心中突然对他涌出了阵阵依恋和不舍，四目相对，竟一时无语，此时无声胜有声！

火车徐徐进站了，他说："收完麦你要是能去北京该多好，我到了给你写信。"我没有说话，望着他随着人群消失在车门里，火车缓缓启动了！我脑子里忽然蹦出毛泽东的那一句词："汽笛一声肠已断，从此天涯孤旅！"

他从车窗里探出头跟我挥手时，我才回过神，心中莫名难受，望着远去的火车，就如我心中陡生的思念在拉长……我深吸一口气，缓缓轻吐了出来，隐隐中有一丝莫名的感觉，我们俩又像眼前这平行的无限延伸的两条铁轨，永远不会有交点……

分别后两地书的文字之美，成了我们感情升温的催化剂，我们在对方的心里出现的时候，都是自带滤镜的。这道不清、剪不断、理还乱的感情整天撕扯着我的心，想分手又犹豫不决的复杂心理交织在一起，平日遇事思路清晰的我，在感情面前变得弱智，大脑的电路板竟然多处短路，我憎恨自己！

这时有个条件不错的男孩小王(不便实名)开始跟我表白，每封信的分量都超重，爱之切切，情之灼灼。他说曾和我与几个同学在一个偶然的机会相识，听了我们的闲聊之后，再无法忘记我，他说他钦慕我的博学，仰视我的文采。他知道我订了婚，可他觉得他更适合我，希望我退婚，考虑接受他，婚姻大事非同儿戏，不要被一纸庚帖误了自己。

本来就矛盾纠结的我，思绪更加纷乱。我回信告诉小王我不想退婚，让他不要再有任何想法，可他还是一封又一封地来信。我无数次地问自己，跟周岗定亲真的错了吗？我到底对他是爱情还是怜悯？可为啥不见他时又想见他，说不出对他到底是一种什么感情。内心总是在提醒自己，和他保持距离，总觉得他不是我值得托付一生的人。可提笔给他写信时，又会把他想成心中最心仪的样子。我沉溺于情感的河流中无力上岸，想离开周岗，又感到心漂泊无依，似乎没有他，我的情感大厦就会轰然倒塌。

拜　年

周岗知道我喜欢音乐,1994 年元旦,他给我寄了一张带音乐的贺年卡,说春节假期他就回来,想和我大年初一去看电影。我就跟好友阿文说,让她来,我们一起去,正好让她帮我参谋一下做个选择。

正月初一,阿文早早来我家,我俩赶到电影院时,周岗在门口等着我们呢。他接过我们的自行车去存车,我俩都盯着他锁自行车,他手很大,冻得通红,也不知是紧张还是咋的,手一点都不灵巧,锁了好一会儿才锁上。我心想,看他这手笨,人也笨!

电影结束,我们要回家,我让周岗先走。他说想让我正月初二去他家拜年,我说不想去。他说你要不来的话,我就正月初二去你家拜年。我们这儿拜年的习俗一般是女方先去,男方一般不主动去女方家拜年,因为拜年得给压岁钱,给女方的要比给男方的多一倍,那时候手头紧家里条件不好的,更怕没过门的儿媳妇来拜年,有时候媒人说媒时虚夸的东西多,女方来了如果哪一点露馅,会生出事端,因为拜年,女方提出退婚的事件屡见不鲜。

我是真的不想让他来,一是我不想去他家,二是嫂子生病直到大年二十九还在医院里,年货准备得不齐,就我自己在家蒸些馒头。豫东这个地方的风俗过年必须蒸大馍,给长辈拜年不拿大馍是不行的,什么礼都可以少,就大馍不能少。我没有蒸过大馍,日常剁卷子剁得好,蒸大馍是头一次,母亲也不在家。我三个面剂子揉成一个大馍,学着母亲的样子,在里面包了红枣,共蒸了 21 个。母亲回来一看,说我蒸的大馍有点小,我心想,反正没有生亲戚,就无所谓大小。现在他一说要来,我初四就得去他家,大馍恁小咋去呢? 我就跟他说了不想让他来我家的原因,他说:"那有啥,没准备年货有啥吃啥,大馍小才熟得透呢! "

我和阿文从西关出来,走到三里桥拐到涡河堤上玩一会儿,阿文说咱俩在向阳的河堤坡上坐着晒会儿太阳吧! 我俩坐下来开始议论周岗,阿文说看他挺实在也挺好的。我就跟她说了小王的情况,阿文说把两人的优点都列出来,做个对比,谁优点多选谁。我说别列了,综合来说周岗没有小王优点多,可我就是可怜他没了母亲,阿文也说退婚他肯定很难过。我俩商讨半天也没拿个意见，心里都是可怜他。

阿文初一没走，初二吃过早饭，周岗果真来了，穿黑色半大毛呢褂，脖子里还围着条白色的围巾，手工双元宝的针法织成。他来我家走河堤一路西北是顶风，前额的头发被寒风吹得都竖起来了，我和阿文都笑他的头发。他也不好意思地笑了起来，用手赶紧去捋。我说："不让你来你咋真来了呢，你来初四我也不去。"他听我怪他，光笑不答话。

母亲把他拿的大馍留下，在他的篮子里放了压岁钱。等母亲走出门去，我偷偷把我家大馍放了进去。饭后我先送他走，送到村头跟他说："我不去你家了，大馍我已放进你篮子里了，就算是我去了。"

他一听眼神就暗淡了下来，脸上很失落的样子，也没说啥，跟我道个别，骑车走了。回来我跟母亲说，初四我不去了，大馍给他换回去了，母亲吵我："有你这么做的吗？人家来就是想让你去的。换大馍人家不说你，会说我这做家长的不明理儿，初四你得去！"

想起来要去他家，我心里很烦。我不稀罕去讨压岁钱，觉得特俗。没过门的媳妇儿拜年会有人去看的，想想那场面我就心里发怵，若有喊嫂子的来，那可是啥话都说得出口的，我不会应付这种场面，可初四还得硬着头皮去呀！

我个子不高，光脚一米五九，想想穿双高跟鞋吧，可因平时很少穿，试着走几步反而有点不自然，换来换去，最后决定穿一双平跟皮靴。我怕人家去看，去得不早，也围了个围巾捂着脸，怕风一吹把脸吹得紫红，外面穿了件绿大衣，这件绿大衣是换帖时他给我买的。

他们村子很小，就一个生产队，不到三十户人家。按照他之前跟我描述的去他家的路标走，但摸错了一个胡同，感觉不对劲儿，忙调转车头。刚转过弯，他爷爷在胡同口就迎了过来，大姑姐那天也早早到了，出来接过了车子，奶奶也跟出来了，我心里立刻变得暖暖的，相互寒暄问候着走进了院子。他家的五间瓦房已经不新了，房顶那条大脊看着有点起伏，想着是房檩不硬实，东边是三间堂屋，西边是两间。堂屋里奶奶已经将饭菜准备好了，吃饭时我望了望房顶，果然房料瓢(不够硬实)，三路檩子还不太粗，椽子稀了点，有的箔材都折了。我一瞅这房子，想想我家的房子一对比，觉得他们家盖得不实落。

爷爷奶奶这天中午真高兴啊，饱经风霜的脸上堆满了笑容，我心里才知道为啥他那么想让我来，我的到来能给他家的老人带来新的希望和幸福啊！

吃完饭，他把我领到了他住的那两间屋子，打开录音机给我放歌听，还放了他自己唱的那首《萍聚》。他正要让我录几首歌给他，这时候，院子外叽叽喳喳进了几个人，一个我们得称嫂子的人高声喊着周岗的名字："你把老婆子(同辈分说笑时的叫法)藏哪儿了？快让我们看看！"

他赶紧出来跟人家打招呼，我也跟着出来了，把人家迎到堂屋坐下来说了几句话。

那嫂子嘴利索着呢,和周岗逗了一阵儿嘴,他倒是在这方面能接上来话,换成我真不知道咋说好。那嫂子觉得占不上他啥便宜,也就住了嘴。

我借故有事回家,起身告辞,大姑姐从堂屋拶出篮子给我绑上车座。爷爷也跟着出来了,掏出两百块给我,我说啥都不要,爷爷就硬塞到我的篮子里了。

他推着车子送我,我跟在后面,他家在村子的前门住,得穿过他们村子的南北大街,才能往北上河堤。节日期间,吃过午饭的人更爱站在街两边闲聊。他辈分小,一路爷爷奶奶、婶子大娘地跟人打招呼,别人回应着他,眼光却在我的身上扫来扫去。这时候我已没有来时的羞怯紧张了,微笑着用眼神和他们交流,走过去听到他们在背后议论着:"这媳妇怪好,挺喜见(温和)!"

初恋的感觉

这年麦熟,周岗又回来了,而且帮我家来打场。头遍小麦打完的时候下了雨,赶紧抢种,种上又下了点雨。场地湿,不晾干没法摊场,就闲了一天。他约我进城玩,让我坐他的车后座上。土路有点颠簸,我两手一前一后地抓紧车座框,并不去扶他的腰。顺便去东关邮局寄了几封信,时间离晌午还早着呢!

城里的柏油马路晒得蒸死人,我不想逛街,嫌吵得慌,他就带我出了城,田野里多数的地块都已种上,还有散散落落的农人,在地头路沟边点种着绿豆、芝麻之类的作物。此时已听不到布谷鸟两声一拍有节奏的歌唱,它们已经收获了爱情,便按下了静音键隐于田间觅食。

我喜欢田野里凉爽清新的风,便和他找一处树荫停下车来凉快凉快。树旁是地沟,沟边上的野草因为雨水的滋润长得很茂盛。我弯腰在沟边随手抽出几根小草的嫩芯,放在嘴里用牙嚼着,望着他不说话,细品着弥漫在嘴里的甜丝丝的青草味儿!

周岗坐在车的后座上,眉飞色舞地给我讲述着他在北京的生活。我们待了一会儿,他说:"还是我带着你骑车凉快,咱们走吧!"他要我坐在前面的大杠上,说这一路你为啥不搂我的腰呢?我不回答他,也不愿坐前边,但经不住他的坚持,最终妥协了,坐在了大杠上。

这是自打认识他以来,最近距离的接触了。我能听到他的呼吸声,我往前微探着身子,怕他用力往前蹬车时,下巴不小心磕到我头上。我不知为啥,心里像踹个小兔子似的突突地跳。头上的长发随风飞扬,他说:"这样多好,我能闻到你用的青苹果洗发香波的味道。"还说:"你坐在后面,大风会把我说的话吹跑,我还得扭过头来说话,你听着也不顺耳。"

他边骑车边夸我穿的衣服好看,那天我穿了一件黑白米字格的衬衣,下面是一条很时尚的湖蓝色的阔腿裤。面料垂顺轻薄不起皱,是商贸大世界布料行卖得最贵的布料,找裁缝量身定做的。衬衣配阔腿裤是要外扎腰的,下边穿了一双黑色小高跟真皮凉鞋,脚捂了一个冬天加一个春天,显得很白净。我一直认为,我的双脚长得是最秀气的!

配这双黑色皮凉鞋很是雅致。当时我家的经济状况应该是村里冒尖的,妹妹出去打工,我在家干活比较多,想买啥母亲是舍得让我花钱的。我不喜欢花里胡哨地乱买,更不喜欢任何首饰,买衣服鞋子和日用品从来不买次品货。

周岗带着我漫无目的地兜着风,他突然说想让我回他家,到下午再去,我答应了。他家没手扶和小四轮,大姑姐家离他家一块地之隔,到家后他又带我去借了他姐家的四轮。说吃了饭下午拉麦秸,要我坐车上开就行,我不用下地,省得扎脚。

午饭后休息一会儿,他摇着了车,我怕人家看我,让他开到地头我再开。我坐在瓦壳上,他开着刚走到胡同口,他的一个邻家弟弟就用手放嘴边捂成喇叭状使劲喊:"岗哥,下来让恁老婆子开车!"

我一听,明白了,他家人肯定给别人谝过我会开车,他让我来,就是想炫炫我的车技。我心里埋怨他,但没说出口。

到了地里一看,就是场地头一小垛麦秸,他也不让我帮忙,让我躲阴凉处歇着。他装好了让我坐上开,借的这辆破四轮真难开啊,方向盘不像我家的潍坊灵敏度那么高,转了大半圈才有反应。离合片分离不彻底,挡位变换很困难,一摸挡杆刺啦啦响,机器是 12 匹的,不像我家的 15 匹机器,听着铿锵有力。好在我手熟,适应得快,手生的话还真驾驭不了!

周爷爷病了

　　秋苗出来后,天气就一直干旱,玉米浇了头遍浇二遍,有些火旱地的玉米叶子还卷着筒儿。灌溉条件跟不上的秋苗快要干死了,家家都下地浇水抗旱。6月23日,我在地里碰到周岗奶奶的娘家侄媳妇,她说:"俺姑父(就是周岗爷爷)病了,很严重的,在县人民医院病房呢。他孙子在北京打工没回来,他们家人想让你跟你妈说一下,去看看俺姑父,俺姑父没病时提起你来,就高兴得很哪!"

　　我听后很矛盾,不去吧人家说了,去吧,以后万一退婚落话柄。晚上我跟母亲说了,母亲说:"就是平常没啥来往的乡亲,人家说了也得去看看啊!"

　　第二天晌午,我去了医院,见了病房里的爷爷,已经不会说话,闭目躺着,右侧肢体瘫痪。病房内陪护的是公爹和二姑奶,二姑奶明白是我之后,赶紧喊爷爷,趴到爷爷耳边说:"三兄弟你看看,是卫红来了!"

　　爷爷睁开眼认出来之后,眼泪顺着眼角像溪流一样淌了下来,热切的眼光望着我,眼神复杂,有惊喜、有期望、有嘱托……嘴唇翕动着,却啥也说不出来!

　　我看到眼前这一幕,心里很难过,脑海中回忆起春节时去拜年,他乐呵呵地站在寒风中等候,朝北张望时,那健朗的身影,怎么一下子就这样了呢?我一时也不知如何安慰爷爷和他的家人。

　　快中午时,二姑奶的闺女从家里带来了饭菜,她家离医院比较近,天天做好饭菜送来。我说了几句安慰之类的话就要走,二姑奶拽着我的胳膊不让走,留我吃饭。吃过午饭,二姑姐来了,她说公爹已经几天几夜没合眼,想让公爹回去休息一天,留我和她在医院陪护一夜,我也不好推辞,就留下来了。

　　我俩同龄,话题也比较多,几乎没有睡觉,她把我当成朋友一样聊了一宿。她说想出去打工,不想在家。二姑姐长得非常漂亮,皮肤白皙,有小家碧玉之美,但一眼就能看出,因为母亲的离世,给她带来了很大的影响,她的世界满是阴雨,脸上写的都是忧郁,没有我们这个年龄的人该有的阳光。望着病床上的老人,看看楚楚可怜的二姑姐,我也想了很多……

　　我们订婚后,村里有长辈了解他家情况的,在我面前也说过他:"小孩是不错,就是家里几个棺材瓢子负担重,等你去了可得受苦啊!"

　　我听后很不是滋味儿,回家给母亲也说过,母亲总是劝慰我。在家干活累或是遇到困难时,我常用孟子的"天将降大任于斯人也,必先苦其心志,劳其筋骨,饿其体肤,空乏其身,行拂乱其所为,所以动心忍性,曾益其所不能"这句话来自勉,现在想想他家的情况,难道这就是让少年的我历尽磨难,降给我的大任吗?

　　几天后,周岗从北京回来了,他的爷爷已出院。当天下午他来我家,想让我和他第二天进城玩,我没有答应。

　　他走后的这天晚上,我失眠了,心中对他的思念如潮水般汹涌而来!可是他的家庭让我一次次地犹豫,爷爷的病体和复杂的眼神,二姑姐满腹的幽怨和哀愁。他虽然在我面前从来没有流露出任何情绪,每次见我都一脸灿烂,但他只是不说他的心事,无法言说而已。这一幕幕都在我脑海中交织闪现着,嫁给他肯定会吃苦头,我该怎么办?我对他到底是喜欢还是怜悯?我真的说不清,因为家庭状况退婚吧,我觉得说不出口,辗转反侧,痛苦极了!

　　思来想去,终还是可怜他,最后决定好歹就这,不再想着退婚了。我就不信将来能有难倒我的事。不知道为啥,我一直觉得无论什么样的家庭境况,我都会过得不差!我从来没有担心过,自己将来会没有钱花。想到这儿,我想到了贝多芬的《命运交响曲》表达的主题精神,我要扼住命运的咽喉!我想到了我喜欢的苏东坡,不是被贬,就是在被贬的路上,他从不怨天尤人,因为有了那种"无可救药的乐观主义"精神,他才有了超强的抗击打能力,才有了"大江东去,浪淘尽……"的磅礴气势,有了"日谈荔枝三百颗,不辞长作岭南人"的随遇而安,有了"我本儋耳人,寄生西蜀州""借我三亩地,结茅与子邻"的超然淡泊!

兰河堤上的初吻

又过了几天后的一个黄昏时分，周岗的亲戚来喊我，说他在他们家等我呢。我吃完晚饭换洗了一下，刚到他们家，就下起雨来了。他家亲戚给他铺好了床，说不让他走了，泥路不好走，自行车推不动。

夏天的雨说停就停，我起身回家，周岗出来送我，空气很清新凉爽。他家亲戚住村东头，出了门我们走着聊着。我第一次就我俩的事，和他进行了深层次的沟通。我客观分析了他的家庭现状，问了他今后的打算，也聊到他在外面打工的事。我谈了我的看法，对他的努力方向提出了自己的建议。他始终无语，能看出他内心的矛盾与复杂，可见我的观点和看法，和他的原生家庭的指导思想有许多是相悖的。他肯定认同我的观点，但又无力扭转家人的思想，所以他的内心是痛苦的。

看他不语，我怕他过分伤感，就安慰了他几句。这时候走到了北地河沟旁的小桥头，我停下脚步，准备跟他道别，他说："以前家里的事都有爷爷担着，俺大（父亲）啥事上不如爷爷，现在家里这个状态，你不会嫌弃吧？我出去打工，什么活都干不进去，太想你了！满脑子都是你，咱们结婚吧！"

"他们都无所谓，终究会老去，咱们的未来，掌握在咱们自己手中。"我照顾着他的情绪，但说的也是真心话。

"我觉得你考虑的啥事都行，我听你的，等结了婚，我不想让你干活，你在家，我去干活挣钱，我会让你幸福的，会一辈子对你好的！"他的话也让我挺感动。

我知道周岗说的是他当时的真实想法，但过日子这样是不行的。我是个闲不住的人，我喜欢劳作，劳动不仅能创造财富和智慧，而且是治疗一切亚健康状态的良药！他接着说："咱俩再走一会儿吧，我想跟你多待一会儿。"

我没说话，跟着他上了西河堤。雨后的青蛙"咯哇""咯哇"地欢叫着，此起彼伏，响成一片。地上没有了升腾起来的扑面的热浪，田野里的风湿润凉爽，惬意极了！路边草丛里的蛐蛐不知疲倦地浅吟低唱着，河堤两旁泡桐树上的知了此时也进入了香甜的梦乡，在这场甘霖的滋润下，万物都在生长！

　　我没有回答他的话,静静地聆听着这和谐的自然之声。他也没有再作声,在我右边跟着我的脚步节奏走着。

　　许是这夜色撩人吧! 周岗把左手轻轻地搭在了我的肩头,右手拉起了我的右手,一股电流从我的肩头、右手瞬间传导到我全身的每一根神经,他顺势揽我入怀,我已无力挣脱。此刻,我觉得这个世界是属于我们的,我们有了第一次拥吻。

周家爷爷病逝

周岗的爷爷以前有过心肌梗塞,再加上脑血栓,于 1994 年 7 月 29 日(农历六月天)离世。时值三伏天,棺材不宜在家久留,公爹第二天才给到北京不久的他拨通了长途电话,准备按农村的老风俗第三天出殡。

他奶奶的娘家人第一时间去烧了纸,回来后给我说,他家人想让我出殡那天去他家。没有过门,我一听这事,说啥也不愿意去,后来母亲劝我,那天也就去了。我没有经历过这种场面,什么规矩也不懂,一到他家,满院子站的都是人。二姑姐在她爷爷出院之后跟着他弟弟去北京打工了没回来。小姑子 15 岁就辍学,跟一个亲戚去郑州一家烤串店打工去了,一个月几十块钱的工资,打了电话还没到家。周岗没赶上长途大巴,坐火车还没到家。

灵堂里停放的那一口黑漆的大棺材映入了我的眼帘,老人在世时的音容笑貌,还有在医院时那期望的眼神,又在我脑海中涌现出来,我走到棺材前磕了个头,不知是因为老人的离世,还是想到了将来的自己,心中万分难过,泪水默默地涌了出来!

有人见状赶紧把我扶了起来,拉我进了里间,给了我一个长长的白绫,说没过门,不用穴头,就帮我系在了头上。80 多岁的二姑奶看到我已泣不成声,她从人堆里颤巍巍地挪着小脚,走到我面前,用蓝色的方手帕擦着眼泪,拉着我的手说:"这满院满屋黑压压的人,这一个才是主人哪!"

我听了这话,心里有说不出的沉重,五味杂陈!

出殡前,15 岁的小姑子回来了,婆婆离世时她才 5 岁,我看着她这么早就辍学了,劝她此次回来别再去了,赶紧回学校读书。

出殡的时间不能再推迟了,周岗还没到,管事的决定不再等他。爆竹声声,唢呐呜咽,亲戚们有序地进行三叩九拜,午时礼毕,准备起灵。

表姐(婆婆的娘家大侄女,婆婆做媒让她嫁到本村)端着一碗酵面走过来对我说:"卫红,等扒灵棚时,四根柱子拔出后,你把这酵面分别倒入四个柱子眼里。"我答应着接了过来,后来才知道酵面有发家的寓意。

　　因为婆婆离世得早,公爹迷信地认为老坟不好,所以要为爷爷拔新坟茔,拔新茔得有儿媳妇往家抓土,说是给下辈小孩抓财抓福,寓意人财两旺。婆婆不在了,应有公爹代抓。我没有上坟地,把屋里跪灵时垫的麦秸清扫一下,在屋里陪着奶奶和二姑奶说话。

　　这时候周岗提着个包到家了,一进院,神情悲痛,泪水就流了下来。我看到他从屋里走了出来,他看见我先是有点吃惊的样子,抽吸了两下鼻子,努力想收住眼泪。我没吭声,没去安慰他,用非常庄重的表情看着他,又下意识地用牙齿咬住下嘴唇,朝他点了一下头,我用眼神无声地向他传递了一份力量,他能懂!

　　他潮红的眼睛看着我,哀伤的眼神里闪过一缕温情,说道:"你先别走,我去上坟,等我回来!"

　　说罢,拿起一刀烧纸去给爷爷上坟。

想要两间婚房

太阳快落时,周岗上坟回来,我要走,他送我,他说他父亲八月十五前想去我们家要媳妇儿。豫东地区公爹去没过门的儿媳妇娘家过礼求亲,简称要媳妇儿。我一听就明白了,他父亲是不想给儿子盖房子,想把我娶到那两间西屋里面,我就反问他一句:"你觉得不盖房子行吗?"他说:"有一片宅子小,不够三间宽。"

我说:"那就盖两间,现在一般家庭都是四间堂屋一间厨房,经济条件差的也是三间堂屋一间厨房。房子多一间少一间我不计较,但必须得盖,这是我的底线!因为老少几代人思想观念差异大,住在一起难免言差语错地影响家人关系。虽说有五间房,奶奶住了三间堂屋,还有公爹和妹妹呢,再加上我们根本没法住。再说我喜欢清静,喜欢享受一个人的孤独,劳作之余就爱静心看书,最不喜欢谁闯入我的世界,我需要一个属于自己的空间来体味超然。我看书或者写东西的时候,你也不能打扰我。我渴望一种情感,白天如朋友般理解、互助、相敬,晚上能在属于我们的世界里,共享爱情的甜蜜和幸福,所以一定得有咱们自己的房子!回家一如鸟归巢,羊入栏,此心可安!"

他听我一口气说了这么多话,就说他不去打工了,准备筹备盖房子的事情。

我刚辍学时,也是和母亲蜗居在堂屋里,到1994年春天,父亲买了红砖又盖了五间房子,其中一个单间留给我住,才有了属于自己的空间。八砖扣顶三七墙,四开的大窗户,冬暖夏凉。做了个写字台没上漆我就开始用了,虽然简陋,但感觉真好!

我可以把喜欢的朋友请来闲谈,可以静静地看书写作,完全自我,没有一丝压抑,精神上可以真正独立。感谢书把我变得不算那么庸俗,床边也能堆放书,可以随手取得。

记得曾读过的一篇文章中提到躺着读书,作者谈了他读书时的感受,靠墙而立起的书在床的内侧,唾手可得的那种读书意境,恐怕是最惬意的吧!海阔天空地读书才算得上是一种读书,上厕所的时候没有书,哪怕拿张旧报纸也行。临睡时捧着书不知不觉进入了梦境,书无疑又起到了催眠作用。书如同生活中的食物,只是没有定时定量,却是生活中必需的。日子里如果没有了书,不仅仅是空虚,我还会变得烦躁,会失去好心情,干什么都糊里糊涂,晚上睡前不看几页书,怎么也睡不香!

　　我心里的想法一旦认定,不管别人说什么做什么,都影响不了我的节奏和步伐,内心是极其坚定、不可动摇的。周岗回去跟他父亲说了,他父亲不听,八月初六还是和他的一个堂叔来了我家,说家里房子多,够住。我不等母亲说话,就把我的要求又给他重述了一遍,不盖好房子就不用再来了。

　　我有一套完整的内心秩序和价值体系,我要做好我的人生主角,不会在他人的世界里当一个无足轻重的客串!我虽是一个平凡人,但我要努力使自己的人生不平庸,每天醒来后的灵魂不会再陷入那种愚昧无知的状态,一直有种乐观向上、永不言败的精神支撑着我,让我觉得有力量去克服种种困难,我永远不会屈服。虽然我一直孤独地在底层的泥潭中挣扎,但我要做那朵不染污泥的莲,去兀自开放!

远嫁的二姑姐

1994 年秋开始养蚕,趁农忙之余,得定做 100 多个蚕匾,连天赶夜也干不完。周岗听说我家忙,来帮忙钉了两天蚕匾,他说他很想来给我帮忙,就是怕人说闲话,不敢来。养蚕最后特别忙的时候,他又来帮我打桑叶,他很勤快能干。一般情况下,我不让他来我家帮忙。因为房子的事情,他知道我的脾气,不盖好房子也没跟我再提结婚的事情。

1995 年,二姑姐在北京谈了个对象,把原来订婚的对象给退了。那个年代在外面谈对象的不多,远嫁的更少。我是听奶奶的娘家侄媳妇告诉我的,她说:"要是有娘的话,说啥也不会让她远嫁,没娘指望一个爹,还是不行啊!听说谈的人不好,村里人乱说,家里人都不愿意,可劝服不了她。"

听到这个消息,我并不感到意外,因为去医院看爷爷的时候,我已了解二姑姐的思想动向,在这个家庭中,她仿佛感受不到温暖,她和对象也不来往,像一叶孤独的小舟在浩渺大海中没有方向。她人老实又长得漂亮,所以外出打工被人惦记是预料之中的事情。

周岗因二姑姐的事情又去了北京,他想试着再去劝劝二姐,但是没有结果。回来见我提起这个事情很难过,说二姑姐找到这个人不好,老家在驻马店新蔡县,要啥没啥,个子矮,长得不好看,还是个文盲,就是会点手艺,是个厨师。二姑姐认定他有手艺,将来不受穷,看来是在家里穷怕了,我心想周岗口中的"文盲"那该是很差了。

大姑姐早早结婚,夫权思想严重,不懂什么叫真正的孝悌,她认知中的孝是狭义的孝,她是三从四德教化下的好儿媳、好妻子。她意识不到,没有了母亲,她这个长女在弟妹们心目中的位置有多重要,她不懂什么叫长女为母,长兄为父!

他们姐弟几个从小在公爹封建思想的训导下,多数时间很听话,渐渐导致对自己的原则把握不清晰,习惯性放弃原则,养成了"和稀泥"的精髓思想,不能明辨是非,遇事没有立场,没有爱憎,所以也处理不好各种关系。

用公爹的话说,他们家是和睦之家,婆婆从来没有跟奶奶顶过嘴,从来没有跟他红过脸。这些表象上的和睦,内在的实质是什么呢?是人性的冷漠和自私,谁的心事都憋在心里，没有亲人之间真正的关爱和温情，家庭成员个个心里都是一片荒漠，一旦在外面能得到一点点的温存，便觉得遇到了绿洲。经济上的贫困好去改变，这种精神上的贫困，很难改变！

公爹对大姑姐是最疼爱的，婆婆离世后，公爹非常看重大姑姐。她干活勤快有材料，家里的事务奶奶和公爹都是听大姑姐的。公爹又托人花钱让大姐去大许寨花厂做临时工，因为她早早订了婚，婚后不久就不去上班了。公爹平常对二姑姐也就忽视些，1995 年，她嫁到了驻马店，公爹原来给她做好的组合衣柜家具，因为二姑姐的远嫁，就留在家中了。

周岗在我家帮忙时，给我讲了他的难处，家里经济紧张，他打工每月才 100 多块钱，攒不住钱。地里庄稼种不好，老人不舍得买种子化肥，玉米都是黑穗病，也不种棉花，收秋后不够交提留款。有一年种麦，公爹不在家，他和二姑姐硬做主，每人拉一辆架子车去县城拉了八袋子化肥，他拉了六袋，让二姐拉两袋。第二年，小麦收成好了，从那一年开始粮食才够吃。

家里有事的时候，没有收入就卖点粮食，我一听他家至少得比我们家落后 20 年，我说："订婚时你可不敢这样说，媒人夸得你家啥都好！"

他笑着说："我知道你现在不会退婚，才跟你说的。"

我就说他："你既然看到了家里贫困的根源了，等我去了，不说服老人的落后思想，就跟他们分开过，你不要认为我不孝顺，这跟孝顺是两码事，我不怕累，但怕在家里生气内耗。我不怕你穷，怕的是你的思想和他们一样穷。"

"我听你的，咱们好好干。"他既然这样说，说明他有所觉悟。他能认识到就行，若是认识不到，那说啥也得退婚。

省城技校里的高个子师兄

　　这年的冬天农闲，我和同村的爱荣姑商量着去郑州管城辅读学校学习摩托车维修技术。当时考虑到周岗家的经济状况，是想让他去学的。可一想，光学费这一关，公爹就舍不得让他去。我也观察了他，动手能力强，适合学维修，他喜欢开车、喜欢机械类的东西。我觉得结了婚，如果干个修理部是可以的，他干活，我操心经营管理。等有了孩子我自己带。我现在学学理论知识也好懂行，做起经营管理来也得心应手。

　　在这一个多月的理论学习过程中，我非常用心，快结业时郑州市文教局的领导来检查，我正好坐在第一排，他们抽检了我的课堂笔记。老师是河北邯郸人，名叫赵存月，课讲得非常好，我的笔记做得很仔细，文教局的领导当时就夸奖了我笔记清晰。

　　那一届学员有 50 人左右，三个女生，跟我同桌的是淮阳县的一个男生陈雷（化名），他高高的个子相貌清俊，比我大一岁，字写得遒劲有力，只因几分之差高考落榜。

　　每天课程排得特别满，从早上到晚自习的时间很长，陈雷每天晚自习都喜欢和我聊天。他兄弟多，他爹怕他娶不上媳妇儿，高中时就给他订了一门亲事，是一个白字小姐。陈雷说他特烦，不能接受白字小姐，准备退婚。他问我订婚了没有，我如实回答。

　　临近结业，学员们也都找到了实习的地方。当时新乡那边经济比较发达，一些学员要我们一起去那边实习，我婉言拒绝了。学员们之间都以师兄弟相称，我们的年龄小点，他们都喊我们为小师妹。

　　陈雷在临别前的一个晚自习上说，他想让我陪他一起去亚细亚那边逛逛。我下了自习喊上爱荣姑和陈雷一起步行去了亚细亚，他说他准备明天回老家实习。我们漫步来到亚细亚的天桥上，灯火阑珊，他停下了脚步，我们并排站在栏杆边，他连声长叹说了一句："我那可怜的白字小姐！"然后低头沉默良久，突然转过头盯着我说："师妹，祝福你的他！真的羡慕他，你聪明，善解人意，他这辈子太幸福了！"

　　回来的路上，陈雷跟我说："今晚我是想让你自己来陪我，想和你好好聊聊天的！"

　　第二天下午，上完培训班的最后一堂课，也就五点了，次日学员们都要离校。冬天夜长昼短，天快黑了。我和爱荣姑拿着课本和笔记刚走出教室，她眼睛一亮，惊喜地喊着周岗的名字。我顺着她目光的方向,注意到周岗正在不远处站着等我们呢!

周岗从老家来找我,只往那儿一站,就显得特别瘦。他走过来和爱荣姑打着招呼,露出了笑容。看得出那笑容是挤出来的,他不像以往见我时那样高兴,他心里没有欢喜!

他说站这儿等我们好久了,没有到班里喊我。我一想他晚上得有个住处,就对他说:"我陪你先找个酒店,大冷天你得先有个落脚处。我和爱荣姑两人住一间宿舍,明天不用上课了。"

爱荣姑独自去了宿舍,我和他在大同路附近找了个小酒店,安顿好他。我问他家里到底发生了什么事情。

他没先回答,一把拥紧了我,我挣脱不得,仿佛一挣脱,他就要失去我。我能感受到此刻的他,在释放着多日来的隐忍和压抑。他紧紧地拥抱着我,恨不得将我融化掉,他心里有事!

我理性而冷静,轻拍着他的脊背让他平静,我耳语告诉他:"此刻我们适合说说话,我想听你说⋯⋯"我引导着他倾诉!

他说和他父亲吵架了,准备买火车票去北京。这么多年来,因为没了母亲,他总是体谅父亲的不容易,无论对错都没有跟他顶过嘴。

我问他为什么吵架,他不说,但我隐隐感觉是因为我,或者是因为房子。他告诉我,两间房子已经盖好了,等明年就可以结婚了。

婚后我才知道,他的家人不想盖房子,埋怨他太老实,没有本事不花钱把我娶回家,他生气顶撞了他父亲。

他的家人哪能了解我的性格,我不是那种没有主见的人。他要是真跟我耍滑,我早就退婚了。我看中的正是他诚实可靠这一点,他知道尊重我,没有不顾我的感受考虑他的私心,没有动歪心思算计我。我觉得将来跟他生活可以简单、快乐、心安!正因这一点,让我认定了他!

那晚我心情很复杂,他说他要去北京,却穿那么单薄,没拿行李包,连一件换洗衣服都没带,我就猜出这其中定有隐情!许多话他永远不能在我面前说,但我明白他话到嘴边又咽下的无奈。

也不知是看不惯酒店房顶太低,还是通风不好,抑或是我们的心情太沉重,觉得房间里的空气是凝固的、压抑的!我坐了一会儿要走,他送我到酒店外,轻轻地拥吻了我。

我回到宿舍,和爱荣姑说了他的状态不太好,爱荣姑也是心善,可怜他,夸他好。我一整宿没睡好,总觉得他此次出来不对劲,他之前没有这样过。到底他们家是一个什么样的家庭啊?二姑姐不顾一切地远嫁,一向阳光的他,这次见我却又老又瘦,表情愁苦木然,这些镜头在我脑海里来回萦绕。可见他家老人的思想,不仅仅是落后那么简单。

次日是 1996 年 1 月 5 日，我起床后就去酒店找他，劝他别去北京，和我一块回家，他答应了。课已上完，我没去培训班，爱荣姑独自去了。

我和周岗一起去了 M 城逛逛，又步行到了二七广场，乘 9 路车去了动物园，他的心情看着好多了。晚上回来我让他和我一起去了培训班，学员们都走得差不多了。

6 号上午，我们三个去亚细亚商城逛了逛，那天是周六，在商城有我喜欢的一档节目，是河南省经济广播电台的主持人杨中和小婷主持的，可以现场互动。我写了一张点歌单，给好友阿文点了首歌，并且掏出随身带的袖珍日记本让主持人签了个名。极少听收音机的阿文那天却打开收音机听到了，这是她后来写信告诉我的，这就是知音之间的友情感应吧！

下午我们三个一起坐车回家，此时周岗的状态和那天初见我时已是判若两人，笑容又开始洋溢在他的脸上！

回忆到此停笔，我翻开那天的日记，与读者分享一下我那时日记中感悟的一句话：每个人的生命中都会有许多疲惫不堪、郁郁寡欢的章页，所以要去寻找那真情的、美的光辉去照亮它们，以此抚慰人生旅途中的无数次的伤痛！

通过这次交往，我对他的父亲及家庭又有了新的看法。他约好 8 号让我去他家看那两间房子，我去时是有思想准备的，只要是房子就行。到了一看，果然还没有我家的偏房质量好，很矮很简陋，他说他下手砌的墙（他不会砌墙的），是大姐夫来帮忙，还有他干爹和邻居谁有空谁来帮忙自建的。赖好是房，能住就行，我没说别的。

此次周岗提及结婚的事情，我说订婚时我啥都没要求过，结婚你就随个俗礼，人家订婚时不等要求就有彩礼，"要媳妇"时还有礼金，你家从来没有为我表示过一分钱，你得跟你父亲说，这次得准备两千块钱才能去我家，得给我点面子。

说这话，我有点扎心，本来我觉得将钱与感情一起来提那么无聊，然而他们家对给我盖房子这事有怨气。他躲躲闪闪不说，我已看得出他家人对他灌输的思想很可怕，典型的那种自私自利、目光短浅，想让他把我诓来一分钱都不花。他不听，因为喜欢我而坚守着自己的内心。

对周岗父亲的许多做法，我真的无法理解。作为父亲，他太没有担当，逃避责任，啥事都不明智，才四十多岁说自己老了，对儿女都尽到什么了？还得过且过故步自封，没考虑过孩子都大了，为啥还是脱不了贫困？没有考虑过一点我们家的感受和颜面，自私得理所当然。

我得让他的父亲知道娶个儿媳妇不是那么容易，我不是来他家为奴的。不是过去的时代了，女人是墙上的泥坯，去掉旧的换新的。娶来的媳妇买来的马，任我骑来任我打。父母养育我不易，我上有兄下有弟，终身大事得顾及我和家人的颜面。日子不是想咋过就咋过的，落后懒惰跟不上人家是得挨板子的。不是一点钱的事，我见过身边对老实媳妇奚落作践的婆家人，他们往往是得了便宜还卖乖，你不要一分钱嫁去了，他们膨胀自大，有一点小矛盾就作践你；你要了点钱吧，他们心疼钱，迁怒你、仇视你、难为你。

那天从周岗家回来的路上，他送我，给我讲了在北京打工时，有河北的女孩追他，他看不上。我说真希望他考虑找别的女孩结婚，说这话时我哭了，我的眼泪很复杂，不是为他，为我的这几年来纯真的感情和内心的挣扎！

当时我心里清楚，离开他，我将会振翅于更高远的天空。那时我常傻傻地想，他只要能遇见合适的，我一定离开他，心里就不会有耽误他几年的内疚了。

一提分手，他也哭了，看我落泪了，赶紧给我擦泪，说我要是和他退婚，他就一辈子不结婚，他非我不娶！

一直以为活得很脱俗的我，还是逃不脱一个俗字，心里很烦，烦这世俗的社会，烦这人性的劣根。活在这世上，不得不去随波逐流，身不由己。一分钱不花嫁过去，日后人家的轻视，还有外界的议论纷纷，有时候真的让你受不了。你啥都不要就嫁了，好像你有什么缺陷似的，想在婚恋上特立独行，除非你学会在别人的唾沫星子里游泳。又想到周岗的家人，可怜之人必有可恨之处！我好想一个人去旅行，再不想结婚。

我的英雄主义

罗曼·罗兰说过："世界上只有一种英雄主义,就是看清生活的真相之后,依然热爱生活。"我身上不仅有这种英雄主义,还有理想主义和浪漫主义。

我看透这一切后,决意要这两千块钱。这不是钱,是我做人的原则!我想用我毕生之所学去拯救他,改变他家人的生存状态。我骨子里的那些反叛的火花,也时不时地迸发出来!

正月初九的晚上,在如银的月光下,周岗又来找我,他倾诉着对我忠贞不渝和地老天荒的爱,我答应不会辜负他,但会坚守原则。我在为人处世上有着不算迟钝的头脑,在爱情上却永远单纯!

人常常是脆弱的,但有时也是顽强的,世界上有很多不可思议的事情,而最不可思议的是人,是人的感情!尤其是爱情,它能使荒漠变繁荣,平庸变伟大,死去的复活,活着的闪闪发光!

我和爱荣姑从郑州回来后,在县城北关找了家修理部实习了一段时间,实操了学习到的那些理论知识。

公爹于正月十六来我家一趟,拿了一千块钱,他是外人眼里的老实人,但说话恼死人,黏泥(俗语:拖泥带水,不是朗利人)得像撕不烂的毡帽子,同是一句话他一出口就听着刺耳。谈话当中,他言及因为我们准备结婚的事,打过他儿子一次,我考虑他是故意说给我听的,我听了很生气。这样的父亲,把什么责任都推到儿子身上,从不想想,作为父亲自己称职吗?公爹真是自作聪明,他以为在我面前说打他儿子了,我一心软拿这一千块钱就可以了。我一听更生气,一点台阶都不给他下,谁的面子都不给。我说:"两千块少一分不行,并且婚前三趟礼一次都不能少!"

公爹曾不听他儿子的劝说,已经来过我家三趟,他这次是想把日子定下来,看他没一点诚意,所以我要求他务必按照老规矩,正式来三趟!

当时我铁了心,要让他们知道我的善良是有原则的,明确告诉公爹,让他们全家回去商量,不行你们走你们的阳关道,我走我的独木桥!

冬去春来,生命之花开始蓬勃怒放!为了这一季的辉煌,曾忍耐了多少暗淡无光的日月!

春耕开始了,嫂子生了大侄子后快十个月了,哥哥做了结扎手术,哥哥和我家留的西瓜地该操地备播了,哥得休养身体,这些活儿都得我干。忙完西瓜地这头,还要养春蚕,忙得喘不过气来。

周岗没有经济头脑,也没有一技之长,在北京靠打工根本挣不到钱。他就回来跟着人家去工地做苦力,时不时地来我家,给我帮会儿忙。我也注意观察他了,干活行,头脑也不算笨,就是没人领他上路。可以当个好兵,但没有将才,就是俗话说的"没大材料"。由此可见,他们家一盘散沙,十八口子乱当家,没一个人能说到点子上,缺一个真正的领袖,才成今天的破败局面。

日子周而复始地流淌着,突然有一天收到了陈雷寄来的一封信,展开信纸,熟悉潇洒的字迹映入眼帘:"师妹好!我在四通镇实习得差不多了,可否愿与我携手共创美好未来……"洋洋洒洒字里行间道尽爱慕之情,陈雷表白得含蓄而热烈,希望我能斟酌之后做出定夺,与他在事业及爱情上"合而做之",这个词他用得甚妙!

读后我心中泛起阵阵涟漪,陈雷的一言一行都在脑海中,让我的内心久久难以平静。对友人我有当天回信的习惯,可那天我没有回!

幼时曾读"季布一诺",少时曾记"季札挂剑",青年知晓"桥下之盟",没忘自己说过"不会负他",内心思虑了几天后,给他回了信,婉拒了!

成　婚

　　农历八月十五的双头日子，是豫东准备娶媳妇的人家"要媳妇"的日子。公爹拿来了两千块钱的礼金，买了些点心果子、月饼之类的礼品来了我家，一切照农村规矩按部就班来。

　　这次来后，我见周岗时，已是秋分时节，我让他回去跟公爹说，种麦时都留成麦棉套，棉花是经济作物，等我去了种棉花，也能增加点收入。十月初公爹又来了一趟，这一趟叫"送好"（订日子），把日子定在了农历的十一月初二。公爹说二姑姐的组合柜没法拉走，不让我父亲再给我做衣柜了。那时嫁闺女都是陪嫁几床被子和一些家具，一般都是请木工来做。我当时的想法就是好儿不吃分家饭，好女不穿嫁妆衣。

　　他们家给我买了一身衣服，等结婚那天拿过来当嫁衣，我自己也就买几件简单的衣服。父亲去县城花700块买了一套实木沙发，1500块买了台长虹彩电，150块买了一台风扇，400块给我买了一个非常大气的写字台，2300块钱又给我买了一套组合的条柜，还有一辆女式小单车。都是给我当嫁妆的。母亲把留的上等棉花拿去弹好，找村里儿女双全的婶子帮忙，大娘们给我套了五床（十条）被子，又给我买了一床云丝被，共六床被子。

　　公爹最后一趟来商量结婚的事儿，父亲和母亲也没有提啥要求，也就交谈对接了一下双方的礼俗。

　　结婚头天晚上，村里的小姐妹都来给我包饺子，一岁一个，我24岁，就一共包了24个，用红纸垫着放好，还给我擀了点面条，擀好的面条用红纸腰着，等着装盒子用。初二吃过早饭，随着村西头（娶亲讲究出东门，进西门）三声进村的礼炮响起，听到了录音机喇叭里喜庆的曲子，先到的是迎亲的自行车队，紧跟的是两个人抬着的盒子，里面装的是认亲的礼品。迎亲的人被领到了客房，村里看热闹的抱着孩子，挤着看新郎讨要喜钱；喊嫂子的年轻媳妇，吆喝着新郎老鳖一，不舍得多给喜钱，不时地引来阵阵笑声！抬着的盒子被人接过来抬到了客厅。先有懂礼俗的长者过来打开盒子，里面有认亲礼20元、红毡布一块（俗称红裙子）、礼条子（一块带骨猪肉，俗称礼条子）、猪蹄、红鲤鱼、点心果子、四干、四湿。四干是木耳、粉丝、粉皮、腐竹;四湿是莲藕、山药、蒜苗、菠菜。莲藕山药都是全根,蒜苗和菠菜也是全棵连根,双数用红纸腰着,这些物品有喜结连理之意。红毡布取出来让送亲的娘家哥哥拿着,俗称掭毡的人。认亲礼和礼条子留下,猪蹄不留,寓意是断了骨头连着筋,猪蹄滚一百滚也要往里勾,不会外连,四干四湿都留下。然后把我们准备的四干四湿,饺子和面装到盒子里回过去,有艾草、柏枝等八样,寓意百年相爱。

盒子里的礼数交接完毕,请父母坐在客房的八仙桌两侧。八仙桌正前方系着桌裙,新郎给父母叩拜以示感谢养育之恩。礼成之后把盒子里取出来的点心果子装盘,差个平辈的兄弟端过去,让新郎和迎亲的人准备品尝,找个晚辈端水,请新郎洗手,新郎洗手时把准备好的钢镚丢到水盆里,晚辈们便哄抢起来!懂规矩的新郎先把叩拜时的桌裙解掉之后,方能动筷品尝。

婚车是一辆贴上了红双喜的面包车,拉家具的是个卡车。我那一天还是梳着个长辫子,外穿酒红色的中式盘扣上衣,里面是母亲给我做的大红色的棉袄,蓝色的裤子,跟平常的穿戴没什么区别。纠结了好几年,到了这一天,我的心却很平静,没有波澜没有激动。觉得我不是在做新娘,是在完成一个约定俗成的人生任务,在交一份必须交的人生答卷。答案写得总觉得不满意,但还是交了!

催我上车的礼炮响了,管事儿的也差人通知我准备上车。送亲的一个娘家哥哥也拿着那块红毡布准备好了,当地叫掭毡,就是坐在新娘车的副驾驶,把车窗摇下来一点,红毡布搭在车窗上避邪。

我定亲时的红皮箱还在我身旁,里面装着我六年来的几本日记,还有友人和周岗这些年的来信,以及我喜欢的书籍。我把它锁上,锁上了我所有过往里曾有过的梦想!皮箱很沉重,仿佛此刻的心事。我就要踏上新的人生征程了,却已看到前路荆棘密布……在声声爆竹的催促中,我把皮箱交给他们家管事的人,装在了车上。

嫂子催我上车了!她一手拿着一面镜子,一手拿了个炊帚把子,要送我上车。我穿上了新皮靴,鞋底上嫂子给我贴上了红纸,意思是脚上不能带走娘家的土;准备迈出门口时,母亲准备了一个馒头让我切开,门外的我要带走,门内的留下,哪边多了哪边发,我定睛看准朝着正中,不偏不倚使劲切了下去!

到时也是放了三声礼炮进村,停到家门口之后,又点燃了长长的爆竹,两个大伯哥一个人挑着烧热的犁铧,用醋往上浇,滋滋地冒着白烟儿,一个人拿着一捆麻秸秆燃烧着,他们一前一后围着婚车转了三圈后,大姑姐一手拿着酒壶,一手拿着个手绢儿,旦面包着个钢镚儿。她打开车门,把手里的东西交给我。下面是一块青石,青石上贴着红双喜,下车先踩在青石上,我把手里准备好的一大把钢镚朝着人多的地方撒了过去。下车后,正当院儿放着一张天地桌,桌上是一个盛满小麦的斗,预示着五谷丰登,里面插着一杆老式的秤,秤是指称心如意,还有就是寓意夫妻二人,此后就像这秤和砣永不分离,同甘共苦。还插放着两根大葱,葱是取其生、发之意。

　　村里一个能说会道的叔叔主持的婚礼。我们在村里的辈分比较低,等着受头的长辈很多,因为辈分小,闹婚的不多。村子也特别小,二三十户人家。我那天吃饭是坐在堂屋客厅的正席,也是先把桌裙解掉,然后才能吃饭。周岗端的菜,席间给奶奶和公爹拿馒头夹了肉。掭毡的娘家哥哥吃完饭,跟公爹和奶奶话别。

兰河记忆

第五章

婚后的一地鸡毛

抓了一把烂牌

　　给我们建的新房是两间红砖房子,和老院子是前后院,中间隔了一条胡同。老院子是土院墙,新院子没有院墙,新房里的地板是十几年前老院盖房用掉的碎砖头铺的,坑洼不平,厕所是用玉米秸秆儿堆成的。

　　吃过晚饭,我们两个回到了新房,把凌乱的被子叠放起来,把婚床铺好,收拾整齐后,我提着暖壶到后院去灌热水。院子里的电灯泡亮着呢,听见大姑姐在说话,我还在暗处走着,他们在亮处。公爹拿着一沓钱,倚靠着堂屋的东边门框说:“这是今天卫红的磕头钱,等她来了给她。”

　　“给她那么多干啥?给她多少也落不上好。”大姑姐在对面的门框倚着,粗声大气地说着,语气里藏不住对我的敌视,公爹不吱声了。

　　我停住脚步不再往前走了,大姑姐正说出这种话,我走过去她多难堪啊!以后她见我会心里不舒服的,我就提着空壶又回来了。

　　十一月的天本来就冷,大姑姐的话让我心里一紧,一种被孤立的寒凉袭上心头,这就是我要付出一辈子的家吗?

　　我回来没跟周岗说,心想着她们姊妹四人缺失一方教育,说话口无遮拦也不见怪,大姑姐可是他的亲姐姐,以后有啥事还得相互关爱呢!我心里这样给内心找点平衡,对自己说她是无心的,不就是一句话么,言差语错没啥可计较的!

　　下午我也听周岗说了,说礼单桌上的钱不够还账。办事前借了大姑姐家 200 块钱,大姑姐已从礼单桌上拿走了,还剩一个叔叔家的 500 块钱没还呢。所以我并不计较给不给我磕头钱,先还账吧!公爹话能到心就到了,就是不给我也不会生气。

　　我这么想着,进屋去整理我的书籍,让他去打点热水,这时候来了一群与他同龄的年轻人,还有一些长辈,老家规矩新婚三天不分老少。我就赶紧去后院给他们弄了几个菜,他们喝着闲聊到半夜才走。

　　进入 20 世纪 90 年代之后,移风易俗,不再大摆宴席,娘家人都不再三天请客了(就是到男方家请闺女回去),给男方也省了一大笔费用。婚后第三天,三弟骑着自行车把我接回了娘家。第一次回娘家,两边住的天数得一样多。在娘家第三天吃过午饭,我就得准备回家了。

母亲把我送到门外,目送着我在她的视线里越走越远,我回望了母亲几次,眼里不争气的泪水又夺眶而出,过了村后的小桥,泪眼模糊着,一瞅母亲还在大门口站着看着我呢!我骑着车子沿着兰河堤往家赶,周岗已经在兰河堤上等我了!因为这一趟回娘家,论风俗他是不能去接我的,当时又没有电话,他就只能在我必经的路上等!

到了家里,我还屡屡回忆着母亲倚门凝望的身影,想必母亲对我在周岗家的生活是万般挂念,对我的离开是万分不舍吧!我走之后,家中大小事务多靠母亲撑着,嫂子身体状况不好,小侄子全靠母亲养育呢!突然很挂念母亲和嫂子,在家我有时候跟母亲顶嘴,此时觉得母亲也真的不易,一下子离开她,她心里得一阵子才能缓过来。

奶奶和小姑子住堂屋,西屋里放着杂乱的东西。公爹住在两间东屋,这两间东屋之前是公爹和婆婆的卧室,婆婆去世后就成了厨房和牲口屋。

门口开在靠左的一间正中,进房间右侧是牛槽,正好在房梁的下边,房梁已被熏得黢黑。牛吃草的时候是头朝北,屎尿也就排在南墙边了。正对着门口的后墙也就是东墙边,是老式的土灶台,灶台门朝北,靠东北的墙角堆放着许多碎柴草。挨着左边那扇门后靠北墙的是公爹的软床子(麻绳织的床),都成了一个兜子了,白棉布里子的被褥脑油成了黑色。

每天早上我起来先打扫院子,再去厨房做饭,想着一扫院子有动静公爹就该起来了。奶奶起来得早,等奶奶进厨房后我再进去忙活。公爹听见动静就蜷缩在兜子床里,醒了也不起来。一到阴雨天,老屋的土坯房散发着土碱味儿的潮气,牛粪散发着熏人的屎尿味儿。奶奶烧火,我从牛槽前面出来,进去提水拿东西,牛宽大的嘴巴揽着干草嚼着,大鼻孔里喷出来一股股的热气儿。这头老牛是婆婆去世之后买的,花了800块。看见它脑子里立刻蹦出来一个词儿叫瘦骨嶙峋,四根棒子撑着,屁股很尖,尾巴下边吸进了一个大坑,看着太可怜!还带着一个刚会吃草的小牛犊。

我看惯了我家的牛,都是毛光发亮,宽宽的屁股。我家年年种棉花,榨油后棉饼很多,我们就给牛吃干草泡饼水喝,吃到最后时给牛拌炒料,牛长得非常肥壮。现在看到这头老牛,心里说不出的酸楚,他们因为不种棉花没有棉饼,牛就吃一点草喝一点儿刷锅水,人都不见油花儿,何况牛呢!

奶奶炒萝卜菜的时候光干锅,就淋点酱油放点水,因为舍不得放油啊,奶奶下米的时候没有用过碗,都是用勺子舀半勺米,一点儿都舍不得多下。烧火的时候从不烧大火,灶台门口上方还挂着一个能装两斤水已经熏黑的铝瓶子,就是我小时候提着灌洋油的那种进口农药的大白铝瓶子。用瓶子里燎热的水洗脸,一股子燎烟味儿,因为我闻不惯这种味儿,就用冷水洗脸。

自从嫁过来，我觉得奶奶那么大岁数了，不能再让奶奶做饭了，所以天一亮我就起来。其实我看出来了，奶奶并不盼着我做饭，因为她怕我做饭会浪费。奶奶总盯着我，我怕她说，就尽量听她安排。公爹总在厨房里露着头，躺在被窝里睡懒觉，我心里觉得特别扭。我就跟周岗说让他去收拾一下西屋，劝说公爹搬到西屋去住。公爹搬走之后，我把厨房里收拾了一遍。

全家的卫生习惯都特别差，谁也不嫌谁脏。桌子上的抽屉翻找过东西，拉出来之后总是不带合上的。不懂什么叫物有定位，东西随手丢放，下次用时乱扒乱挠。奶奶的面缸从来不盖锅拍，舀完面锅拍就在一边支棱着。经常在舀过的面窑里看到几粒老鼠屎，可他们心里都不膈应。衣服堆得乱七八糟，分不出洗过还是没洗。放菜刀是从来不管刀口朝向的，切菜板用完之后，碎菜屑从来都不清理。我做完饭收拾好后，下次进厨房还是杂乱无章。真的无语！说吧，不是事儿，不说吧，真的看不惯。婚姻真不是两个人的事啊！

小姑子17岁，没干过啥活儿，不会做饭。冬天总是蒙头露背地睡懒觉，我就想不通，被子不披整齐，露着后背跑着凉气咋能睡得着呢？我床单不铺周正，被子不披好是睡不着觉的。小姑子人长得很漂亮。我曾亲眼看着她把毛巾从铁条上拽下来的时候，荡掉了别的衣物，她瞟一眼却不捡起来，我理解不了她为啥视而不见！脏衣服在盆里泡一天也不洗出来晾晒。心里心疼她，没人管教啊！可又不敢多说，就劝说她还是去读书，读书明理啊，能秀外慧中将来她才会有幸福的生活。她14岁时初中一年级辍学，我就说服公爹，让她去了大许寨一中，可没上一个月就抱着新书回来了，她说看见书本就头疼。想让她学门技术，我问了她几次，想学啥支持她去学习，可她也拿不了个主意，说啥都不想学。我心疼她，走亲戚或者出门时，曾带她跟我同去，想让她多出门多长点见识。

奶奶喂了十多只公鸡还有十多只母鸡。进入农历十一月时，母鸡基本上都产蛋了。奶奶天天用手扣着鸡屁股，查验着哪个开了二指裆，哪个该下蛋了，攒了许多鸡蛋。

冬至那天，公爹去买了肉回来。我剁肉馅儿周岗陪着我，剁好时他去堂屋拿了四个鸡蛋，准备让我调馅儿用。快迈出堂屋门口的时候，被奶奶看到了，那是我进入新家后第一次见奶奶发火，奶奶的脸一下子晴转阴，厉声喝住了他："谁让你拿的这鸡蛋？你咋吃这么鲜呢？我留着过几天让你大去看你二姐呢，你个小孬孙怪会吃！"

说完伸手就给夺了过去，我听着装没听见。二姑姐才生了孩子三个月，我们结婚她没有来。结婚之前周岗和公爹、大姑姐他们三个去驻马店看的二姑姐。奶奶说让再去看她一趟，我能理解，挂念远嫁的她啊！从走后没回来过，奶奶得多想她呀！但合不着发这么大火呀，我感觉她好像故意骂给我听的。转念一想她老了，是奶奶辈儿，骂就骂呗，也粘不上身。周岗讪讪地跑到厨房看没旁人，从我身后抱了抱我说："别跟奶奶一样啊。"我回头笑笑没说啥。

婆家爷爷奶奶就生了公爹一个独子，公爹是周家大院子里的长孙，从小受长辈们的溺爱。十八九岁就娶了婆婆,婆婆能干却一个字不认识。公爹小学文化,读初中时搞串联运动没学到什么知识,但在不认字的婆婆面前,公爹就是她的天!

我来周家时,公爹有一张摇椅,是竹子做的。在娘家我还没见过这么豪华的椅子。公爹躺在上面摇啊摇,冬天哪儿有太阳往哪儿挪,躺在椅子上眯着眼睛悠然晒太阳。别看家里脏成那样,公爹出门时还挺讲究,喜欢戴着礼帽。

而我的父亲从我记事起就是步履匆匆去学校,放学回家就下地,从来没见他坐着那么悠闲过。父亲的形象比起公爹来,更像农民。

有一次中午,我和奶奶做好了饭,我到堂屋去拿点东西。公爹和小姑子分坐在堂屋八仙桌的两侧,公爹坐西侧椅子上,两只脚都脱掉了鞋子,一只脚蜷缩在椅子上用手抠着脚趾头。小姑子趿拉着一只鞋,另一只脚跷起二郎腿,并用几个脚趾头挑着鞋子摇,和脚后跟一张一合地打着快板,整个堂屋里散发着刺鼻的臭脚味儿。他们父女这一幕的形象永远定格在我的脑海中,至今不忘。我拿完东西实在忍不住说了小姑子:"以后不要这样了,形象不好。大路上的人能从院子里看到客厅呢,再说脚太臭了!"

小姑子听完并不在意,反而乐呵呵地说:"咋了,脚出汗了出来跑跑气儿,现在我这鞋里面可以养鱼呢!"

我一听啥也没再说,做好饭就去了前院喊周岗来吃饭。等我回来,奶奶头上耷拉着黑篮手巾,端着两碗饭,从厨房颤巍巍地走到了堂屋,她在给儿子和孙女端饭呢!

公爹说话不紧不慢小软调,可会翘边(俗称撩讥人,含沙射影之意)教训人,但从来没听过他教训子女。他教训的是进他们家的外人,他常故意在我面前夸婆婆,怕我不如婆婆听话依顺长辈。他常常把"百善孝为先"挂在嘴上说:"你妈(婆婆)从来没有跟我红过脸,也没跟你奶奶顶过嘴,孝顺得很呢。"

有次他又在我面前这样说,我很反感,就怼了他:"孝顺的已经去世不伺候你们了,我来这些天了,奶奶天天给你端饭,怎么没见过你给奶奶端一次呢?奶奶六十多岁了,给你端饭你不怕折寿,你把这些教条忘哪儿去了?"

他是嫌我不给他顿顿端饭,想教训我,结果我抢白了他一顿。我心想,才40多岁就开始摆架子倚老卖老,你真干活累我也给端,你咋出气均匀咋出气,还等我端,端饭时我只给奶奶端,故意不给他端!

我的父母可能不懂这些教条,他们只是在劳动中影响了我。父母因为忙碌,身上经常沾满泥浆和黄土,但他们从来没有衣衫不整,我也从来没见过父母脱鞋抠脚的行为,穿破洞的鞋子也都是穿好系上鞋带。

1月6日天气晴朗,我把被子褥子都晒了出去。吃过午饭我们两个一起下地掘麦棉套,太阳快落山的时候回来。进家我想坐下来写点儿东西,就让周岗去收被褥,被褥是在后院晒着的,他说啥都不肯去。我心里有点儿生气,他内心怎么还大男子主义呢!他认为收被褥是我的活儿，他去干会被人讥笑为怕老婆。

村里风气不好，我听来我家串门的一个族弟天天说，谁家谁家又打架了，后门才娶的新媳妇都挨打两回了，说头几次打不下来，以后就会怕老婆。想到这里，我就跟他说，你收一次被褥又能怎样呢？可他就是不收，刚开始像是闹着玩，结果我俩都当真了，谁都不肯低头。我看他一点儿不让我，心里真生气了，就跟他耍起了小性子。我说："你不收罢，今晚我去走亲戚，明天再回来。"

他一看我要走，就在门口拦着我不让走，我没走跟他僵持着，也不去收，他就躺在沙发上开始使性子。我心里生气，想着就看他这一点，说明情商不高，是个老鳖筋，等他过去这一阵再讲吧，我去把被褥收好铺好了床。看他还囫囵衣躺那儿，又有点儿担心他感冒，就喊他起来，他出硬气不起来。我感到非常委屈，心想一个大男人这样鳖，可是没多大出息。我也没做错啥，你不起来就罢，病了我也不问了！

他看我不再理他，突然坐起来说他真感冒了，让我去给他拿药，真感冒自己是可以去拿的，憋着觉得没意思了，想找台阶下嘞，我并没戳穿他。听着他说话声音，真有点儿䰆，就去给他拿了药。就为这次收被褥的事儿，他耍性子无意间露出了他的本性，我心里对他有了点新看法。

进入腊月后的一天，我们家后院来了几个人，小姑子告诉我，是村干部来收钱的，村里人都不愿意交，这些干部就拉着架子车，拿着袋子来掫粮食，小麦和玉米都要，怎么先上咱家来了呢！我听后就到后院去看看，奶奶和公爹跟人家满脸堆笑地套着近乎，说家里没钱想再缓缓。村支书皮笑肉不笑，嘴里喊着大娘、哥哥，口口声声说他当干部的难处，说上面不愿意，今年的棉花订购任务没完成，要罚款家家都得拿。另外几个人拿着化肥袋子进屋一看，有一穴子玉米。我们家的小麦被公爹垛进麦秸垛里面藏着呢。他们找不到小麦就开始掫玉米，一穴子玉米一会儿灌了十来袋子，排在堂屋门口外。

我没嫁来前，就听说大许寨乡工作作风很左，坊间传闻有闺女沤粪也不嫁大许寨。为啥先来我家，说明我公爹在村里一贯老实可欺。想到这儿，我拿了一把大扫帚把院子扫得干干净净。等他们掫好了粮食，我看他们准备扎袋子口儿了，就迅速把他们掫好的玉米袋子全都推倒在了扫好的地上。我拽着袋子角边往外倒边说："谢谢领导们来帮我们家晒玉米。"

那村支书又羞又气说："你这是干啥呢？"

公爹吓坏了，他想着我闯祸了，一边吵着我，一边去给人家递烟说好话："这是才来的儿媳妇不懂事，别跟她一样。"

我一看公爹那么胆小，就说："大，你甭跟他解释，我没有听错，我想问今天你们收的这叫啥款？"

那村支书不说棉花订购任务不够罚款的事儿了，转弯又说我家提留款没收够。我一听接着说："我们家在村的最南头吗，还是在村的最北头？村东数不着我们家，村西也轮不到我们家，为啥隔着那么多户人家长驱直入到我们家来搲粮食，捏软柿子是吗？你们欺人太甚了！巧立名目乱摊派，蒙谁呢！公粮顶了多少？我们家已交过多少，提留款还差多少？年均收入又是多少？报出明细来！三提五统总额不能超过上年人均收入的5%，超过这个限额，农民有权拒交，你们已经收超多少了？"

他们不跟我理论，让我去问上面。公爹可真害怕当官的，吵着我不让我管。看情况我再说奶奶和公爹敢跟我吵起来，可怜又无奈啊！

公爹和奶奶给人家赔着笑脸，又把地上的粮食装了三袋子给人家。他们嫌少要拉走土院墙外面靠西侧地上躺着的那根榆木梁，小姑子和我一起站到榆木梁上，他们没敢抬，临走，他们推走了我们家的一个破自行车。

由此可见，他们是欺负惯了公爹的，奶奶在我面前恁凶那么心疼东西，见个小村干部却不敢大言语了，我想想就觉得心里堵得慌！

奶奶养的那十几只公鸡，到过年的时候，公爹说让我和他早点起来逮鸡去菜市场卖了买年货。小姑子说等大姑姐来卖吧，我一听就没再说啥，足见大姑姐在这个家是有地位的，她在这个家说话是有分量的。

转眼到了腊月二十，我和周岗说咱俩闲着没事去周口荷花市场转转，批发点门画回来卖吧！第二天，从周口批发好多门画回来，有集会时我们到集会上卖，没集会时我们去各个村里挨家挨户卖赚点零花钱。过春节得去给长辈拜年，那个时候都是给十块钱的压岁钱。我娘家亲戚也不多，他们家亲戚也不多，一共就收了100块钱的压岁钱。我一分钱没舍得花，给了小姑子，让她去买一身衣服。她和同村的小姐妹几天后去县城里买了一套红色的西服套装。

走完亲戚，我就喊着周岗天天下地去掘麦棉套。把家里剩的那点磷肥撒作底肥，奶奶唠叨了一遍又一遍，嫌浪费肥料了。他装听不见，也不和奶奶说那么多，她岁数大了，我更是不吭声，免得生气。

有一次下地时，村里一个奶奶和我聊天说："卫红，咱村俺第一穷，你家第二穷！"这个奶奶老实，净说大实话。还有人说我家风水不好，所以婆婆去世早，农村人都爱说个闲话看个笑话，气人有笑人贫，是乡野常态。我不生气，也不护穷，就笑呵呵地回应说："风水会跟着人转的，人才是最好的风水！"

村后有几棵柿子树，村里人总在那儿聚集，是大家下地的必经之路。有一次柿子树下围了好多人，原来是一男一女两夫妻，看着都有点儿弱智。男人拉着架子车，车上坐着女人，放着一个破被子，烂得像鸡叨过似的开了花，还坐着俩孩子吃鼻涕，脸上满是污垢。村里几个无聊人问着那个男人不堪入耳的下流话，男人不太傻，有点儿脸红，知道人家在逗他，他不肯回答。女人比男人傻，仰着个脸呵呵地笑……村子里还有一个较弱智的青年,也跟着哈哈傻笑,人们逗了那傻夫妇又来逗他,不时地引来阵阵哄笑。

我们路过时,周岗也想驻足停留下来,我喊他快点儿走。那刺耳的声音直击我的耳膜,我恨不得冲上去把那些人给轰走!等走远了,我很严肃地告诉他:"你以后永远不能在这种场合出现,如果让我看见,我一天都不跟你过,人家已经很不幸,还要被取笑!我们不仅仅是不能取笑弱智,但凡比你弱势一点儿的人,有能力你就去帮一把,啥时候都不能看人笑话,你一定要记住我今天说的话!"

我家有一个邻居因为出去打工,落的有点儿轻微的精神分裂症,是我们爷爷辈的,他比我们大不了几岁。那时候没有院墙,跟我们和住同一个院子差不多。村里的人也是爱逗他,周岗有时候跟那个爷爷说话时,也有点儿打趣的意思,我听见就烦,即刻跟他变脸。他有时候嬉皮笑脸地说:"你咋这样的脾气呢?把人管得连个笑话都不能说。"

我说:"正常说笑当然行,你这笑话是找人短,有取笑的成分在里面。"

后来周岗就不敢再造次。

其实那个爷爷心里透亮着呢,多年之后,他与人发生矛盾总找我给他评理。他很讲规矩,知道自己在我面前是个爷爷辈儿,有困难找我时,站在院子里绝不进屋。

进入二月,周岗才告诉我给我们盖这两间房子的时候,欠了人家几千块砖头!我就让他跟公爹商量准备拉土烧砖,我这个人欠人家的账,心里跟生病似的。公爹说没钱,我说我去娘家借钱,烧了砖还人家干净。奶奶说她不请账(认账的意思),我说等将来我们还。就这样,我们就开始拉土准备制砖坯。小姑子也帮忙,公爹也不再躺椅子上摇了。

这时候我发现自己怀孕了,开始出现呕吐的妊娠反应。地里种的有菠菜,先前总用水焯过之后凉拌吃,后来闻到菠菜那个味儿就想吐。周岗就去地里给我薅一把蒜苗子,用酱油和醋凉拌夹馍吃,我觉得挺香的,就那一泄气能吃俩馍。我体质好,怀着孩子跟没怀孕时一样,从不耽误干活,我不是那矫情人,反正天天除了馍也吃不到别的。

有一次周岗串门到和他要好的一个叔叔家,那叔叔是司机,给了他两个橘子。他没舍得吃,拿回了家,到了我们屋里后,从口袋里掏出来给我剥好。看着我一瓣一瓣地吃下去,他乐呵呵地,比吃到他嘴里的感觉还甜。

回娘家时,母亲知道我怀孕了,就给我买牛肉之类的让我吃。我没跟父母讲过家里日子窘迫,父母也不知我家啥样。那时生孩子前,没有特殊情况父母是不会去闺女家的。我从没嫌弃过家穷,只要馍能吃饱,想着以后一切都会有的。

周岗他们姐弟四人,二姑姐和小姑子不嘴馋,他和大姑姐总是嘴馋。大姑姐来娘家爱东扒西找地吃东西。周岗和两个姑姐干活都比较勤快,二姑姐曾给我讲她记事时,天一亮婆婆就喊她们姐弟起来拾柴火,也不因为周岗是男孩偏袒他。

大姑姐离我们家近,没事时常来,她说话有点儿口无遮拦,从不瞻前顾后,信口就说,不顾及别人感受。我看出来她是这样的性格,她说啥就不去计较,毕竟是大姑姐,得尊敬。小姑子年龄小，可塑性强些，我把她当亲妹看，想去影响改变她，在周家这种状况里，我能做到孝，但真做不到顺，对小姑子好是因为"孝悌"中的"悌"字我还是懂得的！

可怜之人必有可恨之处

　　奶奶和公爹在生活上也常会对我嘘寒问暖,只是他们的思想比较固执落后。特别是奶奶,我的到来好像影响了她的统治地位,怕我篡权,她对这一点特别敏感。公爹和小姑子她们对奶奶是愚孝,不论对错,极力拥护。有时候他们的想法和做法,简直叫人接受不了。

　　开春后,一次我俩进城,周岗跟奶奶要了 90 块钱,买棉种把钱花完了,第二天奶奶就卷空气(方言,骂人的意思),指桑骂槐含沙射影地骂周岗:"现在学会花钱了,几块钱一斤买它干啥?家里有棉籽,这是过日子人吗……"

　　婚后无论走亲戚还是进城,我们没跟她要过钱。正月初八进城,买了一袋子尿素 87 块,给小麦追肥,就没敢跟奶奶要钱,花的是自己挣的那点小体己钱,怕周岗思想守旧嫌我事多。

　　想起这些,听她这刺耳的话,我没有贪吃也没有讲穿,就是想把地种好,日子好过点儿。我怎么也理解不了看着笑眯眯的奶奶,说变脸就变脸,我越想越气,就跟她顶了几句嘴。小姑子看到我跟奶奶顶嘴,就认为我不孝,在一旁数落我。公爹不但不阻拦小姑子和奶奶,还用眼睛盯着儿子说:"岗你逗(方言就的意思)这么?你算到劲了!"

　　那意思就是嫌他儿子不管我,嫌我跟奶奶顶嘴了,让他儿子教训我!公爹这态度激起了我的怒气,我就说了公爹几句。小姑子和奶奶在一边也提高大嗓门跟我吵,周岗觉得我不顾及他的颜面和他家人吵架,开始耍大男子主义,冲我张口就骂娘。骂的同时,朝我挥拳就打。我没提防,一下子被他打倒,我一下子惊呆了!

　　这哪是枕边人?是恶魔!那一刻我再也无法容忍,没有哭,爬起来拼了命地和他厮打起来。我觉得他们这一家人太不论理了!周岗没有一点儿是非观念,更让我生气,完全不顾及我怀着孩子,他们没一个人把我当人看!

　　小姑子、奶奶、公爹看着他打我,算是不吭声了,也不劝阻。邻居听到,过来把周岗拉住,周岗的干爹干娘来了就吵他,堂大伯也吵他,说公爹不该这样看着让我们打架。

　　我洗把脸,换身衣服骑车子去大许寨,要和他离婚。他拦着我不让去,把车子夺了回来。我越想越生气，坐下来泪如雨下！自嫁入周家以来，我一直想着好好干，攒点钱将来开个修理部。我不怕吃苦受累，可他们不但不帮我搭建一个奋斗的平台，反而拧在一起拆台，这种贫穷的思维不改变，啥时候能翻身啊！一群人四六不分，这样处理家庭矛盾，我一个外人能支撑多久？特别是周岗遇事没有个立场，和他爹和他奶奶一样，一拃没有四指近，我真的看不到希望了！

我嫁过来之后，也听村里人说过，说婆婆就是怕奶奶生气，因为奶奶一生气就会犯气厥，所以婆婆一见奶奶发火，就吓得关上门不敢吭声，任奶奶在外面再凶她都不开门。听人讲，那时爷爷在，爷爷只要知道，他就会打奶奶，主持公道的爷爷去世了，现在老的会装死卖活，小的糊涂不明理，这日子咋过呀！特别是周岗也有骂人的习惯，张口骂、抬手打，是我无论如何也想不到的，心里对他那个恨啊！恨压云峰五岳低！

干爹干娘在村里口碑很好，善良助人明事理。他们村结干亲的很多，大多都是因为两家投缘，就把孩子认过去结干亲，周岗认干爹不是因为干爹和公爹对脾气结的干亲，是因为周岗和干爹的三弟玩得好，天天在他们家，干爹就认下了周岗为义子。嫁入周家后，干爹和干娘对我很好，对我的孩子们也是从小恩养，现在孩子们大了，求学回来第一时间就去看干爷干奶。还有邻居李奶和我们的堂大伯大娘，如今李奶、大伯已去世，以后的文字我会提及他们。若没有这些亲人们的关爱和帮助，我不一定能在周家坚持到今天，他们都是我人生之路上的贵人！

打架那晚，干爹、大伯坐在我们的客厅里把周岗说教了半夜。干娘、李奶和大娘也宽慰了我半夜。

婚是没离，我生气时不走亲戚，不想让父母挂念我。我出嫁后偶尔去帮忙，父母整日很累，嫂子跟七岁的侄女说："你大姑一走跟少了半边天一样。"这话侄女听不懂，去问我母亲啥是半边天时，母亲跟我讲的。嫂子身体比较弱，哥哥常带嫂子去医院治疗，二侄子生下来不久就是母亲帮着带，才十来个月。我本来就挂念他们，所以打架的事更不会说，以免给娘家添乱。

我是一个从来都不要蹩的人，我觉得蹩是一个人最无能的表现之一！

我依旧天天下地干活，回来做饭，对奶奶、公爹和小姑子该怎样还怎样，毕竟我不会永远和他们生活在一起，觉得过去就翻篇了，不记仇更不会翻旧账。周岗事后也后悔，觉得对不住我，但他伤了我的心，很长时间我不愿意多理他，心里依旧恨他！

我慢慢觉察到，我的隐忍和宽容是唤不醒他们的同理心的。4月5日，我从娘家回来，吃过晚饭，奶奶说她今天白天找东西时，见了二姑姐穿过的一双袜子，心里挂念远嫁的二姑姐受气，心里忍不住放声大哭起来。我劝了她几句，说等过几天把二姑姐接过来住几天，然后我们就拉会儿家常。奶奶又提起大姑姐在花厂上班时的情景，提起那时的大姑姐，她满脸自豪。我就没多想，随口接着话茬说了句："大姐结婚有点早，把工作丢掉有点儿可惜了，要不丢工作的话，现在她们应该过得很不错的。二姑姐 15 岁就订婚也早了，她不喜欢，才在打工时自己谈个对象。"

奶奶听我说完，就不赞成我的看法，脸就拉下来了，说："闺女大了不可留，留来留去结怨仇。"

我一听她这老思想，现在想想当时还是年轻，一言不合就该站起来走开，认知不同，一说就错啊！当时我没有意识到这些，接口说："大姐才比我大一岁呀，都俩孩子了，老二已经两岁多断奶了；二姐和我一般大，哪个结婚时都不大呀……"

我话没说完，周岗就开始吵我，他肯定知道奶奶的脾气，怕奶奶发火。我心里觉得我又没说别的，一家人说句话有啥呢。奶奶见我跟她孙子顶嘴就生气了，从屋子里往外走，在黑灯瞎火的院子里，连说带吆喝起来："恁都听听俺孙女都俩孩子了，说啥结婚早，你咋住吧？想让俺孙女离婚吗？你来俺家安得啥心？你走一天亲戚，回来就跟俺生气，恁爹恁娘咋教你嘞！"

她添油加醋的声音大得就跟吵架似的，在静静的乡村能传很远。周岗就拉着让我回前院，我听后气得天旋地转，这是哪跟哪啊！怎么也想不到，自家人说句闲话，奶奶竟拍大腿吆喝，上纲上线连俺娘家爹娘也拉扯进来了！有这么严重吗？哪会跟离婚扯得上，真是无语！两个世界的人啊，夏虫不可语冰！

我就不再理她，回到我们屋里，周岗也跟了过来，我心里越想越气。刚结婚我走娘家比较勤，从来不跟母亲讲在周家不愉快的事。父亲母亲也会关心地问这问那，我总是拣好的说。给父亲提到过奶奶节俭得有点儿过头，根本原因就是思想和生产力都比较落后。父亲就鼓励我，要学会带头好好干，要多包容，要看到每个家庭成员的长处，齐心协力全家拧成一股绳，光节流不行，要学会开源，日子会很快好起来的。有啥困难让我回来跟他说。

想想去走娘家高高兴兴的，回来后奶奶竟然这样屈枉我父母，不光说我，还把我爹娘吆喝一遍，心里越想越堵得慌。

自从周岗打我那次之后，我一直被一种无形的烦恼困扰着，新旧思想的碰撞，我和他们之间的观点和看法，存在着这么大的分歧和差异，这以后咋过？虽然我在努力地包容着他们，可有时候我也平衡不了内心对他的那种抵触情绪。

干活时他们懒散惯了，做事拖沓，没有动力，活干得很毛糙，不说吧，看着不是那么回事，说吧，嫌我事多。我不安排活，他们就看不见，就得我自己干。我一说，他们就对我有意见，好像都在给我干活，谁干点活都觉得亏！这点我怎么都想不通，我又是给谁干的呢？想着大姑姐来了给她说说，让她能做做家人的思想工作。一提这茬，大姑姐一句话就堵回去了："别气了，都是给恁干的。"口气如出一辙，她们一脉相传的认知，真是让人觉得无语啊！

　　结婚前虽然意识到他家贫困的根源了,想着领着他们干,日子会好起来,谁知可怜之人必有可恨之处!

　　我家有个邻居老奶曾向我说过:"卫红,俺重孙(方言曾孙)岗现在被你教化好了,你没来的时候,他是圈里吃食圈里蹭痒,哪干过活啊!"

　　说实话,在这个家假如我和他们一样不干活,也没人吵我,就是得固守贫穷,可我不是那不干活的人啊! 婚前周岗说的那些话,也都被抛到了九霄云外,到我娘家就勤快,回来就松散,说明还是在家懒惯了,我心里痛苦极了!

　　有时候也能看出来,他怕我生气,也在努力改变,但是他不经意间,就会露出他的本性来。一个男人没有能力去改变家庭的现状,嘴上说想对我好,不是在给我画大饼吗? 我有时候越想越烦恼,再加上怀了孩子,特殊的生理期比较容易焦虑,心情很抑郁。就这一个穷摊子,他要是不改变的话,怎么养孩子呢? 我又想起来不久前的那天,因为收被褥他那出硬气的样子,以后有了孩子再耍整咋办呢? 越想越烦,就想找碴跟他打架。人家怀孕了心里满是高兴,我却不想要孩子了,整天担心,将来生下来会对不起孩子,心里太难受!

　　终于在一天夜里,因多日来无法排遣的郁结积在了一起,我无理取闹地挑他的刺。他生气了不理我,不理我也不行,我就想找事和他打架。那时候我觉得若有一匹烈马,我就想一跃而上,策马扬鞭狂奔,去宣泄自己内心压抑到令人窒息的愁绪! 他心里也能意识到,我天天很委屈。没有外人我无论怎么气他,他就不动手打我。我憋不住,先动手打他。说实话我打他也使不上劲,我自己手疼。他那时特别瘦,身上除了几块腱子肉,都是骨头硌手。我手疼也一个劲地打他,宣泄着心里对他的怨与恨。他终于忍无可忍,一只手拉着我的双手,另一只手照着我屁股上拍了两巴掌。我不挣脱也不还手,一点都不觉得疼,心里反而稍稍轻松了一点,就想让他打我几下……可他不打了!

　　结婚几个月来,我也能感受到他心里是疼我的,只是他不会化解家庭矛盾,处理方法也不对。我坐在那儿一言不发,一个劲地流泪,悔恨自己婚前的善良、心软和傻! 他说:"我真舍不得打你,你今天到底是咋了?"

　　我不说话,泪水在脸上淌成了小河。他最后也哭了,说:"你别哭了,说句话好不好? 你想打就再打我,说话好不好?"

　　看着他这样,我心里又有点儿可怜他,突然又想起了腹中的孩子,立刻缓过神来,赶紧擦干眼泪。我得调节自己的情绪,得让孩子健康成长啊!

　　4月28日,开始制砖坯,一共制了两万四千块,村里的那个窑比较小,这么多就已经够一窑货了。这段时间妊娠反应已经过去,我的饭量有增加,每天干着重体力活儿,没有一点儿菜也挺能吃。他还是天天去地里给我薅一把蒜苗凉拌吃,日子清苦得很,真的感觉对不住肚子里的小生命。一想到孩子,我就努力把饭往下咽,心里想着孩子一定要健康成长,我体质好,孩子才可以吸取我体内储存的营养成分,健康地成长!

可我太天真,总是想着周岗的好,也太理想主义,真正去改变一个人的本性是很难的。5月13日去栽棉花,上午9点多,因为想让他拿点肥料按窝丢一点作底肥,他怕奶奶吵,不愿意拿,我俩就又抬了杠。我很生气,不操心没人操心,操心吧他又不听,嫌我事儿多。种庄稼舍不得上一点肥料咋行呢?我俩越抬越恼就吵了起来,小姑子和奶奶谁也不劝一句。家暴有了第一次,就没有最后一次,情绪上来就收不住手了。他嘴里又开始不干不净地骂着我。我一听他骂人,就气上了头,还了他一句。他上来就一个嘴巴打得我头晕眼花,但这次没跌倒!

我好一会儿才反应过来,睁开眼睛,奶奶因为她孙骂我,我还了嘴,正蹦着不愿意呢!我再无法容忍,气得怼了她:"你是个恶婆婆还想做个恶奶奶吗?你孙先骂我的时候,你咋不说他一声呢?你还嫌你孙打得不够吗?你还想让他继续打我吗?"

这几句话噎得奶奶犯了所谓的"气厥",过一会儿奶奶好了,小姑子吵吵着,说我气着奶奶了。我说:"我早听说谁触怒她就这样,别用这一套来吓我,我不怕落赖了!你们谁都没有考虑过我的死活,我怀着孩子干着重活谁体谅过?周岗骂我打我你们谁顾过我的死活?我操心种个地,上点儿肥料就嫌我事儿多,就骂就打,你们怎么没一个人说奶奶,这日子咋过?"

可能是因为我的情绪影响了腹中的孩子,我只觉得心里非常难受,突然头晕险些栽倒。说完这些话,我就坐那儿缓了一会儿,然后一个人步行去附近的诊所测量血压。

周岗看我一个人站起来走了,就推个自行车跟上我。测量结果血压太低了,低压45。医生让我挂点营养针,我没有挂。医生叮嘱我多吃点儿番茄鸡蛋补一下。补啥呢?啥都没吃过,还嫌我事儿多呢!

回来的路上,我不理他,他一直跟着我。我劝着自己别生气,为了腹中的孩子,心里决定收完小麦就分家。只有我俩过日子,他不会和我吵架打架的。第二天我自己去了娘家,还是没提在周家生气的事。他也在我到娘家的第二天跟着去了,给我父亲帮忙,晚上想让我回家,这次我没有随他回家,住了几天娘家养养身体。

回来之后,我就跟奶奶公爹他们讲明了:"我念着你们是长辈尊敬你们,你们口口声声讲孝道!作为长辈,你们要懂不痴不聋不做家翁;作为晚辈,我记得不恭不敬不为儿孙!思量思量你们都做到了吗?你们有个为老的样子吗?奶奶骂我,我忍着。你们看着周岗骂我打我,怎么不舍得吵他一句,你们想过我的感受吗?你们也有闺女孙女,人家要是这样对待她们呢?你们心里打过颠倒吗?我从不干活偷懒,也没有卷老骂少,从进这个门就没有为自己花过家里一分钱,为了种好地,花点钱就生气。从今天起,你们如果一而再再而三地这样对我,我不会继续让着你们了!我当然不会打你们骂你们,但我会气你们,我气人可是有招数的,我不怕落下不孝的名声!你们记着气死人了可是不偿命的,谁死埋谁!"

当着他们的面说完,周岗也不吱声了,我不喜欢藏着掖着,直接把话摆到了桌面上,正面向旧势力宣战,旗帜鲜明地揭竿起义了!

对周岗,我也故意当着他老人的面警告:"你骂人的习惯得改,你再骂一句,我会还你十句。这两次我没设防你打我,下次你再骂我,我不光还嘴还会动手,不要觉得我打不过你,我有办法!你不要想着打服我,我永远不会被打服!要么离婚,要么你改,二选一,好自为之!"

我已经冷静考虑了几天,我不能总瞻前顾后,忍下去我和婆婆会是一样的下场!

周岗的名字是山岗的"岗"字,我不喜欢这个字,觉得无论字面还是字义都有荒山秃岭之嫌,所以我在日记或是信件中,总是把他的名字写成"港"字。我想把他当成我一生可以靠航避风的港湾,哪个女人不想小鸟依人?谁人不想找个岸有个理想的归宿?而女人的岸无疑便是那个男人的肩头!

我掏心掏肺地用真诚换来的是刻意的欺负和刺疼的忽略与曲解,他既然不能够护我周全,我就要身披铠甲披荆斩棘,无惧这无边的暗夜!做人得有不伤人的教养,也要有不被人伤的气场,善良中需要透着锋芒!

"我是一颗蒸不烂、煮不熟、捶不匾、炒不爆、响当当的铜豌豆……"少年时曾读过关汉卿的剧本,他的那句话我一直记得。

我热爱生活、顽强乐观的性格注定不会向不公的现实妥协。一个内心强大的人知道,风雨来临的时候,真正可以依靠的人是自己。我要和这陈腐的旧思想旧观念抗争到底,坦然坚强地去面对和迎接来自各方的打压!摆平欺凌的从来都不是淑女,再一再二不能再三,我要收起淑女知书达理的一面,展现出铁腕果敢的另一面!

经此宣言之后,日子平静了许多,田间管理周岗也很听我的话,公爹也勤快多了,七亩多地的棉花我们齐下手栽好了。去锄地时,看着棉花苗迎风招展,心里很高兴。我和周岗边干边憧憬着美好的日子:"到冬天就有棉油吃了,我就会在农闲时炸制好吃的美食,到孩子出生后,日子就比现在好过了,面包会有的,一切都会有的!"

周岗说农闲时,他也可以去挣钱,我在家里看好孩子就行了。我又跟他提出,为了免生气,想跟公爹他们分开过,给几亩地都行,只要不生气,可以想别的门路挣钱,等收完麦子让他跟公爹说。他口头上答应了。

一天三弟骑车来叫我,说阿文在娘家等我呢!阿文是正月初七带男友来过我的新家的,已多日不见,很想她。阿文的到来让我高兴起来了,随三弟回娘家吃过了午饭,下午阿文和我一起回到了我们的家,用阿文的话说,如果我俩相聚不能彻夜长谈,心里不舒畅。"醉眠秋共被,携手日同行",是我俩多年来友谊的写照。我俩拥有了一个美好的不眠之夜,一下子扫去了我情感天空里多日来的阴霾。

分　家

这年开春,给小麦施了尿素,麦粒饱满产量不错。奶奶高兴得合不拢嘴。她看见往家进东西就很高兴,但是花钱就好像抽她的肋骨一样疼,她哪懂开源,就知道节流。

麦收后,我让周岗给公爹提分家,他不语了。我知道他不敢跟他爹说,因为公爹一辈子不支持婆婆跟奶奶分家,他要是跟公爹说的话,肯定通不过,还得挨吵。我已经想好了,不难为他,我自己跟公爹说去。等公粮交完,地里的棉花锄了一遍,我去后院跟公爹说:"大,我想跟你说个事。"

他说:"你说吧!"

我怕直接提出来分家显得有点儿突兀,再惹出气来,就委婉地说:"你看我来了半年多了,年轻也不懂事,许多时候光惹奶奶生气,自家的小辈还请别生气,多担待些。我做饭奶奶有时候也看不惯,奶奶比较节俭,这一点我知道。我也理解奶奶是过苦日子过来的,我从来不会生她的气。奶奶的牙口不好,你的胃不好,众口难调,做饭难免照顾有不周之处。今天我想说,咱们还是分开过吧,吃饭也更方便些,你别多想,亲了远不了,远了亲不了!有重活,我们俩来帮你干,奶奶身体不舒服了,我还来给你们做饭。就是分开少惹您和奶奶生气。"

公爹听完这话,脸都气得变了颜色,说:"你妈(婆婆)一辈子都没有提过分家。"

"我跟她性格不一样,我没她脾气好,我怕惹你们生气啊!"我听完公爹的话说道。

"那你的意思就是非得分了这个家?"公爹气得说完就走了。

我心想让他想两天再说,猛一提分家,他肯定是接受不了。反正意思我讲明了,过两天我再跟他提。

过了好几天,公爹也不提分家的事,我就又找机会跟他说了一次。他就找来生产队里用过的那一杆大秤,找了一根椽子棍,说给我们 1500 斤小麦,再给我们三亩一分地。说实话,给一千斤我也不嫌少。

我笑着说:"给这么多小麦,吃不完的。"

这时候奶奶在一旁说话了:"今年的小麦好,俺三口人多要点,你俩少要点,我老了娘家帮不上我;你不够吃了,可以去你娘家要些,你的地不还在娘家吗?"

奶奶说话真是气人,我又没有嫌少,这是什么意思呀?我仍笑着跟奶奶说:"奶奶看你说嘞,喂起猪打起圈,娶起媳妇管起饭,我哪天来你这儿要一个馍,喊着你奶奶,你能不给吗?你哪天不做饭,到我这儿吃也行啊!"

她听我说完也没吱声。这次公爹真中,竟说了奶奶一句:"娘,你看你说这是啥话。"

我听后觉得心里暖暖的,心想公爹还是心疼儿子的,以后有钱了,得好好孝敬他。

我原想公爹说给的1500斤小麦,是个大概数,大差不差就行了,却未曾想公爹喊他儿子来一秤一秤地抬着称。我心里好笑:老子跟儿子有必要吗?公爹说啥周岗不敢吱声,只是顺从,他仿佛不敢拿眼神正面看公爹,公爹也不瞅他。气氛紧张得凝固了,让人不敢大声出气,沉闷得有点窒息,只有土院墙四周的老树上知了在声嘶力竭地鸣叫着。

奶奶喂的鸡看到粮食袋子堆满了地,瞅着人不注意,就上来啄一口,奶奶拿着个小条子"啊兜、啊兜"地撵着鸡,时不时地捡个坷垃投它们一下:"你看看这鸡多皮脸……"

堂屋门口也没树荫,毒辣的太阳晒着,他们爷俩光着膀子,那汗珠子顺着光脊梁一个劲儿地往下躺,一秤接着一秤,公爹左肩抬着秤,右手拢秤锤报完斤数在旧纸壳上记一笔。我一看这场景就离开回前院了,只听见邻居李奶从胡同里经过,看见这一幕笑着说公爹:"哎呀!咋跟你儿子论那么真呢!"光听见公爹干笑几声,没说啥。

我们的两间房子没有厨房,公爹给我们去县城买了一个铝锅,一个煤火炉,家就算分完了。周岗又去买了几十块蜂窝煤,我们就在客厅的一角做饭。只要不吵架生气,能吃个饱饭,风吹不着雨淋不住,再苦的日子都能过甜。

怀着孩子烧砖窑

　　自从分家后,公爹见我们两口子跟外人似的,喊他是爱答不理的,好像我们哪都对不住他,背叛了他。一看这样,我就尽量避开他,生怕一言不合走了火!

　　我走亲戚回来,带了点好吃的,都会让周岗给奶奶送去点儿,奶奶也会乐呵呵接过去说:"回回都能想着老哩!"

　　只要不跟她顶嘴,不牵涉花钱的事,奶奶说话还是好听的!

　　我喜欢就事论事,对事不对人,是我做人做事一贯的态度。陈腐观念和小农意识,指导着公爹和奶奶做事的思想,我是反对他们的这种思想,并不是反对他们两人,可他们不明白。

　　我提分家,他们认为我否定了他们,就是不尊重老的了,公爹对我使气也波及了周岗,不搭理我,也不搭理他,烧窑的事一分家更是连问都不问了。砖坯已经都盘到了窑旁边,等着找到烧窑的师傅装窑。我一个刚来的媳妇,怀着孩子操这个心,真的不容易。我也不认识人家,就参谋催促周岗操心。想起欠着人家几千砖头账,我们连个厨房都没有;新房子屋里地上铺的都是老旧的半截砖头,阴天潮湿还起碱;玉米秆儿堆成的厕所经过几场雨雪,都快隐不住人了。心想这窑货烧出来就可以用了,没有难死的人,没有过不去的事,再难也得把砖烧出来。

　　这个土砖窑在村后柿子树往北去的大路旁,村里人下地来回路过。一个会烧窑的族叔有一天路过时停下了脚步,他问我们:"咋还没装窑呢? 你们还没找到烧窑的师傅吗? 要是不嫌弃你叔我的话,我给你们烧吧! 不要你们的工钱。"

　　我说:"那好啊! 我们正愁没找到合适的师傅呢,不要钱哪行啊!"

　　族叔说:"谁家没有个难的时候呢? 你天天下地干活儿,咱们地挨边,我早看出你不是个一般人,日子肯定会过好的!"

　　族叔真会说话,他接着说道:"哪天装窑吭声气儿,我来帮忙,装好后瞅个好日子点火,你们可以找人拉煤了,我帮你们联系一下拉煤车,有啥困难跟我说。"

　　第二天我就去母亲那儿借了1000块钱,让人拉煤准备装窑。

7月18日装窑,俗话说"七分装三分烧",装窑是个技术活儿,帮忙的人们一字排开,一块块地把砖坯传递给族叔,他按规则和顺序一块一块地码放,砖坯之间还要留缝隙,上下左右之间交叉,还不能重叠,每层砖要预留出火道,目的是在烧制的过程中过火均匀。窑装好后,还要将窑门用砖头泥巴封严。我天天跟着周岗到窑上爬上爬下地忙活,张奶看见我笑着说他:"岗,你咋叫俺孙子媳妇爬高上低地在窑上干活呢?她月份这么大了,你真是阎王爷不嫌鬼瘦!"

我笑着说:"奶奶,我干惯活儿了,没事的,他不让干,我自己想干的。"

这时候我怀女儿六个多月,夏天穿得单薄,遮不住隆起的腹部了。村里近门的一个爷爷爱说愣讥(方言得意、看笑话之意)话:"孙子媳妇,你和俺家恁婶子一年来的,你可没有恁婶子享福,她没踩过地儿边,恁奶奶一天三顿做好饭伺候着,恁叔给人开车不缺钱,吃啥买啥!人不认命不行啊!"

我明知道他笑话人,说到当面了,但并不跟他一般见识,还是笑着回应他:"俺婶子是个有福之人,嫁你们家享福!"话说完我低头干活儿,但也没忍住心头一潮,泪水便止不住涌了出来。我也是女人,也是血肉之躯,我也会有孕期不适和夜间的腰酸背痛啊!

我用含泪的微笑诠释着什么是坚强!讽刺、挖苦、讥笑根本磨灭不了我存在的价值,暂时的困难掩不住我身上积极向上的光芒!几代人沉淀于骨子里的勤劳、淳朴、善良和不屈在铮铮作响!我要在悲痛中汲取力量,从困境中寻找出路,不乏抗争精神的自己就要活成一部出色的乡土纪实!

煤还没有到,不能点火,7月19日又下起了雨。棉花几日来,得了黄萎病,这种病害很难根治,阴雨天更是蔓延得厉害。我心里很烦,手里也没有钱打药上化肥,我们卖门画的一点钱早花没了。周岗天天忙着家里,也没去过工地挣钱。借钱吧,回娘家也不想再张口,父亲阑尾炎刚做完手术,不想让他知道我家里的窘迫情况,先咬着牙把砖烧好再说吧!

准备7月22日点火,头天去窑上,我和周岗、小姑子爬上爬下又检查了一遍,把该准备的工作准备一下。回来的路上,小姑子又开始了埋怨这埋怨那,发牢骚。前天装窑时,她觉得这些天她跟着干活受累了,说了好多难听的话。我也心疼体谅她,在这个家没人管教,家底穷归根结底也不是我的错啊!

我成天笨着身子干着重活,害怕生气影响孩子发育,强忍在心里,劝慰着自己,想着她是个妹妹不懂事,我是嫂子得让着点。其实我心里挺委屈,前几天夜深人静时,我躺在床上已经哭了一场。

装窑时一摞子七八块砖坯子我也抱过,传递砖坯我跟着大伙一起干,没谁心疼过我一声,我还得受抱怨,我是为了啥?你们都觉得是给我干的,我自己能吃多少喝多少,你们都不吃不喝吗?我不就是想争口气,人家好心借给咱砖用,不能等着人家用时为难。我是不想让村里人再笑话这个家里的每一个人，不想永远做村里的穷第一！

刚开春时，人家跟小姑子提个媒，村里人见我说："你妹见面嘞咋不叫你呢？"

我说："不知道啊，你们咋知道的？"

人家说："你妹去喊你大姐来了，说是见面嘞，让你姐看看。这没娘了，一个嫂子咋当外人呢？哪有让姐看，不让嫂子看的？"

我才猛然意识到，我跟她们那么亲，是自己没有摆正位置，全家都瞒着我和周岗，突然觉得嫁他家这半年好傻！我对这个家满腔赤诚，遇到的都是寒流，我不怕困难勇往直前，跌跌撞撞去拥抱新生活，却撞了个头破血流！让心慢慢学会接受、适应、冷却，对她们的言行伤害装聋作哑吧！

又记起刚来不久，堂大伯的儿子见面时，大娘还喊上我这个嫂子一起去呢！才意识到自己嫁的这家人的认知，真的不是常人思维，自己劝着自己啥都不生气，但还是希望她们有朝一日会明理懂事。

南地一片荒地，没种几棵树，开春我喊周岗掘地后，去母亲家拿点南瓜子种上，麦罢结了好多南瓜，当南瓜挂白霜时，我想吃了。在家做饭时就喊小姑子去拽南瓜，小姑子白我一眼："等咱大姐来了再吃！"可见在这个家里我再努力也融不进来呀！

回顾在周家这段鸡飞狗跳的日子，我总结矛盾的根源，反思自己的短板和不足。错就错在我骨子里的理想主义，总是对人心存美好，总是想着用自己的行动和努力来感染她们，殊不知这些都是她们认知外的东西。一个人的经历决定着他的格局界限和眼界、见识，人都抗拒接受超越自己认知的事物，这就是人的惯性思维。我忽然顿悟我错了！错得这么离谱！人毕竟和动物不同，除了生存，要去感受活着的意义和找寻生命中的快乐！既然她们已经这样了，那我就擦干眼泪试着改变自己，冲破思维的束缚，去寻见更宽广的世界！

7月22日点火，这个土窑的大窑门朝向东南方，趁东南风先用麦秸和棉柴点火，砖窑点火后中间不能停火，至少得两个人白天黑夜轮班烧，一旦停火整窑砖就废了。周岗协助族叔日夜在窑上。烧窑是个辛苦且风险的活儿，得掌握好火候，期间要通过砖窑预留的窑眼不断地观察内部火势。火势过大会变形成熘子砖，火势小了温度不足，窑里的砖块烧不透，就会出现生砖。这样连续烧了五天，7月27日晚上住火。不用蓝砖也就不洇水，自然冷却就是红砖了。

烧窑这五天，族叔和周岗守在窑上辛劳，我往往返返一日三餐往窑上送饭，没有一个人问过一声，没有一个人去窑上帮一天忙。族叔性格豪爽幽默，我们家里虽穷，做饭还是很精心的。族叔很讲究，只吃一盘菜，总是把好吃的留下让我带回来。他乐呵呵地对我说："卫红，回去你吃吧！你叔我嚼不动麦秸，要是能嚼动的话，吃点麦秸挡饱就行，你叔又不长个了，可是孩子得长啊！别跟你叔做好吃的了，面条、馍、糊涂、酱豆就行！你自己在家做点好吃的吧。"

我一辈子都不会忘记族叔说这话时的爽朗和诚意，忘不了他对我和周岗的帮助，永远铭记五内！

族叔家的婶子勤劳明理，她家的棉花地和我家的挨边，我们俩经常边管理棉田边聊天，族婶知道我到这个家不容易，也听说我生气的事了，她劝我的一句话至今记得："宁受公婆气，不受床前气！只要岗以后不气你，这日子就能过，至于其他家人的气，都不用放心上。"

在周家这么难，我一直坚持，梦想着带动周岗去飞，想来和婶子曾劝我的话也有点儿关系吧。这些年来，族叔和婶子有啥事，只要我知道，定会倾力相助。记得 2010 年左右，听说这个族叔遭人诬陷，没人敢去派出所澄清事实，我连夜找了三个村民和村支书一起，到派出所写证明，证实情况解救了他。

烧好砖后出窑，我没找人帮忙，周岗和公爹慢慢边出砖边往家拉，把砖盘到了后院的土墙外。我天天去地里管理棉田，反复给公爹强调还人家砖头时，一定把蓝火头上的好砖还给人家，千万别把次品砖还了，人家好心帮过咱，不能亏待了人家。不是我嘴碎事儿多，是因为从公爹做事的格局中，看出来他的那种小农思想，我总是担心他打小算盘，用自私的一面与人交往，被人瞧不起。

暖心的二姑姐

忙完窑上的活儿,地里的活儿有我干着呢,周岗就跟着邻村王庄一个小工头去淮阳龙湖附近做防水。二姑姐带着外甥女小曼坐长途大巴车来了,她远嫁了驻马店新蔡县,奶奶也高兴了起来。我到后院跟二姑姐说话,她不让我在前院做饭,说一起吃饭,我就慌着去后院做饭。

二姑姐勤快干净,帮我把奶奶的锅上锅下收拾了一遍。二姑姐看着孩子,奶奶帮我烧火。我和二姑姐边忙边聊着天,她说看到我很高兴,觉得我来了家里,她心里舒展了,以前成天挂念着我和她弟的事儿,光怕我们两个成不了。奶奶是哪一句不中听,就说哪一句话:"不成也不怕,俺孙嘞鱼那时候欢着哩!"

二姑姐接过话把奶奶吵了一顿:"我和卫红说话,你接的是啥话呀?你去堂屋歇着吧,我抱着小曼烧火,你走吧!"

就她这一句话,我心里知道周家可有个明理人了。龙生九子,各有不同啊!

二姑姐又到堂屋说了奶奶几句,奶奶不吭声了。她回头又跟我说:"咱奶老了,说话没道理,你不跟她一样。"

我笑笑说:"没啥,我要和咱奶计较,天天都得生气!"

头几天,公爹觉得二姑姐来了,要去买点菜,后来也就家里有啥吃啥。我每天下地回来,二姑姐不让我做饭,她早早就准备好了饭菜等着。她给我带来的温暖,驱散了多日来周家人曾给我的所有凉薄!

家里没有香油,二姑姐就教我炸香料油——用生姜、大葱、香菜、胡萝卜、芹菜、洋葱等食材洗净切好备用,锅烧干后倒入食用油,将备好的食材倒入油中,炸至焦黄色捞出,余下的油冷却后装入瓶中就是香料油。拌凉菜的时候适量放入即可,口感鲜香浓郁,再炸点辣椒油调味配用。二姑姐把我们春节没吃完的干海带发水后焯熟,然后切丝凉拌,特别好吃。

二姑姐在饭店打过工,当过服务员,又勤奋肯学,饭菜做得很好。她教我学,清苦的日子被我们两个过得生动了起来,最普通的菜品也生香了。

我心疼二姑姐奶水少,孩子吃不好,她心疼我怀着孩子营养不良,我们谁都没为自己考虑过,都想着对方。所以至今想起来,我都特别怀念和她在一起的日子。

有一次我提着一个大洋铁桶去压水,压满后我提着就走。二姑姐在院子里看见了,跑过来抢水桶,吵我一顿:"咦!你咋不招呼(方言注意的意思)自己呢?要用水让咱大提,以后可不能这样了。"

然后扭过去说公爹:"大,你以后勤快点,岗不在家,白(方言别)让卫红这么掂水,我怀小曼时这山(姐夫名字)不在家,俺公爹从不让我干重活儿,下地都不让去,只让我在家做做饭。"

还有一次,上午我去棉田打了六桶农药,打完药我又穿着药衣服跳到兰河洗个澡。当我背着药桶子,穿着湿衣服进家的时候,被二姑姐看见了又吵了一顿:"怀孩子不能打药啊!都七个多月了,天热中毒中暑了咋办?你往身后背时,得出猛力累着了咋办?让咱大帮你打,咱大不在家,咱大姐来了让她帮你啊!你咋不知道心疼自己呢?"

二姐的语气中充满了对我的怜惜和疼爱,她说话的样子和嗔怪我时的表情很急切。二姐还叮嘱我,将来怎么带孩子,并把她自己带小曼的经验和注意事项分享给了我。她把她不愿意和奶奶、大姑姐说的私密话说给我听,把远嫁到婆家的种种委屈给我讲,我劝慰着她。

贫贱夫妻百事哀,一分钱难倒英雄汉。二姑姐因为是远嫁,婆家人好吃好喝待她,就是平时不让她见钱。她来的时候,婆婆给的一点零钱花完了,走的时候需要150块钱的路费,可当时我们连买农药的钱都得东拼西凑,实在拿不出来,没办法,公爹去给她借的钱。这件事在我心里是永远的隐痛,觉得二姑姐回娘家,亏待了她。

那时候做防水是一个人用壶浇沥青,一个人跟着铺毡。周岗说一干这活儿小便就特别黄,热沥青气味大,我一听不想让他去干了。他也不放心我一个人在家里干活儿,就不出去了。

农历九月的一天,是公爹的生日,巧的是我和公爹一天生日。周岗知道这天是我的生日,我不让他说,他嘴快给公爹说了。公爹和奶奶自从二姑姐小住,因二姑姐的开导之后比以前强点儿了,公爹不再天天见我们板着个脸了,日子平静地流淌着。公爹生日这天我让周岗去买了些鸡蛋给公爹送去,公爹已从县城买只肉鸡回来,对我说:"卫红,别在前面做饭了,来后院一起吃吧!"这时候,我怀着大女儿已经九个多月。

半晌午的时候大姑姐来了,我身子笨坐在灶下烧火,奶奶在锅上做的饭,大姑姐、姐夫和小姑子他们在堂屋聊天。来周家快一年了,我和大姑姐真正的交集不多,她离我们家只有二里路,经常把孩子送来让奶奶照看,她到这儿交代完就走。分家后,她也常来,但我很少见到她,那时她很少主动和我聊天。

大姑姐比我大一岁,我俩不像同龄人,三观不同没话题。奶奶把鸡炖锅里也走了,我一个人在厨房烧火。鸡汤炖好后,大姑姐做法有点颠覆我的认知了,多年后这一幕让我依然记忆犹新。她用了一个大碗先给大姐夫盛了一碗,边盛边说着大姐夫爱吃鸡的哪些部位,然后又给公爹盛了一碗。喊小姑子来端饭,叮嘱好哪一碗给大姐夫。我一看这情景,站起来出去洗手了,我洗手洗得很慢,取下头上顶的旧毛巾,洗洗脸上飘落的烟灰。我洗完后去厨房,大姑姐说舀着舀着不够了,她也只是喝点儿汤。剩下的我也就舀了半碗。

我心想,到底是我的认知有问题,还是她的做法不恰当呢?她说话毫不遮掩,言语中能听出来,她把夫家擎到一个很高的位置。在我的认知中,疼男人是得背着人的,尤其是回娘家显露出来不合适,若有嫂子的话,嫂子会打趣笑话她,说一个女婿挡住了眼。若是我或者奶奶盛饭,先给大姐夫盛一大碗,敬他为贵客可以,这是待客之道,大姑姐这样做,却很别扭。

大姐夫来我家走亲戚时,进院门不下车,一直骑到堂屋门口,他个子大,喇着两条腿脚着地刹住自行车,奶奶赶紧笑呵呵地慌着迎出来。其实他人也不错,常年在工地干活养家,家里的事务大姑姐做主。俩儿子小时候虎头虎脑,大眼睛长得很可爱,结婚前,我见过周岗从北京打工回来,给他们买过玩具手枪。

可能因为过早失去母亲的缘故,二姑姐、周岗、小姑子他们仨对大姑姐是很尊重的,大姑姐在这个家说话比二姑姐有分量。大姑姐勤劳能干,在婆家的确是好妻子、好儿媳,为自己舍不得花一分钱,为公婆、为丈夫、为儿子却舍得,以前她自己穿着打扮比同龄人落后一个时代。多年后二姑姐提起大姐,既恨又可怜,跟我讲她曾有一次看不下去了,说了大姑姐一顿:"你看你自己穿得跟要饭的一样,让姐夫穿得跟当官的一样,给儿子也舍得花,以后走到大街上不像一家人。"

她说话又直又狠,从那以后大姑姐开始慢慢有所转变。

幸福如此简单

1997 年农历九月的一天,九个月身孕的我和周岗一起拉着架子车去卖棉花。同行的还有邻居李奶和康爷,我们辈分小,出门喊爷爷奶奶的多。那天我穿着结婚时那件酒红色的盘扣罩衣,因为这是一件罩棉袄的罩衣,单穿肥大,正好能遮住我隆起的腹部。下面穿一条过时的平日早就不穿的偏开门拉链裤子,拉链可以放开不拉,就当孕妇裤了,不用腰带,用布条系着两边的裤鼻子。外面穿这件大罩衣,可以挡住偏开门。

周岗说:“你跟着走就行,回来的时候等卖完了棉花我拉着你。”我是坚持让他在车把的一侧系一根绳子,路赖的地方我拉着能给他帮点力。花厂在大许寨南门外很远的地方,我们家到花厂有 15 里路。我平日走路比较快,孕期一直干着农活,体质也比较好,虽说身子笨重,但并不耽误我走路的速度。一路上李奶笑着说了好几次:“这个卫红怀着孩子走路还那么快。”

这次我们拉了三大包皮棉,家里还剩点籽棉,花棵上还有没摘的等着一起再卖。卖了棉花,他和康爷去排队结算钱,我和李奶坐车子上等着,半下午才领回了钱,康爷交给了李奶,他也把钱交给了我。我和李奶都坐在了各自的架子车上。走到大许寨街上,李奶大着嗓门说:“岗,赶紧去给卫红买点好吃的吧!”

他问我想吃啥,我说:“啥都不想吃,咱们买点猪肉和白菜包饺子,再买一口大铁锅,回家支个地锅吧。”

他说得让我吃点东西,我们几个转悠着,买了橘子和苹果。李奶帮我们选了一个大铁锅,我们还买了几个热烧饼拿着,我不喜欢在大街上张口吃东西,李奶又买了些日常用品。

回来的路上,他拉着我和锅,我坐在车子上吃烧饼。李奶坐康爷的车子,边吃边叮嘱周岗不能走太快,怕把我颠簸得不舒服。因秋日天短,快到家时已是夕阳西下,橘黄色的晚霞散落在刚刚耕种过的田野里,落日熔金,不知不觉霞光隐去,变成一片柔和的暮色。坐在架子车上的我环顾四野,已经好久没有这么快乐过了!觉得这一天自己像一只自由自在的小鸟,飞倦了等着归林。晚风吹过,我心中的柔情渐渐荡漾开来!

他们三个走着说笑着,在夜色渐浓时到家了。行文至此,泪水已打湿了稿纸,为当年坐在架子车上的我感到心酸,没舍得去饭店,啃着干烧饼心间还能漫溢着巨大的幸福。也为自己所见皆是美好,热爱生活憧憬未来的态度而心疼!

这年的棉花收成还不错,价格也好,这次卖的钱除了还给了母亲 1000 块的煤账,留了一点儿零花钱,还存上了 1800 块,这是我们俩的第一笔存款。

娘家有我永远的牵挂

花开两朵,各表一枝。回头略叙一下婚后娘家那边的情况,少了我这个劳力,地里的活儿又都压在了父亲肩上。七月七日我回了次娘家,而父亲成天在学校和家里两头忙,终因积劳成疾阑尾炎发作。奶奶也病了。父亲疼得厉害,最后决定去县医院住院切除阑尾。

真是福无双至祸不单行,这段时间嫂子的病情也加重了(前文我已交代过嫂子的病情),去郑大一附院也没有良好的治疗方案,哥哥一下子憔悴了许多。弟弟们还小,去给嫂子到外地治病时,我让周岗陪着哥哥去。离家较近的地方,我也去。

嫂子那时候身体非常虚弱,看见她这么年轻,却受着病痛的折磨,我的心就止不住地疼。有一次在县医院等着输血,我在那儿陪护。嫂子的姐妹来看嫂子,她的这种病很乏力,她那时候做一个简单的动作仿佛就要耗尽全部气力。嫂子和她的姐妹们打完招呼后,就不再说话。

嫂子挣扎着坐起来,把她姐姐拿来的香蕉剥开,在她姐妹们的目光中递给我并看着我说:"卫红,你怀着孩子,吃吧!"我看着她蜡黄的手,又看到她微笑的眼睛里向我投射过来的那束暖光,忙伸手接了过来,却瞬间泪目,好嫂子!多么让人心疼,这时候还在关爱着我啊!

嫂子的姐妹走时,我送她们,她姐说:"表妹,我们是一母同胞,在俺妹眼里没你亲,还是你在她跟前有恁些(方言不薄气)。俺妹没病时走亲戚,常夸你没出嫁时,就知道体谅她。"

嫂子和哥订婚时我读初二,住校不在家。他们订婚后不久,嫂子就让人带来她给哥哥织的毛衣,还有一条粉色的纱线钩织的凤尾图案的三角形围巾,是给我的,送给她自家妹妹的是黄色的同款围巾。那时我很羡慕有姐姐的同学有手工织成的围巾和毛衣,看到嫂子手织的围巾,自此心里就铭记了嫂子的好,就视她为亲人了。

嫂子来我家后,我觉得对她亲过哥哥,到我家六年内,生了三个孩子。她怀大侄女时的春天,我下地掘麦棉套地,哥哥经常出去做木工活儿,她跟着我拿着收音机,我俩一起听着聊着。冬天在地锅里蒸馒头，灶膛里烧一圈红薯，我烧火她坐我身旁，我俩说着体己话，烧好的红薯我让她先吃，她总是掰开我俩分吃，所以我们两个感情特别深。特别是她的病症出来之后，我们全家人心里都很难过，若是可以，我愿意折去自己十年的岁月给她。

哥哥和嫂子血型一样，哥哥给嫂子输过两次血。后来嫂子心疼哥哥还得干重活儿，就不让哥哥给他输血了。买血输怕不好，我是 O 型血也要给嫂子输血，可是嫂子不肯，她说我将来还得结婚生孩子呢，怕我身体受损了。

西医除了骨髓移植，没有更好的办法治愈，只能隔段时间输血治疗。哥哥那个时候开始打听哪家中医好，给嫂子找中医治疗。这次嫂子病情加重，我们却身无分文，我心里难受，去找那年一起卖番茄的那个姐姐，向她借了三百块钱给哥哥，想让哥哥给嫂子买点儿补品。所以在周家，有啥困难委屈我都忍着，不想让娘家人知道。输血之后，嫂子的气色有了好转，经过几个月的中医治疗后，病情稳定了下来。

1997 年的 9 月 10 日(农历八月初九)，教师节放假，父亲早早来到了周家给我们送月饼呢。三里不同俗，十里改规矩，在我们这片地区，八月十五走亲戚挺有意思。独塘大许寨以西的地方，八月十五娘家人给闺女送月饼。以东的地区，八月十五闺女给娘家送月饼。按照酒庄的风俗，父亲来给我们送月饼，若是按着我们周庄的风俗，我应该去父母那里送月饼。我是八月初八去的娘家，跟母亲说了，我们这里不兴娘家来送月饼，别让父亲来。母亲还是坚持让父亲初九来送月饼，说周岗有奶奶和父亲在呢，娘家不能失礼。

见到了消瘦的父亲，我眼睛发潮，他太忙了，还要亲自来，在周家我过成这个样子，真不想让他看到。父亲第一次来我们家。因为奶奶和公爹在后院，父亲就把礼物拿到了后院，坐下来和他们聊着家常。奶奶娘家也是酒庄人，见了父亲叫"侄儿"，叫得很亲。奶奶满脸笑容喊着公爹逮鸡待客呢，父亲说他不在这儿吃饭，不用麻烦了，家里太忙，他回去还有事。公爹也执意挽留，父亲还是走了。

在我们这边，20 世纪八九十年代，刚出嫁的闺女正月初二和麦罢走娘家这两趟是必不可少的礼路，特别是头一年要备上厚礼。娘家人正月初四或者初六得去闺女家还礼，明理的婆家是不留礼品的。八月十五娘家人去闺女家送月饼也就算是还了麦罢的礼，一般就是还够三年礼，以后就可去可不去了。我们婚后，春节都是弟弟来还礼，三年之后我就不让家人来了。现在这些还礼的习俗，慢慢地都免去了。

父亲回去后，我心里很不是滋味，想把棉花摘一遍去酒庄帮忙。我家棉花开得很白，我和周岗起早搭晚地把棉花摘了一遍。天公不作美，下起了连阴雨，土路泥泞一下雨就得好几天出不来，十五前没有走上亲戚。初八去时母亲说妹妹打工快回来了，她往家里寄的月饼还没收到，等到了给我留点，让我八月十六别忘记去吃。

连阴雨后，棉花地里的棉桃沤烂得很多，所以八月十六我没有去酒庄。我俩去棉田里把沤棉桃全部拽回来,在家剥开晾晒。八月十八大早上妹妹就来了,她说:"我一回来咱妈就说,你姐正月十六咋没来呢? 以为你哪儿不舒服,或者家里有什么事了呢! 妈挂念你,让我来看看。"

我听完妹妹的话,就换了件干净衣服,喊上周岗和妹一起去了娘家。妹带回来的是广式的蛋黄月饼,比传统的地方月饼好吃。妹说她给我买的一件格子衬衣很好看,是通过邮局邮寄的。父亲到县城邮局去取了。细心的妹妹又从行李箱里拿出来一件休闲的大号棉衬衣给我,还给我买了两款大号的内衣,说现在我穿这种最舒服。手足情深,让我感动啊!

周岗在家时做事拖延有点懒,说他了还跟我怄气。但到我娘家后,不知为啥就像换了个人,勤快能干,在我家人面前,表现得倒像个谦谦君子。对弟弟妹妹哥哥嫂嫂以及侄子们都很宽厚温和,见了村里乡亲四邻也不缺礼数,家里有活儿也很有眼力见儿,不怕脏不怕累,家人都跟他很亲。他这样让我想起了《晏子使楚》里的那句话:"橘生淮南则为橘,生于淮北则为枳,叶徒相似,其味不同,然者何? 水土异也。"细想也是啊! 近朱者赤,近墨者黑。在周家就我自己影响他太难了,他周围的亲人身上负能量爆满,他又没有强大的内心去对抗,所以就被原生家庭兼容了。在我家可能有一种无形的气场能量,让他能够自律向上吧! 这也使我一直对他抱有期望,觉得他有可塑性,盼着他越来越好,所以在周家多气多难,也没有轻言放弃过他! 特别是他看到嫂子生病,回家后和我说起嫂子时,我一落泪,他也会忍不住掉泪。就这一点,足见他内心是善良柔软的,说明他是个有爱的人,这些也就坚定了我去影响他的决心。

不堪回首的日子

虽说分家了,有时候农具什么的周岗还得经常到后院拿用。特别是动到奶奶的东西,她就哨搭(方言指桑骂槐)着说难听话,有时候还扯着那种老太婆特有的音腔骂几句。有一次周岗拿了她的味精吃了,没给她送还回去,平日我不喜欢吃味精,就没买过。奶奶就在我们门口来回地走动着骂:"我让你个小兔孙吃独食嘞!让你吃绝户嘞!你给谁学嘞!谁教你成这样嘞……"

我在前院能听得一清二楚,心里气得瑟瑟发抖,那骂声不是冲她孙子,其实是冲我。心里恨周岗没出息,怨他,为啥吃她的东西去惹她呢?周岗觉得理亏也不吱声,他不敢去说奶奶一句,任凭她骂累了,把气撒完。

奶奶心态有问题,周岗指不定在哪儿就踩了她的雷区,她骂的内容无非就是觉得我来了分了她的东西,说什么既然分家了,有本事一个柴火棒也别用她的……那口气就跟那不懂事的小孩一样,我真是有点儿怀疑她脑子是不是有问题。可她见了孙女咋就那么正常呢?天下哪有这样的老人呢?我更想不通公爹的思想,无论奶奶多么无理取闹,他都不吱声,错到天边也听她的,百依百顺。平心而论,公爹除了不作为,倒没听他骂过人,他也没说过我什么。许多次我都忍着不吭声,可心里气啊!所以经常和周岗私下里闹小别扭,把对他家人的怨气撒向他。他知道我心里憋屈,又怀着孩子,我说得轻时他不吭声,说得重时就生气蹩一阵子。

生活中他买点好吃的,自己也不舍得吃,就让我吃,下地干活,他也尽量不让我干。可我看不上他的活儿,心里生着他的气,就使气自己动手干,干着活也能排遣些心里的怨气。夫妻这么长时间了,我心里既恨他的无能和窝囊,又心疼他生在这么个家庭,又不忍离弃他。

那种痛苦的心情天天折磨着我,长此以往,我变得抑郁、焦虑、烦躁。没出嫁时,最不愿听母亲唠叨,曾发誓一辈子不唠叨,可现在,我却变成了自己最不喜欢的样子。胸中郁结难耐,如鲠在喉。周岗经常干一样的活儿,坏两样事,看不出眉眼高低,办事组织能力差,遇事反应慢,做事时不懂统筹方法,总是事倍功半。本就情绪不好,我一看更嫌他笨,就想说他,说轻了他当耳旁风不改,说重了他嘴贱骂人。他一骂我,我就更来气,拼了命地朝他打,对他的语言暴力我懒得开口,就直接出手反击。因为他先骂我,我打他一下,一般他是不还手的。我打他一两下,自己住手后气得哭,真恨他啊!

现在想想,那时的我委屈,他也委屈,我生气了找碴,他受不了就对我使气,生活鸡飞狗跳成常态,不和谐的原生家庭变奏出的是杂乱无章的音符!那天卖棉花才是我曾经的样子,走出了家门像是挣脱了一个无形的牢笼,脚步才会那么轻快,心情才会那么愉悦。

已经临近预产期,种麦时拔掉的棉花棵上,棉花开得很白,我没日没夜地摘着,光怕月子里不能干活了,没人摘棉花被雨雪淋坏了。

这么多年每每想起生大女儿时,我就一直不能原谅自己,觉得自己就是一个傻子,天天就知道干活,机械而麻木地活着。考虑事情不周全,想想都是泪,觉得对不起自己,别人不疼自己,为什么自己不知道心疼自己呢?快生孩子了,光知道母亲准备的啥都有。想着人家生孩子,婆家这边也准备的啥都有,可咋就没想到周家是个不正常的家庭呢?自己那时还愚蠢地认为,生孩子是一件无法启齿的事情,觉得大姑姐和奶奶她们不会不操一点心的。给周岗说过,他也总说头胎是家里的大事,家人会操心准备这些的。

按照豫东的风俗,头胎生孩子的第三天,要去娘家报喜。报喜之前,娘家人是不出面的。报喜时商定好送粥米的日子,娘家会准备些婴儿用品和孕妇的补养品之类的,到定好的日子来。按礼俗,婆家应该准备的有小被子、小褥子、小床单、尿布、尿垫之类,还有小衫和暖肚之类的婴儿用品。周岗说家里人会准备的,我就没有操这些心。买有一本孕期必读的书,我计算的预产期是农历十月十一日,进入十月我就注意着胎动及身体的变化。

十月十日早饭后,我挎着篮子准备去摘棉花,上厕所时少许见红,心里几许欢喜几许害怕,可能到时候了!

在孕期必读上,看到预产期的这个先兆就是要生了。在娘家时,嫂子生孩子都是去人民医院,我留家看家,几个时辰之后,嫂子就母子平安顺产回来了,所以也没有把生孩子当成有多大风险的事。

我喊周岗让他给奶奶说一声,奶奶常讲她跟着周家曾祖母给人家接生过孩子,她见识应该多些。奶奶来到前院说没事,生孩子就是咬牙罪。

当时村里条件好的家庭,有上医院生孩子的,上医院被动员剖宫产的多,不想剖宫产的去各个妇科诊所顺产。

邻村有两个接生婆,前村韩店的那个接生婆经验丰富,家里也开个诊所,治疗不育不孕和妇科杂症。

我想着自己体质好,也常听别人说顺产也没啥危险,生完孩子之后很快就能下地活动了。产前做 B 超检查胎位什么的都好,所以也没怎么担心自己,就和周岗说准备找这个接生婆。再说家里房间我天天收拾得干净,床单被套也都是新换的,自己觉得比诊所干净卫生。

半晌午时,周岗把她请来了,是一个50岁左右的中年妇女,人长得很精神,手脚麻利。她到家后给我简单做了个检查说:"是到时候了,不过是头胎可能慢,才有点儿游疼。宫口还没开呢,估计今天生不了,我先回去吧,到晚上我再过来。"

她就又叮嘱周岗陪我多做大幅度剧烈运动,让我多走路,又让周岗在门头上给我别上了一根木权把子,让我抓着权把子吊秋千,啥时候疼得能连阵了,就快点儿去叫她。

她走后,我在院子里走了一会儿,肚子十几分钟疼一阵子,很有规律。我想着这一时半会儿生不了,瓜熟蒂落不是能着急的事。听这个接生婆说,像我这种疼有时候能持续好几天呢!我就喊着周岗一起又去摘那些没摘完的棉花去了,疼的时候我就忍不住扶着棉花棵往下坠,咬着牙忍过那一阵。周岗不想让我摘棉花,可我心疼白花花的棉花没人摘,坚持要摘,反正歇着也挡不住疼,就干点儿活儿吧!周岗一看我疼上来,就赶紧扶着我,就这样又坚持摘了一天棉花。

晚上接生婆来了,她怕我赶到夜里生,就让我给她铺了一张床住了下来。临睡前她给我检查,说宫口才开两个,等开十个才算开全,孩子就快到来了。

夜里还是那样一阵阵地疼痛,这一夜也没睡好觉,到天亮还是跟昨天的状态一样。她说:"头胎一般就是慢些,但是像你这么慢的不太多,你可得受罪了,估计得赶到今天的夜里生了。"说完她就又走了。

我还接着摘棉花,到了下午疼得厉害了,周岗赶紧把接生婆叫来。小姑子把大姑姐也叫来了,在接生婆的指导下,让我做各种剧烈的运动,蹦、跳、跑,疼上来时让周岗拖着我的双臂往下顿,疼痛那一阵子上来的滋味儿难受得无以复加,我真想哭!

奶奶过来轻描淡写地说一句:"谁生孩子都这样,咬牙罢。"折腾到晚上精疲力尽,一检查宫口才开八个。

夜里接生婆没有走,我一夜没有睡觉,身疲力乏中恍恍惚惚觉得那般无助!想想肚子里的孩子还得咬牙提着劲,我性子又急,那汗水和泪水一起往下流。几次我疼得实在忍不住就哭着对周岗说:"我觉得坚持不住了,人家生孩子咋恁容易,我咋就这么难呢?我干活性子这么急,生孩子咋不随我的性子啊?我疼得没有信心了,我有点怕啊!"

周岗就安慰我,他用一个新毛巾一直给我擦汗擦泪,毛巾擦完后就能拧出水来。疼得受不了时我就哭一阵子,他嘴里安慰着我,但也忍不住掉眼泪,说就要这一个后,再不要孩子了。

接生婆安抚着我的情绪,跟我们两个讲笑话,她说生孩子时什么脾气的女人都有,疼起来有的大骂自己的丈夫,还有的去打自己的丈夫,啥样的都见过。

我又疼了一夜,哭了半夜,农历十月十二日凌晨六点整,我咬着牙,用尽了平生最大的气力，随着如雨的汗水娩出了一个湿漉漉的小生命。

你随着那轮红日喷薄而出！宝贝，你终于来了！奔赴我们的这一程，你走得好累！妈妈也好累！女儿响亮的啼哭，唤醒了沉睡的黎明！我只觉得浑身轻松，所有的苦痛一下子烟消云散，两天两夜的痛苦煎熬过去了，舒服极了！

接生婆麻利地处理着脐带，大姑姐来了一看去后院叫奶奶，奶奶手里拿来了一块破旧的棉花套子，是婆婆生前的棉袄里拆出来的。奶奶还满脸堆笑地数着老格子说："来，来，用奶奶的大襟包孙孙！"

我一看连忙阻止了奶奶，接生婆也说那太脏不能用，问准备的有没有小被褥。奶奶准备的是用旧布料帮衬的一个小褥子，没有新的，也没有新的尿布尿垫和单子。我一看心想算了，喊周岗打开放单衣的柜子，取了一件白色的短袖文化衫。这是我给周岗买的新的，洗好没穿过，就用它先包裹住女儿，又让周岗把我陪嫁的一条上好的云丝被，四折起来包住了孩子。

忙完这些，天亮了。东邻婶子来串门，接生婆让家人赶紧给我做点儿吃的，最好做几个红糖荷包蛋。家里连一个鸡蛋也没准备，邻居婶子一听家里没鸡蛋，说昨天她婆婆过生日，她家有，赶紧回去用一个大碗给我端来了16个鸡蛋。

周岗把鸡蛋端到后院，让奶奶给我做，不一会儿奶奶端来了一个荷包蛋，让我先吃了。后来我才知道这一个鸡蛋是有寓意的，说头胎生了女儿就让吃一个，让停停，第二胎会换生儿子。折腾了一夜，我又累又饿，吃完了这一个鸡蛋后，奶奶也做好了早饭，大姑姐又给我端来了半碗米汤，让我喝了下去，肚子里不那么饿了。后来又给我做了四个荷包蛋，觉得才吃饱。

早饭后，西邻李奶拿着30多个柴鸡蛋来看我们母女，还有李奶的婆婆三老奶也端着一瓢鸡蛋，手里还拿了一棵大白菜来了。干娘大娘干奶奶她们听说后，上午陆陆续续地都来看我们。她们安排周岗，不会干地里的活就去喊她们，月子里要勤快，别让我用冷水洗东西，别让我生气，等等。

刚到中午，我又饿了，周岗开始学做荷包蛋给我吃，第一次他做得不怎么好，翻动得早了鸡蛋都散了。我不喜欢吃鸡蛋，他就给我米汤里卧荷包蛋，每顿给我加量，像哄小孩一样让我一顿多吃一个，最多时我吃过一大碗米汤里八个荷包蛋，现在觉得那时候真是傻吃！

我第一次给孩子换尿布时，怕冻着孩子，让周岗烤着火，我仔细检查了一遍孩子的五官、小手、小脚等都没啥异常，才完全放心。孩子还光着身子，我就让周岗把我给孩子买的"小迷魂衫儿"取出来准备给她穿上。孩子好瘦小，一摸软乎乎的有点害怕，我不敢给她穿了，怕穿时把她翻动疼了，周岗就去喊李奶。头两天我给孩子换尿布，尿湿了衣服就喊李奶来换。

孩子的尿布、屎布周岗洗,我的脏衣裤周岗也给我洗,等干了收回来一看,血污没洗净,像是彩印的一张地图,再洗也洗不净了。

周岗非常疼爱孩子,得空就抱起来看,他把我收藏的各种漂亮的贺卡取出来,跟孩子说着话,一张张在孩子的眼前移动,孩子清澈的眼珠随着他手里的贺卡移动着,他就夸孩子机灵。

我让他用录音机给孩子放孕期常听的音乐,打开窗户,暖阳洒在了床上,音乐在房间里流淌,在这优美的旋律中,我们一家三口享受着属于我们自己的温馨与快乐!

洗屎布得去后院的压水井旁洗,奶奶看见她孙子洗屎布心里不是味儿,过来过去得嘟嚷几句:"你看看那岗(她发音成 ga,心中有气时这么叫,平时叫得好听),有个小闺女喜欢成啥啦!洗个屎布都恁高兴,真是自屎不臭!"

周岗不理她,几次过后就不说了。

头一天周岗不让我起床,第二天我就下床开始走动。猛一起来,只觉得身子轻得发飘,脚抬起落地时,有一点儿踏瞎步的感觉,觉得掌握不了平衡了。周岗不放心,扶我走了一会儿后,才不那么晕了,但身子虚弱,一点儿力气都没有。

他做饭的时候,烧有一块红薯,我很想吃,他说想吃就吃吧。我就坐在门口吃红薯,被西院的老奶看见了说:"卫红别乱吃东西,小心查了奶!"我除了不吃生冷辛辣,别的什么都吃,也没忌过啥口。孩子饿了就去村里找奶孩子的嫂子,让人家给吃几口。我觉得奶水没下来,也不好意思试着给孩子喂奶。怎么孩子都生了,一提喂奶还是脸红呢!

第三天周岗起来,早早地放了一大挂鞭炮,吃完早饭他去酒庄报喜。中午时分母亲骑着车子跟着周岗来了,进屋母亲就笑着说:"周岗一到咱家,我问谁给卫红做饭啊?他说我;谁给孩子换尿布啊?他说我;谁给孩子洗屎布啊?他说我。三个我说得让人坐不住了!"

母亲把给我带来的棉袄棉裤拿出来,把煤火的风口打开,在上面烤烤让我换上。母亲给我做的新表新里新棉花的,穿上真暖和呀!

母亲先带来两个小包被,又拿些鸡蛋米面。母亲说到农历二十二再来送粥米,因为还得通知亲戚,还得进城买东西,日子搁得太近了,太仓促。我们当地风俗,娘家准备送粥米的东西有讲究,有句老话是"让孩子等衣服,不让衣服等孩子"。提前准备的小衣物也得留个带子之类的不做齐,一般等到报喜之后把东西备齐。

母亲安排我用温水洗洗,让孩子吃奶吧!今天就该有慌奶(初乳)了,初乳孩子吃了更好,有助于提高孩子的免疫力,但是那时候不知道啊。母亲教我开始给孩子喂奶,刚开始不会,我拿捏的一头汗,孩子也吃不到奶水,没想到给孩子喂奶也是有技巧的……母亲说得有耐心,别急,慢慢来,孩子小,有一点儿就够吃,就不用再给孩子找别人的奶水了。

母亲又演示着教我如何给孩子穿衣服,她刚做好的绿底带花小棉袄,是棉哔呢布料,偏襟的款式。母亲说孩子在小被子里包着呢,穿个棉袄就行,孩子换尿布时就不会着凉了。下边不用穿棉裤,用尿布和尿垫裹好包起来就行,换尿布时更方便。母亲提醒我要注意观察孩子大便的颜色及小便次数,脐屎排完后,大便颜色会是金黄色或淡黄色,发绿发白都是消化不良,发绿可能受凉了。太阳快落时母亲千叮咛万嘱咐地走了。

十月的天气阴雨多,经常大雾天,尿布尿垫不够换。洗完不干就放在煤火上烤,还是不够用。送粥米这天一大早,天气晴得非常好。我就早早起来,上后院想找点不用的旧衣物洗洗做尿布用。生女儿时,周家连一块新尿布也没准备,周岗就找些他之前的旧衣服拆洗用了。

我怎么也没想到,因为找旧衣物,奶奶也变了脸,我拿哪个她都说有用。我就问奶奶:"你放着这些东西干什么呢?就周岗一个孙子,我要不用的话,你留着谁还用啊?"

她说:"有人用,一辈不管两辈人,分家了就是分家了,你上我这儿找啥!"

我听说她有点儿重男轻女,曾嫌过婆婆生的女儿多,所以坐月子周岗也怕她生气。他自己洗衣服,给我做饭,就怕奶奶找事,结果她还是这样说话气人。知道越往下说,她越没好话,我就回了前院,她仍在院子里喋喋不休地说着难听的话。

因为送粥米要在后院待客,近族的婶子、大娘们都来帮忙择菜洗刷,她们也说奶奶:"人家娘家快来人了,今儿个可白(别)说了。"

我在前院能听到她那有着老太婆特色的胡搅蛮缠的高腔调,想着娘家人快来了,她还这样,忍不住伤心地掉起眼泪来。大娘正好过来拿鸡蛋,说后院伙房用,她就坐我身旁拉着我的手,劝我别哭,说月子里哭了眼睛不好。正说着,听到房后寒暄接客的说话声,母亲就到了。大娘一看,上前拉着母亲的手问寒问暖,我一看见母亲,本想挤出笑容,可眼泪不争气,刚一咧嘴却变成了哭相,泪水啪嗒啪嗒落下来了!一瞬间我像是个受了委屈的孩子,见了母亲是装不过去的。大娘赶紧给母亲解释说,不为别的,几块尿布的事,等过了今天她去说奶奶。母亲一听笑笑说:"凭着为啥呢?白哭了,月子里不能生气,咱家多的是,回去让你弟给你送些来。"

嫂子的身体已经恢复了很多,她也来了,并给我女儿亲手勾织了一件凤尾图案的罩衣,还准备了米面红糖鸡蛋各十斤。

母亲给孩子做了几身小棉裤小袄,母亲的活儿好,小袄都是偏襟的,母亲说孩子穿戴大襟的暖和。买了小儿浴盆、浴巾、婴儿睡袋、各式各样的帽子等婴儿用品。还有两袋子米、两箱鸡蛋、两袋子面,还买了一辆三枪牌的脚踏三轮车,方便将来带孩子用。

我们当地的规矩,送粥米娘家妈得住闺女家几天,可母亲却不能住下。二侄子才一岁多,从小都是母亲养大的,嫂子身体虚弱,还不能照顾侄儿。下午要走了,奶奶也说让留下几天。干娘和大娘都拽着母亲的胳膊,说哪怕留一天也算是住下了。我知道母亲的难处,就说让母亲回去吧,我身体恢复快,已经不需要照顾了,家里离不开母亲。大娘说按老规矩,人不能住下来,就得把衣服留下一件,算是个破法。母亲脱下外套的那一刻,我心里真不是滋味,母亲没有分身术,不能兼顾啊!她肯定也是有万般滋味在心头!

1997年农历十一月二十三日冬至,中午我做好饺子给奶奶和公爹端两碗送去,奶奶笑着接着说道:"你妹单等着吃你包的饺子呢,她说俺嫂子做得好吃。"

第二天,女儿已经42天了,这段时间周岗悉心照顾我,我身体已经完全恢复了。二姑姐和姐夫这天来我们家了,准备住几天,看见他们,我心情也很高兴。月子期间我是不出门的,但是经常有人来串门。有一天几个串门的在我家说起了小姑子,说她女孩家说话没分寸,周岗听到了。

他和二姑姐、公爹说话时,随口说了这件事,他想让公爹和二姑姐说说小姑子,女孩到成媒的年龄了注意点儿,别叫人家说咱闲话。

公爹一听,不但不指责小姑子,反而说周岗和我听人家的话了。奶奶一听就恼火了,站起身来到前院骂人家。我正在屋里披着棉袄,给女儿喂奶听音乐呢,一听这阵势很吃惊,当时把孩子放下就出来了。心想她怎么出来骂人家,这么大声骂人家,让我们以后怎么出门见四邻?我来这么久了,邻里关系都挺好,远亲不如近邻,我不能允许奶奶在这儿闹!

想到这儿,我就阻止奶奶。她一肚子戾气没处撒,竟上前劈头盖脸朝我打来。我连忙后退,身上的袄都掉了,亏我闪得快,她没打住我。气得我忍不住大声吆喝她:"恶老婆儿!"就出门口往胡同里去。姐夫从后院听到,跑过来拉住了她,我再也无法容忍她的无理取闹,就大声吆喝她恶奶奶护短打孙媳,我有什么错来打我?

刚入三九天,我穿个薄毛衣竟气出了一身汗!人们听到吵闹声,都出来了,干爹干娘也来了。周岗和二姑姐拉着我回屋,说天冷别感冒了。我生气不回屋,碰上这么蛮不讲理的人又一次气哭了!公爹坐院子里一声不吭,任凭他娘和闺女撒泼胡闹,二姑姐又连拖带拽地把小姑子拉回了家。她们既然不嫌丢人,我就看着她们祖孙俩表演完毕。干爹说公爹不该看着不管,咋能看着让我生气呢!

这是婆奶奶第一次打我,从这以后,她但凡有一点儿小事就不光骂,还动手打,她用手打不住我,还会拿小棍子敲。对她这种人,太懂事只能让她得寸进尺,后来我就改变了战略,和她智斗!我要把她气得没办法!我不会像婆婆爱面子,拴着门躲屋里哭。光棍不吃眼前亏,我更不会挨死打,我看她不讲理,就吆喝她恶婆婆气她。我不在院子里跟她吵,她怕我去人多的地方,她怕人说她,就有所收敛不敢打我。

记得有一次,她拿个棉柴棍儿撵着打我,那时孩子刚七八个月,胡同里没人,我抱着孩子一口气跑到王奶家门口,王奶出来拦住她说:"老三嫂(爷爷排行居三),你咋老了还不息性子呢?你看卫红抱着孩子也不能撵着打啊!"

多年之后王奶见我笑着还说:"几个庄也没见过卫红恁投活(方言,不犯拧)嘞,路肢窝里夹着孩子跑,孩子的俩腿卟噻(音 busai,方言,晃悠的意思)着,就那老三嫂还撵着打,真厉害啊！搁谁这日子都过不成。"

我就笑着说:"夹着孩子跑得快,抱着跑不快,她撵上打我身上谁也揭不下来啊！"

村里一个叫娜的妹妹后来也问过我:"人家吵架在家里,我看见俺三奶跟你生气都可笑,卫红嫂子,你为啥一生气就往街上跑呢？"

我说:"我往街上跑,奶奶不敢在大街上打骂我,在家她骂我又不能还口,她打我得受疼啊！"

如今回想这一幕,觉得颇为滑稽可笑,殊不知内心得多坚强和宽容,才能做到这看似软弱无能的落荒而逃！

有谁知道我背后是怎样的隐忍和无奈！外人眼里的一句"投活儿",是多少委屈在喉头逆流着！

周岗有点儿老实蹩,一生气就会说气话:"咱过咱的,以后她老了不管她。"

我知道他到时是做不到的。奶奶才 61 岁,她现在吮喝着不指望我们,可当她躺到病末上的那一刻,我也做不到不管她。到时候人们只看到她垂老可怜,谁还记得她今日的飞扬跋扈？到时人家还会说她是周岗的奶奶,公爹也老了,笑话的还是周岗,所以我们也丢不起这人,我不会说不管她,也不会任由她胡来！

当她口口声声说老了不让我管的时候,我并不和她较真儿,她是说大话不怕张着嘴。她不论理时,我会气她,明确告诉她,不可能让她当家胡来。只要我在这个家,有好吃好喝的,我会先紧着老小,我会孝敬他们,但不会凡事顺着他们。家里有事谁都可以发表看法,谁当家的前提是,得为这个家的发展大局着想,任何不利于家庭发展的自私自利的小算盘都得收起来！

我生气后不和她斗气,过了那一会儿该叫奶奶还是叫,她不答应继续叫,所以她就没法子,让外人听见还是说她。

生活得继续,鸡飞狗跳之后的鸡毛我得捡起来,做成鸡毛掸子,挂在人生转弯处。时不时不忘用它拂去生活扬落的一地狼藉,不忘用它荡涤蒙尘的心灵,去追随自己内心的宁静。

对那种低层次的认知,我是不屑的。不与愚人争辩,不被蠢人消耗,才是对自己负责,才是及时止损的智慧。敢与同好争天下,不与傻瓜论短长！

她打骂,我就跑,自家长辈让着点儿也不丢人。这也是我采用的迂回战术,避其锋芒,并不是低头忍让,我是绕道前行,我不想在奋进的路上踩脏了鞋子。不与烂事烂人纠缠,是成年人顶级的自律！多年之后还记得作家周国平的那句:"人生要有不较劲的智慧。"很惊叹年轻时的我,竟然做到了！

为 母 则 刚

二姑姐这次回娘家看过老人后,是要和二姐夫一起去北京打工的。她家女儿已经断奶,交给婆婆照管。她看小姑子在家闲着没事,就决定把小姑子带到北京打工。此去北京,二姑姐就开始了长期的打工生涯,很少回老家。她女儿跟着她婆婆留守长大,长大后和父母不怎么亲近,到如今也是二姑姐心里的一个伤。

我的奶水很充足,女儿却很瘦弱,她很能吃,但不是那种胖娃娃。奶奶就会冷着脸说:"奶水不好,不发孩子。"她会敲边鼓说几百套不重样的话来贬低我,反正从她嘴里出不来一句好听的话,我和周岗佯装听不见,不理她,说了几次后,她就自觉没趣了。

外人见了孩子就逗,女儿精神很好,很机灵。逗孩子的邻居们会说话:"小闺女长得紧致好,小闺女,胖小子嘛!有小不愁大,没小指望啥?女大十八变嘞!"

我身体恢复之后,周岗觉得他伺候我的任务完成了。有一阵子,饭碗一推就出去看人家打牌。他天天混迹在街头巷尾,想起来我就特别讨厌,有时候说他几句,他就横眉冷对。他的家人什么陋习我不问,对他的陋习我是零容忍,我明确告诉他,得改掉打牌的毛病,改掉骂人的习惯,否则我就带女儿走人。他口头答应着,总是不自律,常常偷偷地溜出去,回来却跟我嬉皮笑脸,我很憎恶他的这种没脸没皮。有次我说他狠了,他开口骂人,还将抱着女儿的我推倒在地。此后我一对他生气,就进入战备状态,懒得跟他吵架,他惹烦了我,我就直接和他开战,先下手为强!不讲打架吃亏不吃亏,也和他硬打。那段时间的打架就像多变的天气一样,说来就来,一阵疾风暴雨。

生活像陀螺一样地旋转着,每家都过得各不相同。快过年了,女儿长得很可爱了,我对她倾注了全部的心血,怕她着凉,怕她受风,尿了怕她受委屈,尿布换洗得很勤。她爸一抱她就哭,她已经能认出我了,我抱着就乖。可能是我身上的气味吸引着她,抑或是母体是一个强大的磁场,女儿脱离不了吧!笔墨都淡出了生活,脑中稍纵即逝的灵感,被女儿一个细微的动作就惊扰得瞬间荡然无存。

随着一场流感的到来,女儿开始拉肚子。感冒过后才好一点,我很自责,没有照顾好孩子。

过完祭灶,公爹说:"卫红,你们别买那么多菜了,过年就一起吃吧!咱家老一层少一层的,客多。光你奶奶的老客就十几家呢!你奶奶也做不好饭,到时候你来做饭。"

公爹觉得过年时我去做饭,客人来了他脸上有光。再说今年我去买的那棉花种子好,公爹的棉花收成也很好,有油吃有钱花了。奶奶七个娘家侄女,还有几个娘家侄子,还有外甥女、外甥。爷爷这边的外甥女、外甥也都来拜年,那年月来客人必须在家里招待,我从年前一直忙到正月初九,亲戚才陆陆续续地招待完。

招待完奶奶的亲戚,女儿快三个月了,我给女儿穿上了连脚棉裤,脚上穿了一双连底带帮的软底绣花夹鞋。这双鞋子是我初二走亲戚从娘家拿回来的,嫂子生下侄女后,我亲手给侄女做的。侄女也是十月出生。那年我十八岁,母亲数着老格子说:"家里添丁了,姑嘞鞋,姨嘞袜……你给侄女扎双花鞋吧!"

我从没捏过针,不会做,可母亲既然说了,我得学做一双。母亲打了被子,她又搁磨一个连底带帮的鞋样子,又用纸剪出了老虎头的样子,两边点缀着两朵花。母亲说孩子小穿这种软底鞋子舒服,我就在母亲的指教下一针一线地绣好花型,又一针一线地把前后鞋帮的中线纳合在一起。侄女从春节穿到三月就穿不着了,母亲就刷洗干净收藏了起来,我想起来这双鞋,就又拿回来给女儿穿上了。

元宵节晚上,周岗抱着女儿出去看烟花,女儿着凉腹泻,几天后腹泻刚好点儿,又患了流感,腹泻反复。看着女儿眼里噙满了泪水,还咧着小嘴冲着我笑,瞅着她那股子机灵劲儿,我好心疼。她这次拉肚子就是不见好,去诊所看,也一直不痊愈。开春后我在家照顾孩子,周岗跟着打井施工队去干活了,早出晚归。晚上女儿光闹夜,有时候瞪着眼睛,攥着小拳头,一个劲儿地哭,白天精神状态很好,也不闹人。每到半夜就开始哭,我们就吓得惊坐起来,抱着她也不管用,也不吃奶,挺瘆人的!

能想的招数都想了,也哄不住孩子,从不迷信的我们,就把枕头下边放上剪刀,床底下放上桃木。晚上睡前,周岗又用灶膛里的青灰在门口处拦上,嘴里念叨着西邻老奶教我们的那句话:"青灰拦门,拦鬼不拦人!"白天我又带孩子去医院、诊所去看腹泻,也都没有好办法,有的医生说是生理性腹泻,没事。就这样时好时坏,找不出原因,孩子一日不痊愈,我心里一日不平静。

有一次孩子等着吃药,我烧的开水用完了,就抱着女儿去后院倒点儿开水。公爹正从窑上拉那些没拉完的砖回来,奶奶心疼她儿子,看见我来倒水,又把气撒在了我身上。她骂着空气,说我在家快歇死了,公爹快累死了。我气得心口疼,手发抖,端着开水赶紧走,不理她,她才不关心孩子的病情,才不体谅我心里的焦虑呢!那段时间我觉得都快崩溃了,花那么大功夫也照顾不好,觉得咋这么难呢?没人指导帮助,养育孩子真是一半辛苦一半惊!

听人说前村顾庄有一位老中医,我就和周岗商量着去找他。老人七十多岁,斯文儒雅、风清骨峻又精神矍铄,老伴是个慈眉善目的老太太,说话柔声细语很好听。我先给老人提及女儿夜哭似有惊吓的情况,他仔细看了女儿的双手虎口和食指根部,轻轻掐揉几下就说回去慢慢就好了。又给老人讲述了女儿腹泻的病史,以及四处医治时的情况。因为孩子吃奶,老中医先给我开点儿药,又给孩子拿点儿西药,最后又开了一个药方,是两味中药:赤金三张,珍珠一个,让周岗进城找中药店买来。老人帮研磨好,叮嘱回去分三次服下,日服两次。服用后女儿的便便呈水块分离状,又带孩子去看了一次,老人这次开了虎白(可能老人说的是俗名)五分,分出一包夜晚覆在右脚心,剩余的分六顿服下,并配西药交替服用。这次吃完药后,女儿的便便头天发黄,稀糊状,第二天排出许多白色的黏液,第三天排出绿便。又带孩子去看说停药三日后再开。

那段日子我都踏破了老人家的门槛,手里没有现钱就欠账,老人看见我每次都是喜笑颜开,对我们娘儿俩非常关爱,让我感到特别亲切。后经过老人的精心调理后痊愈,以后的成长过程中特别皮实,体质很好。

多年来我一直感念老人家,大概是 2013 年,我去老人的村子里干水泥活儿,吃饭时听人讲起老人病了,我脑子里涌现的都是老人慈善的音容。饭后我找个破刷子刷一下身上溅脏的泥灰,去附近超市买上礼品,拎着就去看老人家。好多年没踏进这扇熟悉的大门了,老人还记得我吗?

我没有迟疑,推开大门后清一下嗓子喊道:"大爷、大娘!"

隔着窗棂就听见老人对老伴说:"她娘,你快出去接一下,卫红来了!"

就这一句话,我内心一阵温热,眼睛潮湿了!老人已经卧床,我坐下陪两位老人聊了好久,老人细数着过往,又问问我和孩子们的近况。临别,老人嘱大娘把我送到大门外。没曾想,三日后老人辞世!

我天生体质比较好,孩子满月后,就例假正常。1998 年的农历三月下旬,生理期的那几天过了还不来,我心里就害怕起来,从没有这样盼星星盼月亮地盼着它来过,心存侥幸地自我安抚着猫抓似的心焦:"孩子吃奶,奶水旺可能影响了生理期,甭急,不会的!提心吊胆地熬了半个月,还是没来!"我恨死自己了,特别憎恶他,怎么这么容易受孕呢?怎么这么没出息不争气呢?女儿才六个月咋办?无助地流起泪来!

因为家里有孩子,我害怕半夜孩子生病,我一个人作难,不敢让他去外地打工。打井这活儿也就开春一阵子,工钱也没个时候,干着也没劲。周岗知道我怀孕后,就没再出去。大姑姐离我家步行十几分钟就到,她是后院的常客,但我见得少。她家弟兄多,公婆年纪大,她来都是送孩子,让奶奶帮她照看着,或是拿来不穿的棉衣,让奶奶帮她拆洗。那时大姑姐是各个庙里的虔诚香客,成天骑个自行车和她要好的一个嫂子到处奔波,当时我是理解不了她的这种行为的。

一次大姑姐来,看见周岗在家没去干活,随口数落我们几句后走了,说我不让他出去挣钱了，不出去哪会有钱花。我啥都没说，孩子在吃着奶，她的小手已经会抓住我的衣服用劲儿了，嘴里吞咽着，眼睛忽闪着看我。我的目光一落到女儿身上就柔软起来，看着她吃奶时一脸幸福和满足的小模样儿，想着另一个小生命又来到了我的体内，很快女儿就吃不到这么甘甜的乳汁了，换奶粉女儿得几天不适应啊！想到这儿我心里又难过起来，女儿还太小，她不懂妈妈的烦恼。这时候身旁卧着的黑贝（我家的狗狗）正目不转睛地瞅着我，它那明亮的双眸水汪汪的，玻璃球一样的眼睛里，闪烁着友好关切的目光。

我嫁来后不久，一次院子里晒的咖色毛呢外套，还有一双旅游鞋晚上没收，被人偷走了。干爹就送给我们一只刚满月的小狼狗，浑身乌黑发亮，煞是可爱，我就给它起名黑贝。平日我下地、回娘家它都跟着。黑贝特有灵性，我说的话它都懂，特别是我伤心的时候，它就静静地卧到我身旁陪着我，我觉得它比周岗都懂我！

我心情好的时候，它是不来打扰我的，它今天看出来我难过了，就又匍匐在我的脚边。我的目光温柔地在女儿和黑贝身上游动着，回想着大姑姐那看似为我们好的话，像是夜晚挂在天上的那轮月亮，让人既没觉得冷，也感受不到热。抱着女儿，我还是忍不住眼泪噗簌簌掉落在她蹬动的小腿上。我比谁都想让周岗出去挣钱，去倒口开水还挨骂呢，人家有婆婆帮衬着照顾，孩子半夜有病啥的，我一个人咋办？从生下孩子，谁问过一句好歹？

大姑姐说话没考虑过我的感受，那口气还是嫌我没材料。这一年我家留了一亩西瓜地，还有二亩棉花。干爹家喂的老母猪过完年开圈，两位长辈顾念着我们，逮给一头小猪仔。干娘又教我如何喂养它，说等中秋前就可以卖掉也好有个零花钱。我还买了一些小鸭子，想着等来年让孩子吃鸭蛋。天天忙着顾这顾那，总觉得自己年轻体壮，年轻人总有一种永生不老之感，所以唯独没有想起关爱过自己！育瓜苗、棉花苗、打耙地等农活也出来了，周岗不出去，我俩也没有闲着的时候了。

怀孕后我和他提出去做掉，他说什么都不同意，说反正是得罚款，早晚都得生，干脆就要吧。我也考虑了，日子再难也指不上家人帮衬，出不去就在家养孩子吧！胎儿只要发育好就要，自己辛苦点儿，两个一起养大、一起玩、一起上学也好操心，俗话说羊多了好放，孩子多了好养！

当时在计划生育政策和重男轻女的思想影响下，有种畸形现象，就是胎儿到四个月时，随便到一个妇科诊所，都能检查出胎儿的性别。许多家庭里的孕期妇女，为了要男孩都去私人诊所做鉴定。我整日担心女儿早段时间腹泻，再吃不好奶水，势必影响她健康成长，成天心揪着，再加上妊娠期影响食欲，曾在娘家保持 120 斤的我，这时候怀着孩子只剩 103 斤，看起来皮包骨头。

那时候双月孕检，刚怀孕那月去孕检顺利过关。到第二次孕检时，已经四个月。

我那天穿上一件银灰色的板儿裤,这条裤子还是做姑娘时的裤子,裤型是上肥下瘦,又穿了一件白色带字母的文化 T 恤衫故意外扎腰,照照镜子显得干练。才四个月,不做 B 超是看不出来的。我就抱起女儿,这身打扮她们是不会想着我怀孕。那时候孕检不是每个人都查 B 超,就是检验员一看疑似怀孕时,才会做 B 超确认。轮到我时,我气色淡定,表情自然地一手抱着女儿,一手递上了孕检本,他们瞄了一眼女儿和我,就在孕检本上盖章通过了。

这年的棉花长势更是喜人,是父亲从省农科院买来的新品种 112。这种棉花好管理,结铃多,一颗棉花能长十几个果枝,每一个果枝上有七八个棉铃。村里一个喊大伯的种棉花的老行家,听人家说我家的棉花好,专门到我们地里去看。秋天棉花封顶掐过边尖之后,他又带人去数了数我们家棉花棵上的棉铃,大多都在 100 个到 110 个之间。他看完后竖起大拇指,跟村里人夸我,让我今年留点种子。这年的棉籽没有炸油,被种棉花的村民换走了,他们连续种了好多年。

西瓜因为疏于管理不是特别好,我怀着儿子下地干活。虽然催促周岗学着上手,他还是跟个孩子似的不上心。平常地里的农活我干得多,让他干点活儿,还不够我操心生气耍嘴皮,他天天用三轮车带着女儿,在树荫下凉快。一个女人在原来的性格上要比男人柔弱无能得多,但在有的情况下,却能够一下子变得强硬坚定起来,不但胜过男人,而且胜过世界上所有的一切。记不清在哪儿看过这句话了,但却是我当时真实状态的写照,我深深体会到了"女本柔弱,为母则刚"这句话的含义!

结婚前,周岗没人带,农事中的粗重活儿还行,有一点技术含量的活儿就不行了。他不会管理西瓜,更不会给棉花整枝打杈,打个药我反复叮嘱用药量还出差错。我手把手地教他,他不精心还光偷懒,我前脚走,他后脚就坐地头给人家喷空儿(方言闲聊),他天天嘻嘻哈哈地这么不争气,干活好像是应付我似的。我好气又好笑,搞不懂俺俩谁是谁的"周扒皮"了,让人无语!

公爹种的那四亩二分地是我们家最大的地块,被县城规划的未来路,也就是 106 国道绕道县城的路段,从地中穿过占用了九分地。导致这一地块一分为二,路东剩有一亩左右,路西剩有二亩多点。路东公爹种的是块玉米,路西种的是二亩多棉花。棉花长到大腿深的时候,有一天公爹到前院喊我说:"卫红,毛庄一中正在建新校区,包工头认识我。你爷在时,我在周口给他看过好几年工地。他见我说,想让去毛庄帮他看工地,一个月 300 块钱,也够我和你奶花的了。我准备去,吃住在那里就不能回来了,家里你奶有啥事,你俩多操点儿心。那二亩地的棉花,你和岗管理,收了卖钱用吧!"

我说:"好,奶奶不想做饭就和我们一起吃吧,想做就让周岗给她打好面,就我们自己,啥时候都是一瓢水,有我们吃的就不会饿着你和奶奶。你想种的时候随时可以种。"

公爹去了工地看场子,他十天半月地抽空回来看看。公爹这辈子没咋种过地,爷爷在世时,他不管家里事儿,常去周口看工地,看得出来他很喜欢这份工作,每次回来都很高兴。

西瓜成熟了,周岗没卖过东西,脸皮薄不敢去卖瓜。平常地里的农活我干得多,他依然天天用三轮车带着女儿,在树荫下凉快。卖瓜这件事就犯难了!我会卖,可是怀着儿子不敢拉西瓜车子,他有力气可不会卖。他就跟奶奶说,让她帮我们看着女儿,我俩一起趁中午去卖西瓜。下午卖完瓜回来,奶奶正看着女儿在村边的坑沿旁,有几棵大槐树,女儿正坐在树下的土堆上抓土玩呢!周岗老远就喊女儿的名字,女儿看见了我们,就张开双臂兴奋地扑打着。我一喊,她就哇的一声哭开了,奶奶就抱起女儿朝我们走来。我接过哭得涕泗横流的女儿,她挂满泪花的小脸立刻就笑了,我鼻子一酸心疼得想哭!

第二天吃过早饭后,女儿拉了一摊便便,我一看便便里有几个不太烂的槐树叶子,给女儿擦干净屁股,搂着女儿又哭了!我让周岗过来看了一下,之后说:"我在家看孩子,再不去卖西瓜了,你爱卖不卖。"我害怕女儿再有个好歹,求医看病的日子太难过了。他自己去卖了两趟,去时候一车子,回来的时候半车子,价钱也不太好,卖不了几个钱,也就不想去了。剩下的西瓜一下子吃到八月十五还有呢!

我嘴里懒得说,心里也疼。说轻了没用,说狠了打架。七月十五那天,我实在忍不住生气说他了,他不顾我怀着四个月的孩子,又没轻重地打了我,我拼尽气力和他打了一架。他说我天天把他使得没好时候,我生气他看不见活儿,说一遍两遍还不干。我俩的气都憋着呢,一触即发,长期积累的怨气像岩浆一样喷发出来。打了这一架之后,很长时间,我的心死了,再没有欢喜过!我的心再也经不起他那种不负责任的行为和态度带来的伤害。他心智一点都不成熟,我恨他,他不配做孩子的父亲!

周岗就像长不大的孩子,他多次向我道歉,有时候嬉皮笑脸地故意逗我,我也不放脸。我该干啥干啥,就是对他无语。我把对婚后生活的失望和怨气都化作了力量,凭着自己的年轻气盛支撑着,用繁重机械的体力劳动去透支身体,以此来发泄隐藏于内心最深处的压抑!

他故意对我知冷知热地搭讪着,但再也换不起我对他的感情了。从最初对他和他的家人心甘情愿地付出,到心灰意冷,是一个很痛苦的过程!他却不懂!屈指数来,到周家一年零九个月了,我整个人瘦得脱了形一样。跟之前像换一个人,到周家之后的压力太可怕了。

这一段日子我活得很困乏很无味,我的心里没有一日艳阳,生命如山般沉重,感觉身心被压得喘不过气来!我向往那种清闲的丽日;向往两心相知的爱情生活;渴盼有一个豁达而睿智的丈夫为我营造一方温馨,让我身心疲惫时能有个肩膀靠靠,可我这一生都不会拥有了!

　　我尝到了万般痛苦之后,心如止水。那么不服输的我,曾想到过死这个字眼,但我不会!人活着就是一个和各种困难抗争的过程,死是最容易的,也是一种最彻底的解脱,可这不是我酒卫红的性格啊!之前我曾在日记中写过:我的生命不仅仅属于我自己,只要阎王爷不来取我性命,谁都甭想让我死!对周岗我面无表情,内心再无波澜,再也泛不起半丝涟漪,满脑子就是干活和照顾我的孩子。

　　女儿腹泻好了之后,精神也好了。我有时候把她放在我的视线内,给她点小玩具,我手里干着活儿,每喊她一声,她就会报之一笑。怀着儿子两个多月时,奶水明显减少,我给女儿每天吃一个鸡蛋,买两块七毛钱一包的佳美饼干喂她,买我们县最有名的许家蛋糕,再配以豆粉之类的辅食。我跟周岗说,让他去给孩子买奶粉,他嫌贵怕花钱。我一听就来气了,就质问他为啥还要孩子,作为一个男人,自己就不觉得对不起孩子老婆吗?他闷声不语,最后拗不过我,进城去给女儿买来了龙丹奶粉。

不可理喻的周家奶奶

公爹走后,后院就剩奶奶一个人了,从不下地的奶奶,这时候总去地头站一站。那头老牛下的小牛犊还一直喂着,奶奶下地并不给小牛割草,我觉得她可能心里藏着话又张不开口说。

我和周岗去公爹给我们的那块棉花地里打药管理,奶奶看见时,总阴沉着脸,我看她这种态度,就不跟她多说话。棉花打顶的时候,有一天我听地邻婶子说,大姑姐来地里收拾了一晌午棉花。我回家问周岗见大姑姐没有,他说没见大姐,她咋下地干活不跟我们说一声就走了呢? 心里有点儿纳闷,后来也没听说她再来。

收棉花的季节到了,我家一共五亩多棉花,天天忙得饭都没吃安生过。一次晒棉花和奶奶走碰头,她又拉茬(方言也是指桑骂槐之意)人:"拦扒哩太多了,吃到肚皮外了还吃嘞!"我知道她看我摘的棉花多了,又在找碴,地里棉花等着摘,她说啥我装听不见,不理她。

我天天吃了早饭帮周岗晒上棉花,露水不干就下地,他在家看孩子,做饭、收干晒湿也挺忙。我下地拿两个大花包,上午摘的棉花,倒在包上晒着,中午也不回家吃饭,周岗骑着三轮车带着女儿给我把饭菜送来。逢阴雨天,我就把快开的棉花拽回家。邻居李奶经常帮我们抱孩子,晚上看电视的时候,她让周岗把我拽的棉花拾到她家,她手快帮我们剥好,我们两家没有院墙,跟一家一样。

干爹干娘看我太忙,就让焕妹(干娘的女儿)一放学帮我们抱孩子,让周岗去地里干活儿。星期天也让焕妹来帮我们照顾孩子,我俩去摘棉花。每天得用三个箔晒棉花,收干的棉花在屋里垛了一大垛。

有一天我在地里摘棉花, 周岗晒完棉花带着女儿在地头的杨树下跟一群人聊天。奶奶故意拿了一个拐杖来到了棉花地头,她平时不用拐杖,拖着大狼腔破口大骂:"娘了个 B,上俺家来弄啥嘞? 黑压压的门咋不上人家家! 你咋不一辈子在老家里给你哥你兄弟搁伙计……"

这时我才知道小姑子的骂法是她这里学的,口气何等相似! 她黑绷多日的脸,今天终于忍不住爆发了！

周岗一听他奶奶瞎胡啰(方言,就是辱骂人用最难听的语言),让人站不住,他生气了,跑过来吵他奶:"你再这样骂卫红,死我都不管你,你恁大岁数瞎胡啰！"

我当时就气得怼她:"你骂谁娶我来的,你家的孙女咋不留着老家里呢？"

地邻叔叔过来吵她:"三婶,你可不能这样,哪有你这样骂人的,你是傻了吧？"

后门的一个老奶听到也从树荫下站了起来, 过来拽着奶奶的胳膊吵她:"你傻了吧？哪有你这样骂孙子媳妇的。"然后把她拽走了。

周岗这次也气坏了,他平日很孝顺奶奶,前几天没钱给女儿买鸡蛋,他骑车带半袋子麸子去大许寨集会卖了给女儿买鸡蛋,走到韩店南地的斜路时,捡到了一卷子钱,数数十七块。因为奶奶平日眼睛不太舒服,他用这钱去卫生院给奶奶买了眼药。奶奶当时接过眼药很高兴,说:"俺孙孝顺,老天爷都帮俺孙。"这才几天转头就又骂人,真是不可理喻。

我气得擦干眼泪,骑着放在地头的自行车去酒庄找媒人去了。媒人是奶奶的娘家大侄子,和我同村,我喊大爷。大爷听我说完,当即就骑着自行车随我来到了周家,路上他说:"闺女你别生气,这事你别回娘家说,我去说我二姑(奶奶是他二姑)。我当年是感谢我姑父在我跟前好,那时候家里穷,我不好成媒,我姑父揣着肉方子托人给我说成的媒,为报恩把你说到二姑家。说实话,我知道二姑家不配你呀！恁大爷我说媒时没说实话,对不住你啊！"

这个大爷爱憎分明,论直理说实话,他也坦言了他当年说媒时的私心。平日在村里他说话一斧子俩厥儿(方言,说话掷地有声的意思),父亲信任他。

到家后我又把村干部和后院的堂叔叫来,我怕奶奶撒泼闹腾,让人家来听听。大家落座后,大爷说话了: "二姑,你几个儿子？"

"一个。"

"你几个孙子？"

"一个。"

"你不就这一条根吗？你说吧！今天为啥骂卫红？"

"我不让她种我的地,我也不让她给我养老,我给她拉钩扯直。"奶奶觉得她的亲人来了,说得不吞不结,理直气壮！

"你想让谁种你的地？你想让谁给你养老？"

奶奶脱口而出,说了大姑姐的名字！

我一听说话了:"好,可以！那就让村干部和你两边侄子们作证,把大姐叫来签字画押吧！不要说你的地,你后院的一草一木我都不要。你百年之后让他们来拆房子拉砖渣一点儿不能带剩的！地是村集体的,村干部该给谁给谁,不行到时再给我们另寻宅基地也可以(我们住的两间婚房不够一处宅基)。"

这时候,村干部开口说:"三大娘,你想错了,人能吃过天饭,不能说过天话。到时候你还得指望岗和卫红,你不信就走着瞧。"

大爷一听哈哈大笑,然后朗声说道:"卫红是咱酒庄的孩子,我从小看着长大的,闺女啥脾气我知道,口不口,口!有材料没有,有!你们一家都帮上也不如一个卫红,你说了不算,我看出来这孩子在家就能当家理事,才说到你家,这个家就得卫红说了算,谁给她气受也不行!这地岗和卫红只要愿意种,谁都靠边站!你想留就留路东那一点地就行,其余的地也不是你的,卫红来了,添了孩子不能让人家喝风吧?再说俺表弟(公爹)让卫红种嘞,你拦啥嘞!"

大家七嘴八舌地说奶奶,奶奶不吭声。我又给大爷说,平日见了奶奶,喊着奶奶她总不搭理,我要是不喊她吧,这让外人看见成个啥样子。大爷又说了奶奶:"孩子叫你奶奶是懂事,天天不叫你奶奶,你也干看。就是气你了,叫你你得答应,不答应就是你不对。娶到家的孙媳疼还疼不过来呢,啥时候也不能骂了。卫红有哪做得不好,你找我。"

经过多人说服之后,奶奶算是安生了。生活不易啊!顺境也好,逆境也好,人生就是一场与各种困难和烦恼无休无止的斗争,一场以寡敌众的战斗!

看透了人性，我依然单纯对你

这年的小猪卖了 300 块钱，棉花也卖了几千块钱。到了农闲时，哥哥用他的时风三轮车下乡收玉米，正好缺个帮手。我怀着儿子月份大了，躲计划生育在娘家住。周岗天天和哥一起去收购玉米，跑到扶沟卖掉，赚两地差价，周岗在哥哥的带领下也能给我们挣个零花钱。任何人都是为了自己的希望而活着的，他在我家没有了杂念，跟着哥哥天天早出晚归，也学会了吃苦受累。

我在娘家照顾着女儿，一个冬天过去，我怀着孩子体重到了 132 斤，增长到了我原本该有的体重。过了腊月二十我们回家了，我和周岗商量着花 3400 块买了一辆永盛三轮摩托车，焊了个车棚子，办了个牌照。我家离县城近，想着等孩子生了，少种点棉花不那么忙，趁农闲周岗可以去县城拉人，这样就不缺零花钱了。

奶奶想让大姑姐种地的想法，可能只是她一厢情愿，所以对大姑姐，我并没有过多的想法。秋后天气慢慢转凉时，母亲给女儿送来了棉衣。我天天摘棉花很忙，女儿没有冬天穿的猫头靴，村人逗孩子时提醒了我："仨姑呢，给她们要一双。"

农历十月初一，大姑姐来给婆婆烧纸钱。我不会跟人张嘴要东西，但厚着脸皮叫着大姑姐说："大姐，你是孩子大姑，都兴做靴鞋，咱家就这一个孩子，你也给俺做一双猫头靴吧！"

她说她不会做，等回去让她大姑姐给做一双，她大姑姐手巧得很。不多久，大姑姐送来一双猫头靴，做工很好。孩子穿在脚上时时提醒着我，要感念大姑姐对孩子的一份心意。

1999 年，儿子出生时，公爹在工地附近买了一大篮子鸡蛋，让大姑姐拎了回来。儿子长得很胖，这一次奶奶不说我奶水不发孩子了。满月那天我去了娘家，这边请满月，男孩讲究五大三粗住五天，女孩讲究四大白胖住四天。等我五天后回来时，家里已被计划生育人员洗劫一空，彩电也被搬走了，还让去交罚款 4800 块。

邻村游庄的支书和周家有点儿老亲戚，他说他帮忙给我们交，3800 块可以开票，周岗也就没多想，答应找他办。我们把存起来的那 1800 块钱取出来，又借了母亲 1000

块,还差 1000 块。干爹送来了 500 块,我没有收,因为我知道他们家四个孩子罚款很厉害,他们手里很紧巴。公爹从工地回来,把那只小牛犊牵到大许寨集会上卖了 500 块钱。那天晚上公爹没去工地,大姑姐也来了,公爹坐在西屋的床头对大姑姐说:"这个钱得给岗去交罚款。"

公爹添了这 500 块,还差 500 块,没法交咋办?第二天周岗就自告奋勇地说上大姑姐家去借。我说你跟她说:"咱秋后卖了棉花能还她。"

不一会儿周岗回来了,没借来。我问大姑姐咋说的,他可能有点儿生气,就实话实说:"大姐说,我不是不借给你,借给你了,你啥时候能还?"

我一听就劝他说,借钱这个事,咱不能生气,人家有人家的想法也正常,再想别的办法。第二天,周岗又去了大姑姐家,这次是因为周岗给二姑姐打电话说了罚款的事儿,二姑姐有 2000 块钱,在大姑姐那儿放着呢,让他去大姑姐家拿。结果大姑姐又没拿给他,说二姐的钱准备让她们将来盖房用呢。

周岗回来后,又用公用电话给二姑姐打过去了,二姑姐说她再跟大姑姐联系,让周岗去拿。并说她和小姑子听说我生了个男孩,发了工资后,她俩去邮局寄给了大姐 200 块钱,让大姑姐给我呢,去了一起拿回来。这次周岗去大姑姐家,借回了二姑姐的 500 块钱,也拿回来了那 200 块。

收完麦子,棉花苗期追肥该上碳酸氢铵了。周岗进城拉人的生意不好,跑三轮的很多,攒不到钱,刚够零花。家里连 100 块钱都没有,我带着两个孩子在村东地头的树荫下玩。

周岗光着膀子,一件上衣在肩上搭着,他说再去大姑姐家借一百看能借来不。我心里是不想让他去的,可能他也是想给自己找回点面子,他相信大姑姐会拿给他。当时和我一起坐着的还有村里的一个爷爷和一个奶奶,他们还打趣说:"就这一个娘家兄弟,去了一说一个准。"

没多久,他回来了,我没问他,看表情已经猜出结果了。热药冷药都是妙药,医不尽这遍地凉薄!他走到我身边坐下来,说没拿来,他眼神闪躲没看我,他的声音里有一种能拧出水来的酸楚,一听足以让你的眼睛湿润!

那个爷爷问他:"你姐怎么说?"

周岗说:"大姐说她家的钱存的是死期,取不了。"

我怕他心里不好受,就宽慰了他两句,然后抱着儿子去了村里开代销点的四爷家。四爷是医药公司的退休工人,有退休金。但听人说过一般人借不来他的钱,我抱着儿子迳了代销点,四爷说:"卫红,有啥事啊?"

"想借钱。"

"要多少?"

"一百。"

四爷随手拿给我说："卫红，你爷要活着，你不会这么作难，他会去给你借，以后有啥难处跟我说。"四爷一句话温暖得我哭了！

要学会永远宽恕一切，人要无数次地宽恕别人，因为世界上没有一个人是无罪的，没有一个人不需要宽恕，因此也就没有一个人有权利去惩罚或者纠正别人。我忽然想起了《复活》中的这句话，劝慰着自己要宽容一切，努力平复自己心里的一切怨气，想着大姑姐给我们找人做的那双猫头靴，念着她的好，给内心找着平衡点，不生气只是感到人情凉薄，心里有丝丝寒意罢了！

大姑姐自己可能知道自己做得不恰当，后来她见我，就旁敲侧击地讲她的邻居嫂子，说那嫂子借给娘家弟弟的钱，弟弟意外死了，弟媳带着孩子一直没还账。说她当时没借给我们钱，是受别人影响了。

我听后愕然，背脊发凉！

收玉米时，奶奶吃东西吃坏了肚子，周岗给她包点药，下地回来我天天给她打红糖糊涂。大姑姐家的儿子上学有时候来奶奶这儿吃饭，我让外甥带话给大姑姐，让她来帮奶奶做顿饭。

第二天大姑姐来了，我抱着孩子坐下来跟她随便聊几句农活儿。她又提起来说，我们借二姑姐的钱得还给她，我说："若是没给二姐说，用钱后还给你，给二姐说了我们就还给二姐。"

她接下来的话让我平静的心立即波涛汹涌，她说："卫红，你可别生气我不借给你们钱，你凭着俺多有钱嘞。不是我不借给恁，俺手里真没钱，俺姐（她大姑姐）养鸡拿走五千，俺哥（她大伯哥）买砖拿走五千……"

我听到这儿，脑袋嗡嗡作响，听不清她后面说的啥了，抱着孩子的手跟着哆嗦不停，心脏抖动了起来！

后院的婶子那天也在我家，婶子接过了孩子。我努力平复着心里翻江倒海般的怒潮，深吸一口气，缓缓吐出后说："大姐，你不借钱我能想通不生气，你口口声声恁哥恁姐我听着生气！你和周岗不是一个爹娘吧？大姐，你既然这样说，我今天就把话说到明处，我来周家快三年了，见了你每次都大姐大姐地叫着，你心里没一点儿触动吗？你扪心自问你应得起吗？知道什么是孝悌吗？你们没娘了，长女为母，你做到了吗？啥叫亲顾？你弟觉得你亲，才去你那里借钱，不亲不顾，吵着他也不去，五百块钱你怕弟死了没人还，一百块钱还怕吗？你拿给人家五千咋不怕？你们姐弟四人，你当着三姐妹的家，你不借钱我理解，二姐借给我们，你为啥拦着？你是要绝你弟弟的路啊！"

她听我说完，张口结舌哑口无言，捂着脸哭着找她弟弟去了。周岗那日在我家西邻帮忙，西邻的老奶过三周年，村里人都在。我看她哭着随后也跟出去了，她哭着见到弟弟。周岗看到她哭，竟不问青红皂白跑过来，把我打倒在地。

众人拉住了他，我双手抓着他前胸的衣服，随着站了起来，发了疯似的朝他身上厮打，姐弟俩简直欺人太甚！

"包括懦夫在内的任何人都可以发动战争，但要结束战争却要得到胜利者的同意！"我想起了这句话，再忍会被气死，谁劝我也不停手，只要我有一口气，我就要和他血拼到底！

他不敢打了，我把他身上的白衬衣都撕扯了下来。我一缕一缕撕着，每撕一下，我的心就离他远了一步；每撕一下，我的内心就增加了一分坚强！我只觉得喉头都是血腥味儿，肺都气炸了！

大姑姐看着他弟把我打倒，就跑出胡同，坐在西头大娘家的门口哭去了。大伯过去把她吵走了："你还哭嘞，看看你都弄嘞啥事！你赶紧走吧！"

这次打架，大伯大娘、干爹干娘都一直在我家。我声泪俱下，她婆家人都能用五千，我们连五百都借不来。她是老大，公爹托人花钱给她找工作，啥都紧着她。听公爹说她嫁人婆家没花钱办事，骑个自行车把她带走的，公爹又找师傅用槐木硬料给她做了全套家具补送给她。娘家再穷没有亏待她，离娘家近，孩子常送娘家来，有活儿了弟妹使谁谁去。可她为啥这样对娘家？吃里爬外也不该这样！

封建后宫女子也知道，自己的母族兴衰关乎着自己的荣辱呢，甚至不惜为了母族利益牺牲自己，她这是什么心态？只惦记着婆家荣光，恨不得娘家绝户？我真想不通，到底是一种什么思想指导着她？她薄娘家厚婆家来我面前谝啥？诚心来气我吗？她也真算是这世间奇葩！

周岗不问缘由是非不分动手就打，足见大姑姐是他的天！我回娘家没吭过声，是为了过日子，我包容他们不是在拉低底线，我不愿意动不动让娘家人为一点家庭矛盾出面，毁了娘家人宽厚仁德的形象。

不是吹牛，去打听一下我们酒家人哪一个不是能文善武，论打架，就当时我哥那身功夫，三个周岗也得趴下，周家人太不自知了！我早就想过自己能摆平就过，摆不平我走人，决不让我的父兄因我和烂人纠缠。

我把平日埋在心里的委屈全部倒了出来，儿子躺着我怀里吞咽着奶水，我流着眼泪望着两个孩子心如刀绞。儿呀！妈妈不该生下你们，是妈妈对不住你们，他不配做你们的父亲！我该怎么办？我走容易，以后谁会疼你们呢？我不能丢下你们！

大娘和干娘在我身旁一边一个地坐着，跟着我的哭诉擦着眼泪，劝慰着我，为了孩子先去里间休息。大伯和干爹在客厅数落着周岗，一直到大半夜。

我流着眼泪搂着孩子，不知道什么时候睡着了，当新一天的阳光透过窗前晃动的树叶，照射出满床的斑驳时，我醒了。

　　红肿的眼睛瞅着院子里的一切都有点模糊,他在厨房做饭。看着两个熟睡的孩子,日子得继续啊!儿子醒了就得吃奶,我下意识地用双手抱了一下自己,却因生气而影响了乳汁分泌……

　　我起来忍不住俯身去亲了亲我的孩子:我亲爱的宝贝,黑夜已过去,不管受到什么样的伤害,有你们在,妈妈就会跟着太阳一起重生!即使翅膀折了,我的心也要飞翔!

我家的黑贝

看过忠犬八公的故事,最后看到八公冬去春来,风雪无阻地准点到车站,凝望等候主人帕克的那个特写镜头时,我忍不住痛哭流涕!我家的黑贝当年是不是也和它一样,日夜翘首企盼北归的我啊!

干爹家的那只叫哈里的狗狗,1997年春天下了四个狗宝宝。周岗选了一个浑身乌黑的小母狗带了回来,我给它起名叫黑贝。黑贝成年后有六十多厘米高,身体外形美观,健壮又机敏,一条尾巴直顺地在身后拖着。它步态从容,站立时气定神闲,两只耳朵在头顶竖立着,通体油黑发亮,暗褐色的眼睛清澈透亮,放射出自信坚定的光芒。每次我骑着三轮车带着女儿回娘家,它就会不远不近地在前面给我带路。过了酒庄东头的兰河桥,它就飞也似的跑到母亲家去报道,母亲就知道我快到了。

秋天摘棉花时,它也跟着我卧在地头的花包旁。为了能够多干点儿活,我是分秒必争,往往在地两头分放着棉花包,中间再放一个包,省得摘满后跑来跑去地倒棉花耽误时间。

一天到晚我头都不抬地摘棉花,怀着儿子,棉花包把我的腰腹坠得酸痛,收工回家时得好一会儿直不起来腰。棉花地头有一点儿动静,黑贝就会警惕地跑去看看。

1998年的一天,我摘棉花又摘到天黑,周岗骑着三轮车带着女儿接我,回来时也没在意黑贝没有跟着我们。到家吃饭时,我喂黑贝,找不到它。我立刻站了起来,沿着村子的路大声呼唤它的名字,可怎么也不见它的踪影。当我喊着它的名字走到村后的柿子树下时,黑贝快速地向我奔来。我摸着它的脑袋,让它跟我回家,可它怎么都不愿意回去。它拦着我叫了两声,又转过头往回跑去,我就跟了上来。它带着我一口气跑到棉田里,一大包棉花在那儿呢!我立即明白是走时粗心落下了一包棉花,它在这看着棉花呢,可我背不动,黑贝就卧在那儿看着,我回家喊周岗才带了回来。

1999年夏天,周岗和邻村一个人发生了争执,那人很豪横,要打人。这时候一旁的黑贝跑过来,瞅准那人肩头搭的短袖上衣,一口给他衔了下来,然后就护在周岗前边,用无畏坚定的眼神盯着对方的举动,那人也就有所忌惮悻悻而去。

　　北漂期间,每次回来没进家门,黑贝最先听出我的脚步声,它就会激动而亲昵地冲出院子接我,走的时候它会送出好远好远,说着它才会一步三回头地回去。有一年回家,我没见它接出来,公爹说,一个大雪过后的日子,黑贝丢了,我听后止不住泪水,满脑子回放的都是它矫健的身影,它早已是我们家庭的一员,我亲爱的黑贝,那一日你究竟经历了什么?

邻里情

在周家最早的几年里，也曾有过许多温馨画面，记忆绘出了被时间模糊了的、亲切而又陌生的面孔。那时的我每天除了把家里顾好、地里干好之外，喜欢和邻居们玩儿。

"不要试图去填满生命的空白，因为音乐就来自那空白之处！"

踏实进取、积极向上永远是我生命中的主旋律。文武之道，一张一弛是我喜欢的劳作方式，生活之弦不会永远绷得那么紧，我在岁月里昂首前瞻的同时，诙谐顽皮时不时会奏成平淡生活的协奏曲。

那些美妙的、刺耳的、平缓的、尖锐的、活泼的、庄严的各种声调组成了乐曲的高潮和低谷。人生真正的意义也就是将生命的低音，推向高潮过程中奏响的一曲生命之歌。该快乐时不要悲伤，悲伤过后也要学会把快乐找回来。

不要总是抱怨生活中的曲折，那些平凡日子里的苦难和委屈是一个个灵动的音符，正是它们的跳动，流淌成了华彩的乐章。记得泰戈尔说过，只有流过血的手指，才能弹出世间的绝响！

生大女儿时送鸡蛋的那个邻婶，人朴实，却不认识字，她比我大一岁，却比我结婚早得多。她有空就天天来我家玩，九月秋收，她说领着我下地去拾秋，我从来没拾过秋。因为刚分家就三亩地棉花，邻婶说咱俩一起去拾豆吧，张庄地多，种豆子的也多，捡点大豆咱们做酱豆和豆糁吃。我说可以啊，心想就当跟着她出去散心吧，快生女儿了，都说多跑跑多运动，到生时要快一点儿。就跟周岗说一声，我拎了个化肥袋子，和邻婶一起跑了一上午，捡了大半袋子豆棵子。豆子不像小麦，人们收割之后都捡拾得干干净净的，很少落下。

我们跑得又渴又累，走到村北地的一棵大杨树下坐下来休息。这人啊，多大都容易焕发童心，特别两人在一起，一闪念就心里生出点儿念头来。我们坐着聊着，放眼一瞅远处有一块花生地，邻婶说："你坐着，我去给你薅两棵花生吃。"我不让她去，她像小孩一样硬着头皮去，刚薅掉一棵花生，花生地的北头，兰河堤上张庄的一个老太太，就扯着嗓子吆喝了起来！她一紧张，薅掉的那棵也没拿，吓得空手回来了。她回来后笑着后悔说:"人家一吆喝把我吓得,刚才拔掉那棵,应该拿回来的。"

我笑着说:"咱别摸人家的东西了,出来拾庄稼呢,让人看见了,以为咱出来偷庄稼呢,传出去不好听。我这挺个大肚子,叫人家看见更笑话了。"

她说:"你又没去,人家说我不说你,你不用怕。这不行太渴,我去给你薅萝卜。"

棉花地里春季育苗的地方,家家都喜欢种豆角,豆角秧拔了之后种萝卜。就近的这片萝卜地是我们近族的一个大伯的。邻婶说着就走到族伯地里拔萝卜,她准备拔两个,一看萝卜好就去拔第三个,刚拔出来,棉花地里突然钻出族伯来。邻婶尴尬得语无伦次,惊讶得脱口而出:"噫!你咋在?"

那大伯笑了笑没说啥,邻婶不好意思地说:"我是想给卫红薅两个萝卜。"

那族伯说:"没事多薅几个,给卫红回去做菜吃吧。"

婶子推说不要,够吃了。我在大杨树下听见了,脸都红了,不知该咋说了,埋怨婶子吧,她也是真对我好!站起来去感谢族伯吧,这种场面我觉得不光彩,咋也不能露面。

邻婶薅来的三个萝卜,她把萝卜皮剥成了卷儿,生吃了一个,剩下的两个非给我不可。我不要,觉得她被人家现场发现,脸上挺挂不住的,弄俩萝卜再给我,心里过意不去。可她执意跟我说:"我真的就是薅回来想给你的。"

多年后,族伯早已作古,没人再知道这件事,可每次提起来,我和那个邻婶都会笑出眼泪来!

小时候偷瓜摸枣的事,干得不多,就那么两三次,我都记录在前文里了。30多岁时,又把心里住着的那个,顽劣不驯的小女生放出来一次,领着我的堂弟媳们,在一个月黑风高的夜晚,心血来潮去顽皮。

我们村东北地和邻村刘化匠(村名)的土地接壤,北临兰河堤。河堤南岸有我们两村的许多坟墓,大家都想撺个好风水,便把死去的人都往那儿葬。因为在两村地界相邻处有一个古墓——顾佐墓,是我们太康的文物保护单位。古墓呈圆锥形,高9米,周长80米。墓前有两根3米高的石柱子,叫拴马桩。墓主人顾佐,明永乐右都御史,为人刚直不阿,晚年解甲归田,为太康人民办过许多好事,在民间流传有他的许多佳话。墓地被当地村民添油加醋,传讲得神乎其神,颇为灵异。我在《太康县志》上读过他爱民如子的故事,对他心生敬仰,每年清明时节都去拜谒。墓的周围年年被刘化匠的勤快人种上油菜,春回大地遍地菜花金黄,兰河堤杨柳依依,常引来游人到此。

刘化匠村是一个回民村,民风彪悍。回民村和汉民村发生械斗的话,回民会习惯性地号召整个民族参与战争,所以我们两村能相安无事,平日里少不得我村人受些委屈。刘化匠养羊的特别多,一到农闲的时候,他们都赶着羊群到我们村地里放羊。我们的村民畏怯回民,敢怒不敢言,庄稼常被糟蹋得不成样子,也不敢吭声。

有一年,我和堂弟媳们在地里栽油菜,我们育的油菜苗不够用了,集会上也没有卖油菜苗的,堂弟媳小敏对我说:"嫂子,顾坟(我们都称呼顾佐墓为顾坟)旁边有油菜,是刘化匠的人种的,油菜苗还特别稠,剔点儿回来栽,不影响他们明年产量,太稠不剔苗长不起来。"

当时还有另一堂弟媳小青、堂伯哥、一个同村的嫂子,大家七嘴八舌地议论着:

"他们成天在咱们地里放羊,就薅一把油菜苗能咋?况且那边是文物保护区域,也不是刘化匠的地,谁种自己也得剔苗子呢!"

最后约好当天晚上去顾坟旁薅点儿油菜苗。晚上人脚定,我们骑了个三轮车,嫂子H说她看着三轮车,在河堤上望风等着接我们。堂伯哥虽是男人却胆子小,小青则是最胆小的那个,白天说起来个个血脉偾张,这会儿一下河堤两边都是坟,都跟在我后面,我俨然成了大家的主心骨。

仗着身后有一群人,我傲视着夜幕中那一堆堆坟影,阔步向前。心里感觉有点儿可笑,此刻用狐假虎威形容我很贴切。初冬的夜很静,大地一片沉寂,我回头半开玩笑说:"一会儿薅着菜苗留意点儿,万一看见有人影来,我趴到顾坟堆上学鬼叫,料来人会犹豫不敢靠前,你们趁机赶紧撤!"

大家听我说完笑了,我说:"甭笑,这招行,得吓走他,要不逮住咱们还丢人呢!"

我这堂伯哥平时说话有结巴的毛病,他一紧张更结巴。手里的袋子快薅满时,堂伯哥开腔了:"有……有……有人……"

小青一紧张踩了袋子绊脚摔倒,我赶紧伸手拉她起来,她竟腿软走不动了,"哇"的一声哭开了,说:"嫂子,我害怕……"

堂伯哥见她哭,一急,憋在嘴里的后半截话才吐出来:"有人……在河堤……河堤上吸烟,我……我……看见火了!"

我哈哈大笑:"还没趴坟上学鬼叫呢,就吓瘫了,撤吧!"

小青也破涕为笑了:"都怨咱哥,说话一惊一乍把我吓得腿软了!"

等我们拎着半袋子油菜苗上河堤,嫂子早骑着三轮车没了踪影,我们顺着河堤走到二环路上,灯光中看见她靠边在三轮上坐着呢!她说她在河堤上,一想河堤下面的地里都是坟,心里就害怕,风吹草动惊得头发梢子都竖起来了,吓得骑着三轮跑到大马路上等我们呢!

回忆起这段往事时,虽然承认自己这次率众夜行有点儿不光彩,跟喜欢磊落的我的一贯作风有点儿背道而驰,但是那夜、那景、那情却是那么真切地存在过,如今竟成了最美好的回忆!

寒灯思旧事,愈远愈清晰!这一段远隔山海的回忆,却让我快乐而心安,是因为故乡的宽厚和包容吧!又是一年秋凉,北风又将南下浩荡,能不能吹来家乡人的思念呢?

农村的孩子是吃百家饭长大的,养大我的孩子们,我得感谢我们整条胡同的乡亲!

大伯家门前的空地,是我们这整条胡同的饭场子。大伯曾是建筑工地的大师傅,他水泥活儿干得好,为方便大家,他在饭场一个方便的位置用水泥预制了一个大台面,大家放碗方便多了。

每天一到饭点,人们一手端着盛汤的头号搪瓷碗,一手端着菜盆子里摞着的发面卷子,陆陆续续地就赶到了饭场。各自找到自己认为最舒适的地方蹲下来,或是脱掉一只鞋子垫着屁股坐下来,便开始馍一口、菜一口有滋有味地吃了起来。村里就近发生的新鲜事儿,热播的电视剧……都能成为饭场里众人津津乐道的今日头条。

这条胡同当时就我家俩孩子,大家自然对他们疼爱照顾,谁家做点儿改样的饭菜,宁愿自己少吃两口,也要先给孩子夹过来点儿。我喜欢赶在饭点前,在家先把孩子的饭食喂好,然后周岗带女儿,我抱着儿子也来串饭场,到饭场这个喊那个叫的,还能饶半碗糊涂。大娘总是说:"小孩就这样,同样的饭菜人家的香,俗话说大锅里糊涂,小锅里面条,俺家的锅里不下南瓜就下红薯,打糊涂火候滚到劲儿了,比你家着急忙慌打那两碗糊涂好喝。"

女儿习惯了大娘端碗喊她,看见大娘就叫不走,大娘每天都给孩子留着一碗糊涂,把俩孩子再喂一遍。大伯地里活儿不紧时,推了饭碗就会从我手里接过儿子,让我回家洗刷去,他抱着孩子出去溜一圈。冬天的时候,大伯会把儿子揣在他的绿大衣里,站在村东头的人场里跟人聊天。

前文提到的胡同里的王奶,也是我们的近族,她家的爷爷小名叫吽(方言,音 ou,牛的俗称)。老辈人起名专挑皮实的喊,粪叉、八斗、箩斗、锤、夯等都有叫的,邻村还有叫狼、豺、虎、豹的,说什么赖名好养活,到了上学的年龄,再按字辈起个文绉绉的学名就行了。全胡同就我不知深浅地喊他吽爷,因为我嫁来时,周岗跟我说起他时,私下里这么喊过。我第一次就这么喊出来了以后,就没再改口,他每次也都眉开眼笑地答应着。饭场里奶奶辈多,为了区分吽爷家的奶奶,顺理成章我就叫吽奶奶。有了孩子之后,吽奶奶喜欢敞开大门喊我去她家玩,他们家的孩子都比我小十来岁,但辈分大,喜欢逗着抱一抱我家孩子。

吽爷最喜欢去兰河逮鱼,回来吽奶奶择洗干净,放盐淹一会儿,拌上面粉,小锅里淋上棉油,便开始炕鱼。鱼炕得两面焦黄时,吽奶奶就招呼我们吃。任凭她咋说,那时的我不吃别人的东西,但给孩子吃。吽爷就吵:"这个卫红,咋恁作假呢!咱们门势不远哪,我和你爷爷一个曾祖。"

吽奶奶更是嗔怪声里夹着疼爱:"快点儿吃,你爷爷成天价逮鱼,吃不完,你和孩子吃点儿,再拿去点儿给岗吃。"

在他们眼里,我能感受到他们发自内心的疼爱。吽奶奶喜欢喊我小卫红,喊起我的名字时,那声音听起来有蘸了蜜糖水的甜柔。有一次吽奶奶半开玩笑地对我说:

"刚开始你来的日子浅,你喊吽爷怕旋着你不敢说,现在熟了啥话都敢说了,却听你喊习惯了,也怪顺耳嘞,你爷爷这个'吽'字避讳着呢!咱们一胡同人哄孩子没人敢拍着孩子,口里哼唱着'吽、吽、吽'(我们这边哄孩子爱拍着这么哼唱),知道你爷爷为啥叫这个小名吗?蹩起来跟个吽一样,你不知道咱们周家人可是大蹩子小蹩子一群蹩子,大家都喊他大名带着称呼叫,咱庄就你敢这么喊他小名带称呼,别人喊他小名他瞪眼,就你叫他没烦,恁爷怪给你面子嘞!"

她这么一说,我细想还真没发现有人这么叫他。一个人受宠时,可能会有点儿不识抬举。我是晚辈有时候又不喜欢循规蹈矩,有时候在长辈们面前没大没小。

一次傍晚时分,吽爷拉了一大车棉花棵去饭场西边的杨树林晾晒,棉棵上面坠满了棉铃,车子很重很重,我让孩子趴在石墩上,自己去帮他推车子。这时干爹也过来帮他推,埋怨他说:"大啊(方言叔的意思),你就不会少拉点儿,过了今儿还有明儿呢!"

我气喘吁吁张口来一句:"老牛自知夕阳晚,不用扬鞭自奋蹄!"

树林里在场的人都笑了,吽爷擦着汗水哈哈大笑:"唉!这个小卫红啊!"

二十多年过去了,吽奶奶已作古,吽爷爷也被常年在深圳工作的儿子接走了,家里人去楼空。饭场子上也被堂伯哥盖起了两层小楼,物换星移几度秋!如今家家楼院深深,朱门重锁。胡同幽幽,人空空!念去去,那些温馨的场面已成了越来越久远的记忆,悲欢离合总无情,一任阶前、点滴到天明!

儿女是我前行的动力

1999 年夏天,因为雨水大,前期地里的草除不下去,我整天钻在棉花垄里草也薅不净,天天去薅草,身上的汗不干,湿热捂出了一身痱子,奇痒难忍。村北的两块地都有横(方言,音 hong,就是被黄水冲成的洼地),汛期多日连阴雨,横里的庄稼都被淹了,棉花地里的水齐腰深,今年是没有收成了。秋天水还没下去,大家都拿着筐子去捞鱼,田里那种草生鱼成群结队。村北的路是通往县城的唯一通道,出村下地就得蹚大腿深的水。周岗的三轮也出不去,车也跑不成了,我俩就一人抱一个孩子,整日在家。

2000 年春,我们只种了三亩棉花,公爹也赋闲在家了,其余地里种的是玉米。儿子出生后太忙,我不想让孩子太受委屈,让周岗去跑三轮,我在家多照顾孩子们。带着娃又养了 50 只鹅,养了一头猪。鹅是草食性家禽,周岗跑车回来,走毛庄那边的菜园里捡拾人家扔掉的老菜叶。回来后我把那老菜叶切碎,拌上麸皮或者玉米糁来喂鹅。我带着娃经常赶着鹅群去村西的坑塘和树林里放养。看着娃儿们和鹅一起,一天一个样地长大,我就觉得浑身有使不完的劲儿,所有的辛苦都不值一提。到了九月底,卖了猪,单价两块六,188 斤。鹅也是成品鹅了,有一半母鹅,一半公鹅,公鹅准备趁价格好时卖掉,母鹅留着产蛋后再卖。

我给大女儿起名“子颖”,“子”寓意美好,在古文中有对人尊称之意,其本意是婴儿,引申指儿女,“颖”是颖悟,有聪慧之意。给儿子起名“培哲”,按周氏族谱,儿子是“培”字辈,男孩取“哲”字为名,是根据其释义“智慧卓越,或有卓越智慧的人”,喜欢这个字的释义,就定作了孩子的名字。颖儿一岁零五个月才会走路,也就是哲儿满月后,我一直觉得因弟弟的到来,委屈了姐姐,所以平日给颖儿做饭食,我会特别用心。怕买的食品不卫生或是添加剂太多,从不怕麻烦,总要亲手给她做各种饭食和小点心。颖儿在我们的悉心照料下,体质越来越好,两岁之后就极少生病。颖儿两岁时,开始简单地说些句子,我下地回来,她就赶紧搬着小板凳放在我面前拍着说:“妈妈,坐板板!”颖儿自幼乖巧,性情温和,从会说话起就喊哲儿“小弟”,从小学到高中,他俩都在同一学校,长大后也没改口,还是习惯喊“小弟”。

　　哲儿的悟性高,八个月时,我让奶奶帮忙照看一会儿,奶奶就让哲儿趴在一个笸斗里,她在院子里看着他。哲儿就磨动着笸斗,跟着笸斗移动着去他想去的地方。奶奶看到这些笑得脸上乐开了花, 对周岗说:"这孩子心里透气儿 (方言就是机灵聪明的意思),恁姊妹几个小时候可没培哲能!"

　　从这以后,奶奶见了孩子不像以前那样阴沉着脸了。我教着颖儿已会"老奶、老奶"地叫她了,有好吃的我就教孩子拿着去送给他们。奶奶越发喜欢他们姐弟俩,他们开始亲近孩子,但因平日没抱过,孩子不愿跟他们亲近。周岗在家忙完,一般都进城跑车。哲儿一岁零四个月断奶,我下地时就让公爹照看他。三岁的颖儿却不愿跟着爷爷,她撵着我下地,可雨水大,我不放心她在地头玩。暑假时,高考后的二弟来我家玩,他看我太忙,就把颖儿接走了,弟说酒庄家里人多,都可以帮我照顾颖儿。颖儿走后,我太想念她,半个月后我带着哲儿去接她回来,嫂子让十岁的侄女跟着我一起来,帮我照看颖儿。侄女有眼色有材料,她来给我做帮手,我感到轻松多了。

宝贝，对不起

　　那时的河南农村，多数人还是受多子多福的思想影响，特别是我们这样三代单传的家庭，还是接受不了绝育手术的。生活在农村这个圈子，有儿子的人家笑话没儿子的是绝户，儿子多的看不起单传的，那种压力只有体味过才知道。所以农村的计划生育工作复杂难搞，讲政策做思想工作收效甚微。当时生二胎是违反计划生育政策的，只要交罚款，在农村普遍采取默认态度。

　　生儿子时，我们村委会班子处于瘫痪状态。地方上两股势力明争暗斗，你告我，我啃你，像翻烧饼一样此起彼伏，谁得势谁就狠整谁一把。村里工作没人管，计划生育工作也是睁一只眼闭一只眼。放环、结扎卡得不严，都生了二胎，个别三胎也有，有钱的罚着生，没钱的跑着生。多数是家徒四壁，没值钱的东西，也就死猪不怕开水烫，你罚你的，我生我的，无视计划生育政策。

　　生下儿子后，我的身体恢复得很好，年轻真好啊！虽然劳作辛苦，但气色好，体质也好。虽少不更事，有时容易冲动，但也容易忘记那些不该记住的事情。真正的生活不是剧本，是冒着烟火气的。人啊！哪怕心灵伤痕累累，还是会努力为生存和发展而挣扎的。

　　我在儿子一岁三个月时再次怀孕，这段时间，周岗学会了吃苦担当。生活总是不尽如人意，但往往是在无数痛苦中，在重重矛盾和艰难中使人成熟起来！他早出晚归，尽量不让我下地干活。进城回来给我们带好吃的，他总是乐呵呵地看着让我们吃，自己舍不得吃。他说他要努力，让我们想吃啥就有啥，我也慢慢原谅了他曾经的一切过错，放下了心头一次次对他的怨恨。对生活我又充满了憧憬，希望他能成长为一个男人该有的样子。看着一双儿女，决不能轻言放弃。"君当作磐石，妾当作蒲苇。蒲苇韧如丝，磐石无转移。"我是多么喜欢这种情真意笃、忠贞不渝的爱情啊！既然当初选择了彼此，再苦再难也要义无反顾地走下去！

　　怀孕三个多月时，B超检查是个女孩，我说做掉吧！他有些不舍，他是个非常喜欢孩子的人。农历八月初，我思前想后，决定去县城一家诊所服药终止妊娠。

　　提到那次流产，至今想起来还是痛苦不已。那晚我左手端着开水，右手捏着白色的小药片,真不想往嘴里放,闭上眼睛,狠下心把药片填进嘴里,我的心在剧烈抽搐着疼,泪水顺着脸颊流了下来。那个历经了六道轮回之苦后,向我奔赴而来的可怜的生命,被我自己亲手扼杀了!

虎毒不食子,痛恨自己作孽!我找不到原谅自己的理由,任痛苦吞噬我那颗疼得仿佛失去了知觉的心!那个年代,作孽的又岂止我一人呢?那是一个时代的悲哀啊!多少孩子没来得及到人间走一遭,便被扼杀在母亲的子宫里,还有多少人一生下来就被送养和丢弃,我曾跟着人群去兰河堤上,见过多次被人丢弃的婴儿,心疼得不忍直视!

如今不生儿子不罢休的时代一去不复返了,那些痛楚和无奈再不会重演,计划生育也成了一个时代的烙印和记忆。那些年,人为干预而带来的许多社会问题已凸显出来。如今男女比例严重失调,娶媳妇难,离婚率高,生活压力大,年轻人不愿意结婚生子等问题接踵而来……遵循道法自然,才能生生不息!

周岗不跑车了,在家照顾我和两个孩子,他知道我看见农活就急,就叮嘱我不要再去想着地里。他忙了地里忙家里,棉花被人偷了几次,公爹还是喜欢睡懒觉。周岗不再顺从公爹和奶奶,已经是个很大的提升了。公爹看不见活儿,周岗再忙也不会去说一句,自己能干多少干多少。我看得出来,沉默是周岗表达不满的一种方式,但他并没有把自己的不良情绪带到我面前,只劝我安心休养。

他慢慢学会操心了,精心做着一日三餐,照顾我和孩子们,像过大月子时一样认认真真地服侍了我四十二天,看得出来,他是真心实意地体贴和关心我。

也许这就是生活中的点滴和平淡,让我又感受到了婚姻的幸福,感受到了他对我的珍视,让我一度被他伤透的心,完全复苏了过来!

我觉得,婚姻生活里的爱恨是交织的,不是两个人好一阵或者打一架就能说得清楚对与错的。夫妻感情是两人为了实现共同目标,在携手风雨的一路相互扶持中,在长期的共同劳动中经营并建立起的以爱情为基础,以儿女为纽带,掺和着亲情的一种坚不可摧的情感。

每天数着日子,盼着孩子长大,我除了下地也就是抽空走亲戚。周岗每次都是骑着三轮车,带着我们娘儿仨,沿着兰河堤行驶。时不时来几句豫剧唱词,东一榔头西一斧子也不成段儿。他也会挑几句流行歌曲唱几嗓子,也是跑得找不着调儿。

每次走亲戚,他比我都慌,一到酒庄就像换了个人,有时我故意说他:"你咋慌,是你走娘家,还是我走娘家?"

他就笑着说:"酒庄得多忙,我怕你去了下地,我去了能帮着干活。"

他一看地里活儿踢蹬(方言干农活)一遍了,就知道我该去走亲戚了。晚上他跑三轮回来,就会买一袋水果、许家蛋糕之类,想着酒庄的老小。他说自己节俭点儿也不能空手,啥时候去,他都能感受到弟弟们对他很亲,哥哥家的孩子们都慌得不得了,"大姑""姑父"地喊着,都多亲啊!

正因为在他这些看似平常的行动和言语中,我看到了他品质里朴实、厚道的一面,只不过是在成长过程中沾染了太多的污迹,所以我原谅了他多次的无知和粗暴,轻易不再说离婚两个字。

二弟读高中时,暑假会来帮我一起下地打棉花杈子,二弟很懂事,平日跟我很亲近。我也就把自己婚后的烦恼说与他听,二弟就劝慰我说:"姐,能看出来俺岗哥本质不坏,是他在家庭太缺失爱,愈是这样,你愈要去接受他、包容他,咱家人要多关爱他,他会越来越好的,将来不会差的!"

农忙时周岗也常去酒庄帮忙,与哥嫂和睦互助。博学的父亲对他宽厚慈爱,耐心指教,他对父亲也敬重有加。二弟、三弟假期和他一起干活,关系相处得很亲密。

子颖和培哲这两个孩子比起别人家的孩子省心,可能是因为没有奶奶疼爱的缘故,特别是别人帮我照顾他们时,他们一点儿都不闹人,更听话懂事。也只有在我面前时,他们才会撒娇淘气,让我心里倍生爱怜。

一岁半的哲儿淘气多些,他喜欢收鸡蛋,一听见鸡下窝,他就搬个板凳去收鸡蛋,喊着也不听。一次我吵了他,他生气了,哭着跑出门往西走了,他爷在后院叫他,他也不回头,径自往西要去大娘家,我追上他,把他抱了回来。他委屈得很,哭个不停,大娘听到哭声,来我家了,他立即止住哭声,脸上挂着泪花,给大娘搬了个板凳,大娘坐下来搂着哲儿说:"一岁多的小人儿,心里咋恁懂事呢,真叫人疼!"

孩子心里亲疏分得很清,他不懂血缘关系,谁平日恩养多,他跟谁亲。他在我这里受委屈时,没找过奶奶和公爹,总是去找大娘和焕妹妹。平心而论,我的亲邻们对我这俩孩子都视同己出,那份恩情是我和孩子们都会永远铭记的。

没有灯的路，我也不怕黑

　　这两年的汛期雨水多，横里齐腰深的棉花地又被雨水灌了顶，棉铃和花蕾慢慢泛黄凋零。立秋后雨水下去，干巴巴的棉棵上星星绿绿地发了些嫩芽，又是一个歉收年。

　　由于连续两年雨水的浸泡，我家后院被奶奶当作厨房的老东屋，被岁月的风霜腐蚀得少角没皮的土坯墙，终于驮不住数十年来的重负，在一个风雨交加的夜晚轰然倒塌！

　　公爹就喊周岗把烧的红砖拉过去，趁着堂屋的东山和房子东头的空地，用两天时间垒起来一间厨房，又把老东屋塌落时没摔烂的小瓦砑上，公爹支建上锅灶，他和奶奶才把炊具挪进了新厨房。

　　你方唱罢我登场，1999 年，村委会领导班子换了人，光听说这两年受灾严重，要减免提留款，可也没少交。2000 年，村干部也来家里登记了塌陷房屋的间数，说要报上去，会有救灾款，结果再无消息。

　　2000 年的夏粮收缴任务大增，上级惠及三农的政策得不到贯彻落实，基层干部欺上瞒下，私下里民愤沸腾，但敢怒不敢言。征缴公粮的收据上写着三款麦季一次清，然而到了秋季出尔反尔，像割韭菜一样一茬又一茬地开始了。他们不管农民是否能承受，也不考虑农民的人均收入是多少，不顾民生于水火，乱收费、乱罚款、乱集资、乱摊派，奢靡腐败歪风邪气横行，基层干部一手遮天肆意搜刮。

　　2000 年 10 月 8 日，我日记里清楚地记着这个日子，乡里组织了几十个人的工作队到我们村，演绎了一出打砸抢的恶剧。

　　饭前我正在院子里抱着孩子，数十人黑压压地把我们的小院都站满了。说我们还欠部分提留款，我抱着孩子跟他们说，村委会新上任的干部催缴公粮时说了，三款已在公粮款里两清。

　　我问他们："我家现在还欠什么款？三提五统总数不能超过人均年收入的 5%，再说今年秋作物淹死了二亩多的棉花，新闻都说了，咱们这是灾区，我家两间东屋因雨水大倒塌，村干部也统计了，说是有救助款，每间房三百，到如今也没见一分钱呢。"

　　我向他们提出了减免款项要求，要他们公示征收的具体款项，兑现催缴夏粮时的许诺。他们二话不说不再提三款的事,转而恐吓我,说要查我们的计划生育。我走到写字台前拉开抽屉找票据,他们就盯着我拉开的抽屉,我存放的一沓稿件采用通知单,还有当年一家杂志社的特约学员记者证被他们看见抓了出来。

我一看他们乱抓乱挠就说:"你们不能乱动我的东西!"

他们中有人起哄嘲笑说:"这还不是个一般人嘞,怪不得她敢辩理,不怕她不服,收拾她!"

"你们到底来我家干什么?没有搜查证不要乱动我的东西!"听那人这么说,我也急了。

他们不像是公职人员,倒像是社会上的痞子,有个人油腔滑调地嬉笑道:"这嘴巴还怪厉害,还挺有脾气!"

我把计划生育清单的复印件拿出来交给了他们,因为我曾听说过有清单被撕掉又罚款的先例,所以清单开回来我就复印了几份预备着。他们接过清单复印件看了看,说是假的,要加倍罚我们,说完扬长而去。

吃过午饭,他们又来了,全体人马出动,由乡干部李某、姜某带队。到我家问我愿意交钱不,我说我不清楚交的啥钱,我不交。带队的就指令四个女干部上来夺我手中的孩子,三岁的颖儿站在我身旁,吓得哇哇大哭。我一手抱着哲儿,一手牵着颖儿,他们上来七手八脚地夺我手里的孩子,孩子被他们夺去,儿子性子烈,哭喊着伸手找我,并用脚踢蹬着想挣脱他们,孩子身子朝着我扑的过程中一下子头朝下倒去了,一只脚被他们掂着,险些掉到地上。我看此情景心如刀割,大声质问他们:"你们是人吗?你们有没有孩子?你们还有点儿人性没有?"

他们齐下手连打带抬地把我弄出了院子,出了院子,我看见村里的会计站在胡同口。有一辆面包车就停在我家的房后,奶奶和公爹在后院吓得不敢出屋门。这时候,胡同东头来了15岁的三弟,他骑自行车来给孩子送母亲做的棉衣。一进胡同看到我被人推搡着打,远远地大喊了一声:"你们为啥打我姐?"

三弟15岁,已长到一米七往上,看着像十七八岁的样子。工作队的人听见弟弟的质问就大声喊:"带走他,送派出所!"

话音一落,这群人如狼似虎连推带打地涌向了弟弟。弟弟的鼻子被打流血了,他们扭拽着我,我急得对着村会计大喊一声:"叔,你是村干部,我弟今年才15岁是未成年人,他的安全今天交给你了,出啥事你负全部的法律责任!"

那个会计叔听我这么一喊,就赶紧上前护住了弟弟,弟弟拼命地搂着他。那帮乌合之众拽着弟弟的头发朝弟弟背部臀部打着,会计喊着不准打人,但制止不住。在胡同内推打了100多米,到了昌河车旁,说带回所里去。

我对弟弟说:"你别怕,咱们一起去派出所。"

我们姐弟俩像犯人一样被他们推搡在车中,会计也跟着我们上了车,中途会计说,让我带弟弟先去医院看看,说弟弟是个孩子,他们太过分了。司机不停车,会计的鞋子也在扯打中不知被谁踩掉了,袜子上滴上了弟弟的鼻血,衣袖上也是鼻血。

到了派出所,所长问会计咋回事,会计指着弟弟说:"他看见'工作队'的人打他姐了,吆喝了一句就被工作队围打了,他还小,先去医院看看吧!"

话没说完,便受到了所长的呵斥:"你是干部,咋么么说话?你跟他是亲的不是?"

会计说:"我们不亲,但也不远,我说的都是事实。"

之后所长不容他再说话,就派车把他送走了。

事后,村民告诉我那天我走后的情形,书记接到出事的电话后火速赶到,在他们家的小屋里,把打人者叫来问:"都谁打了?"

一个黄头发白脸的人说:"我打了。"

还有几个人也过来说他们也打了,书记盯住他们说:"记住,不准承认打人,谁带队谁负责!"

周岗在地里干活,有人跑去告诉他后,他回来冲进四爷的小卖部,抓起公用电话要打给表叔,表叔是奶奶的娘家小侄子,和我娘家同村,北大法律系毕业的,当时在中纪委工作。电话还没有拨通,便被工作组的那些人夺去了,把周岗推拉到了一旁,派人盯着不许周岗打电话。周岗挂念我们,就骑着车子赶到了派出所。

在派出所内,我小声问弟弟伤着哪儿了?弟弟说没事,主要是吓坏了,鼻子被他们打流血了,别的没觉得不舒服。指导员贾某开始劝说我和弟弟回家,我说:"朗朗乾坤,青天白日,他们假公济私,公然无故打人,无法无天,如此胆大妄为,不还是因为有你们给他们保驾护航!打我和弟弟,夺我孩子,任意摧残伤害未成年人的身心健康,天理何在?是谁给他们随便打人的权力?你们公安机关不是秉公执法的吗?我强烈要求你们依据《未成年人保护法》的规定维护我弟弟及儿子的合法权益不受侵害。"

我心里生气说完又连着质问他们:"我们到底犯了哪条法?为什么动不动就拳脚相加?为什么打了我们再送我们上派出所?我看你怎么给他们圆说!"

贾某跟拉家常似的扯闲话,说他也是农民的儿子,深知农民的苦。他说着好听的话哄劝我先回去,有啥事明天慢慢解决。这时候公爹骑着三轮车带着孩子也来了,俩孩子看见我就扑了过来,想着无辜的孩子受此惊吓,心里万分难过。想着弟弟还要回去上学,孩子晚上也离不开我,贾某又趁机劝我回去,我就带着弟弟和孩子回去了。

第二天早上,我领着两个孩子去邻村的支书家找工作组的带队干部。几十个人已聚集在支书门前,他们看见我带两个孩子过来,又提计划生育来恐吓我,我本来就窝着火,一听就说:"你们今天还有什么伎俩?尽管用!我不是吓大的,你们今天还要送我去派出所吗?昨天谁带的队,谁打的人,打人时那么人物,今天别装怂,报上名来!"

那些愣头青不吭声了,我又接着说:"前天我看周口新闻的一则消息,说太康县政府组织 30 多人的工作组,下乡宣传政策法规,服务群众普及法律知识,为什么咱们乡的工作组个个衣冠禽兽?有利于农民的政策被你们当成了'禁书',别说宣传了,你们怕群众知道了觉醒呢!你们吃着国家俸禄,鱼肉百姓横征暴敛,自己掰着手指头往上数一数,自己的父辈祖辈不是农民吗?你们这帮贪官污吏巧借上级明目乱搭船,层层加码敛财,动用黑恶势力,向农民下黑手令人发指!高层三令五申下发文件、通知制止你们这种违法违纪行为,你们置若罔闻!年年都有因乱摊派被打死逼死的农民,此类恶性案件时有通报。今天我倒要看看你们在村支书家的大院前,怎么能将我们娘儿仨在光天化日之下灭口!"

我想着昨天的一幕越想越气愤,他们开始有两人搭腔,我就狠怼他俩一顿,再没人吱声了。村支书出来劝我先回去,我说:"民不畏死,奈何以死惧之!昨天的事你敢说谁是幕后主谋?谁在作威作福狐假虎威?不要觉得我傻糊弄我,你们事后出来活稀泥,这一套在我面前不管用。你们不要觉得周家父子老实好欺负,我酒卫红既然在周家生儿育女了,我就不会让孩子们再屈辱地长大!没有金刚钻儿,我就不揽这瓷器活儿,告诉你,我酒卫红是个宁肯站着死,不会跪着生的人!"

下午,我让周岗看着孩子,满怀激愤地洋洋洒洒写了五六页的反映材料。晚上我找知情人提供证词,全村 30 多户人家都愿意签名作证,许多人出证言证实了他们打人的丑恶行径。

我让周岗在家看孩子,我去县政府监察局、纠风办公室等相关部门反映了他们工作粗暴违法的情况。督察部门懒政不作为,打太极、踢皮球。有人给我指路去找当时的县委书记,他说他本来是拦访的,看见我写的材料后很同情我,他告诉我书记家的具体位置,告诉我什么时间、什么地点能找到他,说那几天书记正在南方一个城市学习,让我过几天去找他。

我回到家里时,父亲和哥哥因挂念我来了我家,父亲知道我咽不下这口气,知女莫若父啊!父亲说:"毕竟你要在这一方土地上生存,周家人丁单薄,凡事适可而止,好好养孩子,别气坏了自己。"

我打电话把准备上访的想法跟表叔说了,表叔说让我把材料发传真给他一份,他看看材料再说。村支书在村里的眼线很多,我写材料的事,有群众很详细地跟他讲了。有一天早晨,他趴在我们家前边的矮墙头上小声喊周岗,周岗听到后出去答应,他说:"我到你家看看卫红和孩子。"

他双手插着裤兜,踱着步绕过墙头进了我们的院子。他识字不多,大巧若拙,有着三寸不烂之舌。他说当时真不知道工作组来我家,若知道的话,怎么也到不了这一步。

心知肚明何必绕弯子呢!我性子直,单刀直入便切入正题:"你来不就是想让我停访息诉吗？可以，我有条件的，谁带的队，必须去酒庄看望我三弟，给我的父兄赔礼道歉；还要来我家看我的儿子，安抚我家孩子受伤的心灵。"

他说："我这不是来看孩子了吗？唉，他们这帮人惹了事，就没人伸头管了，还得我来帮他们擦屁股。"

我说："啥时候都是这样啊，他们也是村里让来协助搞工作的，出了事当然是村里当替罪羊了！你回头跟乡里说吧，往年多征收的款项，让他们算算吐出来吧！从今年起，我是不会再交这些无名摊派款项了！"

说完，我看他脸色难堪，又故意补充几句："您刚上任，以后就是咱们的父母官了，我是你辖区的一草民，有啥事以后还仰仗您这棵大树呢！人家光棍人乘稠凉荫，我家门户弱，您总得让我们乘个花打凉荫儿（方言指稀疏的荫凉儿）吧！以后收款的工作就烦请您迈过我们家门槛就行了！"

次日，村委会派代表买了些礼品去酒庄慰问三弟和父兄，父兄劝我，我算是停访息诉了。

穷则思变

　　周岗给大伯家帮忙耙地去了,可棉花棵上的棉花还没摘完,我想去摘棉花,就哄着儿子,让他跟着老奶玩一会儿。我刚摘了半篮子,东邻婶子家的小女孩跑得上气不接下气地来跟我说:"嫂子,培哲的手扎冒血了,快去看看吧。"

　　我扔下篮子就往家跑去,从门口到屋内的地上血迹斑斑,我心中大惊!这时奶奶抱着哲儿坐在屋中,我接过孩子,孩子的血流得满身都是,小倒衫上、棉裤上,大片的血迹。我握着孩子被扎伤的手,抱着孩子出院子喊人,大娘推着自行车来了,西邻李奶跑过来说:"我抱着孩子,你带着我,赶紧先去诊所。"

　　我们到北地喊上周岗,他跑来接过车子,带着我到了诊所。医生说得缝针,他们诊所条件不行缝不了。我们又骑车赶往中医院,身上没带钱,周岗走到三里桥去堂姑家借了50块钱。

　　儿子的小脸有点木然,手脚因失血过多有点儿冰凉,到了手术室,儿子撕心裂肺的哭声像刀子一样刺痛着我的心,小小的中指被缝了九针。医生说怕是中指保不住了,我听了心在汩汩地流血,疼得都几乎碎了!悔恨自己平常干活都带着他,今天咋把他交给他老奶了呢?我懊悔自己没有照顾好孩子。缝好伤口后又挂针到半夜才回家。

　　孩子的手是一个瓷瓶子扎的,奶奶有个毛病,爱往家里捡东西,人家扔掉的烂嘴子酒瓶,她看着好看,都捡回来堆放在堂屋的八仙桌下。孩子在堂屋玩的时候不小心跌倒了,手指正好摁在奶奶捡的那个烂瓶口上。当时奶奶听到哭声抱着哄他,棉袄袖子遮挡着小手,奶奶没看到手指流血。东邻家的女孩路过院子时,听到了哲儿的哭声,进去一瞅他的手指冒血了,就跑去喊我,是因为中指上的血管扎破了,所以出血比较多,缝合后连着几天我们都带着孩子去打针换药。

　　这几天我顾不上摘棉花,棉花被人偷了。公爹还是天天睡懒觉,做好饭颖儿喊着爷爷,他还不起床。鹅也没人管,因病带饿死了七只。常言说得好,这人啊,是生成的骨头长成的肉,秉性难改,对公爹的懒,我已经啥都不想多说。周岗也生公爹的气,噘着嘴不跟他多说一句话。我不让周岗跑三轮了,让他专门看着俩孩子,我把棉花摘完,然后周岗把棉柴垛垛好,已经到 12 月份了。

这些天摘棉花时,我思考了四年来我嫁入周家之后,尽了洪荒之力才过成这样。一个人带动一家人太累了,长辈领小辈不容易,小辈领长辈更是难上难!

甭说让全家拧成一股绳了,到今天奶奶和公爹能不上倒劲,也是我多少辛酸与隐忍换来的。思前想后,我决定进城去学习电脑打字,准备外出谋生路。

有些鸟儿是不能一直被关在笼子里的,它的每一片羽毛都闪耀着自由的光辉!我常常望着高飞的鸟儿就想到了自己,觉得自己就是那只被囚禁的鸟儿。每个人都是自己的上帝,自己的命运应该自己去主宰。我想过赤手空拳外出谋生,会险路漫漫荆棘丛生,但比起家里这无形无边的黑暗,我不怕!出去闯吧,没有灯的路,我也不会觉得黑,反正迟早要一个人面对!

我跟周岗说了我的想法:"我不能再继续待在家里了,过几年孩子该上学了,收成不好不用说,就是好的时候一年也剩不下几个钱。咱大四十多岁就躺那椅子上摇啊摇,我天天看着也堵心,你跑三轮也挣不到钱,都耗在家里,啥时都看不到希望。孩子断奶了,你在家看着孩子吧,我出去看能不能找到门路。"

他不想让我出去,但我一旦决定的事情,谁也拦不住。

第二天,我骑着脚蹬三轮车带着俩孩子进城,找了一家愿意带学员的航天文印社。我拿了字根表回来,直接从城里带着孩子去酒庄了。兜里装着字根表,路上蹬着三轮走,一会儿停下来掏出字根表瞅一段,骑着三轮车走着、想着、背着,等到母亲家时已经全会背了,那时候我记性特别好,几乎过目不忘。

我想学打字,先去北京当个文员什么的,再瞅机会谋发展。12 月 4 日,把孩子交给周岗,我开始去文印社。上午练了一会儿指法,手指碰触键盘那一刻,我心里好没自信。因长期干粗活,手指僵硬不听使唤,灵敏度很差,一紧张背好的字根表在脑子里一片空白。但我还是在心里对自己说:循序渐进,努力练吧,我肯定可以!

学习了半个月,一分钟能打 40 多个字了,一般的字的拆解法已基本掌握,制表格也略懂了一些,鼠标的运用也熟悉了,我每天抽空继续去文印社练习。

颖儿已经三岁多了,我每天回来的时候,她总是跑过来说:"妈,你回来了!"看到她欢快地拉着我的手,心里就感到莫大的幸福。颖儿聪慧也很有悟性,她会把这一天发生的事情讲给我听。

哲儿一岁零十个月,他从小就有男子气,敢做敢当,不知"怕"字为何物。哲儿的小手已经完全好了,中指略有些僵硬。我看着两个孩子,心里常常会掠过莫名的难过,觉得这么好的孩子出生在这样的家庭,总觉得对不住他们。他们的成长真的太需要我的陪护,可现实又这么无奈!

周岗现在虽然比较勤劳也能干,但老实木讷,嘴又笨,让他出去真的不如我出去有希望。再说天天跟不同频的人纠缠，我在家累不死也会被气死的，饭能常吃，气不能常生。更是为了孩子日后的教育和成长着想，长痛不如短痛，我不得不选择走出去，委屈我的孩子了！

就在我学习电脑期间，村里的干部又挨家挨户地收"尾欠款"，公爹在家瞒着周岗交了200多块。因为那次事件之后，我让周岗跟公爹说了，不论谁来收钱，让人家找我，可他胆小惯了，不听我的。周岗知道后跟我说了，我去问公爹交给谁了，交了多少钱，公爹说交给新换的一个会计了，那次事件后，老会计不干了。

第二天一大早我就去村支书家里，盯着他问："叔，你真是贵人多忘事啊！前些天不是说好以后收钱迈过我们家门槛吗？"

他眼神躲闪说道："换会计了，我不知道他会去你们家，恁大在家交了钱。"

"那就今天退回来吧，俺大交的还退给俺大。"我说完骑自行车走了。

晚上我进城回来，奶奶一脸笑容说："都说窑里倒不出财，交出去的钱退给恁大了。恁二姐这几天回家看孩子去了，恁大说正愁没钱去看恁二姐嘞，这下有钱去了。"

公爹第二天拿着这些钱，搭车去驻马店看了打工回家的二姑姐。

青春之歌

没有大树
我不再奢望乘凉
暴雨袭来
我无处躲藏

烈日总将我灼烫
夜色里的露珠
又将我滋养
天明我依然保持昂扬

霜雪试图将我冻僵
可它忘了还有日光
我抖擞精神
又苏醒还阳

前行是暗礁险滩惊涛骇浪
没有可以避风的港
我蜷缩在文字里取暖
舔舐伤口继续扬帆起航

柴米油盐中
我煮出了人情冷暖
家长里短中
我透视出人性善良

疲惫夜耕中
我将所有的委屈揉进暮色
丢弃在哭睡的梦乡
清晨还会去迎接第一缕霞光
因为我还想仰望今晚的月亮

蘸着泪水
将希望写进诗行
文字里有烟熏火燎痉挛的忧伤
土腥味儿在日记本里飞扬
我的心志不会灭亡
苦难只能将我打磨得更有光芒

我是路边的小草
车碾脚踏不能够阻挡
我伸爬的绿茎
潜滋暗长

凡是过往
皆是序章

兰河记忆

第六章

家贫走他乡——北漂六年

北漂那些年

菜市场的黎明前
矿灯照得忽明忽闪
南腔北调高一声低一声地喊
嘈杂在简陋的棚顶上回旋
酸辣苦甜
被三轮车装满
生活始终是昂首前瞻

出租屋里无数个夜晚
辗转难眠
心似箭一般离弦
飞越广袤的华北平原
回到魂牵梦绕的兰河岸边
亲吻孩子生动的笑脸
捕捉母亲燃起的炊烟
一遍又一遍
围炉与父长谈

口袋里仅剩的 30 元

那时的春运,黄牛太多,火车票太难买。出门坐火车还得去许昌倒车,我们嫌麻烦,一般是去县城的汽车站坐长途大巴。出门得选个吉利的日子,要想走,三六九,我决定 2001 年正月初六北上。

进入腊月后,我就不去文印社了,天天在家看着俩孩子。面对孩子,母亲的天性总会给我一种愧疚感。离家的日子进入了倒计时,我给孩子准备衣物,能准备多少就准备多少,不想错过孩子的成长啊,我恨不得把对孩子的爱都提前预支出来!

陪着孩子,给他们唱歌讲故事,给他们做最好吃的饭菜。白天他们睡着时,我就坐在他们身旁,看着他们发呆,脑补着我离开后,他们没有我关爱的生活画面。仿佛听到了他们找妈妈的哭喊声,看到了他们失去光彩的眼神,我怎么也忍不住泪流满面。

年前已跟在北京康顺饭庄打工的二姑姐通了电话,没有别的事相求,只求她在北京能暂时给我提供一个落脚之处。她住的饭店是集体宿舍,几个服务员一间房子,二姑姐说我可以和她住在一起。但是她说北京打工挣不到钱,工资低,不如去别的地方看看。我说打工是暂时的,想看看能不能瞅点商机,家里种地致富太难了。

二姑姐说:“我们都来恁些年了,都瞅不到生意可干,你来哪那么容易瞅到生意? ”

二姑姐的言辞间似乎有某种不安,明显听出来不想让我去。我就说:“你只需给我提供帮助让我有住处就行了,找活儿瞅生意的事情你不用操心。”

前段时间我听堂叔家的女儿告诉我,小姑子在北京谈了个河北的对象, 奶奶、公爹、大姑姐都知道此事。

有一次我去后院拿东西,大姑姐和奶奶正在厨房讲着小姑子的事情,看见我走过来,马上住口了。我就识趣地赶紧离开,不多问,省得落不是。她们是小姑子的亲人,就看着摆布吧! 二姑姐闪烁其词,肯定也有难言之隐吧。

正月初二回娘家,父亲叮嘱了许多,让我到北京有啥事多打电话。哥嫂对我寄予了很大的期盼,盼我能找到门路,让哥哥也去,在家做生意受罪,还不挣钱。

春节前这一段时间,哥哥去扶沟那边的大棚往家拉芹菜批发,赚了一点钱。春节快到的时候,他又去武汉那边拉了一趟鱼,对鱼市信息估算偏差,回来砸行了,把贩卖芹菜赚的钱也赔了进去。嫂子的病情已基本稳定,中药饮食各方面调理,有三个孩子的哥哥生活压力很大。

正月初四,我又带着孩子去了姥姥家一趟,姥姥像往常一样把崭新的十元票子给孩子兜里面各塞了一张。姥姥知道我要去北京,把我拉到没人处,用左手掀开大襟,右手颤巍巍地从底襟的口袋里,掏出一个裹紧的蓝条子手绢包,一层层打开。我知道那是姥姥的钱包,赶忙拦住姥姥的手,替她包上。姥姥说,出门不容易,让我拿着急用,我的泪又不争气地流了下来……

无论如何我都不会要,姥姥这辈子太不容易了,我都这么大的人了,不能常来感恩尽孝已是惭愧,哪能再向她索取,拿她的辛苦钱!

初五晚上,周岗跟公爹说,让他今天后半夜四点起来帮忙看着孩子,他要去县城送我搭车。那时候太康到北京的早班车,要从早上六点跑到次日凌晨三点多才到北京莲花池车站,所以得老早起来搭车。公爹知道次日我要走,心里可能也想了很多,他说:"你别去了,孩子小离不开你,我和岗去工地干活吧。"

我说:"去工地一天挣个十块二十块的,啥时候也摆脱不了贫困,还是我出去看看吧。你在家帮着多操心俩孩子吧。"

两个孩子熟睡后,我辗转难眠,一再叮嘱周岗不管再忙也要看好孩子,孩子的安全比啥都重要,出点事都是不可逆的。他答应着,却止不住落泪了,说他努力去挣钱,不想让我走。

我心中最柔软的地方震颤了一下,陡然生出对他的不舍和心疼来。我自以为是个善于表达情感的人,但平日唯独对他的表达最为吝啬。万语千言说不出,只轻轻地安抚他一句:"我不会长期打工的,只要能落稳脚,我就会接你和孩子去。"

我知道他的心情是极其复杂的,他想让我和孩子过好日子,但他能力一般,心有余而力不足,嘴巴也不会说。他是极少落泪的,此刻他的眼泪中应该有更多难言的成分在里面!

正月初六早上五点左右,我们到了车站。春运期间票价翻倍地涨,周岗跑到车上问了一下票价180元,真贵啊!我心想,他们咋好像知道了我身上带多少钱似的,真是可着我身上的钱要价!

年前这一季收摘的棉花因为价格低没舍得卖,准备等到春节后价钱涨点再卖。过年时手头很紧,买年货家里花得一点钱都没了。两个孩子的压岁钱给了别人家的孩子后,就剩下180元,周岗让我全带上了。他还把兜里的几块零钱都掏给了我,说让我到北京坐公交车用。

周岗又跑到大厅里转了一圈,回来说这个大巴车上的司机是他小时候的同学,他这个同学又是他们周家一个本家姑姑的儿子。他说让我等着他,他去找这个司机,结果司机跟车老板说情后,只收了我 150 元钱,剩下这 30 块钱,周岗让我路上带着花。

我把行李放好,座位占好,又从车上下来催促他赶紧回家照顾孩子,大冷天孩子醒了找不到我该哭了。平日话不多的他,对我千叮咛万嘱咐起来,让我在路上吃饭时,注意黑店宰客,到北京莲花池候车大厅要注意安全,等天亮出站去三环路边坐 300 路公交。他喋喋不休地安排了一遍,望着我还是迟迟不肯走,寒风中人潮涌动,我们相视无言,他说等六点发车后,他再走。我读懂了他的眼神,那里面写满了太多内容。

车跑到黄昏时分,快驶出河南地界时,停在了一家饭店门前。车老板把全车的人都撺下来吃饭,我也随着下来了,心想这可能就是家宰客店,能不吃就不吃。

这时候有个 20 出头的小伙子问我是哪个村的,我就说了。他说他喊周岗表哥的,问我认识周岗不。我说当然认识,就问他是谁。,他说他是周岗的奶奶娘家侄女的儿子叫刘兵,逊母口三官庙的。

我记起来了,每年他母亲都来给奶奶拜年,我做饭招待她们。他说在北京已经打工一年了,这次过节回来带妹妹一起去,妹妹是第一次出家门,说话间他招呼妹妹过来喊我嫂子。他告诉我,这饭店里的饭特别贵还难吃,这个车每次都停在这儿吃饭。他们兄妹俩买了票身上就剩两块钱了,现在也没钱吃饭,待会儿若是不吃饭,饭店里的人会说得很难听,甚至会骂人,没办法只能让他们随便骂。

我听完就把自己那 30 块钱掏了出来,分给了他们兄妹俩一人十块,自己剩十块钱。刘兵说:"嫂子,你咋恁好呢,记着这 20 元,算我和妹借你的。"

我说:"记啥呢,值不当的,别放在心上。"

这时候饭店的人过来像赶牲口似的,把我们嚇进饭店的院子。出来两个长得五大三粗能黑唬人的主儿,叫嚷着说,每人都得去吃饭,可炒好的菜品色相不好,在盆子里慵懒地冒着点儿热气。

"十块钱一份,谁不吃都不行,出门哪有不带钱的,赶紧吃饱了赶路。"车老板和跟车的人也喊着大家赶紧吃饭,之后他们连同司机几个人坐进包厢去吃了。我们三个人每人也要了一份,反正兜里还剩几块零钱,到了够搭车就行。

这是一辆卧铺大巴,白天慌看着窗外的风景,晚上躺下去怎么都睡不着。车里面弥漫着抽烟人的烟味儿、臭脚味儿、车尾气味儿,混合成了长途大巴特有的那种刺鼻的味道。

我脑子里想着到北京后的打算,借此转移注意力,尽量减少这种气味给我带来的恶心难受。在旅途的颠簸中,我恍恍惚惚进入了梦乡,到了莲花池车站已经快四点了,我们在候车大厅坐到了天亮,他们兄妹去了刘兵年前打工的地方。

我背着蛇皮袋行李包去三环路边上等 300 路公交车,坐到了西三环航天桥下的车,步行顺着阜成路往西走去,路边的积雪还没有化完,天非常冷,下了车冻得上牙打下牙,身上直发抖。

我靠右边马路快步走着,这样身体很快就暖和起来了。二姑姐打工的饭店是个不大的门店,我生怕错过了,边走边往右边瞅着。二姑姐说让我瞅着马路右手边黎昌海鲜大酒楼的广告牌,上面有个大龙虾造型,走过去就能看见她打工的康顺饭店了。

第一次来北京,我像是刘姥姥进了大观园,眼睛贪婪地看着路边的街景,最醒目的是偏西南方向那座高高的,耸入云端的北京标志性建筑之一——中央广播电视塔。这里就是我从记事起知道的第一个大都市北京,从上学起就唱"我爱北京天安门",知道它是祖国的心脏,是全国政治经济文化中心,好一个国际、时尚的大都市啊!

道路横平竖直,比郑州火车站旁的路看着舒服多了,郑州的斜路太多,远没有这儿的宽阔大气。一路走着不觉得远,也不觉得累,看着临街的招牌,那时候没有电话联系,记着二姑姐叮嘱的路线走到了康顺饭店门口。

亲亲的二姑姐

二姑姐出来把我接到她的宿舍,让我坐在她的热被窝里暖和暖和。我说我不冷,她出门去了一家小卖部,我也跟了去。她给我买了一张 30 块钱的 IP 卡,二姑姐说使用 IP 卡往家里打长途电话便宜,又掏出 60 块钱给我,让留着花。外面天阴沉沉的,飘起了雪花,有二姑姐在,我并没有感到寒冷,心里暖融融的。她说北京今年比往年冷,这几天的温度都在零下十几度呢,等天晴了再出去,先歇一天吧。

回到宿舍,二姑姐问我路上的情况,我给他讲了路上遇见刘兵的事,二姑姐又心疼又埋怨我,说:"怎么那么傻呢?那么实诚呢?你自己咋过着呢,还去顾别人。"

二姑姐九点上早班,她说等会儿她让上夜班的姐妹给我带饭菜回来。九点半的时候,一个上夜班的服务员回来休息时,给我带回来打包的水饺,是猪肉茴香馅的。我第一次吃猪肉茴香馅的饺子,薄皮大馅的北方包法,真的好吃!这份饺子的味道足以让我回味一辈子,此后每次我做猪肉茴香馅的饺子时,脑海中都是二姑姐干净利落的身影,和这间小小宿舍的温馨。

等我吃完饺子,那个服务员在二姑姐对面的上铺躺下了,她侧着身子喊我:"大姐,你是周姐的娘家人吗?"

"是啊!有什么事吗?"

她接着说:"周姐人好,这么好的人咋嫁个那样的老公呢?常来这边跟她生气,你们家里人不知道吧?有一次打她后,让她抱着电线杆,我们老板看不过去教训了他。周姐有个妹妹来过一次,听说妹妹去姐夫的饭店里骂了三天呢,回到这儿来劝周姐离婚。"

我听完顿时明白二姑姐为啥不想让我来了,心中五味杂陈,心疼可怜起她来!远嫁的她受了多少委屈,往家打电话时,怕我们担心,总是报喜不报忧。

二姑姐晚上九点下班,下班时别的服务员去上晚班了,屋里就剩我们俩,我俩一人一头坐进了被窝。我忍不住问二姑姐:"你们一起住的服务员告诉我,二姐夫打你的事是真的假的?"

二姑姐听我一问,啥话没说已泣不成声。我等她哭了一会儿,然后劝慰她慢慢说,别憋在心里了。看得出她陷入了痛苦的情绪中无法自控:"要不是有了孩子,我一天都不想活了,他是个混蛋,有时候我真想杀了他。"

我听完也陪着她落泪了,让她宣泄一下吧!女人啊,年轻时谁不是无知?婚后谁又能舍下孩子?没有父母操心的婚姻,多数是不幸的。

稍后我擦去泪水劝说她:"二姐,那种恨我懂,你好好想想他的优缺点,冷静思考一下能过就过,真不能过就离婚,人挪活,树挪死。人啊活着难,死很容易,你想想你的亲人,你死了他们该多难过呀,有委屈你怎么不给我和你弟打电话呢?"

二姑姐说:"他脾气不好,曾放言敢离婚,就把娘家人灭完。他常犯浑,不认几个字,啥事也跟他说不明白,他挣的钱让他姐放着,不放心给我。他越这样,我越不要二胎,他就找事,就是因为这个常生气。"

二姑姐接着又说道:"我把妹妹带出来了,感觉对不住你们,我没管好她,她谈个对象,人老实,家里穷得叮当响。我走到这一步已经后悔,就劝她,可她不听,拿话怼我,说管好我自己的事就行了。我觉得自己的婚姻经营不好,短嘴也不知该说啥了,所以我不想让你来北京看到这一切。你本来在家过得就够难的,来了更堵心。"

我问小姑子知道我来了不,她说已经告诉她,晚一天该来了,等来了让我劝劝她。

第二天天晴了,我到小卖部买了一张北京地图,先查找我所在的地理位置,这儿地处西三环外,昆玉河畔的西八里庄附近。我沿着西八里庄老街溜达,往昆玉河边走去。

北京的冬天真冷!这几天正赶上极端天气,零下十六七度,我想先转一天再做下一步打算。来这两天和二姑姐宿舍的姐妹们交谈过,了解过她们打工的经历,像我们这种没有文凭的人公司不要。看二姑姐和小姑子在这里几年了,一直都在饭店里打工,挣的钱也是刚够自己花。来北京头天晚上,周岗落泪那一刻,我就改变主意,不想打工了。

我一个人走过昆玉河上的那座废弃的铁路桥,桥下的河水上了冻,寒气逼人!河东岸是东八里庄,路边都是低矮的民居,每家的院子里都是见缝插针、七扭八歪盖满了简陋的出租屋。雪后初晴,刚爬上房顶的太阳放射的那点晨辉,被耀眼的白雪映照得失去了光芒。

我穿过东八里庄到了三环边,过天桥继续往里走,正赶上上班的人流高峰期,路口绿灯一亮,骑自行车的人潮蜂拥着、泄洪般往前席卷而去。蹬板车拉菜的、骑三轮收废品的被甩在了后边。我望着眼前街口的这一幕,突然从心底涌出了一股难言的酸楚,人活着多不容易啊!我瞬间感受到自己生如蝼蚁的渺小和无助。身边也有步行的,他们行色匆匆,谁人不得养家糊口?谁人没有妻儿老小?每个人都像开足马力的机器一样高速运转着。谁不是揣着梦想启航,他们肯定也有初来乍到的迷茫,通过自己坚持不懈的努力在城市的夹缝中找到了立锥之地。想到这儿,我在这快节奏的人流中,不由得加快了脚步。

　　望着临街店面,发现玻璃门上贴着招工广告的大多是饭店。我又看了看手中的报纸,广告里也有招文员打字的,去路边打电话咨询这类工作,都是不管吃住的。

　　饭店里的服务员工资很低,二姑姐有工作经验,一个月工资才400块钱。像我这种没经验的,也就300块钱。人家有文凭学历的,可以买几份人才报纸,找有意向的工作去投简历。我这要啥没啥,找个低廉的打工活儿永远顾不了家里的他们,得先找个生计顾着生活站住脚,这么想着我就开始注意路边那些小卖部或者便利店,留意路旁的农贸市场。跑到午饭的时候饿了,早上出来的时候没吃早饭,瞅瞅路边的饭店都是各种家常菜,看看店面肯定会贵,不敢进去。想着背街里的店面应该会便宜点儿,就拐进一个胡同的小饭店,也是一家家常菜馆,要了一份盖浇饭12块钱,用劣质的一次性杯子喝了两杯热水。心里想着开个小卖部吧,交房租加上铺货得不少钱呢,占本钱大,还压货底。我们这家庭可是赚得起赔不起,得找本钱小收益快不压货的生意,决定吃了饭去农贸市场打听一下摊位费。

　　出来就近打听找到一家小菜市场,总共十几个商户。卖菜的都是外地人,操着各地口音,我找到一个河南老乡,趁他不忙时和他攀谈了起来。他告诉我三环里面都是小市场和超市,租赁费贵还不好找摊位,让我多跑跑看。我谢过他之后开始往回走。

　　回来的时候没有走来时的老路,从北洼路那边过来的。等过了昆玉河的那座大桥,已经是下午四点多了,我看见许多人拎着菜从桥西南边过来。我就瞅着买菜的人流出来的方向往西南走去,拎菜的人都是从前面坡上的一个空地上过来的,过了空地看见了一个新建的农贸市场。

　　市场还不规范,菜棚下的商户不多,买菜的人不少,生意还都挺忙,菜棚下还有许多摊位都空着。我就停下来仔细观察,卖菜的河南人很多,其次是东北人,也有少数四川人和山东人。

　　我守望到天黑,商户收摊时才走出市场西门,借着灯光回头看看门头的铁架子上写着"玲珑塔农贸市场"几个大字。看看地图离二姑姐的住处很近,就走小路绕了回来,一进屋看二姑姐还没下班,二姐夫来了,他是在阜成路上的天意批发市场的餐厅炒菜,市场餐厅只对市场商户,不对外开放,所以下班早。

　　二姐夫个子不高,人勤快厨艺好,不认几个字但大脑反应快,性子急。来京初次见面,他问候了家里的情况后,拿出他从天意餐厅给我用保温盒带的饭菜,让我趁热吃。

　　对他和二姑姐生气一事,我已思虑过,二姑姐性格善良,懦弱守旧,关键时候没有立场。再说他俩自谈的,小姑子大骂姐夫都劝不醒二姑姐离婚,说明这婚是离不了的。二姑姐嘴里说恨,对他仍有不舍之处,因为爱之深才会恨之切。耳听为虚,眼见为实,得先沉住气,观其言察其行,想一招制胜,得等时机成熟,方能不乱阵脚。不打无把握之仗,贸然行事解决不了问题还赚一肚子气,那样必将二姑姐推入更加不堪的境地。

玲珑塔农贸市场

　　二姐夫已在北京工作十年有余,他的圈子里也都是他的老乡,大多是厨师。他有两个弟弟,也都是他带出来的厨师,厨艺没他好,还都没找对象,春节回老家过年,还没过来。我跟二姐夫说今天跑了一天,改变主意不想打工了,附近有个新开的农贸市场有摊位,我已经有了卖菜的想法,明天我准备跑跑了解周边情况,看看附近还有没有其他市场,再蹲点菜市场的人流量咋样。

　　二姐夫听我一说,挺赞成,等二姑姐回来一听,也说卖菜可以,就是受罪。我说卖菜就是本钱小,收益快,没货底,比较自由,能稳住脚的话,把孩子接过来我才能放心,挂念孩子的心天天悬着,揪得人心疼。

　　第三天一大早,我就来到了菜市场,市场上的商户刚开始出摊。靠东头的一家摊位前,站着一个三十五六岁的女子。她个子矮小,手里掂个塑料袋子,里面装着半袋子零钱,看样子是等当家的上菜回来。我就上前喊声大姐,跟她打招呼,她一开口原来是老乡,是我们周口淮阳县的。

　　我俩就闲聊了起来,她告诉我这个市场才开不久,他们以前在五棵松那边的一个早市卖菜,来这儿也不到一个月。我说我刚来北京,也想卖菜,昨天看到这个市场了,今天来看人多不。

　　说话间她家老公开个大农用三轮拉菜回来了,上面用筐装的叶菜类,他们称之为小菜,他们专卖这种菜。我看那大姐抬筐吃力就上去帮他们一筐筐抬下来,他们很客气地感谢。

　　我就笑着说:"我就是想先来体验一下卖菜生活呢,多亏遇见老乡了,能给我感受体验的机会,今天让我帮你们卖菜吧。"说话间我又了解到大哥姓张,我就改口喊他们张哥张嫂。

　　早上个人散户买菜的少,饭店来买菜的多。那些骑三轮的饭店采购,将菜单交给张嫂,就去大厅买鱼买肉去了,我就帮着张嫂看菜单装菜称分量。

　　生意挺好,我们三个人还挺忙,人买东西都有从众心理,摊位是越忙越上人。饭后的客户走完,散户就围了上来,到吃早饭时,七八筐菜眼看着就卖了一半多。张哥去买来热豆浆和包子大饼说:"妹妹,你今天给我们帮大忙了,今天人多,生意没这么好过,来赶紧吃饭!"

我说:"应该感谢你们,我一来市场遇到你们,觉得跟亲人一样,闲着还冷呢,忙着怪暖和。"

张哥看起来很兴奋:"今天这个菜到现在卖了一半还多,中午就可以卖完了,这是将近一千斤菜呢!"

我发现别人的生意没他家好,一是因为他家摊位把头,过车方便。二是他直接把筐码放在菜棚子前面的空地上了。市场管理员八点上班,他才把剩余的菜收入菜棚的菜案上。常言道,货卖堆山,成筐的菜在空地上一字排开,很扎眼也吸引人,所以卖得快。

一上午,我帮他们卖着菜,趁空聊着。张哥告诉我上货去新发地批发市场,也可以去岳各庄农贸市场,岳各庄的货好一点儿,货也全,但是贵一点儿。中午一过,张哥的菜基本卖得差不多了,他们用棉被盖严,准备回出租屋,夜里上货起得早,白天得休息好。午休时间,市场上也没几个人了,我就回到了二姑姐的住处。

小姑子来了,见了我就开始诉说二姐受的委屈,说等将来哥哥来了,得让哥哥打姐夫一顿,再让我狠说二姐夫一顿,她说二姐夫心里对我还是有几分敬畏的。

她感叹着想,也不明白二姑姐都快气傻了,为啥不离婚。我说你还小,许多事不是你考虑的那么简单,所以婚前还是得擦亮眼睛。

小姑子说她好久没有工作了,在出租屋里待着呢,手里连零花钱都没有。我把想卖菜的打算告诉了她,并带她一起去市场附近转了转。我边走边跟她分析着这个市场的前景:"据我了解,目前市场在招商,还没有正式营业,现在是试营业,看眼下人流量很大,周边居民区多,又没有别的市场,等开春生意必火。这个市场占地面积大,依眼下布局,资源闲置浪费,红火之后老板肯定得重新规划,到时会规范管理。我想先买个摊位积累买卖经验,等有机会再说下一步。明天我准备八点来这边坐 40 路公交车,去市场的招商办公室,找相关负责人问问,然后去新发地蔬菜批发市场看看利润差价,回来准备订摊位。"

小姑子听我说完,也赞同我的看法,走到路口寒风中,有一个打游击骑三轮车的,站在那儿一口热气换口凉气地吆喝着削菠萝卖。小姑子上前挑了一个让他帮我们削好,切开递过来让我吃,她自己不嫌凉,已经吃了起来。我很少在大街上吃东西,又是第一次吃菠萝,咬一口又凉又酸,皱着眉头有点儿窘态,小姑子说吃习惯就觉得好吃了。我改成小口咬着吃,慢慢能品出它酸酸甜甜的香味了。

小姑子也聊到了她谈的对象,她心里也清楚奶奶和公爹的态度,我没见人也就没多说,遇到这种事,劝人得讲究策略,不然会适得其反。我叮嘱她首先得多长心眼,学会保护自己。初来乍到还没落脚,也没法留她,许多话只能等日子长了再说。傍晚她走时,说过几天再来。毕竟是周岗的妹妹,孩子的姑姑,我心里真不是个滋味,她在这个家里没有人正确引路,奶奶、大姑姐对她影响最大,她们又视我为外人,我若再装聋作哑,她能走哪里去呢?

第四天,我去招商办问到眼下只有菜棚的摊位卖,一个摊位一米五长,摊位月租金153元。我出市场东门口乘坐40路公交车到西站,又倒车去了新发地蔬菜批发市场。

市场很大,旁边紧邻着水果批发市场。一进市场的大院子,各种车辆成排,天太冷,车上的菜用厚厚的棉被盖着,外面放一点儿冻熟烫的样品。发货的菜贩穿着臃肿的大衣,戴着护脸耳暖子,头上都戴着棉帽子。

我试着怯生生地问菜价,他们瞅瞅我的打扮,不像个上货的,对我爱答不理。我心想这样不行,就是问出了价格也不实,我得调整心态,变换语气,不能觉得自己是打听价格的,不是上货的,那样没底气,得想着真要货,字正腔圆大着胆子问。

想好后,我走到一家批发西葫芦的车前,西葫芦在老家叫雄(笋)瓜,这两天在北京的菜市场,我也听到他们多数是叫葫芦瓜。我听到这个菜贩口音不是老乡,那就不能用河南话了,稳了稳紧张的情绪,学用普通话大着胆子说:

"我今天要装三百斤葫芦瓜,得多少钱斤?"

那人说:"两块五,你回去四块、三块五都好卖。"

我说:"好,我先找找货,等回头来你家装。"

虽说来几天了,见的都是老乡,光看光听,说话少,用普通话跟人交流,今天才算是个开始。说实话,自己总觉得老家话接近普通话,实则差远了。想着把方言转换成书面语言,再变变腔调就是普通话,结果发现我的普通话有种醋熘的味道。

我边走心里边自嘲着,又给自己打着气,管他呢!在玲珑塔市场卖菜的老乡,跟北京人说普通话时,也都是这醋熘过的味儿。谁也不认识谁,随便笑话去吧,从今天开始慢慢学,眼下只要别人能听懂,不影响交流就行!

我又接连问了几家的菜价,一般的细菜,像扁豆、黄瓜、茄子、青椒、菜花等,易损耗,销量可以的,利润差价都是五毛到一块之间;那些粗笨一点的货,如冬瓜之类饭堂、工地都要,损耗小销量大,利润差价就小点;稀缺的冷门菜,如牛蒡、芦笋、竹笋等销量小利润差价大点。利润差价我是以玲珑塔市场为参照对比的,新发地的菜价是北京市最便宜的菜价,由此可见玲珑塔的菜价不高。菜是生活必需品,每天都要消费,所以这个市场的低菜价将会引来周边大量客户,并能锁定客户,日销量不会小的。

我跑了一上午,把新发地菜市场转一遍,又跑到水果市场看看。又饿又累找了一家河南烩面馆吃了碗烩面,这儿的饭,分量大且便宜,因为都是商户和上货的客户去吃,大多是回头客,不像那些临街的饭店,去的大多是流水客,饭菜不实惠。下午又拐到西四环边上的岳各庄蔬菜批发市场,这儿的菜细货多,比新发地的菜价贵2毛钱左右。

从岳各庄回来,天也就黑了,这几天二姐夫下了班就来这边问我每天考察的情况。说要是找到卖菜的摊位,干着可以的话,他让他的家人们也来试试。我就趁他跟二姑姐都在,说晚一天想借他们一点钱做本钱,摊位费是153块,市场有半地下室出租,20个平方月租金400块,得先借600块钱。他满口答应,说用多少都没事,有钱。

第二天也就是正月十一,一早我就去市场又看了一会儿,然后拐到大门外旁边的小卖部往家打了几个长途电话。这个小卖部的老板是河北赵县人,姓赵,有一个一岁左右的男孩,他媳妇长得很好看,十五六岁的小姨子叫莉莉,跟着他们帮着看孩子。我来他家打过电话,跟他们两口子聊过天,小赵媳妇说小卖部交了房租,挣不了啥钱,附近小卖部太多,天天也是发愁,准备让小赵另找门路呢!

我给周岗打电话说了这边的情况和我的想法,他当然愿意来。我又给父亲和哥哥打了电话,哥说你看着行就订摊位吧!到时候他和周岗一起过来,我决定先定一个摊位,因为我坚信市场开春会调整摊位的,目前看着乱,做买卖头三脚难踢,刚开始先干着够吃不赔就行。我又跟父母说,周岗来北京,先请他们帮着照管颖儿一阵子。哲儿让他爷爷和老奶看着,他们比较喜欢男孩,我不放心颖儿,怕她在家受委屈。父母说好,让我放心。

通话时间太长了,IP卡上的钱用完了,我又买了一张30元的IP卡。那时候我的记性好,19位数的IP卡,我只需拨过一次,就能完全无误地记住了,然后将密码一改,卡就随手丢弃了。小卖部老板小赵被我的记忆力给惊住了,他说:"你确定不会记错?"

我说:"当然不会错!"随口就复述了一遍卡上的19位数。

小赵捡起了我扔到他柜台上的卡看着说:"大姐,你再说一遍。"

我又复述一遍,他露出小虎牙笑着说:"你记性真好啊!一个数都没错。"

从此他们两口子就记住了我,每次路过都就在店前喊我,跟我打招呼。

从小卖部出来,我数了数兜里的钱还有十几块,装到里面的口袋里。二姐给我那六十块钱,吃盖浇饭和去新发地吃面共花去十八,又买了三十块钱的卡,来时周岗给我那几块零钱只花了一块钱坐公交车,余下的还在兜里。我就去玲珑塔市场花五毛钱买了袋装的热豆浆,大饼一块八一张,我要了半张九毛钱,这一吃就撑到晚上了,早知道这市场有这么便宜的东西吃,那天晌午说啥也不会吃盖浇饭,一顿盖浇饭的钱够我吃几天,晚上都是二姐夫他们给我带饭回来。

吃饱喝足之后,又步行往三环里走去,我还想再去里面的小菜市场打听菜价和他们的上货渠道,进一步了解他们的销售量和利润。三环里没有大点儿的农贸市场,只有小市场或者是卖菜的小摊点。菜品很全,应有尽有,卖得很贵,比玲珑塔市场菜价最少贵一块两块。但是他们的菜都是精选的,卖相很好,他们以零售给周边居民为主,没有饭店、单位食堂和工地来采购。销量跟玲珑塔差远了,玲珑塔是靠薄利多销的。我寻思着他们上货是不能去新发地的,因为他们品类多达几十种,但量小,新发地要少了不零卖的。一打听,他们说现在是去岳各庄上货,岳各庄的货是要多少都卖,但不让挑,回来扔得多,损耗大,这是去岳各庄上货的弊端。他们说现在三环外缺个大点的农贸市场,如果能有个大点的农贸市场,货会全,他们可以去挑着上货。我问他们知道玲珑塔农贸市场不,他们说听说了,也去看过,位置不错但现在商户少货不全。我听后更相信自己的分析,玲珑塔市场已占地利、人和,不久必火!

次日也就是正月十二上午,我去市场交了摊位费和地下室的租金,地下室是空房子,得买两张床,等哥哥他们来了住。晚上二姐夫又来了,他告诉我离市场不远的地方,有一个旧货市场,我说我转的时候看见了。他说那里有床和床板,床和床板都是十块钱一张。他说人家晚上也卖,商户就在那里住着呢,等明天晚上,他找一辆三轮车帮我买了带回来。

我给家人打电话,让他们收拾一下,定个日子来。周岗和哥哥决定正月十六出发,开着哥哥的时风三轮车来,上货可以用。我心想哥的车不带车棚,多冷啊,这么远的路,他们可得受罪了。唉,拼吧! 含泪播种的,必将含笑收获!

晚上我又给母亲打电话,母亲说白天周岗带俩孩子来酒庄了。他来帮着哥哥把三轮车检修一遍,他们在家已正式把北上的事提上了日程。哥哥一说开三轮车去北京,母亲连夜给哥做好了厚厚的护膝,嫂子也给他做了棉裤。母亲在电话里说:"今天一见周岗带俩孩子来,我心里怪不好受,看他穿得单薄,想想他从小没娘,现在你不在家,也没人疼他。你哥该准备的都准备好了,等路上开车冷时,你哥有棉裤穿,他没有,我正准备找一块家里放的布料给周岗裁棉裤嘞。"母亲白天忙,连夜用弹好的棉花给周岗做了条新棉裤,怕他开车把腿冻伤了。

我每天早上依旧起来去菜市场,看看市场上忙碌的场景,给张嫂他们帮会儿忙。随处走走,和其他菜贩趁空聊聊天,也认识了更多的老乡,有驻马店上蔡的、泌阳的,还有南阳社旗的,周口郸城、淮阳的。我发现他们卖货有个特点,每家每天基本上菜的品类不变,卖啥的就是卖啥的。我思考了他们这种经营方式,第一是好上货,到批发市场只找这几种货就可以了;第二是菜品不变,客户一进市场就会记得啥菜在哪家有卖,这样容易吸引老客户,锁定回头客。卖菜看似简单,细心观察处处都有学问。

奔波了几天,摊位定了,心里暂时有了点着落,就等着家人来上货了。我走过昆玉河的大桥,从北洼路那边过去,钻大街走小道,一路向东南走去。来北京这几天,我给自己定位为没过河的卒子,若遇波折只能前进不能后退,日拱一卒啊!

今天想去二环里看看,去感受北京厚重的历史文化底蕴,感受老北京的胡同文化和人文情怀。北京三千余年的建城史,八百五十余年的建都史,文化底蕴深厚得不知从何说起！我喜欢的生活方式是文武之道，一张一弛，几日来匆匆奔波，也该放慢脚步，等等自己的灵魂了！

我沿着阜成门外大街继续往东过了二环路，就是阜成门内大街了。我查看地图发现离鲁迅故居很近。顺着地图找到了阜成门内的这条胡同，来到了鲁迅故居。青瓦灰墙的四合院很小，院子里有一棵先生亲手种植的丁香树。我在院中恭敬地站立好久，敬仰先生！我轻轻走进了先生的工作室兼卧房，看着先生用过的书桌，还有他用过的一把竹藤椅、一个茶杯、一盏煤油灯。想着先生伏案奋笔疾书的样子，满脑子晃动着当年院子里的人物身影，小院里隐藏着多少故事啊！

先生和朱安无爱的婚姻锁住了两个人，我为朱安生前孤独、身后寂寥感到心情沉重，哀叹可怜她！先生的伟大、隐忍和他的硬骨头，还有他的斗争精神、牺牲精神让我的心久久不能平静。默默地走出小院，眼前这条胡同跟北京的许多胡同一样，有它特有的沧桑美，无声地诉说着数百年的风雨岁月，记录着悠远的历史变迁。

这几天我随意溜达在北京的胡同间，路过了有名的铁狮子胡同（现在叫张自忠路）。我想起明末那些金戈铁马的故事来，特意驻足田弘遇住过的这个宅院，当年的姑苏名妓陈圆圆，在此被山海关总兵吴三桂要去。李自成进京，大将刘宗敏占据了这座皇亲府，才有了吴三桂"冲冠一怒为红颜"。写书人为了博人眼球总喜欢把祸水泼向女人，陈圆圆无论才、色、艺多么绝佳，仅靠她一人还不足以让吴三桂降清。反复无常、摇摆不定的吴三桂甘当异族的马前卒，引清军入关形成破竹之势，一马平川，大顺军再也挡不住八旗铁蹄。

走在前门外大栅栏一带的烟花柳巷，想着戏里戏外的伶人男伎的故事。探寻八大胡同，走近赛金花，感叹她在八国联军侵华时凭一己之力，力挽狂澜救下无数百姓的大义；走近小凤仙，唏嘘这位名动公卿的名妓和蔡锷那至死不渝的爱情；了解京剧世家梅兰芳，遥想当年他和孟小冬的是是非非。看如今陕西巷八大胡同也早已成为民居店铺，望着巷口的路人，突然觉得自己也和他们一起，正穿行于历史的兴衰里。听着京腔京味儿的老北京口音，我买了一串冰糖葫芦，在无人认识的街头唱几句 20 世纪 90 年代的流行歌曲《冰糖葫芦》："都说冰糖葫芦儿酸，酸里面它透着甜……"歌词把自己从历史的云烟中拽拉出来！

哥哥和周岗是正月十六吃过早饭从家里出发的，一同来的还有姨家二表弟。他年前在通州打工，才 22 岁。他是春节后得知哥哥要来北京，约好的一道来。三个人轮替着开三轮，用了三十多个小时，于正月十七晚上到了北京新发地东门外。因为周岗在北京比较熟悉，停下来换周岗开车，哥和二表弟躺车厢里睡觉。那时四环路没有完全通车，周岗就沿着京开大道上了玉泉营立交桥，上三环路往北行驶。瞅着夜里金碧辉煌的中央电视塔，参照着往这边跑，到了裕隆大酒店旁边的一条胡同里，他停了车。他找酒店保安换个钢镚儿,去路边找个投币的公用电话,给二姐饭店的值班人员打电话,请人家起来喊我去接他。他让哥和二表弟在车上睡觉等他,他打完电话就在路口等我。看我一直没来,就顺着阜成路过昆玉河大桥往西走,走到桥西碰到了我和二姑姐。我们仨走过去找哥哥时,人车都不见了。

原来哥哥和二表弟正在车厢里躺着,首都巡警110车走到了他们身旁。巡警让他们拿出身份证来看看,把哥哥的身份证上的酒字读成了洒字,说:"身份证是假的吧,哪有这个姓?"

哥哥说:"是你们看错了,我姓酒。"巡警接着说:"这个姓也没听说过,你们谁开的车?司机呢?你们怎么躺在这里睡觉?"

经过盘问查证,哥哥如实作答,他们刚好接了个电话,要去附近执行任务,命令哥哥他俩老实在这里蹲着。哥哥等他们走远,站了起来,鞋都没穿,开车拉着二表弟原路返回。

两点多摸到了新发地,给二姐的饭店打电话转告我们,让去新发地找他。因我们不见他们的踪影,各种猜测、担心,让我们坐卧难安。

两点多接到哥打到饭店的电话,我和周岗叫辆出租车火速赶往新发地。我们手旦没钱,哥说他来时准备了钱。我们瞅着上点货,怕细菜损耗大,刚开始不好卖,就上了一些胡萝卜和红薯,又在新发地买了个盖菜的大棉被盖好。二表弟说我们要是卖菜生意可以的话,让帮他也瞅个摊位。他在新发地等天亮后,转车去了通州,我们趁天亮前开三轮回到了玲珑塔农贸市场。

城市里的烟火人间

正月十八开始摆摊，因为就两样菜，卖了两三百块钱。不管怎么着，先开张顾着嘴再说。晚上快收摊时，我带着周岗，去认识了淮阳的张哥。张哥说夜里三点多起来上货，让周岗和哥哥跟着他的车，省得走远路，他知道怎样避开夜间查车的。

我和周岗商量着买了一个BP机(传呼机)，老家有事或是上货，有什么情况可以留言联系。几天后哥哥和周岗都买了诺基亚手机，再联系就方便多了。

有一天我又接到了姑家表弟的电话，他说他刚结婚，以前学的木工活儿又累又不挣钱。听说我们来北京了，他也想来卖菜，让我操心帮助他们找个摊位。我们在铁棚子下边干了十来天，眼看着人越来越多，整个市场商户的生意一天比一天火。

市场的老板们开始重新规划摊位了！铁棚子对面自西往东是一排卖粮油的门面房，中间是十几米宽的空地，市场决定把这些空地画成卖菜的车位。再把市场西北角的停车场和服装大厅中间的广场地带，规划成水果蔬菜的早市摊位。说是早市，实则全天营业。

我去招商办公室经理那儿问清了情况，想订几个摊位。经理说不行，杜绝一人多摊位，怕炒作摊位损害商户的利益。姑家表弟和姨家表弟都想要摊位，哥哥要一个，我们再要一个，最少得四个菜车位，菜车位上的生意是最好的。早市的生意料想着也不会差，因为那边开了北门和东门两个大门。东门对着昆玉河边的大马路，北门对着徐庄那边的老街，那边过来的人流量非常大。现在表弟们都没来呢，我得先帮他们订摊位，晚了就没有了。

晚上我跟二姐夫说了这个事，二姐夫说往家打电话了，他们家的人嫌卖菜吃苦不愿意来。二姑姐的小叔子肖彬(化名)来了，他是个厨师，找了好几天的活儿，没有合适的。工资高的看不上他，工资低的他不干。肖彬性格比较优柔寡断，脾气蔫了吧唧。他见我说，让我帮着操心看看市场的门面房，有合适的他想开个小饭店。我带着他一起去看，菜车位东头是服装大厅，大厅的西侧面对着市场内的马路就是一排门面房，这排门面房都是饭店。这条路是顾客们逛市场的必经之路，四通八达，去采购粮油、鱼、肉、主食都得从这里过,同时也是连接菜车位和早市水果蔬菜摊位的唯一通道。我帮他分析后,建议他订一间开烩面馆,到时市场的商户老乡多,生意差不了,他拿不定主意。

二姑姐说,这个市场的一个股东姓官,常去他们饭店吃饭,跟饭店老板是哥们儿。我就跟二姐说,等他哪天去了,让二姐给我发信息,我去跟他说说多要几个摊位。二姐说不亲不故的能行吗?我让她只管这么做,又问二姑姐他们都喜欢抽什么烟。二姑姐说他们常抽"中南海"香烟,我就提前准备两条"中南海",才三十多元一条,虽然不值钱,求人办事儿不失礼。

第二天晚上,二姐打传呼给我留言,说官总去了,我带着烟过去见了饭店老板和官总。我把来北京想在市场做生意的想法,跟他们说了,我笑着跟他们问好,然后半开玩笑地说,我在替他们宣传招商,家里亲戚们想来,需要多定几个摊位。官总问我要几个,我说想要四个车位,再要三个早市摊位。他让我次日直接找招商经理。摊位说好了,回头我就给两边表弟打了电话。让他们跟家人商量好,赚赔都得拿得起放得下,因为做生意不同打工,是有风险的。

放下电话我想了许多,那时农村人已经都觉醒了,年轻人都外出打工了。再靠二亩地和那点传统手艺活儿致富太难,打工进厂不自由,还受自身家庭及各种条件的制约,多数人有创业的想法,但始终迈不出那一步。一个家族中若有谁先走出去,就觉得有了一线希望。我们家族的人都很平庸,一直都是面朝黄土背朝天地在地里刨食生存。先走出去的人即便不优秀,自己也过得不好,并身处各种复杂的社会矛盾之中,比如二姑姐,比如刚来北京的我,但成了一个社会连接器,可以连接着富人和穷人,城市和农村。那些走出乡村的农家子弟,他们都无一例外地成为救济大家庭、救济农村的主力军。他们像只领头羊,带领着家族中的人做亲情救济,从而展开更多的家庭式救济。

想到这里,我被一种浓浓的亲情和使命感裹挟着,尽力给他们提供帮助吧!他们能走出来融入谋生的大军,若能走出一条超越我们的更崭新的路,形成星火燎原之势,去帮助救济他们的家族成员,走向更加美好的明天,岂不更好!

车位3米宽,可以直接停车卖菜。就郸城的两个老乡有柳州五菱车,他们在车上卖,生意很好。其余的商户占的是车位,但是没车也就用自己搭建的案台卖菜。我们也是案台,心里就想着等赚了钱赶紧买车。早市那边是市场定制好的铁案台。我找经理开了七个摊位的条子,先交了点定金给会计,说等到人来齐了再补交欠款。摊位费是按季度,菜车位月租金1500块钱,早市那边的摊位1.5米宽,月租金是500块钱。市场的摊位很紧缺,很快就卖完了。

二姐夫又催着他弟弟肖彬开小面馆,门面房就剩两间了,肖彬喊着我去招商办订了一间。二姐夫下了班,就帮他张罗开张的事,我们和卖菜的老乡都熟了,都知道我们和肖彬有亲戚,吃饭时也就经常去照顾他的生意。刚过完年,外地来京的人很多,市场上各种生意都红火起来,找摊位的愈发多了。

小卖部的小赵听了我给表弟打电话的内容,他找我说:"大姐,你也帮我找一个摊位吧,我也想去卖菜,这个小卖部能顾住我们几口子吃花,我去卖菜看能赚点钱不。"

我说招商已经结束没有摊位了。他说等我的亲戚都来了,要是干不完,转让给他一个吧!我就把早市那边的摊位转让给了他一个。又过了四五天,把另外两个也转让了出去,一个给了山东的,一个给了南阳的。当时也想到转租给他们,每个月可以多收几百块钱。后来想想他们初来乍到不容易,看着都是些憨厚朴实的农民,见农民我就心疼,去剥削他们于心不忍。

玲珑塔市场已经是火起来的节奏,当时转让费是可以多要点的。我没有跟他们多要,心里可怜这些和我一样出来谋生的人。他们后来卖水果,每次见我,就拿袋子装着给我,可我坚持躲着没要过。都是农民出身,赚钱太不易!最早订的那个铁棚子,这边一开菜,车位那边生意不好了,索性扔掉了。

我们借了哥哥800块钱上的菜。姨家表弟也来了,姑家的表弟是新婚的两口子来的。我们当时定的摊位是菜车位十五、十六、十七、十八四个连号。他们初来住房还没找到,就去旧货市场又买了床和床板,跟我们将就着都住到了地下室。

后来姨家表弟一人忙不过来,他哥哥也就是大表弟和姨父都来了,哥哥一个人也忙不过来,嫂子让她外甥也过来暂时帮着哥哥卖菜,趁着也想在这边瞅点生意干干,第二个月就分头租房住了。

当时因为河南驻马店上蔡县的负面新闻受媒体热议,河南人在京城名气很臭,租房都难。去找房子,一听河南口音,就说没房出租。卖菜的河南老乡多,许多人租不到房子,晚上就睡在案台下面。去旧货市场买个单人用的床垫子,买块大木板,买几块方木一垫,简易的床铺就搭建好了。周岗也花二十块钱买了单人床的旧床垫,在案台下垫稳妥,铺上床单,午后可以躺在下面午休,案台外人声鼎沸,也不耽误鼾声阵阵!

哥的车小,都去上菜是拉不完的,早市那边有货车出租,商户们可以拼车出租。小赵也觉得跟我们比较熟,上货总是和我们一起去。有时候缺货,补货拉得少时,蹭哥哥的车也上点。

一天夜里,小赵有事顾不上去上货,他让小姨子莉莉坐哥哥的车跟着我们去上点菜。回来时,莉莉坐在菜上面裹着大衣,怕她小犯困,我们用刹车绳给她身上栓了两道,等到菜市场卸菜时,晃着喊她还叫不醒呢!

夜里上货一般都是男人去,女人去得少。刚来那一阵儿,每天夜里周岗去上货。他每天很辛苦,可是上回来的菜,赚不到多少钱,做生意就这样,有同行没同利。我既心疼他吃苦,又生气他愚钝,罪跟人家一样受,上回来的货,总是让我发愁。我把自己对上货的一些建议和想法,跟他说了一遍又一遍,可是他听不进去,都当耳旁风了。

　　我告诉周岗:"不要看今天人家卖啥菜快,你明天就上啥菜。无论零卖还是搞批发,跟风都是不行的,谁跟风,谁的货就会砸在手里。到了批发市场,要先转几圈,整体把握一下市场的行情再装货。不要看人家装啥,你就赶紧往上凑,也不要看市场上哪种菜又多又好又便宜,就多装,这样回来准砸行。因为我们是新手,那些老菜贩可以装,人家有固定客户,人家供地有饭店、有小贩、有食堂,人家半晌午就可以回本,中午就可以降价卖了。咱们刚来没有老客户,就靠流水客,跟人家是没有竞争力的,人家降价的时候,咱们还没卖多少菜无法降价,一步跟不上节奏,就卖不掉了。要眼光独到,让顾客慢慢记住咱家摊位上菜的特点,得形成自己的上货风格,日子长了,会吸引一些老客户的。"

　　话给他说了几火车皮,可他一句也听不进去,每天上回来的菜,我都得绞尽脑汁才卖出去。卖不动时,我拿大泡沫箱盖子,用黑红两色的记号笔,立体字醒目地写上促销价格,也能引来顾客的关注。来人的时候我也学会了边卖菜边吆喝的广告营销模式,人买东西扎堆,趁有人时吆喝,能立竿见影卖一波儿。周岗下午睡觉,他不考虑我卖菜的艰辛,看我总能卖出去,上货时依旧我行我素。

　　我很生气地说他:"你上的这些货,我心都弩掉了,才卖出去,你还觉得你上的货好卖呢!"

　　他觉得我说得狠了,就怼我一句:"你中你去上货。"

　　骨子里的倔驴脾气又冒出来了。背井离乡外出做生意不容易,吵架人家会看笑话的,我喉头梗得慌,还得强忍着连哄带劝,唉!这菜上砸了,我能想办法处理掉,这人戗错了,也扔不掉贱卖不了,心里真气啊!

　　"想认清生活的真相,请你去看凌晨三点的菜市场,没有见过凌晨的街景,不足以谈人生!"这话道尽城市里的烟火人间。卖菜这个生意,看似简单,不是谁想干就能干的。菜市场里的起早贪黑、颠倒昼夜之苦,不是一般人能忍受的。

　　玲珑塔菜市场看着挺火,能赚钱的占不了三分之一,逮到鱼的少,浑水的多,优胜劣汰,适者生存!顾客刁钻,不会可怜你吃苦耐劳就认可你,上货卖货都是关键。

　　买菜的人挑着呢,比如芹菜分品类,价格也不一样,颜色鲜翠欲滴有光泽的,又嫩又好吃,好卖。发乌的暗绿色的,药味儿重,口感老,不好卖。青椒翠绿薄皮,长得比较清秀标致的那种,爽口好吃,个头大深绿的皮厚口感发闷,不好吃不好卖。尖椒上发黄的才辣,深绿的不辣。这些菜在夜间上货,靠灯光的照射,周岗总是上不好,还总是上回来"夹心菜包",我卖着菜,心里生气,嫌他没眼光。有一次实在忍不住,说了他几句,他就往案台下的垫子上一躺,耍蹩不干了。我怕人听见笑话,很生气,蹲下来撂给他几句狠话:"这是北京,不是老家,你干与不干,每天就得交房租和摊位费。上砸了货,不想着办法卖,耍蹩算什么本事!但凡老蹩筋,都有点缺心眼,你想好了,你若是不想干就回家,现在就走人!我一个人儿在这干也不会回家的,你若是不想走,赶紧起来卖菜,再蹩你一分钟也不能在这儿！话跟你说到这里，好自为之！"说完我忙我的，他爬起来没再蹩。

他的脾气我知道，不下狠招的话，他上不好货，我啥不能说，一说他还会躺平。那晚我就跟他说："今天的菜赔钱，也基本上处理完了。从明天开始，我上一个礼拜的货，看能赚多少钱。你再上一个礼拜货，看你能赚多少钱。我不想再说你，咱用事实说话吧！"

当夜三点我和姨家表弟，还有市场上的几个人，拼租福田小卡车去的。车厢里是盖菜的大棉被，料峭春寒入骨冷，男人们挤在一起裹着被子，我一个人抱膝坐在车厢的角落里。

到新发地，我的腿连冻带蜷，一下车麻木了，拎着矿灯深一脚浅一脚的，等缓过来迅速转了几圈后，市场价格和货量品类已了然于胸。但随之而来的烦忧，又丝丝缕缕缠绕在心头，毕竟男女体力有别啊！百十斤的菜包，男人扛起来轻松地走了。我虽然之前在老家抱过粮食袋子和化肥袋子，可那是近距离的呀！现在若让我从车上扛一包菜，以我的体力来个马步弓腿，肯定能扛起来，但不知能扛着走多远，我心里有点发怵啊！

当时新发地跑板车的多，专门帮上货人拉菜，一趟三块钱，一包菜是不划算的。我脑子里想着左右邻居菜摊上的菜，左边是郸城老乡，他每天的菜品几乎是固定不变的，我避开他每天上的那几种菜。右边是表弟，我问表弟上啥菜，我俩商量着上，以免冲突。脑子里又盘算着玲珑塔市场平日容易砸行的那些菜，掌握适量上，要质量上乘的。考虑着想省点板车费，上货品类不准备超过三样，瞅准了量大点，回去堆起来好卖。

我找到两样菜上货后，又留意到批发市场上荷兰豆稀缺，就转着找到一家荷兰豆色相特别好的，比平时玲珑塔市场上卖的出眼，就大着胆子一下子要了三包。

这个菜是冷菜，平日没谁敢多上，利润较高，若看不透行情上砸了，可是处理不出去的。当时我们的摊位不适合多品类，因为玲珑塔市场是一个批发兼零售的市场。三环里的那些小商贩，现在已经都在这里上货了。这种市场看着火的会干，不会干卷铺盖走人的太多了。菜的品类太多，摆不开，这一点儿那一点儿的，不够占货底的，引不来人，货卖堆山！市场上新手卖菜的都容易跟风，所以每天都有砸行的菜品赔钱贱卖，得瞅准学会不按常理出牌，才能赚点钱。

这天我们的菜回来，荷兰豆是摊位上的亮点，不到晌午就卖得差不多了，价格也卖得好。全市场就我家有，买菜的人转来转去，回来还得买我们家的。

每天夜里我都很用心地上货，一包菜不值当叫板车，光怯场不行，行动是治愈恐惧和踌躇的良药，我就把矿灯往身上斜挎着，沉下气扛起来，能疾步行走了！生活的现实咄咄逼人，我无处躲藏，只能迎难对抗！

到第六天中午，数一数，挣了一千六百块钱，还有大约1000多块钱的货，第七天全部处理干净！

接下来他上货，干到第六天的时候，挣了大概500块钱，还剩几百块钱的货底。这几天,他上的都是细货大众菜,本钱贵损耗大。又一次的蒜薹中间夹了心,切掉老的挑挑烂的扔了许多,赔了钱。二姑姐正好来看见,帮我们挑着数落着,他不吭声。他还喜欢上尖椒、青椒、扁豆,家家都有,卖不上价。

到晚上,我问他服不服,他不作声了。其实我心里知道他想上好货,心疼他吃苦,他肯定十二分努力了。上货得靠眼光,不是赌气就能上好的,想让他跟着我的上货思路,真是太难为他了!我只是想治治他的不服和不自知。

这个春天,我去上货多些。卖货更得有技巧,早上和上午是关键。得想一切办法去营销,中午一到,菜得卖回本钱,下午必须甩货。甩货时把握住时机,该出手时就得出手,特别是那些不能放的菜,当天必须甩完。卖相实在不好的菜,就等傍晚的时候,那些卖盒饭的过来采购的时候,便宜卖给他们。有的菜次日可卖,价格可以适当稳住。

没有大树，自己撑伞

一个月后，我们又在菜市场北门外租了一间房子。小姑子来了，她和我住在出租房里，周岗睡在菜市场的案台下。天暖和起来了，我给小姑子拿点钱，让她去服装大厅买身衣服。她还是爱睡懒觉，穿过的衣服乱七八糟地堆放着，不知道及时去洗。我就说这毛病得改，等嫁人了，人家会笑话的。说她时她已经知道我没有恶意，不生气了，天天下午跟着我来市场卖菜。

晚上我和她聊天时，还是想苦口婆心地给她讲一些做人做事的道理。她开始把心里话说给我，并能静静地听我说了。我一直记得那时给她说过的这段话："虽然咱俩没有血缘关系，可我嫁给了你哥，就和你哥的命拴在了一起，你是他妹妹，你过得好，我不会贪图你的，就图你哥心里高兴，家人们都放心。将来你过得不好，我们也不能常顾着你，你哥和家人跟着会难过，我也跟着揪心不好受。希望你能明白我的心，你听不听得进去，该说的我都会跟你说，能帮的我会帮你。长嫂比母，我没有别的意思，只为将来无论在谁面前提起你，我都问心无愧！我说啥你别生气，我是把你当亲人看才说这些话，但望你懂！就是等将来子颖(大女儿)长大了，我也是会把这话说给她听的。"

我们把欠二姑姐的老账新账都还完，把欠哥哥的钱也都还了，然后又攒了些钱。我对周岗说："你拿着钱带妹妹回老家一趟吧，看看孩子，把家里零零碎碎的欠诊所的那些账都还上。剩余的钱，用来给奶奶去公疗医院看看眼睛，你看着是不是要做手术吧！"

奶奶是青光眼，公爹的脾气不理事，给奶奶看病也拖泥带水，最多给奶奶买点眼药，能缓解但不治本。在家就听说去公疗医院的眼科看得好，现在能挣点钱了，早点给她做手术，省得等到老了看不见，痛苦的是她自己，麻烦的还是我们。

再说我也想借机让她把小姑子带回老家，通过这些天我对小姑子的开导，她也觉得谈的那个对象各方面都不行。在农村年龄过岗(方言，年龄大的意思)了成媒不行，该回去订婚就回去吧，别耽误终身大事。

周岗走了一个多星期，回去给奶奶的眼睛做了手术。手术很成功，直到奶奶去世前，眼睛还能认针线呢！

　　我一个人在这儿,夜里上货,白天卖,中午用被子把菜盖起来,躺到案台下面睡一会儿,忙得头不梳脸不洗。

　　周岗回来后的一天晚上,我和他一起去二姑姐的住处玩。一进胡同就听见二姐夫对她的吵骂声,和二姐嘤嘤的哭泣声。我慢下脚步,示意周岗自己先过去。周岗进屋挥拳便打,嘴里还听见他说着:"你不是厉害吗?你不是会打人吗?我让你打,你还打呀!"

　　我听到打架的声音,没听见二姐夫的声音,就走过去把周岗拉开了。问二姐夫为啥生气,二姐夫说二姑姐总是蹩他,就忍不住发火。我说:"她当初在全家人的反对声中嫁给了你,你是知道的,一个女人把自己的一生都押给了你,她老实善良,勤快能干,在你家你不护着她,除了打她,你给了她什么呀?平心而论,你真心疼过她吗?你为她着想过吗?每月的工资你给过她多少?为什么不放心她放着呢?她为啥蹩,你应该知道吧!打能解决问题吗?光靠打会服你吗?"

　　他语塞了,我让他把理摆到桌面上来,让我们听听,他不说了。我接着说:"日子是你们俩过的,娘家人只盼你们能过好,不生气,你自己回去好好想想吧!能过就过,真不能过就离婚,不能这样打着过。离婚也不是啥丢人的事,孩子她带着,我们随时欢迎二姐回家!"

　　事后我又趁二姐夫不在,劝说了二姑姐,她的性格我知道,跟周岗一样老实蹩(方言生闷气),遇事不会沟通,她越不说,二姐夫急了就会打她。我看出来二姐夫的脑子也不笨,心眼也不坏,就是脾气急。我就劝她:"我也和二姐夫聊过,多数时间是他看到你闷蹩,就会气急动手。不吭声不理他,也是一种冷暴力。生活中遇事,你俩意见不同时,别任性憋着跟他闹,得想办法去沟通,让他知道你的真实想法和需求,让他理解你的感受和痛苦,谁也不是谁肚子里的蛔虫,你不说他也不知道你的想法,他急了也就该生气了,一吵你吧,你觉得委屈就哭,一回哄着你,两回哄着你,次数多了他就该烦了,就会不顾你的感受,甚至粗暴解决。不要怕吵架就憋在心里不说,吵也得说,不要哭,吵架是一种激烈的交流,起码比生闷气强!婚姻是得用心去经营的,能刚会柔、恩威并施,必要时也得斗智斗勇。老子《道德经》里的一句话,释义很经典:软藤捆硬柴,柔以克刚!我觉得这句话用到处理夫妻关系上,智慧无穷!你不要看不透火候,光去对抗,那样你会吃亏。记住我给你说的话,这样他就是匹烈马,也会被你驯服!"

　　没过多少天,二姐来市场找我,看得出来她很高兴的样子。原来二姐夫把发的工资都给她了,让她去存起来,还说以后每个月都会一分不少地给她。她说她要辞工准备要二胎了,让我和她一起去市场西头的农村信用社,第一次开了个账户,此后二姑姐家开始存钱了!

苦并快乐着

账还完了,我的目标就是攒钱买一辆车,有车上货方便。那时我看到北京街头那么多车害怕,还有那盘绕着的立交桥,像长蛇纠缠的迷宫,若开车进去,怕是出不来。

做买卖不是周岗的强项,开车记路我服他,挣点钱也让他学着慢慢上货吧,我想有一天把孩子接来,陪着孩子一起成长。

夏天一到,我太想念孩子,农活该忙了,怕孩子有个闪失。天不亮在市场忙,周岗去买早点时,喜欢买三元牛奶或是早餐奶。我一看见牛奶就想孩子,孩子在家喝不上啊!晚上做饭有肉有菜,做得香我吃着没胃口。周岗有时候买鸡腿,买回来我做着心里不好受,家里老的小的都吃不上啊!

娘家地多,农活特别繁重,我和哥哥又都不在家,父亲怎么干得过来呢?家里那边吧,也放心不下,虽然我一再叮嘱公爹,地里活干不上就不干,一定要看好孩子,可提着的心总放不下来。周岗回家给奶奶看病时,装了固定电话,好在我每晚可以往家打电话。有两天不知为啥,我的心里莫名地难受,坐卧难安,对孩子挂念得要命,有一种想哭的感觉。我就赶紧往家打电话,公爹说没啥事,我让他有空去酒庄看看颖儿,我心里总觉得没个着落。娘家没有固话,打电话没有家里方便。

过了两天,我又往家里打电话,颖儿回家了。公爹说我爸和我妈太忙了,他把孩子带回家了。我又开始担心起颖儿来,她和我一样脸皮薄,属于敏感型。我担心家里没人管,屋子里脏乱,蚊虫都咬她,又怕女孩监护不好,受到什么意外的伤害,脑子里总想着各种可怕的儿童伤害案的镜头。仿佛看见了俩孩子找不到妈妈,看着别人有妈妈时,那种无助和羡慕的眼神,恨不得一下飞回家里陪着孩子。

秋收时节,我跟周岗商量,让他自己看摊位,我要回家看看。临回去的头天下午,我去物美超市买了些礼物,除了吃的零食,还有烟和二锅头,想着两边的老人、孩子,还有曾帮助我的亲人们。礼轻情意重,回去想分别送点到各院里去,看看他们说说话儿。

一进后院的家门,满院子柴草棍棒上,还是奶奶晒的破旧物品,乱七八糟,杂然无序。一群鸡在院子靠东的麦秸垛顶上挠食着,我一进来,孩子们脏兮兮地高喊着妈妈跑出来,吓得鸡们乱飞。奶奶和公爹赶紧出来接过东西,奶奶还是衣衫不整,但是喜笑颜开地说:"出去真好啊!这走时两手空空,到城里吃着喝着,省了家里的,回来还拿着人家的!"

我问她眼睛咋样,她更高兴了,说:"医生咋怎能嘞!一开始岗说做手术,我吓嘞不能行,光怕做瞎喽,谁知道做了手术看东西怎清楚啊!某某(人名)和我一样青光眼,儿孙一大片也没人给她看,俺岗从北京一回来,就带我去医院了!"

奶奶说话就这样,啥时候都是夸自家孩子,不翘边着数落媳妇就不错了。公爹也显得比之前苍老了许多,我们不在家,老小也烦劳他呢!他才五十出头,但头发白得早,被太阳晒得像干草般枯黄。

我搂过孩子们,撸开颖儿的裤腿,都是抓挠的血痂,秋蚊子厉害,身上被蚊虫咬得没有好地方。儿子进屋赶紧抓一把爷爷给他买的瓜子,往我手里塞,我接过来鼻子发酸想哭!

堂屋里东间住的是小姑子,衣物凌乱,她一回老家就又被打回原形了,无语!正是干净讲究的时候,却懒得收拾东西,也不收拾自己。

我把包打开,给老人孩子拿吃的,又把用皮筋套着的三捆一元纸币,交给奶奶,奶奶把钱摸了又摸说:"北京的钱都是新的啊!"

那时是假币横行的年代,奶奶不敢花整钱,公爹也认不出假币,老家的零钱都是破旧不堪的。临回来每天晚上数钱时,我把崭新的一元纸币挑出来些,一百张一捆,给奶奶带回来。经常有走街串巷的小贩,她可以在家门口买东西用。

我牵着孩子走到我们前院的家,女儿自己睡一张小床,下边的小褥子上,星星点点的都是血迹,我再也忍不住,坐下来搂着孩子,眼泪扑簌扑簌掉下来!颖儿睡着时,皮肤都挠破了,血迹浸在了小褥子上。儿子皮肤耐受力比女儿好,挠得不那么厉害,他跟爷爷一起睡,屋子里苍蝇蚊子多,夜里连吵带咬,真不知孩子咋睡着的。

我先带孩子去邻居和大伯、干爹家说说话儿,下午洗刷收拾东西,第二天准备去酒庄。公爹告诉我,子颖在姥姥家掉河沟里了,差点被水冲走,说怕我挂念没敢跟我说。就是我打电话说心里不好受那两天的事,怪不得那天我对孩子的牵挂,有种揪心的撕咬的疼痛,心像掉了一样慌乱!无心卖菜,看来爱是有感应的啊!

酒庄的地形,汛期水大时像一个孤岛,兰河西岸是酒庄,酒庄的南边有一条小河沟,北边还有一条小河沟,三面环水。我家在村北,孩子们出家门走村北的路,去兰河东下地要过三座桥,北河沟上两座小桥,过了第二座小桥不远就是兰河大桥,村里孩子都喜欢在第二座小桥旁边玩。

正赶上秋收,我和孩子吃过早饭到酒庄时,嫂子已经带着孩子去地里摘棉花了。父亲一手拎着镰头,一手拿着一嘟噜系在一起的玉米棒子,他身后披着秋日的霞光,朝家

里走来,我赶紧叫着上前接过来他手里的玉米棒子,父亲比之前更瘦了!

秋收学校放假,二十多亩地,我和哥都走了,剩下他和十七岁的三弟撑着两个家,没日没夜地干啊!体弱的嫂子一刻也不舍得闲着。父亲半夜就起来去地里砍玉米秸,侧弯着腰身砍久了,走路腰胯趔趄着,连累带饿步子看起来有点踉跄!早起的露水沾点砍秸秆带起的土,弄得裤腿上满是泥浆,脚上还是从不改款的帆布解放鞋,也被露水混着泥湿透了!

母亲在忙着扒晒玉米堆,破旧的灰色涤纶布裤子,站起来时小腿后边的裤腿,卷曲成很多条横褶子,弹簧一样地往上提拉着。父亲还没吃早饭,我赶紧给父亲打水端饭。望着父母刻着岁月风霜、沧桑憔悴的容颜,心太疼!

父亲边吃饭边讲起了子颖落水的经过。汛期雨水大,村里坑塘河沟都是水,兰河下游提闸时,上游水、河沟水就往兰河里流去。第二座小桥附近地势洼,旁边还有坑塘,水几乎漫过桥面,水流急柴草碎屑漂浮着在小桥西侧聚堵了许多。11岁的侄女和邻居家与她同岁的辉霞,吃完午饭领着两个侄子还有女儿去东地。他们走到第二座小桥时,正当贪玩的年龄,觉得好玩,就在小桥上站着看水。四岁半的子颖不小心一脚踩上了桥西侧的草沫子,像下饺子一样掉入河沟中。河沟最少得两米深,侄女看到子颖瞬间不见了,吓得大喊救命。中午周围没有大人,侄女都急哭了!刚好这时辉霞的哥哥鹏辉赶了过来,他才十三岁,来找妹妹回家吃西瓜。侄女看见他赶紧拉着他,求他下去救子颖,他害怕水深不敢跳。侄女拽着他让想办法救人,他们都呆呆地紧盯着两边的水面,冲过桥洞的水打着漩涡,漩涡里露出了子颖的一只小手。侄女看见了大叫:"手!手!快救!"说时迟,那时快!鹏辉弯腰伸手拽紧子颖的小手,把她拉了上来!子颖呛了几口水,并没有生命危险。

父亲下地回来得晚,正在院后的场地里吃午饭,有人告诉他子颖掉河里后,吓得碗都扔掉了,拖鞋跑掉了,光着脚向小桥飞奔而去!看着吓得迷迷瞪瞪的子颖,父亲把她倒背上肩头,让她倒着吐口水。

嫂子听说后,从地里赶过来,把侄女打了一顿,责怪侄女领着弟妹们去河边玩。父亲又买了些物品去鹏辉家里,感谢他对子颖的救命之恩。父亲给我提起来还心有余悸,直掉泪,后怕呀,要是冲出漩涡,顺着水流就入兰河往下游去了,上哪儿去找孩子啊!子颖真是命大,只希望这孩子大难之后必有后福。鹏辉是她生命中的贵人!来得巧,俗话说得好,人不该死有人救啊!

天该转凉了,我把该穿的棉衣给儿子准备好,给奶奶剪剪头发,她以前不愿意剪短发,这一剪她说还真是比长发得劲儿(方言舒服)。我在家待了半个月才走,这次我先带走了女儿,想等买了车稳妥后,等过春节时,再带儿子。

就在我带着女儿刚到北京后,这市场的老板看到找摊位的商户很多,就又把菜摊重新规划,原来几十个菜车位没了,又往西延伸后,背对背开了两排摊位,焊接成了大棚摊位。每个摊位月租金一千五百元,但由原来的三米宽变成了一米五,得要两个摊位才能摆开菜,这样每月得交三千块钱的租金。

姑家的表弟买了五轮的时风车,摊位这样一调整,车不能直接停在摊位卖菜了,影响销量。姑家老表就把他弟弟也叫来了,他们家人手多,不愿意在这儿一天到晚守着市场上的摊位小卖,他们去新发地发货去了。

二姑姐在四环边租了房子,她已经怀孕几个月,现在啥都不干,二姐夫让她在那边养身体。她离市场有二三里路,经常做了好吃的,用饭盒给我们带过来。天冷了,她说她心疼我们,市场上许多人的手和脸都长了冻疮,有些老乡的脸,头年的冻疮紫斑,过完夏天都还下不去呢!爱长冻疮好像也跟体质及家族遗传有关,我们家族的人没有谁生过冻疮,哪怕再冷的天,也仅仅是皲裂。可能是因为气血比较足,血液循环比较好,我从小到大不知道冻疮啥样儿，只是常见长冻疮的人。小姑子在老家两手不沾阳春水，带着暖袖，还挡不住长冻疮。周岗也是在老家爱冻手，在北京更冷，手一冻就肿。到了冬天卖菜，白天我盯着摊位的次数多，让他跟孩子玩，忙不过来时，就在下面打打下手。

如今二姑姐提起来那几年说，一想到我们在北京卖菜受罪，就不好受。

冬天的菜容易冻损，消耗大，有的菜挨冻了放到温暖的地方能还阳，比如香菜和圆白菜等。有的一挨冻就得扔了，所以冬天不挣多少钱，是卖菜的淡季。春节生意好，过年我想多挣点钱买车，就没有回去。哥回老家了。过了正月十五，我给哥哥打电话，让他来的时候把儿子哲儿带过来。

哲儿来那天，我买了2.6斤上好五花肉，做了红烧肉，把肉切成块后焯水去血沫，锅里放适量油，加适量白糖起小火，然后搅拌，看着油面起泡，颜色变成黄红色。放入焯好的五花肉、葱段、姜片、大蒜翻炒，加入适量的水和食盐，我还喜欢放点八角和良姜。开大火烧开后，改文火慢炖，做出来的红烧肉颜色红亮，肥而不腻。女儿不喜欢吃肉，儿子馋得很，他几乎把一整碗红烧肉吃完了。我怕他吃多了不舒服，但孩子吃得香，真不忍心说不让他吃。

二姑姐的月份越来越大了，他跟二姐夫商量搬到了我们住的院子里。他说二姐夫上班不自由，到时候赶到什么时候生，得上医院，我们在市场可以随叫随到，这样她心里也就踏实些，胆儿大了。

开了春，生意也随着天气的回暖景气起来了。哥哥和周岗还有姨家表弟去河北固安买了那种时风三轮，装货多，成本小，驾驶室内有一个卧铺，等货的时候可以休息，起码不怕风吹雨淋了。

去新发地上货人得熬夜，成天跟过年似的起得早，我觉得这种作息规律打破了人体生物钟，不能常干。周岗上货比之前强了许多，但眼光还是不行。我得照顾两个孩子，夜里无法去上货。摊位租金加上房租吃喝什么的，每天挣两百块钱够盘缠。我寻思着得想办法既要挣到钱，又不能长期这样熬夜透支身体。我这个人不怕出力，却不愿意熬夜。挣钱的目的是为了更好地生活，若是以牺牲健康为代价，那就要另谋生路了。因为我一直有这个观念，所以我愿意出苦力，也不愿进工厂干那些对身体健康有影响的活儿，无论能挣多少钱，都诱惑不了我。

我们是从姑家表弟那儿知道，大兴南边有个菜农自产自销的市场叫沙窝，他经常去沙窝那儿瞅货，瞅准了货拉到新发地搞批发。我就想着我们也可以去沙窝拉货回来，直接在市场卖，可以减少中间流通环节，一是能多赚取中间差价，二是这菜是当地农民现摘的，新鲜好卖。

上沙窝上货有一个弊端，就是菜的品类很少，是当地菜农自己种的菜，路途比新发地远得多。每天中午十二点出发，晚上八点左右回来。哥哥的菜摊离开他不行，我忙，帮不上他太多,所以他还是得去新发地拉货。表弟有时去沙窝,有时去新发地。我让周岗坚持去沙窝拉货,货新鲜好卖,利润也不错。他天天一个人去拉菜,也不敢拉太多,我的心就跟着他似的,怕路上有啥事,到点不回来,就往坏处想,挂念得要命。

我就又开始琢磨,怎么能一次多拉点耐放的菜,减少上货次数,他能有空守摊,我能腾出来多陪陪孩子。有了这个想法,我就决定亲自跟他一起上几趟货,观察一下那边的市场。

沙窝市场的菜农很朴实

麦收后的一天 12 点,我把菜摊盖上,带着孩子和周岗一起去沙窝。那时没有导航,周岗路记得很熟。崭新平坦的柏油马路纵横交错,透过车窗路两边整齐的绿化树,飞速往后闪去。孩子们在卧铺里躺着,我坐在副驾驶上,看着两边的田园风光,离开了喧闹的菜市场,觉得心情无比轻松舒畅,周岗也高兴地哼着小曲儿。我心里想着到市场和菜农多交谈,没准会捕捉到更大的信息,能找到当下最适合自己的营生模式。

过了花乡桥往南就到了沙窝,这是野外的一个大市场。到处都是当地的那种小四轮,带拖斗拉的冬瓜,也有三轮摩托车拉的南瓜、豇豆、扁豆、西葫芦等。他们都是附近的菜农,皮肤因长期的风吹日晒显得黝黑,我们从瓜车旁一过,他们都用期盼的眼神打量着我们,希望能早点卖掉回家。我跟几个菜农打听到,这个市场就冬瓜上市的季节是最长的,从麦收开始到初冬,一直有货,其他菜都是应季的时令菜,量不大。

刚收完麦子,新上市的那种小架冬瓜很好卖。个头三到五斤重,长得匀溜个,白霜挂得好的为上品,一毛五一斤,白霜少大小不等,卖相不咋好的一毛到一毛二。周岗平时不敢拉太多,再配点其他货回去。他上货爱瞅便宜,总拉那一毛二的回去,我说过他很多次,他还是克服不了。我喜欢好货,只要看准货,菜农要价差不多就成交,不喜欢低低薄薄地磨蹭价格。虽然知道磨下来的都是纯利润,我却不想在乎那一点差价,菜农辛辛苦苦种几个月才一毛多一斤,咱转手赚几倍还多,自己也种过地,不忍心!

菜农跟菜贩不同,去菜贩子那上货我能杀价。尤其是这种田间地头的市场,价位这么低的货,只要货好,回去能卖上价,也好出手,照顾点菜农,心安!

我边看货边对周岗说:"不要把那几分钱看在眼里,贵三分钱回去多卖一毛钱,好出手。咱今天转完了市场,你看拉好货的菜农不多,他今天拉了好货家里还会有,小冬瓜刚上市,不可能就这一车,这种菜农都是同行中的领军人物,他种菜时是细作人,肯定会选品种也会管理。"

我先瞅了一车卖相好的小冬瓜,一毛五一斤,我跟着他的车去过地磅,当时我瞅着电子磅的数呢,看完就记住了。过完地磅有票据,那个菜农有四十多岁的样子,上衣是白色短袖，他把票据往上衣口袋里一塞，就开车停靠到了我们的车旁。他站在车里递冬瓜，周岗站我们车里接过去，码放冬瓜。

我又瞅了半拖斗老南瓜，才九分钱一斤，回去五毛钱一斤好卖，因为这种南瓜在新发地，发货也得三毛钱。盘算着再捎带点儿豆角之类的回去，这种鲜货利润高，过两夜就老，不能多装，次日一天内得卖完。小冬瓜和南瓜都耐放，卖几天没问题，所以我敢放开量上。这一车可以拉三千多斤冬瓜，再配上一千多斤南瓜和几样豆角等时令菜，回去看行情酌情卖，这车货可以赚两千到三千块钱。

等我领着南瓜车过了地磅到我们车旁时，冬瓜也快码完了。我让那个冬瓜菜农把票据给我，我在地磅那儿等他，过完空车后给他算账。他在上衣口袋里摸了又摸找不到票了，车上地上都没有，可能是他来回地弯腰抱冬瓜时，掉出来被风吹走了。

汗流浃背的他很懊恼地自言自语说："这咋办？总不能再把冬瓜倒两遍吧？我说了斤数你也不信啊？"

他又把车上剩的几个冬瓜递给周岗后说："你们估堆随便给吧！你们天天拉货一看也差不到哪儿去。"

我就接话了："我记着数呢！我说出来你信吗？"

他想都没想，说："信！你说多少我都认！"

我报出了我记住的数字，他瞬间放松了拧紧的眉头，憨厚地笑了："你报的是实数，我嫌累不想折腾，再说也不忍心让你家老弟跟着折腾，这事儿怪我，好瓜折腾得掉霜影响卖相。就今天这票一丢，这近四千斤瓜，你少报一千斤我也得认，这一报数，看出来你是个实在人！我年年卖冬瓜，今天是今年的头一趟，几亩地的冬瓜呢！一车瓜有多少斤，我都心里有数，不问磅也差不到哪儿去。你今天上货一眼瞅中我家货不还价，我就看出来你人不差，生意也肯定好，我家冬瓜在这市场上一流，你识货啊！下次啥时候来上货，我还卖给你，这市场上这么好的冬瓜不好找。"

他给我留了电话，让我上货头天晚上给他打电话，他会在上午摘最好的冬瓜给我们送来。那次回去后，冬瓜好很出眼，北京人喜欢，我们卖的价格比预料的高。

几天后，我们卖完联系了他，次日他准时给我们摘了一车好冬瓜送来，并且还带着他媳妇，用三个化肥袋子给我们装了六个大西瓜，说特意挑出来，送给我们吃的，到城里买不到这么好吃的西瓜。我很感动，多么朴实的夫妻！

这一季我们都拉他家的货，拉完小冬瓜，拉大白冬瓜。后来好的白冬瓜七八分一斤，次点的白冬瓜四五分一斤，黑皮的架冬瓜低到三分钱一斤。我可怜他们卖完不够力气钱，说我们市场已没人敢上冬瓜，回去比别的市场卖价高。可他还是坚持依市场行情，不涨价格给我们。

他真诚朴实的几句话让我很感动："丰收了行情赖，不能多要你们钱，你们背井离乡出来就是挣钱的,看你们拉俩孩子起早搭晚,多不容易啊!"

从沙窝拉的冬瓜和南瓜,我们全部码放到摊位垛起来,隔老远都能看见。我又拿泡沫箱盖,用黑红两色的记号笔写个醒目的广告牌子"批发零售,量大从优"。果然很吸引人,一来人就一直不停地卖。这样我们就占了竞争优势,因为市场上有人从新发地拉回来的冬瓜,价钱最低是三毛。我要是碰见大客户来要,我们能卖,他们就没法卖。这车货我们一般能卖三到五天,所以上货也省心了。新发地市场除了有我们拉的这种南瓜,还有小金瓜、山西老倭瓜批发。我们市场的商户见我们上这种南瓜便宜,他们不再上这种与我们竞争,会上别的南瓜品种。我们把南瓜作为配货上,主要就以冬瓜为主,量多、质优、价廉,市场上几乎没有竞争对手。商场如战场,卖了一段时间后,玲珑塔市场上再无人上冬瓜,我们家成了独家生意。

沙窝秋后就没货了,姑家表弟找货信息灵通,从他那儿得知,河北香河的冬瓜特别便宜,我们就跟着他跑到河北香河拉冬瓜。还没到市场,就看到冬瓜地头的沟里,堆的都是冬瓜,没有大的客户来,当地冬瓜产量过剩又价格低,卖了还不够工钱,菜农气得干脆扔掉了!

白皮带霜,才五分钱一斤,白皮冬瓜品种比黑皮的好吃。天气渐凉,冬瓜也能放,我们拉回来就慢慢卖,囫囵个卖五毛一斤,切开卖一块或是一块五两斤。

香河的冬瓜个头大,十几斤到几十斤的个头都有。一车拉五六千斤,回来后,我站在菜案前的车上,撂递冬瓜给周岗,周岗接住码放到菜案子里面。那段日子锻炼得臂力大增,以至于后来,他在车上撂,我在下面接,十几斤的冬瓜像接砖块一样轻松自如。

零售切开每天也卖不少,熟能生巧,一搾多粗的冬瓜一斤大约是几厘米,切下去就差不多刚好,顾客来三斤两斤的一刀准。工地、饭堂都来买,我们有小三轮车,老客户不用来,只需打个电话,周岗就可以去送货。

周岗来北京后,喜欢剃光头,老乡之间,喜欢起绰号,叫他名字的人少,喊光头的多。后来我家冬瓜卖出了名气,竟然渐渐不喊光头了,直接喊他冬瓜。

在沙窝上货,还有两件事让我至今难忘。一次是天快黑了,我们的货已装得差不多了,我习惯最后溜一圈,看看有没有可捎带的细货。看见一个老农面前堆放三包白不老(一种白色扁豆)豆角,就问他怎么没车子。他说蹭邻居的冬瓜车来的,人家早卖完回家干活了,他们村卖冬瓜的人多,等卖了蹭车回去。他又说扁豆好,他想卖一块钱一斤,舍不得放价钱,耽误卖了,天黑了现在八毛也准备卖。

灯光下,他用粗糙变形的大手,抓起白嫩的豆角给我看,这双劳动的手一下子触动了我心中最柔软的地方。我没去仔细看货,蹲下来用手把袋口系好,用非常温和的语气说:"您找个小磅称一下吧,一块钱一斤我全要了。"

称完后我又跟他说:"钱在车上呢,我没带着,咱俩一人扛一包送车上,剩下一包你先让熟人看着，等到车上给你钱后，回头我再扛过去。"

我俩一人一包，我在前面带路，我走路比较快，肩扛重物走得更快。人很多，我钻入人缝车缝后一回头，瞅不见他了。放下菜包等他不来，又扛着回头找他，他正扛着扁豆原地打转儿瞅我呢！

我心头一热，眼睛发潮，暗暗自责，赶紧喊他。听见我叫他后跟上来说："看不见你了，我吓坏了，以前被人扛走过菜。"

我说："您跟我父亲差不多年纪，我们在家也种地，知道种菜有多苦，我能想象出你在地里摘豆角的样子，农民换点钱太不容易，我才不会坑您呢！"

唉，是我没有顾及老人，只顾肩头的分量压着，走得太快，让他心慌了。

还有一次，是固安那边的一个菜农，开农用三轮拉了一车西葫芦，他说："我们固安那边的菜农把西葫芦地都犁毁了，收了也卖不掉，我拉一车来沙窝看看怎么样，谁知道也像抹屎了一样臭，没人问。刚有人问，这一车给八块钱问我卖不，我气得说扔掉也不卖，市场的进门费还10块钱呢！"

我问他要多少钱卖，他说："你给我十三块钱得了，这趟算瞎了，不赔进门费，剩三块钱买馅饼吃了赶紧回家。"

我掏给他二十元，没让他找钱。看着这些西葫芦，我心里深感有种说不出的沉重和压抑，想叹气！二十块钱，在北京仅仅能买一盘普通炒白菜，却买了一车西葫芦！

市井百态

2001 年整个冬天，我们没挣到钱。进入 2002 年的冬天，香河的冬瓜卖完后，我们还得去新发地上货，货贵损耗大，市场上商户多，竞争激烈。部分商户靠投机钻营挣不义之财，一个老乡告诉我："你这样用顶斤秤卖菜，去新发地上货是挣不到多少钱的。"

我说："去年就没挣到钱，就是春节的时候，我们存点货，货涨价了才赚点差价。"

他告诉我："你们去新发地买个秤吧，让卖秤的给你调成八两秤，像冬天的菜，都五六块一斤，就是啥价来的啥价卖，一斤也挣了一块多钱。"

我说："那市场上不是有公平秤吗？人家要找来了咋办？就是人家认亏不来找你，下次也不买你的菜了。"

他嘿嘿一笑："北京人多着呢，他不买有人买啊，天天蒙也蒙不完。"

说实话，他说的我早就懂，早就发现他们的秤不够数，因为在市场上，每天因为分量不够吵架的此起彼伏。周岗也说过想买个八两秤，可我不想靠这法子挣钱，就在上货时多用心，想着挣钱也要取之有道。

有一次周岗上货的时候，在新发地真买了个八两秤回来。我唠叨着不用，看摊的时候我还是坚持用老秤。周岗把八两秤摆了上来，让我降价，我不听还是硬着价格卖，卖菜时就又把亏损的给折算着加上了，这样心里有了底气，可以掷地有声地对顾客说："市场大门口有公平秤，您可以去约秤，短一赔十！"

周岗看我这样，干脆又换上了老秤，然后说："看着少也真心虚，光想加点，我下次上货让卖秤的调回来，还是用良心秤吧！"

我就故意取笑他："反正我不用，你咋也不用了呢！人啊！谁都不傻，走过去心里都会有杆秤，买卖公平自愿，咱该卖多少价还卖多少价，不短分量不亏心。"

此后在农贸市场坚持干了三年多。从来没有因缺斤短两让人来找过。我特反感那种不正当竞争，以不良手段牟利，这时候我就想，不可能永远混迹于这里，萌生了将来要离开农贸市场的想法。

那时候天黑收摊时，还有一道极不和谐的风景，就是有的菜贩把一天卖剩下的那些蔫吧菜,用刀剁碎扔到垃圾车上,还有直接摔碎扔地上的。我问他们为什么不送人,他们说扔掉也不让人捡,天天捡着吃,就更不会买菜了。因为收摊时总有人来捡菜,那些人收入很低,甚至没有收入。我从来没有扔过菜,总会把这些菜送给那些人。

看似寻常的菜市场,熙熙攘攘,鱼龙混杂,却可阅尽市井百态。最能抚慰人心的,是记忆中的那一缕缕温情,一些人,一些事,总是那么难忘。那时候有许多老主顾,他们一来菜市场,会直奔我的摊位,照顾我的生意。

有一个做食堂采购经常来买菜的大哥,每天买完菜都要让我给他写个收条,日日如此。我忙时,他不急就站在一旁耐心地等待,他骑个小三轮,高高的个子,相貌清俊,言语不多。

有一天他来得较晚,当我把菜给他备好,把收据写好,双手递给他时,他说话了:"知道我为啥天天买你家的菜吗?我就是喜欢你写的字,就是想每天看到你写的收据条,在菜市场写字像你这么好的不多,字迹洒脱灵秀!"他每次要买的菜只要我家有,不问价格不挑品相,然后让我给他在收条上写清楚价格斤数,并在落款处的日期后写上我的名字。

刚来北京不久,市场上有一个中年男子长得白净、微胖,他买过两次我家的菜。有一天早饭后,他站在我的摊位前打个招呼,迟疑了一下,没买菜就走了。稍后,他又回来站在摊位前,等着别人走后轻声地跟我说:"妹妹,想跟你说个事,不知行不?"

我说:"有啥事?你尽管说。"

"我今天早上穿睡衣出来的,忘带钱了,我想借你点钱去买东西。"他说完微笑着,用温和的目光等着我的回答。

我打量他一眼,他斯文儒雅,有谦谦君子之态。我就问他要多少,他说七八十块钱足够了,我就拿出 100 块钱给了他。他说明天来买菜的时候还给我,我说不用急,哪天来记得就行。第二天早饭过后,他就带着 100 块钱来了,站在摊位前跟我又聊了一会儿。原来那天他先去了两个常光顾的摊位,没好意思提借钱的事。走过我家摊位时,虽然买我家菜不多,但感觉我和别的菜贩有所不同,就又回头决定向我开口。他自报了姓名,并说他老家是陕西渭南,他是某职能部门的一个处长,并给我留个电话号码,说在这儿遇到什么困难,可以找他。

俩孩子每天在菜市场里面,忙时就让他们坐在摊位里面玩,一会儿不注意他们总是跑出去。不能给孩子良好的成长环境,每天听到的是叫卖声和讨价还价声,常常因此想到孟母三迁的故事,心里时不时有种对不起孩子的愧疚。

记得有一次,就我和三岁多的儿子中午看摊,我让儿子盯着,我去趟卫生间。当时卖的是黑皮冬瓜,进价每斤三分钱,案台上我给他切好的冬瓜每块三斤,告诉他价格是一元三斤,有人要的话,正好一元一块。零钱在钱箱子里,不会找时,邻摊位阿姨帮忙。

等我回来时,一个老爷子看见我哈哈大笑说:"你家小子真行啊!我问他,小伙子,你家冬瓜咋卖?他说一元三斤,我故意考他,一元三斤是多少钱一斤啊?他大声回答,你自己算!哈哈,这小子机灵!"

每天收摊之前,一些没有处理完不能放置的菜,我就带着孩子拿到市场门口旁的空地上,摆成一元一堆处理。顾客围上来时,两个孩子就学会了卖菜收钱,潜移默化中,孩子有了最初的商业意识。

有一个自称家住航天桥附近的长者,大约有 60 多岁,身体看起来很健朗,他天天乐呵呵地站在摊位前逗两个孩子,听他们说话,看他们玩时流露着一脸的慈祥。有一天,他说他是一个空巢老人,一个女儿和外孙女都去了国外,家里各式各样的玩具太多了。还说看我天天这么忙,也没有时间陪孩子,如果放心他的话,他可以跟孩子玩,他非常喜欢这俩孩子。他说我可以每天吃过早饭,把孩子送他家去,到晚上再接回来。我谢绝了他的好意,说孩子皮,看孩子太累太麻烦,哪能辛苦你。当时对他的话我是很感动的,从他那喜欢孩子的表情中,能看得出来,他是善意和真诚的!

2003 年,玲珑塔市场搬迁到了隔条马路的徐庄,改名徐庄市场,又一次调动摊位。我们从出租屋到市场天天骑三轮,孩子在市场跟着虽然苦点,阴雨天和晚上却是我们的快乐时光。那时候没有智能手机,出租屋里只有一个电视机。孩子可以看他们喜欢的动画片,睡前我喜欢教他们唐诗,也喜欢用五音不全的嗓子给他们哼唱一些我熟悉的旋律,如东北摇篮曲《月儿明,风儿轻》,广东音乐《彩云追月》《梁祝》《二泉映月》《北国之春》等,并给他们讲乐曲背后的故事。一次给他们唱《回娘家》时,儿子问:"这个妈妈咋不骑三轮车带着娃娃啊?鸡也飞了,鸭也跑了……"孩子肯定是被带入了歌曲的画面中,又想到他们有妈妈的三轮可以坐。有一阵儿,我迷上了郑钧的《灰姑娘》,天天路上唱。儿子听到我唱,一次却把词儿记错了,他一开口把我逗笑了:"我的脏姑娘……"

哲儿自小就有强烈的自我保护和维权意识,市场上的孩子很多,乱跑是普遍现象。哲儿三岁多时,一日正忙,表弟说:"姐,你听,是培哲的哭声,我去看看。"

表弟翻身跃出菜案,一会儿抱着哲儿,后面跟着颖儿一起回来了。还跟过来一个骑自行车的中年男子,那个男子说:"孩子真的没事,我推着自行车走,这孩子撞我车了。"

哲儿挣脱下来,咧开小嘴带着哭腔指着自行车的后轴告诉我:"我站着,他车把我刮倒了,就是这儿刮着我大腿了。"

我一看原来他的车后轴是改装的,轴向外凸出了很多,把孩子的大腿刮伤了。表弟看着侄儿,忍不住笑,跟我说:"我赶到时,培哲用双手拽着他的自行车尾座大声哭喊着,你不能走,你撞着我了,旁边的人都夸这孩子胆儿大。"

骑车的人笑着不好意思地说:"那咱们一起带着孩子去看看吧,看看也放心。"我不在现场,不明白情况,因为担心孩子,就去了附近的 304 医院的门诊,门诊医生摸了摸,捏了捏,也又让孩子走走路,说应该没啥大问题,建议拍片。我看孩子就皮肉有点伤,也没大碍,就没让拍片,回来了。

智怼"骂街女"

菜市场是多种味道混合在一起的地方,难闻,但为了谋生不得不终日忍受,这就是生活的味道吧!看惯了尔虞我诈,也听熟了讨价还价,市场上打架斗殴更是常态。

我家平日专卖冬瓜,经营简单,跟同行没有矛盾,和顾客也没啥口角。邻摊位的淮阳老乡小丁,常因菜被扒皮狠了、挑了、捡了、抹钱了跟顾客吵架,经常气得红头杠脸,口沫飞溅。专卖黄瓜的艳丽身材高挑,很漂亮但不认字,顾客需要时,常让我帮她写收据。她天天和老公抬两百斤的大黄瓜筐,臂力练得杠杠的。她性格豪爽,好打善斗,曾因和顾客打架多次到派出所报到。我和艳丽爱在午间顾客少时聊天,她说打架有瘾,好不好就想动手打人。她说时我还劝她不能总那么冲动,可不久就发生了一件让我冷静不了的事了。

2003 年春"非典"时期,我家除了冬瓜,又连夜去新发地库存了许多白萝卜和莴笋。那天我正用刀子削去莴笋根往菜案上码放,来了两个和我年龄相仿的女子。她们问了价说了一句咋恁贵,我说"非典"期间批发商涨价了,我们也只得水涨船高。她说白萝卜润肺,多买些储存家里,伸手就拔掉了约两寸长的半截萝卜缨子。我赶忙阻止说:"我们是带缨子来的带缨子卖,请不要再继续拔掉了。"

她没听见似的继续拔缨子,我用重音提醒她:"第一个不算,下面你拔掉的缨子,待会儿我要把缨子和萝卜一起称分量卖给你。"

她一口气去掉了七八个,我称秤时就把萝卜缨子给她带上,跟她说,要不带缨子的话,这个价钱我们会赔的。

她斜了我一眼说:"萝卜缨子我又不吃,你这样我不要了。"

我说:"你拔第一个萝卜时,我就开始告诉你了,你为啥接着拔掉一堆?"

她不耐烦地说:"我就不要了,你能怎么着?叨逼叨得你没完没了了!"

我一听也来了气:"你咋这么横呢?还骂人!"

没想到她拖着京腔国骂京骂一起来:"废什么话呀?你他妈的骂你怎么啦?一个破卖菜的外地人,你他妈臭丫挺的,我就骂你了,怎么着吧?"

一句"破卖菜的外地人"已经触到了我的底线，几句京骂燃起了我心中喷射的怒火！停下右手中削莴笋的刀子，使劲往我脚下那个泡桐木的钱箱子上甩去！

平日我们卖菜无聊时，和周岗逗能比练过单手甩刀子的动作。那木箱早被我扎得千疮百孔，所以盛怒之下这一甩，刀尖牢牢扎入木头，晃动着的刀柄闪闪而立！

我大叫一声："今日姑奶奶让你尝尝外地人的厉害。"

骂声未落，同时左手点按菜案，扬右手抬右腿飞身跃上菜案，目光灼灼怒视她俩大声说："你吃不起白萝卜别来菜市场瞎逛，想打架，是吗？咱别在这儿打，我怕伤了邻居家的菜，市场门口有小树林，走！咱们在那儿见高低，你俩轮流单挑，还是群上？今日我奉陪到底！"

话说完我轻嘘口气，控制一下情绪，稳一下神，瞅一眼她俩充满恶俗的脸，脚上是扭扭捏捏的高跟鞋，我便扬起双臂纵身飞跳下菜案，穿着旅游鞋的脚轻轻稳稳地落成了马步姿态，无声地向她们展示着我无所惧的底气！

周围卖菜的老乡们大喊助威："卫红，打！焊她丫挺的，没有外地人，问她吃啥！"

她俩一看我这架势，被镇住了，面面相觑！

这时候，管理员听到喊声四起跑来了，问为啥，我把前因后果说了一遍后问她俩："你们是认怂买菜，还是打架？想打，走！别说在市场老乡多，欺负了你们，咱们小树林里论英雄！"说完我用傲视的眼光盯着她们。

其中一个没骂人的女子说："给我们称了吧，我们要。"

事后艳丽和小丁就纳闷："你咋一恼火，人家就怂了呢？我们咋吓不住对方呢？人家咋不怕我们呢？谁也不想去派出所啊！"

我就笑了："小丁和人吵架就像老家的街头妇女，就是打架也不分胜负，狗皮袜子没反正的那种；艳丽不会吭声，恼了就骂，出手就打，火力太猛，杀伤力太强！所以光进派出所。打架是一门学问，吵架更是一门艺术！"

人生就是一条起起伏伏的坎坷之路，福祸相依。在漫长的生命长河中，那些快乐的记忆就是我的高光时刻，当外界给我的压力让我感到无法面对时，则成就了我最低谷的时刻。

2002年到2003年两年间，那么多的意外和不顺如恶浪般向我席卷而来。每每孩子睡去，我独坐灯下夜不能寐，痛苦不已。从没有织过毛衣的我，见相邻出租屋的大姐在织毛衣，也买来毛线给自己和小姑子各织了一件，以此机械的反复，来打发那些不眠之夜的痛苦！

天有不测风云

2002年春,侄子在学校跟同学打闹伤了腿。五一时,十八岁的三弟带着侄子和父亲、嫂子跟着去骨科医院复查时,因回家时天下雨,三弟骑的三轮摩托车走到311国道清集路段时出了车祸,三弟因惯性前倾身体腹部受伤,当即昏迷过去,肇事货车遮挡车牌趁雨中逃逸。父亲和嫂子火速将三弟送往县医院,看不到外伤,做各种检查也查不出伤情,弟弟一直处于昏迷状态。救人要紧,县里最有名的外科医生,打电话请教郑大一附院专家,决定直接给弟弟做手术查找伤情。治疗方案出来后,绝望而无助的父亲无奈而又心疼地签了字。打开三弟的腹腔才知道是十二指肠破裂,做了十二指肠修复术,直接把空肠和胃吻合,然后缝合伤口。说等一年之后待十二指肠修复好,再行二次手术,把胃、十二指肠、空肠吻合恢复正常的生理通道。

在北京接到这个意外的消息,犹如晴天霹雳,我止不住泪流,心被三弟的安危揪着!我带着两个孩子和哥哥从北京赶了回来,我们赶到家的时候,二弟也已赶回。三弟的手术已做过,但不知道过些天术后结果会怎么样啊!见到父亲,想哭,本就黑瘦的他一下子又老了许多!

这辈子到底得经历多少苦难,对父亲的考验才算完?1997年父亲将这辈子辛辛苦苦积攒的三万二千块的血汗钱,放入了基金会,准备弟弟们将来用,结果基金会倒闭,血汗钱血本无归。农耕文明对华夏民族的性格形成有着太大的影响,种了一辈子地的老农民很难有商业文明的经济头脑,村里还有许多农户也都把省吃俭用的血汗钱存入了基金会。那是怎样积攒的钱啊!

母亲每每提起来就难过地对我说:"当初让你上学,你舍不得上,你在家咱们干了那么多年才积攒点钱,还有你妹打工积攒点钱,都是可怜家里恁俩弟弟将来用钱多,结果却是这样!"我就劝父母别难过,不是还有我们吗?三弟有事我和哥都会管!

二弟读大学时省吃俭用,为给家里减少负担勤工俭学,如今又赶上这种意外灾难,二弟的性情也是倔强而有担当,说好好救三弟,他上学的事,不用家里管!

钱不是事,对全家来说,最担心的是三弟的健康,尤其精神上是一个特别沉重的打击。当时我们兄妹姐弟几人提起三弟都止不住动容,曾一起发誓说:"不管三弟将来如何,只要有我们四个在,决不会袖手旁观,落下三弟掉队!"

二弟读书期间,时刻关注着三弟的健康,2003 年七月,二弟去郑大一附院找了一位知名的专家,是位德高望重的老教授,他带着他最得意的门生,亲自上手术台给三弟做了二次手术。

我从北京赶了回来,那位教授临手术前和父亲谈话时说:"我们会十二分用心地给孩子做手术,他太年轻了,才十八九岁,将来还要结婚生子,放心,等着听好消息吧!"

手术非常成功!三弟年轻,术后恢复快,不久就由术前的 90 多斤,恢复到了 140 斤左右。因为第一次手术时三弟才 18 岁,还在长身体,因当时找不到伤情伤口开得较大,恢复期间伤口的疼痛让三弟的腰变得微弯,没有了手术前的挺直。这么多年来只要看见三弟,我都心疼不已!

行笔到此,怕大家的心牵挂着三弟,我就插叙一段。我比二弟大九岁,比三弟大十二岁,他们是我背着长大的,年幼时我也曾是他们的依靠,所以他们成长中的喜怒哀乐都牵挂着我的心。

三弟是经人介绍认识现在的三弟媳的。三弟上学时偏科严重,数理化特别好,英语、语文特别差。他于出事前刚刚认识弟媳,出恁大事,善良的弟媳没提过分手,家人们都很感动弟媳的人品。婚后三弟媳为我们这个大家庭付出了很多,她在我们这个大家庭中,和三弟风雨同舟,得到了成长和锻炼。我们兄妹五人,从 2006 年开始,就是我和三弟在老家,娘家的事我会一马当先,我家的事三弟和三弟媳也都会冲锋在前。现在他们有两个儿子,三弟和弟媳勤奋努力,家庭和睦,事业顺遂!

日子压抑沉闷，但跑起来会带风

2003 年"非典"过后，生意萧条，人们都害怕疫情。我们就把孩子送回老家一段时间，让奶奶、公爹和小姑子帮着照顾。麦收后他们都下地种秋去了，两个孩子在家里玩，小孩子玩着玩着就想点子了。他俩一起跑到南地去玩，看见地头的路沟有一群小鸡跑来跑去，儿子就突发奇想捡来几把麦秸草，他对姐姐说："咱点着火，小鸡一会儿就会跳到火堆上，咱们就可以烤小鸡吃了。"

孩子的想法无知而胆大，他们不知道危险会随着他们跳脱的想法而逼近，许多痛苦总是守在欢乐旁边的！浑然不知的儿子还调皮地说："小鸡咋不跳呢？我先跳，小鸡也该跟着跳了。"结果他一不小心摔倒在刚熄灭了的火堆上，胳膊肘被烫伤了一块儿。

公爹怕我挂念，起初也没有告诉我，就给他去找民间烧伤的诊所拿点药回来抹，但是一直溃烂不好。一次打电话的时候孩子跟我说了，我听罢焦虑万分，恨不得一下子飞回去。孩子刚回家不到两个月，后悔不该送他们回去避疫，感叹今年走的每一步，咋都这么难呢？

这时候三弟已准备做二次手术，我先回郑州等三弟术后病情稳定。父亲催我赶紧回去，带孩子找个可靠的医院去看看。父亲让我们都放心走，留他在郑州守护三弟出院就行了。我就回老家把儿子和女儿都接到北京，带儿子去 304 医院烧伤科，给他治疗了一段时间后痊愈。

疫情后生意难做，人没钱，盗匪也猖獗起来了。福无双至，祸不单行，孩子回去那段时间，我们的车丢了，可还得上货呀，就又买了一辆新车。后来就去颐和园附近的西郊批发市场上货，周岗让我跟着躺到卧铺里看着车。我在里边躺着，车上的新电瓶竟然又被人偷走，我竟然都没有觉察。

周岗扛着菜回来就看到了，大声吵我："电瓶被偷了，你还睡呢！人家咋没把你偷走！"

我赶紧跳下来，看他那么生气，的确怪我睡着了，理亏也不敢吭声，直恨小偷可恶！从那以后，周岗也不让我跟着去了。为防盗，他把换上的电瓶，用大铁链子上了锁。

从玲珑塔市场挪到徐庄市场,市场股东们利令智昏,光看着市场顾客多,表面繁华,完全不考虑商户利益,三年调了四次摊位,每次都增加摊位数,涨租金,商户哪还能挣钱!市场的摊位就如同鸡肋,食之无肉,弃之可惜!市场上也不是一家生意不好,各行各业都一样,哪行都不好干。我也就放平心态,留下徐庄市场一个摊位,卖点够吃够喝就行了。生意差就腾出时间陪孩子玩吧,天天忙,亏欠了孩子太多!

2003年9月17日夜里,周岗去新发地上货,走到马家楼桥下时,车身刚转过来要拐弯入新发地市场时,因这几米正处于逆行状态,前面的车突然减速,周岗停车,此时车的后保险杠还未过白线。辅路上一辆破旧的轿车正停在路上,却突然朝我们的后保险杠撞来,车前盖和水箱被撞坏,对方张口要8000块。因周岗是违规逆行,得负全责。

周岗报警后打车回来,我和哥哥听了周岗讲述的情况后,分析前面的减速车辆和后面的冲撞车辆是团伙作案,断定是遇到碰瓷的了。喊上在太阳宫市场的酒庄本家哥哥,于次日与对方见面。对方咬着8000块不松嘴。我料定他们做贼心虚,不会把事情闹大,就打电话给周岗说,压价后放话给对方,若不松嘴,这辆车我们就不要了,他们什么也甭想得到,随他们去起诉。经过几番交涉,最后以赔对方5200块速战速决。

吃一堑,长一智。之前上货我说过周岗多少次,让他走新发地东门进,不要走马家楼桥下拐车进新发地,这样行驶违章,他总是存在侥幸心理不听,这下花钱买教训,记得真切了。苍蝇不叮无缝的蛋,碰瓷的专盯着违章车辆呢!

10月7日夜里,周岗去上货,上了一样货后,又把钱包装空儿里了,带的钱又丢完了!接二连三地走霉运,当然跟自己的粗心大意有关系。我耐着性子跟他说,得学会总结过往,吸取教训,凡事多动脑子。他开车上货,我担心他的安全也不敢说太多,心里都快抑郁成疾了,每次他走后我都睡不着觉,太痛苦!我觉得我变得有点狂躁和神经质了,情绪常常很不稳定。我心思太细,周岗太粗心,没心没肺,我俩思维方式和处世态度差别不是一般的大,常常有矛盾和摩擦。我不想理他,觉得跟他说啥都是对牛弹琴。我特别压抑,还焦虑烦躁,如鲠在喉,欲说无语,心口堵得难受!

好长一阵子,我都在无边的黑暗和痛苦中度过,我压抑着自己的性情。时而想起老家的亲人、知己、友人们;时而想飞,自由地高飞,对未来的日子很绝望,想逃,多少次想离开周岗!可每当看到两个孩子的笑脸时,所有的想法都灰飞烟灭。在他们面前,我知道我是个母亲,其他的都不重要。孩子唤起了我又一次不服输的希望!每个人都是自己的上帝,我再这样下去会病倒的,要自己去救赎自己啊!我怎么能想到当逃兵呢?这不是我酒卫红的性格,身体可以疲惫、生病甚至受伤,但精神不能颓唐!

日子有些沉闷,但跑起来会带风!我开始调整心态,一改往日满脸的愁绪,把笑容又写在了脸上。昨天已成为过去,生活,就得昂首前瞻!

我和周岗就在市场轮流看摊,不再纠结挣多少钱,一个人专门陪孩子去公园和景点玩。这时候市场来了一位信阳的大姐，开了一家旧书摊，我可以租书看了，周岗带孩子出去玩多些。每天 12 点之后，下午 4 点之前，菜市场就没人买菜了，我就坐在菜摊前看书。时有调皮的卖菜老乡，看我读书太投入，会装成顾客去摊位前逗我，我真像一条遨游知识海洋的鱼儿，竟忘了自己卖菜的身份！

那段时间，久违的书犹如养生的良药，读它不仅医愚，还医治了我的抑郁、失眠和一切亚健康状态，净化着在利益场中熏染的周围环境。读书又成了我生活中的一部分，成为我的一种生活态度。同时对我的精神追求、审美情趣、人生境界也是一个很大的提升！

读到那本《才女石评梅》，不禁为高、石之间的至诚爱情而感动。"满山红叶关不住，一片红叶寄相思"，看到这一句题诗，收起菜摊，带着孩子和周岗于深秋之时，登香山看漫山红遍，深吸氤氲在空气中那淡雅的芬芳，去体验静宜园之美！读石评梅的散文《墓畔哀歌》，字字泣血，句句哀婉缠绵。"生前未能相依共处，愿死后得并葬荒丘"，于大雪纷飞的日后，坐 40 路车去陶然亭拜谒高、石之墓，凭吊他们的生死之恋！读到曹雪芹的生平，带着孩子们去香山植物园，参观曹雪芹纪念馆，去寻觅当年黄叶村的踪迹，探秘樱桃沟水源头的溪水潺潺。这段时光，寄情山水，览胜京都，应该是北漂六年中最美好的记忆了！

接婆奶奶看北京

　　有一天小姑子打电话说,大姑姐想问问我们,能不能让大姐夫来北京卖菜,跟着工头总是欠薪,挣钱太难。我就告诉小姑子:"今年生意真的不好干,做生意跟打工不同,打工最多不挣钱,可做生意弄不好会赔钱。不让他们来吧,他们会觉得我不帮他。这样吧,你让她自己给我打电话,我把情况跟她说一下,想来就干一段时间试试。"

　　大姑姐就打来了电话,我跟她如实说了这边的情况,时下许多卖菜的都赔钱走了。挪到徐庄市场后的生意已不如从前的玲珑塔市场。我们当时有两个摊位,就是因为徐庄市场生意不好,我又去二环里的小市场找了一个,生意也不好。若来的话就先别买摊位,我们这里的摊位让他们选一个,先干着感受一下,省得到时候买了摊位赔钱。

　　大姑姐就让大姐夫自己来了,我告诉大姐夫:"你可以睡在车卧铺里,夜里搭我们的车跟周岗一起去上货,晚上来我们这儿吃饭,早饭、中午饭我们自己也没空做,就买着吃,先感受一段时间,如果赚不到钱,这生意你就别干了。"大姐夫干了两个月,觉得不行就不干了。

　　2004 年春节,我和孩子们没回家过年。过完年正月底,村里大伯的儿子——堂弟来北京做工,我们让他把奶奶带来了。奶奶没有闺女,大姑姐家虽然距离不足二里路,除了她生孩子奶奶送粥米去了,以后再没去过。二姑姐远嫁更不用说,送粥米奶奶也没去,用奶奶的话说,不知道她家锅底门朝哪儿。奶奶除了回她娘家,就没有离开过家。

　　不论她之前对我如何,想着她自己也没过一天好日子,不知道家外的世界有多大,所以从不去计较她的过往。我和周岗说把她接来北京住一段时间,也算是一个晚辈在她有生之年略尽一点孝道。等我们不在北京了,想来也就不那么方便了。再说也没有人会想起来,让她去感受外面世界的精彩。

　　奶奶来的时候,还带了一些蛋糕、点心之类的食物,让她啥都不用带,可她不听。到北京后她说:"来时带点吃的想给你们省点钱,啥都得买,花钱多,这来了谁知道天天咋吃这么好呢! 真是要啥有啥呀。见都没见过的菜,这北京真好啊!"

　　这时候颖儿已经六岁多了,哲儿也五岁了。他们两个对玲珑塔公园太熟悉了,吃过早饭就领着他们的老奶去公园玩。过马路时,两人看着红绿灯,还照顾着老奶走斑马线。奶奶回来后高兴地夸孩子,笑得合不拢嘴。奶奶在家被人喊大娘、婶子惯了,在这里有人叫她阿姨,她觉得新奇而高兴。她没见过城市的公园,回来就跟我说了一遍又一遍,夸北京人说话有礼貌,觉得阿姨这称呼亲切洋气,她觉得人家那样叫她,对她是一种无上的尊重。奶奶讲着外面的见闻,忍不住连声说:"这北京人咋叫得这么好听呢?说话跟电视里的人一样,好听嘞很呢!"

晚上出租屋就一张大床,我和两个孩子还有奶奶睡一起,周岗就睡车卧铺。每天晚上收摊回来,我都用袋子把钱箱子的零钱带回来交给奶奶,让她捋顺整齐捆好。奶奶一辈子好当家,看到钱很高兴地说:"想也没想到这辈子能来北京,而且晚上天天数钱,恁爷要活到现在,该多高兴啊!"

奶奶的娘家二侄子在北京工作,听说奶奶来了,带着他的父亲也就是奶奶的娘家弟弟,来到我们的出租屋里看奶奶。老姐弟俩拉着手像孩子一样高兴,欢快地笑出了眼泪说:"这是北京啊,谁能想到咱们姐弟俩在这儿见面呢!想想咱俩从小没爹娘,一起扯着手去逃荒要饭,那时咋也不敢想能过到今天啊!"

表叔说就想吃我做的家常饭,我就给他们做了几个菜,有春笋、有香椿芽儿、芦笋等,都是春季的时令菜,当时是处级干部的表叔说:"这顿饭丰盛,很好吃,觉得比去饭店里吃饭还幸福啊!"

小姑子在老家定亲后,去了南方打工,奶奶总是念叨着老家的公爹没人做饭。进入6月份,我们卖菜也到了旺季,生意略有起色,开始去沙窝拉货了。

在北京跟着人家搞装修的大姐夫,准备回老家。奶奶说跟着他一起回去,省得我们暑假专门送她,两个孩子秋季也到了入学的年龄。周岗就跟大姐夫打电话说,让他走的时候带着奶奶和孩子一起回老家。大姐夫来市场接的奶奶和两个孩子,走时我还在摊位上卖菜,周岗领着奶奶他们来到了摊位旁。孩子们喊着妈妈和我再见,奶奶也笑着像个孩子似的跟我挥挥手说:"卫红,俺走了,再见!"

我看见这一幕鼻子发酸,没说出一个字,心里万般不舍地挥着手,泪水已模糊了双眼,望着她们走出菜棚,一步步走远,柔肠寸断!

晚上收摊回出租屋,推开门摁下照明开关,空空的屋子,环顾四周只有我的影子晃动得有点可怜,再不见往日迎接我的欢颜。看见孩子读过的图绘本,还有奶奶蒸的一筐子馒头,眼前晃动的都是奶奶和孩子们的身影,他们的声音犹在耳边。陡然间我浑身散了架似的一软,看着凉锅冷碗不想再去做饭,心中袭来了一种莫名的失落感,大颗大颗的泪滴在灯光下碎了一地。我把钱袋子往桌子上一扔,坐到床边就忍不住抽泣起来。周岗进门走上来,抱着我亲亲我的脸,拍拍我的肩,他劝着我别伤感,其实他眼里也有泪光在闪!

　　这一年在沙窝市场上货很少,前两年菜价低,菜农的积极性受到影响,入夏才有货,货不太多。6月13日下午,周岗又去沙窝拉货了,到地方没装到合适的货,夜里没回来。孩子们刚走,给我带来的空荡落寞感,时间太短还没有适应过来,夜晚对孩子们的思念,如同一杯没有冲淡稀释的茶,浓浓地在喉间泛着苦涩。一个人睡觉床太大,我拥紧被角侧卧在一个角落,寂寞将我包围着,怎么也睡不着。想孩子想亲人还是没忍住哭了一会儿,孩子走啦,可再哭也不能让他们一直跟着,好好干!挣了钱好回家!

翠微商场那两年

　　回首几年来在农贸市场的种种艰辛和无奈,我还是想试着打听各个超市的情况找找摊位。若能找到合适的摊位,就不在这农贸市场起早贪黑熬夜了。我一直不甘心在嘈杂喧闹的农贸市场待着,所以在卖菜的过程中,我特别留意来我们摊位上货的那些小菜贩,想从他们那里获得更多的相关信息。

　　有一位湖北的大哥看着很憨厚,他五十多岁,经常来我们家拿货,他拿的货量并不大,但品类多。他们的摊位在一家商场里,有一天我问他,每天卖得不多,这样能挣钱吗? 他说他们家摊位多,都是肉摊,生意很好,就一个蔬菜摊,他们没租过蔬菜摊位,也不懂菜,招了个店员,是个小姑娘,很年轻,不太会卖菜,挣的钱还不够她的工资呢,但摊位不能空着啊!

　　我就问他,愿不愿意往外转租摊位? 他说他不当家,是他弟弟的摊位,他是给弟弟帮忙的。我让他回去跟弟弟说一声,看他弟弟愿不愿意往外转租摊位,要是转租,我想去看看。第二天他就来摊位上找我,说他弟弟愿意出租摊位,问我,要是真的想干,今天就可以跟他去菜摊那儿看看,他让他弟过去,具体事宜面谈。

　　我就跟着他到了他们的菜摊,这是一家大型商场里的副食大厅,在西三环新兴桥公主坟西侧,也就是位于复兴路33号的翠微大厦。大厦的负一层(B1)是翠微家园连锁超市,这个副食大厅在大厦西侧一层的入口处。

　　菜摊在副食大厅的中央位置,周边有水果、水产、牛羊肉、猪肉等摊位,还有各种品牌熟食——浙江五芳斋的粽子,干果摊,稻香村的糕点,主食厨房,和和豆业等。按说这儿客流量多,就这一个菜摊生意应该可以啊! 我看了看,发现案台上的菜不新鲜,看来卖得不好,又看了一下菜价,比我们市场上的每斤单价贵两到三块钱,这儿的商品价格都比较高。

　　翠微大厦是北京十二家名商场之一,定位中高端,面对的是中产阶级和城市富裕阶层的顾客,是当时北京商业零售业的中坚力量,翠微百货在当年的北京是风光无限的。

　　我来时留意了周边大环境,能来翠微购物的人消费的是一种品味,享受的是那种轻松愉悦、方便快捷、周到服务的购物环境。

我和潘老板见面交谈,人常说天上九头鸟,地下湖北佬,此言不虚! 潘老板个子不高,目光中闪动着商人的精明。他注册的是一家商贸公司,主要经营冷鲜肉。这个菜摊当时租金很便宜,每月600块钱,潘老板觉得很划算就租了下来,没想到卖菜比卖肉麻烦得多,弄不好请人开了工资还赔钱呢! 他想以每个月1200块钱的租金租给我,我答应了。

当日,潘老板便带着我进了商场地下一层的一个办公室,这是人事张经理的办公室。张经理40多岁,身材娇小,长相秀美,妆容精致,北京女人特有的那种优越感,写满了那张冷傲的脸。他和张经理打个招呼,这位张经理轻蔑地瞄了我一眼,就冷淡地转移了目光。那目光向下直射过她小巧的鼻梁,滑落到她身后的办公桌上。

她轻启朱唇操着一口京腔京味的饶舌音问:"哪儿人?"

当我一句"河南人"话音刚落,她毫不避讳地直言:"河南人不要!"

原本我准备接摊好好干的单纯想法,被她冰冷的语气和地域歧视践踏得狼狈不堪! 见到她时我是有点惭愧形秽,可她这一句话却点燃了我内心不服输的火花。

心想你是太不了解中国历史了,我们大河南是华夏文明的发源地,孕育了中华五千年灿烂的文化,人杰地灵啊! 你若不坐着这把椅子,有什么了不起,论工作你能比我强到哪去! 你可以不找我,潘老板得找我呀! 想到这儿,我努力稳定一下受打击的情绪,冲她来了一个意味深长的微笑,压制着内心的汹涌澎湃,不亢不卑地说了一句:"打扰您工作了,再见!"

说完收拾起我剩余的自尊,坚定而深沉地转身离开! 潘老板紧跟了上来,追到楼梯口,他说:"她说话就这样。你先别走,我再去跟她说一下。"

过了一会儿他出来说:"我跟张经理说了,她说先让你上货试卖三天,她观察后,觉得行再给你办胸卡。"

整个副食大厅,卖水果、干果和粽子的是厂家找的信息员在卖场做导购。卖水产的是来自河北白洋淀的小赵,她家是在大钟寺海鲜市场卖海鲜的,除了这几家摊位的人,在大厅内上班的都是翠微百货的老员工。夏天进入卖场必须穿白色衬衣、黑色裤子,或是翠微大厦的绿色上衣工装。进入卖场,要求必须化淡妆,否则会有商场督查罚款。

我回到玲珑塔市场的服装大厅,花20块钱买了一条黑色裤子,花16块钱买了一件白色衬衣,又买了一双黑色平绒带袢的布鞋。找一家理发店修剪了一下头发,我把白衬衣黑裤子换上,照了一下镜子,看起来比较干净利落。我没去买口红,我从没涂脂抹粉过,觉得自己肤色不黑,气色比较红润,还是觉得素颜自然。那些习惯化妆的女性,不化妆是出不了门的,那时的我则恰恰相反,思想守旧,觉得涂脂抹粉出门才别扭呢!

第一天大概上了40多种菜,都是精选的,到翠微之后把菜品码放整齐,菜摊上方有一个可以手写的价格板,我就用记号笔把价格表写好。

卖场的各项管理制度都很严,负责管理卖场的是生鲜部门的李经理。李经理四十多岁,中等个子,肤如凝脂,长发总是干净利落地盘起来,白衬衣束在藏蓝色的工装裤腰内,穿小跟的黑色皮鞋。进入卖场,她面带微笑,端庄大方地款款而来,娉婷间闪现着女性的阴柔之美,彰显出高贵优雅的气质。

头一天进卖场,因为菜品新鲜,上午顾客从这里路过,已经发现菜摊与往日不同,但买菜的并不多。晚上下班那一阵,人流上来了,卖得很不错。从交谈中得知,他们都是商场的老顾客,因为先前的菜品不新鲜,他们已经很少来这里买菜了。许多顾客问,是不是以后就换成我在这里卖菜了?我回答他们,以后每天会有更新鲜的菜品提供给大家,并且品类会更多、更丰富,如果有什么特殊的需求和想法,可以跟我说,我会尽我所能提供更多的方便,并诚邀他们常来关照我的生意。

我发现来这儿的顾客品位真的很高,他们买菜时很挑剔讲究,我喜欢这样的环境,这样的环境才能让我不断地学习,并在潜移默化中提升自己。我下定决心,一定要把菜摊接过来,并把生意盘活!所以眼下必须先提高自己的专业知识,才能更好地服务他们,提升顾客的满意度,得到人事经理的认可。他们来这儿买菜,对各种菜的烹饪技巧及其营养价值不太清楚,就想问我,我都会耐心告诉他们。

我特别注意服务的细节,与顾客沟通的语言,眼神的交流,还有肢体语言的重要性,都很讲究。肢体语言更是一种艺术,介绍菜品的过程中,一个恰到好处的动作能向顾客传递一种信息,更能引导顾客的情绪和意图。我一边守着菜摊,一边观察顾客的需求,并思考着明天需要增加的菜品,因为这家商场就我们一家,菜品得全,琢磨着怎样留住顾客,并得到他们的认可。

我去大厦的书店,买了一本关于蔬菜食疗及营养方面的书籍,还买了一本日常用的英语口语书。因为翠微大厦来购物的外国人也多,晚上准备学习,去恶补这方面的专业知识。

我先把20多种常见菜的营养特点记了下来,第二天就在跟顾客的交流中用到了。我又把从二姐夫那儿学到的,还有日常生活中总结的各种菜的烹饪技巧分享给顾客。许多顾客不敢买菜是因为不认识那些菜,也不知道咋做。通过我给他们介绍,愿意尝试的,就会很信任地让我帮他们选菜。我不会给他们选太多,就选够一盘的菜量,让他们回去烹调体验后,觉得好吃再来,这类顾客只要回去试做了,下次还会买。

菜摊在大厅中央位置,很显眼,路过的顾客听到我跟别的顾客交谈时,就会停下脚步,思忖着,也常常会买上一两种菜。就这样,陆续不断地有顾客光临,我的菜摊成了这个大厅里最有生气的地方。

稻香村的导购员都是大厦的老员工,她们在我的右侧,水产在我的左侧,她们晚上收摊时说:"你一来这个菜摊就有人气了,之前卖菜的小姑娘不吭声,菜都卖黄了没人要,最后只能扔掉。"

　　第三天正好是周末,这时候我上的菜品已达到了80多种,井然有序地码放归类,很引人注目。下午的人流高峰期间,张经理来了,她走到糕点柜台旁,停下了脚步,关注着我的菜摊。我正在忙着给顾客介绍茄子的食疗功效和做法,眼角的余光注意到了她,她在那儿站了很久。等那一波儿顾客忙完,她才笑吟吟地走过来。

　　说实话,她笑起来真好看,我也报以微笑向她问好,她说:"你明天早上去我的办公室吧,拿着你的照片,我给你办胸卡。"说完她又给我一个微笑,转身离去,她喜欢扬着头,挺直背,高跟鞋总是踩得节奏铿锵。次日胸卡办好了,我又抽空去办了个健康证,翠微这头算是稳住了脚。

　　生意一天比一天好起来了。一日潘老板打电话给我,说他媳妇会把以前卖菜小姑娘穿的工装送过来,他们也用不着了,说我上班可以穿。不一会儿,一个个子高挑打扮时尚的女子来到了菜摊旁,我和她打招呼后,得知是潘夫人,她打开手中的袋子,里面是一件绿色的西服和一条墨绿色的领带,西服的领子衬已洗得起皱,衬衣的立领也洗毛了。她说这两件衣服连同菜摊上我用的电子秤,都是当时她们花钱买的,反正我们在这儿干,也离不了这些,算给我们1200块钱,他们已赔了好多。看来潘老板张不开口,让媳妇来了,我也没在乎这几个钱,即刻给了她。

　　我每天天亮起来上货,就在我们之前干的徐庄市场,菜价比岳各庄贵点,但可以挑选精品菜,翠微不怕菜价贵,就怕菜不好,市场所有的菜贩我都认识,在这儿拿货很方便。翠微大厦8点开门,我7点50分左右到就行了。上完货菜品没码放整齐就有顾客了,我一个人一天到晚地在柜台前忙碌,不理菜没顾客时,必须以丁字步标准站姿站着,感到很忙很累。

　　半个月后,徐庄市场这边又一次重新规划调整摊位,姨家表弟嫌卖菜太苦,早回老家结婚,另谋他路去了,市场就剩我们和哥嫂。这次调动后,哥哥的摊位不好,他很烦,犹豫着是否放弃摊位,放弃了怕再找市场也不容易。农贸市场的菜摊,位置极其重要,不同的位置卖货悬殊。我们这次的摊位很好,好摊位转让费也得一两万块钱,关键是好摊位很少有人转的。

　　刚来翠微不久,我心里也有点矛盾,把农贸市场的摊位让给哥哥,我们就没有退路了,可又想到嫂子的病情,哥哥的不易,我还是决定把摊位给他,觉得我再难,也比嫂子和哥容易啊！好摊位能让他们少辛苦一点,能多挣点钱。

　　摊位给了哥哥,我们在农贸市场没有摊位了,我不用起早上菜了,每天准时骑自行车去翠微就行。周岗专门给我上菜,9点多送来帮我码放好,他就回去休息。原来上货的车也用不着,我让他卖掉了。晚上我回到出租屋,差不多八点半,周岗每天准备好饭菜等着我。干了一段时间后，我想让周岗也去办个胸卡。生意稳定了，他能守着摊，我想抽时间多学习，有机会再去外面找个兼职做做。

我就带着周岗去张经理办公室，跟她说了一下，张经理见到周岗后说："小伙子长得挺精神，可普通话说得不行啊！经常有上面的检查人员过来，连普通话都不过关，那怎么能行呢？这样吧，他可以不穿工装，你吃饭时，帮你盯一会儿摊，也不给他办胸卡，他可以给你帮忙，但这个摊位得以你为主。"

来北京这么多年，周岗愣是一句普通话都说不成。我真嫌他笨，怀疑他大脑语言中枢不完善，感到纳闷不解，想不通他的语言转换键咋失灵了呢！虽说我也说不好普通话，总带着乡音，但起码接近啊！前文写到初来北京时，我曾形容我的普通话有醋熘的味道，周岗的普通话不仅有醋熘的味道，他把字音拿捏过来时还硬是带着触电的痉挛，让人听了真的忍俊不禁。别说张经理觉得不行，我自己听到也浑身起鸡皮疙瘩，替他觉得害臊，难为情。

到哪儿都是好人多，生活的路上，总是曲曲折折，时不时有段小插曲，起伏着岁月如歌的节奏！我每天早上骑自行车去翠微，路上得半个小时。一日赶路匆忙，走到昆玉河边有点堵车，我骑着车子从车缝里钻，一不小心自行车手把划到了一个男子的车。自行车歪倒了，我从车上跳了下来，一看这车型，也不是便宜车，心想这下完了，认赔吧！

那男子停了车，开门出来了，我因犯错囧得有点脸红，不敢直视他的目光，低垂着眼帘不好意思地说："对不起，划到您的车了。"

说完就不吭声了，想着他肯定很生气，自觉理亏顾不上自尊，厚着脸皮等着听难听的话。

没想到那男子并没有我想象的那样生气，我抬眼大气也不敢出地看着他。他先看一眼划伤的车体，然后转过身很绅士地问我："女士，您没事吧？"

"我没事，可您的车咋办？"我试探着忐忑地问，想看看他能要多少钱，我害怕他要太多啊！

他竟笑了笑："你说咋办呢？你准备跟我去修车？你这是去上班的吧？"

我说："是的，我身上还真没带钱，你等我打电话，让家人过来跟你一起去吧！"

他弯腰把我的自行车扶了起来，又接着说："没事就好，自行车应该也没问题，你去上班吧！"

我以为自己听错了，他见我不动又说："您可以走了，车我自己去修。"

我把车子接了过来，车把撇得有点歪了，我用两个膝盖夹着前轮矫正好车把，对那个男子连声道谢后走了。

一路上都在想，这人咋这么好呢！回想那男子一口标准的普通话，一看就是个"新北京人"，也就是"移民北京人"，这类人都是靠自己的努力和打拼，在北京有了一席之地后,转正的外地人,他们往往素质高,修养好,有文化,能吃苦,有情怀,不会歧视我们这些底层劳动者。

周岗来送菜的时候,我跟他说了这件事。周岗又逮着理讥笑着怪我:"你厉害!你牛!睁着眼往人家车上撞,你知道修个划痕得多少钱吗?碰到好人了没讹你,以后可别慌了哈!"

他本意也是关心我,可话从他嘴里说出来,就特别噎人。等他数落完,我吁了一口气,微笑和叹息在我的嘴边交替,这就是我俩的距离!所以我的微笑有时比叹息还苦。唉!不能跟他一般见识,他若天天有理,这日子可够我过的!

自打孩子走后,我天天挂念着孩子,我家离学校远,秋季在哪儿上学,一直是我头疼的问题。进入8月份,二弟暑假在家,把两个孩子接到了酒庄,教孩子学习阿拉伯数字和拼音字母。二弟和父亲商量后打电话跟我说,让孩子在酒庄上学,路上可以跟着侄子们一起,也放心些,等秋季入学报名,上学前班。我听后天天提着的心,暂时放了下来,只是又给娘家添麻烦了!父母种着那么多地,还要照顾这么多孩子——家里哥哥的三个,我家的两个,还有妹妹家的一个,六个孩子啊!得多操劳许多!放下电话,热泪长流,三十多岁了,没有活成父母的骄傲,还一直在努力的路上挣扎与煎熬,上不能尽孝,下无以养小!

进入10月份,生意更忙,天天查卫生,时刻得保持着卖场的整洁,还要参加培训,学习基本的礼仪知识。10月底,ISO9001-2000质量体系认证的外审人员进驻大厦,可能会对我们现场提问。这半个月,我每天学习了解ISO9001-2000质量体系认证标准的相关内容,记牢大厦的质量方针、经营理念,还有一些安全知识。

我的菜摊位置比较显眼,学习时我很认真,专门做了笔记。那天外审人员一行走到了我的摊位前,停住了脚步,站到了我的身旁。我正像往常一样整理着我的蔬菜,一看外审人员身后还跟着一大片大厦的领导,忙停下手里的工作,礼貌地向他们问好。外审人员向我提问了大厦的质量方针,我那天并没有感到紧张,微笑了一下,便把烂熟于胸的16字方针字正腔圆地说了出来。他们又和我谈到了对这16字方针的理解,因为提前培训学习过,所以应对自如。

大厦的副食商场,他们就提问了我一个人,然后边看边和领导聊着走了。外审结束之后,李经理满面春风地走过来,对我说:"小酒,你可真给咱们副食商场长脸啊!刚才领导表扬了咱们副食大厅,说外省人员在大厦这么多天了,咱们翠微这么多的员工,都不如一个卖菜的回答得那么让人满意。"

我听到"卖菜的"这个词就反感,淡然一笑说:"翠微的员工很优秀,他们才有被考问的资格,他们见到领导和外审人员可能会紧张,发挥不好也正常,我一个卖菜的,本不应该在认证考核之列,只是外审人员不知道,所以我就放开胆子胡咧咧,有点歪打正着的意思。"

转眼元旦到来,开晨会时李经理说,每人写一份2005年的计划。我听了也没当回事,因为觉得自己是大厦的一个白员,也不是什么正式入职的员工,我来翠微可不是想与他们争辉的,所以更喜欢低调的生活。

我这么想着,也就没写。等到最后一天,必须得交稿,李经理找我要呢,没办法我午休时去负三层写好交给了她。谁知次日晨会,她又开始表扬我,说副食商场这么多本科、专科学历的,都没我写得好。说实话,私下认可就行了,我真不喜欢她在大家面前表扬我,觉得站在下面听着,倒像自己做了亏心事。好在那些员工在晨会上集体挨斥惯了,反正批评人人有份,不是针对某个人,他们并不介意,下了晨会对我依旧友好。

慢慢和周围人熟悉后,感觉到翠微的丝丝暖意。副食商场里的正式员工都是北京人,那些男士们开始不好意思跟我打招呼,我本来不多说话,更不敢跟异性说话。周岗常来送菜和他们熟悉得快,关系处得很好,他们也就和我熟悉起来了。他们都比我们大十多岁,我们都称呼他们为师傅,有卖羊肉的卢师傅,卖猪肉的王师傅、张师傅、刘师傅等。他们好像天天没正经地话说,嘴里常挂着那句"男女搭配,干活不累"。手里分割着猪肉、羊肉,看我们是小夫妻,时不时捎带着调侃我们几句。我在这方面是短板,一听他们说笑,就会脸红,也不会说。周岗总能找到合适的话,替我打破尴尬,帮我解围。

午休后没顾客那阵子,我可以天天领略老北京"侃爷"的风采,他们拖着京腔京味儿,能说会道,用糙点儿的话说是能贫、能侃。他们深受旗人和宫廷文化影响,特能说俏皮话儿,内涵丰富,生动形象,诙谐幽默。天南海北、经济民生、天文地理,无所不晓,侃起来水平不亚于台上说评书的。这时候周岗就不吱声了,我偶尔接几句给他们捧捧场子,他们觉得有观众互动,讲得更来劲了,今天聊不完的话茬儿,明天喊着我继续聊。

他们大多精通厨艺,只要我虚心请教,他们比大厨有耐心,教我烙馅饼、做春卷、红烧各种肉类、、清蒸各种鱼类等。那些姐妹们对我也处处照顾,时不时从家里带来好吃的分享给我们。卖水产的小赵喜欢唱戏,她不识字,自己不敢走远,怕摸不着道儿。周岗在时,她央求我傍晚带她去天桥唱戏,她最擅长评剧,喜欢唱《刘巧儿》,也会唱京剧和黄梅戏。曾趁大厦没领导和顾客时给我唱,跟着她我学会了那段《女驸马》和《天仙配》。

五芳斋卖粽子的信息员叫钟兴文,她是驻马店人。还有卖水果的信息员徐慧,是淮阳人,我们关系很好。还有一个老乡叫沈丘,上过警校,不想在家人给她安排的派出所当合同民警,出来打工嫁了个四川人,婚姻失败又独自逃了出来,来翠微大厦做保洁,正好负责副食大厅这一块区域的卫生。她因当初任性远嫁和家里闹掰了,一个人从四川出来后又结了婚,过得很苦,我每天把有点蔫的菜送给她,让她吃不完就分给她的工友们。

来这儿的顾客有电影明星,也有著名的电视主持人,商界大咖和媒体撰稿人。有几个固定顾客每周末必来采购一周之所需,来到摊位前报完菜单就跟我聊天。他们气度儒雅,谈吐不俗,很有学养,身份地位肯定不低,一听就是纵横商界的一流精英,精明中有果敢,果敢中透着厚道。

一位男士隔了几周没来,来了之后说:"这段时间出差国外,所以无法兼顾你的生意啦!"话语很短,让人听后却感到温暖,足见其对底层人的情怀!

还有一位是央级报纸媒体法制专栏的编辑,他也喜欢买菜时在我的菜摊逗留,给我讲些平日听不到的话题,都是他采编过程中的一些透视和思考,他也会问我一些农村底层的社会现状。

进入 2 月份,大厦举行征文演讲比赛,我们副食大厅必须得交一篇征文稿。李经理就又把这个任务,在晨会时交给我。她说认真看过我的新年计划稿,觉得征文任务交给我没问题。

我说:"我不懂商业,还是找老员工吧!让我写一篇纯文学的豆腐块可以,这样关于商业管理和思考的稿件我写不成,你们才是专业的,我是外行,写出来会闹笑话的。"

李经理说:"小酒,别推辞了,他们写不了,非你莫属。"

"我一天到晚地看摊,也没个休息日,也没有空写呀。不行不行,还是让别人来写吧!"我连连推脱。

她听后眉毛一扬,笑着说:"你让你爱人来,拍张照片,我带他去找张经理办个胸卡,让他来看摊,你写。"第二天,她就给周岗办了胸卡。

征文共十个题目备选,都是商业方面的,要求是不低于 3000 字,我就选择了一篇《怎样开展细节服务》。

接了任务得完成啊,回首一路走来,粗懂农耕,也知桑麻,卖菜的经验也积累了一点。现在来对商业知识评头论足,真难住了我。再说多年不写东西,思维枯竭,日子被柴米油盐浸润着,早已没了往日色彩,心绪不似当年诗酒茶的静然。最后一次写东西也是 6 年前了,那是 1998 年,怀着儿子 8 个多月,周岗和哥哥去收贩玉米,我带着颖儿住娘家躲计划生育。父亲年底要交 6000 字的工作总结报告,他文笔挺好的,本来擅长数学,但文理不偏科。2007 年我们族人编撰家谱,父亲作的序是相当有水平的。6000 字的稿件当然难不住他,可是他那几天特别忙,就把写稿的任务交给了我。母亲看着颖儿,我坐那儿没有打草稿,列了一下大纲,一气呵成 6000 字,用了整整一个上午,午饭时完成了。那时的我用文思泉涌形容不为过,文字在我的手下流淌,笔头是赶不上思路的。

这次写征文稿,我也大致列出了框架,脑子里先有个初稿。我让周岗看一下午摊,自己去大厦的图书馆浏览了几本书,当天晚上坐下来准备写,脑子里的文稿已经结构清晰,脉络分明了。先提出论点,阐述点明主题。我又结合近日在大厦经营当中的亲身经历,还有平日观察到的身边各行各业的人,以及经营中的重点细节,从大脑的素材库中提选了出来,作为事例来论述。中间也引经据典,把图书馆里看书的心得梳理整合,形成自己的文字风格,在结尾时重申论点,使文章的结构更加完整,突出了文章主题,增强了文章的说服性。

这次的征文比赛又一次让我在大家面前露了脸,李经理和大厅的员工们见我时更友好了。羊肉师傅去打茶水时也捎带着帮我打回来,夏季到来时,大厦餐厅熬的绿豆汤,他也顺便给我带来喝,这可是像我这样的编外人员享受不到的日常小福利。他们打趣我,说卖菜的小酒成了咱们大厅的香饽饽了!

没过几天,晨会结束时,李经理又给了我个任务,是帮她写三篇稿子,时间很紧,等着交稿。

一、是如何做好本部门的服务工作。

二、如果我是顾客,我希望得到怎样的服务?

三、如何做好首问接待工作?

这次花费了一天的时间完稿。

年前二弟来北京,他大学读的是河大的化学化工专业,想考研学习法学。二弟说这种复合型的人才将来可以有更好的就业机会。我说我没上过大学,也不懂,反正只要你想上,我和爸妈一样支持你!他想报清华的法硕,有点担心过不了。我清楚地记得当时就送给弟弟一句话:"成功往往就差那一步,你只管往前迈!"二弟就报考了清华的法硕,考完回开封了。3月18日,二弟打来电话很兴奋地告诉我,他过线了!那一届的法硕招生190人,二弟是140名,上线人数是200人。25日开始复试,复试时间跨度是一个星期,内容是:资格审查、听力、笔试、口语、面试。周岗看摊位,我陪着二弟去清华复试,第一天我俩去时坐出租车。回来时不急就挤公交车,赶公交车时,二弟牵着我的手奔跑,那日我俩欢快得像孩子!二弟机灵,他环视着路况时刻注意着安全,护着我躲拥堵的车辆。我不用再操心了,跟着二弟跑,突然意识到二弟真的长大了,他不再是我印象中那个需要我照顾的懵懂少年了!

晚上回来时,二弟和我感叹着中午在清华一家对外餐厅吃饭时,一盘凉拌黄瓜二十八块,吃个家常饭百十块,太贵!周岗说我:"你别光省那俩钱去挤公交车了,有钱人家的孩子能走进清华校门,家长都开着车接送,咱没车你就坐出租车。中午别不舍得吃饭,清华那餐厅再贵,你能陪着弟弟吃几顿?"

周岗是个粗人,能说这几句话,让我感动了很多年,所以以后的生活当中,他无论错得多离谱,我都能很快调整情绪原谅他。

一个星期的复试结束了,二弟终于顺利地过关。4月2日,二弟回开封,大学时的助学贷款还有七八千块钱没还,我帮他还上,这一头算是心静了。

6月20日,李经理又让我帮她写2005年前半年的工作总结:一、服务方面;二、安全生产方面；三、商品质量方面；四、6月份创建文明城区检查方面的情况。月底交稿。

　　日子像家乡的兰河水般流淌着，有平缓，也有激流，时而欢乐，时而忧愁。顾完这头忙那头，人生啊，谁都想岁月静好，可总是消停不了！所以学会调节自己的情绪和心态，也是完善自己人格的一个标志之一，要不然人生没个好时候。

　　我本打算6月底回去接孩子，小姑子快结婚了，公爹留的洋槐木多，就请我们当地师傅来家里给她定做全套家具，快做好了，八床被褥也请人做好了。我准备让周岗回去，给小姑子买台洗衣机，看缺什么再给她添置点，将来她能把自己的日子过好，我也就放心了。正计划着这两天回去呢，6月27日接到家里电话，被告知公爹的手受伤了，周岗当即坐车回去了。说起来受伤的原因，让人无语，小姑子也吵公爹，嫌他不听人劝。公爹是那种干啥啥不行，还爱逞能的人，说起话来头头是道，干起来眼高手低，啥活儿干出来都不是那么回事。请的师傅家里地多，下雨后墒情好，回去种秋去了。公爹趁师傅走后，用他的电刨推木料头，把掌心的皮肉推掉了一块，真是让人生气，但又心疼他受伤遭罪！这么大岁数了，思虑事情跟小孩一样，没有判断风险的认知。

　　周岗回去陪护他，在县人民医院住院一周后痊愈，出院后给小姑子把洗衣机买好，该准备的弄好后，就带着孩子来了北京。

留与走的纠结

　　周岗把孩子扎裹得灰头土脸,我一看孩子又脏又瘦,甭提心里多难受!想着得回家,孩子的成长过程,我不能长期缺席。8月份我又带着孩子回家,因为小姑子结婚,我得回去送她出嫁。回来的这些日子,我把孩子收拾得干净了,一想到我走了之后孩子又要被打回原形,心痛得真不想走!每一次离开都是万般放不下,太挂念孩子的成长。

　　二弟读研三年,一学年学费是一万六,我给他交了两年的学费。后来等我买房时,二弟已工作,把他的账本拿出来还账,我曾给的钱他都一笔笔记着呢!他是个做事特别有条理的人,嘴上不多说,心里件件都记得,这也是我们酒家人身上的基因特点之一。求学期间的花费不让家里多操心,毕业有了工作之后,省吃俭用坚持着自己偿还了全部债务,从上大学开始,尽量不给父母增加经济负担,总想着父母一年比一年老了,得留钱让三弟成家用。

　　二弟这个性格特点,也如我当年初嫁时一般,再穷自己争气干,不想回娘家拿钱,烧砖和生儿子罚钱分别拿过一千,欠账当年即还,对养育自己的家,从不想去索取分毫,只想着能帮老顾小。

　　那段时间,哲儿每次打电话都问:"妈,你啥时候回来啊?啥时候才能不走啊?"

　　挂了电话,我都忍不住落泪,怎么办?孩子来北京上学不现实,这么多年我一直在命运的漩涡里挣扎,感觉很无助。我已经意识到想在商场和超市站住脚,得注册自己的商贸公司,有了资质才有机会租赁摊位,才能长久立足北京。可我的孩子咋办?

　　颖儿没有哲儿这么爱问,她总把话藏在心里,说实话,我更挂念她!她善良、胆小,我不在她身旁,更担心她因为没有父母的保护,脆弱的性格会受影响,谁也代替不了父母的陪伴啊!

　　每天想起这些就心乱如麻,周岗做事常常粗枝大叶,说话不着调,若让他带孩子,一旦跑偏就很难调整方向,孩子的性格和习惯养成也就这几年最关键。我回老家带孩子,让他留在北京吧,做生意他不行,打工怕也挣不了啥钱,婚前他已在北京打工几年,没学个手艺也没挣着钱。

真无奈啊！扔也不能扔,换也换不了,结婚这么多年来我一直在领跑,他跟跑还嫌亏抱屈。对他来说,可能他觉得自己目前的状态,已经尽了洪荒之力了。有时候我觉得领着他比去西天取经都难,他像刚出花果山的孙悟空一样,常耍泼猴脾气,可人家唐僧有紧箍咒啊,我领不动他时只能说几句气话,但一说就干仗。所以在老家那些年,常战得天昏地暗!

那段日子,我常感痛苦、绝望、彷徨、压抑、悲伤,憋在心里难受,不知往后该走还是留,身上的责任和担当,还有传统的从一而终的思想,让我无处可逃,我无助到想找个无人的地方大哭一场!

人与人最大的不同就是认知度,我和他的认知之间有不可逾越的鸿沟,所以不想和他说话,也无法沟通。我心里清楚,不改变认知,我们劳碌一生也就是别人几分钟就能创造的价值。可认知是一个人分析事物的判断能力,它藏着一个人思考问题的深度和广度,是一个人的情志、思维、视野等综合能力的体现,认知的差距是很难用知识和理性来弥补的。

天天纠结没用,生完他的气,还会可怜他——从小在那样的家庭环境下长大,周围没有一个人能在他的成长过程中指导一二,已经够不幸了。千年修得共枕眠,不管他什么样,牵着他的手不能松啊!我相信天无绝人之路,自己又不傻,就是退一步回老家带孩子,也总会有路的。

这么一想,快刀斩乱麻,捋捋思路拎拎轻重,老家有句俗话"庄稼荒了一季子,孩子荒了一辈子",我若在北京待下去,公立的学校孩子进不去,好的私立学校,我们也问了,太贵又上不起。若是孩子荒废了学业,我要领跑一辈子的,会连累一家人终苦一生。我若把孩子领上了道儿,后半生就不那么累了。等孩子上了大学,我才四十多岁,到时如果条件允许我也去读几年书,努力奋斗去支撑自己的梦想,过自己想要的生活。人一旦有了一种思想,做任何事都能迸发出这种思想并为之努力,我仿佛看到了黑夜尽头的那一缕亮光,心里豁然开朗了许多。

2008年,因为申奥成功,翠微副食大厅拆迁改造。进入10月,水产肉类和我们的摊位都撤到翠微对面的房子里了,这一挪地方,老顾客流失,生意大不如前。我若不注册公司,等改造完也没有资格进商场,像这样租赁摊位,自己是没有一点主动权的。

到了冬天农闲,小姑子两口子也一起来北京找我们。我带他们去看了好多市场,生意都不好,挣钱的摊位太难找了,农贸市场天冷时生意最难做。他俩在这儿住了一段时间走了,说实话他们也不是生意人,没闯劲儿。

人有悲欢离合

人有旦夕祸福！2005年1月6日，也就是农历腊月初七，早上接到母亲的电话，说秋天从北京拿药回老家静养的嫂子，凌晨去世了。晚饭时母亲给她做的鸡蛋，她吃得很好，到半夜，母亲起来看嫂子，嫂子说感觉有一点儿冷，母亲叫父亲起来给嫂子烤木炭火。父母说去医院吧，嫂子说天天吃着药，不愿去受折腾，她知道自己的病情，移植不了骨髓，是没有好办法的。父母一直守着嫂子，她把她放着的存折交给父母，说烤着火感觉暖和了，想睡会儿，她表情很平静，过一会儿母亲喊她时不应，才知道嫂子这一睡，竟是永远地去了！头天她跟哥打了电话，她肯定是知道自己时间不多了才打的，她不舍得让哥在家陪她养病，她想让哥多挣钱，将来好用到孩子的教育上。这么多年，哥哥为这个家拼尽了全力，她很体谅哥哥，肯定想过很多。哥接到电话时还在回家的路上，她却没有等到哥哥，就先走了。病痛折磨她十多年，她心系孩子，已够顽强了。嫂子生前信仰基督教，走时神态那么安详，肯定看到那个快乐的天堂了吧！

我从北京回到家时，嫂子已经入殓，棺材错着口等我回来，我见了嫂子最后一面便盖棺了。嫂子年轻的生命枯萎了，短暂的一生陡然画上句号！嫂子的墓地选在离家最近的一块地里，我们出门就可以望到她，这样有我们的目光陪伴，她肯定不会那么孤单。

所有的亲人和孩子把嫂子送入墓地，12岁的大侄子哭喊着封上了第一掀土。土一掀一掀落入墓穴，我的心跟着落土一下一下地疼。死亡是如此的残酷，再也见不到嫂子了，但她却一直活在我心里。一个人真正的死亡，是被所有人遗忘。不愿接受的是，她从此便躺在这冰冷的地下了！她静静地躺在那里，再也不顾我们的悲伤和苦寒，人生第一次经历生死之别，痛彻心肝！

下午我带着侄女和嫂子的两个妹妹去烧回头纸，望着眼前绿野里突兀的新坟，手拿纸钱，画圈时喊了一声嫂子便泣不成声。野风硕大，谁应憔悴之人！纸灰飞扬，谁怜失恃幼子！想来涕泗横流，痛断肝肠，阴阳两隔，生死茫茫，再哭她也不言，再奠她也不尝！礼成告别，一步三回头，犹屡屡回望矣，呜呼哀哉！

我在娘家住了几天，陪陪父母和孩子们，正好带孩子们去学校参加竞赛。侄子们和我家的两个孩子都被选上了,见了孩子们的老师,他夸奖着我们家的孩子们。我听了从内心里感到欣慰,也知道种地的父母有多受累,还得帮衬哥哥照顾嫂子和孩子们,父母真的太辛苦了! 一个好的家族,不在于有多殷实富贵,而是每一辈都竭尽全力地去托举下一代,去更上一层楼!

父亲和阿文来京

　　2006 年 1 月 1 日,是让农民欢欣鼓舞的日子,中国农业史上具有里程碑意义的一项伟大改革政策出台了! 沿袭了 2600 多年的"皇粮国税"退出了历史舞台,农业税的取消,意味着中国经济结构在升级的过程中,农业的比重正在逐步降低,表明了中国已完全具备了取消农业税,而不至于影响国家全局发展的经济能力。

　　这次来北京是带着父亲一起的,读过万卷书的父亲,工作之余就是躬耕垄亩,他的精神曾无数次游历过这座著名的城市,但从没有用脚步感受过这座城市的厚重。身体恢复后的三弟,在北京帮着哥哥卖菜呢,年关生意很忙很累,父亲挂念他俩。学校课已讲完,马上放寒假了,父亲就和我一起来北京看看,年关也想帮衬着给哥哥卖菜。

　　哥哥忙,我抽空陪操劳了大半生的父亲出去看看,喜欢与父亲长谈,也陪父亲聊了很多,后来也聊到我在北京的困惑和想回老家的打算。嫂子这一去,哥哥那么年轻,肯定要再婚的,三弟也 22 岁了,在农村该成家了,我作为一个出嫁女,不想给娘家增加负担,计划到孩子暑假时回老家陪读。父亲听我说完也赞同,他明白我在北京的顾虑,还有婆家那一摊子,有点事儿我们就得回去,在外根本安生不了。父亲也帮我分析了当前老家的形势,我家那一块儿,已是县城开发区,道路已修通,回去可以走发展经济,兼顾家庭教育两头抓的新路子。

　　"只有在黑暗的地下,才能发现钻石,也只有在深沉的思想里,才能发现真理。"我也记不清在哪本书里看到过这句话了。真是这样,这段时间起起落落的心情,让我思考了很多。在贫困环境下,意志薄弱的人会变得堕落,甚至卑鄙无耻,而意志坚强的人,则变得超凡脱俗。以后的生活中,我一定得努力活成后者,还是喜欢那句我常说的话:"无论在什么样的境遇里,我一定要活出最高的境界。"

　　突然有一天,接到了好友阿文的信。她在老家县城里的一所中学里做英语教师,自从有了电话,我俩已经好多年不写信联系了。拆开信后看到她那娟秀而熟悉的字体,我的心情非常激动,连着读了好几遍。她说她的心情不太好,准备参加成人高考,去省教育学院进修,现在已请假不教课了,她说很想我,准备来北京找我玩几天。我当然很高兴,觉得枯燥的生活一下子生动了起来,日子也变得明丽多彩了。

　　阿文是正月初三来的,我们日同行,夜共寝,彼此倾诉着多年的思念和心里的郁闷,也彼此治愈着! 我们携手去地坛庙会,去故宫,去逛商场……她在北京住了8天,我陪她去西客站买了次日车票,第二天送阿文坐火车回了郑州。

迁 坟

2006年3月,接到老家村支书的电话,说村北兰河南岸的两亩地,县里准备征收。周家的祖坟在这地里,得起坟。我那未曾谋面的婆婆的坟在别人家的地里,也得迁走。我挂完村支书的电话就又把电话打给了公爹,问他家里啥情况,他说大多数人都已经签字了,两万五一亩,一次性买断。我说你别签字,你也不用说别的,就推到我和周岗身上就行了,等我们回去再说。公爹这次倒是很听话,这时候小姑子已经怀了孩子,她也安排公爹,若看不懂写的啥,就别乱签字。因为土地被征用对一个农民来说,不是小事,工作不会进展那么快。这么想着我就又拖了一段时间,决定先回老家看看再说,正好我回去还要给小姑子准备送粥米时的用品,没有婆婆、奶奶和公爹的眼光老,办起事来总不是那样儿,不能让她的婆家人因此小瞧了她。

俩孩子还在酒庄上学,回老家的第二天我先去娘家看看,到晚上天黑才回来。一进家门就看见了公爹在院子里,仅一天的工夫就备好了两口薄板棺材。我赶紧抱了几个玉米秸个子(方言,指捆好的玉米秸秆),把棺材盖了起来。奶奶和公爹开始唠叨着说人家都签字了,都准备起坟了,埋怨我这事不慌。

我对他们说:"我回来就是为这事,你们不用心急,该签字时我就签了,坟肯定会起的。征地的事才是个头儿,以后搞开发,事多着呢,我心里有盘棋,该走哪一步我心中有数。村支书天天在村里转悠,棺材一摆,胡同里人来人往,你俩的心思全被他看见了,他再来催我签字,我就不好说话了。等我吃透当前情况和土地安置补偿政策再说。"

奶奶那脸就拉下来了,她忍着没多说难听的话,但看得出来很生气。公爹也噘着嘴不说话,心里也在生气。此次土地被征用没有按正常的征地流程走,村支书也真有能耐,基层工作能力真强,他巧舌如簧,竟说动了村里大多数人签了字。所以奶奶和公爹觉得我回来不赶紧签字起坟,要得罪当官的。奶奶沉着脸嘟囔着说:"人家咋着咱咋着,河里尿泡随大溜儿……"

我说:"我已经了解了相关政策了,你别怕,等着吧,他最后会找咱们的。"

就这样,对外我根本不讲准备起坟的事。村支书知道我已从北京回来,因为早些年已交锋过几个回合,他知道我的性格,我刚回来,他并没有轻易过来做工作。

我去县城买来了布料,给小姑子做了几床小被子和小褥子,又找干娘帮忙裁了几件小棉裤、小棉袄,我亲手给她做好婴儿棉衣备用。时间一晃半个月过去了,村支书终于按捺不住,找我谈签字的事。我说:"签字很容易,征完地你们的工作结束了,农民日后生活咋办? 民以食为天,土地是农民的命根子,政府征用土地可以,但要审批手续合法,按流程来,各项安置标准依法补偿到位,失地之后的生活保障得有个着落吧!"

村支书一听我跟他谈这些,张口结舌不再做工作,走了。奶奶可能是害怕得罪"村官",竟然忍不住数落起我来,说是数落其实是骂我嘞:"你能! 你会嘞样子多! 可识两字了! 比人家尿嘞高,尿嘞远……"

我一听真无语啊! 这哪跟哪啊! 我是想维护自己的合法权益,保护自己的切身利益不受侵害,虽身处弱势,我有知情权,不能哑巴孩子糊涂娘。缓事急做,急事缓办,这是大事不能慌乱了阵脚,奶奶怎么就里外不分呢?

气得我掏出手机给周岗打了电话,想让她说说奶奶,周岗说:"我说怕不行,我给表叔打电话让他说奶奶。"

他就给在北京工作的表叔打了电话,说了家里的情况。我临回来前和表叔打过电话,向他说了家里征地的事,并了解过当前土地补偿政策。表叔接了周岗的电话后很给力,给奶奶打了半晌午电话。当时家里是座机电话,公爹接的电话,给奶奶开的是免提,我在院子里都能听见,表叔先向奶奶问好后说:"二姑,你老了,以后家里的事就别操心了,有岗和卫红呢,特别是卫红,我了解,她当家错不了的……"

毕竟是她亲侄子,当时是我们县里的高考状元,又是她家族里面最有威望的人,所以自从表叔打了电话,关于征地签字的事,她不再拆我的台了。

村里人签完字相互见了面,都嚷嚷着太亏了,他们一边抱着屈,一边自我解嘲说,胳膊拧不过大腿,木已成舟说啥都没用。干部们你方唱罢我登场,天天来村里,他们个个油嘴滑舌,和村民说笑打趣。因之前收提留款的事多数都认识我,见到我不敢打趣,想给我做思想工作,但又不敢开口。这些天我也想了很多,全县都是这个地价收的,我以一己之力怎能能力挽狂澜? 个人是万千大众的一分子,只有为农民发声自己才不至于吃闷亏。木秀于林,风必摧之! 得学会保护自己。

有一天,村支书通知我说乡党委书记让我去他的办公室,村支书也去了。书记中等个子,微胖,四十七八岁的年龄,他面带微笑,温和儒雅,看上去平易近人。他给我泡了杯茶,我双手接过笑着戏言:"酒卫红今天来,自觉本该是阶下囚,没想到您却青眼视我为座上客!"一句话把书记逗乐了,室内的气氛轻松起来!

我开口向他反映了广大普通农民憋在心里不敢说的诉求:"这段时间,我学习熟悉了征地的相关补偿标准,以及自然资源部目前对土地的评估等级,参照附近各县市征收的同等级地价,咱县的补偿标准真是最低的,农民真的太亏了、太苦了!我是个农民,话我也说不好,但句句是发自肺腑,是掏心窝的话,希望您多理解。在上传下达的工作中,您心里肯定更清楚干群矛盾的尖锐点,您是党员干部天天学习,比我更懂民生,更懂政策。我们村人均土地不多,但都是基本农田,种地虽说不会大富大贵,但可以解决温饱。土地被征收,我们永远失去了赖以生存的基本保障,这一点钱花完之后,以后的生活、养老、医疗救治怎么办?我当然希望开发区能发展起来,带动我们太康的经济腾飞,让我们的生活水平得到提高,这样征收我们的土地,才让我们觉得有意义。眼下各县市在城市化、快速工业化的进程中,经济发展和基本民生保障之间的冲突很难避免,这一点我也清楚,但这才是我最关注的。不要忽视我们这些失地农民的社会保障和就业困难,这也是您和领导们最应该重视的民生问题。为官一任,富民一方,想必您刚走出校门时,也曾为这句话而热血澎湃过吧!"

我说到这儿,笑了笑,看他脸色温和,便继续说道:"您应该就促进民生问题解决,向上面提出意见和建议,收地时多给被征收土地的农民提供就业机会,把优先安排失地农民进厂务工承诺到户,将来好督查落实到位。两万多块钱收完地,你们怪干净,啥都不管了,我们不可能都去经商、创业、打工,家里都有老小,多数人习惯了日出而作、日落而息的传统生活,所以日后我们面对的困顿是你们无法想象的……"

我知道我一个人的声音很微弱,也不管说了有没有用,可我就是想真实发声。大多数村民也都懂这些,都是私下里议论抱怨着,权衡着眼前的一点利弊,怕得罪人,一肚子话不敢说。农村可怕的就是这种集体失声!

村支书见识了我和书记谈话场面之后,对我多了几分敬意,他是长辈,我也敬重他,此后村里的事情我直言进谏,说他作为干部,完成上级任务的同时,得尽力为群众在政策许可的范围内,多争取利益,带动大家共同富裕才不愧对乡亲。字我会签,但话我得说出来,我要让他们知道,农民憨厚但不傻,弱势群体也有人敢发声!

一座坟补偿 1200 块钱,爷爷和婆婆的坟由公爹做主,安排迁坟的各项事宜,我负责操心来客和帮忙者的招待工作。家族的坟由公爹和族里堂叔们商议,我作为晚辈听从调遣,认真完成分内之事。

公爹选定我家的另一块地作为新坟地,我认为不妥,觉得那块地将来肯定保不住。可公爹不听,我也不想因此和公爹生气,只是提了一句,毕竟是他最亲的人,由他吧!

行笔至此,剧透插叙几句后话。随着开发区的招商引资和占用耕地,果不其然,2009 年秋,土地被大面积征用,我家第二次迁坟到村南。2019 年春,第三次迁坟到公墓。此时奶奶已过世 5 年,因奶奶说起话时,曾羡慕人家祖坟里有高大的墓碑,哲儿那时才读 5 年级,他说他长大给老奶立碑,奶奶笑着对我夸哲儿有孝心。我知道哲儿性情随我,他是会做到的,所以就和周岗商议给爷爷奶奶立碑,别给孩子留麻烦。当年清明节前,我们和姑姐妹通过电话商议后,我写碑文请人刻石记之,以公爹的名义给爷爷奶奶立了碑。

　　笔锋回转到 2006 年,忙完家里迁坟的事,接到二姑姐电话,她们两口子在地安门附近承包了个商场内部餐厅,说他们第一次做生意,想让我去给他们帮几天忙,让我忙完赶紧回北京。给小姑子送粥米该准备的都准备好了,我把钱交给公爹,让他到时替我随份子上礼金。因为孩子放假前我还准备回老家一趟,想接孩子在北京玩一暑假,开学回来转学去县城陪读,我就不走了。

后海的斜阳

　　二姑姐因为生了儿子，回家待了两年，孩子断奶后又来北京，也是挂念孩子，便试着自己干，也好把孩子接过来。这是个商场的内部餐厅，早上给十几个保安准备早餐，中午快餐特别忙，商户都来买饭，生意挺好，晚上休息。翠微的生意不太忙，周岗下午收摊早，也常去地安门玩，每天晚上帮二姑姐忙完，我和周岗就一起去后海的酒吧一条街听歌。

　　曲水岸边，听着略带忧伤的萨克斯，还有那首当时流行了一阵的《北京一夜》，歌词苍凉而伤感，几句戏腔被歌者翻唱演绎，闭着眼睛，尖着嗓子蹭着传统文化的热度，伴着京剧的吊嗓，听者可以体验到浓浓的京味儿，抒发远离故乡的离愁别绪。"one night in beijing，我留下许多情……"我最喜欢这两句歌词，因为回老家的打算已经定了，对北京这几年的生活，我有太多的不舍和无奈，这些将成为我日后的难忘记忆。

　　周岗只顾看人来人往的热闹，他时不时跟我说着什么，我没认真听，也没接话。环湖漫步，垂柳轻扬，斜街小巷，碧波荡漾，湖面上的小客船坐着温婉的女子在轻歌慢弹，她们犹抱琵琶半遮面，恍惚间以为是在江南的西子湖畔。来这儿我觉得还是一个人更有诗意，可以随着性子闲散着，走走停停，坐坐站站，这样才无人打乱我的思绪。因为总有卖栀子花的小姑娘看见我俩，会跑到周岗面前说："买花吧！"他连连摇头，拉着我的手赶紧走开，乱了我的心神，扰了我的兴致。

巧治"龌龊男"

前文写过在京城"智怼骂街女"的事,今天想给大家再现一次动手收拾龌龊男的经历。这次不带唬的,那叫一个畅快淋漓!大家可以从头跟读文章多维度地认识了解我,我身上有闪光的优点,也有致命的弱点。回首一路走来,起起伏伏,一条条弯路一道道坎儿,正因这些,文字前的你才能跟我去体验这多姿多彩的人生,才能览拾险峰绝处的风景。

这段时间生意不太好,我上菜,周岗看摊,二姑姐那边稳定之后我们就不去帮忙了。每天菜量上得不太多,市场上批发菜心的就两家,一家是山东人,一家是江苏人。江苏人个子不高,用我们河南话说长得熊吃马哈,有点儿猥琐窝囊,不像他的菜心那么齐整鲜亮,上菜的小贩都喊他小江苏。小江苏的生意比山东人的生意好,菜心卖得很牛,我经常上他家货,每天早上他家摊位前小贩很多。我6点多就去他摊位说装一包菜心,让他装好了,7点多我来拿,然后我就去上别的货了。

我来拿时他还没有装,我就催他快装,因为我要走了,他嬉皮笑脸地答应着,嘴里说着能话。我特烦别人开低级趣味的玩笑,说他卖菜呢,别耍贫嘴了,快装好等我回头来拿。他可能自觉讨了没趣,脸上有点儿挂不住,就故意冷落我,等我再次回来时,他还没有装菜,我就问他咋不给我装菜呢?这时候他仍然不拿袋子给我装,我一催他装菜,他沉着脸来了一句更低级趣味的话:"你别慌啊!我不能脱了裤子给你装啊!"

我听他说话的味儿不对,可能在他眼中,我骨子里的清高不入流,是有点儿"圣"的,所以他就用这话戏噎我。想到这儿,我强压着火气说:"少废话,赶紧拿袋子装菜!"

这时候山东人的菜心已卖完,市场上就剩小江苏家有菜心,我没处装菜心了。他让我自己找袋子装,可袋子在案子里面,我够不着,他故意不递给我。我再也忍不住生气地问他:"你今天是啥意思?是故意不卖给我咋的?不想卖为啥我刚来时不早说?我哪儿得罪你了?"

他随口来了一句:"你说我不想卖,我就不想卖!"

我心中的火苗噌噌蹿了上来:"你怎么不早说?你涮人呢!你再说一遍卖不?"

　　盛怒之下,我的语气也咄咄逼人,他死爱面子,红着脸梗着脖子说:"就不卖!"

　　我两手分别抄起他菜案上的一根莲藕和两个茄子,"嗖嗖嗖"迎面朝他连环甩了过去!

　　他被激怒了,从菜案子里跳了出来,我瞅准他落地还没站稳的工夫,飞起一脚将他踹倒!

　　他爬起来怔了一下没还手,掏出手机拨打110报了警。他没敢还手不是怕我,是因为我哥的摊位不远,三弟听到这边的动静已飞奔而来,他看见了三弟。我跟三弟说没事,让他回去,不让他管。

　　京都巡警分分钟就到了,把我俩带到了恩济庄派出所,先给我做笔录,我把事发经过叙述了一遍。

　　民警给他做完笔录开始说他:"作为一个男同志,你跟女同志说话不文明,那叫说脏话、耍流氓知道吗?"

　　他分辩说是开玩笑的,说我先动手打的他。民警说:"你说脏话,耍流氓,打你还不正常啊?也没伤着你哪儿呀?"

　　他无语了,低下头不吭声了。又说他几句:"出来谋生不容易,和气生财,你卖菜人家买菜,来到你摊位前,就是你的财神爷啊!你傻啊?这不耽误卖菜赚钱吗?这算不上个啥事儿,赶紧回去卖菜吧!"

　　随后问我有没有事,也让我回去了。恩济庄派出所离市场不远,步行回来时我走得比较快,从他身旁经过时,我还故意瞅他一眼。他沮丧着脸,有点儿不服气地把脸扭向了路边。

为表伯和民工讨薪

　　6月13日傍晚,周岗带着二姑奶的儿子,也就是周岗的表伯父,来到我们的出租屋。20世纪80年代,表伯是当地有名的包工头,跟着县四建公司,是包工大队长。周岗的爷爷在世时,也跟着这个外甥看过工地。我嫁入周家前公爹一直在周口看工地,当时周口工地的老板,也是这个表伯的大徒弟。

　　当年,表伯在平顶山洗煤厂建家属楼,老家方圆数十里的泥瓦工都跟着他干活,当时在建筑行业很有名气。因建筑用砖量大,他在当地又建了个砖窑厂,结果惹了官司赔得血本无归。

　　周岗跟我讲过,公爹当年带着婆婆去平顶山看过病,在那儿住过几天,表伯父曾对他们很照顾。周岗说表伯父这次来,是因为他和他的徒弟张工厂,还有另一个老乡在北京南三环方庄工地做了20天短工,三个人的工资合起来将近三万块钱,活干完后老板不给钱。接活时老板说得好听,工价也出得高,说好干完活给钱,结果活干完了却说没钱,连个生活费都不给,说等有了钱再给算账。他们三人是头一次来北京,现在回老家吧,将来再要钱会更难!不回吧,要不来钱花销都是个问题。

　　表伯想到了周岗的表叔,就来找他,想找表叔帮忙看能不能给他们要到工资。他跟周岗说,你家表叔要愿意帮忙,哪怕给表叔一半的工钱作为酬谢,我都愿意,工地的钱太难要了!周岗这个人很老实,说话不拐弯,他跟表伯说,不是钱的事,这事表叔肯定不管,因为这些年像这类拖欠民工工资的太多了,经常有老乡找他,他没法管,也管不了。可表伯父缠着周岗,非给表叔打电话不可,周岗电话是打过去了,可表叔说他出差不在北京。他们说话聊天的工夫,我已经准备好了饭菜。

　　表伯父在农村算是个见过世面的人,很会说话。我招呼他们吃饭的时候,他对周岗说:"哎呀!没想到我一个表大爷,在老家去你们家时只顾跟恁大和恁奶说话,都没注意过卫红,今日来到北京,卫红能这么款待我们,是我想不到的。你大爷我是个草莽之人,但一见卫红,就觉得她举止谈吐不俗啊!"

　　我听了说道:"大伯客气了,别说是亲戚,就是老乡来了也不能见外啊!再说周岗跟我讲过,他妈生病时去过平顶山,你照顾过她的吃住,周岗提起来一直感念着呢!今天你来,也算是给了我们作为晚辈一次感谢的机会,帮不上忙,吃住还得尽量提供方便。"

表伯父说他们在附近有别的工友,住宿不麻烦我们。他们等明天再去要钱试试,一回老家就凉了,钱也就黄了,他想让周岗过两天再给表叔打个电话。

表伯他们去工地奔波了几天,又回来了。我看他们疲惫不堪,表情愁苦,知道他们没啥收获。晚上在我们家吃饭,周岗又一次给表叔打了电话,表叔出差还没回来。表伯听完电话,心中的那一丁点儿希望也破灭了,看出来他很泄气。这几天他们晚上住工友那儿,白天找老板,要么推脱,要么躲着不见面,要账的那种焦虑和敢怒不敢言揪着心,开始是生怕弄僵了关系更不好要,后来也忍不住发火和老板吵过,可老板就是不给,最后躲着关机还不接电话。

我看表伯面容苍老,头发花白,嘴上起了泡,脚上的布鞋都磨破了,他徒弟张工厂也十分消瘦,四十多岁的年龄衰老得像五十多岁,我心中不免动了恻隐之心。吃完饭他们说明天要回老家,在这儿耗不起,钱要不来了,工头黑着呢!

原来表伯他们仨是包工,工程上的老将了,技术好,很多工作都是事半功倍。普通泥瓦工能磨 50 天的活儿,他仨 20 多天干完了,所以工钱合得高出天。老板一看干这么快,心理不平衡了想要赖,活一干完,就一点不出钱了。

听到这儿,我说话了:"大伯,你们先别走,明天让周岗看摊,我和你们一起去看看,试试能不能帮你们要点!"

"不行,我们来已经给你们添麻烦了,你能这样对待我一个表大爷,我已很满足了。工地不是你去的地方,天热臭气熏天,工地上的人好说粗话,你听不惯的,工地的钱不是恁好要的,你有这份心,大爷我记着了。"表伯父肯定是觉得我一介弱女子奈何不了工头,他认为不找关系,钱是要不回来的。

我说:"那是你们辛苦的血汗钱,这岂不太冤了!我去帮你们试试吧。你就是找到表叔,他是有身份地位的人,他会顾忌面子也不会亲自去帮你要的,他打电话找关系不得损耗人情吗?你们这点血汗钱,不够找人情的。我们在北京恁些年,有事自己想办法解决,都不去给他添麻烦,这钱对咱是大事,对人家来说,是不值一提的小事,真犯不着欠人情,所以得去理解这个。我有事不喜欢找关系,自己没身份,弄好弄坏不需考虑里子和面子的问题,虽然人微言轻,但只要抓住理,说话掷地有声,他们照样得考虑后果,这就看一个人说话的艺术和处事的策略问题了!明天上午我去要,还不行的话,你们下午走也不迟,我早点儿坐公交车过去。"

表伯父说:"那好,可是难为你操心了,真能要回来,我们决不亏待你。"

"大伯说这话见外了,若是为这我就不去了,不需要你们感谢,我是把你们的事当成自己的事考虑,才决定这么做的。背井离乡出来为啥?孩子老婆在家热切地盼着拿钱回去呢！"我自己把这话说完,觉得帮他们要账就是我的使命,我知道自己骨子里的那股子侠气又在蠢蠢欲动了,是流淌在骨血里的侠气又点燃了内心climbing薄云天的豪情!

话说出去了,得想办法啊！他们走后,我躺在床上,周岗一开口说话,我就不让他说,怕他打乱我的心绪和思路。我把进退的路数都想好了,最好的结果和最坏的打算也都思虑了一遍,想着每一步怎么走,怎么能步步为营最终拿到钱,直到一张清晰的讨薪思维导图在大脑里形成,预料到会出现的场面,我都有办法应对之后,我的思维才从飞速运转的活跃状态恢复平静。有了思路,我也就轻松地进入了梦乡！

6月20日一早,表伯父他们在公交站等我,我们一起坐公交车到了工地。门口左侧有几间活动板房,我走进一间写着项目部的房子。我这天特意穿得干净体面,这两年也很少在外风吹日晒,多年来一个农民特有的麦肤色特征,已经褪去了。

项目总也看不出我是什么职业,我进去先和项目总礼貌地打了个招呼,简明叙述了来意,请他联系工头王老板支付工钱,并说王老板若不来,今日我们就去建委反映。表伯父和张工厂走到项目部外面的房阴下等着去了,我坐在项目部的房间里凉快,等着项目总打电话过去。

没过多久,听到张工厂和王老板打招呼的声音,我就走出了项目部的房门,看到王老板走了过来。他四十多岁,个子不算高,运动品牌短袖T恤,裤子版型时尚,一看就是牌子货,典型的包工头暴发户的土豪形象,腆着肚子,咧着短腿走路,带着几分傲气和不屑,根本不拿正眼看表伯父他们俩。他的身子因肥胖略显笨拙,臂膀微架着,走起路来随着身子的扭动往后划动着,胳膊显得有点儿短,但是看面相并不像阴险奸诈之辈,应该是出道不很久,看气势有俩钱烧得有点儿膨胀。一瞅见表伯父他们俩,黑着脸粗声大气地又咋呼开了:"咋还没走,又来了？"

张工厂赶紧掏烟往上递说:"二哥,我们连回家的路费都没有,怎么着也得先给我们点儿钱吧？"

"要钱要个蛋！不是说了吗？没有！"王老板一脸厌恶,嘴里没一句好话,他看都不看张工厂手里那支伸停到半空中的烟。张工厂脸色连窘带气得很难看,抖着手把烟又塞进了烟盒里。

我听到这里,跨步走了上去,微笑着说道:"您好,王老板！怎么这么说话呢？"

王老板看到我,阴着的脸立即转晴了:"你好！你找我？你是？"

我看着表伯父说:"这是我家大伯,昨天大伯去找我,他是个老实人,不爱给谁添麻烦,来这么多天,我都不知道他在北京。他昨天晚上想让我给建委工作的一个亲戚联系(故意说的),看能不能通过关系找项目部,让您算算工钱,我一听就这点儿钱,不是大事,不值当去找关系,就冒昧找您来了！老头已经60岁了,身上没钱,这大热天的连瓶水都不舍得买,这要万一被热晕在大街上了,北京的街头可有的是管闲事的。这儿是天子脚下,不比咱们老家穷乡僻壤,消息闭塞,大街上分分钟就有人联系媒体,提供新闻线索呢!这几年拖欠农民工工资的问题很严重,两会上也是讨论的民生焦点,现在最易引起媒体关注……"

王老板不等我说完,客气地说:"妹妹,别站这儿说了,怪晒的,咱到生活区慢慢说好吗?"

我随着他们到了生活区,坑洼不平的地面上狼藉满地,空气中蒸腾起的股股热浪,夹杂着工人泼掉的馊菜汤的酸臭味,弥漫开来,难闻极了!

我们走进一间简陋的工棚,一落座王老板就掏出烟给表伯父和张工厂,然后说:"妹妹见笑了!生活区脏又乱,唉!今年我包的工程赔钱了,压力很大,不干啥不知道啥作难。"我一听他这么说,就适时打断了他的话,不能听他摆烂卖惨,我准备给他打出一张悲情牌,唤醒他内心深处的良知呢!

我开始拉家常引导话题:"来的路上,我听工厂哥夸你们弟兄六个都有能耐,说你排行第二,弟兄六个都在北京这边包活干,在工人中口碑很好,所以他们也是通过工友介绍才干你们的活儿,想必你哥儿几个在北京站稳了脚跟,都买房了吧?"

"唉,我们弟兄六个都是苦人呐,从小家里穷,出来得早,都没多少文化,我也没少拉把弟弟们,好在都已经上路了!"我一听王老板已经被我带上了节奏,继续主导话题,有戏!

"听说你是安阳人,咱是老乡,照你这么说,家里父辈祖辈也是种地的吗?"我继续引领话题深入。

"是的,祖上都是农民,敢问妹妹在这边干点儿啥呢?"

"我在翠微大厦的副食商场里承包了一个摊位,喜欢做点生意,这样时间自由,我有个业余爱好,平时喜欢给《京华时报》投点稿(故意敲山震虎说给他听的,实则停笔好几年了),欢迎你去翠微那边购物,到时候你去一楼商场找我,我请哥哥喝茶。"我故作不经意地跟他聊天,同时也在暗暗地和他博弈着。

他说他知道翠微,我接着话锋一转,切入正题:"我这位大伯是个老实人,没有花花肠子,干活一打一实的(方言,实在之意)。咱们都是农民出身,家里都有妻儿老小,哥哥你现在能领那么多人,从民工到工头,一路走来感触肯定比我深。我没事喜欢研究相学,刚一见你就给你相面了,哥哥是个有福禄之人,你的福禄来自你的善良,我第一眼就看到了你眉宇间藏着的那股正气,这股正气就是你骨子里的善良!我赖好也是个生意人,哥哥包工也是生意,哥哥肯定是靠能力赚该赚的那部分钱,完成了今天的财富积累,真得佩服哥哥。你往下包工时肯定都是预算好的,留有自己的利润空间,哥哥做这么大工程,大伯他们干这点小活的钱,就像哥哥吃馒头时掉下的一个小馍花儿(方言,馍渣儿),咱们都是商人,都在逐利聚财,但得取之有道!哥哥最懂工地上出卖体力的民工,哪个不是家里的顶梁柱?现在家里正收麦子种秋苗呢,是用钱的时候,干了一季空着手回去,心里啥滋味呢?搁谁身上都一样啊!哥哥,咱们将心比心,把大伯和工厂哥换成自己的父兄,你能忍心让他们空手回去吗?"我停顿了一下,调慢了有点激动的语速,换种口气继续说:"唉!说起来钱真不多,一共才两万多块钱,看哥哥这身打扮穿的都是名牌,抖一抖,口袋里掉的都用不完,你们哥几个都在北京混这么好,一个人少吃一顿饭,少抽一包烟,每人拿出来一千就是六千。这两天他们手里已经没钱吃饭了,昨晚饿到晚上去我家吃的,哥几个先给他们凑点,让他们先去吃顿饱饭吧!"

王老板听完我的一席话,点燃了一支烟,许是我的哪句话触到了他心中柔软的部分,他缓缓地吐了一圈烟,看了看时间说:"快11点半了,我12点在附近有个饭局,你们在这稍等,我一会儿让人送来三千块钱,不会超过一个小时的。"

我瞅瞅表伯父,他脸上已露出了多日不见的笑容,我先站起身来对王老板说:"那你忙!让大伯他俩在这儿等着,我也回翠微安排一下这几天的生意,明天我再过来,咱们抽空把账算一下,明天见吧!"

我语速快而坚定,不给他托词的空档,传递给他的讯号是:要不来钱我不罢休!他答应得非常好,我就回了翠微。

晚上表伯父两人回我们的出租屋吃了饭,表伯父兴奋地跟周岗讲着,中午我走后不到一个小时,王老板的兄弟就把三千块钱送来了。现在拿回了这三千块,仿佛看到了胜利的曙光,就把要账的事情托付给了我。说他明天回去,因为周岗的姑爷,也就是表伯的父亲,去世快过百天(百日祭)了,他得回去办事待客,让张工厂留在这儿和我一起去要账。师徒如父子,说张工厂跟他的儿子是一样的。他交代完,21日坐车回老家了。

表伯父走后,我们又去了工地,做事得一鼓作气,最怕夜长梦多,干啥事都得趁热。这次王老板跟我开玩笑说,先借我的钱给张工厂他们算账。我知道他跟我说笑呢,就说当然可以,但得去项目部找项目经理签字担保,等工程款下来还给我。后来软磨硬泡了半天,他答应我,22日下午收工的时候来拿钱,说完之后,又试探着跟我说:"妹妹,你不用辛苦来回跑了,我给你送到翠微吧!"

我说:"那更好啊,你到翠微随时打电话给我,我请哥哥吃饭!"

他是想试探我在翠微的虚实,我知道他是不会去的。我转念一想,等收工时来拿钱,让张工厂自己去正赶天黑,担心他的安全,所以就和王老板约好,23日早上8点到工地拿钱。按约定时间,让张工厂自己去,拿回了一万块钱。

24日上午,我和张工厂又去工地,这次没见王老板。下午我给他发了好几条信息,信息中,我是软中带硬,最后约定25日结账。25日那天我去了工地,他躲着不见我,电话和他交涉了半天,最后他让他四弟出面和张工厂算清了尾欠款。总工钱是两万八千多块钱,已经拿回了一万三千块,还剩一万五千多块,王老板通过电话承诺,7月10日一定清账。张工厂晚上在我家吃饭,饭后他说他要去郑州干活了,不能在这儿等着拿这些钱了,到时拿到钱帮忙转到他的账户上就行了。

张工厂走后,我挂念家里孩子,7月5日我去北京西站买票坐火车到郑州。阿文在车站等我,我俩去银基给孩子们买了衣服回老家了。到家后,公爹说表伯村的两个人都来找过他,他们听表伯回去讲了我帮他们讨薪的事,说郑州工地欠他们的钱多,我若能帮他们要回来,他们愿意出重金酬谢。我理解他们的心情,但还是推掉了。9日我又带着俩孩子来到北京,7月10日,我带着孩子去工地找王老板,他说百分之五的质押金一千四百多块不能给呢,因为8月份交工,交完工让我再来拿质押金,就这样把剩余的一万多块钱转到了张工厂的账户上。

周岗嘴快,他跟卖菜的老乡讲讨薪的事。南阳社旗的一位老乡常年给一工地送菜,工地欠他好多账,光说着算清但就是不算,他气得不送了,可钱要不来了。有一天他跟着周岗来找我,我帮他费尽周折要了回来。还有做水产的小赵,东北人拿她家货几年,欠了几万最后拖着不给,也来找我帮她支招。真的是不干哪行不知道,人间非净土,各有各的苦!

到了8月5日,我开始挖空心思地编辑文字给王老板发信息,想约定拿质押金的事。终于在10日那天,王老板让我去拿,我带着俩孩子坐公交车又一次去了方庄工地,见了王老板,这次王老板很爽快地把一千五百块钱给了我。可我掏出口袋里的零钱不够找零,他很慷慨地说:"妹妹,你别找了,有零钱我也不要了,几十块钱给俩孩子买点儿零食吧。我真的没见过你这么帮人的,带着孩子跑两趟了,真实在啊,服了你!"

2006年8月18日,我带着俩孩子回老家。这段时间奶奶的身体很不好,公爹的身体也没有多少好时候,大病没有小病不断。有一次小姑子打电话说,她来的时候,公爹在家肠胃不适,起不来了,她带公爹去诊所挂了针才好的。主要是他俩在家茶饭也吃不到好的,身体就垮了,俭省惯了,有也舍不得,更不懂养生,这也是我考虑必须回来的原因之一。周岗就弟兄一个,老人有一点事还得我们担着,假如他们身体不好,我们啥也干不上了。我到家时,奶奶几乎已不能下床,她还有一点冠心病,公爹已经给她拿药吃了一段时间了。病情也得到了缓解,可就是咳嗽得厉害。

我到家的第二天,就骑着三轮车带着孩子去了县城,想看看学校,又去东关给奶奶拿了点咳嗽药,还买了一瓶蜂蜜。然后就拐到商贸大世界附近的工地上,表伯父正在工地干活呢,我要把最后要回的钱给他。他推说着不要:"卫红啊,你大伯我干了一辈子工地,没要过囫囵账,质押金你都给我要回来了,你真给大爷尽大孝。这钱我给他俩说不要了,你给孩子买东西吧!"

我说:"那哪行啊,这是你们的血汗钱,你回去一定分给他们,干活不容易啊!"

我把钱塞给他,他用手拽着我的三轮车,喊路边副食店的老板拿了箱纯牛奶给孩子。我没再推脱，接受了他送的牛奶。

回到家里时，小姑子来了，问我进城干啥去了，我说给表伯父送钱去了。小姑子嗔怪着说我实诚，她说："嫂子，没见过你这么傻的，还去跑着给他送钱。要不是你，他压根要不回来钱了，帮他们要那两万多就够可以的了，这一千多块钱你就不该给他送去，唉！真没有你这样死心眼的。"我听完笑笑也没说啥。

兰河记忆

第七章

不想让你们留守

日子在我手中姹紫嫣红了

友谊天长地久

打造农院

喜欢当家的婆奶奶

永远做只领头羊

温暖自己，照亮别人

日子在我手中姹紫嫣红了

　　从北京回来的头几天,我和孩子们就迁就着睡到奶奶的堂屋了,睡的是小姑子以前睡过的那张老式大床。前院我们的两间房子,自从我去了北京后,公爹就住进去给我们看家了。这些年已经脏乱得不成样子,我不想住进去了,就不让公爹挪后院了。

　　后院堂屋西边是两间空房,我准备收拾一下住进去,就找卖生石灰膏的送来一些石灰膏,准备刷白墙。老房子是过去的泥墙,屋子里蚊虫饿久了,我一进去,它们就闻到了我这诱人的O型血,我又是那种角质层比较薄的皮肤,它们可劲儿地饱餐了一顿。我可惨了,裸露的双臂都是红色的包!

　　房梁墙壁间都是灰尘,还结满了蛛网,房顶的高粱秆折后和瓦泥零落地耷拉着,看着房子没法住,好在不怎么漏雨。我戴上破草帽,穿上旧衣服,全副武装起来,把屋顶上挂满的灰尘打扫干净。因为过去起脊的瓦房都不吊顶,我就买了棚布钉起来算是吊了顶,然后把白灰膏调匀,拿着刷墙用的滚子一遍又一遍地滚着上去。让公爹帮忙把地上铺了一层红砖当地板,铺好后缝隙中弥入沙土,看着也干净舒服多了!

　　自己脑子里满是刘禹锡的那篇《陋室铭》,我得把这简陋的屋子收拾干净。墙上涂了几遍石灰膏,觉得满意后,又买了纱窗门装上,把窗户上也封了窗纱,用喷雾器喷打敌敌畏药液消灭蚊虫。

　　我又喊来公爹帮着把堂屋里的那张老大床抬到院子里,冲水用刷子一点一点刷掉陈垢污迹。这是一张很好的木质大床,奶奶说是土改时分的县长家的床。邻村游庄有个新中国成立前曾在开封县当县长的人,他家是地主,当时分的就是他家的这张床和一个樟木的箱子,奶奶说那箱子放衣服会香。

　　忙了两三天,我把西屋收拾好了,两间筒子房,床靠西间放着,一个老式桌子放床边用,又把前院屋子里我的那套硬座沙发挪了过来,摆到明间方便谁来了坐坐,孩子做作业时可以用茶几。金窝银窝不如自己的穷窝,晚上再不用蚊香熏得头疼恶心了,没有了蚊虫的叮咬。守得一处清欢,自由的思想可以在这宁静的精神乐园里天马行空,我觉得幸福极了!

奶奶的堂屋，乱得没有下脚的空儿，我也准备给她收拾一遍。奶奶的床铺，不知多少天没晒过，秋阳热烈最易收干祛除潮气，我给她拉出来全部晒晒。还有她的衣物，有的都发霉了，我想帮她晒后归置一下。公爹说奶奶病卧了近三个月，这两天已经下床了。她守着柜子说不让我动她放在底层的那件上衣，我心里好笑，这老太太还视我为外人啊！

奶奶吃了我给她拿的药，每天又喝了几次蜂蜜水，咳嗽居然轻了很多。她很高兴，夸我给她拿的药效果好。我又烧了热水，给奶奶洗洗头，剪剪头发，奶奶看上去已经比我刚回来时精神了许多。

收拾完我们住的西屋和奶奶的堂屋，开始收拾厨房。奶奶用的是带风箱的那种老式灶台，风箱的抽拉会有很多灰尘，一顿饭做下来，我的身上落满了灰星子，出来用围裙得甩打半天。

我喊公爹帮忙拿大扫帚把厨房房顶来个大扫除，用过的馏布子扔掉换成新的，把前院我在家时母亲给的那个柳木案板刷洗干净搬了过来。草泥土墙壁被炊烟熏得黢黑，我用扫帚头使劲地刷掉灰痂，用彩印的广告纸把墙壁贴住，再切菜揉馍时就不会掉落灰渣了。自己动手，用红砖和木板垒了个放碗盆的架子，拿个洗干净的化肥袋子，改装成一个可以卷拉的碗架帘子，遮挡了烧火时飘荡的飞灰。从早上忙到晚上，一切收拾停当，我累得腰酸背疼，直直腰杆，站在厨房门口看看，虽说简陋但各就各位后顺眼了，心里也像扫帚扫过一样干净！

不论贫富贵贱，可以简陋却不可以脏乱。生活归到实处，就具体到吃喝拉撒睡，而吃又是首位的。我喜欢褪去丽裳为家人洗手做羹汤，想着全家人的健康，我不在意身上的油烟味儿。喜欢做手工馒头，早起馏馍打糊涂，香油、蒜泥去拌笸子里馏熟过的茄子豆角……喜欢喝粥吃菜，抓一把白米，加一点糯米，添上点黑米，有时佐以红薯干、红豆、薏米、红枣、桂圆、花生等，每餐调换搭配。心间的爱也跟着勺子的搅动在这沸汤中翻腾着，随着热气拂过脸颊、脖颈，那感觉是温柔、美好，日子便在我的手中多姿多彩、姹紫嫣红了！

友谊天长地久

北漂这么多年,对县城的学校也不甚了解,幸好有闺密、同学在做教育工作。

我刚回来有点儿不适应,已经习惯了北京街头的行色匆匆,天明忙到天黑或多或少地收获着,感到很充实。从那种快节奏的生活中回到老家,对周围人的闲散,常有种难言的焦虑萦绕心头。随着农业机械化的实施,春生、夏长、秋收、冬藏中的大部分农活都可以机械完成,取代了高强度的传统耕作模式,除草剂的应用更解放了大量的劳动力。村头街口都是打牌的,三五成堆说东道西的,他们在闲散中消耗着美好的时光,岁月从指缝中溜走,不知不觉间燃尽生命的余光!

阿文这两年在省教育学院进修,我还有一个情同姐妹的同学艳琴,她在县城一所高中任教,我们初中时也是同吃同住同读书,关系很好。艳琴学习勤奋刻苦,成绩优异,顺利上了太康一高,后来读了大学。当年我辍学后,曾在一高门口见过艳琴一次,至今难忘那一次她叮嘱我好几遍,让我回去上学。后来她又给我写过信,让我一定去读书,那封信我一直珍藏着。我躬耕田野,她寒窗苦读,一别多年,我们失去了联系,这次北漂回来,我们再度相逢。回乡最初的几年多亏艳琴。此后在这座小城里,艳琴给了我超越亲情的关爱和帮助。

人生要想幸福,亲情、爱情、友情,缺一不可,但不管哪种情义都得看人品。一个无知的人是不会懂得这些的,这种人只知道自私自利,对亲人也只知道索取,什么都觉得理所当然,更不会懂得友情,也不会有真正的朋友。人生难得一知己,这句话道出了真正的友谊有多么难能可贵!

周岗的粗浅无知常让我感到痛苦万分,我觉得这辈子并没有真正去爱过,稀里糊涂结婚,迷迷瞪瞪生子后,便把所有的爱倾注到了孩子身上,和他便结成了生死盟友,心甘情愿为他付出了这一生,对他就变成了相扶相携的亲情了。

让我觉得此生最幸福的是,我拥有了两个这么好的友人!难过时可以分担,快乐时可以分享,无话不谈,不藏不掖,精神上相互抚慰,生活上相互帮助。每每在我最痛苦、最无助时,我很少打扰我的亲人,却是去她们那儿疗愈,在与她们的倾心长谈中完成自我救赎！

行文至此,插叙几句。前段时间,因疫情肆虐三亚,封控了三个月,耽误了小女儿入学事宜,我焦虑抑郁夜不成寐,连着几日做梦都是艳琴,而后又是阿文,打去电话和她们倾诉,心里才轻松许多！她们之于我是姐妹、是密友、是良师,我们相互供给和汲取能量,不断成长,我觉得她们是我终身受益的动力源泉！

打造农院

回来还没有做好打算,还不知道将来干啥,想在县城看看有没有可干的生意,就决定让孩子先转到县城上学。给孩子去光明实验小学报名,走读小学二年级,学校不供饭,公爹有个三轮电动车,方便接送孩子。

从北京回来之前,也和周岗聊了很多,我有很多顾虑,因一家老小,不得不回老家,心里是万般不舍的,我真的想让他在北京留下来,哪怕少挣点,也比打工自由。回家了我就想看能不能在县城瞅点生意干。

周岗并不懂我,他没心没肺地说:"你放心走吧,太阳离了你照样会升起,地球离了你又不是不转了!"

因翠微那边改建,生意不好,就撤了回来,又回徐庄市场租赁了摊位,留周岗自己在那里卖菜。

我回来不到半个月,周岗打电话说,他要回来了,说他自己在那儿不行,上啥都卖不动,连摊位费都挣不到。我一听真是怕啥来啥,和回来前预料的一样。我仰天长叹,能说什么呢!

我心里烦,说实话,很厌恶他,让他在家带孩子吧,肯定不行,嫌他笨。想想自己抓的这把烂牌都没法打,可心里气一阵子还得忍着,长吁短叹之后只能淡定,再淡定!

父亲说得对,想改变一个人是不可能的,调整心态,只有接受周岗的不完美。尺有所短,寸有所长,一个家庭就是一个团队,得学会发现每个家庭成员的长处,扬长避短,适才适用,发挥每个人的最大优势。

家里的老院子很大,这是祖上留下的老宅子,奶奶说这是她婆婆的一亩六分地,当年一分为二,分给他们和二爷家的。公爹说宽是六丈九,深更多一点儿,屋后是二爷家院子,爷爷盖房时,房后留五尺滴水,现在已规划成了胡同。

院子四周是碎砖头和土混的院墙,贴着院墙里边是几棵长了数十年的洋槐树,东倒西歪地苦撑了一秋又一秋。院子里东边两棵,西边一个麦秸垛,靠西墙是陈年的玉米秸秆,被雨水淋沤得塌堆了下去,裸露的秸秆像一堆没了灵魂的骷髅。

院子里零零落落有几棵奶奶栽的小手腕粗的杨树,刚入秋,几片稀疏的叶片已现出苍色,让人能想象出西风横扫时的无限凄凉。天一下雨,院子里的泥泞就得一两天出不来路眼儿,上个厕所就得换胶鞋。

我依在门框边上看着这个大院子出神,想起刚嫁来时村里人说的话:"你家院子的风水不好,你婆婆30多就去世是少亡……"我不信这些,觉得人才是家中最好的风水!

想到这里,我开始规划,这么大的院子得利用起来,种菜养鸡自己食用。周岗回来了,全家六口人买菜也是一笔不小的费用,再说现在滥用农药化肥污染严重,自己种养吃着更放心。

说干就干,我把想法和周岗说了,跟公爹说,让他把边上的老槐树卖掉,公爹说现在这种硬料不值钱,卖不了几个钱,伐了自己用吧!老话说,老树上住有树神,我跟奶奶要了香,伐树前在大树下上香,敬请树神搬家,并谅我冒犯。

伐树时跟大姑姐商议,请了大姐夫来帮忙。农忙快到,三弟也从北京回来了,他也天天来帮忙,我们几个人忙了几天,才把几棵树连根伐倒,锯成段归置到厨房东侧的旮旯里。剩下的零碎活儿我和周岗喊着公爹一起干,麦秸垛光用来引火消耗不了多少,留靠东墙厨房门口一个麦秸垛就够了,其余的卖掉。柴火都归置到厨房门口的麦秸垛旁,下雨也好盖起来。

大院子从堂屋门口到大门是通道,我让周岗和公爹用砖头铺成一米五的走廊。多年来,公爹把土厕所留到院子的东南角,我让他们挪到院子的西南靠角位置。挨着厕所到大门的位置垒成鸡圈,先买些肉鸡养着,幼时喂点饲料,稍微大点就喂玉米和麸皮。

从院子中间走廊往西沿着鸡圈，用红砖铺小路通向厕所，下雨不用换胶鞋了。从堂屋门口往西到我们住的卧室门口也铺上了砖头，用砖头沿小路和走廊的边，把空地垒圈几层，防止翻土时土壤外溢。

西边半个院子规划好后，我带着周岗掘地，公爹也拿着铁锹帮忙掘。我把掘出的碎瓦片和碎砖块，还有塑料布等沤不烂的东西都捡拾到一个破盆里。周岗和公爹只翻地，没有捡拾这些的习惯，他们倒粪时也如此，从来不管粪里的这些细碎。我是从小看见父亲倒粪时就会把土家肥里的这些东西拣出来，集中倒入沟坑里。周岗和公爹干活时我得提醒，可是人家一会儿就忘，我多说自己都嫌嘴碎，不说心里又生气，他们没记性。唉！我觉得人的习惯就是从小养成，时间久了就植入骨血，被编入基因，一代代传承的。

趁着还没收秋，先把西半部的院子种上，找来铁耙子把土耥平落实，我留好田埂打成了菜畦，种上了香菜、菠菜、油菜、黄心菜、菊花菜、菜薹等青菜，温度高长得快，秋后和冬季就有菜吃了。

奶奶的身体已经痊愈，她从不睡懒觉，家里每天是我们俩先起床，她烧火，我做饭。我让周岗去县城一家油坊买菜籽和花生看着榨油，周岗用四十斤的专用油壶每样榨了一壶，往堂屋放时，奶奶就开始唠叨着："没见过这样的，这是过日子吗？是吃油嘞，还是喝油嘞！"我们也不理她，她沉着脸嘟囔一会儿就停了。

这些天我们大兴土木，她看着不知是往哪儿想的，有一天周岗和公爹不在家，她又开始唠叨了："成天胡挪八挪，恁些年没人栽树，我去年才栽几棵小树，竟然给我拔喽！嗯，你当家去你前院当家去，前院你想咋弄咋弄，别在我这院子当家！"

我正干着活，累得一身汗，一听来气了，心想这老太太真是暖不热啊！再说人老了，一个人住一个大院子不孤独吗？院子里跑着孩子，有哭有笑有闹才是人间烟火啊！你一个老太太也不认字看书，也不看电视（她自己说她看不懂戏），没有一点精神文化生活，住个大院子不觉得冷清吗？孩子慢慢大了，总得有个住处，前院就两间房，院子当然小。原来前院是够一处宅子的，公爹觉得自己就一个儿子，让给人家半拉院子，所以剩下的不够一处宅院了，我们结婚他是在剩下的地方盖的两间房。

她不知道我已经向村里和乡里反映过了，村里因国道占地要拆迁十七户，马上在村西规划了三十多处宅基，多出的宅基作为村里的宅基预留。我已查阅了当时我们县关于批准农村宅基地的地方性文件，像我们家四代同堂的可申请一处完整宅基，村里和乡里已答应我，只是还没有落实。奶奶啥都不懂，跟人家说不上个理，公爹有啥事也上不了桌面，我没抱怨过啥，还在这儿找我的事，就跟我闹起来有劲儿！

想想这个家，啥都得我抛头露面，心里也委屈，就怼奶奶几句："你当家当得好，我没来时你过得在村里数得着吗？成天炒菜油都不舍得放，你趟病床那3个月想的啥？打电话有一天咋说想我呢？还说伸手就想把我从电话里抓过来，你那会儿想到我的好了，我回来了你身体好了又说这混话！"

　　说完，我气得站起来，坐到大门东侧水井边的石头上，无声地哭了。不理她吧，可她说的听不下去，理她吧，永远也没啥里表。她还在那高一声低一声地数落我。这时干娘下地回来，从门口路过，干娘一家人出出进进都经过我家门口，她听到奶奶的声音，就拐到院子里，一看我满脸泪水，就把我拉起来说："卫红不哭了，走！先跟俺回家。"

　　我站了起来，奶奶也追了过来，跟干娘摆着她的歪理，干娘也不跟她说那么多，拉着我的手走到了胡同里，我往东一瞅，三弟来了！赶紧擦泪，跟出来的奶奶也看见了三弟，她真是个好演员，我第一次惊叹了奶奶的演技，她立马换脸，抿嘴带笑："噫！俺孙子来了，快进来喝茶！"

　　三弟笑着叫了声奶奶，就转向了我，他看见我红肿的眼睛，说："姐，咋了？"

　　我一句话都没说，看见弟弟，我刚擦干的眼泪一下子又涌了出来，"啪嗒啪嗒"像断了线的珠子滴落了下来，鼻翼也翕动着流出鼻涕来……我抓起围裙角揩了一把满面涕泗。干娘还挽着我的胳膊，三弟喊着婶子和她说着话，我努力平复着失控的情绪，让干娘和弟弟进了屋。

　　三弟说："姐，她老了，你别跟她一样，她说她的，你干你的，当听不见。"干娘也劝我，我洗手站起来准备做饭，干娘也要回去做饭，这场风波算平息了。

　　东半边的院子北半部在厨房门口，是柴草，南半部我们回来才打了个深水井，旁边留个化粪坑，菜叶果皮混土可沤农家肥，再加入鸡粪熟化后上菜地，余下的闲地种些大蒜，再留一片开春种韭菜。从母亲家拿的蒜种多，我让周岗挖沟多秧两沟苗蒜，他是最爱吃青蒜的。我那天去城里有事，等我回来他还没秧，挖了两道沟斜抹撂垮，我问他这么久干啥去了，他轻描淡写地燃着一根烟说："出去玩会儿，咋了？"

　　我说："这两道沟要么平行于走廊道，要么垂直于走廊道，我跟你说了，你为啥挖得又歪又斜，曲曲弯弯像蛆钻（土话指蚯蚓）找它二大娘？"他看我有点生气，就嬉皮笑脸地说："歪好，歪好，秧个蒜恁些事儿，管吃不妥了嘛！"

　　我听后，对他这种马虎态度不能容忍，脑子里满是他这一家人的邋里邋遢，火气一下子被点燃了："从今天开始，你记着，永远不要在我面前用'歪好'这俩字，不论干啥就得干好，就是秧个蒜，也得横平竖直，蒜苗出来不仅仅是吃，不吃时它长在院子里是风景！我咋说你咋做就行了，做人得有点审美情趣，干啥都要有审美眼光，一进院子看哪都舒服，才能让人更加热爱生活。我不想跟你吵架，我只是在告诉你，我在意这些，歪三扭四我看着就肚子疼！"

　　我说完接过他手里的铁锨，把他挖的平上，又开了一沟，平行于走廊，宽窄有度，他看我干活就又到一边抽烟去了，我准备秧蒜瓣，让他仿着我掘好的样子再掘一沟，他坐那儿不动，还有理了："干点活儿净你的事儿！不干，你中你干完！"

　　我最恨他这句话，一说就撂挑子让我干，吃的时候比谁都爱吃，干时宁愿吵架也要逃滑。他以为这不是北京，在家里又可以耍撇了，看来他几年前的老毛病又犯了。这人光觉得我善良，守着孩子不舍得走，累死我他都不知心疼，看来手腕得硬起来了，治不服他我就不跟他！

　　我心里越想越气，这还算个男人吗？一瞅堂屋门口放个木杈，三步并作两步拿了过来，朝他背部和膀子上"咔咔"连扩（方言打）两下，他一愣神反应了过来，破口就骂，我已把杈往远处扔去，拔腿就往大门外跑！

　　他把烟一甩骂着追我，一出门口恰好遇到西邻家的爷爷，那爷爷一看我们打架就拦腰抱住吵他："这孩子，你这是干啥！"

　　他正怒火没发出来，挣脱那个爷爷，这一会儿工夫我已跑出很远，瞅着他追不上我，我捡起地上一个坷垃朝他扔了过去，他再恼也得躲啊！然后我又捡了两个砖头块，远远地望着他，他不敢近前！那个爷爷上前又说他："回去吧，你看把卫红气得！"

　　他没法辩解，他好面子，不能说自己挨打了。这次他学会了顺坡下驴，抑或是他看追我也不恁容易，悻悻地回家去了！

　　晚上我不理他，想起他那混账话还气，我都活成雌雄同体了，他都不觉得无地自容。他觉得夫妻没有隔夜仇，没话找话说："半拉膀子疼，你真不心疼我，真打啊！"

　　我一本正经地说："心疼你的时候过去了，这是轻的，今天我还一半子唬你，游着手没下劲儿。以后少给我扯里格楞，我不狠，治不了你。对你这号人讲道理等于对牛弹琴，我已经跟你好声好气说了十年了，伤不了你筋骨，没用！若不是因为你是孩子亲爹，就你这号人，这家庭，给我磕一亿个响头我都不会再跟你！从今天开始，你摆正位置，天一亮咱俩就是上下级关系。我不再耐心跟你讲道理，还是动真格的长记性，我的强势是你逼的，不要觉得我专横跋扈。以后我考虑好交代你的事，你只需认真做，甭问为什么，若不服从我领导，咱俩明天就去办离婚手续！"

　　回想嫁给他十年来的酸甜苦辣，琴瑟和鸣是遥不可及的神话，夫唱妇随也只能想想作罢。今后我只能把他当作手下的一个兵，不服从就准备炒了他，他听我说完不吱声了。

喜欢当家的婆奶奶

院子归置得差不多时,地里该收秋了。周岗骑着三轮摩托车,带着我和公爹去掰玉米,东地一亩多地共掰了两电动三轮车玉米棒子。半数以上都是黑穗病,俗称雾霉玉米,就是没病的也就结个跟鸡头似的小玉米棒子。我掰着玉米心里生气,跟周岗说:"就这咱奶还要当家呢,啥年代了还不买玉米种子,她活在 20 世纪五六十年代没走出来,我只要在这个家,就不会由她说了算,你跟咱大也别生气。"周岗和公爹听了也不吭声。

这一年,被征收的地只是用墙头圈上了,并没有建厂房利用,还在那些外地商人手里倒来倒去。种秋苗的时候,大家又把各家的地种上了。我们家共五六亩地的玉米,总共才收了 1000 多斤,心里有说不出的难受。奶奶和公爹的迂腐不化让人心酸,可叹可怜的是他们不自知,还自以为是啊!

秋收后要犁地,家里没啥现代化农具,我们不在家,公爹都是凑合着找人帮忙种上,今年我们一回来,公爹就不管了。我同学的爱人代理销售农资,他给我们送来了肥料和拌种剂。我去了娘家,父亲现在犁地又买了个 18 马力的东方红,是电启动的,趁着三弟腾茬的空档我开了过来。六七年不犁地、耙地了,我心想周岗在家让他犁,谁知他一开墒我看着就不是那回事儿,还是我来吧,跳上车又操作起了熟悉的升降和挡杆。就这样北漂回来又犁耙了两年地,到 2009 年秋,村里三百亩地被六家厂子征收完了,从此成了失地农民。

拽回思路,回到 2006 年深秋,种完小麦,晒干的玉米留下一点喂鸡,余下的拉到了村头收粮点,当天人家没现金,说过几天让去拿钱,周岗就回来了。他做事脑子简单,回来没多想,也没跟奶奶交代一下。

第二天奶奶没吭声,第三天开始骂空气了:"你个小兔孙,跟谁学的?你灭了你爹灭我呢?"

我走上前去叫着奶奶,问她骂谁。

奶奶黑着脸,气得哆嗦着嘴唇说:"卖了玉米钱,为啥掖起来?不是灭恁爹和我吗?"

我一听大声喊周岗出来,问他咋回事。

周岗已经听到奶奶骂他了,他这次生奶奶气了,只见他从我们屋子里出来,掏出一沓钱往奶奶手里使着气一塞,问她:"够不够?不够我现在进城给你取去!人家收粮食的还没给钱呢,谁灭你了?你老了,吃嘞喝嘞滋滋润润的,家里开销不用你操心,穿嘞用嘞都不缺,你闹啥呢?没见过你这样的……"

看来周岗是真意识到奶奶的过分了,他不再像以前一样,啥都不吭声。这番话把奶奶怼得不轻,从这次后,她消停多了。

同样的几亩地,第二年我们卖了6000多斤玉米,当然这是后话。收粮食的见了我说:"哎呀,你们上北京这几年,人家都卖粮食,就没见过你奶跟你爹卖过多少粮食,我们都纳闷他们卖哪去了呢!"

我笑着说:"他们用老方法种地,收不了多少粮食,卖啥?"

说实话,奶奶是不舍得花钱的。从北京回来时给她的钱都放着没花,她除了一年去两趟娘家,哪儿也不去。当时的政策,奶奶可以享受独生子女养老补贴,这政策已经出台好几年了。我跟公爹说过,公爹去乡里也问过,也找过村支书,可就是办不成。我从北京回来一趟,给奶奶办妥了。记得第一次领钱,是公爹骑着电动三轮车带着奶奶去的。当时回到家之后,奶奶喜笑颜开,她第一次夸我:"还是俺卫红,跑一趟给我办好了,钱领回来了,给你花点吧。"

说着从大襟口袋里掏了出来,我说:"我才不花你的钱呢,你想上哪儿去,让俺大带着你,想吃啥买啥。"

奶奶说:"出去买啥呀,咱家现在吃得多好,天天跟过年一样。"

我心说,就这你还偶尔犯糊涂骂空气呢。那时候我们喂的鸡鸭成群,隔三岔五杀一只鸡,宰一只鸭,我最喜欢做啤酒鸭。平时同学常约我带着孩子去她们家吃饭,周末同学或闺密没课,我就约她们带孩子来我家吃饭,地锅给她们炖鸡鸭。奶奶见了我的同学、朋友以及亲人,总是眉开眼笑,很热情,那话说得可中听了,这方面真是奶奶的长处。家里那些老辈的表亲来了,奶奶总是拉着人家的手嘘寒问暖,话也柔软,由这一点来看,奶奶会说话着呢!

永远做只领头羊

　　从北京回来后,我到县城看过许多家服装店,空房难找,好店面人家不转让,转让的地方都是生意维持不下去的。县城的门面房特别贵,还年年涨租金,想投资个像样的服装店,至少得花二三十万,辛辛苦苦其实是在给房东打工。我有个朋友阿春,干了几年说不咋样,不准备再干了,她准备处理一下自己的货,去给人家卖衣服呢!我既想照顾孩子,又想挣钱养家,鱼和熊掌难以兼得啊!

　　回来之前,二弟就给我打电话,建议我自考汉语言文学本科,他跟我说了那些必考科目和任选科目,我听着电话,认真地记录着,当时真的心动,想学习参加自考。县里很缺教师,正是私学兴起的年代,若是自考本科后,考个教师资格证,到哪儿都可以应聘。我心里很纠结,周岗若能独当一面,这种学习和工作对我来说是最合适的,可以边工作边兼顾孩子。考虑到有孩子,婚是不能离的,我自考找个工作一走,这个家还是一盘散沙!周岗只能去工地出苦力,一天才三十多块钱,我和这个家又摆脱不了关系,生活的担子还得落到我头上。我不想放弃周岗,还得提点着把他的长处和优势发挥出来。而且他一离开我,没了主心骨,干着就没劲儿了,又该三天打鱼,两天晒网,过一天少两晌,我俩的差距会越来越大,最后只有分崩离析!想来想去还不如瞅个生意,我领着他干。

　　一晃进入农历十一月,我也没找到比较合适的生意,因为干哪个行业都得考虑自身有没有优势。每天光花老本心里也焦虑,在北京习惯了,我俩花钱都不会紧手,就这点家底,坐吃山空还不快啊!不能这样,赖好先瞅个小生意,得顾着一家的生计。

　　哥哥正好准备从北京回来办点事,我给哥哥打电话,让他去西郊的锦绣大地给我带回一包粽叶。因为我进城时看到县城里的一家粽子卖得好,他那粽叶都发黑了还用着呢,而且那个人看着脏兮兮的。就想起在翠微大厦时,我天天买五芳斋的粽子吃,自己买粽叶包过,比老家的这种好吃,就想包粽子卖先挣个零花钱,有合适的行业再转型。

　　哥哥帮我把粽叶带回来,奶奶看见了,她听说我要包粽子卖,又开始发牢骚:"这不年不节的卖给谁呀?谁天天吃粽子呀?净胡想点子。"我和周岗只当没听见,公爹天天闲着,只要饿不着,他不喜欢管家里闲事。

家里有电动三轮车和三轮摩托车,生大女儿时,母亲给我买的三轮车闲着没用。卖粽子骑三轮最方便,可以走走停停地卖。我就让周岗找点钢筋棍,他嘴笨但动手能力很强,他找了个电焊机,按照我设计的样子,焊了一个车棚子。

我买来绿色的篷布剪裁设计,用 502 胶粘在铁棚子上,既可防晒又可防雨。我给粽子起了一个名字"方圆粽子"——其意之一,就粽子形状而言,我包的是那种四角粽子,粽角方,粽身圆,而我们县都是包三角粽子;其二因为我姓酒,他姓周,谐音"九州",暗含"九州方圆,生意通达"之意。我又设计了篷布左右两侧的广告词,一边是"'粽'里寻她千百度",另一边是"粒粒香浓,品味出'粽'",打印成红色的字粘贴在篷布上。

我买来了一包江米,以及豆沙、红枣等,我们当地人不喜欢吃咸粽子。我包了 100 多个粽子,第二天起早煮好了,拿出周岗买的小喇叭录了音。头一次去卖粽子,没好意思去县城,觉得做这种小吃食,手不熟粽子都扎不好,怕熟人见了笑话,决定先去远乡没人认识的集市卖一趟,练练手,熟了再进城。

我俩一起骑电动三轮车去了逊母口,逊母口逢三六九有集会,我们是农历十六那天去的。快 11 点时才卖了不到一半,粽子的成本是 3 毛钱左右,卖 1 块钱一个。我看在这儿卖不动,就对周岗说:"咱去太康一高吧,离咱家也近。"

我俩就骑着电动车赶到一高,正好放学。太康一高建校占用的土地是师庄村的,失地的师庄村民在学校大门口卖饭的多,我和周岗带着粽子,就找个空当站在了大门口。一放学,那些学生蜂拥而至,我们家就这百十个粽子,一会儿就卖完了。

回来的路上,周岗说明天哪儿都不去了,就来一高。他这几天虽然嘴里没说我瞎折腾,心里对卖粽子是不看好的,他一说这话,我就知道他是心里有自信了。回家后,下午我包了两百多个粽子,第二天中午放学前赶到一高,半个小时又卖完了。

回到家把卖粽子的零钱交给奶奶,让她数钱,奶奶高兴得眉开眼笑:"这咋那么多人吃粽子呢,还真中嘞!"

公爹也搭话说:"这咋卖恁快呀?你俩没去多大一会儿就卖完了。"

我说:"吃粽子的学生太多了,我们两个光拆都拆不过来,明天你去跟着收钱吧!"

第三天,我们煮了 300 多个粽子,分装两个车子,周岗骑了个电动车带着公爹和粽子,我又骑个脚蹬三轮车,周岗用脚蹬着三轮车尾给我助力。一放学那些学生围住了我的三轮车,我剥着粽子,他们念着我车篷布上的广告词,公爹专门收钱找零,不到一个小时又卖完了。

一个家庭,老的带小的一起努力容易些,可以恩威并施;小辈领长辈可不是那么容易的,说不得吵不得,自己得做出很大的努力和付出,还不一定得到认可。公爹跟了几天后来劲儿了,因为电动车没篷布广告,没脚蹬三轮车的篷布广告吸引人,食客总是聚在三轮边上。我说还得弄个这样的三轮车,公爹就去买了个专门卖吃食的推骑三轮车。

我又给他粘贴好篷布广告,给周岗和公爹买了外穿的大褂,这样看起来整洁干净多了。

县城里有卖竹筒粽子和苇叶粽子的,那叶子都用得发黑还不舍得扔。我们是竹叶包粽子,而且每天用新叶,糯米用最优质的,煮出来清香软糯。不仅有豆沙、红枣,还有马蹄、菠萝等各种口味,血糯米馅儿的卖得也很好,食客吃一次就忘不了我家的粽子。

粽子在一高大门口卖得很火,引来了师庄那些卖米饭的嫉妒和不满,他们觉得我们抢了生意。有一天我们刚卖完,他们走了过来说:"明天你们不能在这儿卖了,你们这几天一来我们的米饭卖不动了。"

回来时周岗说:"明天别包那么多了,不能在一高卖了,再去的话,肯定会有麻烦,咱去里面街上卖吧!"当天晚上我就去找了阿文,因为我知道阿文的姨父在西关是响当当的人物,我跟阿文说了来意,一起买了些礼品,去见了她的姨父。他让我们明天继续去卖,到点他过去看看。我们就又去了,阿文的姨父准时来到我们的车子旁,跟我聊会儿天,周岗给他递了烟,他看着我们忙活一会儿说:"你们好好在这儿卖吧,有事儿打电话。"然后就走了,就他这一照面,此后再没有人说别的。

每天他们俩把卖回来的钱就摞在堂屋的桌子上,奶奶看着袋子里的钱,就笑出了满脸核桃纹。我从来没听到过她说公爹的不是,这次她看着是在数落公爹,其意还是在夸公爹,我真服了奶奶说话的艺术。她虽没读过书,却知道怎样欲扬先抑。她数着钱讲着往事:"过去你大姐在花场上班时,有一年厂里下任务让收棉花,你大姐拿回来了白布缝的棉花包,任凭她咋跟你大商量,他就是不愿意帮你大姐去收棉花。他脸皮薄儿,一辈子没做过生意,磨不开脸,没想到这老了,倒学会做生意了!"

粽子的生意是越来越好,刚开始我做着饭还得操心煮粽子,后来就是周岗每天喊公爹起来煮,我不用再操心。公爹的饭量也增加了很多,他才50多岁,年轻时没出过力,整个人一天天精神起来,也不再睡懒觉了。每天早上五六点起来煮粽子,十点半出锅。十一点出家门口就是锅炉厂大门,顺着未来路过兰河桥北边是纸厂大门口,交纸的货车司机喜欢买粽子吃。一路卖着去学校,后来他们熟练了,就去繁华的城区转着卖,中午在街上吃饭。一般两点左右就会卖完回来,迟的时候要卖一下午。他俩每人一辆车子,每人带200多个。这样家里每天能有两三百块钱的收入,想吃啥就往家里带回啥。生意虽小,但是个活钱,如细水长流。当时大姑姐跟着工地起早搭晚干活很辛苦,每天才30块钱的工资。村里被征用的土地开始进料准备建厂了,拉料车进场时,村里没事的媳妇和老太太,聚在那儿拦车要进厂费,司机会给个十块二十的,一个人能分个五毛一块的,一天也分不了几块钱。现在我们也不需要花多大力气,对过惯了紧日子的奶奶和公爹来说,能挣这些钱他们都很知足。

2006年前后,是电视剧盛行的年代,家家流行装那种卫星锅,可以说是火遍大江南北。周岗从北京一回来就又买了个电视,我们的老长虹电视公爹看着呢,他又去县广播站买了两个卫星锅。让师傅来装一个是50块钱,周岗不让人家来安装,他自己一会儿就装上并调试好了。就这样,村里谁家装卫星锅,谁家锅子没信号了,都找他,他三两下就能给人家调好。附近村子的人听说后也来找他,后来他就趁卖粽子的空闲,给人家安装卫星锅,熟人纯帮忙,生人就收点安装费。

俗话说,人越歇越懒,嘴越吃越馋。话得说回来,人要是忙惯了,闲着会觉得空虚难受。我们家的每个人都有事做了,幸福这盘棋就活了!忙碌不仅仅是为了挣钱,挣钱也不是生活的全部目的。赚钱是谋求幸福和快乐的一种手段,挣钱的目的是为了生活得更好,这个初衷不能偏离。公爹觉得生活得到了全面提升,休闲时在人群中说话有底气了。周岗挣钱的同时也体验到了存在的价值,因为他忙,别人一趟又一趟地找他,他也从别人对他的尊重和需要中,感受到了快乐与幸福。

我喜欢小憩时在菜园里静静地站一站,看菜畦里迎风斗雪的越冬青菜。院子比旷野里温度高,还是少了些霜寒。夜里霜冻过的油菜和菠菜,一见太阳依然绿意盎然。香菜柔嫩的茎秆匍匐在地上避寒,叶片上被霜打得褐红,掐几根做汤,香味更加浓郁。圈里的鸡在挠食,扁嘴看见人走过来呱呱地欢唱。它们吃饱静卧的空档,有胆大的麻雀落进圈里,蹦跳着捡拾食料,一切是那么和谐自然。

上午的时间我做做家务,洗洗粽叶,干点准备工作。用的米和煤炭,打个电话都有人送到家,不用操心采购的事。下午看着电视包着粽子,没人打扰的情况下,一个小时可以包九十多个粽子。四百多个粽子正好是一下午的活儿,包完粽子起身,已是霞光满院。生火做饭,炊烟缕缕升起,缓缓地袅娜蠕动着,像一幅水墨画在小院的上空涂抹开来,置身院子里是怡然、闲适、美好、温暖!暮色渐沉,混合在空气里的饭菜香味儿,是让回家的人最抵挡不住的诱惑!

因为粽子的品类多,得用各色线区分。奶奶就闲不住了,除了一日三餐帮我烧火,她还帮我捋顺包粽子用的线,闲下来她还帮我洗点粽叶。奶奶说:"我老了,也找到差事干了,这多好,天天进钱,还没人欠账!"

奶奶从小受苦,人不懒。可她不懂,不改变思维光勤劳是不能致富的。她没有挣钱的路,所以看钱比命都金贵。她不是没有能量,只是这辈子没有找到适合她发光的位置。

家和万事兴!公爹和奶奶的转变,让我对生活充满了信心。他们年岁渐老,还力所能及地在适合自己的位置上发挥着余热,快乐也在他们的脸上荡漾着。自从我回来,奶奶和公爹的身体也奇迹般好了起来,再不是今天去诊所包药,明天去诊所挂针的状况了。就这样全家拧成一股绳,日子怎能不蒸蒸日上?我每天除了包粽子,就是精心为家人做好一日三餐,变换着花样改善生活。有一次,颖儿在她的作文中提到,每天放学回家,都有妈妈做的丰盛可口饭菜,那种骄傲和幸福感在她的字里行间流淌着。这个时代的农村,大多是留守的老人和孩子,能陪伴孩子一起成长,我觉得放弃什么都值得!

温暖自己,照亮别人

在北京我学会了许多美食,烙馅饼、做春卷……租住的大杂院里的湖北姐姐教会了我粉蒸肉。陕西学卖早点的大姐请来她家小姑子学包馄饨,我正好去串门,她小姑子教的是北京的元宝馄饨,教了她半个下午走了。小姑子一走,她回头又忘记了包法,又包成了她老家的土馄饨。她家大哥吵她太笨,我在一旁看会了,就拿起馄饨皮教她。

她老公骂她,她脾气真好,只呵呵地笑!她老公转而扯开嗓子唱起了秦腔:"他大舅,他二舅都是他舅,高桌子、低板凳都是木头,走一步退一步等于没走……"就这不经意间学到的厨艺,还有大杂院南腔北调中点点滴滴的智慧,我都带回了乡里。

村里和我关系最好的两个堂弟媳小青和小敏,她俩都比我小八九岁。她们都是我在北漂期间结的婚,我初回来不认识她们。小青是个很纯朴的女子,她拉着她女儿第一次到我家,进门自我介绍说:"嫂子,我是后院的小青,孩子爸爸说我天天在家没事,他说,你去找咱三奶家的卫红嫂子,她可不是一般女子,接近她能学本事呢,你去跟她玩吧!"

我听她说完,笑着迎她进屋,心想这肯定是个聪明人。此后她和我情同姐妹,亲如手足。她勤快能干,只要听说我忙,总是当自家事来帮我,我也拿她当亲妹妹一样关心、帮助。

小敏是大娘家的儿媳,因为我经常去看大娘和大伯,自然也就和她熟了起来,堂弟和周岗亲如手足兄弟,我们两家时常不分彼此,有事打一个电话,多余的话不用讲,就会倾力去办。加上小青,我们三家的孩子无论到谁家都不分远近,互相关爱。

还有一个与我同龄的婶子,实则是知己、密友,她是我们村里学历较高的。曲高和寡的原因吧,她做事认真、讲究,但在周围低俗的圈子里,没几个人真正能赏识她。她的精神世界是丰盈的,也是非常孤独的。她性格非常敏感脆弱,极易受伤又很难放下。遇到我她觉得觅到了知音,因此对我也有了一份特殊的亲近。

十几年来她一直上班,我忙生意,每晚我俩结伴散步聊天。婶子遇到生活中解不开的结,就会向我倾诉,我会静静地听完,疏导她的情绪,化解她的抑郁和忧愁。婶子心思细腻,她说她上学时,光顾学习做题,没读过课外书。她的爸爸对她的学习要求非常严格,自小惧怕爸爸,以至于现在回娘家跟爸爸也无话可说。她说她真羡慕我们可以与父长谈、共话桑麻的天伦亲情。

婶子说她羡慕我知识面那么宽,喜欢听我说话。每晚我们散步结束,她说回去都要把我当晚的话在脑子里过一遍,还说总能在我的话语中感受到力量,可以使内心慢慢变得坚强起来。她觉得跟我聊天就像是在读一本书,有种莫名的满足和享受,以前总失眠的她,现在可以安然而眠了。

婶子于我是长辈,更是知己。我教会她做很多种家常菜,教她包馄饨,熬好吃的猪皮冻……自己做的美味不加任何添加剂,全是自然食材,色香味俱佳。我忙时累时婶子会体贴地给我们送来她做的美食,她对我和孩子们丝丝缕缕细微的关怀我永远都记得,她家有事时,我也竭尽全力去帮助。她感谢我的懂得,我能洞悉她的优秀,在村里,身边能有这么个人可以相知,足矣!

我把北漂时和生活中感悟的那些心得,读书中沉淀的智慧,连同自己拿手的厨艺,都毫无保留地分享给这些有缘走近我生命的亲朋们。

娘家三弟和三弟媳都小我十几岁,我是大姐,父母老了,他们有事第一时间会告诉我。我和他们一起面对各种困难,陪同他们一起成长。娘家侄子侄女们也都喜欢吃我做的饭,周末或假期不上课,他们常来我家。再加上村里堂弟、弟媳、侄子、侄女们也是常客,我家成了大家欢聚休闲的地方。蒸、炒、烧、炖、醋、溜、烹、炸是我的日常,就是我给他们擀个杂面面条,凉拌个萝卜丝,他们也能吃出大餐的高涨气氛来!农家烟火气,最抚常人心,在家这十几年,没断过人来人往。

小青的女儿上了幼儿园之后,她每天也就是早送晚接,再没有其他事情。想去县城上班吧,工资低时间上很不自由。孩子的爸爸在外地打工,孩子有一点什么事情还得随时去幼儿园。她闲暇时就坐在我身旁,跟我诉说她的迷茫和困惑,也想找点门路,挣点儿零花钱。

开春之后,正是下乡销售玉米种子的时节,我鼓励她并和她一起去种子公司那边找熟人,弄了一些优良的玉米种子。我夜里加班包粽子,白天和小青下乡去推销,干这个得靠人脉关系,到哪村都得有个声望高的熟人拖着底才好卖。去她的娘家村,去我家的亲戚村,我从种子的抗病、产量等优势上给人介绍,小青动作麻利有眼色地打着下手,我俩卖了几天也卖了不少。但这个生意季节性强,小青自己干不了,我建议小青干一种一个人可以做的小生意,时间自由。

前文我提到过那位陕西的大姐,每天早点卖馄饨和豆腐脑,从她口中知道豆腐脑的利润非常高。我就建议小青去学做豆腐脑,这个生意一个人就可以。我们村后是龙源纸业,纸厂对门是永兴医院,就在那儿卖就行,纸厂旁边的村子是她娘家,不会有人欺生。

有了这个想法后,我就帮她研究怎样把豆腐脑的卤汤做出特色。然后准备再教她学会烙馅饼,配着豆腐脑好卖。我鼓励她甭怯场,不行的话,头几趟我可以和她一起去。

县城卖腐脑的多了,除了把豆腐脑做出滑甜爽嫩的口感,卤汁就是能提升其特色的灵魂了。怎样做出的卤汁能让人一喝就忘不了呢?我思来想去建议她去菜市场买冰鲜鸡架,成本低,原汤原味熬出鲜美的鸡汁做卤。

县城里的豆腐脑都是传统的多年不改配方的卤汁,想做好就要思维异于常人,我这么一琢磨,名字也有了——鸡汁豆腐脑。到时我和她一起去打印,帮她裁做和我家类似的车棚子,粘上名字和广告——初见只是眼前一亮,品尝才能朝思暮想!

熬鸡汁的话每碗成本加个两毛钱,多卖五毛钱人家也会选择。我包着粽子给她说着我的想法和建议,小青完全接受我的谋划。下一步去哪儿学习做豆腐脑呢?

她想起了一个远房亲戚在县城里卖豆腐,肯定会做豆腐脑,我就动员她去找这个亲戚。她说干就干,立马行动,我就喜欢她这股子劲儿,听我说完立即执行,不拖泥带水。她买了礼品去了亲戚家,亲戚很爽快地答应了,准备过一天来教她。我俩一起去东关买来了豆浆机,还有不锈钢锅、保温桶和一个平底锅。又把黄豆、葡萄糖酸内酯等食材准备就绪。

亲戚一到她家,小青就给我打电话让过去。亲戚现场演示了做豆腐脑的全过程,我把每一个操作步骤中的要领和细节都记在心里了,小青也很用心,都记下了。第二天下午,我正在家包粽子,她苦着脸来了说:"嫂子,你去看看吧,没做成,我怕邻居们看见笑话,挖个坑偷偷倒菜地里了。"我说:"别歇劲儿,万事开头难,失败是成功之母,你今晚再泡点豆子,明天下午我去。"

次日下午我过去,把保温桶洗净放厨房门口待用,用她家的地锅烧豆汁,小青昨天失手心里有点怵。今天我不能失败,得给小青长自信呢!

想到这儿,我也不免有点紧张,我脑子里快速地回忆了一下操作细节,记准要点,张口深吸一口气,均匀缓缓地不被她觉察地吐了出来,我边思考边缓解着自己的紧张情绪。小青准备有小干柴,她烧火我操作,我也蹲她身边看一会儿火。灶膛里的火舌欢快地跳跃着,舔着锅底。我心里的自信也随着火苗升腾了起来,轻松多了,开始跟她打着趣,她也兴奋地跟我说笑。这次实操成功了!

望着凝固的盈盈如玉般的豆腐脑,我俩同时品尝了一口,甜甜的嫩滑入喉,我俩相视而笑了!我给她总结了昨日操作失误的细节,让她以后特别注意。试做的量不多,并没拿去卖,我们请来她的邻居们品尝,大家一喝,感觉果然比街上的卤汁味道好。

我又抽空帮着小青糊好车棚布粘上广告字。正式出摊是4月的一个下午,我过去教着她一起烙好几十个馅饼,小青准备了一个干净的泡沫箱子,里面铺衬着白色的棉纱布,把馅饼放了进去。她家门口的胡同坑洼不平,不敢将豆腐脑放车上,怕晃荡。我们把装豆腐脑的保温桶抬到一百米外的国道边才装上车子,准备沿着马路去纸厂和医院门口卖。我不放心她第一次出摊,怕她手忙脚乱顾不过来,要跟她一块儿去。小青知道体谅人,她说:"你回去包粽子吧,昨天粘棚子、熬夜包粽子,今天又忙一下午,晚上再熬夜包几百个粽子不行的,就这我已过意不去了。"

我回去包着粽子又给她打了几次电话,一切如我所料,卖得非常快,不到天黑就卖完回来了。小青这一卖可有心劲儿了,她勤劳能干,每天早晚出两次摊,吃过早饭回来还不耽误来找我说说话。

俗话说得好,两口子有,隔着手。一点不假,张口要钱的话是没有底气的。自己腰包每天进着钱,再不过那种伸手要钱的日子了,心里既充实又踏实。她把这个小生意做得风生水起,老公和亲邻也对她多了几分敬重,年底老公带回他挣的钱,就可以积蓄起来了。

受我家粽子生意的带动,二三十户的小村又添了两家卖粽子的。一个喊我嫂子的小伙子,他很聪明,高中毕业,业余喜欢画画,是个勤劳能干务实的人。他用苇叶包的是传统的三角粽子,他和他父亲一人一辆车子,他母亲在家包粽子。另一家是我喊奶奶的,她自己包自己卖,也是三角粽子。村里有好操心的人见我时说:"他们两家一卖,该影响你们了。"

我笑着说:"影响不了的,县城大了,我们每天才转多少地方啊!"事实上我们的粽子销售量也真的没受什么影响。

做生意这种情况很正常,人都喜欢跟风扎堆。有些产业必须扎堆生产才会形成规模,比如江浙一带的小商品,晋江的鞋业,规模化效应能催生更多的产业,更好地发展地方经济。我们没结婚时,周岗告诉我,太康县修补鞋的大多是他们村的。还有小时候各集会上卖那种绿色军用帽子的,大多是他们村的妇女,每到农闲,家家妇女都在家脚踩缝纫机缝制帽子。前面的文章我写到婚后我们种了棉花,卖了钱买了辆永盛三轮摩托车跑摩的,我们买后没多少天,村里添了五六辆都去跑三轮,僧多粥少最后都拉不了几个钱。赖好是个营生,暂时没赚到钱,却活络了村里人封闭的思维。俗话说骑驴找马,见识多了,慢慢一个个都走出了村庄。

兰河记忆

第八章

家里的老亲戚

大姑奶一语成谶

走亲戚是念着旧情呢

大姑奶一语成谶

2007年春天的一个下午,我正在屋里包粽子,后院二爷家的一个孙媳妇,用根木棍背着个篮子,还没进院就大喊着奶奶:"三奶奶,你家的客人来啦!"

我赶紧站出来,出门一看,是周家的大姑奶来了,赶忙迎了上去。接过那弟媳手中的篮子问她:"你咋正好碰见咱大姑奶了?"

"我正好从洪山庙走亲戚回来,走到咱们村南,遇见了大姑奶,她都累得走不动了,我接她回来了!"

大姑奶离我家二十里路,近九十岁的老太太,半放的小脚走了大半天回娘家来了。我扶老人家进院先歇歇,赶紧去厨房给她做饭吃。

大姑奶和爷爷是堂姐弟,大爷爷和大姑奶是亲姐弟,他俩是大曾祖父的儿女。大爷爷从小过继给了曾祖父,当时曾祖父母一直不生养,按当地风俗要了大爷爷压子。

后来曾祖父母真就相继生下二爷爷、爷爷和二姑奶,大爷爷的亲爹娘在1942年闹饥荒时饿死了。

周家大爷爷在这个大家庭中是最有功劳的,曾祖父去世早,长子如父,黄水来时,大爷爷用扁担一头挑着两三岁的爷爷,一头挑着行李,带着守寡的曾祖母去逃荒要饭。

以上我记述的这些都是婆奶奶跟我讲的,奶奶还跟我讲过,大姑奶命很苦,爹娘离世早,嫁了个人家,一辈子生了十多个孩子,愣是没成活一个。人家小孩出生后,一天一个样,她的孩子是越长越缩小。俗话说,赖名字好养活,大姑爷他们就啥名字难听起啥名,可还是不成人。晚年的大姑爷和大姑奶,是他们的侄子给他们养老送终的。

这次回娘家,大姑奶乐呵呵地进院子说的第一句话是:"我这是最后一趟回娘家,这次不走了,我准备在这儿住几天,娘家三个院我轮着住,捎信让你二姑奶过来,也让她来住几天,我们老姐俩说说话。"

我赶紧给大姑奶收拾床铺说:"你晚上住在我家,让奶奶陪着你,每天的饭也在我家吃,吃完饭想去大爷和二爷家说话都成。"

"住你家行,吃饭得轮着!"大姑奶说话不容商量,她把篮子里的礼物分成三份,让奶奶陪着她给大爷、二爷家分别送去。

第二天二姑奶来了,二姑奶大高个儿,背很直,长得像城里的老太太,十分得体的偏襟上衣,外罩一个深咖色的小马夹,黑色的裤子,时尚的老年布鞋,干净、利落、洋气。80多岁的她牙齿好着呢,她说前几天去洪山庙赶庙会,自己还买甘蔗吃,会场的人稀罕地看她吃甘蔗!

从我家开始轮着管饭,每家吃三天,晚上在我家休息。二姑奶最喜欢和我聊天,三个老太太也不舍得闲着,天天帮我把粽叶洗得干干净净,还帮我把用的线捋好。

周岗没有姑姑,两个姑奶来了,他很高兴,也很孝顺。在我家吃饭这几天,我做老人们最喜欢吃的饭菜,三个老太太一起说笑着,讲述着她们记忆中最难忘的故事,如时光倒流。

谁料大姑奶这次回娘家竟一语成谶,2007年8月,大姑奶就真的无疾而终了!

走亲戚是念着旧情呢

说到姑奶,想起家里的老亲戚,想起了初来周家的那些年节。

周家爷爷这边的老亲戚,大多是表亲,但常有走动,见了面还是很亲。有奶奶娘家的亲戚,还有婆婆娘家的亲戚,我的亲戚,三代人的亲戚真不少。

还有一家是老姑奶奶,她娘家没人了,不能没个娘家,她就投了爷爷认了主家,逢年过节他们来,红白喜事时我去过。我嫁来后听公爹说,还有两家想投主到我们家,被他推掉了。

我从初二早上起来开始给客人做饭,吃过早饭我走完娘家,就开始一直忙到正月初九,不是去拜年,就是在家做饭待客。

婆奶奶娘家和我一个村子,所以奶奶娘家的亲戚我都熟悉,也觉得很亲近。

周岗的母亲去世之后,和姥姥家的关系应该是受了很大影响,他姥姥家是张庄的,有两个舅舅。

农村有句老话是,没有了眼珠子,还要眼眶骨干啥呢?意思就是闺女一死,其余的都不重要了。

结婚后我问周岗:"一年去舅舅家走几趟亲戚?"周岗告诉我:"妈不在了,每年春节去一趟。"

我们结婚后的第一个春节,公爹把年礼准备好,让我和周岗一起去舅家和姨家拜年。传统礼制上,娘亲舅大,就是说娘这边的亲戚舅舅是最有分量的,孝母者必认舅,农村还有"天上雷公,地上舅公"的说法,可见舅舅是所有亲戚中最亲的亲戚。

初二我走完娘家,初四就和周岗一起去他舅家,和我们同去的还有大姑姐。

张庄两个舅舅,先去的大舅家,大舅身材高大,周岗的长相和性格酷似大舅。大舅满脸带笑接过周岗的自行车,在院子里不碍事的地方扎好,嘴里喊着外甥,引着周岗进屋,拿烟倒茶,透出农民特有的那种敦厚、朴实、勤劳和热情。

大妗子因长期劳累导致背微驼,她上前拉我的手,让茶让座,问候完家里的公爹和奶奶,像是自言自语又像是对旁边的老表们说:"恁四姑(即我婆婆)要在多好啊!"大姈子、大舅和奶奶同岁,老嫂比母,婆婆是他们六兄妹中最小的,所以当年婆婆的离世,他们该是多么的心疼!

大舅的后院是二舅家,二舅是那个年代的高才生,大学毕业后去了青海工作,后来又调到郑州工作。这个春节二舅是带着他们家的大表姐一起回来过年的,二舅不种地,看上去很年轻,长得更是一表人才。他家的大表姐知书达理,品貌俱佳,和我家二姑姐长相很相似。

二舅亲自下厨给大家做的菜,色香味俱全,席间二舅介绍着他的拿手菜,不停地让着客人。我虽然是初来乍到,但看得出舅舅们都是厚道之人。

回来时,大姑姐一路上心里不好受,她回忆起婆婆去世时的点点滴滴,给我讲述着那些旧事,似有千千心结。我到家后,小姑子又提起姥姥家,她年龄小对姥姥家几乎没什么印象,说婆婆去世时姥娘家发怪了。我听后心里酸酸的,若有婆婆在,来回走动着,哪会这样?就劝说小姑子,化解她心里的怨气:"你那时才几岁,许多事你肯定不懂,人那么年轻不在了,娘家人发怪也正常,咱们别曲解舅舅家。今日我见了他们,看得出他们都是厚道人。我是这么想的,当初他们六兄妹中最小的妹妹离开了,她的哥哥姐姐太心疼,有点情绪埋怨奶奶和咱大并不为过,咱们得理解。试想等你长大嫁了人,若有个啥事,你的姐姐哥哥会是一样的态度!"

我这话说后,小姑子不吭声了。

去周岗姨家时,我不太想去,因为那个时候走亲戚还得骑自行车,带个篮子再带着我,我觉得太麻烦,再说姨家也不是必去的地方。可周岗非得带着我,他是连哄带说,让我和他同去。路上他吃力地蹬着车子,还不停地跟我讲着,要去的这个姨家小时候曾经对他多好,哪一年姨给她做过一双鞋子,哪一次姨给他和母亲做了什么好吃的,他一路上念叨着。

老话说,姨娘亲不叫亲,姨娘没了就断了亲。他母亲不在了,可他每年还是想去看他的三个姨和姨父。

周岗对我说,三姨长得最像他的母亲,他提到他母亲时,我的心弦就会柔软,他一定是非常想念母亲的!我懂得他去舅舅家走亲戚,更多的是寄托着他对母亲深深的思念!他是想从母亲的亲人那里寻觅到母亲的影子,想从他母亲的娘家追溯母亲生活过的痕迹,从姥姥家的长辈口中,能听到关于母亲的点滴,以此慰藉心中思念母亲的煎熬和平日轻易不敢碰触的心弦!

周岗说到他母亲生病时,舍不得买药吃,那些年二舅不断寄来贵重的药品,大舅和二舅家的表姐们对周岗也特别亲。周岗跟我讲的这些我明白,他去每一家走亲戚,是因为他心里念着旧情,感念着两个舅舅和三个姨呢!

我很理解周岗深藏不露的感情,与他感同身受,比他还重情念旧!觉得婆婆年纪轻轻地走了,不论我来之前的这些年,公爹和婆姥娘家走动如何,以后得亲近舅家,让他们感受到周岗对他们的感情。

所以自从我嫁过来之后,每年除了春节和有事时去,八月再忙我也买好礼物让周岗去看望舅和妗子。二舅是我们在北京那几年去世的。如果每年八月初六去不了,就是初九去,大舅每到这个日子,就在家门口张望着周岗的到来。

大舅家的大表姐和我们同村,我家有什么事,只要她听说,就会赶过来帮忙。

时间如白驹过隙,转眼我们也快走近暮年,岁月无声地流淌着,日历马上翻到2023年的春节。

如今面朝大海,春暖花开,景色宜人我却无心流连,牵不住的思绪漂洋过海,在故乡的原野里漫卷。

外面爆竹声声烟花灿烂,他们的狂欢与我无关,旅居南国的感觉,是没有年味儿的! 南北节日文化的差异,让我感到自己在这边是那么格格不入,岛民们在狂欢他们的新年,出门到处是彩灯招展,而我的心头怎么也挥不去客居他乡的伤感。

远在老家的哲儿打电话说:"妈,我已经把年礼准备好了,大馍比去年少买了几个,亲戚中几个老人都去世了!"谨慎了三年不敢走动,该来的还是来了,该走的还是走了,年复一年,家里的老亲戚越来越少了。

如今自行车就要淡出人们的视线,骑两轮电动车走亲戚的也不多了,取而代之的是小轿车。

年轻人走亲戚越来越形式化了,后备厢装好礼物,攻略规划好路线,一上午把顺路的亲戚走完。每到一处,有的连坐都不坐,礼物一放,几句嘴边的话一说,来也匆匆,去也匆匆,车过一阵风! 没有了推杯换盏的场面,没有了推心置腹拉家常的交谈,只剩下形式和过场,像是在完成一场应试的必答卷!

"三年不上门,当亲也不亲。"亲戚还是需要多走动多联系的,别让亲情变得淡薄,别让社会没有了人情味,礼尚往来,懂得感恩。

亲戚们之间最忌讳的是互相看不起,见面就谈收入和钱,收入好的高谈阔论,收入低的尴尬不言。

人类和动物的区别不仅仅是智慧上的差距,更是因为我们有比动物更丰富的感情。我们是为了生活,而动物是为了生存。

谁能执念如我? 只想在这个薄情的世界里,深情地活着!

兰河记忆

第九章

疼，不哭

活成一种精神

活成一种精神

2006年底,三弟结婚。

2007年3月,哥哥和现在的嫂子经人介绍结婚,婚后他们继续去北京卖菜。

父亲依然是这个大家庭的中流砥柱,他和母亲养育着上学的孙子孙女,指导着三弟从事农业生产。父亲在学校不仅担着两个班的课,还是学校的财务主任,教师的工资发放、学校的各项杂务都得操心料理。

从北京回来后,我心里当时有个梦想,就是想办一所学校。我是想着父亲再过两三年就到了退休年龄,他有丰富的管理经验,有父亲在,我做事会觉得更有底气。我把想法跟父亲一说,他非常支持,当时也提倡私人办学。心里萌生了这个想法后,还和父亲一起去县国土资源局找过领导,去了解土地审批的相关事宜,时值我们县开发区正在招商引资,领导是很支持立项的。

回到家我天天包着粽子,脑子里开始思忖着下一步,在自己的世界里虚构着后半生的规划。

入春以来,我们家的粽子生意越来越好,临近端午节前一周,县城里有几家提前批量订购了我家的粽子。我开始忙了,把叶子洗净后,用干米包红枣和豆沙馅的,每天要包近一千个粽子,包好后在院子里的箔上晾晒后收藏。

家里买的有两口最大的锅,平日只用一口锅,一锅能煮五百个粽子,另一口锅过节时备用,到端午节头晚要煮一夜,才能煮够端午节一上午卖的粽子数。

收麦子前的一天中午,父亲骑着助力摩托车来了。他挂念我出去五六年不在家种地,怕我不会买玉米种子,给我买好送了来,到我家连口水都没喝就回去忙了。

不曾想,父亲这次骑车离开的背影,永远定格在我的记忆中,成了我永远思念的痛!

6月11日,农历四月二十六日,这是一个让我们全家撕心裂肺的日子!

这天上午十点多,我包着粽子听着电视里筷子兄弟的那首歌《父亲》,主播动情地讲述着这首歌的创作背景。我因生意不能去给时值"三夏"大忙的父亲帮忙,好在都是现代化机械收小麦了,可我满脑子还是小时候父亲在麦收场里忙碌的情景,听着歌想着父亲,不知不觉泪流满面,几次放下手中的粽子,拿纸巾拭泪。可不知为啥,泪流不止到失声啜泣!

爱真的是有感应的,我热泪长流的那个点,正是父亲突遭意外受伤的点啊!11点多接三弟电话,父亲去村东北地里干活,那块地是三个村子土地接壤的地方,从地北头生产路边过来的麦茬火顺着风势燃烧了过来,父亲被意外烧成重伤,已送到县医院,70%的烧伤面积,烧伤深度是三度、四度。

我接到三弟的电话,火速赶到医院,到县医院见到三弟时,我已经泣不成声。三弟脸色苍白,见了我一个字都没有说,双手重重地拍住我的双肩,他满脸淌着泪水,哽咽着冲我点点头,我抹了一把鼻涕和泪,强忍着收住泪水。我懂三弟那重重的一拍和深深的点头,得挺住! 救父亲!

大脑中只传递着一个信号,我不能哭!哥和二弟、妹妹都不在家,我是大姐啊!得和三弟倾力挽救父亲,留住父亲!

县医院救治条件不足,要火速转院!

坐在120车里,转院的路上心急如焚,望着本就体质偏瘦的父亲,我无法接受,更无法面对,我太担心父亲,怕他挺不住!我想到了"子欲养而亲不待",我真怕这句话应验到了我们身上!

我趴在父亲面前,望着他泪如泉涌,我的心像被绞肉机绞碎了一样疼!内心一遍又一遍地呼喊:"父亲啊!我们不能失去你,你那么多坎儿都过去了,这一次你还得坚持住!女儿知道你的身体正承受着无以复加的疼痛,我的心也在体验着超越极限的痛苦!你不能不要我们,我们还没尽过一点孝心呢!你操劳大半生,太苦了,我们余生心里不安啊!"

父亲已疼痛到麻木了,他时而大脑清醒,时而胡言乱语,清醒时看着我说:"卫红,你别哭!我没事,现在很渴,等会儿你给我买点水,我觉得喝完水啥事都没有!"

父亲还不知道他的伤有多重,我听了他的话更是泣不成声,烧伤病人在得到救治前是不能喝水的,怕食道和呼吸道有伤感染。

到了周口烧伤医院,三弟去办住院手续,父亲被安排在一间病房里,医生过来检查一遍后说,因事发时父亲穿的短袖和半截短裤,父亲的手、双小臂、双下肢裸露,父亲体质偏瘦没有脂肪,所以伤得很深,必须植皮。眼下先进手术室行切痂手术,医生让我和弟弟出去给父亲买点奶喝。

一出病房大楼,我和三弟感到双腿发软,路都走不稳了,我俩一下子瘫坐在花坛边上。从父亲出事开始,我们一直守着父亲,绷紧着神经提着劲呢。父亲进了手术室,我俩一出来,提着的劲儿一下子散了!

缓了几分钟后,我喊弟弟起来:"咱们得去吃东西,咱们得想法救爸!"我劝着三弟去吃饭,他刚成家,才二十三岁,还没担过事呢,突遇这么大的事,都懵了! 我是大姐,这会儿我是他的主心骨,我得给他力量!

等我们回来时,父亲刚被医生们推到病房。我们看着他,等他醒过来已是晚上。按医生的叮嘱,喂了他牛奶。痛苦折磨得他神志不清,口里喊着孙子的名字说着胡话:"文博,给我拿木掀,我去场里干活。"

父亲疼得大脑里出现了幻觉,我听着心里酸楚,难过的情绪被拧巴成了一团,无法用文字表达。我太害怕思维敏捷的父亲以后大脑失常,就赶紧去问医生,医生说重度烧伤病人都会出现这种情况,等伤好一般都会恢复的。

我和三弟揪着心,谁都不困,一刻不离地趴在床的两侧,看着父亲的脸。我们跪在地板上,用手揉着父亲的肩头,想以此减轻点父亲的疼痛,心如油煎一样,熬着这一分一秒!

6月12日晚上,哥和二弟从北京赶了回来。

6月13日,妹从温州也回来了。

他们看着父亲,我坐车回家,给父亲去县医保中心办手续。

6月15日,父亲第一次手术取掉了烧伤坏死的皮肉,覆盖了生物皮,培养肉芽。

三天后,父亲取自体皮进行了第一次植皮手术,主要是头皮,肋下也取了一点皮。术后父亲又迷糊了一下午,都是喊家人的名字,去地里收麦一类的话,我在床边看着父亲,不忍卒听!

烧伤病人的护理,需要一个长期煎熬的过程。我们兄妹五人也不能都耗在这儿,哥哥北京那边的生意离不开,二弟研二还没放假,还要准备考试,妹请假的时间也到了,她准备去辞工,几天后他们暂时走了。

我和三弟在医院照顾父亲,期间嫂子、三弟媳也都来看父亲,可烧伤病人的护理很麻烦,她们照顾父亲也不太方便,家里还有一大堆事,也离不开人,不能都守在医院,就让她们回家了。

三弟每天早起,拿着冷藏箱打车去血站买血浆,父亲需要一天24小时输血浆。

父亲的主治医师王峰医生非常年轻,但他胆大心细,医术精湛,医德高尚。他安排我每天给父亲去食堂加工高蛋白的食物,多吃肉类,尤其是牛肉,因为植皮需要大量的营养,得多吃鸡、鱼、肉、蛋。

父亲在医院抢救的过程中,再疼没有哼过一声,每一次换药,父亲都是咬着牙忍受着那噬骨钻心的疼,没有呻吟过。

父亲的这种坚强的精神,也打动王医生,能看得出来,王医生是下了十二分的努力去救治父亲的。每次换药,王医生都是喊着酒老师跟父亲聊天,临走都不忘叮嘱我,多让父亲吃肉,说滴一瓶白蛋白几百块,还不如让父亲多吃一碗饭呢,所以他没有给父亲开过白蛋白之类昂贵的营养药。医者仁心,王医生仁爱的正义之心,无愧于天地,无愧于内心!

6月29日,王医生又给我开了一个中医养生的方子,让我去同和堂给父亲抓点药,说是老年人延年益寿的八珍汤:人参、白术、茯苓、甘草、当归、术地、白芍、川芎,每味药十克,红枣两枚,生姜三片,做汤头。此方补气补血,老人延年益寿。

这段时间我和三弟精心照料着父亲,恨不得用尽自己全部的孝心。三弟小我12岁,他夜晚不能熬夜太久,因为他白天跑来跑去最操心。我白天睡一会儿,夜里尽量让三弟睡好。

由于疼痛,父亲睡不着觉,只有撑不住的时候,才迷迷糊糊睡上一阵子。半个多月了,我一直接受不了父亲倒下的事实,常常恍惚间觉得这会不会是一场噩梦呢?有好几次我都用右手去掐一下左手的虎口,掐疼了才知道是真的!望着父亲的伤情,我常常回忆他健朗的身影,继而深深地陷入一种极度的痛苦当中,太心疼!想着他每天在承受着怎样极限的痛苦啊,无以复加!

大面积烧伤病人没有坚强活下去的意志,是配合不了漫长而又痛苦的治疗过程的。我想着得先让父亲感受到我们是多么爱他,这个家多么需要他,让他感受到我们会陪着他坚持治疗。如果可以的话,我和三弟随时准备给他取皮,我们要让父亲觉得他的生命不是他自己的,是属于所有爱他的人的,帮他树立战胜病痛的勇气,让他相信他的坚持会创造奇迹!

为了减轻父亲的痛苦,我去书店买了一本书,抽空每天出去买报纸,我坐在父亲的床头给他读书读报,让他慢慢地在听读中度过难熬的疼痛分秒。

我们去荷花市场买了几十条浴巾,折叠成需要的高度给父亲轮换垫身子,尽量让创面晾着,使其处于最佳康复状态。每隔两小时我们给父亲翻身一次,用叠成的浴巾块垫着他身体合适的支点,让父亲侧卧着,三弟扶着父亲的身子,我给父亲做后背和颈肩的按摩,帮父亲把躺着压实的肌肉,给他按摩到柔软红润起来。每日周而复始,我和三弟一遍又一遍地护理着父亲。

烧伤病人不同于一般的病人,大面积植皮后会有大量的脓液,有白色的,有黄色的。我每天上午去水房给父亲洗那些沾着脓液的浴巾和纱垫,晒干后再送消毒房。当时我洗着心里很担心,疑惑怎么这么多脓液,忍不住问父亲是不是感染了,躺在病床上的父亲说话了:"别担心!你爷爷常说煨脓长肉这句话,这是气血充足易愈之兆,是去腐生肌的开始,中医上讲的煨脓长肉,是中医外科外治法的精髓……"

父亲在这种身体情况下,还能平静而思路清晰地给我科普中医学知识,真正地惊到我了!

父亲的牙齿都在忍痛中咬掉了,吃肉很不方便,再者因他脸上的痂皮,口腔咀嚼肌也会因牵拉而产生疼痛。鱼肉可以吃,鸡肉和羊肉炖烂也行,就是牛肉纤维粗,父亲没法下咽。可医生说多吃牛肉最好,在医院条件有限,怎么能让父亲吃下去呢?我就把牙齿刷干净,每天嚼碎了喂父亲。

父亲的面部也结了一层痂皮,眼睛都睁不动,只能微微地透过缝隙,隐隐约约地看见我们。我用勺子给父亲喂嚼碎的肉糜,他大口大口地吞咽着!喂完父亲,他就用慈爱的口吻笑着给我开着玩笑:"卫红,你这是填鸭式啊!"

每一次给父亲喂饭,我脑子里都会想很多很多,孩子小的时候我从不让他们吃大人咀嚼的食物,那个年代总看见人家嚼着方便面喂孩子,我是绝对不会这样喂的,并且极少让孩子吃方便面。我家孩子小时候,我总是变着法地给他们做易嚼咽的食物吃。有时候周岗咀嚼一口喂孩子,我就大呼小叫地跟他急,不让他那么喂。

可眼下为了救父亲,我却像我的父辈、祖辈、先辈们养孩子一样,嚼着饭喂父亲!那一刻我才真正理解老辈人喂孩子时的那种心情,在生存面前,真的没有那么多讲究!

我们每天除了给父亲按摩背部、肩颈之外,每次都不忘给他揉腹,怕他便秘。可有一次因发烧,父亲几天不排便导致大便干结排出困难,用上了开塞露,三弟带上医用手套给父亲一点一点用手抠着帮他排出来。

7月4日,王医生精心地给父亲剪去了脸上的痂皮,父亲的两只眼睛闭合自如了!脱痂后的脸皮太嫩了,像新生的婴儿皮肤,干净而油嫩,我望着父亲的脸,这么多天来,终于心里高兴了起来!父亲眨着眼睛看看我,看看三弟,看着王医生,他也笑了!我心里涌起了一阵阵的感动,感谢王医生的精心治疗,让我们得以看到父亲那亲切而熟悉的面容。

自父亲入院以来,好几个伤情没有父亲严重的病人都放弃治疗了,一是高额的费用,二是超难度的护理,三是病痛的折磨让病人失去了坚持治疗的信心。

我亲眼看见一个和父亲同病房的病号,是一个五十多岁的女子,住院十来天,三个子女互相推诿不愿交钱,也不愿护理。

这名女子的娘家弟弟,隔三岔五地来,盯都盯不住,天天偷偷向我们打听他不在时外甥们的表现,气得直掉泪。果然没几天就放弃治疗回家了,听医生说,这名女子回去半个月就去世了。

家里二十亩地给草荒了,剩下母亲和三弟媳,三弟媳还怀着孩子。7月7日,弟弟准备回家开车把草给灭一下。他走时,父亲用不舍的眼神看着三弟:"你晚一天走吧,剩下你姐一个人咋办啊?你跟医生交流一下,看能不能咱们一起回去?"

三弟安慰着父亲:"姐在呢,俺岗哥下午就到了,我到家把地里的草用车拱一遍就来了。"

父亲坚强了一辈子,如今躺在病床上像孩子似的粘着我们,那么无助,那么羸弱。

我望着父亲对弟弟的不舍,鼻子发酸! 此刻,子女是他的依靠啊!

当日周岗和侄女赶回来了,怕我一个人照顾不周。侄女刚参加完考试回来,家里出了这么大的事,孩子们都很懂事,侄子们放假了在家帮着奶奶和婶子下地干活。

阿文和艳琴学校一放假,听说了父亲的病情,一起坐车来医院了。她们要陪陪我,和父亲聊聊天,让我们在精神上得到了很大的安慰。

每次换药,王医生都累得满脸是汗,他给父亲一点点地用过氧化氢清理创面,用镊子挑去坏死的组织,每次都得一个小时左右。王医生走后,父亲都感动得不住地夸他认真负责。在王医生的精心治疗下,父亲第一次植皮手术后的状态已经趋于稳定,就等康复一段时间准备二次植皮手术了。

从 7 月 15 日开始,王医生开始为父亲隔天浸浴一次,每次都是从下午两点忙到五点。王医生一点一点不放过药浴中的每一个细节,我在旁边看着,内心涌起的是感动。他博学成医,厚德为医,每次都会让我感到一种震撼!

父亲住院以来第一次洗澡,他放松了,沉沉地睡去了。这么多天来被疼痛折磨的父亲,从来没有安稳踏实地睡着过,总是游离在半梦半醒之间,迷迷糊糊地说着胡话。我和三弟坐在病床两边,守着熟睡的父亲。我们姐弟回忆讲述着入院以来父亲的坚强,用万般心疼的目光看着他。这一次他睡得那么香,微微起了鼾声!

7 月 26 日,父亲突然发烧起痰,还有点腹泻,本来计划准备第二次取头皮,给下肢进行植皮,手术方案只有往后推。

王医生担心父亲的身体无法手术,就拿来担架,准备帮我们抬着父亲去一楼的拍片室检查。父亲的病房是四楼,当时的烧伤医院没有电梯,王医生双手抬起担架的前头说:"卫红,你和鸿飞(三弟)抬脚那头,前面我来抬! "

年轻的王医生对病人关心得竟像是对自家长辈,这种大爱真是人间第一良药啊!

片子出来之后,王医生匆匆地到病房门口,他喊三弟到医护办公室一趟。三弟回来后坐在我身旁啥都没说,沉默好长时间才说道:"姐,你问咱爸想吃啥,你上街给他买来,去楼下食堂加工吧,我坐这里看着他。"

我出去给父亲买了一条鲤鱼,因为父亲失去皮肤屏障后,体液流失比较多,吃鲤鱼既补蛋白又消肿,每天都让他吃一条。

我在下边的食堂加工好后端了上来,三弟让我出来一下,我们走到水房旁边无人的角落时,三弟说:"姐,王医生怕你接受不了,没敢叫你去医护办公室,他说爸的肺部阴影面积很大,害怕是癌,今天上午全院医生会诊讨论爸的病情,下午准备去专区医院做 CT。如果确诊癌症就要放弃治疗了,我已经给咱姑和大舅他们打了电话。"

"不会的,这怎么可能? 爸的眼神多亮啊! 他天天盼着好了回家呢!"我听完腿都软了,眼泪瞬间流了下来。

"姐,不能哭,不能让爸看出来,下午去专医院给他拍 CT 还得瞒着他呢!"

我坐在父亲的床边,把鱼肉里的小刺都挑了出来,一勺一勺地喂着父亲。父亲一如往常,时不时说一句幽默的话逗我,往常我听了会笑,可今天我听到就收不住泪水。我揉揉眼睛,对父亲撒谎说是在食堂做饭的时候,虫子进眼里了,眼硌得慌,光流泪。

看着父亲大口吞咽着鱼汤,他那种求生的渴望如此强烈,可现在我们却刚从一个噩梦醒来,又进入另一个噩梦!我们刚把父亲从意外的死神手中夺回来,可能又将被另一个死神瞄上,我想大哭呐喊,苍天太不公!

我给父亲喂完饭,就躲到一边给周岗打了电话,让他来帮着我照顾父亲。我告诉他,我浑身的力气都没了,我觉得我撑不住要倒下去了!

下午一点,王医生吃过午饭没有休息,就叫了一辆车去专区医院。他还是抬着父亲的头部担架手把,三弟抬着脚这头的担架,我跟在他们身后,拍完 CT,要等第二天取片。

我们就又回到烧伤医院,把父亲安顿好,一切收拾妥当,已经到黄昏时分了。

大舅这个时候赶过来了,他看到病床上形同枯槁的父亲血肉模糊,叫了一声父亲的名字便哽咽了!

夏天的天气说变就变,已近傍晚的天空黑云陡暗,窗外狂风大作,一场暴风雨就要来临了!

大舅坐在父亲的床头,听着父亲说话。我和三弟走出病房,走到往三楼去的转向台旁,坐在了一阶楼梯上。

此刻已是电闪雷鸣,风雨大作,掩映着窗外的绿化树枝条,在风雨的摧残下无数次地被按压折腰,又一次次抖擞奋起!人生又何尝不是如此呢?

父亲心中有求生的希望,他才有坚不可摧的意志,才有足够的信念,才会努力去创造生命的奇迹!可万一父亲心中的希望之火被浇灭了,他怎么面对?放弃治疗把父亲拉回家,看着他全身溃烂感染,等待死神的宣判,让我们怎么去接受!

楼道里就我们姐弟俩,我满脑子都是父亲每天吞咽食物时,那双因充满希望而熠熠闪光的眼神!父亲辛劳了一辈子,我记事起没见过他躺下休息过,阴雨天也不舍得闲一刻,如今以这种痛苦的方式躺下休息,命运之神却还在考验我们,苍天啊!这九九八十一难也该过完了吧!想到这儿,我再也控制不住内心压抑的悲痛,崩溃大哭了起来!

三弟在我身旁坐着,他没劝我,我的哭声让三弟无法遏制他汹涌如海啸般的情感,他不能自已,也跟着我的节奏一下子爆发了,他双手握着脚踝放声痛哭起来!那一刻我们姐弟俩无助得像无家可归的孩子!

风声、雨声以及我们的哭声交织在了一起,苍天啊!是真懂我们吗?给我们来了这一曲雄浑悲壮的自然交响,让我们的悲伤在风雨的背景声中得以释放!

风停了,雨住了,我们擦干了眼泪,洗洗脸,恢复了平静,回到了父亲的身旁,我赶紧找个话题和父亲聊天。父亲瞅瞅我,又瞅瞅三弟,啥都没说。

这天夜里,我和三弟都没有睡觉,第二天上午三弟赶往专区医院去拿片子,等他回来时,姑姑们也来了。我赶紧看了一下结果,上面没出现占位病变这几个可怕的字,赶紧去找王医生,他一看说没事,他最担心的那片阴影是炎症积水。

我回到病房,坐在父亲的床头,叫了他一声就又忍不住流下了眼泪。

"别哭,我是不是得了癌?"父亲笑着问我。

"你感觉到异常了?"我擦干泪笑了。

"我能感受到你们昨天的异常,你喂我饭时不敢瞅我了,我就感觉到了,可能我添新病了。这些天你和你兄弟在医院守护着我,我感到很幸福,养你们再苦,值了!当年为要你弟,钱、工作我都不看重,如今我躺在这儿,不后悔!"父亲很平静,他精神很好,又接着给我说:"这些天我在病床上,生与死,我已想明白,死是最容易的,是解脱!而活着是需要很大勇气和意志的,我宁愿尝尽人生万般苦痛,换子孙平顺!我之所以咬牙活着,就是想要活成一种精神,一种激励后辈不畏困难,在灾难面前永远击不垮的精神!"

我扶着父亲的臂膀,哭着点点头,我懂父亲!

我把片子的结果给父亲看看说:"片子出来了,没事了,继续好好吃饭,好了咱们可以回家。昨天我喂你饭的时候,手没有一点力气,一勺子饭都抬不起来了,片子上那么大的阴影让我的劲儿一下子都散了。"

两天后,父亲取头皮做了第二次植皮手术,又隔了些天后,做了第三次植皮手术。

父亲心里非常感谢王医生,说让我给王医生写封感谢信,交到院领导那儿去。我嘴里答应着父亲,心想王医生帮我们省去了那么多不必要的费用,哪怕给他充点话费呢,也得表示点心意。

这天下午,王医生来给父亲换药,病房里就剩我们一家人,我就把300块钱硬塞到他的白大褂口袋里。

忙完他推着医用小车走了,几分钟后,我收到王医生发来的一条短信:"卫红,好好照顾酒老师,钱我已经去缴费处交到你们的账上了。在这个医院里,我没有见过酒老师这么坚强的病人,也没有见过像你们姐弟这么孝顺的子女。你们不要想太多,我只是做了一个医生该做的。"

看完王医生的短信,内心为自己的做法深感羞愧,王医生的职业道德让我仰视!当晚我写了一封感谢信,次日拿着这封感谢信去了周口日报社,见了一位编辑。那编辑看后,随我一同来到了院里看望了父亲,又见了院领导。院领导当即表态,决定要给父亲免去马上进行的第四次植皮手术的全部费用。

对王医生的感谢是发自肺腑的,初来周口烧伤医院心里没底儿,对医院不了解,对医生不了解,因为电视剧中那些无品的医生多了,坊间也常听人讲去医院看病时的潜规则,所以心里的担心和无助交织下的复杂情绪总是纠结着。王医生跟我们谈了几次话后,我们的心才稍微有了些依靠,接下来,王医生细致入微的治疗态度,将我们心中的困惑驱散了,让我重新定义了这家医院和他们的医生。

父亲的手术方案定得很好,王医生考虑到父亲体质上的方方面面,顾及了这又顾及那,让我们感到很满意。手术过程我们看不见,但是每一次换药我都在身旁,王医生心细如发,他医术精湛,让我们打心眼里称赞。

每次换完药,王医生都累得直不起腰。我们看着父亲日渐康复的身体,脑海中闪现的都是王医生治疗过程中的细节,一次次地回忆,一遍遍地过滤,沉淀出的是感动!父亲不止一次地感叹王医生的医术超群,医德高尚,。王医生总是重复那句话:"每一个医生都是这样,应该的!"

治疗方案也都大同小异,关键是治疗过程中的细节,唯有细节不能复制,也只有细节决定治疗的效果。王医生正因注重治疗细节,才有了父亲生命得以康复的奇迹。我们永远感谢王医生,是他内心的大爱拯救了我们的父亲,是他留给了我们尽孝的机会,是他让我们没有了"子欲养而亲不待"的遗憾!

9月3日,王医生要去读研了,临行前,他跟父亲聊聊天,并告诉我们姐弟俩,父亲再有三天就要出院了,叮嘱了出院后的护理和康复时的注意事项。接下来出院前的这三天,将由烧伤医院的邹医生接管。

王医生盯着病床上的父亲看了一会儿,又说道:"看来酒老师在创造生命奇迹呢!像他体型这么瘦,烧伤面积这么大、这么深的患者,一般是很难治愈的,酒老师生命力这么顽强,一定是长寿之人!"

我一听赶紧问:"将来父亲好了,能走路吗?"

"一般人烧伤面积这么大这么深,治疗后能躺三到五年就不错了,将来要真能拄着拐杖站起来,就是创造了奇迹。酒老师脚踝的肌腱都烧坏了,已经没有了肌腱,回去好好吃饭继续康复,相信他能创造奇迹!"

9月6日,哥哥从北京回来,到周口把父亲接回了家。

父亲出院后的护理工作还得好长时间,妹妹辞职一段时间,回来帮着母亲照顾父亲的一日三餐和衣物换洗。三弟去县城买来了医用的棉纱辅料、酒精、过氧化氢、碘伏、镊子等器械,久病成医啊!三弟心细,每次给父亲换药都是他,他在周口看了王医生换了三个月的药,当他拿起医用的剪子和镊子时竟运用自如,俨然一个外科医生的娴熟水平啊!

躺了一百余天的父亲开始在家人的帮助下进行康复锻炼,起初关节疼得受不了。我和三弟一起去了顾庄,找到曾给小时候的颖儿开过方子的那位老中医,给父亲开了关节生滑液的中药方子。除了喝这几剂中药外,康复锻炼期间,父亲拒绝吃药,他以超人的毅力忍着疼痛坚持着,他坚信康复期间最好的医生是自己。"我本上医,何须外求!"这是父亲晚年的养生理念。经过几个月的坚持锻炼,父亲不用拐杖可以自己行走了!

在周口陪护父亲三个月,等我回到家里已是农历八月。我一进家门,满目荒芜,菜园子里的西红柿衰败了,豆角、黄瓜藤枯黄了。两辆粽子车停在院子的过道旁,靠着菜园边的丝瓜藤疯长,沿着车轱辘爬上了粽子车的顶棚,早上的丝瓜尖吐着须儿,黄花烂漫,蝶飞蜂舞,两辆粽子车被网成了挪不动的风景!

回来我把院子里收拾了一遍,粽子生意又开始了。我去买了个保温饭桶,家里喂养的肉鸡都长到八九斤重,隔三岔五地杀一只给家人们炖鸡汤。我抽空用保温桶给父亲盛些带过去,看着他吃着,能陪着他说说话儿,感觉真好!

有一次因家里太忙,一星期才去看父亲,我刚走进门口过道,躺在过道耳房里的父亲隔着门帘问:"是卫红来了吗?"

"是嘞,还没进屋喊你呢,你咋知道是我?"我边扎着我的电动车,赶紧和父亲搭话。

"今天就一星期了,我算着你该来了。"随着父亲话音落下,我鼻子一酸,眼泪直打转,我身后那个山般伟岸的父亲真的需要我了,我得成为父亲的依靠了!自此后,我实在抽不出身时,做了好吃的就让颖儿和哲儿骑小自行车给父亲送去。

父亲遭此大难之后,记忆力和思维并没有受多大影响,这一点让我觉得还宽慰些。我们都又忙活各自的生活,亏得有母亲照顾父亲的饮食起居,才使我们没了后顾之忧。

那些年,我选择晚上回娘家的时候多,父亲的房间里铺着父母的两张床,我和母亲睡一张床,坐累了就躺下聊。

母亲会把我小时候的淘气和顽皮历数一遍,说我从小就睡觉少太磨人,半夜父亲看着报纸陪着我,说父亲再累再困都惯着我宠着我……父亲听母亲讲着,张开没牙的嘴呵呵地笑!

母亲说着说着就又犯困了,我和父亲接着继续能聊通宵。

有次周末,我买了新鲜的武昌鱼回家,让哲儿骑自行车沿着兰河堤给他姥爷送去几条。哲儿回来把车子一放,就跑到跟前问我:"妈,我姥爷咋会背那么多诗词呢?他不是教数学的吗?"

"你姥爷咋想起来给你背诗词了?"

"我把鱼送去,俺姥爷一看是武昌鱼,随口就背:'才饮长江水,又食武昌鱼……'他说这首是毛泽东的《水调歌头·游泳》,俺姥爷又给我讲了这首诗词的意思。"哲儿兴奋地说着,他对姥爷的敬佩溢于言表。

"你有啥想问的都可以去问姥爷,他的大脑是本百科全书,慢慢走进你的姥爷吧!他还会背诵许多陈毅的诗词呢,我小时候常听。"我微笑着对哲儿说。

哲儿每次去姥姥家,都像小大人一样和他姥爷聊天,长大了求学回来去看姥爷,也喜欢和姥爷相坐长谈。

父亲不能下田亲自农耕了,他通晓历法,操心四季时序流转,对气候、物候、农事之间的关系有独到的见解。尤其是三弟年轻,离不开父亲的时刻教导。父亲身体好时,他没操过太多的心,哥哥出门在外,辛苦挣钱供养几个孩子读书,家里的田地都交给了三弟,他在父亲的指教下辛勤稼穑。

哥不在家,侄子侄女是父母一手带大,我们姐弟几人知道,父母最挂心孙辈的健康成长。赶上放假和周末时,多是三弟去接送,孩子们回家,弟媳和母亲杀鸡买鱼让他们长身体。孩子们懂事,体谅农事繁忙,农忙时过周末回家,不怕苦累帮着叔婶去地里干活。我和妹及二弟也时刻关爱侄子侄女成长,都心疼他们,视同己出。

生活中遇到委屈,我就会在晚上回到父母身旁,与三弟共话桑麻,倒倒心里的苦水,三弟和弟媳都很懂我,便在他们的劝慰中豁然开朗许多,再加上父亲的春风化雨,所有的不快都会荡然无存!

因为心里有这么多的亲情,无论多难我从没有觉得孤单,所以二十多年来在夫家养老育小,兼顾回娘家谨记孝悌忠信,无一日敢虚度,披星戴月,奔波劳顿,虽苦亦甜!

我常和闺密婶子一起散步,和她聊到和父亲间的点点滴滴时。婶子说她很羡慕我们父女间能相互懂得、如朋友般的关系。是啊!我和父亲可以聊家长里短,可以聊农事、聊生意、聊教育、聊人情世故、聊两汉魏晋、聊隋唐三国、聊唐诗宋词、聊元曲清文……

婶子的父亲是 20 世纪 60 年代的高才生,事业单位的工程师,从小对她的学习要求很严,她说只感受到了父亲的威严,没有享受过父爱的温馨,对父亲有敬而远之的感觉,多是依恋和回忆祖母和母亲的慈爱。她说对父亲只知道尽孝,每次回娘家都没有话说,不知该如何亲近父亲。

成家前,我以为每个人跟我一样,都会有这样的父亲,从来没去细细思量过。听婶子这么说,我更觉得自己从小就是幸福的,父亲对我亦师亦友,无论从哪个角度去看他,都需要仰视,这才是父爱应有的高度!

这辈子做父亲的女儿真的没做够,常恨自己年少无知,正该学习的年龄太贪玩,辜负了自己的天赋,也辜负了父亲对我的殷切期望,空有孝心未能孝志,总觉得愧对父亲的养育之恩。若有来生,望父亲召唤我仍做他的女儿,生生世世追随他,我定当苦学成才,再续前世父女情!

兰河记忆

第十章

『内忧外患』

『我的新指甲长出来了』

亲亲我的宝贝

人善被人欺

人善被人欺

历史总是惊人的相似,因为人性从未改变,所以也就一直重演。

做人宽容是对自己涵养的修炼,这是格局,偶尔计较是告诉别人我不傻,这是底线!

大部分人都欺软怕硬,内心不平者,见不得弱者要把日子过好,在他们的认知里,人少的就得无条件臣服他们,村里弟兄多家族大的,说话豪横,都想坐上霸主的交椅。儿时父亲因为在村里人丁单薄遭人欺凌,谁知嫁入周家后,又是我人生的一场轮回。

2007年秋后的一天,周岗在门外吃午饭,和村里一个弟兄多的混混言差语错犯了口角。那混混说话傲气冲天,言辞中奚落周岗势孤,明显是找碴生事,还和周岗动手支巴了几下。若论单人实力,他个子不高又瘦小,是打不过周岗的。周岗是个门里猴,平日急了会跟我在家怄气,觉得我不能将他怎么样。奶奶和公爹平日在我面前敢倚老卖老,对外实则胆小怕事。人啊!多数真真应了那句话:"窝里横的,对外都怂!"

我在院子里压水时听到吵架声,就出去看看。那混混长我们一个辈分,平素说话粗俗不堪,对他老婆骂骂咧咧是常态,他见人能口吐莲花,擅长溜须逢迎拍马说能话,真有正事也上不了台面。他见我出来,继续说着难听的话,我回怼了几句,噎得他哑口无言。别人劝我不跟他一样,我对他人品是不屑的,懒得和烂人理论,想着虽小来小去的,可同村人低头不见抬头见,全当他是三季人。想到这些我就喊周岗回来,不和他一般见识。

这个社会冷酷而现实,当你不够强大时,你的善良和友好,甚至你的道德都一文不值!底层的这种人性更是毕显无遗,他们连伪装的遮羞布也没有,欺软怕硬、卑躬屈膝、吃里爬外、贴气拿瞎,对付这号人,他们践踏你的善良,你若没有霹雳手段,千万别有菩萨心肠!

午饭后,周岗卖粽子回来就被人叫去后门调试电视锅去了,公爹卖粽子还没回来,奶奶去南地晒她的柴火去了,就我一个人在家里包粽子。

院子里的大门开着,那混混中午不知道在哪儿跟人喝了酒,酒桌上又听爱看笑话的生事人挑拨,竟直入我家院中撒野叫骂。他老婆在后面不慌不忙地跟着,嘴里不疼不痒地说着:"你弄啥哩?"并不伸手拉他。

他一副犟头犟脑的样子，晃着膀子喇着腿，进我家院门如入无人之境，叫嚣着骂阵。我在屋里看到这一切，心想真是给脸不要脸，没个分寸，来者不善啊，找碴来了！

我脑子里想着对策，早上的忍让使他得寸进尺，误以为我们好欺负，看来我低估了人性之恶。光天化日之下，他竟然想私闯到我家挑衅，这次得给他点颜色看看。我从来不找事，但从来不怕事！

天狂有雨，人狂有祸，跑到人家家里边找事，岂不是自投罗网！要冷静，要学会主宰情绪，自己得长智慧，不能光会愤怒。愤怒是手段、是需要，可以随时出现，也可以随时消失。必要时可以吼出雷霆万钧之势，一旦出手要有置对方于万劫不复之地的把握。

想到此，我沉住气，放下了手里的粽叶，身上还穿着罩衣围裙就出来了。他觉得我没作声，是怕他了，便用手指着我说："我知道你酒卫红不好惹，当官的你都不怕，今天我倒要看你有多大能耐，我非缠败你不可！"

他说完嘴里迸出最低俗不堪入耳的辱骂，更想不到他借着酒胆冲上来伸手就要打我。我待他近前时，闪身一躲。他抓住了我的罩衣裙角，带子被扯断，罩衣顺势被抓扯了下来，我得以脱身。

我向来对家人和熟人能忍则忍，对恃强凌弱者决不姑息，一旦触我底线，必出狠招制恶！鲁迅先生那句话我最喜欢："勇者愤怒，抽刀向更强者；怯者愤怒，抽刀向更弱者。"我怒火中烧，一改往日款款之态，进入待战状态。摆平流氓的，从来都不是淑女！

我大吼一声："今天我让你领教领教！"因为刚收完秋，院里有个豆秸垛，垛旁竖着一个大铁权，随着骂声，我已抄起那个铁权朝他的臂膀上狠劲地打将过去，先封住他的双臂再说！他老婆一看我抢起了铁权，赶紧跑上来拦我说："你也不能用权打人呢！"

"闪开！你男人骂人找事你不拦，这会儿你拦我！你们私闯民宅骂人打人是违法的，今天我打死他也是正当防卫，你滚一边去，我先打死他再报警！"我故意大声呵斥她，惊动了四邻，有好心人听见，就跟周岗私下里打了电话。

我这话里的警告，再加上他挨了两权，他已不敢上前动手，他老婆此时怕事态发展，不敢下手，主要是她不敢和我单挑，就拽拉他走。他借着酒胆还说大话，嘴里骂着不肯走，我想着那两权下去，他的胳膊已无力还击。我就丢掉铁权，上前抡起右手，一耳光朝他嘴巴上抽过去："让你满嘴喷粪，不打不长记性！"我抽完抓住他的衣领，抵着他的脖颈，他因为喝了酒脚下没根，我充满恼劲儿推他，他后退时更踩不准平衡，一下子卧倒在门口旁的一堆柴草上。他怂了，停止了叫骂，他老婆拉起他准备回家，这时候周岗接到别人的电话飞奔赶回来，又"啪啪"抽他几记耳光。

他的兄弟们这次算是识相，也许是自知他理亏，没一个公然露头出来帮腔。

这次打完架虽然我没吃亏，一个人坐下来后越想越生气，忍不住落起泪来！若不是我体力好，劳动惯了的身体结实，又眼疾手快，遭骂挨打的就是我。何等目中无人，敢跑到我家里寻衅滋事,欺人太甚!我自己的家我都没有一点安全感了。自嫁入周家以来,对每个人我都宽厚相待,从来没有和某个人有过节和不快,不料今日竟遇如此人渣,欺人太甚!

这件事情不能就此放过,要痛打落水狗,以免他上岸反扑。夫战,勇气也。一鼓作气,再而衰,三而竭,彼竭我盈,故克之!让他上门道歉,以雪私闯家宅之耻!

我打电话跟父亲和兄弟说了此事,并把我的想法也说了。放下电话,我当即让人传话给他,必须上门赔礼道歉,如若不然,我报警他私闯民宅,寻衅滋事,决不罢休!他在家和他的智囊团聚合后,托人传话过来,说晚饭后就来我家赔礼道歉。

我让周岗通知近族叔伯晚饭后来我家,我把事情始末给叔伯们讲一下之后说:"我是要让他知道,永远不要再想欺负周岗父子老实怕事,我平日的善良和忍让不是软弱,以后走到我家门前看清道儿!"

那混混找村里和我们同族的一个管事人陪他一起过来,他给在座的每一位叔伯让烟,并给公爹、周岗和我说今日之事他错了,请求我们原谅。

事后曾经帮助我们烧砖的族叔见我说的那段话,是他在村里多年的感悟,我至今记得:"卫红,我和你婶子在家议论你,俺岗侄子有福,家族有希望,你的胆量和作为让男子汗颜,佩服你啊!在农村哪有什么理啊!人多就是理,拳头就是硬道理,斗不过你时,背后说你赖,我们家单传几辈,到我这辈生死不怕一战成名,但落下一个赖!是真赖吗?他们逼的!气你有,笑你贫,他自己是个妖婆子,反说你是假人,人家人多嘴多,下去十个人在村里说你赖,三人成虎,你人少一张口能辩得过吗?"

弱肉强食的丛林法则,经历了才有如此深的领悟!

亲亲我的宝贝

通过前文发生的这件事之后,周岗可能感觉他人单势孤,虽然娘家没来一兵一卒,他也知道娘家有兄弟是我最强大的后盾。

兄弟姐妹真是父母送给孩子最好的礼物,这种感情不需要刻意维护,即便相互嫌弃却始终不离不弃,毫无顾忌地在彼此面前做最真实的自己和最坚实的后盾。

"以吾之姓,冠汝之名;今生今世,不离不弃;相濡以沫,惺惺相惜……"在男耕女织的时代,女性虽不能经济独立,但颂扬女性的文字留史典章不少。如今新时代,女性经济独立,和男性一样驰骋职场,但在生育过程中,女性的生理结构注定让她们在繁衍后代的过程中扮演了更重要的角色。想到此,我意识到生育是多么伟大的一件事,内心感动,默默致敬每一位母亲!

那时候生育孩子的想法可不像现在选择不婚不育的年轻人,想到最多的是一路走来的世事险恶,将来孩子长大能有一个左膀右臂,自己老去也放心,打虎亲兄弟,上阵父子兵,漫漫人生路,留他们在艰难的人世间,左右逢源也好有个照应。

我们那代人没有考虑过太多的个人享受,只想着再难也要养大孩子。

回首十月怀胎的负重,分娩的风险,哺乳期的烦琐辛苦,较之孩子的教育过程,真的不值一提!后来小女儿入学时,我感叹多个孩子多很大的负担,和我一起散步的婶子宽慰我说:"恁家两女一儿多好,是现在幸福指数最高的家庭,俺家两儿子读大学花钱不说,将来娶媳妇彩礼那么多,真愁人,当初要是有个女孩多好,现在教育成本逐年递增,这几年不咋提计划生育,也没人敢再生了!"

因为我没上节育环,有个生理周期过去后,我就忐忑了,11月份去做 B 超,有孕了!周岗很高兴,我心里却很矛盾,这孩子到身上了捕拉不掉,咋办?

先去找闺密艳琴和阿文,把我的小烦恼一股脑儿地倒了出来,她们两家都是独生子女,觉得我儿女双全了,再要一个的确负担不小,金钱投资和情感投资都很大,让我好好考虑。

我心里猫抓似的不安,回娘家跟母亲说了,母亲说:"不论男孩女孩都好,要吧!年轻时享福不算福,闲着也不见得在哪儿搁着,现在你们受点累,等老了,孩子们负担轻,有事了好帮衬,小孩多了不要怕,一个小鸡带俩爪,养大了都会挠食。"这就是老一辈人的生育观念。

晚上坐卧不安,串门又去了干娘家,想听听干娘的说法,干娘说:"有了咋不要呢?要吧!你年龄又不大,我们家四个孩子还嫌少呢!"

跟闺密婶子一说,她更支持:"咋不要呢!你家来个男孩女孩都不多,我们想要女孩,怀过是男孩,就做掉了,我天天都想抱个女孩养着。"

思来想去,决定调整心情,好好养胎,把孩子生下来。

这时候拿几千元已不算啥事,我想我们是三胎,交罚款吧。我和周岗见了村支书一探话,让交三千,当即给他。

孩子是希望,是动力!我怀孕后,周岗干活更卖力了。他说:"有头两个孩子时,咱家啥都没有,你啥都没吃过,现在你想要啥,想吃啥,我去给你买,再不让你受委屈了!"

因他想要这个孩子,对我也是百般体贴,出力的杂活他回来干,卖完粽子就忙活家里,我每天听着音乐包几百个粽子,累了我就到院子里走走,侍弄我的菜园子。

开春了,满院翠色,靠墙边我用竹竿弓起了一个塑料棚子,里面种的西葫芦,长势喜人,已开始结瓜。青笋、紫菜苔、大蒜已返青吐绿,种的油麦菜、水萝卜、空心菜已长出了幼苗,黄瓜、豆角也探出了小脑袋。不打农药,不上化肥,自己沤制农家肥,自己种菜,大快朵颐,吃着放心。鸡鸭也进入了产蛋期,"咯哒咯哒"的叫声在鸡舍里此起彼伏,打破了这春光里的宁静。我陶醉在这田园之乐,抚摸着微微凸起的腹部,抚唤起了小生命欢快的配合,胎动阵阵,我感受着小生命的成长给我带来的幸福体验,母爱温柔地荡漾着,在我的心里丝丝缕缕地升腾着。

月份越来越大了!周岗真有点笨,我很多次教他包粽子,他学会怎么包了,但包出来的粽子太难看,根本没法卖。唉,他已经很努力,可不是那巧妙人,我能说啥呢?

2008 年农历七月,到了临产的日子,干娘和周岗陪我一起去了医院。这次还是很慢,到了晚上还没有生。闺密艳琴夫妇俩也来了,阵痛折磨得我想呕吐,那些年剖宫产者多,我也不愿意忍耐疼痛,就在夜里两点通过手术产下了七斤的小培一。

医生把孩子交给干娘和艳琴,艳琴的爱人和周岗把我从手术室里推了出来。到了病房,麻醉劲儿一过,伤口真疼,艳琴一直坐在我的床头。为了缓解我的痛苦,她用手逐个一遍又一遍揉按着我的指尖,轻声细语地和我交谈着。她传递给我的友情是最好的镇疼剂,让我的注意力转移,忽略了伤口的疼痛。

此时我想起了曾经看过一句话:"友情永远是一份甜柔的责任,而不是一个机会。"用这句话评价总结闺密和我的友情一点不为过!感谢友情,世界上真的没有比友谊更美好更愉快的东西了!

天亮后母亲和二弟来了,我的闺密婶子等人听说之后也来了。一周后出院回家,干娘又把她攒的柴鸡蛋和老母鸡送来,硬是又留下了些钱。

那时生二胎三胎在我们那里是不摆酒席的,亲友们听说后就会前来探望。后来几年吃请成风,自家生二胎、父母过生日这类事也都设置礼单桌大操大办。

我给小女起名培一,培是跟着哥哥的字辈排的,"一"是个含义丰富的数字,它是最小的正整数,排名却是最牛的,仨孩子中她最小,她在我的生命中姗姗来迟,希望她能后来者居上,积极进取,充满自信,To be number one!

我要坐月子,粽子生意停了,周岗再不像从前那样有空就出门瞎溜达了,他尽心尽力地在家陪着伺候我。月子里我没让孩子穿纸尿裤,满月后才开始用。母乳喂养,周岗也没多少事做,每天也就是给我做做饭、洗洗尿布。闲下来他就抱着小培一看不够,放下培一,他常会坐在我身边,不说一句话,用两只手拉着我的一只手,吻我的手背,这是他向我传达爱意的一种惯用方式。

我是一个没有二两出息的人,从不记恨谁,事过翻篇,他和他的家人只要能照来一束暖,就能点燃我内心柔软处那团爱的烈焰,不惜绽放生命去渲染一家人岁岁年年的灿烂!

周岗是个比较简单的人,不像我有爱憎分明的性格,我知道他一心一意地对我好,他是在尽力做。只是许多时候,外界人心难测,世事复杂,他遇到事没有变通能力,常常力不从心将事情搞砸,处理的结果会事与愿违,背离初衷。看透他这些后,遇事我就披挂上阵不指望他,作为一个女子,谁不想背靠大树?对他我也会满腹委屈想倾诉,可说又不能改变,只会徒增烦恼,许多时候我还是选择沉默,他是三个孩子的父亲,满脑子装的都是孩子和我,他已倾其所有把他认为最好的给了我们,我又能苛求什么呢?我又有什么不能包容的呢?

培一长得白净,两只眼睛不大,但很有精神,长得真快,一天一个样!不满月就会咯咯地笑,周岗更是视她为掌上明珠。本来他就喜欢孩子,已近中年,对培一更是疼爱有加。满月后,我继续包粽子了,他卖完粽子回来就把小培一托在手里,龇着牙逗她笑,举高高!

奶奶不止一次地说:"嗯,你看看那岗,有个小闺女能主贵成啥样?都擎到天上去了!"奶奶数落他,他才不顾呢!龇着牙依旧和小培一一起笑!

"我的新指甲长出来了！"

　　北漂之初，因为生意忙，起早贪黑顾不上做饭，常去饭店吃饭。以至于后来几年不想吃烩面、拉面、刀削面，凉菜摊点上的小菜吃够了，闻到味儿就反胃。买的馒头一股子发酵粉夹杂着滑石粉等添加剂的味道，捏着松软，咬一口不是传统小麦面的筋道，却像嚼团棉絮一样绵软，饿得轻了真不想吃。后来每天蒸饭，自己炒菜吃。2006年回到老家之后，只要没有特殊情况，我绝不去饭店吃饭，最喜欢自己做的家常饭。

　　北方饮食的老习惯，一日三餐离不开馍菜汤，从没有嫌麻烦过。我们刚回来时，公爹的身体很差，饭量也小，赶上农忙，干活紧张一点就害病。我们回来一年之后，他就饭量渐增，我专门给他买了专用的大海碗吃饭。有一次大姑姐来我家，我包了饺子，盛好让她给公爹端去，她很惊奇地说："咱大怎么这么能吃？他年轻时可是吃得不多啊！"尤其是卖粽子后，公爹的身体越来越好，他多年的老胃病也不再犯了。

　　奶奶的脸以前发黑发暗，嘴唇总是发乌，现在每天帮我捋捋粽子线，洗洗粽叶，她也不怎么闲着。。我们没回来时，她做饭很少吃菜。"有点咸咸的能哄下去馍就行。"这是她常说的一句话。

　　我们回来后，肉蛋禽鱼，粗细粮搭配。因人口多，我喜欢用地锅。奶奶烧火我做饭，她烧好锅看到我盛饭时，从灶台前站起来，嘴里总是重复那句话："咋想也想不到能过到现在，天天跟过年一样，以前的地主也吃不了恁好！"每餐我给奶奶盛好菜，起初她总说吃不完，我就说："你吃吧！吃多少算多少，吃不完就倒掉。"

　　我知道她节俭舍不得，她还是吃完了。天长日久，她的脸圆胖红润起来了。一日奶奶伸着双手惊喜地喊我看："卫红，你看看我的空指甲褪掉了，新指甲都长出来了！"

　　奶奶的双手十个指甲已黑空了多年，竟然在指根部长出了粉嫩的新指甲，奶奶高兴地说："这吃得好喝得好了，就是不一样啊，我现在也没有心里犯难受的老毛病了，也不头晕了。起先说你买的油贵，嫌你花钱浪费，现在想想又不是你自己吃了喝了，让老的吃了身体结实了，小的吃了长高了。"奶奶说话有时候让人好气又好笑，她想夸人时也好听着呢！

　　岁月如梭,时间来到了 2009 年,村子里剩余的土地全部被征收,村民们成了失地农民。我们村人均一亩三分地,一亩地两万五千块钱的补偿费,一次性买断,每家得到补偿款几万到十几万不等。

　　村里人经过这次土地征收后,几乎都没地种了。我家的土地被征用六亩多,还剩村南的一亩多地,稀疏地长了几棵树。这种地各村都有,分地时是没人愿意要的,村周围的边角料地,长不成庄稼,还得出差完粮,一般都是分给村里的弱势人家。风水轮流转,当年被人踩过的洼地,如今成了高岗,这次收地时,我家的这片地得以保留下来。

　　村民都怕手里这点补偿款被霍霍掉,所以村子里掀起一股建房热潮,家家户户都在建那种简易的楼房。我想着家里田地也没了,将来孩子长大了肯定得走出村子去工作,就不怎么想在老家建房子。老年人不这么想,奶奶看到东邻西舍都盖起了楼房,心里又窝上火了。奶奶气人时让你哭笑不得,有想法不直说,会借题发挥,她气人的花样也开始翻新了。

　　这年秋后,我育好的油菜苗准备往南地没征收的那一亩林地移栽,因为没几棵树,自从我回来后,每年种植一季油菜用来榨菜籽油。

　　我天天照顾着培一外加包粽子,大空没有,就每天吃过早饭,去地里栽点,让周岗在家看着培一。公爹看着锅里煮的粽子,我栽到十点多回来,他们掀锅捞粽子出去卖。

　　这一天,奶奶把她和公爹的一些旧棉靴晒到堂屋门口的砖地上。等周岗和公爹走后,我抱着培一准备出去玩会儿。走过堂屋门口时,奶奶两手抓着棉靴对着使劲摔打,棉鞋上的土灰飞扬,这架势不对! 我一瞅她黑绷着脸,就抱着培一快步走了出去。

　　她看我走了,开口骂起空气来,我去东院邻居家玩一会儿,我们相邻之间隔着土墙头。奶奶知道我去邻居家串门了,怕邻居说她,骂声没开始那么大了。我趴在墙头上,故意气她:"奶奶! 你想解气就大点声骂,骂累了,厨房里有开水! "

　　她不理我,只管骂她的,但她不敢指名道姓,我装糊涂不问。中午十二点多,颖儿和哲儿放学进院了,奶奶立即停了下来,笑呵呵地迎着俩孩子接过了书包。

　　我在邻居家偷看着院子里的一切,就抱着培一回来,让颖儿抱着妹妹,我做饭。奶奶见我进厨房了,她也阴沉着脸去烧锅了。

　　第二天又是如此,等家里人都走了之后,她又开始骂,我骑着电动车带着培一去小姑子家,把她叫了过来。小姑子来了问:"奶奶,你天天骂啥嘞? "

　　"人家都楼瓦雪片地盖起房了,这成天弄啥嘞,上北京去几年回来也不盖房,挣嘞钱都弄哪儿去了呢? "

　　小姑子一听就知道船在那儿弯着呢! 她告诉我说,奶奶是怕我拿钱去顾娘家,我听了摇头无语! 小姑子已为人媳,也进入了双重角色,她劝着奶奶:"嫂子仁孩子呢! 你别操心了,仁孩子上学得花钱,恁重孙子长大更得花钱,她会攒着钱呢! "

从上午劝到下午,奶奶还是喋喋不休,都是她的理,她老了又不能和她一般见识,我就故意说:"该盖房的时候就盖房了,你骂也没用,你啥时候再骂,姐不在家,我就把妹妹叫来,你不让我安生,我就让你的亲人不消停!"奶奶心疼孙女受折腾才算罢休。

兰河记忆

第十一章

兰河在呜咽

但愿苍生俱饱暖
疯长的水藻

但愿苍生俱饱暖

前文提到,村里的耕地都被规划成了建设用地。我们是农业大县,地方政府太穷,出不了高额征地费,政府往往将地价作为吸引外来投资的最主要优惠政策。失地农民得不到基本保障,因此引发各种问题。每家每户就那么一丁点儿补偿款,啥都没了,被夺去饭碗的村民开始慌乱!没有就业保障,没有社保,年轻点的可以出去打工,等老了咋办?家中留守老小的吃穿用度,都失去了最基本的保障啊!村民们不同意签字。

厂商和领导等着剪彩奠基仪式,为了推进征收工作进度,开始采用高压手段,短平快,北地的玉米还没出穗,一夜之间被大型玉米收割机粉碎了!

土地是农民的命根子,没有土地就无法生产出粮食和农产品,虽然从事农业生产的农民,在有限的耕地上只能获得有限的收入,收入增长也难以改变,但可以维持生计。农民害怕离开土地,他们有他们的简单逻辑思维,会算细账,一年收两季,这点补偿款也就等于十来年的收入,以后祖祖辈辈没地了,老了咋办?儿子大了分家没地了咋办?没有安置保障,生活会变得困顿啊!

他们也知道随着城市化和工业化的发展,土地的非农使用可以为当地政府产生巨额收益,土地的征收已成定局,农民面对即将失去的土地很无奈、很迷茫。他们需要什么?他们的出路在何方?没有具体的地方性文件让他们安心,种种问题都关系到他们的切身利益。

村民们私下聚在一起议论,开始打焦点访谈的电话,热线打不通,自发群体去县里上访,觉得无济于事,就往市里省里去。干部光给群众画饼不能充饥,所以基层工作不好做,干群矛盾日益激化。

村东头 106 国道东的几户人家的房子也在厂区规划内,必须得拆迁。村民嫌拆迁费太低,楼房二十来万,平房瓦房几万元。村子里的土地都被征用了,新宅基还没找好,村民不同意搬家。

我家在国道西边,没赶上拆迁,只有土地被征用,我每天依旧照看培一外加包粽子。

光迷茫不行,光喊亏没用,我意识到维权得先学法,维权得先学会保护自己!晚上包好粽子就学习土地征收和拆迁的相关政策,还有自然资源部关于保护基本农田的一些文件内容。

我去海南时,刚上班的二弟送给我一个索尼便携式录像机,拍照录像效果很好。我时常用它记录岁月的片段,这下它可以派上用场。

粉碎青玉米秸秆是在晚饭后,从南往北挨家进行的。快粉到我家时,有一村民敲开我家门喊我:"卫红,北地粉玉米呢,群众知道也不敢吭声。我进城刚才回来看见了,俺的也粉了,我说了也挡不住。快粉到怹家地了,你去看看不?"

我让周岗在家看着培一,我骑个自行车到了北地。106国道绕县城西段是二环路,也叫未来路,我家的这块地就在国道西侧。我把自行车停靠在国道旁新栽的垂柳树旁,车灯下的玉米棵被轰鸣着的粉碎机席卷吞入,落了一地的碎青!

空气里浓浓地弥漫着青秆的汁液味儿!

雇佣的是安庄的粉碎机,安庄和酒庄离得近,田地都搭着邻。开粉碎机车的我认识,没出嫁时我下地见过这人,我娘家的地和他家是顶头地。但这时候他受雇为利而来,我不去理他,有村干部在呢!

"叔,马上是我家的玉米地了,我从没见过政府批准后公布的征地方案,征地是大事,不是捂着盖着的,补偿标准和相关的法律依据我想听听,等我了解签字同意后你们再粉,今日你得给我家留着。若要强来,我会找媒体发酵此事。"我看到了站在地头一明一灭抽烟的村支书,走到他跟前,字正腔圆地表明了我的态度。

村支书一看是我,愣了一下,笑着道:"卫红来了,怹家地到哪儿,你给我指个边。"

前文提到过几件事,我已和他多次过招博弈过,他了解我的性格,对我表面是比较客气的。

我明白他这一愣,随着他的烟火明灭,一吸一吐间,他心里已升腾出了主意。别看他识字不多,思维敏捷点子多,有勇有谋。尤其是我们这边发展为开发区后,他倍受领导们瞩目,在全乡支部书记里更是领军人物。基础不牢,地动山摇,村支书是群众有事时的主心骨,村里发展的领头羊,地方稳定的顶梁柱,地位坚不可摧,作用能量很大。我们村的村支书在当时产业区发展的进程中,名声赫赫,可谓是威震一方的诸侯!

"基层工作不容易啊,完不成工作,上边吵,下边骂,两头受气,唉!哪个赖种能想干,可这时候辞职不掉啊!"站在地头,村支书没话找话,跟我闲聊着。他说的是实话,村干部不好当,工作任务下来了,压到了身上,无路可退啊!他懂得,决策下来了,不论用啥办法,弄成事,不出事是原则。

"呵呵!工作总得有个人去干!虽然有时上吵下骂,但多数时候可以欺上瞒下!只要把握好度,千万别弄得自己骑虎难下,一旦真出点事,那就成了替罪羊!"我故意用于玩笑的语气调侃着连说带敲。我知道每个当干部的,都有宰相肚里能撑船的度量,以我对他的了解，他有这个格局！

"嘿嘿！"他笑着自嘲道，"卫红啊！你不知道群众工作多难搞，换个大学生来这儿工作还真干不了，跟群众打交道可得有几把刷子，你要是不得方法，他们可真晾干你！"

我知道，能坐稳村支书这把交椅的都不是普通人，这个职位是最能考验一个人的综合能力的，所以基层锻炼选拔干部是一贯的用人方针。村支书常会见招拆招，以矛制矛，解决矛盾。他们也会制造矛盾，扩大矛盾，在摩擦中找存在感，体现成就感；找机会，创造有利条件以达到某些目的。

次日，村民三三两两去北地，站在地头议论纷纷，只有我家的玉米摇曳着叶片，兀自在风中发出沙沙的响声，它们在为满地的碎青低泣着悲伤的挽歌！

我知道，我的声音很微弱，可我还是要发声！不想为自己的苟且而得意，我可以卑微如尘土，但不可扭曲如蛆虫！仅凭一腔孤勇是不行的，我已做好准备，因为，木秀于林，风必摧之！

村民们夜里不会不知道动静，多数人没有胆量和勇气出来阻止，他们大多数也没签字，怕得罪人，都在观望。事不关己时隔岸观火，轮到自己家时委曲求全，像我这号的，他们认为是愣头青，多数人等着看笑话呢！

村民们就这样，亏大家的事，多亏都不会觉得亏！

你若出头争得利益，少分他一毛，他能跟你急，正所谓一人打虎，十人吃食！

你若是在维护自己的合法权益时受到打击，他会说你："谝能！胳膊拧不过大腿，她长嘞比人家能？"

写到这儿，我想起网络上一句直指人性的话："你可以无动于衷，可以视而不见，但是你不能嘲笑和诋毁他们的勇敢，因为他们争取到的光，也会照到你身上！"

懂的自然懂，经历过的都知道！

改革开放到2009年，也已30年，农民已不是20世纪80年代初的农民，这时候的农民已高度分化，从职业上大体可以分为两种：农村从业者和进城农民工。从收入来源分有四种：一是纯农户，二是以农业为主的兼业户，三是以农业为次的兼业户，四是外出经商不再种地的工商户。

部分不以农业为主的村民想卖掉土地，村民各自考虑着自身那点小利益各顾各，会摆烂耍横的多少让他占点"小便宜"，有会溜须拍马的也能沾点光。形形色色是当年村民的状态，干部们因人而异展开多种工作方法，逐户攻破。

被碎青后的村民在农村信用社排起长龙，等着签字打款，村里的欢爷来得早，拿到了那几沓红红的钞票时，后面的熟人和他打趣："这下娶儿媳妇不作难了！"平日好说笑的他又咧开了嘴，但笑容比哭还难看："拿着这点票子发愁啊！娶回来咋分家？以前分家小锅一搭有二亩地，这下倒好，祖上的地在我手里卖了！"

签完字后的人们，心里或多或少都有说不出的失落感。生养过祖祖辈辈的这片土地，在扩大工业化。加快城市化的步伐中，将被钢筋水泥所覆盖淹没，以后的子孙再无寸土。民以食为天，但愿苍生俱饱暖！

秋后拆迁工作进行得如火如荼，先是乡里就近找的树贩子，雇佣的伐木工把国道东，还有村围的杨树锯倒，树放倒后被树贩子垄断，压价厉害，远乡的树贩子进不来，这一年在我们村收树的这家发了财。

树木的补偿款太低，村民不愿意，有个说话有点冒料的乡长，群众背后喊他"二乡长"，他在工作中对村民说话很过激。每天都有群众和乡村干部吵架，干群矛盾日趋尖锐。

说起这"二乡长"，在村里留下了许多笑话，他微胖，个头不高，见个年轻点的女子，咧着满嘴黄牙搭讪，流涎欲滴的样子让人作呕。有些基层干部为了工作，和群众打成一片也很正常，但人家说话有个分寸。每到上班时间，在村口地头，见了村民打个招呼，找个话茬搭上，开个玩笑是常态。村里有能侃的妇女们吃完饭没事就聚在村头看热闹，爱七嘴八舌地和干部们你一言我一语地打俏。

村里有个小伙子脑子有点不灵光，他母亲也好去人场，一日"二乡长"调侃这位母亲："你那么能，给傻子睡了？生了这傻儿子！"

"你娘给乡长睡了？生下你这个乡长？你说这是人话吗？还当乡长嘞！""二乡长"脸红了，张口结舌，没话答了！

村民们签完字又后悔，迷茫无助，没了魂儿似的成天站在村头。我平日无事不出门，从不和那些干部们闲扯。经常有村民一波又一波地来到我家里找我。我给他们普及一些相关政策，教他们如何运用法律武器保护自己，把握住度，在政策许可的范围之内努力争取利益最大化。

2009 年 10 月 14 日，有人跑来喊我，说后门的一个姊子嫌树钱补偿得少，阻拦工作队强行锯她家的树，在和干部吵架呢。我到地方一看，聚集了许多人，警车已经到了，准备把她带走。她躺在地上披头散发，几个干部抬着她，她蹬脱了身子往下坠，鞋子都不知蹬掉哪儿了，身上穿的小袄在地上都磨蹭烂了。她哭喊着说："你们敢硬锯，我和你们没完，我死给你们看。"

她丈夫害怕警车不敢近前，壮着胆子说："她死了，我跟你们要人！"

"二乡长"白她丈夫一眼，拿话噎他："死了我负责。"

围观群众七嘴八舌，但都不敢近前，我在人群后隐身，把录像机开关打开，随后又装到我身上穿的罩衣大口袋里，便走向前说道："你作为一乡之长，请再说一遍你刚才讲的话，你就是这么下来做群众工作的吗？这样能解决问题吗？群众都站在一旁听着呢！大家心里不服，你能都一个一个地抓走吗？派出所能关得下吗？你不要激动，好好跟群众讲话,真出了人命,你担得起吗?你们要是依法按标准补偿到位,拿出法律依据,群众还能阻拦吗?"

我话音一落,村民都敢说了,大家你一言我一语。"二乡长"一看是我:"酒卫红夹了,就你敢说,你总在和法律打擦边球!"

"我酒卫红一不违法,二不犯罪,不踩法律红线,你能奈何?"我对他的人品有点鄙视,不屑的言语中炸着刺。

这时候村支书走了过来,我喊着他说:"叔,你给乡长说说,这个婶子家也没几棵小树,每棵树补偿50块钱吧!原来大树二十,小树五块,给得也真太少了!"

"你这么说了,我去试着争取一下吧!"

"不用试,县官不如现管,强龙不压地头蛇,一说准行!"我连打趣带将军,"当官不与民做主,不如回家卖红薯!"

他们耳语几句,回头走过来给我说:"争取到了,论棵数,50元一棵。"

那个婶子得了赔偿款,从地上爬了起来,打打身上的土回家去了。第二天吃过早饭,村东头的闲人场里,那个婶子说评书一样,讲她如何会"闹",添油加醋,眉飞色舞,连说带比画地讲着昨晚发生的一切。

又一天上午,后门的一个奶奶跑来叫我,还是因为锯树,一个族叔又和干部吵上了。原因是他家的树多,这块林地分三种补偿:大、中、小,界定标准干部说了算。结果许多大树给界定成中树,中树给界定成小树,这样一来,补偿款差得多呢!

这次不光派出所的警车,连县公安车都到了,分管副县长也来了,说是要抓个典型看看,杀一儆百。那奶奶说:"卫红,又要抓人呢,你快去吧,县长来了咱得跟他好好说说,咱们的地卖得太亏了,俺们都抓不住理,不懂政策,不知道话往哪儿说。"

我走到地方时,群众正和县长隔着马路乱嚷嚷呢,高喊着要过去和县长对话,让县长拿出征地批文让大家看看,要求解决失地后的基本生存问题。那县长急呲白咧地把眼一瞪:"你们别过来,别跟我说,听够了!听烦了!都是把你们惯坏了,闹事!"

他声音很大很愤怒,咆哮声特别刺耳,群众不敢说了,大家见到我都朝我这边看了过来。我走过去笑了笑说:"县长好!您不能激动,不能生气,您是一县之长,咋能和老百姓一样见识呢?您来是解决问题的,怎能再激化矛盾?现在群众的土地被征收,心里像被掏空了一样,生存是眼下要面对的问题,我们平常是很难见到您的,我们有诉求,您得耐心听,不能动不动就用高压政策,听完回去跟领导共同研究解决办法才对。虽然我们言语有点激愤,但要求合理,您得多理解,我们只会讲老土话,不好听,但宰相肚里能撑船哪!今天的事,您把我们的干部叫来,问问他们是怎么承诺树的补偿问题的,让他们给群众兑现,别糊弄人。"

那县长见我说话语气平和,并不太像他认为的"刁民",脸上的表情也平静了下来,和干部到一边私语了一阵后,钻进了小轿车和公安一起打道回府了。

村子里的一户因对拆迁补偿不满意拒不签字,村干部通知他家说,到时要强行推倒房屋,防暴队的过来,谁阻拦抓谁。

他家的奶奶六十岁左右,人有材料,嘴巴会说。这天晚上到我家说:"卫红,通知明天扒俺的房嘞,补偿标准太低,俺那房太亏,你在场,我敢跟他们说,你不在场,我不敢说理,明早上你带着你的相机一定要去帮帮我们!"

我考虑一下说:"我一个人去不行,你通知一下群众,在场的人越多越好,你不要情绪化,心平气和跟他们说理,我到时隐身安全地带录像,他们进行暴力执法时,你们不要抗法,要先学会保护自己。"

第二天清早,我就带着相机站在待拆迁房屋隔路相邻的楼房里,二楼阳台窗户口的位置,用镜头可以清晰记录这一幕。

防暴执法人员果然到场了,那个奶奶胆子也比较大,她走上前去和他们理论。村干部的眼线多,已有人将实情通报给干部,怕硬来老太太阻挡,怕暗中录像上访,为维稳考虑那日执法暂停。这家人又争取了一次谈判补偿款的机会,争得了更多的合法权益。

12月21日,村里的大旺因拆迁问题,情绪激动,坐到挖机上阻挡施工,因抗法被警车带走,然后他们家的房屋被强行拆迁,废弃的砖渣被铲车推走。

我是第二天路过村东头的收粮点时,有人叫着跟我说的,几个外村男人看到我过来在那儿议论说:"恁村不顾把(方言,不团结,没有凝聚力),恁庄要有三个卫红就好了,三人成众。今天抓人时你们村人没一个敢上前的,若都上前人带不走,他们就不敢这么暴力执法了!"

24日晚,被抓走的大旺媳妇哭哭啼啼地找我来了,她是南方人,操着潮汕口音的普通话对我说:"卫红,你想法帮帮我们吧。婆婆在家哭着不吃饭,能想的办法都想了,就是不放人。我找村干部说了许多好话,村干部为此跑了两天,说要在里面半个月还得拿钱后才能出来。"

"明天早上我往乡里打电话问问情况,试试吧,看能不能帮到你们家。"

她千恩万谢,我接着说:"做好两手准备,我先跟书记打电话,放人了便罢。若不放人,让你公参买几盒烟,明早跟村民说一声,谁家永远不摊个事呢,明天早上帮个人场,都去村东头拆迁现场,我也去现场。到时大家都在,法不治众,咱们一起要求他们放人,不放人挖掘机不能施工,他们自然就会放人了!"

第二天七点半,我拨通了书记的电话:"书记好,我是周庄村民酒卫红,周大旺的事我听说了,一会儿全村人吃过早饭,准备村东集合群体抗法,身为周庄村民,我肯定会去。拆迁之后家也没了,地也没了,旧家难舍,破家值万贯啊!他们心里还没缓过来呢,又动不动抓人,您想过没有,村民心里啥滋味?民愤民怨可想而知。大旺家境十分困难,母亲常年偏瘫卧床不起,父亲也体弱多病,打工娶个外地媳妇儿,日子过得很不踏实。这一进去,家就要散了!拆迁征地搞建设,我们不阻拦,可得依法征收补偿啊!发展的目的是想让农民过上更好的生活,想让农民在原有的生活水平上有所提高,这弄得妻离子散,背离拆迁的初衷了,谈何构建和谐社会?"

我越说语速越快,自己陷入情绪忘了电话那头是乡党委书记。我见过这位书记,他长得很儒雅,还是比较亲民的,说话如春风化雨。我自觉有点激动失态,但这也算是谈判时必要的一种策略,凡事得有度,我就放缓语气把话锋一转:"恕我冒昧直言进谏,语气有点冲动了,请您多谅解!但今日之诉求,望党委政府以大局维稳为重,今日放人,平息民愤!"

书记听完也给我诉说了他的难处,也希望我能帮着配合他们工作的进展。我知道,谁也不能去阻挡城镇化的发展,我得缓和干群矛盾,不能去推波助澜。

书记和我聊了一会儿,他也知道在维护干群关系这盘大棋中,我这个小棋子举足轻重,走好一个棋子能活全局。

书记还提到罚款大旺家的事,我半开玩笑地说:"征收的是村集体土地,补偿款打给了村里,若真罚款就让村里出吧,活动经费胖大着呢!可怜可怜被榨干的百姓吧!"

书记联系相关人员后,回电话给我说八点半放人,当日上午让村干部去把人领回来了。

晚上他们两口子一起带着礼品到我家道谢,我说啥也不要。他们说是给孩子买的,推来推去出了大门口,他们愣是扔下一起跑了。

这个冬天,我村的三百亩土地全部被征收。村民们经常群体上访,去县里、市里又去省里。去省城信访那天,是30多个村民群体上访,村民自发相互通知每户去一个人,我也去了。

村里平常有几个能说会道的人物,有一个我喊奶奶的,在村子里算是一个领军人物,她毛遂自荐,又选了两个我喊爷的作为此次上访的群众代表。

省城的信访大厅窗口前,他们三个登记了身份证,那个奶奶向工作人员提出诉求,土地两万五的补偿款太低,郑东新区的地价多高多高。工作人员听完就说话了:"烧饼在太康才卖一块钱一个,到郑州就可以卖两块钱,地域不同啊!你们那地不值钱,没办法,跟郑州这边的地没法比。"

这一句话把这个奶奶给噎住了,这个奶奶不知道怎么接话了。

这时候另外两个群众代表赶紧跑过来叫我:"卫红,你快去!恁奶奶接不上了,她不懂政策,说不过人家!"

我从包里拿出身份证,不慌不忙地走到窗口前登记,礼貌地对里面的那个男子说道:"您好!刚听我们的群众代表转述了您的那一段话,听完后我有话想说。您是国家公职人员,坐在这个神圣的窗口前,我对您多几分敬重! 您的工作标准之一就是贯彻党和国家的路线、方针、政策。所以您对文件、头号令以及上级会议的精神比我一个农民学习领会得透彻。如果我没记错的话,国务院自然资源部 108 号文件里面,评估的全国土地等级明确写着,我们太康县的土地跟周口川汇区的土地一样是十二等级。周口市淮阳县的土地是十四等级,淮阳县北关的土地征收补偿的地价是四万多,十二等级的土地当然优于十四等级的土地,地价应高于四万多,你说我们太康的地价征收两万五一亩,是不是少了点? 您给群众怎么解读这个文件? ”

那工作人员脸一下子红了,他支支吾吾说了一句:“我真的还没学习过这个文件。”

不一会儿,里面的工作人员过来请我和另外三个代表到他们的一间办公室里去,说已经和我们县的相关职能部门联系了,让我们先回去,会尽快给我们答复。

征地期间,村民为日后生计发愁,死去的祖先也不得安宁,因找不到坟地,我们村的祖坟迁移三四次的都有。最后经多方努力,政府给我村划拨了墓园,背倚兰河南岸,逝者亡灵得以安息。

村东的房屋拆迁工作结束后,也就到了 2010 年春天,树已经伐完了。走出村东头,视野辽阔,没有了那熟悉的麦田,满眼都是光秃秃的黄土,给人以萧瑟之感。村东十几亩的大坑边上,再没有杨柳依依,再没有村人闲憩。

坑北那间只有几平方大的土地庙孤零零地立在春寒料峭中,土地公公和奶奶还在恪守职责,他们知道,土能生万物,地能发千祥! 他们为生活在他们辖区内的子民们祈福、保平安、保收成!

开春后的工程是填坑,拉围墙,对村里来说这都是大工程,也是两块大奶酪!

有人觉得城市套路深,梦想回农村,殊不知农村江湖水更深! 我们这个行政村由五个自然村组成。初入周家就听有“八大金刚”之说,俗称“八大赖”。内证纷争,明争暗斗,无一日消停,像翻烧饼一样,得势时过十五,失势时过初一。分为两派势力,基层组织政权也常常随之颠覆动荡!

我从不接近任何一股地方势力,与他们素来井水不犯河水,还是那句话:一不违法,二不犯罪,不亢不卑,不贴气拿瞎,有不伤人的教养,也有不被人伤的锋芒!

县商业局局长和某些乡干部、村干部及两股势力,都盯着填坑和拉围墙这些工程。可能基于对维稳工作的考虑,党委书记曾给村支书说过,这些工程让我有份,我当即果断拒绝:“我一女子,不想蹚任何浑水,君子爱财,取之有道! ”

“你爱人可以啊! 让他跟着参与呗! ”

我心里有数,这一参与,等同被变相收编,因为屁股决定脑袋,位置决定想法。再说周岗是个老实人,不会跟谁钩心斗角,来不了尔虞我诈,我骨子里的清高和善良让我不屑与俗子为伍。操持洁身自好,靠自己的能力和智慧挣钱,是我心中永远不变的目标!

　　大坑在推土机的轰鸣声中，两天两夜就被填平了，厂子院墙也拔地而起，拆庙成了最后的工作！

　　一天早上，挖掘机巨人般的手臂准备落在矮小的土地庙上，村里的几个婶子奶奶怀着对神灵的虔诚，壮着胆子拦着问："不能拆，拆了谁给我们建？在哪儿建？"

　　挖机老板报了警，前院的老奶和后门的一个奶奶喊我："卫红快去！要强行拆庙，派出所的警车又来了！"

　　我没走近就看出来出警的是副所长，来的次数多了，大家都认识他。"都退下，别吵吵，就这点工作还能搁这吗？今天谁拦也得拆，让一个人出来说话。"他扭着头朝着人群吼叫着，环视中把目光落在了我身上。

　　"给我们指定建新庙的地点，给我们补偿建新庙的费用，村民这点要求不过分。"大家都鸦雀无声地盯着我。我双目直视副所长，语气坚定！

　　谈判结果乡里拿两千块现金，庙上的砖瓦扒挪过来，在未来路西侧村口找片地方建。我不懂庙上的事，交由几个奶奶管账问事。

　　几平方的土地庙第二天建成，喜叔拿着抹子粉完最后一面庙墙，刷净水泥桶，和了一些红漆，让我用批墙的毛刷蘸着红漆在白色的庙墙上写了"土地庙"三个字。

　　大家用补偿的钱买来祭品和糖果等吃食，将土地爷爷土地奶奶胎身安放，焚香鸣炮。看热闹的村民们上完香，分享着瓜子糖果。

　　征地期间，我帮助村民发声的同时，也劝说他们不要意气用事，别去涉嫌违法，要学法、守法、用法。

　　这两年拆迁征收的事情太多，每件事写下来得上百万文字，等我的纪实随笔完稿，准备就拆迁征地中的经历，构思几部中篇小说，以飨读者。

疯长的水藻

北地紧贴着兰河南堤,离厂院墙十来米处,挖掘机和前四后八的装土车,轰鸣了几天几夜,挖成了一个几十亩的大坑,深达五米左右,土方被卖到县城。

隔岸的兰河北侧是全省有名的龙源纸业公司,还有纸业公司旗下的热电厂,大烟囱日夜喷吐着蘑菇云一样的白气。每次走到村后的兰河大桥时,我都会忧心忡忡地驻足观看,纸厂排污管道的出口冒着温热的白气,焦糖色的污水泻入兰河,翻滚着褐黄色浪花向下游流去。不远处的河面水藻疯长,向人们警示着河水已被严重污染。

从古至今,祖祖辈辈,兰河岸边的村民都有在兰河下网逮鱼的习惯。捕到的鱼,大多是鲫鱼,也有河虾和草鱼、鲤鱼。

我从小吃惯了兰河的鲫鱼,俗称织鱼壳子。宰杀干净刮鳞,放点盐腌一下,裹上面粉炸成焦黄色,吃起来鲜香焦脆。可近两年来,买回来的鲫鱼背部不是乌青色,而是浅黄色,吃起来没有鱼鲜的香味,倒有一种怪怪的臭味,村民们都断定是水污染严重的结果。

2010 年初冬,我叫上堂弟一起拿上两个水壶,去兰河污水口的不远处灌了水。找到村支书,我们请他开上他的车带水去了郑州。到了省生化所,请人帮我们化验了这两壶水的化学需氧量,检测结果 COD 含量 188,严重超标。

我们附近的村民还都是在吃着地下水,深井才 30 多米深,浅井七八米深,长此以往,沿岸人们的生命健康将受到严重影响。一方面我们往县信访局反映水污染情况,请相关职能部门督查厂里的污水处理设备。一方面跟村支书说,让他去乡里请求给群众装自来水。他说:"我反映还不如你们反映,你们去乡里反映水质的情况,他们会更加重视,我该往上说也会说。"

于是我在一个周一的上午,和五六个年轻的村民,去乡里反映了水质污染情况。希望领导关注人民的生命健康,考虑民生诉求,为我们解决饮水问题。在我们三番五次的催促之下,给我们村接通了开发区毛庄镇王隆集的五百米深井自来水。

有一天,村里一个好显头的精明人来找我:"卫红,有个好事找咱来了!"

　　人们啊,总是容易被眼前的近财所蒙蔽,为一点利益而驱动,而不知自己是在为子孙自掘坟墓。

　　"啥事?没有天上掉馅饼的好事。"

　　"咱北地纸厂的纸渣没处倒,想往咱村北地兰河堤南的厂子大坑里倒呢!反正地也征走了,坑也不是咱的了。多年以后,正好把坑也填起来了,咱这是在做好事呢!他们还准备私下给咱们几万块钱,有你,有我,还有×××,还有个村干部,就咱们四个人,咱不吭气村里根本都没人管,咱分一个是单,分两个是双。要是有人问,咱就说上面让倒的,上面厂里已经打通了,没人来管。俺三个都说好了,怕你不同意,让我来问你嘞!"

　　"这事不能干,这是祸害子孙千秋万代的事,那纸渣污染大着呢!"

　　"一个人能分一万块钱呢!你咋嫩傻嘞!我要不来给你说,你能知道?"

　　"你们也不想跟我说,瞒不住才跟我说的,要是能瞒住的话,你们能说?你们肯定知道我的脾气,我不怕恁仁生气,回去跟他们说,咱不差这几个钱花,别动这心思。"

　　那人劝我半天嫌我傻,说外村也想让倒纸渣,是他认识管纸渣的人,费尽口舌争来的,嫌我愣是把这事给搅黄了。他说完气咻咻地走了。

兰河记忆

第十二章

牵着蜗牛去散步

跟孩子一起成长
担心的早恋问题
言传不如身教
家有小女初长成

跟孩子一起成长

　　天天忙活生意,当然不能疏忽孩子,过完年也就是 2007 年,我嫌孩子在县城读书接送太麻烦,转到邻村上学了。放学他们俩自己回来,我在家更方便监管他们。小学知识简单,他俩虽太贪玩,但成绩都很好。

　　农村孩子的童年往往比城里孩子的童年更快乐,因为他们拥有广阔的天地,能接近最自然的生活方式。他们听虫鸣鸟叫,捉蛐蛐抓知了,掏鸟窝摘野果,弹珠子甩纸牌,每天都在胡同里和小伙伴们游戏着,他们的快乐是喊不回家的快乐!

　　他们玩起来忘乎所以,颖儿和小伙伴玩时把裤子坐成泥兜子,衣服挂撕了口子,回家我见了生气,说她不听,打她;哲儿从小胆子大,逮蜜蜂喝蜂蜜被蜇过,捅马蜂窝、抓蛇被人见到告诉我,回来就得挨顿打。

　　村西本来是平地,2002 年因搞开发,县城用土,乡村干部巧设名目卖土,挖成了面积十多亩,深达七八米的大坑塘,积水不断,里面有人散养些鱼。

　　哲儿常瞒着我去逮黄鳝,他有绝活儿,村里比他大的孩子都捉不住,就他每次都能兴奋地捉到。他捉到的黄鳝个大,八两、一斤的常有。家里有个旧缸,他把里面沉入些泥土,放入水,把捉到的黄鳝放进去。因为担心他玩水太危险,为这事我更是没少打他。

　　每个孩子都有不同的基因组织,一生下来就有不一样的性情倾向。这种与生俱来的习性,让孩子对同样的教导产生不同的行为反应,有的温顺听话,有的刚烈叛逆。颖儿自小脾气温和,善良包容;哲儿果断有主见,敢做敢当。

　　现在回想起来对孩子的教育,我常常忏悔自己的无知。我那时不懂也不知道应该先认清孩子的差异性,找不同的、有效的方法引导孩子。而是用同样的步调,同样的方法,对孩子用那种封建家长式的专制。有时候因为忙或者是情绪不好时,不顾孩子的感受,完全忽略了孩子的天性。实则,对颖儿需要多些宽厚,才更有利于她的成长,我却过于严厉,有点拔苗助长。觉得孩子贪玩不听话时,我批评孩子总是口不择言,无形之中给孩子贴上了许许多多的标签。这是我多年后才意识到的,是我教育中最大的败笔,至今我仍不能释怀,无法原谅自己!恨自己年轻时的无知,做父母真是一门大学问,不是每个人都配做父母。好在我的孩子们遗传了我和周岗的善良天性,还有我对万物的博爱和悲悯情怀,也影响到了孩子,他们做人的大方向没有错。

每个孩子一出生都自带一些生理和心理上的特质,这些特质有的让父母欣喜,有的让父母错愕。做父母的最忌因自己的喜好在教育中偏向或者轻视哪一个孩子。这方面我做得不好,只考虑自己的感受,孩子的一点不足,就让我生气,甚至觉得恨铁不成钢,从而伤害到孩子。每个父母都要有照单全收的心态,因为每个孩子都是独一无二的!

"每个孩子都是一粒种子。但每个人的花期不同,看到别人的花都怒放了,自己的那朵没动静就急,不懂细心呵护陪他们成长。也许你的种子永远不会开花,因为他是一棵参天大树!"记不清在哪篇文章中读过这类话,读完幡然醒悟,自己当初怎么就不懂这些呢?

因自己年少无知,未能完成学业,失去了跳出农门的唯一机会,成天后悔。生在农村,在那个相亲只看颜值的年代,觉得自己也没啥优势,所以竟不知平视自己,只低头自卑,轻贱了自己,儿戏了婚姻,导致一路走得这么艰辛。所以从北京回来揣着一兜兜的劲儿,决心好好教育孩子,让儿女走出农门,将来能嫁或娶个同样优秀的人,能有个幸福的人生,不再重蹈我的覆辙,精神和肉体都活得这么苦。有了这样的想法,我对两个孩子要求格外严厉。

特别是颖儿,我管教更严。女孩子家,我光怕她学习一塌糊涂,怕她做事拎不清轻重缓急,亲疏不分。从她身上只要看到周家上一代人的影子,我就会斥责她。现在想想我的思想是病态的,颖儿多无辜啊!许是受周家家庭环境的伤害至深,让我太敏感,总担心她将来嫁人成家后,因这些生活细节,会影响她婚姻的幸福。

我竟忘记自己处处努力,初嫁时并没有得到周家人的认可,他们反而认为我太多事,没有遇到欣赏你的人,再优秀也一文不值!

即便当时我深受其害,但仍坚定地认为,像我遭遇的这种家庭太少了,就得严管女儿,这种想法没错。可许多时候,我的教育方法有误,有时是在以爱孩子的名义,无意中伤害着孩子。

其实颖儿说话知远近,明是非,品行温良,有点贪玩也是少儿的天性。我对她是爱之深,责之切,殊不知这是在拔苗助长。我常用近乎完美的眼光要求孩子们,完全忽视了他们的思想和感受,那种恨铁不成钢的愤怒,让我无法理智,尖酸刻薄的责备常常伤到他们。那时候也读有关方面的书,可应用到实际,咋就不能淡定冷静呢?现在想来多么后悔啊!把对自己的失败和失望,还有周家其他人给予的坏情绪发泄到了孩子身上。孩子不是我们的复制品,而是独立的个体,可那时我完全不去顾及这些,从没有认真倾听过孩子内心的声音,把自己的意愿强加到孩子身上。孩子在我的盛怒之下如待宰的羔羊,我却因嫌孩子不争气而委屈得那么振振有词,甚至声泪俱下!

　　他们有时学习马虎,做事虎头蛇尾,不能善始善终,我就联想起周岗父子的"歪好",越发生气便不再就事论事了,而是在批评孩子的话语中夹杂着怨气,越说越恼,没完没了,不知不觉活成了自己最不喜欢的样子。要干净、认真;要知廉耻、上进;要勤劳、本分……我成了小时候发誓不愿意变成的嘴碎妈妈的样子!虽然也在以身作则,但还是怕孩子做不好,反复提醒着孩子,常言说:"好话说三遍,鸡狗不耐烦。"道理都懂,可控制不住对孩子的担心、焦虑。

　　相比教育孩子,生孩子那点苦真是一件不足挂齿的小事。谁都可以生孩子,但不一定有能力把子女教养成身心健康的人。其他角色我没啥大毛病,我得承认,谈起家庭教育我并不称职!

　　教育是需要父母双方配合,花大精力和心血的。周岗自己还像个孩子似的,得我时不时地去敲打,可想而知他对孩子的教育是一点指望不上的,为此我心里也生他的气。他还特别宠溺孩子,瞒着我偷偷给孩子零花钱,更可气的是,我管教孩子时,他不懂配合引导教育,有时候还站在孩子的立场上,觉得有了"同盟军"竟忘了自己的角色,趁机数落我的不是。因此教育孩子时,我常常感到力不从心,情绪失控吵完孩子,就会到无人的角落里默默流泪,人活着咋就这么难!这时候我就更恨自己择偶时的盲目轻率,多想他做个严父我做个慈母,相得益彰,配合着教育孩子啊!

　　对孩子的教育过于严厉打骂不可取,但是放任禁打也不行,平衡中庸之道可不是那么容易的。

　　四代同堂教育孩子总有令人啼笑皆非的事发生。因为孩子贪玩没写作业,我拿了一把小钢尺,让哲儿趴在门槛上脱掉裤子露出屁股,准备用尺子打他。奶奶听到了,她就护哲儿,拿着烧火棍从厨房里训斥着我出来。她气得头上的顶头手巾,一把没抓住也掉在了地上。我还没动手打到孩子呢,她就举着棍子要打我。无巧不成书,后院婶子进门来找我借东西,奶奶手里扬起的火棍才放了下来。堂婶问道:"三婶,你干啥呢?"

　　奶奶见有人来,转弯真快啊!她说:"我去撅扁嘴去了,你们说话,我锅里烧着火呢!"

　　我听了真是气得哭笑不得!

　　许多时候是因为我对周岗有气而迁怒孩子的,孩子有一点小错我便借机斥责几句,孩子成了我的出气筒。

　　奶奶听到我吵孩子是忍不住的,一天早上我这边吵,她那边大声吆喝起来:"都看看啊!这是后娘,后娘也没有这样的!"

　　气得我不吵了,拉过孩子打几下:"让你们不争气!看这次长记性没有?"孩子哭着去上学,走了。

　　一放学,俩孩子早忘了走时挨打的事,进院大声喊着妈妈。正坐着捋线的奶奶说话了："家鸡打得团团转，野鸡不打满天飞！"

哲儿从小就有很强的号召力，胡同里的小伙伴都喜欢来找他，他有好吃的、好玩的舍得和人分享。这俩孩子性格很好，没有与谁合不来，在外面几乎没有惹过是非。挨打多是因为生活习惯，我觉得只有打才能让他们长记性。有奶奶保驾护航，公爹也乱插嘴护孩子，想培养孩子自主学习的好习惯太难。

家里卖粽子零钱多，村里收粮食的总是三天两头来我这儿换零钱，我把十块的、五块的分别捆成 100 张放好。

一天吃过早饭，人家来换钱，有一捆五块的少了十六张，我意识到可能是孩子偷钱花了。等中午放学私下问了颖儿，见弟弟花钱没，她怕弟弟挨打不吭声。颖儿不吭声我就知道了答案，因为俩孩子没说过谎。

我就问哲儿拿钱没，他眼神躲闪不敢瞅我。我压着火气问他："都花哪儿了？花完的就算了，没花的拿出来，想吃啥我带你们去买，想买东西跟我说，但不能瞒着大人拿钱。这次给我说实话后，要知错就改，我不会打你，但下次再拿，决不轻饶。"

孩子觉得这次犯错大，肯定得挨打，结果我这么一问，他担心挨打的紧张心理破防了，说他八十块钱花得剩二十，让邻居家的孩子帮他放着呢。说完他就去要回那二十给我，告诉我说，那六十块钱在去学校路上的小卖部买东西分给小伙伴了，买的有可乐、雪碧、瓜子等，每个平日和他好的小朋友都有份，都拎回了家。

那次我没打孩子，坐下来心平气和地跟他们说了很多话："你们是我生的孩子，怎么能不像我呢？我小时候，你姥姥卖鸡蛋和粮食的钱都在一个罐子里，一沓沓地用皮筋扎着，拨浪鼓声一响，那咸香的炒瓜子、甜甜的江米糕和糖豆也诱惑过我们，但是我和你大舅从来没偷拿钱买过。家里的钱你需要用，得跟你爸和我说，合理的用度会给你，在自己家也不能乱动别人的东西，到别人家更不能，要永远记得，这是一个人的品德问题。自从有了你们，再苦再难我都在努力，家里家外都尽力做到最好。第一是因为我想让你们提起妈妈永远没有自卑，心中充满力量；第二是我想用行动让你们学会诚实守信，勤劳、勤俭和坚强。如今你们长大了，能听懂道理了，也读完了《中华上下五千年》，知道妈妈为什么在你们刚认字就给你们买这本书吗？那里面有妈妈教不了的，可以启迪你们的五千年的文化智慧啊！你们看过了里面的历史人物，得见贤思齐，别让妈妈失望，当你们有一天长大，无论走到哪儿，一说是我的孩子时，别人得说像！也让我一提你们时，眼里会放出光芒！"

我的话说完，挨打都不哭的颖儿和哲儿都低下头掉泪了，他们把之前拿过的几次也承认了，那几次拿得少，三块五块我没发现。他说买了平常我不让他吃的垃圾食品，都是和姐姐一起吃的，所以姐姐没有出卖过他，但是姐姐从来没拿过钱。从这以后，哲儿再没偷拿过家里的钱，他们也从来没有说过谎。

　　平心而论,这两孩子在家帮大人干活很勤快。我怀着小女儿包粽子,哲儿九岁就会摊煎饼。姐姐烧火,奶奶捋线,他摊好先端一张给奶奶,再摊一张端给我。奶奶和公爹护他们,因为他们觉得自家的孩子很优秀,用奶奶的原话说:"只要看到俩孩子放学回来,我心花都放了!"她成天夸重孙子孝顺有材,一提孩子就眉飞色舞。

　　总结过奶奶教育周岗他们几个的方式,是从不批评、放任自流的。而我之前的教育像钟摆一样,从奶奶式的这个极端摆到另一个极端,太过严厉,缺少鼓励和表扬。我急了吵,吵了打,打了疼,疼了哄,哄了劝,一个人红脸白脸反串着。我不断摸索着,调整自己的教育方式。

　　教育孩子是需要很大耐心的。而那时的我,常为生意忙得焦头烂额,带着工人们东一头西一头的。孩子有一点小过错,我就焦虑不安、歇斯底里,咬着牙叫孩子的名字,也气得流着眼泪崩溃:"我怎么能生出你们这样的孩子呢?你们到底是不是我的孩子!"情绪上来简直就是一个恶魔,哪里还是一个母亲的形象呢?

　　现在才知道轻柔、愉快地呼唤孩子的名字,传递给孩子爱的信息。孩子听到自己的名字,会开心,会更加自信,才能更加看重自己、更加努力。可那时候不懂!反而为自己的错误做法找了很好的借口——打是亲,骂是爱。不懂得包容孩子,久而久之,孩子不敢向自己吐露心声,会一个人躲起来闷闷不乐。我又没能及时和他们沟通,无视他们的心里是否受到了伤害,最终导致他们青春期叛逆。

　　最可怕的是自己情绪失控时口无遮拦,给他们乱贴标签,不听话了,不争气了,跟你爸一样了,不如谁谁了……句句话都是挫败孩子的利器,教育的大忌啊!觉得孩子不懂我,不理解我,现在想想我那种封建家长式的教育,不能平静地听取孩子的意见和想法,全是错误的。回娘家见了父亲诉苦,对儿女的不理解都是抱怨,父亲听了说:"你怎么试图用成年人的想法让孩子理解你呢?你得去明白他们的想法,该鼓励鼓励,该疏导疏导啊!"父亲说我时,我心里还不服气。

　　哥哥家的孩子个个争气,哥哥不在老家,孩子们上学,我和三弟操心多,有啥事我们离得近。妹和妹夫常年在外打工,两个孩子也特别省事,外甥女该读初中了,骑个自行车来找我,我给她找学校送她入学,孩子年年拿奖学金;外甥也是我帮着送入学校就不用管了,成绩优异。

　　反观周家人,连个读高中的都没有,夜深人静的时候,想起自己费心劳神,孩子才这样。怪他们周家基因不好,拉低了我生的孩子的智商,没人时我发泄情绪对周岗说:"我真想把你家八辈祖宗扒出来骂一顿,我真是瞎了眼,你们家的人怎么那么笨!"

　　心里特别压抑苦闷绝望时,我就去找同学艳琴说说话倒倒苦水:"我真不知道上辈子欠了周家什么,老老少少都让人不省心,我真的不想管了,心力交瘁!"

　　艳琴说:"你是去周家改变他们基因,是拯救他的家族的人哪!三个孩子随你的地方多,将来不会差的。"她常打趣说周岗上辈子拯救了银河系,得遇我这辈子去拯救他,她总能给我分析发现孩子们一大堆优点,为我拨云见日,让我的心情明朗起来!

多年后我看到过这句话:"教育孩子就像牵着一只蜗牛去散步。"心里很有感触,是啊!蜗牛已经尽力了,我却嫌它慢,我责备它,催促它,完全不顾它的感受,它受着伤流着泪往前爬……现在想想,与其说我陪着孩子长大,倒不如说是孩子在教我成长,那些年才是真正完善自我的一个过程啊!

让我痛心到如今的是,那时我没有意识到自己教育方法和方式不对。上高中之后,孩子的QQ空间都设置了权限,因为我没有平视过我的孩子,常常以命令的语气跟他们说话,他们不再向我敞开心扉。我感到很难过,开始小心翼翼地跟他们说话时,可他们只剩下听话,再不愿多说!

他们周末在家照顾妹妹,我们干活回来他们赶紧帮着收拾各种工具,他们清洗自己的衣物,大人安排的活儿也及时去干,忙完就各自回各自的屋里,在学校从不违反纪律,老师说孩子其他各方面表现都很好,就是成绩不理想。孩子青春期的这些表现出来之后,我心里着急,试图走近他们,可他们紧闭心门,再不为我打开。

颖儿升初中时成绩很好,进入初二成绩开始不太理想。我读初中时数理化成绩好,给孩子检查数学作业时,说她不用心,学习没有深入,要她查漏补缺,把知识点学透。说孩子的语气很重。回娘家的小姑子听见了说:"嫂子,你别用你的脑子来衡量孩子,她要是随我们了是不行的,我上学时数学就迷糊,啥都学不会。你不知道学不会的滋味,女孩家上个初中毕业就去打工妥啦!"

我听了小姑子的话心头掠过一阵难过,但很快就恢复了。我知道她是心疼孩子挨吵,觉得好像是我在为难孩子。可孩子天资不笨,我从小带大的心里有数,我一定要坚持让她读书。

颖儿初中认识了几个女同学,对她的成绩影响很大,后来她们都陆陆续续地辍学了。我一再提醒颖儿要跟班上积极上进的同学多交流,一定得完成学业。进入一高后,她的数理化成绩不好,她又动了辍学的念头,她从生活费里省吃俭用攒了钱偷偷买了个手机,周末回来被我发现后,我批评了她。和往常一样,她坐在她的屋子里,我忙着家务也没太在意她的思想变化,小女儿进进出出地在姐姐的房间和客厅里玩。

第二天早饭后,我看颖儿的屋子开着门没见人,就问哲儿和小女儿,哲儿在楼上他的房间说不知道。我们赶紧看她的作业和课本都在,这孩子能上哪儿?打她电话不接,我心里慌乱起来。哲儿和颖儿从小一起长大,读书没留过级,一直同班到初二才分班。和姐姐好的同学,哲儿都认识。哲儿赶紧联系了他认识的女同学,有个女孩在浙江打工,一问果然她和颖儿有联系,说昨晚联系了,颖儿有准备找她打工的想法。我赶紧让周岗去车站,并没有找到颖儿。

小女儿骑着小自行车来来回回地去邻村诊所好几趟,她说:"姐姐吃过早饭走时我见了,我想撵她,姐姐还给我买了棒棒糖,让我在家听话,她说去诊所包点药就回来。"

小女儿说完还要骑车去诊所,我拉住她说:"姐姐没去诊所,你在家听话,我们去把姐姐找回来!"

颖儿和妹妹的女儿,还有娘家侄子侄女们一起长大,侄子、侄女们都已经读大学了,我联系他们让他们都关注空间动态,看能不能联系到颖儿劝她回家。

妹妹听到这个消息后很挂念,来了我家,哭着怪我:"姐,你对孩子管得太严了,你想想你小时候脑子多好用啊,你不也是贪玩儿不学习吗?孩子有点仿你。"

何尝不是呢?阿文当年说我能用一半的劲儿学习,都能把别人远远甩在后边。我也是年少轻狂,仗着自己一学就会,除了老师讲课认真听,其余时间都玩,自习课在桌子底下看课外书,搞小动作。长大方悔读书迟,正因为自己荒废了学业,便想把今生未完成的梦想强加给孩子,来弥补我内心的缺憾,所以才寄望孩子努力啊!口口声声说为了孩子好,不去考虑孩子的感受,这何尝不也是一种自私呢?

这么责怪着自己,似乎也是个理儿,可我也曾无数次回忆自己年少时,甚至埋怨过父母,那时要是他们少忙一点农活,多管管我,哪怕是打我几顿,可能我也走出农村了。孩子天性不同,有的不用咋管就能成才,可有的不打不成器,我觉得我就是后者。周岗上学时更野,孩子随谁都得严管,吸取教训,记得注意管教方法就行。

周岗给大姑姐打电话,让她来看着小女儿,我们都准备去县城找颖儿。临出门时找到了颖儿留给我的一封信,信中大意就是:让我原谅她的不辞而别,她说学习很吃力,不想上学了。她想去打工,减轻家里负担,看我们干活太辛苦,让弟妹们好好上学……

看完,我和妹妹都哭了!她是受了那些辍学同学的影响学不进去了,她觉得打工一样很美好。心疼颖儿写这封信时复杂纠结的心情,懊悔自己平日太粗心,关心孩子不够。甚至暗暗发誓只要孩子回来上学,再不会给她在学习上施加压力。颖儿平时是家和学校两点一线,除了姥姥家,哪儿都没去过啊!

我越发担心她出门被骗,一口水也喝不进去,总是止不住掉眼泪。哲儿担心我说:"妈,我和你一起,骑电动车带着你。"

路上哲儿说:"妈,姐姐不像我的脾气,你吵她时她不辩驳;你吵我时,我觉得自己有理总是犟嘴。她不说容易积压在心里,你吵我没事,你天天忙,妹妹小你关注多些,本来就关注她少,再一吵她,她会觉得她在家里没有温暖,不受重视。"

哲儿说的在理,那时我忙了生意忙家里,还经常有人找我帮忙。

颖儿曾说过:"妈,怎么谁有事都找你啊?这个哭着脸来了,那个发着愁来了,你忙了家里忙外面,哪有好时候!"

颖儿说这话多半是心疼我,这孩子心善。我去给人帮忙,都是她和哲儿在家照顾妹妹。别人家的问题,我都帮他们解决了,无形之中忽视了自己的孩子啊!

"妈,这些年我做得并不好,小时候为躲避你吵我,我做错了事,也甩锅给姐姐。她怕你打我,你吵她时,她一句也不辩解!"哲儿忏悔着,说着说着声音有点哽咽了。

我流着泪水一条又一条地给颖儿发着信息,她终于回复了,她说她在一个女同学家,不让我挂念了,等晚上去学校。

从这件事后,我很少问孩子的分数高低,只从生活上关心他们。周末想着给他们做可口的饭菜,只想着他们顺利完成高中课程,选择个他们喜欢的学校就行了。我慢慢把心态放平,意识到孩子的身心健康,和他们将来的幸福才是最重要的。

记得北漂时看过一本书中的一则小故事,奥地利一个关爱女孩的协会中有一个非常著名的提问:如果一个家庭有一双儿女,但只有一笔教育经费,该投给谁?答案是投给女孩。因为教育了一个男孩,只是教育了一个个体。而教育了一个女孩,就是教育了一个家庭,教育了一个民族,教育了一个国家。那时我就记住了这句话,想着一定努力挣够两笔教育基金,在教育上哪个孩子我都不能偏向,两个孩子我都不让他们落下。

仨孩子当中,颖儿是让我费心最多的,对她我最为严厉,她挨吵挨打最多,也是我最牵肠挂肚最放心不下的。颖儿高三时,还是担心自己考不好。当娘的爱得卑微啊!话到嘴边忐忑着不敢多说,怕孩子逆反,从不信命运安排的我,竟偷偷地去给她卜卦。卜卦的是个年轻盲女子,精通周易,我报上孩子生辰,她沉思片刻微微一笑说道:"你总是担心发愁孩子的未来,大可不必,这孩子性情温良,命很好,日后事事顺心,她会有学上的,将来的工作也不用你操心,她婚姻更好,财运好,过了三十岁有福有财。"

一个母亲的心便得到了安抚,借她吉言,常常为颖儿祈祷万事平顺!

哲儿顺利考入县一高,颖儿差了几十分,学校按分数段收费扩招,颖儿进入了太康一高读书。我也慢慢调整自己的心态,反省了自己之前的片面想法,认识到学习只是一方面,得多看孩子的优点。

教育的本身是以知识为工具,教会别人思考的过程,思考如何利用自身优势创造更多的社会财富,实现自我价值。

孩子因人而异,就像庄稼,有的先长棵再结果,不能看它没结果就砍了,厚积薄发结大果者有之,人生曲折终是殊途同归啊!

颖儿完成学业,过五关斩六将终于工作稳定下来,如今当了班主任,对她班里的孩子很是尽心尽责,经常和家长沟通,知道为学生成绩忧心忡忡了,她已经在接受新的锻炼和成长。我对她的心,才算是放了下来!

哲儿做事能力强,有胆识,勇于担当。听人给我说起过他读小学时,有搞破坏的孩子损坏学校物品,校长查问,许多人都知道不敢说,哲儿举手公然揭发。从他的身上,我仿佛看到了自己少年时的影子,我想到了自己的短板和弱点,想着如何去引领他少走弯路,希望他早日沉稳下来,去驾驭那个桀骜不驯的自己,成就他自己!

从高中开始,他在姐姐面前俨然一副哥哥的姿态,处处关爱着姐姐,颖儿说同学都以为弟弟大呢!十五岁升高一那年暑假,我们水磨石生意忙,我也有意对孩子进行挫折教育,培养他们吃苦耐劳的精神,常带着他和颖儿去工地干活。

这孩子懂生意之道,看得出眉眼高低。周岗和公爹死脑筋还不服说,指挥干活窝工,事倍功半,他爷俩你怨我、我怨你也有争执。他们总是擅自改变我的工作安排,我一说他们吧,他们不服,孩子都看在眼里,他劝我别生气,他去调解分歧。

哲儿思路清晰一眼能看出问题的症结所在,他又很懂每个人的心理,所以他话一说出来就容易被接受。我虽能一针见血地指出问题,但我性子急,有时太主观,哲儿性情比我稳,这一点,哲儿真的比我强!

开学时哲儿说:"妈,家里俺爷就那固执脾气,你啥事都别生气,干活我说俺爸了,让他听你的安排,不让他操心。小事别计较,真有想不开的事,等我周末回来,我去说他们,跟你去说的结果不同。我是他们的儿子、孙子,他们觉得亲,同是一句话他们就听。说白了他们还是觉得你是外人,外人为敌的思想在作怪呢。"

哲儿说的是实话,他长大了,看问题深刻了,能透视表象看实质,找出事物本末根源解决问题。他能这么疏通化解矛盾,融洽家庭成员之间的关系,我很欣慰。

记得一次周岗与人喝闲酒,深夜一直不回,我给他打了二十多个电话不接,我很生气,就关上大门睡觉了。他回来时,我听到门响心里生气,故意气他没及时去开,哲儿在楼上睡着了没听见。谁知他一敲门没动静,就跳院墙进来了,酒壮英雄胆,这次他粗俗的本性一览无遗,进来后破口大骂:"你为啥不起来开门,跳墙差点把老家伙摔死!"一副乡野酒晕子的姿态。

我听到他骂着进了客厅,想着他可能喝多了,也没理他。他看我不吭声,越发变本加厉,提着我的名字,骂着说要离婚。这么多年我多生气都不说离婚这话,他还来劲儿了。我坐起来拨打了和他一起喝酒的一个叔叔的电话,那个叔叔很快就来了,进门就吵他。这时候哲儿被惊醒,也下楼了,周岗看有人来更厉害了,还骂着喊离婚。

我真的懒得再理他,就说:"你记着你说的话,明天就去办手续!"

哲儿生气了:"爸,你听好了,你们要离婚,我先给你声明,我跟着我妈!"

周岗听完再不吱声了。这次我真恨他无知,恨他在孩子面前胡闹腾,恨他完全不顾给青春期的孩子带来心灵上的危害。

周岗发完脾气就呼呼大睡,儿子陪着我坐了好久。从他的话语当中,我感到儿子长大了,我可以放心了。儿子将来会成为一个好丈夫、好父亲,为娘的就希望他长大了能幸福啊!想到这儿,我的心很快平复了下来,让儿子放心去睡觉。我望着倒头睡觉的周岗,心如止水,没有爱也没有恨。

担心的早恋问题

哲儿考入太康一高时成绩很好，他虽满腔孤勇，品行却敦厚善良、重情重义，随我的性格。我知道自己性格上的弱点，铮铮铁骨，侠肝义胆却藏着柔肠万缕，有时候共情力太强。我思忖如何才能早日让儿子明白，我的这些人格弱点给我带来的痛苦和教训。

高中时他暗恋一个女生，影响了成绩，而同时女班长又暗恋他。他没有向暗恋的女生表白过，但率真的女班长向他表白后，她觉得感情受到打击，成绩一落千丈。善良的哲儿陷入深深的自责无法解脱，他把痛苦埋在心里，回家只字不提。

之所以对青春期的孩子束手无策，跟我的经历有关。我的青春是没有色彩的，没有恋爱过，也不懂什么是恋爱，在这方面我的感情经历是空白的。仿佛没有谁真正让我心动过，总觉得谈感情是羞于启齿的事情，也从来没有正视过自己的感情。导致我没有正确的婚恋观，到了成婚的年龄，就循规蹈矩地定亲、成家、生娃，陪着孩子一路成长。

不怕读者见笑，我觉得从来没有人真正走入我的心里，没有谁直击过我的灵魂。周岗只是夫，我只是妻，各自恪守着职责和义务。

俩孩子大了之后，我与周岗的感情才上了一个台阶，一不留神又迎来了第三个娃。回首这一生，吃了那么多苦，作为底层女子，我也未能免俗。尤其是生孩子这事，好了伤疤忘了疼，几乎活成了笑话。到如今，我觉得自己感情上还是一张白纸，仿佛没有经历过，也没有真正释放过。现在才明白，为啥自己在40岁之前，见到异性会脸红。

今年暑假，儿子来海南之前，帮我找日记本，看到了我收存的大量信件，打电话说："妈，你的文字和青春竟是那么美好，怎么没有谈一场恋爱？"

儿子给我的信件拍照，传给我看。我苦笑，他哪里知道，那时受传统教育的农村女孩，哪会考虑追求自己的幸福？大多是考虑父母、兄弟……世俗里总有一把无形的大手操纵着我，压抑了人性最美好的东西！这也是我此生隐隐之中常感不甘的悲哀之处吧！

插叙以上文字，大家或许能理解我在教育青春期孩子时的手足无措。当时只知道孩子成绩下滑，不知道背后的真正原因，光害怕孩子早恋，却不懂这份纯真本就美好，不会正确引导，任凭儿子在无边的黑暗里独自承受。

儿子18岁那年高考前夕,他写了一封很长的信给我,留在床头柜里,他把这些都倾诉了出来。读完信我哭了,觉得自己这个妈妈太失职,原来表面懂事听话的儿子隐藏了这么多的青春苦涩和困惑!

第二天我去学校找儿子,跟老师请了假,带着孩子去兜风。车里的音乐响起来,让他把内心的积郁对着旷野喊出来!我又带着孩子回家住了一晚,通过叙述自己的辍学及婚姻经历,第一次跟孩子谈及我隐藏于心底的痛苦和悔恨,深度剖析了自己的不幸根源,让他明白他的成长阶段,该做什么。初恋是纯真美好的,适合珍藏在心底。一个人将来真正想要的婚姻,是可以帮助你更好地去奋斗、去实现自己的人生理想,不是让你耽于当下的安逸享乐。因为婚姻本身无法给你长足的幸福,好的婚姻是相互成就。那一晚我和儿子像朋友一样相对而坐,谈了许久、许久……

有得必有失,成长是要付出代价的。哲儿的代价付出得有点大,但从此以后他慢慢成熟了。他懂得了什么是担当和责任,懂得了爱情和婚姻的根本区别。他明白了爱情是精神层面的东西,而婚姻是要回归现实,以物质属性居多。因此他多了理性,不再困于儿女情长,再遇感情,就拿得起,放得下,知道如何处理得适度。哲儿大学期间是学习委员,学习努力,做事靠谱,深得辅导员和同学喜欢。

哲儿给我留信沟通时已临近高考,而颖儿和我沟通的方式是微信留言,那时她已升大二。记得颖儿的留言开头是:"妈妈,人半夜的时候胆儿最大,所以我想半夜和你说个事,你是第一次做妈妈,我也是第一次做女儿……"颖儿告诉我她恋爱了,对象是一个辍学打工的家乡男孩,假期在家经同学介绍认识的。我看完她的信息,就很紧张,颖儿也说她知道所有的亲友都会反对,那男孩家庭条件差,可她还是希望得到我的支持。我心里明白他们不合适!该怎么和她沟通,我彻夜未眠!

我搜肠刮肚把跟哲儿说的话又跟她说了一遍,孩子不敢面对面和我沟通,可见我这个母亲多不称职。我不知道该怎么让她放弃这段感情,又不敢跟别人说,总觉得孩子谈了恋爱怕人笑话我不会教育,啥活儿也干不进去,苦恼极了!

跟周岗说,他也不吭声。我说啥活儿都先不干了,周末咱们去郑州。颖儿在焦作上学,让她坐高铁回郑州,哲儿也在郑州上学。颖儿内心是明白他们不合适的,只是一时感动于那份感情的纯真,得给她时间。我觉得最好的方式是冷处理,所以我决定一家五口就聚在郑州,纯吃纯玩儿。

我心里再急也不提这方面的话题,只关心她的学习生活,鼓励她积极准备各种考试。慢慢地颖儿终于走出来了,毕业后招教考试关关顺利。

言传不如身教

孩子品格的形成,一方面是来自遗传基因和自身特质,另一方面是后天潜移默化的影响。这些年,我与乡亲交往的点点滴滴,每时每刻都在影响着孩子们的行为习惯。

我家在村子的前门住,后门住着一个同族喊叔的,他比周岗小几岁。我们刚结婚时,周岗夸过他,说他天资聪明,初中毕业考上了师范委培生。当时家里拿不出几千块钱的委培费,没去上学,这一误就是一生。

他在绘画和音乐方面都有天赋,虽没有专业学习过,但随手描摹就栩栩如生。他还有天生的好嗓子,四大天王的歌,唱谁像谁。

可他体貌一般,在农村那个相亲看颜值的年代,他的婚姻并不顺利。第一次婚姻历经九年没有孩子,以失败告终;第二次婚姻还算美满,婚后育有一女。妻子却因生孩子差点危及生命,转院至郑州后,这个并不富裕的家庭更是雪上加霜。

平日我们住得远,并没有人情往来。当时他们处在最困难时,我听说他正愁借钱,就和周岗说借给他一些钱,帮他渡过难关,也尽一点微薄之力。后来他们经济有了好转,把钱还给了我们。

天有不测风云,刚刚还清了账,还没过上几天好日子,族叔给人家打工时又突发脑出血,被送进了医院急救,治疗后回家,生活几乎不能自理。他女儿很小刚入学,妻子生病离不了药,老母亲偏瘫,这个家庭因他的倒下而陷入困顿。

村里人讲起他都唏嘘不已,可怜他家日子难过,大家却爱莫能助。我听说后内心也泛起一阵阵同情。"这个世界强者不一定都善良,但善良的人都是强者。真正的强者不只是限于表面上的强大,还有深藏于内心的笃定。"我想起了这句话时,也深感自己的无能,自己不强大,谈善良何用?

那时我的旗袍生意很忙,入秋后的一天早饭后,我还是抽空去看他了,想看看能否给予点帮助。一进院子我的心就收紧了,院落里铺着碎砖头的地缝里长出的杂草结了籽,一棵没人修剪的石榴树上,零落地挂着几个裂果,被虫子咬掉的坏石榴落下来,都干瘪了。

厨房门口的扫帚、簸箕歪躺着,他正从东边的厨房里出来回堂屋,手里颤颤巍巍地端着馍筐子,里面有两个白馒头。他像个孩子练习走路那样,一步挪四指,每抬一步仿佛有千钧沉重。衣服穿得也不太周正,污迹点点。他才40岁,却像一个50多岁的人,再也没有当年的影子。

他看见我进来,眼皮抬了一下,就垂下去,脸上勉强挤出一丝笑容。我能感受到他内心深深的自卑。他慌着招呼我进堂屋坐,我跟在后面,看他一步步挪进堂屋,艰难地坐下。堂屋里的桌子上很零乱,我拉过来一个小凳子,坐在堂屋门口处。他神色黯然,说话也没有以前口齿利索:"让你见笑了,卫红,我家又脏又乱,你可是个忙人哪!还抽空来看我。"

"我听别人说你病了,本来想喊周岗一起来呢,我闲了一会儿,他又干活走了不在家。你这样在家是不行的,得去医院做康复治疗啊!"我看看他家墙壁上孩子的奖状,不由得为这个家担心起来。

"俺妈病了,去我姐家了。你婶子也有病,得吃药。我不能动了,你婶子拖着病体,好不容易才找个活儿,是去厂里打扫卫生,还没干多长时间嘞。没钱看病,也没人陪护,我吃药是姐姐给买的。"他说这些时,语气里满是无奈和伤感。

"我明天开车带你去医院,科室主任我认识,帮你联系好,让婶子或者亲戚陪护你去治疗吧!你这样是不行的。"

"不行啊,卫红,我咋能麻烦你呢?我现在活成了家人的累赘,真的太痛苦了。得了这个病,等于宣布慢性死亡,我没有信心也不想治疗了,我已经想过多次,不如早点结束自己的生命。"他说到这儿几乎哽咽。

"你不能这样想,人活着就是靠一股精气神,得有种念想和精神支撑着。叔,你是读过书的人,啥道理都懂,一个健康的人没有了精神支柱,也会很快垮下去。你要想着你的女儿还小,她刚上学,你得给孩子父爱呀!你年轻着呢,好好锻炼治疗,会康复的。就是以后不能干重活,但生活自理是可以的,你可以在家做饭,辅导孩子读书,精神上可以给孩子抚慰呀!"我说到这里时,他哭了,他爱自己的家人,也舍不得自己的女儿!

我知道我得开导他,先让他从精神上站起来。只有这样,他才可以和病魔作斗争。那天我和他聊了很多,聊到我自己遭遇低谷时的自勉,聊到我父亲遭遇不测时的痛苦经历。有外在的帮扶会好些,但来自内在的驱动力才是最重要的。我想先从精神上给他力量,让他的内心重新燃起对生命和生活的热爱。临走时他说:"自从我生病,算是洞悉了人性,尝尽了炎凉,家里很少有人来,我没用了啊!没有人跟我多说话!能有人跟我说几句话,心里也好受些啊!感谢你,卫红,听你说了这么多,我心里很感动,也很高兴,你的话让我感受到了力量。"他又一次眼含热泪。

从他口中我了解到,这一年因为没有钱,他家的合作医疗也没有交。我又问,贫困户建档立卡了没有。他说:"没有关系谁管啊!我也走不到乡里,去了我也不知道咋说,也说不出来。"他身上隐隐还有读书人的那种清高,脸皮薄,再难也不想吃救济。

我们行政村那几年是基层组织处于瘫痪状态,乡里任命一个姓贾的干部,兼任我们村的代理村支书。这个贾支书我认识,只是不常打交道,乡里干部因计划生育和征地的事都认识我,在他们眼里,我是个难缠的主。

走出他家门,满脑子都是他们一家人在晃动,不管这事我寝食难安。回到家我立刻拨打贾支书的电话:"贾支书好,我是开发区这边的酒卫红,想跟你反映点情况。"

"卫红好!你说。"

"我们村的×××,你知道吧!"

"我知道,怎么啦?"

"你们天天扶贫都去哪儿扶了?怎么走不到他家呢?我觉得在我们村没有比他家更困难的了,他家不仅需要物质扶贫,也需要精神扶贫,乡里和村里的建档立卡贫困户都给谁家了?为什么没有他们家的呢?他们家三个病人一个孩子,没法生存了呀!现在他们家的合作医疗也没钱交,生病也上不起医院。我希望咱村里想办法给他们交了吧!你们少吸一口烟,少喝一口酒,少吃一顿饭就够了。扶贫攻坚战马上收官,如果因为这一户被上面知道了,不合适吧!"我以一半调侃一半认真的语气,把这段话一口气说完了。

"哎呀卫红,哪个赖种喝过酒、吸过烟,你都不知道俺咋过着呢!这点工资不够随礼的,天天回家挨家属吵!"贾支书一番哭穷后接着说,"你这想法好,我听说过他家,交合作医疗离不开钱哪!我咋跟领导说呢?对了!前几天乡里开会,咱们党委书记提到你,夸你了,说咱们乡里的某些干部,还不如一个普通群众呢。说你前几天调解了两家因地界纠纷打架的事,那可是让区委书记都作难头疼了几年的老秧子事,当事人成天去信访,你硬是给化解了。书记都称赞你的人品和能力。你把这个事跟书记说,他肯定点头安排,我就好去办了。"我一听,明白了!"好,明天早上七点半我打电话给书记。"

"你别打恁早,八点上班,你过了八点再打。"贾支书提醒着我。

次日七点半,我准时打了过去。这是刚上任的一个新书记,我们这边因为是开发区,征地过程中遗留问题多,干群矛盾尖锐,工作千头万绪错综复杂,乡干部们天天来村里,我忙生意没事不出门,并没见过书记。

"书记好,我是酒卫红,打扰您了!"

"你好,卫红,没见过你,但是听说过你好多次了。感谢你为我们乡里的工作做出那么多的努力,你有啥事?请说。"电话那头。传来了语速不紧不慢的男中音。

"是这样,我们村里有一户特别困难,一家四口三个病人,一个孩子,我们村里人都乱议论可怜他,但爱莫能助呀!现在扶贫政策这么好,可不能遗忘了他们家。具体情况和诉求,我跟贾支书说了。可让他进一步去走访群众调查,希望您和贾支书联系,让他对这一户重视起来,接轨扶贫政策去落实这件事情。"我是个普通群众,也不用考虑上下级关系,说起话来总有点肆无忌惮。

"好,一会儿我去乡里见了贾支书,问一下。"

中午,贾支书打电话给我说:"卫红,跟你汇报一下工作,书记已经跟我说了,秋后交合作医疗时给他们交上,你提的都去办,请领导放心。"他也开始调侃我了。

我打电话把这个消息告诉族叔时,他激动得语无伦次,话语中对我充满了感谢。我说:"我只是动动嘴皮子而已,没啥。"

我能力有限,物质上对他们帮助有限。秋后我买了十斤装的小蜜薯,晚上给他们送过两次,顺便去说会儿话。他家的婶子见我来,赶紧翻箱倒柜拿出好吃的招待我,我能感受到深处困境中的他们,是多么需要关心啊!

善良和爱是会被感染的,我这些不起眼的举动,影响着身边的人他们也纷纷献出爱心。此后,闺密婶子晚上也和我一起,去给他家送钱送物多次;旗袍工作室的堂弟媳小M也和我一起去给他送过钱;大娘家的堂弟后来帮他操作,用了"微信水滴筹";我朋友圈的亲友看到,也都纷纷献出爱心;我的孩子们和娘家子侄们看到我转发的朋友圈,也都尽一份绵薄之力。虽然杯水车薪,但却是无价的爱的力量!

有了合作医疗和贫困证明,他开始积极配合去医院做康复治疗。

2019年暑假,我有事从他家门前路过,看到他在吃力地收拾狼藉荒凉的院子。看他那速度,估计两天也干不完,我家里生意太忙,没拐弯匆匆回了家。路上想起我的孩子们还没开学,进门就喊他们从楼上书房下来说:"后门你们那个××爷还记得不?他家在大街,现在开着门呢。他现在生病了,干活很费劲儿。刚才我看见他在打扫院子,你们去帮他把院子里的草除掉,该收拾的帮他一下,把垃圾给他送到垃圾站。"

"妈,咱客厅那两件礼品送给他家吧!"哲儿说。"妈,你出去时我刚去买回四个西瓜,给他们拿俩吧!"颖儿春季去浙江教育机构实习时挣了一点钱,回来买啥她都不跟我要钱了。小女儿很机灵,一看这么多东西,把小拉车从屋里拉出来说:"我帮着拉点!"

干完活,俩女儿回来了。哲儿回来得晚,他进家没上楼,直接到了我们做旗袍的工作室。他好像心事重重,坐到我面前,看我忙了一会儿才说:"妈,我刚才和那个爷爷聊了一会儿,有个想法跟你说。"哲儿停了一下接着说道:"刚才那个爷爷让我帮他查话费,他用的是最低的话费套餐,问还能降不?看了微信之后,他赶紧关闭了数据流量,连新闻资讯都不敢多看一眼。从他的话中我能听出来,他是个有文化的人。妈,他天天一个人在家,不看新闻不上网,该有多孤苦和无助啊!"哲儿说话时,那表情能让人看出来,他也陷入了感同身受的痛苦当中。

"这已经好多了,他从绝望中走出来了,他现在有合作医疗,能报销,在进行康复治疗,状态已比去年强多了。我已跟他说过,让他学习用抖音直播带货。这阵忙,我没顾上去帮他呢！"我安抚着哲儿内心波涛汹涌的情绪，想必孩子此刻是心酸而又纠结的。

"妈，我刚才给他看话费时，把我手机里的几十块钱给他充话费了。我想帮他装网线，让他可以上网，丰富精神生活。我给他充话费他不知道，他好像也不会查话费，帮助别人得有平等心，最好不让对方知道，和他聊天那是润物无声的关爱，尤其是财物上的帮助，得照顾他的自尊。妈，我想好了，给他装网线就说移动公司搞活动，免费的，他不会去问，也不懂这些！"

哲儿把他的想法说完又降低声音说："妈，我没钱了，给他装网线你得赞助！"

"得多少，我赞助！"我听完给哲儿把钱转了过去，并说，"你联系营业厅去办吧！"

哲儿做事执行力强，有些事比我考虑得还周到。他把这一切联系安排好后，学校已经开学，临走时对我说："妈，后天装网线的人过来，到时你去后门那个爷爷家把把关。"

我让族叔等人家来后给我打电话，结果人家来他家看了看，对他说是信号盲区，转身走了，他觉得我忙，也没给我打电话。孩子记着这事，晚上打电话问我，我去他家一问，才知道装网线的来过了，听他一说不装的理由，我很生气："你怎么不说他们呢？前后院和左右邻都有网，就我这百十平方网络覆盖不了？这明显是狗眼看人低嘛！"

"算了！卫红别气，人家不装就算了，就这已经太麻烦你和孩子了。"老实的族叔怕我因此事生气。哲儿的电话又打了过来，我把情况一说，他说道："妈，你回去忙吧！这事你不用管了，明天我联系移动公司。"

哲儿联系他们，他们依然找借口，就是不给装，说会把费用退给哲儿。哲儿一听向客服反馈，让移动公司派人来装网线，他们还是迟迟不来，没有明确表示哪天派人。哲儿生气了，投诉到工信部，要求他们如期来装网线，并要求他们因此前的行为，给那个族叔赔礼道歉。周口移动的客服经理受理投诉后，很快安排人来装了网线，并表示歉意，又送了那个族叔60元话费。

有了网络就如同打开了一扇窗，族叔也下载了抖音App，开始学习抖音发表作品，不再一个人坐在那儿胡思乱想。他每天可以浏览资讯，进行碎片化学习，为他的精神生活带来了很大的影响。

这年春节前夕，我和周岗又带着孩子们趁晚上去看他们。族叔的精神好多了！孩子们也把零花钱和我们的凑一起，为他们家送上一点点关爱。腊月二十八日晚上，我又给书记打电话，再次提起对他们家扶贫救助的事，和书记谈了很多……春节后，又过了一段时间，贾支书给我打电话，说为他家争取到了一笔企业帮扶的五千块钱款项。

孩子在成长的道路上，是受多方面因素影响的，而来自父母的一言一行是最重要的。这么多年在育儿的路上摸索着前行，很多时候感觉是很无助的，无数次的崩溃之后还得坚持！自嫁入夫家，深感一个人影响一个人很难，影响一家人更难！可我有仨孩子啊，孩子的可塑性强，继续努力，明天是属于他们的！

家有小女初长成

　　培一记事时,颖儿已经上初中了。培一听到我批评她哥哥姐姐时,就表现得乖巧听话,看我生气,还会小大人似的缓和气氛。奶奶就会说那句老俗话,听起来很粗:"打马骡子惊,你看培一多机灵!"

　　培一八个月大时,我们正做着粽子的生意。我每天在家照顾培一,还要包400多个粽子。我就在我们住的那两间房子内包粽子,屋子里收拾得很干净,把培一的小摇篮床放在我包粽子的桌子旁边,床里面有一些玩具,让她自己坐里面玩儿。

　　我包粽子的时候逗着她,跟她互动,她七八个月时,会用手扶着那小床,沿着小床的周围来回走动了。

　　我喜欢在包粽子前,先打开电视机再坐下来选台听歌,一边听歌一边包粽子,一般很少看电视剧,因为主要得操心培一的安全。有一次打开电视后,我坐在包粽子的桌子前,左瞅右瞅找不到电视遥控器。小培一扶着她的摇篮床,她清澈的眼睛盯着我看了一会儿,突然明白了似的快速沿着摇篮床,在小床的玩具堆里把遥控器拿了出来!她虽然不会说话,但她从我的表情和动作中看出来我在找什么呢。她一只手抓着小床,一只手伸过来,递给我遥控器。我惊喜而高兴,内心对培一涌起了一股疼爱。接过遥控器,我弯腰把她抱了起来,忍不住夸了她一句:"培一,你真像天使一样可爱!妈妈太爱你了!"她能听懂我是在夸她,张着只有几颗牙齿的小嘴笑了,搂着我的脖子贴紧了我的脸。

　　培一一岁半的时候断奶,断奶之后我就开始教她用筷子、勺子吃饭。她的悟性很高,很快就能自如地使用勺子和筷子了,她每餐能吃两小碗饭,身体结实,免疫力很强,从小很少生病。

　　培一两岁半的时候,我带她回娘家,吃饭的时候,大家都在一起吃,大侄子非常惊奇地说:"大姑,培一怎么会用筷子夹花生米啊?她一夹一个准,夹起不带掉的。"

　　她三岁多的时候,我们已经做水磨石生意了,培一下午五点到家。没有特殊情况,我会把该干的活干完,余下的活安排一下提前到家。干活回来的第一件事情就是冲一下澡,换下满是水泥砂浆的衣服,再去接培一。

　　有一次，我回来的时间晚，来不及换衣服了，校车已到村头，我穿着工作服去接培一，培一从校车上下来，牵着我的手一蹦一跳地跟着我回了家。第二天早上，我送她上学的时候，离校车大概有几十米的距离时，她说："妈妈，我要跟你说个悄悄话。"

　　然后我就蹲下来，她伏在我的耳边说："妈妈，你今天接我的时候，可别忘了换上你那漂亮衣服和高跟鞋。"

　　我一听笑了，答应道："好，好，我记住了！"心想这个小机灵儿，这小心思细腻敏感着呢！

　　培一在胡同里玩伴很多，几个比培一个子高的小伙伴都愿意跟她玩。培一跟他哥哥的性格一样，号召力很强，每天放学后，来我家玩的小朋友很多。

　　培一的性格随我，我希望她长大更淑女一点，担心她长大了像假小子一样。小学二年级的时候，我让她学了一个假期的拉丁舞，然后带她去我们县城最有名的一家钢琴培训机构，给她报了长期班，又给她报了口才艺术课的长期班，每周六上一节钢琴课和一节口才课。

　　2013年冬天，我带培一来海南40天，当时住在二弟家里。二弟喜欢带培一去超市买费列罗巧克力等吃食，还给培一和孩子们在网上买衣服，那时我还不会网购。二弟也在网上给我买风衣和牛仔裤，周末不上班就带我们各处去旅游。在培一的眼里，海南是她心中最快乐和向往的地方，幼小的她就爱上了海南。

　　回到老家后，二弟也经常会网购费列罗巧克力给培一。此后每年冬天我来海南，回去也会给她带这种巧克力。有一次在老家，我给她买的德芙巧克力，她说了一句话："等

362

我长大了,我的家里不让断了费列罗巧克力。"这句话给我提了个醒,意识到自己可能年龄大了,对培一有点溺爱,这是在害她。以后得注意了,要引导她不能凡事以自我为中心,要体谅别人,学会感恩。

培一的成长和教育,跟随着时代的节奏,和她姐姐哥哥又不太一样,因为他们的年龄也相差了一个时代。我生她时三十六岁,有点隔代感,闺密艳琴曾说:"养你家培一,就像又养了个独生子女样。"是啊!她记事时,哥哥姐姐在她眼里已经是大人了,她刚会说话时和姐姐哥哥不会说"咱",都是说"俺爸俺妈"。

培一读到六年级的时候,我就有了带培一来海南上学的打算,可能在家说话不注意时,培一听到了,所以她也一直向往能转学来海南。2022年暑假,培一从老家转到海口读书了。她已经进入青春期,正是引导教育的非常时期,目前我也在努力学习,学习以后怎样和儿女们以朋友的关系相处,要做到亦师亦友,改变自己封建式家长的形象。

我曾经戏说培一:"要不是有个你,等你的哥哥姐姐毕业工作,我才不到50岁,就可以规划我的后半生了!"

8岁的小女一听不高兴了:"妈,看你说的,我虽然让你付出了很多,可我也给你带来了那么多快乐啊!"

是啊,孩子说得多好啊!感谢小女儿,是她逼着我得学习,去成长。在我身边的她这么小,会让我一直不觉得老!

兰河记忆

第十三章

做水磨石地坪的那些年

　　启明初升夜色浓,蛐虫和鸣响铮铮。驰行乡野秋气凉,集市瓜车鳞次等。这是我骑摩托车去工地时发的一个朋友圈,也是那些年的真实写照。启明星照我出行,路上堵车,瓜农起得更早,看到他们便不觉苦。蛐鸣声中,月色送晚,暑热到严寒,孩子是我奋斗不息的执念!

　　屏幕前定有我的水磨石客户,你们看到这些文字,是否想起我曾在你家干活的点滴?是否记得我找点放线拉墨斗弹线的情景?

　　你是否记得我劳作时手机播放着的音乐歌单?你们不知道我双手忙碌的同时,灵魂早就漂洋过海,陶醉在维也纳金色大厅的演奏会场里,早就穿越时空回到大唐《春江花月夜》的意境里,沉浸在《阳关三叠》的客舍里……

　　你们肯定记得我拉起一百多斤的钢磙子,左右手交替,你惊叹磙子在我的手中如行云流水。你不知道随着磙子运行自如的反转,我的思绪在舞蹈,脑海中有张旭的狂草,有颜公的祭侄稿,有东坡被贬谪的飘摇,以及朝云和泪弹唱的"天涯何处无芳草"!

　　你看见我干活,却不知道我的内心有"行到水穷处,坐看云起时"的淡然,有"孤云独自闲"的悠然,有破阵子、浪淘沙的磅礴澎湃,你不知道我的肉体在劳作,灵魂却做着怎样的一场精神游历!

　　曾十年奔波于工地,与各路人马大会师,有粉墙的师傅,有外墙保温的施工队。与他们接触,在同一个环境下做工与交流,使我对民工这个庞大的劳动群体多了思考,更佩服他们中的女人,她们柔韧而坚强,身负超强度的劳作,谈到家庭和孩子时,对生活并没有一丝抱怨。他们是这个社会的中流砥柱,推动着社会的繁荣发展。我作为他们中的一员,在心底里为他们歌唱:

致敬民工

暑热炙烤着大地
白花花的太阳发出刺眼的光芒
浆砾在搅拌机的轰鸣里翻滚
汗水腌渍着眼睛顺着脸庞流淌

他们身姿矫捷
腱子肉中迸发着无穷的力量
她们体态轻盈
柔美地舞动着灰膏上墙

起承转合
水泥抹子的弧线飞扬成诗行
脚踏平仄
安危在吊篮里摇晃

年长的老者躬身推车
破旧的衣服上沾满泥浆
黝黑的肌肤裸露着
在起重机循环往复的上上下下中奔忙

夜宿工地随遇而安
看似粗陋的胸膛一样滚烫
仰望着星星
他们流着热泪在想

倚门翘望盼儿早归的
是他们年迈的爹娘
留守的孤独孩子
在等着他们抚养

没有他们付出
我们怎能驰行于平坦的大道上
没有他们构建
哪有广厦万间的住房

错落有致的建筑群

是他们用血汗谱写的篇章
航拍下的城镇图景
是他们匠心描绘的艺术画廊

中国民工
城市发展是他们用铁肩担扛
中国民工
乡村振兴在等他们从城市胜利归航

初识水磨石

前文提到过，奶奶因我们不盖房子而生过气，我也揣测过老人的想法。她好面子，说光吃得好，谁也看不到，人家都住楼房了，我们家没有。特别是四邻都盖了楼房后，奶奶虽然不骂空气了，但她整日闷闷不乐，不给我们好脸色看。

长期生活在这种环境里，有时候真经不住周围人的说长道短，也开始怀疑我坚持不在老家盖房的想法了。

当时村里盛行建造简易楼房，因为村东的几户村民在2009年拆迁了，所以许多人想着村西不久也会拆迁。他们建楼房的初心就是等着拆迁拿钱，有盖三层的，有盖两层的，却不舍得按正常建房标准用水泥和钢筋，质量很差。

2009年腊月，我去海南，二弟带着我看了几栋别墅用地，若有合适的，我想买一块，因种种原因，没找到合适的，就没买。2010年春节后我们回来，盖房子的事开始被提上议程。我觉得不能建成那种豆腐渣楼房，到时不拆迁的话，住人也不踏实。

村里人盖房子，当时都是找附近的包工头，也不提前设计图纸，只把准备盖几间、几层大概跟包工头一说，也没个具体规划，就开始择日动工。常常是一边建一边改，包工头和房主发生争执是常有的事。

以前村里盖房子，付工钱不是按平方计算，是论间的，每间大差不差，一般是15平方米左右，木工活另算。2006年，我们这里工钱是800块钱一间，到2009年，涨到了1300元左右，2010年又涨到1500元左右。

我家的房子用的钢筋多，水泥号也大，我提议要少用黏膜剂。工头帮我预算了一下用料，按我说的这种要求建的话，要比村里同等面积的房子，最低也要多花六万块钱的料。工价也得相对高点，最后以1900块钱一间谈成。

我家的宅院比较大，是祖上留下来的老院子，深是24米多，宽是23米，两边留出了几十厘米的滴水地。我考虑到采光，还要冬暖夏凉，思量着如何布局设计。

想到了村民建房时和包工头吵架的种种矛盾，都是因为没有规划，导致在建造过程中改来改去，房屋结构出了问题，工价也有争议，你推我，我赖你，最后互相指责。为避免这些纠纷,我设计了一张很精密的图纸,准备建两层,共 400 多平方米的面积。大门口、小门口、窗口的位置和尺寸等细节处,我都标注清晰精准,这样建房时除了要料,就不用操心房屋结构的事了。

我曾说过,人是一个家庭最好的风水!我不懂风水布局,认为房屋设计合理、方便,看着顺眼就是好风水。设计院子大门时,我考虑到胡同窄,将来肯定得买车,为了进出方便,大门两侧一米五长的两段院墙,向内收了约三十度的折度。有人说大门口像个簸箕,把财都簸出去了。我说站在胡同里看就是个漏斗,当财神爷路过时,财气会从漏斗涌进来!

我的做事风格当然跟我的性格有关,我喜欢独立思考,不断尝试创新,敢于打破陈规陋俗,凡事有自己的想法,不喜欢随大溜。在世俗人眼里,我是叛逆的。村里别人家的房子大门口都是千篇一律的直角拐入设计,数年后买了车,因为胡同窄,车进不了院子,唯独我家的大门口,开车出入方便,让他们叹服不已。

2010 年 4 月房子动工,3 个多月后主体建成。2011 年春节过后装修,通风后我们搬进新居。

那个年代,简易水磨石地坪在我们那边悄然兴起,因其耐脏、耐磨、防滑的特点,尤其适应农村自建房的一楼地坪。我家的二楼贴了地板砖,一楼准备做水磨石地坪。

村里新建的房子都是找人做的水磨石地坪。当时做这种水磨石地坪,从厚度上来分有 1.5 厘米的和 2 厘米的两种。从颜色上来分有普磨和彩磨两种。分割条有玻璃条、铜条、塑料条,因所用的材质不同,厚度不同,价格也不相同。

农村的水磨石地坪,以最实惠的普磨为主,分割条用的是最便宜的玻璃条。我们这边的水磨石地坪最早是江苏人来施工的,后来县城周边,学会水磨石施工工艺的越来越多。我们家房子建成的时候,周边已经有七家做水磨石地坪的施工队。我姑父跟着一家水磨石施工队的老板干活,他通晓水磨石施工中的所有流程,我们家的地坪就是让姑父的老板带工人来做的。

我们做的是两厘米厚的普磨,我跟姑父的老板说,普磨按最好的质量做。图形和花型由他们看着设计,结果做出来之后很不理想。镶嵌的玻璃条,界面不清晰,玻璃条两边出现黑边不好看,花子上料时不够认真细致,有串色的地方,彩石子太少,分布不匀、不美观,抛光细磨不到位,有毛糙的地方。虽然水磨石的活干得不精细,一则碍于是姑父的老板,二则看工人干活很苦很累,我啥都没说,取出钱来给老板结了账。

老板走后,姑父因为还有一些收尾的活没干完,就留下来。姑父边干活边跟我聊了水磨石的发展趋势,又说他的老板生意非常好,每天分几路人马都有干不完的活。姑父建议我别包粽子了,说做水磨石比包粽子赚钱快。我觉得我的家族里,几代人都没做过泥瓦工,我也不懂水泥活,觉得可能干不了。姑父说:"你让周岗带着雇佣工人干活就可以了,如果你们干的话,我可以跟着你们,直到教会你们为止。"

姑父年龄大了,打算干完这段时间就不干了。因为姑姑在家喂养母猪和一群羊,一个人忙不过来,姑父准备和姑姑晚年就种几亩地、放几只羊,不想再继续干苦力活了。

我一听,心动了,卖粽子的生意可以养家但不能快速致富,我曾多次想过,遇到合适的门路就转行。我想让周岗干水磨石试试,看自己能不能再找点别的路子。

春节去海南时,二弟处的对象也就是我的二弟媳,是南阳镇平石佛寺人,她告诉我,她老家的玉器市场很大,很有名。我听她这么一说,也想去看看。

再说三弟和弟媳,他们婚后有了孩子,和父母生活在一起,相互帮衬着过日子。三弟置办了最先进的农机具,又承包了一部分土地,加上自家的共有三十多亩,年年收入也不过是数万块钱,除去花销,也攒不下多少钱,若农闲时能找点生意做,才算过得去。

我一想起三弟曾经受伤的事,就很心疼他,想着帮他找个轻省的生意做,就不用再出力了。我琢磨着领着三弟媳学做生意,看看她是否适合,三弟和弟媳也愿意尝试。如果姑父协助周岗做水磨石地坪,我就去石佛寺看一下玉器市场,先进点小玉器挂件之类的试着去景区卖一卖。

我把想法跟周岗说了,他很愿意从事水磨石行业。说干就干,去长葛买了水磨石机等施工必备用具,县城里有专业批发水磨石料的,也有专业的工人装料、送料、卸料。

我陪着周岗去王隆集一家划玻璃条的地方拿了货,又去县城打印了宣传水磨石的名片,广告语很简单——同等价格比质量,同等质量比价格。

给我们建房的那个施工队,建好我们家的房子后,开始给干爹家建房子。等干爹家的房子建好后,也准备做水磨石,干爹就让周岗和姑父给他们做,卧室是普磨,客厅做的是绿色的彩磨,厚度两厘米。

水磨石的颜料价格差别很大, 一般的都是用那种 100 多块钱一袋的 50 斤装的青绿色颜料。有一种草绿色的颜料质量很好,500 多块钱 50 斤装,我们就建议用这种比较好的颜料。周岗带着干爹去买的料,工人的工资按天开,周岗当然是义务工,自己人,合计一下成本,出个料钱。

上料的时候多加了彩石子和玉石子,磨出来的地坪很好看,对比我家的显得更美观、大气、高档。干爹很满意,村里人见了,都夸比江苏人做的地坪好看、实惠。

做的第二家是我们西院的邻居,选的也是两厘米厚的普磨,价格是合着工本价开的。里面也给他们多加了彩石子,走廊设计的几何图形,还有出入平安的吉祥字图,地坪做好后,邻居婶子也很满意。就这样,我们做水磨石的名声慢慢传出去了,附近的乡亲开始找我们施工。

做了几家地坪后,天气冷了,水磨石的生意进入农历十月底就暂停了,天寒地冻,水泥凝固不好,会影响水磨石质量,到开春后才可以再接活。

景点卖玉记

每年农历二月二到三月三,我们周口市淮阳县太昊陵庙会人山人海,热闹非凡,高峰时游客每天可达数十万人。景点上那些卖玉器的摊位生意不错,2011年二月初二前夕,我和三弟商量着去景点招商处租个摊位。

我准备去镇平石佛寺进货,2010年9月,我已经去过镇平一次。当时侄女考上南阳理工大学,她第一次出远门求学,我去送她入学。去的时候,父亲千叮咛万嘱托,让我去看看二弟媳的父母。父亲觉得他身体不便不能前往,本就缺着礼数,让我这一次一定顺路到镇平去。

到学校安排好入学就天黑了,晚上和侄女在宿舍里住了一宿。早饭和侄女去街上喝的南阳胡辣汤,印象深刻的是里面放了粉条,有点像老家的咸糊涂。吃完饭与侄女分手,我坐车走进了中华玉雕之乡——石佛寺镇。

记得下车后,就看到大路两旁各家各户的门外空地上,堆放着那些玉石加工后的下脚料。

先去弟媳妇的娘家看望叔婶,婶子很年轻,年龄也就比我大十岁左右吧!她见了我很热情,做饭时还请来了邻居帮忙,婶子说这个邻居的厨艺好。

婶子家离玉器市场很近,村子很大,各家各户都是从事玉器行业的,许多家庭都有玉器加工作坊,自家雕刻,然后出摊卖货。弟媳妇的爸爸雕刻技术也非常好,擅长做高端的风水摆件。

吃完饭,我逛了玉器市场,婶子教我先辨识南阳独山玉。独山玉是四大名玉之一,四大名玉有辽宁岫岩玉、南阳独山玉、陕西蓝田玉和新疆和田玉。独山玉产量稀少,白、绿是主要色,共有赤、橙、黄、绿、青、蓝、紫、黑、白九大类,在鲜亮不混杂的基础上,色泽越丰富越好。独山玉花色品种多,颜色斑斓亮丽,以硬度高、透明度高、水头足、质地坚韧细腻、无杂质、无裂的为最佳,上等的翡翠色品种的独山玉,性质可与翡翠相媲美。

翡翠乃玉中之王,价值从十块到上万的都有。我也不懂,但看上眼的都是贵的。婶子陪我逛着讲解着,她不会说普通话,地方口语听不太懂,我只能粗浅地辨认几种。

这一次在镇平玩了三天才回来,培一还是交给小青照顾的。我回来时带了七八百元的小挂件,送给了身边的亲友们。

这次来石佛寺,考虑到景点上只能卖点便宜货,我就进了几千块钱的货,有翡翠手镯,各种手串和手链,小挂件,还有车挂件、手把件等。回来后让周岗照顾培一,我和三弟媳开始在太昊陵的景点上经营。

生意真好,到初七我带着三弟一起又去石佛寺补了一趟货。三弟媳自己在家里看摊位。我们又进了一万多块钱的货,增加了一些品类。

过完初九,游客量减少了,听做生意的人们说,到十五生意好,十五过后人就更少了。鹿邑老君台庙会十五开始,游客就分流了。

我们不打算去鹿邑老君台庙会,等太昊陵庙会结束后,准备去洛阳。让三弟和弟媳在太昊陵看摊位,我回家歇一晚上,第二天早起去县城,坐上了前往洛阳的大巴车。

第一次西行,车过新密北部,窗外青山耸峙,峰峦叠嶂,巍峨俊美,想起那句"数峰清瘦出云来"!

到了洛阳,我先买了一张地图,随便在附近的一条商业街上走了走,和当地的生意人搭讪着聊聊天,留意着他们口中透露出的每一个信息。黄昏时分吃晚饭,找了一家便宜点的宾馆住宿。

次日早起,准备去各个景点的招商办了解招商情况。我去了国家牡丹园及王城公园等景点的招商办公室后,发觉摊位费被炒作得太高。景点越开发越多,游客越分流,我分析觉得生意不会很好。

我和王成公园景点的一个固定商户聊天后,得知头年那些临时摊位的生意就不怎么好,设置的都是摊位,卖东西的比买东西的都多。

我决定乘车去龙门石窟那边看看,去了景点的一条商业街,卖工艺品的也不怎么景气,决定放弃在洛阳找摊位的打算。

回家后又去了开封,五一期间,在翰园租了一个临时摊位,左边是一家卖招财猫的,右边是一家卖工艺品的。又在天波杨府景区对面,找了一间房子,准备来后居住。

从淮阳太昊陵撤回摊位后,休息了几天,便去了开封。开封的生意不如太昊陵庙会时的生意好。不干啥不知道啥难,玉器和工艺品生意,也已开始走下坡路。

爱上凝固的艺术

　　从开封卖玉回来,已经进入农历四月了,水磨石生意早该开始了。我去开封的这段日子,周岗在家照顾培一,水磨石一忙,我得兼顾家里,不能继续找摊位了。

　　这段时间从去玉器市场进货到景点销售,我也全方位了解了玉器行业。开采原材料价格上涨,特别是翡翠,今天卖的价格,等回头进同等级的货,价钱都不够,再涨价销售会很难。前些年玉器饰品的购买潮即将过去,许多年轻人不懂玉,往年旅游景点宰客现象严重,导致游客不敢随便购买。又因在开封卖得不怎么好,我又走不出去,三弟和弟媳提不起劲儿来,也没有继续去赶景点的热情和信心了。

　　周岗开始接活,姑父帮着他带着工人去干活。有一天我看了周岗的记工本和记账本,乱得看不出头绪,字迹缺胳膊少腿,像鸡挠过的一样。看完我就忍不住来气,这样日子长了,忙起来哪儿行,就问他:"为什么料账没有记呢? 每天拉多少料? 你怎么不记清楚呢?"

　　"卖料地记得有账,我不用记,过段时间去结账就行。"他说得轻描淡写,还一脸的不耐烦,好像是我的想法多此一举。

　　"那他们记的账还有每次所欠的运费后面,你看后要签上你的名字和应付的钱数,时间长了记不住。"我强忍着对他的不满,压着性子提醒他。

　　看他不作声,我知道他心里不服,我也很生气,就接着说:"我觉得你最好还是在家留个底,记清楚好。还有工人出工的记工本,一定要记清楚日期,缺工请假备注一下原因,不能有丁点差错,亏谁都不妥。错了人家会以为你故意的,这关系到一个人的人品问题。"

　　过了一段时间,我问他时,他仅仅坚持记了两天的账,后来的又不记了。我和他一起去还账时注意到,卖料的老板账本上也记得简单,都是些干粗活的人去拉料,有的装好料给现钱,有的欠账说一声就慌着干活去了,卖料的老板就回屋下个账,全凭双方的诚信合作。

　　我让周岗记账,他认为我事多,生一次气,好不了几天。我若是说狠一点,他仍是那句:"你中你去干!"

我知道他的臭毛病改不了,就和他一起去料场,还了账后跟卖料老板说:"请单独给我家一个账本,每天周岗报完所需水磨石料后,你开单子撕一联给周岗,到时让他拿着来算账。"

又干了一个月,还了料账,算了一下工人工资,没有挣到多少钱。他整天也没闲着,操心瞎忙,又脏又累,还不如卖粽子干净。

我问了一下姑父干活的情况,姑父说:"你去领着干吧! 你要不领着的话,恐怕周岗挣不了钱。本来他要的价格不高,给钱时这里少点那里抹点,哪还有利润哪! 岗光知道干活,嘴也不会说,俺以前那老板嘴多会说啊! "

当时小青和周岗同村的表姐也跟着我们镶嵌分割条,还有村里的其他人跟着上料干活,公爹也干活打杂,姑父主要是负责花子的调色上料,他已经教会了周岗用磨石机磨地坪了。

我不打算去工地天天和水泥石子打交道,仨孩子正是教育的关键时期,我是想多管管孩子。给周岗找这个生意就是想以他为主,他忙不过来遇到困难时,我辅助一下。现在看他挂帅又不行,我好烦!

我觉得让一个女人在人生最好的时光去工地拿抹子,风里来雨里去,成天跟水泥打交道,跑百家走万户地靠出卖体力吃饭,心里觉得有些不甘!

去卖玉器时是想领三弟他们俩入门,结果玉器行业并不景气,再干玉器这一行也陷入死局。我兼顾孩子们不能长期出去,眼下也只得先把水磨石生意做起来。水磨石有生意,不赚钱是因为管理不善,左想右想,对周岗满腹怨言,相夫教子可真难啊!

农村自建房进入高峰期,水磨石生意适逢天时地利,就差人和。思前想后下定决心,披挂上阵,干!

我得熟悉施工流程,要不咋去统筹安排活儿,不精通各个施工要点,就很难把好质量关。光当甩手掌柜不行,操起抹子开始干,嫁给当官的做娘子,嫁给杀猪的翻肠子,这辈子嫁给周岗就得当万金油!

我换上一身干活方便的工作服,经姑父指教,第一天去了工地,先直接上手放分割条的线,镶嵌分割条。测量、计算,设计好水磨石花的位置与造型。这些都运用到简易几何知识,正好我上学时几何学得好。要根据房屋去设计,得有一定的审美眼光,分割线的图案力求简约、时尚、大气一些。

那时农村建房子准备做水磨石地坪时,基层做得不好,多数包工头不用超平仪,基层不平。客厅是最打眼的地方,镶嵌水磨石花的图案之前,我先把花型外的分割线用水泥膏镶嵌好,再依照姑父说的将水泥和粗砂以一比三的比例掺匀,粗砂过小筛子,和成稠糊状,以备镶嵌水磨石花用。

当时做水磨石地坪的施工队都不用超平仪,一般都是随着地坪走。因为水磨石的厚度就两厘米,还有更薄的,靠水磨石完全找平是不可能的,除非主人愿意加高价格。

我觉得一辈子盖一次房不容易,有的人是东挪西借才凑合着盖起了房,客厅我镶嵌花型时,根据花型四边分割条的高度找平,观察客厅的水平度,客厅中间是凹的,我就在镶嵌花型时把图案的分隔条嵌高,上了料凹度就基本找平了,磨光后比较平,但是费水磨石料,往往做出的地坪厚度超过两厘米许多。自建房客厅大,一般是三十到四十个平方,得多费许多水磨石料。

每遇到这种地坪,我就跟主人说明,指出他们地坪的凹度,也没让加钱。他们看到我镶嵌分割条后的高度后,心里也明白,往往很满意。

周岗说我傻,我懒得理他,也懒得跟他解释,这会儿知道嚷嚷着计算成本了。他把我说烦了,我就回怼他几句:"鼠目寸光!活干实在点,少挣点,干一家就多一个活广告,人家满意会给咱介绍更多活。你挑活儿干和你找活干,能一样吗?做生意看钱越近,离钱越远,目光不能恁短浅!"

姑父又教会我怎么调和颜色料,给花型上料的时候要注意边边角角必须填实。我上手很快,没几天姑父就放心了。姑父家离我家20多里路,每天往返跑很辛苦,他还有腿疼的老毛病,这阵子他是坚持着带周岗,才天天来我家的。姑父勤劳善良,对我们像自己的儿女一样亲,他看我们已经可以独立经营,就回家不来了。

每天晚上我把客户的平方数整理到账本上,算好。把第二天准备拉的各种料,也按平方数计算好,给周岗开单子,他送单子要料就行了,隔段时间我去对单子还账。工人记工本我记得很详细,哪天请假的原因我都备注上。这样一来,周岗只需听从调遣,负责现场施工安全就行了。

领人难!领周岗更难!领公爹尤其难!父子俩脑子不行还谝能,一会儿不看着就马虎潦草。一次碰壁,屡教不改,同样的错反复犯。他们这一点,我想起来就生气。

可能他们认为干水泥活儿比我在行,根本没有把我的话听进去。眼看着他的做法不行,常常事倍功半,我很生气,所以一说话就带情绪,他就要横。周岗去韩店磨地坪,我给他开好的单子,他愣马虎着错账,少收了钱,回来我一问,他不说自己看错,竟来一句"看过,忘了",轻描淡写完事。对他来说,忘了就是一个理由。我再说的话,他要么不吭声,要么噎死人,继续说的结果就是打架。

还有一次去县北平岗干活,我骑电动车,发现没充进去电,因为我每天一进家就是做饭管孩子,收工回来的这些杂活是周岗干。我打电话问他咋回事,他说他头晚拿错充电器了。我就说,我比你们走得晚,那你早起走时,发现拿错了为啥不赶紧拿对的充上,就是顾不上,你也跟我说一声啊!他不吭声,他每次犯错后,不是亡羊补牢,而是文过饰非。

公爹说话同样满嘴跑火车，谎话张口就来，自己犯了错，先来一句"不碍事"原谅自己。为此我气得揭穿过他无数次，很多次让他下不了台，他才多少有所收敛。

因为他们父子俩这毛病，我严格监督，只要他们不按我要求的质量标准做，我立马让他们返工，绝不姑息。

人家一辈子盖一次房子不容易，水泥活凝固了不能补救，一定得认真干好。在我的字典里，没有"歪好""不碍事"这俩词，生意虽不大，质量是水磨石的生命！

进料、接活儿、要账等出了问题都得我去操心妥善解决。安排好的活儿让他们干，他们脑子一热，想一出是一出，净给我制造麻烦，残局还得我去收拾。

为此我对三个孩子严加管教，生怕孩子长成了他们的翻版。我教育孩子必须诚实守信、认真负责，引导他们勇于剖析自己、知错能改、善于总结、敢于承担。

初干水磨石，周岗最初那几年的恶习又暴露了出来。有一次因为我对他干活要求严格，他恼火嫌我事多，说人家主人也没我要求这么高。我说人家不懂，咱专业啊！他不懂生意还固执，认知和我不在一个高度。我越说越恼，言辞过激之下，他竟飞起一脚踢到我的胸部，导致我肋间神经疼了一个多月。

颖儿和哲儿正是贪玩的年龄，不好管，教育也到了最重要的时期。既得操心生意又得管孩子，周岗却不懂这些！这些年来想着孩子，我把自己的梦想和追求兑换成柴米油盐，身心俱惫！

最终，我积劳成疾，加上抑郁，总是胸口闷，生理期眩晕，还头疼耳鸣。去医院看医生，说是肋间神经痛、血管神经痛，没啥好方子，得少生气、少熬夜、少劳累、少受风寒。我心里有数，倒没啥大病，是周家父子把我气的。

医生说了他，我恨他！恨他无能、无知又粗俗。人生有恨怨无处，霜落心头泪成行！我每天光领着干活不理他，易出问题的关键点我干，我半眼都不想瞅他，一个字都不想说他，无视他的存在。他看我这样，不敢再那么马虎了。

看他改变了一点，我跟他说："我只希望你听话，困难我解决，办法我去想，我安排的事你不用怀疑，听就是最大的支持。你若仍自以为是不听，那咱俩就离婚，我另寻活路。干活累不死，担心会被你气死！"

不到一个月，生意忙起来了！三弟和三弟媳地里的活一忙完，就腾出手来帮着我们操心干活。三弟和弟媳很快也都学会了水磨石的全部施工流程，我又培养了一个专门磨地坪的师傅，是我的一个表姐夫，他活干得又细又好。

我们做的水磨石地坪价格不高，很实惠，客户大多都是自建房的农民，忙了一段时间之后，我盘算了利润，仍不高。

我总结了一下利润少的原因，分析后我觉得主要是以下三点：

第一，价格一直提不上去，现在的客户都是四外村的，他们都认识周岗，有明白事理的,磨好地坪后就算账,老话说,熟人多吃四两豆腐,得留人情。也有不讲脸面的给钱时舍着女人上,本来留着人情,还要抹掉一百、八十的。此前收账我去得少,大多是周岗磨好地坪顺便结账。

第二,用料厂的料车送料运费每一趟150块钱左右,再加上装料费数十块,料场的料价格比较贵,这样就提高了成本。

第三,工人干活,每天上午过九点,就是半个工;下午过两点下班,就算是一个工。水磨石地坪做工流动性大,路上耗费时间多,不会统筹安排,势必要窝工。

针对这三方面的问题,我跟周岗提出我的建议:

第一,我已经了解别的水磨石施工老板大多都是做低端的水磨石地坪,图案花型单一。现在我们对水磨石的施工技术和要点已能精准把控,我准备改进工艺,开发潜在的中高端客户,满足他们对水磨石地坪的更高需求。中高档的水磨石地坪根据工艺不同,用料不同,可以合理地提高价格,从而提升利润空间,因为同行没人去创新做,竞争小。这样我家的水磨石地坪就分高、中、低档三个价位。

若是遇到抹钱多的刺头客户,不让周岗结账,我去收账,熟人该留的人情留了之后,不能再抹!

第二,买辆拉料的时风三轮车,进农村胡同走土路时,这种车动力足,进出拐车方便。2010年,我买了电脑,在网上联系了南阳南召云阳镇批发水磨石子的生产厂家。我们可以一次性要几十吨,加上运费卸车费到家的话,每吨也要比去县城料场省几十块。把料卸到我们家门口,下去施工时开我们自己的车,我们自己的工人装料。这样一来,每天的运费,再加上石子的差价,还有装料费,就省下了几百块钱,这些都是此前跑冒滴漏流失掉的纯利润。

第三,提高工人工资,我操心统筹安排,有效合理地安排每天的工作量。水磨石从时间上分三道工序:镶嵌分割条;一周后水泥凝固上料;夏天一周后,冬天十天甚至半月后磨地坪,封闭水泥气孔完工。

每日安排好上料任务,上料时做工量大,用人多,集中全力在中午饭前全部完成,撒上彩石子、玉石子,并用水磨石专用碌子碾压一遍。午饭后休息一阵子,留下周岗和一个工友继续把初凝固的地坪用滚子压几遍,然后休息等到五点时,再用碌子碾平压实收边。其余的工友跟着我去镶嵌分割条,都是我提前联系好的顺路客户,这样路上不浪费时间。一般同一个村子的客户,交叉施工会事半功倍。

我放线速度极快,手起收尺子,图案的尺寸数据在脑子里就出来了,主人爱看我放线的麻利劲儿,放好线我先把花型镶嵌好,就提前回家接培一,然后准备家人的晚饭。留下工友们镶嵌分割条,我安排的活儿,一般可以在五点之前完工回家。

这样一来,我每天从早上到下午三点都很忙,早起给培一做饭,周岗带工人们去我们村头吃早点。设计地坪和花形图案，花型镶嵌和上料，我必亲力亲为，因为这些是最易出问题的地方，要求心细，审美眼光好，眼力能达到。

公爹年轻时没出过力，这几年卖粽子，再加上我做饭在饮食上比较注意养生，他身体一年比一年结实，一年到头连感冒都很少。老话说，人越歇越懒，越有越想干。一点不假，现在公爹跟着我们干水磨石，心劲儿大得很，天天好像有使不完的劲。大姑姐来走亲戚都稀罕得不得了："咱大现在咋身体恁好呢，跟个铁老头一样！"

他能吃能喝能干，就是干活不分轻重缓急，看不出眉眼高低，常干窝工活。工友跟我说："以前你没来时，他爷俩安排活儿，不中，俺看出来不敢说。"

周岗父子俩有时意见不合，谁都说服不了谁，爷俩还为干活吵嘴。说实话，他俩脾气啥样，我心里有数，都不是将才，得有人领，没人领就一盘散沙。周岗的表姐是最早跟着我们干活的，她后来天天跟我在一起说："卫红，你不知道，以前你不在时，一点活就能干到天黑，下班晚还不出活儿，能把人累得受不了。俺姑父（公爹）爱当家，安排的活净搭工嘞，那时候给人家磨的地坪也没有现在磨得好。"

其实她不说我都知道，周岗和公爹没少掏冤枉劲儿，但也没干好。那时周岗每次磨地坪回来我都会问他："这家的活儿干得怎么样？有没有什么问题？"他总是那句："没有问题，给钱了。"

他什么性格我知道，没大问题就是没问题。我常常对他说："做好每一家地坪后，你都要仔仔细细地观察，看哪里有什么瑕疵，发现问题回来跟我说，做下一家咱们才可以避免再犯，要精益求精，水泥活儿没有最好，只有更好，每个环节都得注意，并不是说人家给钱就行了。主人满意分两种情况：一种是主人有教养，懂得干水泥活的辛苦，他能理解民工之苦，没有太大的问题，人家说满意，是会说话、能包容。另一种就是主人不懂水泥活，他们不专业，有小毛病看不出来，觉得怪好看的就很满意。主人不说啥，不代表没毛病，主人看不出来，你得看出来。尤其是走廊和客厅，一定要杜绝出问题，农村常有串门的，串门的来了会挑毛病，一个人看不出来，人多了就会有人看得出来，一传十，十传百，客户的好评对咱的生意影响是很大的。"

我自己一直就是以这种心态做地坪的，所以也这么要求周岗。他有时听不进去，就嫌我事多。客户见了我干活时的场面，了解我的性格后，会很认可我。所以我们往往在一个村子干了一家后，接下来就会有几家等着，他们会在亲友之间宣传，我们靠的就是活儿叫活儿才做开的。

有时候我们得带着工友兵分几路，我一天得去几个工地。后来我和三弟商量，三弟和弟媳另立人马，他们带人以酒庄以北及以西的区域为主。我们以我们村以南及以东的区域为主。赶上收庄稼的季节，三弟就把活儿介绍给我们；农闲时有离他们近的活儿，我介绍给三弟干，活儿大时相互调兵遣将，有什么事情我们相互关照，相互帮衬。

我们的水磨石干了一年多后,周边的七八家水磨石施工老板就转行得所剩无几了。

公爹一看生意这么好,高兴得闲不住了,下雨时一住点儿,他就骑个车子出去,带上名片转悠,见了工地就给主人递一张名片。公爹心服口服,终于被我领上道了,他很少自以为是地再跟我较劲了。后来我听熟人说,公爹在外人面前常夸我。

周岗惹我不高兴的时候也少了,但锅碗瓢盆哪有不碰撞的呢!我心情不好时不走娘家,多数是躲在我闺密艳琴那儿疗伤。闺密阿文也懂我,但她不善言谈,不怎么会开导人,我有快乐时与她分享,有烦恼时喜欢找艳琴排遣。有一次周岗说话噎人,气到我了,艳琴得知后打电话训了他一顿:"你们周家烧几辈子高香才娶到卫红的,她真是嫁到你家拯救你们的!你周岗上辈子拯救银河系了吧,要不你何德何能娶到她?她每次进城来找我逛街,操的都是你们周家老少的心,你还不知道珍惜……"

艳琴是高中老师,品貌双全,口齿伶俐,只把周岗说得哑口无声。自那次后,周岗转变很大。小培一情商高,从小就能看出眉眼高低,哪怕我们只是一言不合,她也能发现并担当和平使者。饭后散步时,她会走中间分别牵着我们的手,然后把我们的手拉在一起,直到我们都笑了,她再蹦跳着撒欢儿。

看人要赏识他的优点,用人得会利用他的长处,父亲常这么教导我。士为知己者死,这种感悟我深有体会。周岗身上最闪光的底色就是他的善良,这点和我是同频的,无知是因为他学养不够。我的哥哥和妹妹不在家,他们的孩子上学有事我操心,假期来家里住,周岗都会给他们父爱般的关怀。所以他每次犯浑,我都是想着他的好去释然。

挣钱有瘾,农村有句话是"越穷越不干,越有越想干",是有一定道理的,这在周家父子俩身上也得到了验证。冬天水磨石的活儿不能干,周岗也舍不得闲着,他嘴笨但动手能力强,技术含量太高的活儿他把握不准,但某些方面他有特长。

周岗擅长排线,会装各种复杂的灯具之类,我就鼓励他接活干。水磨石磨完就该批墙排线了,给人家磨地坪吃饭聊天时顺便就把活给接了。阴天下雨或者冬天上冻时可以排线,排线时我就不用去操心了。

那些年冬天,每年我都去海南看房子,临走前我都得忙活两天,熬夜给家人包一千多个羊肉馄饨,冻好装袋,还要包很多猪肉水饺,恨不得把我走这段时间的吃食都给他们准备好。

每次都是二弟给我订票,再忙他也去机场接我,住在他家里,二弟会把房间里的东西给我准备得像星级酒店一样一应俱全。一直想买个带院子的,看了很多不合适没买到,最后还是二弟给操心买了套房子。

做水磨石地坪这个活儿技术性太强,施工时稍不经心就会出现种种问题。

第一种,最怕的就是出现地面空鼓问题,底层起沙最易造成空鼓,此外基层的残渣清理不干净,水泥浆结合层处理不好也是造成空鼓的主要原因之一。

第二种,是磨出的地坪石子显露不均。碾压时有的脚印没有得到及时处理,因为脚印处有轻微的下沉,石子往下陷水泥灰浆大,若不及时补洒石子碾压,磨光后的地坪石子就不匀,清晰度不好。

第三种,分割条显露不均匀,基层层面不平,贴条时凹处不注意找平,等上料后,水泥浆覆盖分割条太厚,磨光时不显条,会影响整体美感。

第四种,彩磨地坪的色彩不匀,不同颜色图案串色,调颜料时要按照颜料的用量标准调匀,上料时一定要把边角填平填实,一种颜色料上完之后,再上另一种颜色料,上完料后碾平压实。

我们在施工过程中特别注意这几点,适时采取有效应对措施,杜绝问题出现。我设计做地坪比较灵活,经常做彩磨和普磨混合设计的那种地坪,价格低,特别实惠,大家都乐意接受。磨光后的效果好,整体布局简单美观,不失大气。

农村自建房的房间都比较大,为了达到一种和谐的美,我放线时边框放25厘米,中间再放上大小适量的格子。上料时,边上用朱红色的米石料,中间是中八石子拌料,碾压一遍后撒上彩石子和玉石子,等凝固磨光后,地坪色泽清丽,朱红色的边框有一种立体装修的风格,层次感强,质朴中透出文艺的典雅。磨光后主人往往赞不绝口。

我还结合主人的需求,设计不同的房间风格,拼接的几何图形分割条,只要一镶嵌好,就会得到了他们的初步认可,还没等到去上料,主人就会打电话给我们介绍同村或是朋友的活儿。

水磨石的花形和字形也是丰富多彩的,我喜欢融入自己许多的小创意,可以用玉石或者夜光石给他们设计创意图形或吉祥如意的字体,主人很喜欢我的不落俗,喜欢这种独一无二的设计细节和风格。

吕布营教堂

2016 年夏天，县西的前店和县北的吕布营建了两座比较大的教堂。教堂的执事通过建筑队的老板找到我，也是要做水磨石地坪。我先去看了这两家教堂，见了执事，看看基层的拉毛度，了解一下他们对水磨石地坪的要求。

前店的教堂稍微小一点，我先给前店教堂设计制作了出来，他们很满意。

吕布营教堂总体分两大块，入正门是一个大点的会客厅，周边是几间办公室，再往里是大礼堂，大礼堂有两个侧门。

我观察后给出了设计方案，在会客厅中间设计一个 20 多平方米的花形，分割条材料选择的是高仿铜条的塑料条。

中间图案是直径三米的葡萄园，在圣经中，葡萄藤是洪水后诺亚种下的第一株植物。在基督教中，葡萄具有非常重要的象征意义。它象征宽容、博爱，柔和的葡萄紫色，代表着关心，给人安全感。在中国，因葡萄果实成串多粒，它象征着硕果累累，寓意多子多福、人丁兴旺；而一粒种子，结出万果，还寓意着一本万利。

客厅的角花也是一株挂满葡萄果的葡萄枝，因为耶稣把自己比喻成"真葡萄树"，把他的信徒比喻成"葡萄枝"。

为教堂镶嵌花形图案那天太忙了，周岗带着工友们在赶一家厂区上料的活。我趁哲儿周末在家，就带上他给我当助手，去镶嵌水磨石花子，等把花型全部镶嵌好，天色已晚。

我和哲儿收拾好工具时，天色突变，乌云密布，我开车就走，刚出吕布营往东没走多远，瓢泼大雨就落了下来，最快档的雨刷器也刷不及。

我打开雾灯，把车停在了路边，坐在车内听雨。好在现在有车了，我和儿子不会被雨淋。以往骑摩托车去工地的日子里，谁没淋过雨呢！心头突然掠过一阵莫名的辛酸和孤单，回头望望坐在后排已渐渐长大的儿子，心里很快缓了过来，有了踏实和安全感。

人生又何尝不是如这多变的天气呢！我不由得想起了苏轼的那首《定风波》，可谓是千古以来描写人生境界最高的一首词。想着"竹杖芒鞋"的他被大雨浇成落汤鸡，还

"何妨吟啸且徐行"！从"拣尽寒枝不肯栖"到"一蓑烟雨任平生"！由"山头斜照却相迎"的彻悟人生，到"也无风雨也无晴"！每个人的生命多半都是在风雨中度过的，雨过天晴才会有生活的多姿多彩！

教堂上料时，周岗一看花子的图形就开始数落我谝能，设计这么复杂的图案，净给自己出难题，配料颜色都买不全。

水磨石的常用颜料是红、黄、绿、蓝这几种颜色。他不懂有了红、绿、蓝就可以调出任意需要的颜色。他说他的，我懒得解释，并不作声。

上料那天，我就用三原色原理，用红绿蓝按照不同的比例，合成混色，调出了我所需要的颜色。我用红色和蓝色调出了紫色，周岗一看再不吱声。

我是无神论者，不懂烧香也没去过教堂，来干活吃饭时，才知道教堂里的饭是免费的。执事告诉我，这些花费都是教徒们捐的福利，附近村里有许多穷人、残疾人和智障人来这儿吃饭。

村里的巧手妇女们义务来做饭，蒸的手工馒头口味好，熬的大锅菜里面放有猪肉、芹菜、蘑菇、豆腐、豆芽等，菜香汤鲜。

下午磨光结束，工友们擦地进行封闭时，我去算账。此前已给了大半的钱，还剩下8600块钱，几个执事都在场，他们把尾款给了我。我点了一下钱数，把那600块钱推到桌子上，给了他们。因为我想到了那些可怜的来吃饭的人们，想起了那些捐赠的教徒们，虽然我不是基督教徒，也想给教堂一点帮助，资助他们为弱者祛寒备暖。

他们很感动，说我干活这么苦，还有这份爱心。我敬畏所有的庙宇，敬畏所有的教堂，因为我知道所有的正教都是教人向善，这是宗教的共性。

这年初冬的一天，突然接到吕布营教堂执事的电话，他们说教堂即将举行开堂典礼，为感谢我曾为教堂做出的奉献，邀请我去参加典礼观看演出。我开车去的时候还捎带了几个基督信徒，到了教堂，我又给他们留下了200块钱，他们说让我来不是这个意思，只是一直记着我！

踩百家门，识百色人

水磨石地坪在我们豫东这个地方，是个踩百家门、吃百家饭、识百色人的生意。

后村有个40岁左右的男子，叫俭省，他也来找我们做水磨石地坪。我把水磨石高、中、低三档的价格和特点都给他介绍了一遍。他说见过邻居家的地坪，是我们做的，让照着邻居家的做就行。

我跟他说了做水磨石地坪的规矩：去干活的时候赶上饭点，得给我们准备一顿家常饭。下好分割条准备点料钱，最后磨地平时，师傅去干活，主人得用大扫帚扫水，干完活结账。他说他都知道。这些话我每次接活时都会说在前头，先明后不争。

俭省家的房子建得很好，在村里是数一数二的，宅院非常大，建筑占地面积也大，走廊有近20米长。我们干到12点，分割条还没镶嵌完。俭省蹲在院子里磨磨叽叽地干着那些零碎活，不讲做饭的事。

农村自建房若是仍然建在老院子，一般盖房子时都会留着厨房，盖房得几个月，得方便主人做饭。过去的农村院落，厨房和堂屋是分开的，厨房大多是建在院子东南角或西南角，等新房建成后，才把老厨房拆掉。

俭省家的院子东南角是他们的老厨房，厨房里放有平常吃的几种青菜，他没有要做饭的迹象，我就喊他说："兄弟，该准备饭了，我们今天要忙到两点呢！"

他嘴里答应着，洗洗手，骑着电动车出了门。等到快一点的时候，他买来一兜子馒头和一袋子咸菜，是咸菜铺里卖的那种碎咸菜，给我们往门口一放，又骑着车子走了。

我和工友们相视苦笑，洗洗手拿馍夹着咸菜吃了起来。一个婶子说："咱为这么多家干过活儿，还没见过这么抠的主人，谁家如今吃饭没有个家常菜！"

说实话，去哪儿干活，现在各村都有饭店，大多数主人会去饭店叫几个菜来，再不然的话，就叫女主人下厨炒几个菜。像今天这种招待的，着实少见。

不管主人咋招待，活儿该咋干咋干，必须给人家把活儿干好，这是我一贯的态度。上料时撒彩石子，工友说："你还给他家拉恁些彩石子，少用两袋吧！"我否认道："那可不行，他人品怎样是他的事，咱干活不论在工上还是在料上都不能打折扣！"

吃了俭省家的几顿饭,都是白馍加咸菜。到算账时,尾数有个 90 块,他想抹掉,换成平常他不说我也会抹掉,但对他这种守财奴,我想治治他。

"不行,别跟我讨价还价,90 块钱你得拿!"

"你真不排场,咱们还是前后庄呢,低头不见抬头见,这点钱你还要。"

"你们村子这么大,我们已干了十几家地坪。我们干的是力气活,地坪给你做得不错吧!你打听一下,哪一家的钱,我没有留人情?你仁义,我君子,你有点大处不看小处看!人过留名,雁过留声,你去问问,谁家顿顿让我们吃咸菜?如今活已干完,就是你家有山珍海味,谁还会来你家吃一口饭?"我笑着一半当真一半玩笑地说了他几句。

他红着脸又摸出了一百块钱,我找了他五十说:"再有来你家干活的,那四十留着给人家买盒烟、买瓶水吧!"像俭省这号人,这些年真没遇见过第二个。

去逊母口陈营干活,村西北角有一户人家,每一趟我们去,他都准备好自家的沙瓤大西瓜,干够一阵就切好招呼我们吃瓜。我是比较喜欢去远乡干活,喜欢远乡的农民兄弟,他们大多淳朴、善良,还不惜力气。

在万庄干活,上完料后,周岗带工友们去黄冈送料并镶条子去了,留下我一个人碾压收浆,我准备碾好提前回家。一百多斤的钢碾子在我的两臂间甩拉,这家主人是个大哥,他坐在院子里,几次喊我停下。他也是一个建筑工人,长得高大结实,他笑着说:"妹妹啊,你别拉了,把碾子给我吧!这活儿我能干,我坐着看你一个女子在那儿拉碾子,心里怎么都过意不去。我帮你干,不会少你们工钱。"

"你没碾压过,我的脚走动时有路数的,踩到的是条子,有讲究的。你没碾过找不着道儿,踩过去将来磨出来的地坪会有黑脚印的。"

他看我执意不让他帮忙,就骑车去地里摘了几个白甜瓜,用水洗净了一个,削好皮,放在院子里的饭桌上,喊我吃了再干。我说啥也不吃,若是工友在此,我不会拂了主人好意,会和他们一起吃;就我一个人,无论如何我也不能吃。

洪山庙附近有一个商庄,我们给其中一家做了地坪,主人是建筑队的包工头。那天我填好花子料后,去平普磨料。他看我双手挥舞着抹子打得石子料唰唰响,说:"我的水泥活干得特别好,没有服过谁,你这速度惊到我了!来,让我帮你平平试试。"

他非要拿一个抹子帮我平料不可,结果他平起来眼高手低,不似他想象的那么好。他自己也笑了:"这水磨石的料咋跟一般的砂浆料不同啊!石子料不好平,平着平着不标准了,真服你了!"

"熟能生巧!"我笑着答道。说实话,平料得有好眼力,这十来年我拿尺子放线,练就的眼光自带刻度,平过去的料,力求标准,磨光时,省时省工效果好。

跟着我们干活的工友不止一次说我干这些活儿屈才了,说以我的脑子和做事做人的风格,应该去做大事。我自己却知道这个家离了我会成什么样,孩子们更离不了我。

可能我这个人天生热爱劳动吧！干活从不挑肥拣瘦,能在任何一个工种中找到快乐,并产生兴趣。劳动不仅让人获得财富,获得自豪感、成就感和尊严,我觉得劳动还是一剂治愈一切亚健康的良药。

有一次在县北的方城干活,在村东头又接了两家的活儿:大街路南一家,离有二百多米远的路北一家。那时大街的路还没修,坑洼不平。

因有下家活儿等着,路南这家拉的料有点多,干完剩下的料要运到路北这家。周岗在碾地坪,我让主人把架子车推来,准备带着工友们把料运过去。因为我每天镶嵌条子和填花子料,有时候还平料,这些活都是低着头一个姿势,颈椎常感到不舒服,我就想干点能让颈肩大幅度运动的活儿。我让工友们帮我装几袋料,让工友们歇歇,我拉着架子车运,第一趟下来觉得肩头特别舒服。

我就琢磨发现,在拉架子车运输的过程中,用两个胳膊驾着车把,肩头着力,随着车轮在土路上颠簸而抖动,相当于对颈肩和肩周做了很好的运动锻炼,几趟下来,我浑身轻松。也就是这些日常劳作中的点点滴滴,让我体验着劳动的快感和乐趣。无论我干啥活儿,总喜欢思考,从没感到劳动乏味,总觉得劳动其乐无穷。

2014年10月,我因几年来的劳累和生气,导致免疫力下降,皮肤本就敏感的我,身上的荨麻疹因反复抓挠变成了过敏性皮炎。近两个月去看医生也不行,特别是晚上,遇到一点温气,就奇痒难耐,睡不着觉。听说洪山庙南有一个村庄里的诊所能看得好,就去输液一个礼拜,还是不见效果。

无奈我上网查中药,看到地肤子(扫帚苗籽)抗过敏,可治皮肤瘙痒,我煎药喝了几次,又用它煎水洗澡,效果非常好,慢慢痊愈了,自此很少再犯皮炎。

在此我要提醒大家,煎水喝一次用量不要超过15克,以6克到15克为宜。因为我在喝地肤子期间,因用量过大,导致中药中毒,当时呕吐、心慌还气短。说起那次,差点丢了性命。

因为我急着治病,以为中药没事,想着地肤子曾当菜吃过,就没太注意用量,煎水时每次抓一大把熬了喝,晚上又捧一大捧煎水泡澡,忽视了泡澡时皮肤也会吸收药物。几天后感到恶心不舒服,没想到是用药过量的问题。

周岗带工友们走得早,我送走培一后,吐了一些食物后,恶心症状减轻了,以为是脾胃不合,没在意。我坚持骑摩托车去了后屯工地。没想到刚把花子填完,就觉得浑身出虚汗、想吐,我没多想,就和周岗说有点不舒服,去王庄诊所看看。

到了王庄,医生给我输了两瓶液,我觉得症状并没有减轻,就坚持骑上摩托车,就近到了两里多地的娘家。父亲见我脸色不好,问我咋了,我说难受,快去叫我妈。父亲手脚不灵便,赶紧叫邻居帮忙去地里喊我妈。我蹲到下水道旁吐了起来,由于胃部强力收缩的刺激,小便都失禁了。父母亲赶回来时,我吐完缓了过来,裤子湿了,母亲赶紧给我找了条裤子换上。又扶着我的手去了村里的诊所,诊所的兄弟一听我说的病情,问我这几天都吃的啥,我说喝了地肤子。他断定是中药中毒,就给我拿了胃蛋白酶片,还有一粒药丸,吃药后不久就好多了,到晚饭前,症状完全消失。这之后,倒是多年的皮肤病没有再犯。

那一段时间,因整日奔波劳累,与客户沟通说话多。特别是晚上接电话,不但要给客户介绍水磨石的特点和价格,还得帮着操心客户家基层拉毛时的注意要点,经常说得嗓子很累。

有一年冬天,在城北的蜜蜂刘村接了一单活,女主人看上去聪慧、勤劳、朴实。我是傍晚去她家看基层的,做得还行。那天是从万堂上完料后过去的,嗓子当时有点沙哑,我和这位大姐聊了一会儿,说好价格后,就骑摩托车走了。

第二天早上,我吃过早餐,送培一到蜜蜂刘。大姐也是刚吃完饭,她给工友们烧好一壶开水,招呼工友们渴了喝茶。我刚刚在客厅放好线,拎着一桶水泥膏准备下条子。那大姐双手垫着毛巾,捧着一个不锈钢的大茶缸子过来了:"妹啊,昨晚听你讲话,嗓子这么哑,知道你是操心多上火了,你骑摩托车走后,我就特别心疼你。我也是这么过来的,给人家卸过水泥,卸过水磨石料,知道干你们这一行苦!刚才我磕两个鸡蛋加了一点儿白糖,用白开水给你冲了一碗鸡蛋穗子,你趁热喝了,这种鸡蛋茶下火。你干活又累又苦,年纪轻也得注意身体,喝完嗓子会好很多的。"

我忙站了起来,双手接过,心头一热,鼻子发酸,我喉咙哽着,忍着泪水,说不出话来。看看热气腾腾的鸡蛋茶,望着大姐向我递来的柔和怜惜的眼神,只说出了两个字:"谢谢!"

"客气了,妹,这又不值啥,昨晚上我就想着这个事呢,今天你一来我就赶紧给你冲一大碗茶,到下午再喝一次就好了!"

"大姐,你年龄看上去比我大十来岁,我没有婆婆,在家都是我照顾别人,没有谁这么照顾过我。我一下子被你的关心温暖到了,真感动!没有谁这么细心地体贴过我。"

上料时,我给她家免费加了两袋玉石子,玉为灵石,聚天地之灵气,集日月之精华,能给家里带来好风水,逢凶化吉。一袋好点的玉石成本价60块钱,平日主人要加,我是另收费的。给她家加玉石,她是不知道的,磨出来后,她直夸好看。

如今回忆起来,虽然这么多年了,我依然清晰地记得大姐那双垫着毛巾端茶的手,忘不了她喊我时的声音和对我疼惜的眼神。

2014年,我们去刘庄做了一家的水磨石地坪,刚上完料,女主人介绍说,她娘家哥哥也盖了房子,前些日子他哥哥来,见我们下的条子,说图案好看,想让我们给他做这样的水磨石,我就接了她娘家哥哥的活。

她娘家哥哥姓李,离他家有五里路,第二天我们去给李哥家下条子,这位李哥高高的个子偏瘦,谈吐很有水平,比一般的庄稼人有学识,招待我们时,饭菜也很讲究。点点滴滴中透着真诚、厚道和善良。

磨好李哥家的地坪,我们又去了刘庄,李哥妹妹家的邻居又磨地坪。上料吃饭时,我们得知,李哥病了,尿毒症晚期,他经常去做血液透析。这家邻居问:"磨完地坪,他们给钱了没有?"我说不但给了钱,人还挺排场的。这个邻居也夸李哥人品好,我听后,在回来的路上又和周岗说起这事,这么好的人,怎么得了重病呢?我后悔结账时应该再少要一点。周岗说,别后悔,哪天再去他们村干活,退给他200块钱。

一周后,周岗去刘庄磨地坪,磨好后,周岗收了账准备走,李哥的妹妹正好来串门,周岗就从收到的钱里抽出了200块钱,给了李哥的妹妹,说让她回娘家时给李哥带去,也算是我们帮助他的一点心意。

毛庄镇耿楼村有一个十八九岁的小伙子,父亲死了,娘改嫁,他跟着爷爷奶奶长大。他妈妈和三舅对他好,在他们的资助下,盖了这栋楼房。我是去给他家放线时,得知这一切的。吃饭时,小伙子很懂事,去给我们买了馍和菜。席间他说起来家里的情况,提到他的伯父们,他明亮的眼神暗淡了下来,盖房这么大的事,他伯父们没谁来问一声,我们在那儿干了几天活,也没见过他们露过脸。

磨好地坪收账时,我少要了他家300多块钱。

两个月后,小伙子大奶奶家的孙媳妇也做水磨石地坪。那天是周岗和表姐夫两人用两台磨石机去给她磨光的,我带工友们在他们村东头一家下条子。傍晚,周岗打电话让我过去,说女主人非得抹掉100多块钱。我一到她家,她见了我却对周岗满是怨言:"你看恁死筋嘞,才抹100多块钱,就不愿意。我问过俺三奶,三奶孙子的地坪,你们少要了300多呢!"

老太太说话可能没多想,却被这孙媳妇拿来搅嘴,我一听,笑着说道:"你这就心里不平衡啊?你天天在家跟人打牌,你老公跑大车月入过万,我们只是一群出苦力的,恁三奶家的孙子一个人干啥都难,多可怜,就连我们这些外人都想帮他,你就不想帮他?"

"我不是咬嘴,你们少要了他300多,几千块钱的活儿我才抹100多!"

"要是每家每户都这样,这生意咋干?我们也得养家糊口啊!我们遇到特别困难的,发自内心帮一点,是因为他们比我们生活更艰难,他们需要。再说政府发放低保也得讲条件的,你家也不具备受助的条件啊,赶紧拿钱吧,你家的钱真不能少。"

这时他们门口聚集了几个邻居,我故意加重了最后一句话的语气,声音提大了一点,她也不好意思,回头把钱给我们拿出来了。

生意好做账难收

前文所述的这家还不算难缠户,做生意这么多年,难缠的人家我也治过几个。

陈沟村有一个客户叫陈健,家里兄弟六个,家族兴旺人多。陈健本人比较老实,但他媳妇尖酸刻薄还事多。

那时我们刚开始做水磨石,我还没去干过,周岗接了他家的活。上料回来时,周岗就听曾经给他排过线的几个小伙子说,这人拧劲儿难缠,账不好要,他们曾排完线的工钱和料钱,这家少给他们一千多,让周岗小心点。

陈健家的地坪从凝固好到磨光,已是冷天,还真如排线的小伙子说的,他们两口子真是赖手。晚上我做好饭时,周岗带着磨石机回来,我一看他神色不对,原来是卸工具时,他发现少了一个新磨盘,上面还有下午刚装上的一组新的金刚石粗磨片,他神情更沮丧了。他没说话,我说:"咋了?没给钱?"

"少给九百多,我气嘞磨盘也忘记装上了。"

"打电话跟他说一声,让他们留心点,明天咱们再去拿。"

"白(方言,别的意思)打了,他两口子不是东西,三点多就磨好了,想赖咱们 900 多块钱,找毛病说了一市八街(方言,意思是找一圈子理由)。我不愿意,在他家坐到天黑才装磨石机,一生气把磨盘落在他们院里了,他们肯定藏起来不认账!"

"磨盘他们要了干啥?连盘带片好几百块,在他们手里也就能卖几十块钱。"

"你不知道他们两口子啥样,只要能占便宜,啥都干得出来!"

我拨打了电话,无人接听,连播了好几次,一直都是没人接。

"给他家磨的地坪有没有毛病?清晰不?好看不?先得确认咱干的活儿没问题,这就是我总让你干活认真操心的原因。"

"好看,没毛病,他家的客厅原本底子打得凹,我给他们多用了很多料找平了,给他们干活时可认真了,人家干水磨石一般都是随着底子走的,中间客厅给他磨的有四厘米厚了,细磨后又精磨,很光亮。花子上料是咱姑父做的,做得也挺好。"

我听周岗一说,心里有底了,这家干活上料时三弟也去操过心,周岗说的属实,活应该没毛病，这是故意找碴赖账的。为了让周岗以后干活更认真，我趁机又说道："别说咱刚干，就是干最后一家水磨石也得像现在一样认真，只要活儿好，他啥时候不给钱就说不过去。若真出了问题，就不好说了，怪咱！"

奶奶听到她孙子这么一说，在厨房里嘟囔着说："哪有这样的人，怎赖！累死累活地干好了，不给钱，这还有理吗？这生意就是没有卖粽子好，吃了就给钱，不操要账的心。"

我听了奶奶的话，忽然心生一计，对奶奶说："奶，明天吃过早饭，我骑电动三轮带你去陈楼要账去，你不用说话，也别怕，去了就往他家堂屋一坐，我跟他们要钱。"

周岗一听说："他兄弟又多又赖，他媳妇更是有名的不论理、心眼坏，他们人多，你去吵架打起来咋办？"

"所以我叫上奶奶一起去啊，让奶奶拿着拐杖，他们敢不论理打架，我有奶奶和拐杖护着，我不信他的兄弟们没一个明白人，无理还都敢上前帮他，打人家干活的老弱，传出去不怕村里人笑话？奶，你别怕，有我嘞！你想想他把你的孙子气成啥了，大冷天气嘞坐地上半天，气迷了磨盘都忘记装了，要是他们再敢打我，就太无法无天了，我要被打倒，就没人给你给俺大做饭。"我又故意给奶奶鼓鼓劲儿。

"我不怕，他们打你，我用拐棍打他们。"奶奶这次也来劲儿了。不知是不是仗着有我，以前她除了敢用棍条子敲我，可不敢跟人家打。

第二天一早吃过饭，我带着奶奶来到了陈楼。因为陈健找我们干活时来过我家，周岗迎接他时我没说话，但认识他。走到大街上看见陈健正双手别着膀子，披着大衣和人家闲聊。我刹住车子喊了声："健哥，回家吧！"

他愣愣地看看我，跟着我们回到了他家，我扶着奶奶走下来，瞅个凳子让奶奶在堂屋门口坐下，他媳妇从厨房走出来说："你们是谁啊？我咋不认识？"

"我是周庄做水磨石的，俺奶奶的身体不好，我带她去卫生院看病，正好路过拐个弯，看看昨天周岗把磨盘忘你们家了，我来拿，昨晚我打电话你们咋不接呀？"

"没有磨盘啊，你看俺屋里啥都没有。"

我心想这磨盘算是完了，真藏起来了！我知道这女人是斜茬，就先对着他男人说："健哥，把账算了吧！我还等着带奶奶去看病。"

陈健点燃了一根烟，不等他回答，他媳妇儿就抢过话来："来来，你看看，磨光后地坪有沙眼，我扫水时看见了，现在是看不见了，你们家周岗用白水泥封闭住了。客厅里我放了些水，有不干的地方，证明磨得不平，我们家的是荷花图，图里的鱼真能在水里游泳呢！"她说完就拉着我往客厅里走，从这几句话里就能听出，这女人仗着她有三寸不烂之舌，胡搅蛮缠了。我得打击她的自信和刁蛮，让她理屈词穷。

"水磨石地坪在磨光的过程中看到有砂眼正常，是水泥的气孔，都得有，没有磨掉的石子就没毛病，用白水泥封闭气孔是正常的施工流程。你家客厅底子太凹，原因是你们的底子没超平,之前跟健哥说了,他说帮衬差不多就行,我们做水磨石的这个价格,是不负责给你们再次超平的。条子是随着基层走,条子高度就是做水磨石薄厚的尺度,周岗已经给你们找平了很多,没让你们加料钱就已经帮你们了。要想让我们做水磨石给你们超平,那肯定不是这个价,这些话周岗看活时,跟你们都说过。"

"那不中,我不知道,周岗给俺当家的说了,他没给我说,要不就打掉重做,要不钱上取齐。"

她自认为步步为营,吹毛求疵找毛病,不给钱还有理。再跟她说理没用,病根就在她身上,我就准备从别的角度找突破口。我故意笑笑压压心里的火,旋即转了话题说:"嫂子,你伶牙俐齿怪会说呀!是不是啥都让你占全了?刚进村问你家住哪儿,就听说你有材料,还是个美人,瓜子脸,一对子大眼,樱桃小嘴一笑两酒窝。"

"哪儿呀,我长得在俺庄数不着!"她一听我夸她,就有点儿发愣,转而又笑意盈盈。说实话,她长得很漂亮,笑起来真有两酒窝。

"可我仔细一看你数不着,刚才那是我听人家说的,今个儿我来给你相相面,虽说你五官长得怪好看,牙齿有点往外扇。蒙脸沙太多暗黄脸,胸部下垂太塌陷。杨柳细腰假胯宽,屁股缺肉顶不满。嫂子啊!别说咱是普通人,古时四大美女各有短板!你看恁村里把你夸恁好,让我这一通毛病挑,长得怪好也不沾弦。人人都知水泥活儿不好干,你鸡蛋里头挑骨头太尖酸!"

我心里生气,说这一通话时是故意笑着的,语气却连讽带损,一口气下来不让她插话,像是说快板儿。她一时不知咋接,没愣过神,听得有点傻眼。

我随即转头盯着他男人,找其痛点,动之以情:"听周岗说你在北京打工,是上门修地板,跟俺干的活儿差不多!人家也这样短你的钱?没有君子,不养艺人,人人都这样,咱手艺人还能有饭吃?没有金刚钻,不揽瓷器活儿,咱光会干活儿,不会要账,早关门歇业了。常在江湖混,谁没几把刷子?健哥,你也换位思考,想想你在北京干活有多难!"

我一句接一句,越说声音越高,故意想让邻居们听见。陈健沉着脸不说话,猛抽一口烟,吐出来,冲着他老婆说:"去给人家上屋里拿钱!"

我带着奶奶回来的路上,奶奶学着我说陈健媳妇的腔调,笑得打歪歪!

人一上百,形形色色。小海庄有一个小伙子,二十二三岁,爹是窑厂老板,从小在武校里长大,长得黝黑壮实。他找我们去给他家做地坪,刚去时他说话还行,嘴巴也怪甜。

周岗和工友给他磨完地坪,水泥是他打电话让卖水泥的老板给送的,账让我们给他跑掉,他去还钱。周岗问过水泥价格,290元一吨,跑去把水泥钱算完账还有9600块钱,他非得给9000,周岗不接,晚上回来说:"这小伙子就是有点横,也不说原因,说就这么多钱,爱要不要。"

他们村我一共接了三家活儿,那两家还没有上料,也听别人说过他,他爹很少在家，就他跟他妈在家。

第二天一大早，我就骑着摩托车去了海庄，那天我特意打扮利索，穿的白色短袖衬衣、黑工装裤外扎腰，脚穿黑色平绒带袢布鞋。他妈嘴甜，喊着我妹妹嘘寒问暖，我直奔主题："今天我是专门来拿钱的。"

小伙子说再量一下尺寸，随后他打电话叫来一个叔叔帮忙测量地坪，量完算出平方数之后，我把账本拿出来交给他叔叔对一下账："这是我来放线时测量的数据，每一个房间都写得明明白白，这地他藏不起来，我也带不走，如果有错的话，线我就放不成。哪一家我都是放线时留的数据，哪一家的都不会错。"

"乖乖，给人家拿钱去吧，人家量得一点没错。"他叔看完我量的尺寸后，扔下尺子走了。

"那你用我们村头的水泥，我们得去还水泥账，那家的水泥贵，我们盖房子都是用的他家的水泥，他家的水泥 390 元一吨。"

我一听，差点笑出来，心想，亏他想得出来这招，人家水泥都是 280 元一吨，他卖 290 元已经贵了。我就说："水泥钱我不让你还了，我去还，账上也不给你跑掉，用多少吨水泥，你不用管，你就按磨成地坪的平方数给我钱就行了，我到他们家还水泥账，他 490 元一吨，我也认，这不干你的事！"

他不吭声了，赖了这头赖那头，真没遇见过这样的无赖，他妈走来走去地收拾东西不吱声。我催着这小伙子拿钱，他看到他妈又想了一出："那你们磨三天地坪，我妈帮着扫水三天，我妈的工钱一天按 200 元，我得给你们扣掉 600 元。"

"接活的时候我跟你说得明明白白，有话在先，磨地坪时，你们找人扫水，这个用工跟我们无关。"我说着，把接活时录的那段谈话录音放给他听。

他无话可说，却还是不想给钱，磨磨蹭蹭把他的摩托车又推了出来，喊着他妈："妈，咱们走，你坐上摩托车，我带你进城去看门。"

话音一落，他妈走过来，跨上摩托车。他妈比较瘦小，我伸手抓住他妈的双肩，也坐上摩托车。他已经发动的摩托车熄了火，扭头问我："我们去看门，你坐我们的车干吗？"

"你觉得你走就完了吗？我想去打架！"我已经愤怒到忍无可忍了，掏出手机看了一下时间，我到他家的时候是 8 点刚过，现在已经快 9 点。在他们村干活时我听说过他，一个月前曾跟人打架进过拘留所。

他从兜里摸出一沓钱，我坐在摩托车后座上，数了数还是 9000 元，我先把这 9000 元装进兜里，然后说还差 600 元。

"没钱了，我昨天就取这么多，你明天再来拿吧！我可不想跟你打架，早一段时间因为打架我才出来。"

"可我想打架，我还没进去过呢。"

"我不打你，好男不跟女斗！"他死皮赖脸，这会儿倒是挺会装。

"在你们村里我不打你，今天你上哪儿我上哪儿，走到县城最繁华的大街上，我会找碴跟你打架，会有人帮我报警。我要没办法治你，我这水磨石生意就关门歇业！"我越说越气，嗓门大了起来，在他家西边不远的代销点打牌的人，都乱往这边看。

"妹妹，别生气了，你下来我也下来。"她妈夹在我和他中间，坐不住了。

"那你把那600元钱给我。"我冲他妈说，"就你这儿子，该成媒了，也不怕人家说长道短，还有名的窑场老板嘞，人家这点血汗钱也短。"

"我兜里没钱，家里孩子就取这么多，让他进城取去。"

"不行，那边有麻将场，你去借！我跟你说，大姐，今天我就叫上劲了，你们不拿这600元钱，我不会走，非办你娘儿俩的难看不可，别因为这个让村里人看不起。"

他妈下来朝麻将场走去。

我接过他妈拿回来的这600元钱，看看手机，正好是9点05分。我插上钥匙，启动我的摩托车，故意按两声喇叭绝尘而去。

过去的县西梁堤口在这一带很有名，城南有个刘豆芽村，县西有个梁堤口村。这两个村里习武的人多，特别是梁堤口，庄子里大名人多。有一个名叫张厉害的大个子男人，就是这梁堤口村人。

张厉害找人给我们打的电话，也是要做水磨石地坪，我去接的活儿。张厉害锅盖平头，脖子上挂着黄金链子，穿戴讲究。

说好价钱讲好规矩之后，我们带着工友们很快给他把地坪磨出来了，面积不大，一共才5000多块钱，中间给了一部分，剩下2800块。磨好地坪后，他对周岗说："现在手里没钱，等有钱了给你打电话。"

在他们村干活期间，也听说这个人有前科，在里面待了十来年才出来。结交的混混多，手下有几个小兄弟。我想着我们是出苦力的，这号人一般讲义气，总不能不给钱吧，再说在里面待了十多年，说不定早洗心革面了。

可今日看来，我还是高估了人性。有了解他的人对周岗说，这账你们不好要，最后可能会等你们要不到了主动放弃。周岗回来埋怨我，不该接他家的活，说那人一看就不是啥好人，好袜子好鞋不踩臭屎，找一个客观理由推掉不就妥了，又不是咱找不着活儿。周岗说得我心里也烦，想着得寻思个办法，把钱要回来。

两个月后的一天，张厉害村里的一个熟人告诉我，他爹要过75岁大寿，他那些江湖朋友都会来。我一听，觉得这是个好机会，就跟周岗说，等到那天下午两点，咱们准时去他家，到时候礼单桌子在那儿呢，他就不能推说没钱了。

那日我开车准时赶到，把车停在路边，我让周岗跟着，没啥特殊情况不用他说话。

张厉害家院子里搭着大棚，酒席已开场，端茶送客好不热闹，看来各路人物都有。

我注意到他身边有两个小个子,是他的难兄难弟。大部分人已经陆陆续续开始走了,我就上前喊了他一声,他给周岗递了一支烟,他俩就在院里坐下。他问周岗账算好没有,我把账单递了上去,他没看就转手递给一个小个子,朝我看了一眼说:"你俩再去屋里量一遍。"

人都在院子里,屋里没人,墙还没粉刷,还是磨好地坪时的样子。这小个子一副奴骨相。先量客厅,我一扯尺子,明明写着五米六,他竟然给他的大哥高声报数是三米六。我挺生气的,问他认识尺子不。接着继续量,他仍然故意报错,我喊他松开钢尺,他嬉皮笑脸说了一句:"呦嗬!脾气不小!"

我觉得他是故意打哈哈,根本不是诚心量。又看他一副无赖相,是在戏耍我,心里的火苗子噌噌往上蹿,他们家今天这么多人,他再不明智可就是找着丢人!我哧愣愣收完尺子,将钢尺朝屋子里的客厅一角使劲扔去,故意大声说道:"不明尺度,要你干啥!"

张厉害被我这举动也震到了,他忙扭头问小个子:"咋了?"

那小个子显然没有料到我会来这一招,说:"看来脾气不小!"我大声说:"张哥,你管管你的兄弟,他故意的吧!他想故意气我,还是故意让你难堪呢?今天院子里还有这么多贵客没走呢,我本不想发火,是他逼的!今天是老爷子的寿诞,我碰巧赶上了,也不想给你添堵,可这小子是诚心帮倒忙啊!这张单子是我放线时的尺寸,分毫不会错,错了我放不成线,张哥你好好看看尺寸,你的房间你心里有数。"

说完我把单子从小个子手里要了过来,给他递过去。

"哈哈,兄弟呀,你这媳妇儿脾气了得,跟俺媳妇有一拼!你的日子可能也不好过吧!哈哈!"他听完我的话,对着周岗说完又仰头大笑了几声。

"俺媳妇真口,但论理,我也怕她。老兄,这次一定是你的小弟惹怒了她。"周岗这次的话接得还行。

张厉害又掏出一支烟递给周岗说:"兄弟,这样的女人不多,胆儿大,人有本事,好女人!咱是爷们,得让着她!"说完从兜里掏出一沓票子,扭头问我:"说!多少钱?结账!"

家有一老，如有一宝

2006 年北漂回来，发现大姑姐一直在老家照顾着小儿子读书。2007 年，她家的大儿子辍学，去陕西和大姐夫一起做装修。大姑姐本想让孩子好好读书，可孩子们一个个辜负了她的期望。2007 年，她也去了陕西。

这年暑假，大姑姐打电话给我说，大儿子尝到了做工的苦，想回来上学，让我帮他找个学校去复读。这孩子辍学时才读初二，还得从初二读起。我的好友阿文在县城最好的中学教书，正好是初二的班主任，我就介绍他进了这所学校，入了阿文的班。

阿文因我的关系对他如同对我的孩子一样亲，让他当班长，时时鼓励、辅导他的学习，他成绩提升很快，但坚持到初中毕业，还是去学了装修设计。

大姑姐全家一直在陕西做装修，每年也就春节回老家几天，老大慢慢长大，谈了个女朋友，2011 年回来建房子。建好后，一楼让我和周岗给他们做了水磨石地坪。2012 年春节，大姑姐两口子回来，准备在家里装修房子，给儿子娶媳妇儿。

奶奶这一年 78 岁，面色红润，身体健朗。我们出去干活时，她在家看家，不卖粽子后，奶奶也没事做了。

老院子里的房子盖好后，2011 年秋，我们又在村南的宅基地上盖了八间房子，因为这片宅基与厂房紧邻，想着建好后可以出租出去。

自从家里的房子盖好后，奶奶整日高兴得合不拢嘴，她摸着门上的花纹，夸出了一大堆词儿："你看看这门真好啊！以前的地主都没见过，谁能想咱家能过到这一步啊！"

奶奶的手都是轻柔的，看哪儿都是笑眯眯的，她仿佛在欣赏一件艺术品，表情里是藏不住的喜悦，摸摸这，看看那，一站就是老半天。我望着奶奶的背影，望着她轻抚着新房门的手，理解了她当初骂着让我盖房时，为啥那么激动。

家有一老，如有一宝。我们日出而作，日落而息，奶奶就时常坐在走廊下的椅子上，有时在院子里转来转去，见谁来都是满心欢喜。大门从没有上过锁，因为奶奶不会用钥匙开门，教了她很多次，就是学不会。我在家的时候，奶奶就去南地院子里转转，回来总重复说："这片宅子要不是你，恐怕早被人抢走了。多少年了，人家儿子多，占了一片又一片,老的单独有院子,咱家单传,老少都挤在一起。我一直说恁大,想要片宅子,村里不给。看这多好,等培哲长大想住哪儿住哪儿!"

奶奶越老越明白了,再不像以前那样不明事理,多少年的泪水和委屈都已远去,只剩我对奶奶的心疼,还有奶奶对我心服口服之后的相亲相依。

后来大姑姐每次回忆起这些年,就说:"你看咱奶后来跟你多好啊!她看见你满眼都是欢喜。"

农历二月初五是奶奶的生日,这天又到了。奶奶没有闺女,三个孙女常年在外打工回不来,只有周岗和我在家。我准备做些好吃的,等着奶奶的娘家弟弟,也就是舅爷。前文说过,奶奶和他弟弟自幼失去双亲,相依为命长大,姐弟俩特别亲。

舅爷每年都来给奶奶过生日,奶奶曾说,他弟弟最爱吃红糖荷包蛋,我就先给他做一碗荷包蛋红糖茶,让他在客厅里边吃着边和奶奶聊天,我去做饭。这是奶奶最幸福的时刻,他们讲着小时候的故事,有时会笑得打歪歪,有时则会掏出手巾擦泪,老姐弟俩讲到兴致处连说带笑像孩子!

吃饭时,舅爷跟奶奶说:"二姐,咱俩小时候最苦,咱哥和咱姐成家早,他们没咱受的罪多,现在他们都走了,就剩咱俩,北京咱俩也看了,咱俩可得好好活,好好享福。"

奶奶听着笑着,只是没想到,准备狠狠幸福下去的奶奶,这天过的却是她的最后一个生日!

从北京回来这几年,奶奶不论走亲戚还是去哪儿,都是我骑电动三轮车带着。公爹骑电动车比较鲁莽,一加电门叽溜子吭当只管往前跑。

天气尚冷,水磨石的生意还没开始,我收拾家务,公爹没有事。农历二月十四那天,他吃过早饭,说大许寨有集会。他拿了小被子放在了电动车上,说正好带着奶奶去乡里领一下她的独生子女补助款。

去大许寨的路是红砖铺的马路,那时还没修水泥路,去时我叮嘱公爹别慌,带着奶奶呢,砖路不平,慢慢走,公爹答应得很好。中午 12 点多,奶奶和他一起回来了,车子进了院还没下来,奶奶就跟我诉苦:"再也不让恁大骑车带我了,他骑车没命地跑,颠簸得我头疼得受不了,我咋说他都不停车,我气得没办法,最后我说要解手,他才把车子停到路边。"

奶奶说之前坐我的车子,从来没有难受过,所以她就吵公爹几句。

奶奶这辈子可没舍得吵过公爹啊!这是怎么了?以前我说公爹一句她都护着,这次咋舍得数落她的宝贝儿子呢?

我让奶奶赶紧坐下歇歇,又让她喝了些水,休息一会儿才缓过来。奶奶又吃了一碗饭。他们还买了一块肉。奶奶掏出领回来的钱递给我说:"你拿着花吧!"

"你自己放着吧,我又不缺钱花。"

第二天是农历二月十五,奶奶吃完饭去南地转转。奶奶岁数大了,虽然她血压没问题,我还是时常担心她的身体,生怕她哪天不小心摔倒,所以我平常很注意观察她的举动。也不知是因为头天晚上她说不舒服,还是我的心理作用,我看着奶奶的脚,抬步没有之前利落了,好像有一点拖地,我就喊住了她:"奶,你是腿疼,还是脚疼啊?"

"没有啊,没有哪儿疼。过去脚面上倒是有一根筋疼,岗给我买了伸筋草,吃过之后早就不疼了。"

"我觉得你走路有点脚拖地,没以前脚步轻巧了,明天带你去医院检查一下,拍个CT。"说完我又跟公爹讲了一遍。公爹啥事爱自以为是,他不以为然地说:"看啥,可能还是脚疼,老了这儿疼那儿痒的不算是病。"

公爹说归说,但很孝顺,出去玩回来时给奶奶买了膏药。进家奶奶就吵:"买这些干啥?我的脚又不疼。"

我跟周岗说:"别指望咱大,他就会去买药!昨天奶说头疼,我总担心是不是她头上哪儿血管堵了,要是奶真偏瘫了,麻烦的还是咱。"

第二天,周岗打电话给在家装修房子的大姑姐说了,让她来跟我们一起去医院。我骑着电动三轮车带着奶奶,周岗和大姑姐都骑着两轮电动车,我们一起去了县中医院。

CT的片子一出来,胶质脑肿瘤,脑中线已经变成月牙形。我们给奶奶办了住院手续。医生跟我们谈话说,奶奶岁数大不能手术,只能保守治疗。

奶奶不知道自己的病情,医生告诉她在这儿住几天,保养一下身体,她也就顺从地住了院。医生和病友们问她,我是不是她的小闺女,她说是孙媳妇儿。

上午把奶奶安顿好后,我跟大姑姐商量,让她先陪护奶奶。我和周岗带着片子去找到了二弟的同学,他是县人民医院脑外科的医生。让他看看片子,看能不能得到更好的医治。可他也说,只能保守治疗。

因为我们家离县城近,奶奶说她不想晚上住医院,在医院她睡不好,想回家。非得让我跟医生说说,让她夜里回去。就这样,我们天天晚上把她带回来,早上8点之前吃完早饭,又送她来医院。

大姑姐和大姐夫每天来帮着照顾奶奶,周岗已经给二姑姐和小姑子打了电话,家里有我们,她们并没有及时回来。

瘤体比较大,不知道奶奶还有多少时间。公爹说,得告诉奶奶的娘家人,她的娘家人也立刻来了医院。他们到了问二姑姐和小姑子咋没回来,周岗就又给姐妹俩打电话。住院后的第5天下午,二姑姐和小姑子也到了家。傍晚的时候,我骑车带着奶奶从医院回来,路上碰到本村的人和奶奶说话,奶奶喜笑颜开,声音洪亮,看起来精神格外好。

家里养的大肉鸡,长到十来斤重,晚上我们炖了地锅鸡。姐妹们常年走不到一块儿,晚上在家里吃饭,二姑姐孝顺又勤快,她让我们先吃,她自己端着鸡汤坐在奶奶床前陪奶奶。

我刚准备吃饭，二姑姐喊我到奶奶屋里来，一进屋门，二姑姐就笑道："卫红，咱奶还是跟你亲，你不来她不吃饭。非要你给她拆她放的钱不可，我说等吃完饭她都不愿意，我拆她还不让。"二姑姐连说带笑地给我一把剪刀，还有奶奶压箱底很少穿的一件红色旧棉袄。

"咋了？钱在棉袄里面？"

二姑姐用手给我指了指棉袄的袖笼处："奶奶说她的钱都在这儿存着呢，你拆吧，非得指名让你来拆。"

我拆开一看，一沓毛爷爷的红票，还有几张已经不流通的老头票。

奶奶说："你放着花吧！"

"奶，这些红票给俺大，等你出院了，让他带着你给你去买好吃的。老头票我放着给你的重孙子，现在已经不流通了，将来可能会升值。"

大姑姐也笑着说："奶奶还是偏心，几个孙女都不给。她入院那一天，我在那儿陪护她，你走后，咱奶光夸你。人家医生问你是谁，她跟人家扯好远，夸你在北京对她好，跟人家讲她在北京都去了哪儿，夸在家里吃得好，连说带比画，那精神头哪像个病人！"

第六天，我起得很早，二姑姐也起来帮我做饭。我给奶奶蒸的鸡蛋羹，出锅滴了点香油，让公爹给她端去，准备先让奶奶吃了，好送她去医院。

我又给培一准备了饭菜，只见公爹又端着碗走进了厨房，一惊一乍地说："恁奶不中了，脸上纹都伸平了，不会说话了。"

"你说啥呢？"

"我起床时她还好好的，就这一会儿不行了。"公爹平日说话有点一惊一乍不着调。我赶紧跑到奶奶床前，奶奶静静地躺着，呼吸均匀，像睡着了一样。

"奶！奶！"我大喊了两声。

"哎！"奶奶睁开眼，应声清脆响亮。

这时候，西院的邻居奶奶拎着一兜鸡蛋正好过来看她，进门就叫："老三嫂，我才听说你有点不舒服，还没吃饭吧？"

"哎！他婶子，你吃了没有？"奶奶想坐起来，我们忙按下让她躺着。

我跟奶奶打过招呼，把培一送到胡同口的校车上，等我回来时，奶奶已像植物人一样，再也喊不醒了。

我家的院子大，东西两个厅，东厅离厨房最近，20多平方米。我们这边的风俗是，老人到了最后，一般就会让她躺在堂屋里，我们就在东厅里靠墙放了一张单人床，让奶奶躺在那儿，方便来来回回地看护她。

公爹说奶奶没几天了，皱纹一伸人就快走了，让周岗打电话给奶奶的娘家人。不一会儿,舅爷、舅奶、表叔等都来了,大家商议说,眼下这种情况就不要去医院了。

上午,我和大姑姐用洗衣机给奶奶洗她的衣物,让二姑姐和小姑子坐在床前,时不时地叫唤奶奶。她俩说,奶奶没一点反应了,喂牛奶也不会喝。我们给她用的尿不湿,没有大便,只有一点点小便。

十点多的时候,我忙完洗洗手,走到奶奶跟前,大声喊了两声奶奶,奶奶又"哎"了一声,但是这次声音有点模糊。后来任凭千呼万唤,也没了第二声。二姑姐很稀罕,她们那么喊她,她都不应,我一喊她,咋应一声呢?

"可能这些年奶奶听我的声音习惯了吧,她又不上哪儿去,每天是我叫她最多。"奶奶就像植物人一样静静地躺在那儿,不吃不喝也不说,没有烦恼,没有痛苦,表情安然。

农历二月二十七,奶奶永远离开了我们。那日我不在跟前,因为是县里领导接待信访的日子,村民都过来叫我,大家都得去。婶子大娘们也说她们和家人看着奶奶,让我去吧,说我不去大家没主心骨,不知道说什么。

我赶到家时,大姑姐、婶子以及大娘们已经给奶奶穿上了寿衣,是她生前,公爹给她买的。嘴里已经给她放了一枚硬币。村里管事的也来了。

大姑姐和大娘操心烙着打狗饼,说是去世的人去阴间报到,要路过恶狗庄,恶狗庄的狗会出来咬人,就扔饼子给它,所以叫打狗饼。和面的时候掺了头发和乱麻丝,狗吃的时候可以缠住狗牙。给奶奶右袖子里放四块,左袖子里放三块。

奶奶的脸上已经盖了一片方形的草纸。东厅里的东西都清了出去,中间放着奶奶躺的床,床头用碗盛了半碗油,里面插个棉捻子,点上了领魂灯。

虽说早有思想准备,知道这一天早晚会来,但我进院门真看到了这一幕,还是没有忍住,鼻涕连带泪水一齐往外涌,脑海里都是奶奶日常里点点滴滴的好。

周岗买了一只活公鸡,俗称领魂鸡。公爹抱着鸡,我们都跟着他往南地的十字路口去送魂。送魂之前,在家是不能哭出声的,去送魂的路上也不能哭,一路走着喊着奶奶送她走。二姑姐、小姑子和我都不知道送魂的话怎么说,大姑姐懂这些礼数,她一边走一边说:"奶,走吧,送你上路呢!"

到了十字路口,公爹左手抱着鸡,右手握紧鸡脖子,直到鸡断气。我们点燃了烧纸,大姑姐喊道:"奶,你走吧!奶,你旱路坐车,水路坐船,你游山逛水,尽情去玩。"烧完纸后,亲人们放声痛哭,一路齐哭着回来。

领魂鸡由周岗拿到村头的饭店宰杀干净后,把翅膀折叠着别进鸡嘴里,过开水煮一下就成了供鸡,摆在了堂屋奶奶床头的一个小方桌上。又放了一方肉,还有一条炸好的鱼。堂屋门口外谁来哭丧,就有人专门烧纸钱。看到这些场面,我才真正意识到奶奶走了!

我把准备好的孝布拿出来,婶子、大娘帮着裁成各种孝帽。村里人听到我们送魂回来路上的哭声,也开始来烧纸了。来烧纸的人辈分不同、身份不同,分发的孝帽也不同。孝帽不能发错,也不能改换。

我们盖房子时,曾请了一个做家具的木工师傅,把公爹留的几棵树加工成了十几厘米的厚板,给奶奶打了一口棺材,俗称"喜棺"。这个时候,已经有人帮着把棺材抬到院子里来了。黑漆也买了,大姐夫和周岗已经漆了两遍。棺材里面用白布覆一层,等着适时入殓。

我们统计了一下亲属名单和住址,上午请人帮忙分头给亲属去报丧。下午奔丧的亲属就陆陆续续地到来,婶子大娘们帮着烧纸钱、发孝布。

周岗去王隆集请人做了纸扎用品,又请了炮仗和唢呐。二姑姐和大姑姐说,奶奶的铺盖和棺罩,她们姐妹三个对钱买,不让我们花钱,我和大姑姐下午一起到县城的寿衣店里买了回来。

第二天定好了厨师,又把该准备的都细想了一遍,丧礼所用的物品一应俱全。

入殓前先用七枚硬币,在棺内摆放成北斗七星棺床,"七星引路,魂归北斗",民间俗称"垫背钱"。给奶奶手里也放了两枚。然后给奶奶洗脸,让亲人见最后一面。洗脸水得让儿女喝,奶奶就生了公爹一个,为感念奶奶养孙辈的付出,洗脸水准备由公爹和孙辈一起喝。每人用棉花蘸一下碗里的水,给奶奶擦洗过就扔掉。碗里余下的水是干净的,就分着喝了。

入殓后把老盆准备好,底部由子孙钻上眼儿,这老盆说是黄泉路上用来喝"孟婆汤"的,也叫"迷魂汤",钻眼儿是可以漏掉迷魂汤,都想让逝者少喝"迷魂汤"。记住身前的事情。

我们村缺专业管事的,村里有事就只有几个岁数大点的老者管事。奶奶出殡的头一天晚上,我们守着灵和管事的长者商量着,对丧礼的过程做了详细安排,写了一份执事单。

管礼单的、迎客的、烧纸钱的、发孝的、转盅的、摆供收供留供的、上坟抬供桌的、开圹的、负责纸扎的、点炮的、跪棚的男女孝子等都各司其职。

农历二月二十九,是奶奶去世后的第三天,按照风俗,趁三天出殡。早起我们把租来的灵棚搭好,又准备了孝子手里拿的哭丧棒,就是用高粱秆和白纸糊成的,我们这儿俗称"安仗棍"。又找人剪好了插在坟头上的招魂幡,灵棚内的八仙桌、酒具、香炉等一应备好。公爹和孝子去老坟请了灵,又选定坟地,由公爹起土后,找四姓人帮忙代劳,开圹挖墓。

在传统葬礼上,最隆重的是出殡这天的迎宾仪式。十点左右,由管事人指定的专职迎宾守在村口,等奶奶的娘家人快到村口时,就报给管事人。在管事人指导下,唢呐队起身呜咽哀鸣,我们跟着接到村口,分跪道路两旁,迎接娘家贵宾走来。舅奶和表婶将我从地上扶起,我搀着她们相互安慰着走回家去。

奶奶没有闺女,祭奠中隆重的葬礼就是表叔的二十四拜。表叔作为娘家人代表,先接受公爹的拜请,然后给唢呐队封礼,再去穿灵堂行大礼。

出殡还是按照传统的抬棺入殡,有村里的两个大个子叔叔背着棺头,众人抬棺移出门口,把灵棺放在大门口外原木绑好的灵架上。

灵棺移出,立即扒掉灵棚,我从厨房内端出发好的面酵糊,分别倒入灵棚四角处。两姑姐守孝跪棚结束,她们操心去坟地需要拿的一些物品。小姑子因怀孕不能上坟,留下看家。

灵架垫在地上,以防棺材落地,用麻绳捆好棺材,盖好棺罩。主事人大声高喊:"灵前奠礼!"公爹行礼后和孝子们跪拜于地,接着是娘家人灵前九拜礼。祭奠礼毕,掌事人高喊一声:"起灵!"杠夫起杠!公爹左手扛幡,右手使劲将瓦盆一摔,长悲当歌,哭声大放:"娘啊!"直戳亲友宾客的泪点,送殡的队伍放声痛哭!

摔老盆是有讲究的,由儿或长孙摔盆,长幼轮序,嫡庶轮序,必须一次摔碎。所以我们这边没有儿子的,就说是没人摔老盆。这个仪式很重要,谁摔老盆就确定了财产继承关系,没有儿子的,谁摔老盆谁受家业。

出殡时如果坟地偏远,需要换人抬棺,就用原木灵架垫着,不让棺材着地。

沿路撒着纸钱,到了坟地,点炮落葬,灵棺移落入早已由打圹人挖好的圹坑内。奶奶的坟墓向口是西南方,管事人和公爹叫着娘家人看了看大致的向口,然后喊我。我说我不懂这些,可公爹非得让我看着决定精准向口。

众目睽睽之下,我站在墓地的东北角,放眼往西南角的方位望去。我不懂这些,只相信运势随人转。远处是村庄,近处是田野,我就瞅准一个草木最为昌盛的方位点,定作向口。棺木落定之后,用一条白绫把奶奶的棺木和爷爷的棺土连上。

众孝子解掉身腰上的麻绳,扔到圹坑,安葬棍也都放入圹坑。公爹哭泣着从圹坑四角封了四锨土后,随后由开圹人封穴。

我望着开圹人铲起的黄土一锨锨落下,像种庄稼似的,把奶奶一点一点地种入这片曾养育过周家一代又一代人的土里……

这边把纸扎摆好,大姑姐用剪刀把纸扎楼房的门、窗剪开口。她嘴里说着:"奶,这是你的新家,有楼房大院,有仆人使女,有手机电视。你的钱花不完就存起来,给你送的有银行卡。"

我望着堆起的新坟,还有纸扎的火焰,蹙眉深锁,双唇紧闭,表情穆然。回忆着十六年来的苦辣酸甜,无论奶奶待我如何,我只念她疼儿惜孙,怜我儿女,红肿的眼睛再一次泪水潸然。

壬辰龙年(2012年),二月廿九。谨备葬礼,哀泣祭奠。呜呼祖母,今兹逝远。重返瑶池,羽化成仙。琼楼缺月,星汉光减。子孙重辈,长思深念。呜呼哀哉!暖暖春日,浩荡坤乾。兰河悠悠,风水流转。愿祖母在天之灵护佑周家子孙兴旺,厚福康健,宏图大展!

祖母孤苦,命比黄连。幼失双亲,逃荒要饭。育一独子,庇护娇惯。时运不济,娶媳命短。孙男娣女,忍泪照管。祖孙互依,更相度年。熬逾花甲,吾嫁入园。新旧思想,碰撞多难。念祖恩孙,不是不怨。感祖泽孙,打骂不还。羊有跪乳,替夫孝度余年!鸦知反哺,代子养立行言!

渐行渐恰,磨合观念。鼓瑟鼓琴,和乐且湛。恶瘤滋生,暗长病变。春秋有序,天道却短。花开重日,人无复年。油尽灯枯,再无慈颜。风吹柳软,无力回天。呜呼哀哉!罗袂掩涕,泪襟激激!

这天预报的是小雨,上午一直没下,出殡回来开饭。等客人散去,姑姐妹们没走,我们打扫院子,把该送还的物品送还。给厨师们算了账,他们忙完,收拾好餐具走后有一个多小时,雷声炸响,满天乌云化作倾盆大雨下了半个下午加一夜!

大姑姐说:"人家都说下雨好。卫红弄啥都有福!天气预报有雨,上午没下,省心不作难。点纸扎时,坟地里风停了,没风稳火多好!咱奶向着你,病几天也没唠叨人就走了!"

我一听大姑姐说的都是实话,就说:"咱都有福,奶奶向着我,要是她躺几年,我可是没有好时候了。这生意也干不好,孩子咋养?奶奶可怜我,疼重孙,没给我找一点麻烦。可是若她卧床不起,你们仨在外也不能安生,奶奶向着咱们大家呢!"

天明雨停,春风拂面,同村的一个能说会道的奶奶路过我家说:"卫红真有福啊!雨打新坟辈辈出贵人,雨打墓辈辈富。昨一晌午都是阴天没下雨,俗话说,雨打灵辈辈穷,是说出殡那会儿怕下雨,下雨最不好。恁奶的坟埋好后开始下雨,地也下透了,晚上我跟俺家恁爷说,这卫红家以后好!"

这位奶奶当日说的话,我至今还记得,也真的感叹上苍有眼,奶奶的身前身后事,都没让我作难!

奶奶走后,好长时间我都适应不过来,像少了半拉天,心里空荡荡的。她在时虽帮不上大忙,可出入时看到她好好的,安心啊!她走后,只要出门就得锁大门,而一关大门就想奶奶,感觉很不习惯。

后来买了车,开车走亲戚时也在想,奶奶要在,坐我的车送她走娘家,她该有多喜欢!她走后不到两年,我去海南买了房。盖个房子她都那么开心,若是她知道买了房,心里又该多甜!

有一天夜里,我梦到了奶奶,她回家了,笑容满面,我拉着她的手问:"奶,你这不是好好的吗?咋就一走不回来?"她光笑不答话,又让我给她剪头发。我突然醒了,梦境那么清晰,突然觉得挺想她。我睡不着,坐起来把灯打开。周岗睡觉轻,他醒了问我咋了,我就把梦说给他听,他坐起来揽着我说:"别不好受了,咱奶已经享到你的福了。老早妈走了,谁都看不起俺,咱奶也没过一天好日子,有了你咱家才好起来。咱从北京回来后,和咱奶同辈的老人,谁也没有咱奶吃得好喝得好,能看出来咱奶心里高兴。睡吧!咱对得起咱奶!"

　　他不说我还没哭,这一说,我的泪止不住地掉下来!只觉得嫁到他家恁些年,那些无法言说的委屈,顷刻间被他这几句话给彻底一笔勾销了!

2300 块钱

2015 年的一个下雨天，没去干活，我和周岗带了现金去县城的建行存款。柜台前坐着一个小姑娘，看年龄是刚毕业的。我从柜台窗口里递过去在家数好的一沓钱，她拿起来放到验钞机里点，我听着点钞声，和周岗聊几句天。

她把钱打成捆之后，把一张单子递出来让我签字确认一下金额，我一看存款的数目多了 2300 块，就把单子推了过去说："你搞错了。"

那小姑娘很不耐烦地说："哪会错呀？"

我定睛看看她的胸牌，姓高。我笑着说："小高同志，你才上班吧！我看你年龄跟我侄女差不多，可能也在实习期，工资也就 2000 来块钱吧！你真的弄错了，重新点一下钱数吧。"

"差多少？"小高还是一脸不悦。

"不是差，是多出来 2300 块。"

"哦，不好意思！"小高脸色转暖，又把柜台上的钱过了一遍。

"我要是签完字走了，你咋办？虽然有摄像头，但看不出我拿的这沓钱是多少啊，亏空的咋办？"

"谢谢您，对不起。"小高给我办完手续，可能觉得刚才的态度不好，向我道了歉。

出了银行大门，周岗说我傻："看她那个态度，你对她说干吗？你傻嘞不轻，人家送到手的都不要。"

"不义之财不可取，那钱跟咱没关系。"

请君入瓮

2013 年初夏，我进城见到三弟。三弟跟我说了一件事，说他曾交钱把 C 照增驾到 B 照，驾照早拿了回来。他说办增驾后，老表也去办了，老表拿到驾照后，开车去郑州被人查了，说驾照有假。老表给三弟打电话说了此事。三弟现在心里也犯嘀咕，怕他的也是假照，结果去车管所查验，果然是假的。因为他们去办增驾，找的是同一个人。

原来三弟跟我一起去淮阳卖玉时，认识了市场一个卖工艺品的小黄，他们经常在一起聊天。聊天当中得知，这个小黄是周口市人，说在周口一所驾校负责招收学员，校长是他姐夫。

我听完三弟的讲述，就赶紧问，还有其他人找他办驾照吗？三弟说村里有一个喊叔叔的，从他这里要了小黄的号码后，又找了几个人，他们去周口找小黄办了几个 C 照。

这么一算，找小黄办证的有八个人，共花了五万多块钱。我跟三弟说："这八个人都是因为你才认识小黄的，所以他们上当受骗，咱们脱不了干系。"

三弟太年轻，哪能轻易相信别人？交朋友得看人品。我跟三弟说了很多，这天我们一起回了娘家。

等三弟原原本本地把事情经过跟父亲说了后，我也对父亲说："咱们老几辈人没干过坑人的事，这个事是因为三弟，人家才联系小黄的，是小黄骗取了三弟的信任，人家又因为信任三弟才上当的。这个事咱们得想办法，把人家的钱给追回来，要不咱怎么在酒庄待呀？"

父亲听完后很赞同我的想法，他说："咱们想办法帮他要，万一找不到小黄，取我的工资也得把这五万多块钱还给人家。咱不能因为这一点钱，损了几世的清誉，怨只能怨咱自己眼睛不亮，受人蒙骗。"

三弟说先打电话问问小黄在家不，要去周口找他。父亲阻止了三弟："你不能去周口，那是他家一亩三分地呢！不能打草惊蛇，得想办法引蛇出洞，咱们来个请君入瓮。"

我觉得父亲说得有道理，让三弟想想小黄的喜好和特点，三弟想了一会儿说："有主意了，过几天可以请小黄来玩。因为他以前说过，他每年会酿很多葡萄酒。我也跟他说过咱们这里有个万亩葡萄园,他说想过来看葡萄。正好咱们这里的葡萄到了成熟的季节,我就说给他准备了好葡萄,让他来这儿拿货。"

我听完后说:"是个好主意,咱先不露声色,跟他联系时只字不提驾照的事,先把他约来。"

又过了半个月,葡萄到了收获的旺季,三弟买了100多斤葡萄,并给小黄拍了采摘的视频。小黄很高兴地说,一个多小时就能赶到酒庄。三弟赶紧跟我和老表,还有同村的那个叔叔分别打了电话。

我先到的酒庄,老表开车正在从许昌回来的路上,那个叔叔也马上赶了回来。我到后不久,小黄的车也到了。弟媳去三家集饭店里点了饭菜,说让小黄吃完饭再走。

等所有人到齐后,已经将近中午12点了,他们都各就各位,准备开饭。我最后一个落的座。

三弟宽厚,我怕他开不了口。吃了几口菜后,我就先开口道:"小黄,在淮阳卖玉的时候,我没见过你,我见过你媳妇,人很漂亮,也很精明啊!"

"姐姐夸她了,俺和小飞(三弟)在一块儿不赖。小飞人好。"小黄吃着说着。

"小飞人好,待你不薄,他诚心待你,你却在心里算计小飞啊!"

"姐,你咋这么说话呢?"

"我只是说了实话。扪心自问,你做的事对得住小飞吗?小飞掏心掏肺地把你当朋友,我们在翰园时,你去开封玩,小飞请你吃饭。你比小飞大几岁,可你对小飞都干了啥?"

"我没有对不住小飞呀,姐,你把我说懵了。"

"别演了,该收戏了,实话跟你说吧,你今天走不出太康了。"

小黄还一个劲地抵赖说:"姐,我听不懂你在说啥,这是说的哪儿跟哪儿呀?"

"你的诈骗生涯到此结束,量你在周口关系网再大,今天我也让你插翅难飞。你不会忘了驾照的事吧?现在是下午一点整,你是主动退款投案,还是让我去报警?"

"你误会了,姐,驾照没事。"他觉得小飞和其他人一直还没发言,还故作镇定,想蒙混过关,

"小飞,你们几个把车管所的查验结果跟他说一下。"

小黄的头低下来了,我告诉他:"你赶紧做出退款投案的决定,否则,下午五点我就报警。"

三弟他们几个把交给小黄的钱如实列出单子,递给小黄,他接过来看后,给他媳妇打电话,让她把钱转过来。这个女人很狡猾,她还幻想着她有人能摆平,不愿意退款投案。小黄一直跟她通电话,她还是不往这边转钱。下午5点整,我选择了报警,不到6点,警察把小黄带走了。随后我们也去所里做了笔录,派出所的大院里又热又闷,蚊子能把人吃掉。因为牵涉的人多,做完笔录已经是凌晨2点。

　　我是连热带被蚊子咬,身上布满了红色的包和密密麻麻的小丘疹。到家之后,母亲让我抹了止痒的药膏,折磨得我一宿没睡着。

　　第二天在派出所里,小黄的家属将不法所得的钱退还三弟,由三弟经手按几个当事人列出的账单,分别退给了他们。

行车记录仪下的案发现场

2014 年秋天，我们在杨庙一所学校干活。杨庙是我县东北偏远的一个乡镇，学校门前是一片荒地，稀稀疏疏地长着几棵树，树下长了许多野生的枸杞，成串的红色枸杞，像小玛瑙似的鲜艳。干活时我发现有人采摘，走过去问，人家说谁要谁都可以去摘。我回家跟小青一说，她让我第二天去干活的时候带上她，她去摘枸杞。

我们开车走到离杨庙不远的地方，前方发生了一起车祸。一辆行驶在我们前面的黑色轿车正常行驶，对面的车道上一辆货车突然方向失灵，越过中间的白线冲入了逆行车道。黑色轿车为了躲避，往右一打方向，一下子冲下路边坡去，剐撞到一棵杨树后冲入了沟里。

我坐在车里看着眼前发生的一切，担心黑色轿车中的人的安危。路人瞅见有车下沟都围了过去，那辆货车急打回方向，又回归到正常的车道刹住了车。黑色轿车里先爬出来一个小伙子，他出来后，车里的另外几个年轻人也在众人的帮助下爬了出来，所幸没有大的伤亡。货车司机报了警。我看了看附近的路面，没有摄像头，我知道我的行车记录仪，清晰地记录了这一切。

那个货车司机四十多岁，一看就是个油条男。他不停地打着电话，我断定他家离这儿不远。一会儿后，他家人赶来了好几个。黑色轿车里的司机是一个二十来岁的小伙子，显然没有遇到过这种事，上来了也不知该干什么。路人乱说他，让家里来个大人吧。他说父母打工都不在家，就一个姑父，等一会就该来了。

发生事故时是 9 点多，10 点多警车还没到，小青说："走吧，嫂子，人家都走了。"

我想等着警车来，快 11 点的时候，交警赶来了。看了现场后，油条男和家人都凑了上来，他们交流了一会儿。交警又询问了一会儿小伙子。

快 12 点时，小伙子的姑父赶到了，我听见小伙子喊他姑父。我就急忙上车拿起我的账本，在上面写了我的电话，并留言让他在我离开之后打我电话。我撕下来这页纸叠上，趁人不注意的时候，塞给他姑父，然后开车离去。

小伙子姑父的电话很快就打了过来，我说："你们车上有没有行车记录仪？若没有，我这儿有,我的车一直在你们车后跟着,事情的经过很清晰。你们需要的话,晚上联系我,把卡拿去。"他姑父连声道谢。

小青说:"嫂子,你不走,我就知道你又可怜那个小伙子了!"

第二天一大早,那个小伙子联系我,他给我买了一张新卡,把我行车记录仪上的卡取走了。

包工头众生相

2016 年 7 月，我接到一位在县政府工作的熟人——李哥的电话，他问我近些年在忙啥，我说在工地上干活呢。他说他在县委工作，是省作协会员，经常有作品发表。现在纪委响应省里"清风杯"廉政小小说征文，教体局的老师写的征文稿多。李哥想起了我，想让我写两篇小小说。我说我都停笔 20 年了，写不出来，再说我也没写过小小说。

他说纪委的领导很重视，好的征文稿要结集出书。我还是推脱不写，他性格爽朗，哈哈大笑道："教育局能写的老师都写了，我看了水平就那样。我知道你的水平，所以才找你。你没写过这个题材也能写，你一看就会，我知道。"

得，这一下焊头上了！

我成天跟基层领导干部打交道，生活在社会底层，小小说的素材倒是挺多。想想李哥人也实在，既然说了，再推脱就不好说话了，那就写两篇吧。于是，我白天干着水磨石活儿的同时，脑子里酝酿着文稿。晚上我就让培一和周岗别来吵我，坐到书房一口气把两篇稿子写好了。一篇是《贫困生》，另一篇是《村支书李大胆》。11 月 3 日交稿，当时我没时间码字，就直接交了手稿。

没过多久，李哥发短信告知我，样书已经出来，我那两篇都入选了。

2018 年之前这几年，干学校的活多些。教育局的校安办和改薄办是负责学校改建工程的两个部门，承接工程的包工头大多是隐身于各行政事业单位的一些公职人员。这批工程涉及全县 23 个乡镇的数百所学校，分批次改建。标准的教学楼和宿舍楼，地面要求做成 1.5 厘米的水磨石地坪。

从 2013 年开始，就常有人找我们做学校的水磨石地坪，我都推掉了。原因是我曾去看过学校的活，他们做的基层往往因为缺工而坑洼不平，用的商砼料，浇灌之后初凝时不搓毛，凝固后表面比较光滑，无法和水磨石的料结合，到时候会出现空鼓，保证不了质量，所以这种活不能接。南墙和北墙，有时候能错五六厘米，许多二楼的教室，中间下垂凹度很大，甚至能下垂十多厘米。我心有顾虑，所以一直没敢接这种活。

三弟年轻，胆子也大，有闯劲儿。他试着接了两家学校，找的拉毛机给基层拉毛，用枪打水泥钉,想了各种办法后又做水磨石,做出来依然空鼓严重。最后钱也不好要,当然也不敢再接学校的地坪。

当时农村的水磨石生意如日中天,我们生意忙得很。再说人的精力有限,我手下没有强将也就成了生意发展的瓶颈。光有干活的工人,培养不出来能操心的人,保证不了质量是不行的。经常也会有学校的工程老板来找我,因为有别的水磨石施工队给他们干得烂尾,请我想办法去给他们补救。那几年,我是手、脑、嘴一刻都不得闲,太累了!

干私人的活省心一点,干完活就结账,就是工地分布零散,做的无用功多点。学校的活集中,能节省路上奔波的时间,可以更多地去做有用功。我也不止一次地权衡利弊,思虑着怎么去处理学校地坪的基层问题。如果能把基层问题解决好,就去接学校的活,这样可以带着工友们创造更大的价值。

给私人干也遇到过基层光滑不平整的情况,主人又特别想做水磨石,我就慢慢通过实践积累,总结出了处理这些基层问题的有效办法,克服了基层中常见的一些问题,开始试着接学校的活儿。

去学校接活儿时和老板同去,看完现场我就指出他们的基层问题,提出解决方案。他们一般都会接受我的提议。我把处理基层问题时的工和料计算一下,让老板先支付这个钱,因为这个钱是跟水磨石不挨边的。跟老板讲明基层处理好后进料,他们必须先支付水墨石50%的款,其余的钱等磨完地坪再结清。这样处理了基层问题之后再施工,磨出的地坪很好,一点空鼓的地方都没有。

工程老板们开会见面时会相互传播,后来许多学校工程老板找我,我就开始和老板沟通接活儿。给三弟打电话,让他按我的方法去处理基层,接的活儿大部分都是给他干。工程大的我们就合作,工程小的我们分开干,我操心接活儿和要账,要料时我计算好石子的用量,石子直接送到指定的学校。

大多数老板素质都不错,尾款也就是晚几天的事,他们会好言让我耐心等待,最后都会给我结账。

2017年是干学校的活儿最多的一年。过完国庆,我和三弟开车送父母去了新郑机场,二弟让他们去海南过冬。家里就剩我和三弟,我们把学校的活儿干完,天也就冷了。元旦前,我开始催促各个老板结算尾款。

十来个老板共欠了我们近二十万块钱的尾款。到了12月底,有几个老板不接电话了,还有个别的直接把我拉黑,我心里很生气。进入元月份后,二弟给我订了2月5日的机票,因为每年我都会去海南那边看看,多了解海南,想着等两个孩子上了大学,我就带着培一转战海南。眼看一天天快到时间了,钱始终没有要回来。

没办法,我决定取消去海南的打算,就退了机票。我心里生气,看来光靠电话是要不来账了,只能付诸行动。

第一个目标是板桥镇兵马张学校的工程老板小宋,他是周口商水人,在周口开了一家品牌男装店。我是去接活儿的时候了解到的。他就是靠他的男装店结识了常去周口开会办事的相关领导,熟悉之后,开始接学校的活儿干。他说他那儿的活儿好干,好交工,关系硬,不会差我的钱。他催得紧,我们也很快把地坪给他做好了。

结果干完活儿后小宋变了脸,结账那天说钱不够,欠了我1500块钱。当时我没想到他恁坏,后来他就是不想给了,打电话也不接,一直拖着。

我先发信息跟他说,别因为这事再让我闹心,你若不仁,我就不义,限他两天内转来这1500块钱。否则的话,我就让一名工人去学校用电锤砸掉50平方米的地坪。我给他连发几条信息,他看到我给他发的一条又一条信息之后才回了电话,乖乖地把钱给我转了过来。

还有县东一所学校的地坪,是一个叫小阳的包工头接的活儿。给他送料之后给了部分款,我跟他说干完活算账,他答应得好好的,可活一干完就开始挑毛病,这是想赖账的节奏啊!我故意打电话说:"我干的活有没有毛病,我心里有数,你要非说有毛病不可,那我派人砸掉,你找人重新做去。"

他一听,坚决反对,又说教室内前后落差六厘米,是监理说我们做的地坪交不上工,磨得不平,又把监理电话给了我。

"我的水磨石地坪才1.5厘米厚,磨完还有4.5厘米落差,你说是谁的责任?干活之前我就跟你说了,基层落差大,让你派工人重新找平,打一下底子。若是不找平的话,只有随着地势走。你不重新找平,说明你有把握交,你们这会儿挑毛病,就是不想给钱。"

此后,再打他电话就是不接。干小阳的活时,知道是他姐夫负责工程质量的,也听小阳姐夫说过,这个监理不想让他们找我们干活,想给他介绍别人做地坪,别人每平方贵两块钱。

我明白了个中缘由,就给监理打电话,问他管哪几所学校,说若是给我们介绍水磨石活儿,可以给他利益分成。这监理说话没设防,说以后要给我们介绍活儿,并说价格可以提高两块钱,我给他录了音。

听说小阳有背景,他工程做得不小,专门开个茶庄,请领导去休闲喝茶。前文我提到村里征地时那个由公安护航的副县长,是抓城建的,小阳这些年一直找他接活。我思虑着这些事,准备去教育局找领导,并举报这个贪心的监理。我又听说小阳教育上的活儿,是经一个女副局长手里接的,我想直接去局里找这个女局长,她若不管,就往纪委反映学校工程存在的一些问题。

我走到县政府门前时碰到了李哥,他问我干啥去,我向他打听了女局长的电话。并从他的聊天中得知,县第二巡视组正在巡查教育局。李哥人比较正直,农民出身,他对底层人有悲悯情怀,他问我干的谁的活儿,我如实作答,他说:"你刚才说的这个老板,我知道他,但不熟。我的一个纪委的朋友和他关系好,常去他那儿喝茶。这个纪委的朋友认识你,你交稿时我一提你的名字,他说认识你,因为他在你们那里做过工作。你先别去教育局,我去找我那个朋友,把小阳约出来,看能不能说说让他把钱给你。若是能要回来就别去了,你几个孩子家里挺不容易的。"

我说:"那好,谢谢你,你给你朋友打电话吧!约个地方,我去买单。"

两天后,李哥约了他的朋友和小阳。我去得比较晚,这天我穿了一件端庄大方的衣服。平日干活顾不上洗的脸,也用点蛋清蜂蜜调和面粉敷了一会儿,认认真真洗了个脸。平日扎着的马尾松开,用上了一个漂亮的发卡,和平日穿工作服去工地时判若两人。

这李哥的朋友我也认得,经常去我们那边搞工作。我一进去,他没等我开口,就站起来喊了我一句:"酒姐!"李哥向我介绍了三个我不认识的人,说都是常在一起的兄弟,他也向别人介绍了我:"这是卫红妹子,是一个奇女子,品性高洁,能说会写,是大许寨乡人。我们去她们乡视察工作,提到她时,几任领导都很是称道。"

小阳这天打扮得像个文艺青年,在这些人面前的举止看起来儒雅得体,生人一看,还颇有谦谦君子之态。

小阳见我进来,笑着的表情显得不怎么自然。他站起来,看了我一眼,就去端壶倒茶水,彬彬有礼递给我说:"姐,我差点认不出你了,你就当老板呗,还天天干活干吗呢!刚才李哥他们跟我说起你,我真没想到你和李哥他们都认识,你咋不早说呢?此前是场误会,兄弟有眼无珠,失礼之处,请姐姐见谅!今天我请,算给姐姐道歉。"

"不必!兄弟言重了!自古江湖如此,不打不相识!我是个失地农民,不干活咋养家?"我说完笑着坐了下来。

期间,在座的一位土管局的副局长,说家里来客人了。他站起来叫了七个菜打包带走,这账就记在这饭局上了。

他们酒酣耳热之际,我去结了账。李哥见我结账回来,发个短信过来:"酒妹破费了!太康酒场上就这样,吃个饭约个人能叫一片,我也活成了自己笔下最讨厌的人物。"我读过李哥的作品,人物形象刻画丰满,对现实的揭露和批判很深刻。

他内心应该一直有一个干净的灵魂,但肉体却在现实的泥潭里行走。是啊!看看那些走在大街上的人,哪个不是每天带着虚伪的面具,道貌岸然招摇过市,见了熟人是标准化的寒暄用语,微笑里藏着一脸的意味深长!

能在老家的政治环境中生存的人,确实不容易,能走稳更不易。李哥曾感叹过自己:"走出村子到县城,有多难,我知道!"此刻,我略有所解。

此后,小阳不再说水磨石有问题,但还是拖着没有把钱转过来,我也没给他打电话。准备到春节前看他给不给,不给还得去教育局。

还有一所乡镇中学的教学楼,面积有 1000 多平方米,老板姓张,说话口吐莲花。他是从另一个老板手里要来我的号码,打电话找到我的。

电话里我说,等有空了先去看看基层如何。他急着施工,催我说:"我们等着交工呢! 你去看可以,有负责工地的人在那儿。我在周口,你放心,钱,咱都懂! 像我们接工程的,若真一板一眼地按照验收标准来,谁也交不掉工,监理是干啥的,咱都知道! 这活儿呀,四分靠干,六分靠交工,你接活儿就看老板的能力如何,你放心! 只要你能把毛底子给我变成水磨石,我就能交工,钱不会少你的,放心干。"听他说话这么牛,我这次接他的电话时按了录音键。

然后我去看了他的地坪,问题很大,每间教室中间都缺了几吨料,凹度得有十多厘米,都是边角高。我打电话跟他说:"要想把地坪做好,得补许多料,让你的施工队长带着工人给补平,等补好底子,我再去下条子。"因为基层有毛病,我每次通话都录了音。

"只要能磨,你们只管干,不用补底子,就着基层走,交不掉工是我的事,干完活儿挑毛病说不给钱,那都不是人物,不是混家! 你不用担心交不掉工,我是咱县运管上的人,在商水修路呢! 你干吧,料到了我转钱给你。"小张每句话都很霸气,铿锵有力!

来料的头一天,他就转来一万块钱,话说得也好听。他说得再好听,我也得提防着,都给他做了录音。

结果活儿干完,却迟迟不见他的踪影。我给他打电话,他光说在商水工地上忙,走不开。我把账单用微信发给他,催尾款,他说过几天回来,又让他的工地负责人和我一起量一遍平方数,把账算好。我去学校和负责人重新测量了一遍,并拍图发给他,他说是凹得有点明显。我说咱们此前是有言在先的,是你不愿意补平凹度的。

他又开始说忙,推了一天又一天,到最后不接电话,10月底把我拉黑了,换电话打也没人接。我就打听到了他的名字和工作单位。进入元月份后,一日吃过早饭,我带了四个工人到了他的单位。

单位办公楼前,站着三个人闲聊,我走上前问局长办公室在几层,其中一个30多岁的小伙子问我找谁,我说找小张。他又问我啥事,我心想,你就是不跟我说局长办公室,我也能找到,就索性如实作答。他一听语气变了,声音来劲了:"这货去年骗了我,你咋干他的活儿! 俺俩去年合伙做工程,他说人话不做人事。来! 来! 看见没有,去我手指的这间房,你不用去找局长,上三楼右拐,第三个门是他的直接领导,你去吧!"

我们到了三楼,见了小张的领导,他正好姓周,一听和周岗是爷们,赶紧给我们泡茶水,问啥事。我拿出手机把小张的录音放了一遍:"这是你们局的小张,我们给他做了水磨石之后,他不给钱把我拉黑了。他若再不露面,我就准备去找你们局长,然后去纪委和巡视组反映此事。"

这位领导拿起手机拨打了小张的电话:"你来局里一趟,有人找你,是做水磨石地坪的,带着几个工人。"

电话中他连连答应着,说让我们先回去。我们刚走出办公大楼,小张就把我从他的黑名单里点了出来,我的手机响了:"姐,你咋去俺单位了? 我太忙了,没回去呢,你别去俺单位。"

"不去你单位能找到你吗? 不去你单位,你能接电话吗? 今天来你单位,明天去纪委和巡视组。"

"姐,你带工人先回去,我马上去你家,把你家的定位在微信上发过来。"

我们 10 点到家,11 点多,小张就从周口赶了回来,让我把手机上的账单又发给了他,然后一分不少地给我转账过来。

感谢教育局的领导们

2018 年 1 月 22 日，这天是周一，我带着几个工友一起去教育局。先来到了改薄办，改薄办的马主任和张主任态度很好，我坐下来跟他们说明了来意。他们让我把欠款学校的名单列在一张纸上，并留下我的电话。张主任让我放心，他说这个星期内，就是让包工头砸锅卖铁，也得把你的钱结了。张主任说话幽默，但能看出来，他对劳动人民是充满同情的。

我们先回去了，还没走到家，手机就开始响个不停，我开着车也没接。都是这些包工老板的电话，一个接一个赶着打，这会儿嘴巴倒变甜了："姐，过几天就会给你算账，你咋去教育局了？"

第二天，我和周岗带两个工友去了校安办，因为小阳还是迟迟不给我钱，我不想再等了。我向校安办的主任反映了几个学校的欠款情况后，顺便提到小阳所属学校的情况，问工程款什么时候下来，并向他们举报了负责这个学校的贾监理渎职的事。这时候旁边坐着的一个年轻人接话了："这个学校我知道，我不让小阳给你们钱的。"

我一听他说话不对劲儿，这小阳背后的伞真荫凉啊！我就示意周岗和工友录像，这年轻人和贾监理说话的口气如出一辙："你们磨的水磨石地坪不平，不会给你们钱的，这个墙根到那个墙根错有六厘米。"

听完他这么说，我干脆一针见血地说道："是谁惯的这些老板做基层不找平的？我们去年干过咱县数十所学校，没有一个学校基层是平的，老板都是要我们随着地坪走的条子，为什么都能轻易交工？是谁为他们开了绿灯？是谁惯的他们这种交工习惯？你了解地坪落差几厘米的原因吗？能怨水磨石磨得不平吗？你不让给钱，给不给都是你说了算！看来你后台很硬，说话够狠，作为一名教育界的公职人员，坐在这办公桌前，你配吗？"

"咋了？就我说了算，你能咋地？嫌我说话狠，我还想打人呢！"他说着竟激愤地站了起来，还扬起右胳膊做出准备打人的动作。

"好，你真无法无天，你可以打，继续表演，你这一拳下去，这把椅子你就别坐了！"

这时候,校安部的主任看他越说越离谱,赶紧走上来,劝着他,把我拉到了另一张办公桌前。那小伙子瞅见了工友手机录像,就更加气急败坏,竟然指着我们骂骂咧咧。主任劝住了他,对我说:"别和他一般见识,他年轻,一会儿就会批评他。"

我越想越觉得这里头有问题,心间无私天地宽,为啥我举报贾监理他就那么大火气呢?办公室里另外坐着的几个人咋不敏感呢?主任还在一个劲儿地劝我别生气,可能有人联系小阳了,他已火速赶到。我只招呼了小阳一声,就故意对工友说:"走,咱们回去,明天等巡视组巡查,咱们反映此事!"

我们没走多远,就接到小阳的电话:"姐,你们走到哪儿了?我去找你们。"

"不用了,这人后台硬,太不知天高地厚!我要不往上反映,你的钱款也不好下来,原来以为是你不愿意给钱呢,看来是后面有猫腻,吸血鬼太多!"我话里有话,貌似故意替他开脱。

"姐,别生气,我是准备等钱下来给你呢。这个小伙子有点麦秸火脾气,别跟他一般见识,我去找你们。"

他开车追到广场,追上了我们,把尾款转到了我手机上后,跟我说:"姐,能不能把录像删掉,别去反映了,给兄弟个面子吧!"

我让工友删了那段录像。后来我打听了一下,这个小伙子是下面一所小学的老师,他舅舅是教育局的一个领导,把他调来填了校安部的这个肥缺,可能他太年轻了,有点飘了。

24日,我继续来教育局,当我走进校安部办公室时,又看见那个小伙子,他低着头再也不说话了。我跟邱主任谈到了常营二中的地坪,邱主任立刻跟这个工程的老板联系,帮我催促尾款。

25号我又去了校安部,那天我刚到不久,第二巡视组的人来巡查工作,一个主任赶紧把我让到了里间的办公室喝茶,怕我暴露身份,说了工程的事。

通过这几天的要账,发现赖账的小老板都一套接一套,拖一天是一天。拖到拖不动了,开始抵赖,找理由挑毛病,能拖过一年就更没戏了。啥时候提要钱,他啥时候烦,直到把你拖到失去信心,不要了正好。

要账要到腊月二十三,还有两家账没要到,教育局的领导也帮着我打电话催。有个老板答应得好听,就是不给钱。

光善良没用,光端着矜持没有威慑力,我没有耐心再继续等了。前文我说过,摆平流氓的,从来都不是淑女。妖风恶浪还需魔法治,无奈之下,我准备找人演一出戏。

我找了一个跟着干活的岁数较大的邻村大爷,其实工友的工资我早就给结清了,但是独角戏唱不成啊!我就买了一瓶敌敌畏,把药液倒掉,刷净里面装上了水,叮嘱大爷几句,让这位大爷拿着去了改薄办公室。这位大爷一到办公室就说:"我是跟着酒卫红一起去学校干活的,今天酒卫红不来给我算完账,我就死这儿。"他说完把敌敌畏拿了出来。

张主任一看,赶紧给我打电话,我去了之后,张主任又给老板打电话催他。没出半个小时,就把尾款转了过来。

最后一家是转楼一所学校的老板老刘,他50多岁,我也联系过他多次。他说天天愁得不得了,说他干的工程进度赶不上,趴盘了,手续不给完善,他拿不到钱,他找了教育上的领导也不行。现在每天几班干活的人到他家跟他要钱,他都不知道这个年咋过。

农历腊月二十七,该放假了,我带培一去县城买东西,准备再去一趟教育局。早上8点整,我和培一就赶到了教育局。这次我改变了战略,先去教育局宣传栏前看了看局长的照片,然后就在三楼的楼梯出口处等局长到来。8点多局长来了,他中等个头,微胖。我牵着培一的小手立在楼道口,培一穿着手工做的那件棉旗袍,可爱乖巧的样子,我微笑着和他打招呼:"王局长好!"

"你好!你找我有事儿?"王局长不认识我,但他语气温和。他一边说着话一边打开办公室,招呼我们进去。我把这段时间要账的情况简单叙述了一下,也把老刘工地的情况跟他说了,看能不能帮老刘完善手续给他拨下来一点钱,让工人们能回家过年。没想到这个王局长真好,他立刻当着我的面拨通了改薄办马主任的电话,马主任因为感冒正在输液,他让马主任打完针到局里来,通知老刘把手续帮他走一下。

老刘接到电话后很高兴,他得知是我帮了他,对我千恩万谢。他说要请我吃饭,我说我不喜欢吃人家的饭。银行该放假了,走不完的手续就得等过了年上班时才能走完。

过完年,老刘打电话说要给我算一下尾款,说这天就要打钱了,他想让我去帮他填一下单子,他字都写不好,以前也是找人填的。我就赶去了县城,帮他把手续办完。给我算完账,已是12点,他叫来了工地负责人,坚持留我吃饭。我实在推脱不过,就说去烩面馆吃个烩面吧!

开了春,老刘又接了六个学校的活儿,想让我们将来给他磨地坪,我毫不犹豫地推掉了。这时候我已经开始忙旗袍生意,给周岗和三弟接了几所学校,让他们合作着干。

兰河记忆

第十四章

和谐社会睦乡邻

撩情惹祸端
阿英被抓走了
千年搁邻，万年搁舍
相煎何急
人间疾苦
睦邻友好

撩情惹祸端

　　农村里的事,不论是家长里短、邻里纠纷、夫妻不和,还是婆媳矛盾,常有人找我去帮忙调解。能帮人打开心结,让邻里和睦相处,对我而言,也有一种幸福感,送人玫瑰,手有余香。

　　2010 年,我们开始做水磨石生意。秋冬季节白天短,一次去陈楼干活,周岗带着工人上完料就走了。我等着水泥初凝压实后,忙到晚上 9 点多才回来。到家馍菜都凉了,累了一天,肚子也真饿,就抓起一个凉馍准备吃。这时候大门口进来了两个人,我又把馍放下了。来人是村里的华子夫妻俩,他们夫妻平日恩爱,夫唱妇随。华子能说会道,妻子阿彩开朗活泼,这么晚了来干啥? 肯定是有事相求。我把他们让到屋里,他们表情慌张,吞吞吐吐。我说:"你们有事就说吧! 又没外人在。"

　　"其实是一场误会,咱村的辉子前天要打华子,华子就躲起来了。可今天还是不罢休,非打死华子不可。刚才辉子发来一条又一条短信,让华子去他家,若不去,下半夜就要给我们家撵老鼠(灭门的意思)!"阿彩还是想护着老公,觉得辉子屈枉了华子。

　　"咋回事? 华子叔,你要实话实说,若是想掖着藏着,这事就别找我管。"我已听出个八九不离十,辉子的老婆兰儿常去华子家找阿彩玩,这里头准有事。

　　"唉,我这当叔的不好意思跟你讲,是这样,阿彩用我的手机给兰儿发了信息,让辉子看见了,辉子打了兰儿,现正在找我。"

　　"你怕了? 真的假不了,阿彩怎会用你的手机给兰儿发信息? 若是一个平常的手机短信,辉子见了能这么玩命? "我看他到了这会儿还支支吾吾,就不留情面地说他,"你作为长辈,若对兰儿有想法,发奇怪的信息,同宗同族,错得离谱,人所不齿! "

　　"我就是没办法了才来找你的,我本来想打工躲出去。他发信息说让我今夜过去,我不敢不去,他赶到气头上,我去是真怕啊! 我要是偷偷走了,全家老小咋办! 老实人恼了可啥事都能做出来,跑了和尚跑不了寺,躲了初一躲不过十五啊! "他都害怕成这个样子了,嘴里还一套一套地说呢!

　　我知道他不是开玩笑,事态肯定严重,管这种事非同一般的邻里纠纷,得防止突发事件。辉子喊我嫂子，是周家近族兄弟，小我十来岁，他平日跟我说话不见外，人老实本分，论亲疏，比华子家更近些。

我脑子里想出了一个方案，先和华子夫妇说了一下，等会儿准备叫上华子的一个堂哥同去，不需要他帮多少腔，有突发情况时，也能应急配合控场。我先和住在县城的村支书打了个电话，就说我去给两家调解点小矛盾。万一看到我电话赶紧接，以便协助报警并及时赶到。

我先去辉子家，想先稳定他的情绪，再让华子他们过去。

到了辉子家，我敲了敲大门，无人应声。接着再敲，听到有脚步声过来，是辉子的声音："谁？"他的声音收得很紧，急促有力。

"是我，前院的嫂子。"

"卫红嫂子，你回去吧，我要休息了。"院中声音里的锐气软了下来。

"开门吧！兄弟，我想和你说会儿话。"

"嫂子，你是个忙人，我知道你来是为啥，是不是他找你了？谁来也不行，我非杀了他不可。今天下午咱院里的叔、姑，还有姐姐都来了，我都没让他们进院，把他们都撵走了！"他的声音又激动起来，几近失控，交织着绝望和痛苦。他把所有亲人都拒之门外，姐姐们是天黑了哭着走的，他满腔愤恨，心里只有仇怨！

只要我能进入他们家，就有办法让他恢复理智。想到这儿，我再一次请他打开门："辉弟，我不会走的，你不开门，我就隔着门跟你说话。今天我去陈楼干活，晚上9点多刚回来，一口水都没喝就来了你家。我来时培一还在家哭呢，你哥哄不住她，我真不想管华子的事，可我挂念你。还有家里的大爷和俩孩子。我就见见大爷和兰儿，和他们说几句话。"

我话音一落，门打开了，辉子低着头不看我，他扭头往客厅里走，我也尾随着过去。客厅里没有其他人。右手边的沙发旁有一个空箱子敞着口，里边有一把大砍刀。他颓废地坐在沙发上，右手一把握住了那个砍刀把子，他的手在一个劲地抖，双膝并拢一起也在抖！那刀一尺多长，五厘米宽，寒气逼人。

"我就准备用这把刀宰了他，他上半夜不来，下半夜我就去他家。"他放下刀，抖着手摁着了打火机，火苗抖动着，点了几次才燃着一根烟。他两腿仍并在一起，脚后跟离地，膝盖相互磕碰着，一个劲儿地在抖！

"大爷睡了吗？兰儿呢？"

这时候大爷从卧室出来了，他有点脑梗，动作迟缓，一个劲儿地擦眼泪："谁劝也不听，谁也不能劝，卫红你好好跟他说说吧！"

"你去睡觉，有啥好哭的？"辉子情绪还是比较激动，他吵着他父亲让去睡觉。

"嫂子！"兰儿也下楼了，她不敢看辉子的脸，低着头，眼睛红肿。

"让大爷先睡吧！别难过,有我在呢,没事的。"

"兄弟,你不记事时大娘就不在了,大爷一个人养你不容易！你姐姐帮衬你那么多,还有叔叔姑姑都疼你。现在俩孩子聪明活泼,你忍心让孩子再和你一样,从小失去父爱吗?逞一时之气解恨了,你还有命吗?大爷还有儿子吗?他老了指望谁?"

"怹大爷和孩子,我交给姐姐了。"

"姐姐欠你的呀,你说得那么轻巧,你太自私了,就这点事,你就扛不住豁出去了！现在你正值壮年,不但不感恩你的亲人,还要让他们为你遭罪,你愧为人父,愧为人子,愧为人弟！"他在家中从小被溺爱,没人说过他,我这盘话,如当头凉水激了他一下。

"可我生气,咽不下这一口气啊！"他双手抱着头,失声痛哭起来。

哭吧！我不劝,让他多哭会儿,这一哭,我知道他的理性开始复苏了。

"嫂子,你看……"他流着泪从口袋里掏出了兰儿用过的手机,短信里是一条又一条的信息,任谁看到后,都会血往脑门处涌。我真想回头帮着他去抽华子。

"嫂子,华子他真不是个东西。我打了兰儿,不想要她了。"

"兰儿不是来了一天半天,她孝顺、勤快、懂事,我们都知道她是个老实人,你不要打她。她是一时迷了路,原谅她吧！她到咱们家给咱生了这么两个可爱的孩子,她已给你认了错,你得守着日子往前过,让过去的翻篇。"我知道他还在气头上,他依然很在乎兰儿。

"杀华子值得吗?杀了他,你的一切也没了。不要用别人的错误惩罚自己。兄弟,你知道有个词儿叫忍辱负重吧！大街上人来人往,谁的肚子里没有酸水苦水?谁没有过不堪和屈辱的日子?忍胯下之辱,吃猪狗之食者方成大事！你也要检点自己的言行,以后努力把日子过好。多关注兰儿和孩子,她迷路,你肯定也有责任。我听说你有时也要耍脾气、使性子,是真的吗?这就是你的不足,一个男人要心胸豁达,报复别人最好的方式是过得比他强,灭他是下下策。而且与这等人同归于尽,不值得！你越努力越优秀,兰儿会越离不开你。"

我和他聊了许多,慢慢地,他的情绪稳定下来。他站起来给我倒了一杯茶,向我倾诉着一直积压在心头的苦闷。

夜已深,我试探着问他:"兄弟,听嫂子的,放过昨天,放过他,也放过你自己好吗?他是找我了,我已经狠狠地说了他,他两口子都在我面前忏悔了。他们想等兄弟今晚消了气,就来给你赔个情。他们发誓说出去打工,远走高飞,这样也好,他们回老家的时候就不多了。兄弟,他们若是不吭声走了,怕你更生气,这事儿就没个结点,所以他们想得到你的原谅后再走。"

我接着跟他说:"你要是能原谅他,今晚上就让他过来。"

"那好吧！"他吸了一口烟,"让他来吧！"

　　我了解辉子的脾气,气昏了头是啥事都能干出来的,他是个善良宽厚的老实人。

　　我走到辉子家的大门外,给华子打了电话,让他和堂哥一起过来,我跟他堂哥交代了几句。

　　华子他们来了之后,我又从公序良俗和伦理道德层面,把华子狠狠说了一通,他堂哥又吵了他一顿,踹了他两脚。我觉得要适可而止,就上前拉他住手。华子哆哆嗦嗦地掏烟给辉子认错,辉子没接他的烟,从兜里摸出自己的烟点了一支,然后给华子和他堂哥各递了一支。

　　我没管过这类事情,也不知道该怎么管,不管用什么战术,总算化解了干戈。过了两天,华子带着媳妇去沿海城市打工,日子恢复了平静。

阿英被抓走了

2018年冬天,邻村的土地也开始征收了。阿英(化名)四十多岁,说话有嘴有牙,啥事不落人后,总想抢个风头。

她家的地头建有一间简易房子,因盖在了可耕地的地头,属于违法建筑,是不给拆迁补偿的。因2000年前后,农村自建房管理松散,村周地头私搭乱建简易房的多,大多是老年人居住。阿英家这间房建了很多年,并没有人住,这次若是配合工作自行拆除的话,村里答应奖励给她家一万块钱作为补偿费。

人总是不知足的,阿英想争得更多的补偿款,就是不同意自行拆除。他们村的村支书多次做工作,说要是上面来人强拆的话,这一万块钱就没有了,可她不听。

很快,乡政府、土管所、县国土执法大队、刑警队联合执法,强行拆除工作到了村里。强拆那一天,阿英阻止,执法人员上前拉她,他们撕扯了几下,她又坐在了挖掘机上,最后被以涉嫌妨碍公务罪连夜送到了周口市看守所。

第二天,阿英的老公心里毛了,没有了主意。看守所通知他去给阿英送被褥时,他更慌了神,来到我家找我。

当日下午,我开车带阿英老公去了当地派出所。我和派出所所长曾因为调节一起民事纠纷,有过一点交集。所长一见我就说阿英老公:"你找到酒卫红,找对人了,以酒卫红的人格魅力和她的沟通能力,这事她能帮你。你们去乡里找乡长、土管所长和刑警队的队长去沟通,求得他们的谅解后,他们出了谅解书就好办了。"

次日,我又开车带阿英的老公去了乡里,见了乡长就说:"我跟阿英比较熟,她老公老实本分,很愧疚没有管好阿英。阿英脾气急,做事有点唐突,给你们的工作带来了这么大的麻烦,我代表他们两口子来给政府致歉来了。等阿英回来,我做她的工作,让她以后一定积极配合工作。"

乡长听我说完,给我讲了当日现场情况,答应出谅解书。

我带阿英的老公又去见了土管所的所长和刑警队长,我替阿英家老公和他们真诚地沟通,又分别征得了他们的宽容和谅解。然后又回到了派出所,见了所长,请求他帮忙就近抽个时间联系乡长和土管所所长来所里，到时候我再带阿英的老公也过来，把手续走一下。

两天后的一个下午，派出所所长说把他们都约来了，让我带着阿英的老公也去。我们把所需手续走完后，第二天阿英就被放了回来。

阿英回来之后，给我们讲看守所里的见闻，还有工作人员对她的教育以及她所受的触动，说再不敢以身试法了。

事后我又一次去乡里找乡长，因为强拆，那一万元补偿款没了。阿英他们想让我帮忙去乡里为他们求情，说他们生活困难，家里还有年迈的父母，一万元也不是小数目。

我跟乡长说了情况，乡长说书记去开会了，过两天来乡里时，他们把这个事情跟书记请示后给我回电。

没几天，乡长打来电话告诉我，说真是被我这个普通农民的思想觉悟打动了，书记答应给他们解决这一万块钱。

千年搁邻，万年搁舍

农村自建房纠纷矛盾频发，法律并未规定建房得有四邻签字，但多数地方在审批建房时，要求四邻签字成了一种惯例。这样做的初衷本来是为了避免邻里纠纷，结果却因此让许多建房的农户无法走正规审批流程。

因为现在的农村受社会变革的影响以及市场经济的冲击，世风日下，少数人道德水准弱化，是非不分，强烈的嫉妒和攀比心理使他们心里不平衡，导致他们见不得别人好。所以四邻签字，现在很难做到，农村建房也就成了八仙过海各显神通的局面。一般都是先打点村支书，再找地方上的知名人物当靠山，花钱去上面铺路，执法部门睁一只眼闭一只眼，把房子盖起来就没事了。

同族的一个弟媳叫娟子，平常有啥事常来找我玩。有啥事只要是力所能及，我都会去帮助她。2019 年冬天，她来我家跟我讲了娘家正准备建房子的事，说是花了两万块钱找了个亲戚，把路子都打点好了，过完年准备盖房。

她父母为人老实，娘家弟弟勤奋吃苦，常年在外打工。弟媳叫秀秀，朴实贤惠，在家附近的厂子里打工，和公婆同住在一个四间平房的小院子里，操心着俩孩子上学。

村里人都建了楼房，秀秀想着孩子慢慢大了，一大家子还蜗居在一起不方便，就和公婆商量盖房子。娟子的爸妈也一直想趁着自己还能操心，帮衬着儿子建一栋楼房，一听儿媳也这么想，很高兴，老少两代人积攒了几十万元，就等着盖房呢！

村里分给他们有一片宅基地，四邻都已经建了房子，这次就准备在这片宅基地上建房。年前进了砖头、钢筋、水泥等备用的建材，过了正月十五，就可以动工了。

娟子爸跟村支书打了招呼，又找到族中一个路子比较宽的亲戚，让他帮忙找相关职能部门的主管人打点好，又谈妥了一家建筑队包工。

第一层很快建起来了，第二层开始砌墙时，乡土管所来人通知他们停建。娟子爸赶紧去找亲戚打听是哪个环节出了问题。熟人告诉他，是村里有人举报违建，举报到周口市了！执法部门没办法，有人举报，再不来叫停就是不作为。先停吧，等过几天再说。

一周后，娟子爸打电话让建筑队上人，刚打了一锅子水泥砂浆，执法队的人又来了,并说:"砌一砖,拆一砖,没有合法手续,不能再动工了!"

"怎么这边刚一有动静就有人知道呢? 这是有人盯着呢!"娟子爸心里觉得麻烦了。

亲戚和村支书找到内线人商议,最后支招在村里多找些村民联名签字,帮着申请审批手续,支持建房。

娟子的父亲在村里没有得罪过人,人勤快,会木工、瓦工,20世纪八九十年代总有人请他帮忙,人缘很好。很快村里十几家都签了名,就缺隔条马路的一家邻居不愿意签字,找各种理由推诿。

娟子的爸妈想想跟这家关系一直也不错呀! 从来没有发生过口角,没有一点矛盾,这船在哪儿弯着呢? 娟子爸就又拿着烟去找他,他们还是不签,说这是他们儿子的院子,他们只是看家的。

老实巴交的娟子爸心里打鼓了。这户人家如今在村里可没人敢惹啊! 他们老两口一连生了七个儿子,村支书也让他三分呢! 这个院子是他家小七的房子,小七在县城里做生意,每次回来牛着呢!

四邻缺一家签字,这房就盖不起来。娟子爸觉得村里人都在看他笑话,越想越难受,生闷气病倒了。一个一辈子不惹事的老农民,为难地落泪了:"要是刚动工不让盖就算了,这盖了一层花了十几万,成废墟了。不光是心疼钱,而是丢人啊! 人家一幢幢别墅建起来,轮到我们咋就这么难呢? 儿子在外干苦力,把钱交给我,让我看着盖房呢,我这弄的算啥,咋有脸面对儿子儿媳呀? 我这活得多窝囊,四邻八家的谁能看得起!"

娟子妈身体不太好,去年刚做过一场大手术,受不了这气,再听老头唉声叹气这么说,气得在家里发狠话:"这不是看咱笑话吗? 欺负咱老实吗? 我给他们破上了,活着多憋屈,我去大街吆喝他们去,心这么赖,这么不平。"

"你咋吆喝人家呀? 人家也不承认举报咱啊! 咱也没有证据证明是人家举报了,咱也斗不过人家。"娟子爸无奈地劝着老伴。

娟子天天去劝父母,东一头西一头找了这个找那个,又去上香又去拜佛,谁也想不出好办法。大约半个多月后的一天,娟子带着哭腔突然打电话给我:"嫂子,你来我娘家一趟吧! 我爸几天不吃喝了,我咋劝都不行,他在绝食啊! 他今天去送小侄子上学时说的话怪怪的,让人听着不正常,我怕爸爸气得抑郁想不开啊!"

我正在水磨石的施工现场干活,就把手里活给周岗交代了一下,骑摩托车直奔她娘家而去。

娟子的爸妈我都见过,之前他们有事找过我。老人在他房间的床上躺着,见我时,他干裂的嘴唇翕动着,用粗壮的大手擦着眼泪说:"这到底得罪谁了呀?"我见不得这场面,眼里泪水一下子就涌了出来,心头一热,从口袋里掏出纸巾擦拧了一下鼻子里的酸楚。娟子见状也抽泣着拿起纸巾递给我:"嫂子,这咋办啊!"

我顿了一会儿,控制住情绪说:"叔,你别难过,我会帮你想出办法的。娟子,你带我去看一下建房情况和那家邻居。"

"咱们只能推测是那一家人的事,可没有凭证,人家不承认,再说人家就是承认实名举报,咱也没办法,惹不起人家呀!"娟子一边走着一边小声跟我说:"我就是想不通,我们家没有得罪过他们,平常见了,说话好好的,咋会这样呢?"

"有首歌还唱呢!人心难测量,啥事都能碰上!别愁,解铃还须系铃人,再大的事也得有个结点,没有解不开的死疙瘩!"我不知哪来的自信,劝慰着娟子。

我看了看娟子爸留的大门朝向和房屋设计,又看了看这个邻居家的别墅设计,问娟子:"是不是这家觉得你家的大门朝向干扰了他家的风水布局呢?"

娟子说:"爸留门时问过他们,有没有这方面的忌讳,他们说没有啥,面子上说得好听着呢!"

我心中综合种种,断定问题还是出在这家身上,得找这家最有地位的那个家庭成员。人啊!不论他性情怎样,总会在他心中最柔软的地方留有善念,就看你能不能拨动他的那根心弦。

"这家人兄弟几个?哪家过得最好?平常家族有事谁回来操心多?"回到老院子后,我问娟子爸。

"小七混得不错,这就是小七的宅院。没见过小七媳妇,听说小七媳妇是个吃公家饭的人,小七因为长得标致,嘴巴会说,脑子灵活,女方就是看中了他。女方娘家条件好,娘家爸有关系,给她解决的编制。"

我问娟子见过小七媳妇没有,娟子说:"现在农村也都是深宅大院,我回娘家没见过她,听说小七怕她。"

"就找小七媳妇,这个家肯定是她说了算。人狂背后有依仗,你明天就开始去打听小七媳妇在哪儿上班,再打听一下他岳父的工作单位在哪儿,我看有熟人认识他没有。"

过了两天,娟子打听出来,小七媳妇就在我娘家的独塘乡政府院内工作,小七岳父已退休,我说:"下周一我带你去找她。"

周一我吃过早饭,认真梳洗了一下。3月的天还有点凉,我换了一件最喜欢的春款旗袍,配了一双很搭这件旗袍的高跟鞋,站在穿衣镜前,觉得满意才开着我的车,带着娟子出发。

路上我跟娟子说,到地方不需要她多说,跟着我的话做就是了。我又问了娟子在村里的辈分,知道娟子喊小七媳妇婶子。

小七媳妇工作的乡政府院子我也熟悉,车直接开到她的办公室门口,很方便停车。我先让娟子下车,然后从车上走下来。小七媳妇的办公室正好开着门,有人在办事呢,我们便站在门外等人走了才进去。

　　小七媳妇个子不高,有点冷傲,眉眼凌厉,一看就知不是多好说话的人。她的目光几乎没有在娟子身上停留,就落在了我身上,打量着我问道:"你找我? 有啥事? "

　　"你好,今天打扰你了。先自我介绍一下吧,她叫娟子,我是娟子的嫂子,娟子娘家是你们家的邻居。她是晚辈,该喊你婶子,可能你不认识,你们没有见过面。"我想打破冷场,拉近她和娟子的距离,活跃一下办公室里的气氛,话就多了点。

　　"婶子! "娟子很机灵,她听我说完,就甜甜地走上来叫着她。

　　"嗯,我不会种地,不经常回去,就是回家也是晚上,家门口的人也不认识。"小七媳妇脸上表情丰富了起来,微笑着给我们让了座。

　　"是这样,今天找你,劳烦你帮个忙呢! "我准备慢慢切入正题。

　　"什么忙? 家里的事我可能帮不上忙,村里的情况我啥都不知道。"她的笑容旋即收了起来,我注意到她的每一个细微的表情,心想建房的事她是知道的。

　　"娟子的弟弟打工很少在家,她弟媳秀秀,我不知道你见过没有。秀秀在农村算是有文化、人品好,将来你们可是好邻居呢! 你俩年龄相仿,等晚一天让秀秀拜见你去。俗话说千年搁邻,万年搁舍,村里远的不说,这么近的邻居得认识一下,谁能没个用谁的时候呢? 以后相互也有个照应。"

　　"村里人我都不熟,我也没见过秀秀。"

　　"现在秀秀家建房子,遇到难题了,咱也不懂,也不知道现在盖房咋恁难,让找半个庄子的人都签了字,可还是不行。"我故意东拉西扯,淡化她的敏感和抵触,"咱地方上有个土政策,四邻必须签字,前天签字的时候,你公婆在家,可能因为老人不懂这个,一听签字可能有什么顾虑,没有签。可没有他们的帮助,这房子盖不成,我们来是想请你回去做做老人的思想工作,让他们帮帮忙,把字签了,或者是你和小七回去签了也行,人到难处了,需要您帮忙啊! "

　　"哦,是这事啊! 我知道秀秀家盖房,但邻居签字我没听说,去年我家盖房子没有找四邻签字啊! 不过盖房子也确实让人作难,俺盖房子和东边邻居生了几肚子气呢,在农村现在能盖起来房子可真不容易。"小七媳妇愤愤然,看来她是常回家的。

　　"看来你家的关系硬啊! 秀秀家不行,层层卡,你比我知道盖房的苦处,谢谢你这么理解秀秀家的难处。来时我就和娟子说你呢,在政府机关上班的人都有素养,肯定明理,比咱底层人格局大得多。娟子家几代人和你婆家人关系都好,这次还得你帮忙关照呢! "我赶着她的话茬抬高她,叫着娟子,"娟子,记一下你婶子的电话,等周末你方便联系婶子,有困难找婶子支招帮忙。"

　　小七媳妇不好意思推说,把电话号码给了娟子。我又对小七媳妇说:"这件事就拜托你了,回去做一下公婆的工作,帮帮秀秀家。"

　　"那好吧,我回去跟公婆说说,老年人怕事,性子固执。我尽量做做他们的工作! "

　　周六娟子打小七媳妇电话,她说有事没回来。我和娟子买了礼物,准备去娟子家先看看她公婆,顺便试探一下,看事态能否有转机。这种事夜长梦多,她答应周末回来就得趁热追办。我俩就一起来到小七家,见了他父母,娟子喊着爷爷奶奶,请求他们签字,他们还是冷冷地拒绝,礼物也不收。

　　周日那天,我让娟子继续联系小七媳妇,就说在家等她呢!下午小七开车回来了,娟子和几个邻居在胡同口站着呢,平日小七开车进村不下车,这次他下车和大家说了话。娟子也很机灵,就上前去搭话。小七说:"你去我家吧!"

　　到了小七家,他说:"听你婶子说了,我还真不知道现在盖房这么麻烦,恁爷爷奶奶不懂签字是干啥,他们不敢签。这样吧,你拿来我帮你们签字。"

　　签好后,娟子爸将村民和四邻的签字给了他找的那个亲戚。第二天,亲戚就让他们通知建筑队准备复工,没多久,楼房主体结构顺利建了起来。

　　经过一个夏天,忙完了装修和零杂活。入秋的一日,娟子爸和娟子一起来到了我家,拿出了一沓钱来,搁到我面前的桌子上,说:"卫红,多亏你想办法,没花一分钱解了大难!那时愁得我们花了许多冤枉钱,找这个找那个都不管用,我真觉得大家都在看笑话,显得太无能,真不想活了。这点钱你收下,给孩子买点东西,这是我们的心意,太感谢你了!"

　　"那哪儿成呢,娟子,赶紧帮你爸收起来!这可不是外人,再说我又没花一分钱,也不用去求谁,只不过多费几句口舌而已。我是从内心里替你们着急,咱农民盖一次房是天大的事,真不容易啊!"

相煎何急

前文中提到我那个弟媳小青,有一天我在吃早饭,她给我打电话说:"嫂子,你今天上午别出去干活了好吗?来我家吧!我表姐在我家呢,她一儿一女才读小学,现在眼睛哭得跟桃子似的,她老公逼着她离婚后,要和兄弟火拼呢。我也不知道该咋劝她,你来帮我劝说她吧!"

我吃完饭就到了小青家,她表姐小丽在客厅坐着。小丽个子不高,相貌平平,长得单薄瘦弱,两只眼睛红肿,脸色很差。小青说她哭了两天,光哭,不吃也不喝,这样也不是个办法啊!

老实人都是一根筋,遇到事就想不开,觉得没路走。

"小丽,能跟我说说吗?"我在小丽身边坐下,问她。

她未语泪先流,泣不成声。小青跟我简单地叙述了原委,原来小丽的丈夫伟,有兄弟四个,他排行老二,两岁时过继给了伯父,成了伯父的养子,也没有办正式收养手续。伯父家有三个女儿,没有儿子。传统的思想让这个老实巴交的农民觉得要有一个儿子给他养老,闺女出嫁了,不能让人笑话娘家绝户头,等他百年后闺女有事回娘家得有个主。伟被养父母养大后娶妻生子,养母前几年去世,三个姐姐早已出嫁。

伟的生父家里还有三个儿子,也都相继成人。老三娶的媳妇是个狠角色,嫁来后生了两儿两女,在兄弟们中飞扬跋扈,兄弟姐娌不敢惹她。三子分家后,每家的宅院都不怎么宽敞,田地也少得可怜。

伟在养父这边过得挺不错,养父母住老院子,给伟另建了个宅院,几个姐姐出嫁后,田地也都由伟种着呢。

近几年,县城开发区不断发展扩建,伟家里的田地和宅院,都在开发区,位置好,也增值了起来。伟怎么也想不到,他的亲兄弟三儿能打起他们家的主意。

自从那天三儿到他们家,挑明说要给大伯养老,要分大伯的田产和宅院后,伟就气得病了一场。三儿两口子来闹了几次,要翻建伟养父住的老院子。三儿扬言说,已和三个姐姐说了,她们同意他给伯父养老。

　　他们两口子蒙了，回家问养父，养父说三儿的确来过，但是他没答应。三儿找过三个姐姐来劝过养父，养父也很担心，怕三儿起了惦记之心，让伟以后的日子不好过啊！

　　老人知道三儿两口子厉害，兄弟们都不敢惹他，伟两口子更不是他们的对手。论嘴争不过他们，论打不是他们的对手，这是想明着霸占啊！

　　遇到三儿这种人，伟觉得没有办法了，坐在家里生闷气。三个姐姐明着说，她们啥都不要也不管，这是在和稀泥啊！

　　家里就两块责任田，有一块被县里有名的驾校看上了，要租赁。三儿提出把这块给伟，也就是说老人住的院子得给他们，还得给他一块最好的责任田。

　　小丽从小没了母亲，娘家没有兄弟，只剩一个老父亲，没人来给他撑腰。她恨自己长得矮，打不过三儿媳妇，也恨丈夫，打不过三儿，让三儿明着欺负。一辈子不如人，辈辈不如人，三儿两儿子，自己家一个儿子，下一辈也胜不了人家，越想越没法过。

　　伟更是一根筋，钻牛角尖儿，让小丽跟他离婚，带着孩子回娘家住，他说要和三儿拼了！

　　小丽有事也不清头，生气丈夫无能，斗不过三儿，自己也没主意，哭着又不愿意离婚，也怕丈夫做出啥事，只觉得没法过，就来找表妹小青。

　　我问她："老人吃饭是和你们在一起吗？日常照管老人怎么样？是不是平日和姑姐妹们关系不会处？户口本、地亩册都在一起，你们怕啥？老人目前清醒，可以将财产以遗嘱的方式指定给你们，去公证一下。你们可以把这个情况跟村干部说一下，让他帮着调解一下，如果三儿仍不思悔改继续闹事，你们就可以报警，虽然小时候没有收养手续，可四邻八家的都知道，干部们也不敢太偏。"

　　"三儿和村干部关系好，他说了派出所有人，能帮他摆平。"小丽一开口，就能听出来她底气不足，很是惧怕三儿。

　　我跟小青说："三儿是说大话唬小丽呢！派出所不是为一家开的，看来你们得和老表们商量一下。三儿觉得小丽娘家没人，他哥老实，他才敢恣意妄为。你们得帮小丽，不给她助力的话，她是无法维护自己的合法权益的，已经被吓怕了。"

　　"是啊！丽姐说三儿两口子打到过他们家，直接放话说，抢也得抢走，中也得中，不中也得中。"小青说。

　　"小丽，你回去先劝劝伟，再找几个嘴会说的老表去你家，把三个姐姐都约来一起吃个饭。以后就按着我给你说的去做，因为你们和姐姐们交集多，难免有言差语错。三儿嘴会说，在姐姐们面前嘴巴肯定是像抹了蜜一样，姐姐们听着舒服。以后你要注意维护各方的关系，与姐姐们相处时，多替她们着想，孝顺老人。慢慢地她们会醒悟的，挖一只眼，补一只眼的事，她们会思量得失的。"

　　"嫂子，我一生气就不知道咋说了，到时候三儿再不论理，我要是报警的话，你可不可以去帮我？"

　　"你记着我电话，可以随时打我电话。你先带孩子回家吧，记着我说的这些。三儿再进你们家院子找事，你就报警。到时候先让小青和老表们去派出所帮你，必要时我也可以去，别怕！相信邪不压正。"我鼓励小丽别胆怯。

　　几天后，小青来告诉我，说她们约了伟的姐姐们吃饭后，她们不掺和这个事了。三儿恼羞成怒，开始来硬的，到伟家里威胁逼迫。小丽报了警，又给小青打了电话，老表们都过去了。小青随时和我保持电话联系。民警把三儿带到了派出所，好一顿教训和警告，此后三儿两口子再也不敢猖狂了。

人间疾苦

我独爱苏东坡!

"吾上可陪玉皇大帝,下可陪卑田院乞儿。"喜欢他这句话里的平等心!喜欢他那不可救药的乐观主义,喜欢他在最低的境遇里能活出最高的境界!

见贤思齐,因此一生在努力!

教养就是一个人对达官显贵和保姆乞丐操持一样的心,呈一样的笑容。品性高贵,却又于高贵处平凡得一如脚下的泥土!

前文我提到的闺密婶子,娘家家风很好。许是物以类聚、人以群分吧,我俩三观相近,无话不谈,经常在晚饭后一起散步。

2016年夏天的一个晚上,婶子来喊我出去,她跟我讲了让她堵在心里半天的一件事。午饭后,她去厂里上班,路过村东头的国道时,看到从北边陆陆续续回来几个妇女,议论着刚才来了一个30多岁的女子,一丝不挂,是个精神病人。她可能走累了,躺在路边的垂柳下,村里一个奶奶回去给她拿了件衣服,她傻得不知道穿。很快围了许多人,大家帮她穿上衣服。那女子蓬头垢面,但是皮肤白皙,细看面容娇美,若不是傻,会是一个很标致的人。人群中有抱小孩的,那女子嘴里含糊不清地叫着孩子,伸手要给孩子喂奶。大家纷纷推测这是一个家里有孩子的女子。她到底经历了什么?能傻到这等地步。

婶子跟我讲着,我俩心揪痛起来,她家在哪里呢?婆家人呢?娘家人呢?

婶子因着急上班没去看,听说晚上被几个男人领到兰河堤上去了。河堤上有两间土房子,是兰河看林人的小屋。小屋住着一个年过半百、说话半语的鳏寡老头。这帮人说送这女子给那老头当媳妇儿。我听到这里,直骂这些男人畜牲。

我俩可怜着那女子,骂着这些男人,心里有说不出的难受。我提议和婶子一起去小屋看看,若是那女的还在,我们就报警。

我俩走到河堤小屋,只有独居老头在,老头并没有留下那名女子。那她又能去哪儿呢?又被谁带走了呢?以后的许多个晚上,我们总提起她,推测她的归处,担心她的安危,祈祷她能遇到好心人,报警帮她找到回家的路。

我们的村子在未来路和灵运路的交叉口。出了家门口的胡同往东,就上了南北大道未来路。未来路是国道 106 绕道太康县城的二环路,车比较多。灵运路在村南,是条新开发的东西大道,晚上车少。

我们散步从家里出来,沿未来路北行到兰河桥南,往东拐上兰河南堤,沿河堤东行至阳夏路,沿阳夏路往南就走到了灵运路,西行转回到未来路,正好走一圈回家。

有一次我俩发现一个单身女子,走在路上,时不时地自言自语。我们觉得,她可能是生气了离家出走,便尾随一会儿,听出她是一位精神受到刺激的女子。我俩和她一搭话,她就很激愤,话很稠,跟我们讲述起来。

她大脑思路不清晰,讲得断断续续,还前言不搭后语。大意是村里一个村霸占了她家的宅基地还打她。我和婶子发现距我们不远不近处,有一个男子用左脚踏地滑行着一个电动车尾随她。婶子认得这名男子,是附近的村民,常见他晚上溜骑个电动车。此刻他形迹很可疑,我俩顿时不放心起这名女子的安危。

那男子看我们一直不离开女子,就骑电动车往前走了。我俩就劝说那女子,别在这里游荡了,问她家在哪里,用不用我们找人送她回去。可她光报村名,却不说自己是哪个乡镇,还说不用我们送她。

我们问她住哪里,她笑着说,哪里都行。看似不咋傻,还真傻!她手里有个老年手机,但没电了。我们就带她走到一个厂子门口的门岗处,帮她充电,查找了她家人的号码,拨通电话,并告知地址,让她家人来接她回家。

2019 年的一个深秋晚上,天阴沉着,很冷,我和婶子一出胡同口,就看到未来路的边上,坐着一个 60 岁左右的老妈妈,看着不像长期流浪的人,可能是个迷路的老人。胡同口的左侧是饭店,右侧是个超市,她就蜷缩在超市的走廊边。她口齿不清,路边人来人往,无人关注她。

我和婶子上前问她,听不懂她在说啥,问她吃饭没,她也不说。我就和婶子一起回到我家,给她拿了馍和菜,端了一碗开水,还给她带了一件我的旧羽绒服,让她穿上。

等我俩散步回来时,天下起了雨,老人还在路边走廊下。走廊很窄,雨水一会儿就会把她全身淋湿。我们扶她起来,她摇着头,口齿不清地拒绝着,不愿起来,我和婶子就跑回我家,拿了一块油布和一个旧被子,帮她盖好。

我俩也躲在走廊下,一阵风袭来,瑟瑟发抖,回家又不放心这老太太,我跟婶子说:"咱俩报警吧!这一夜,这个老人没法过呀!这雨越下越大,这个地方怎能长待!"

"是啊!地上的积水多了会漫湿被子的,下半夜她撑不了,你报警吧!"婶子赞同地说道。

我就拨打了 110,并留下了我的电话。

到我们这个地方出警有点复杂,未来路以东的区域是毛庄镇派出所管辖,厂门口和厂子以内的区域是产业集聚区派出所管辖，未来路以西是我们大许寨派出所管辖。这一来,有人报警后,出警时往往就像踢皮球。

因为我报警时,只说了地址在未来路中段,周庄村头路边上,没有说更具体的位置。先是毛庄镇派出所的打来电话,问具体位置在哪儿? 我如实作答,他们说不是他们的辖区范围,挂了电话。

接着是产业集聚区派出所来了个电话,让我在报警点等着。十几分钟后,警车在雨中闪着警灯来了,警灯中的雨点看起来更紧更密了。他们在车内看到我们在路西边,就没下车,在车里给我打了个电话,说不在厂门口,不归他们管,在我们面前调转车头后,一脚油门疾驰而去!

我又一次拨打了110,大许寨派出所的民警来了。问了情况后,先联系了救助站,但是夜间救助站不办手续不收人。

年轻的民警问我:"没处送,怎么办?"

"不管怎样,你们不能再走,不能让老人在这儿待一晚上,你们把他先拉回派出所吧! 你们若怕担责任,觉得为难,我现在联系你们所长。"

我话音没落,就把电话打给了所长。因为在辖区内,我曾因调和一些民事纠纷见过所长,有他的电话。

因为我打了电话,两个民警便把老人扶进警车,带去了派出所。

第二天我接到所长短信:"不用再挂念老人了,已为老人连夜找到家人。家人也在找她。谢谢你! 人人如你善良有爱,这社会该多么美好和谐! "

我心中一阵暖流涌过,派出所所长的短信,让我很感动,就回了个信息:"您一腔善良、一身正气,肩负责任,守护一方祥和安定,真好! 感谢您! '老吾老,以及人之老;幼吾幼,以及人之幼! '"

睦邻友好

一个积极向上满身正能量的人，是自带流量和气场的，这种气场能让一切不利的运势发生逆转！所以，做人先要强大自己，当你的能量能转化成别人需要的价值时，当你的光芒能够照耀引领别人时，会有人追光而来！

"只要人人都献出一点爱，世界将变成美好的人间。"学生时代就喜欢这首歌曲《爱的奉献》，那时候懵懵懂懂知道了要想别人爱你，得先去爱别人。

培一的成长环境较之现在的孩子是幸福的。除了父母、姐姐、哥哥的照顾外，村里疼她的亲人更多，我们的干爹干娘，后院的弟媳小青，前院大娘及同院堂弟和弟媳小敏，还有我的闺密婶子，对培一都像自家孩子一样关爱。

培一断奶时一岁零五个月，在 2009 年腊月底。二弟刚考公去了海南上班，这年提出了开发海南旅游黄金岛，二弟邀我去海南看看。

我们家的粽子生意，每天也就挣个 200 多块钱。县城里跟风卖粽子的多，食客也还是那么多，想突破瓶颈多赚钱也难。二弟想让我去海南看看，寻找点商机，去海南发展，我犹豫不决。倒是想去看看，可又放心不下培一，小青说："嫂子，你去吧！培一交给我。"

小青是个做事细心的人，平日对培一视同己出。另一个弟媳小敏也说："我帮你带孩子吧！嫂子，我们家孩子多，可以一起玩，她不会闹人的。"

小青家就一个女孩，小敏家两个孩子都比培一大一点，最后我把培一交给了小青。

好友阿文听说我要去海南，想与我同往，于是我们带着阿文九岁的女儿一起前往。

我离开培一的第一个晚上，人行千里，心落在了家里。我能想象得出，每晚找奶吃的小培一，那失落的小眼神见不到我时的迷茫！

小青晚上哄着培一睡觉，真的难为她了。孩子因为晚上吃惯了奶，不吃奶，也没有了妈妈的抚慰，没有安全感睡不着。小青安抚着培一，想尽办法哄培一睡觉。

小青、小敏和我三个人亲如姐妹，她们两家的女孩比培一大两岁，孩子长得快，衣服好好的就穿不上了。培一小时候我就很少给她买衣服，两个弟媳隔三岔五地给培一拿来她们家孩子穿小的衣服。都是在自己眼皮下长大的孩子，衣服还新着呢，扔了怪可惜,所以就给培一穿。

培一从会走路开始,就跟着这两家弟媳的孩子一起玩,每天开心得不得了。我们三家不分彼此,孩子在谁家都会得到关爱,冻不着饿不着。她们两家的孩子受了委屈会来找我,培一受了委屈也会去找她们。特别是前院的大娘,经常带着培一和她家的两个孩子玩,培一跟她最有感情。

2011 年春节,培一不到两岁半,就跟着小敏家的孩子去上幼儿园。那个时候我们已经开始做水磨石生意,我每天早出晚归。奶奶整天在家里守着门,可培一不愿意亲近她老奶,因为奶奶平时不和培一玩。晚上我若是赶不上接她,会叮嘱她回来跟老奶在家,她有时候不听,总是跟着大娘去了她家里玩。有时候我回来得晚一点,培一就已经在六娘家吃饱了。大娘很慈祥,每天在家专门接孩子,给他们做饭。那几年,培一在大娘家的时间比跟着我的时间都多,她从小就认为,大娘就是她的亲奶奶。

2012 年春天,奶奶去世后,家里没人看家了。我们干活一走,大门紧闭,培一放学后,就自己去找去处,她奶声奶气地对我说:"妈妈,我放学了先去前院的奶奶(我大娘)家;她家要是没人,我就去西院的奶奶(我干娘)家;她家再没人,我就去后门的俺娘(小青家,方言婶子的昵称)家;俺娘要是不在家,我就去大街的奶奶(我的闺密婶子)家。"因为各家有各家的事,培一放了学一看家里没人,就会从距离上按由近及远的排序去找她们。

因为有这么多人关爱,所以养育培一,我是在不知不觉中走过来的。培一从小在农村的大自然环境中长大,动手能力强,不缺玩伴,所以说她很小就学会了包容,懂得了合作。她在亲邻间的关爱中成长,让她拥有了难忘、快乐的童年时光。

如今看到城里的孩子,一大堆的电子绘本,一屋子的电子玩具,却没有一个童年玩伴。他们在钢筋水泥的楼房里长大,在精心修剪的草坪前嬉戏,他们的一生,基本上都不太懂得大自然的无穷奥秘,他们是孤单寂寞的。每每想到这些,就更加思念养育过我们的那片厚土!

兰河记忆

第十五章

我的古风流韵工作室

痴迷旗袍

丝语江南

精于裁剪，明于详略

酒香不怕巷子深

痴迷旗袍

2017 年夏季的一天,母亲、闺密燕琴和我一起去逛街,走进了一家旗袍店,艳琴建议我试穿一件。长这么大,真没有穿过旗袍,从来也不敢试穿,觉得这种衣服就不是自己穿的。艳琴鼓励我试试,母亲也在鼓励我。当我换上旗袍走出试衣间的时候,艳琴小声说,买下吧,太好看了。母亲也建议我买下来,我听从了她们的意见,买了下来。

这年我已经 45 岁,皮肤还算比较紧致,身材还不怎么走形,我觉得女人 45 岁之后,皮肤和身材开始每况愈下,仿佛一下子老了。

成天风里来雨里去,整天都是穿着干活的工作服,送孩子时换换衣服,回来就又换掉。操了这心操那心,唯独没有操过自己的心,顾不上怜惜自己。在最好的年华里,很少展示自己最美的那一面,突然有种说不出的酸楚和伤感! 原来自己穿上旗袍可以这么有女人味儿,可以这么美!

入冬之后不干活了,每天就又操心要账。小培一喜欢穿打底裤,我怕她膝盖受凉,她的羽绒服都是到膝盖以上,特别不耐脏,穿两天表面就显脏。这段时间我总是在网上看旗袍,自己想买件棉旗袍,我开始痴迷旗袍了。在网上找不到合适的款,就寻思着自己学着做。我二十岁时曾去邻村开的速成裁剪班,学习过近二十天裁剪。没结婚时,自己裁过裤子和裙子,这时候我就想先给培一做一件手工棉旗袍试试。

我想着孩子穿古法裁剪的旗袍会很好看,也更舒服些,就把这些想法跟堂弟媳小敏说了。小敏在一家私人服装厂上班,她是在厂里做样衣的,会做各种款型的衣服。她学习过服装裁剪技术,她听了我的想法之后,就去厂里找打版师,打了一个旗袍的版拿了回来。

我准备去买布料,做三件旗袍,给小敏和小青的女儿一人做一件。培一年龄小点,小敏算好了布料尺寸。我买来了面料晒干。我们家里有棉花,小敏拿来了里布。晚上小敏连夜裁好了三件旗袍,用平车把表里缝合在了一起。

第二天,我在家里铺上棉花、翻好压平开始绗线。多年不摸针,我绗得非常认真。先用画粉打好线,表面的针脚基本上不明显。我把绗好的棉片送给小敏,小敏用平车缝在了一起。我手工纤线。小敏教会我手工翻扣条,手工做盘扣,大娘教我手工缀一字扣。

棉袍做好之后,孩子们穿在身上都说好看,培一整天穿着不下身。她活泼好动,孩子穿棉布旗袍耐磨、耐脏又好看。有老师和家长见了,就问在哪儿买的。

做好孩子的旗袍之后,我又抽空买来了两块布料,准备给自己和小敏也做一件。我让小敏找打版师又打了一个版,我和小敏高矮胖瘦看上去差不多,买时装穿一个码就行。可若是做旗袍就不同了,这正是定制旗袍的妙处。我俩的胸围、臀围都一样,我的腰身较短,腿长一些,小敏的腰身较长,腿短一些,所以腰高和臀高不同,腰线和臀围线的高度得按标准版调动。

旗袍做好之后,穿上觉得不错,冬天贴身一件棉旗袍,外搭一件羽绒服出去,谁见谁问哪儿买的。

小敏在厂里干活工资并不高,而且不能按时发放,有时还拖欠着不给。她也很烦,总说要辞工。我则成天去要水磨石的账。春节前小敏辞工,工资一时要不回来,她也不想再去厂里找活干了。我俩没事的时候,喜欢在一起聊天。以前我就常说小敏,为啥不自己开个缝纫店,她总说太麻烦,也曾订制羽绒服,只干了一季,觉得没有打工省心就不干了。

水磨石这时候已开始走下坡路,农村已开始用地板砖,学校的这批活也最多一两年就结束了,所以转行势在必行。这时候改行做地板和厨卫生意是个契机,我思虑过要不要干这个。说实话,干这些生意还得我操心,这么多年领着周岗干活,连操心带生气,真的太累了。

我想找个自己只操心销售的生意,靠自己的人品和能力赚钱。周岗可以去打工,他适合做工厂流水线的活儿,我再不用操他的心,再不想生气,减少交集,有点距离感才能相看两不厌。

小敏也没有更好的路走,我也一直在彷徨。我们两家的孩子正是教育的关键时期,她去厂里上班,顾不上孩子也不行,我俩就有了合作做衣服的想法,因为她会干活,我懂销售。

我设想以旗袍为主,在家开个私人定制工作室,因为县城里许多裁缝店开了好多年。我们要不租门面房的话,在家干普通裁缝店是没有竞争力的。所以我们要是做,就得做出特色和亮点,城里那么多家,都不是专业做旗袍的,我们专业定制旗袍,在行业的夹缝中去竞争,求生存。

县城里的门面房很贵,一般的年租金都是4万到5万,而且要是做衣服的话,一间门面是不够的,两家门面再加上装修进货,没有个几十万开不了张。

小敏也赞同我的想法,她人长得秀气,干活踏实认真,我比她大六七岁,平日我们两家谁有事在一起都是相互帮衬,情同手足。她读过职专,从下学一直在厂里打工。孩子断奶后,就一直在羽绒服店干活,后来又去厂里做样衣,她有高超的车工技术。厂里的打板师傅她都熟悉,这是个可利用的资源,我们可以找打板师给我们做兼职。

小敏曾说过:"做啥生意都得会要账,做衣服看着是个简单的生意,里头事儿多着呢。我跟人家干活,见过老板被顾客气到哭的。我怕麻烦不敢做生意,咱合伙你会操心能销售和要账,干活的事不用你操心。"

要账和销售可以说是我的强项,俺俩合作,也可谓珠联璧合。

说干就干,头三脚难踢,暂时先在小敏家的耳房里工作,她侄子帮我们焊了一架钢化玻璃的裁剪台,长三米二,宽一米五。小敏自己有台平车,过完正月十五,我在网上又买了几块蓝印花布,我和小敏各自做了件偏襟小棉袄。穿出去很吸引人眼球,很多人问,我就开始做宣传。

说归说,具体到干,我俩又想了很多。那个时候三弟媳也没事干,小敏也说开了业,我们两个是忙不过来的,三弟媳也就入了股,她年轻可以学做手工、熨烫等。她们都不是外人,又年轻,我想带带她们学着做生意,等将来我去海南了,她们在家也可以当个事业来做。我们三个人合伙先开张,到时候看生意发展,忙了再招人。

这期间我就开始给工作室起名字,把脑海里储备的词,斟酌推敲了一个遍,就用"古风流韵"做公司名字。还想有个自己的商标,我就又昼思夜想出了几个,结果都审核不过。大女儿在读大一,她帮我取了个"齐姜"通过审核,成了我们的商标。

商标"齐姜"这两个字是取自春秋时的一位历史人物名,她是一名非常有智慧的贤女,颜如春华气如兰,铁腕丹心史留名!晋文公复兴霸业,始称春秋五霸的霸主,齐姜功不可没。

主标上我设计的图案意韵古风,就是寓意古风流韵公司,也隐含了旗袍的象形写意。以后我们私人定制工作室的每件产品,都将用这一图案和汉字做主标。

采购是首要关键,这是眼下我们的最大困难。我是外行,不懂布料。没想到小敏也不懂,她在厂里干活不用操布料的心,只操做衣服的心就行。我说不会咱就学,咱们先去郑州纺织城看看,等几天后,我带你们去江浙一带转转。

小敏家的房子小,我家院子大,房子多,决定挪到我家,就先把裁衣台搬到了我家客厅。我家的东屋有七十多平方米的面积,准备过段时间简单装修一下,做工作室用。我们敞开话说到明处,两边都是自己的亲人,在我心里不分远近,不会厚此薄彼。不扩大经营之前,先在我家,不用出房租。

三弟媳家离得远点,我和小敏两家守着,能提供的方便,我两家尽量提供。常言道:"生意好做,伙计难搁。"我比她们年龄大,我要求自己什么事,姿态都得放高点,学包容,知感恩,提醒自己必须时刻谨记。

工作室在我家,但凡我能提供的一切方便尽量提供,前期小敏手头紧张时我资助,小敏和三弟媳也是尽其所能地为工作室努力付出。我们三股合力,群星辉映才璀璨,团结就是力量,一花独放不是春,百花齐放春满园！我们信心满满,互相学习,共同进步。合伙几年来,没有因为生意和钱财红过脸,我管理进销账目,力求做到明细,每月统计结算,账上一点都不能乱。

小敏家里有一台平车,她也拉了过来,我们又买了两台电脑车和一个锁边机。

我们几个先去郑州纺织城转了一天,采购了少量的布料和一些必备的辅料。回来后先做了几件样衣,我开始在我的朋友圈里做宣传。

最先来找我定做旗袍的是我的同学和朋友,她们穿出去之后,就是一个个流动的广告。

丝语江南

　　自从开始准备做旗袍，我每晚在网上学习到深夜。虽然说我只需操心销售和管账，但具体到实际操作后，采购这一块，经过我和小敏她俩交流后，发现还得我操心。因为采购面料时融合了设计审美、市场洞察等许多方面的综合能力，对市场和流行趋势得有一定的前瞻性。

　　小敏专业能力强，但她一直在厂里做工，没出过门，眼界打不开。三弟媳只懂种地和水磨石，更没研究过市场。她俩人品好、勤奋能干是最大的优点，我是大姐和嫂子，生产经营这一块需要带着她们一起成长。

　　在淘宝上找辅料的价格和品类，发现了两家生产包边条和扣条的厂家，离我们很近，就在周口项城，快递发货很方便，我们后来开车去采购过。

　　我先在网上了解各种面料知识，了解到柯桥的布料批发厂家，联系他们后记下电话。了解了乌镇的蓝印花布，还有苏州的几个旗袍生产厂家，我都跟他们取得了联系。

　　烟花三月，正是江南好时节，我们仨商量去江浙一带采购布料。三弟媳说，为了节省成本，让我和小敏两个去采购就行了，花费入账，她们就不去了。我和小敏都没去过江南，小敏很高兴有这么一次出门采风的机会。

　　4月7日早上，我攻略了路线，准备先到义乌，再一路向北。从义乌到绍兴柯桥、杭州、嘉兴、乌镇，再到苏州。我们拼了一辆顺风车，直达义乌小商品城附近。

　　夜里到达义乌，我们找了一家宾馆住下。8日一早，我们去吃早餐。义乌是一个美丽的城市，街上都是俊男靓女，给这座新兴小城注入了无限的青春和活力，到处都是时尚元素和个性符号。小商品批发城更是国际化，商贾云集，人流如织。

　　我望着眼前曾在电视里见过的场景，很激动。义乌人在微利时代创造了一个个商业神话。他们传承了中国农耕文明的精髓，也是我们中华民族的主流精神。

　　来到摊位前，他们热情地接待着每一个顾客，体现出一种本分好客和踏实敬业。他们有务实的钻研劲儿。他们勿以利小而不为的经营态度，值得每个从商的人学习。他们也很善于发现别人尚未开发的市场空隙，去捕捉"钱"途。

　　别人眼里看不上的小买卖,在义乌人眼里,都是可以养家顾生活的好生意。他们的脑子里没有面子和丢脸这些多余的想法。背井离乡走街串户是他们上一辈人的心酸,义乌人不靠海不沿边,却能创造出世人瞩目的商业奇迹。困则求生,拨浪鼓摇开岁月;穷则思变,货郎担挑起江山。我喜欢义乌人,与义乌人的交谈让我感慨万千,欣赏他们善于动脑不空想的作风,一分钱的生意他们也会认真负责,这就是他们走向世界的一个原因吧。

　　在商品城采购了一点辅料,当晚我们又拼了一个顺风车去了绍兴柯桥,找了一家宾馆住下。早起选一处小店去吃早餐,温婉的当地美女和外国美女随处可见。

　　我品着美食看着街景和美女,忍不住啧啧赞叹。诗画江南,美丽绍兴,兰亭山水,鉴湖览胜。商铺开门比较晚,我们就在街上随便转转。许是我心里想的都是服饰吧,眼里总在美女身上搜寻。不是我好色,总是去注意美女的倩影,而是我脑子里总有诗意朦胧——丽女出江南,巧笑目顾盼,摇步影生姿,盈盈一握间。

　　望着江南水乡的美女,涌出了无限的遐想和憧憬,只为心中无限的创意,能成就一袭丽裳,臻臻之大品! 焕焕之大美! 心里想着,回去一定要为大家定制出独一无二的风格,打造出女人的风情万种。

　　在柯桥我们看了两天面料,选购了一些定制的面料打包发货。第二天晚上,培一打来电话,说她周末的口才班,让每个小朋友都准备一篇朗诵稿子,在大广场参加朗诵比赛,由宣传部和文联举办,还要评奖。别的小朋友都准备好了稿子,都是宝妈在网上搜的诗歌,时间很紧,到时得熟背脱稿朗诵,让我赶紧给她在网上找一篇,她说不要选别人用过的。

　　我说:"你睡吧! 明天早上妈妈给你准备好,妈妈给你写一篇,朗朗上口,还得让你好记。"

　　晚上,我连夜写了一首诗歌,第二天早上发给周岗,让培一抄写下来拿到学校,趁下课时间赶紧先背诵。

　　因时间紧没空练习,4月14日,在县城人民广场大舞台的朗诵比赛,培一获得朗诵二等奖。朗诵稿,我写的是《我爱家乡——太康》:

　　豫东平原,祖国粮仓。涡河之滨,银城太康。绿野广阔,粮果飘香。
　　人杰地灵,物华龙光。文化灿烂,史河辉煌。太康筑城,中兴少康。
　　槐与芒帝,故事传扬。推翻暴政,当数吴广。阳夏旺族,袁氏发祥。
　　谢氏故里,史海标榜。名相谢安,淝水流芳。林下风气,独美谢娘。
　　山水诗祖,灵运词章。谢氏星辉,晋书满张。峰回路转,近观太康。
　　乡居别墅,轿车来往。安居乐业,民富力强。和谐社会,幸福安享。
　　我是学童,天天向上。沐浴春风,快乐成长。发愤读书,国之栋梁。

珍惜当下,谱写华章。众志成城,建设家乡。中国梦圆,大美太康!

4月11日上午,我又乘顺风车到了杭州,看了丝绸市场,逛了几家旗袍店,见识人家的旗袍款式和做工,去了辅料批发城。下午顺路逛到了西湖,看了著名景点"断桥残雪"。"最爱湖东行不足,绿杨阴里白沙堤",白堤仍在,我只能在唐诗里与白居易邂逅了。

"水波潋滟晴方好,山色空蒙雨亦奇。欲把西湖比西子,浓妆淡抹总相宜。"青山远黛,近水含烟。柳深绿荫,莺雀啁啾,白堤漫漫,苏堤长长。三公里的苏堤,六桥相连,湖面上浮光跃金,舟船如鲫。游人如织,往来纷呈。

我和小敏徜徉在西湖岸边,天色已晚,还要赶往下一站,长忆吴越好,归去也须早啊!恋恋不舍告别西湖,坐顺风车很快到了嘉兴。

嘉兴大多是印染厂,我和小敏逗留了一阵,商量着晚上直达乌镇,准备去看一家我在网上联系好的蓝印花布厂。晚上在一家饭店吃饭,老板带路让我们住进了乌镇西栅景区内的民宿小木屋。小木屋的配置齐全,这样住宿就省去了买景点票的钱。

天亮起床后,染房不开门,我们吃早餐,沿水道饱览乌镇的美丽风光。所有的房屋都是临水而建,水阁空架在河流之上,跨水而居,情调有些清冷,却更增其出尘不染的雅致古朴。那摇摇晃晃的乌篷船,拱桥下的悠悠水道,流淌着多少岁月,承载过多少商贾过往,见证了多少朝代更替。如今每天又接纳着数以万计的游客来探访它的千年神韵,来了解它的历史文化。

我们又在乌镇蓝印花布厂家的展示店里,选了青花瓷图案面料和手工蓝印花布。布料采购得差不多了,最后一站是苏州。

离开苏州是个雨天,我们坐在了回家的大巴车上,我的脑子里创意满满,小敏此刻正美梦酣甜!

精于裁剪，善于详略

　　我们把采购到家的布料分好类展示出来，小敏开始裁做样衣，标准版 L 码。做好后我俩可以试穿。我做衣服是外行，但瞅毛病在行，能发现别人注意不到的问题。这可能跟我多年做水磨石的花形设计有关，也跟我追求完美的性格有关。

　　我穿着样衣去感受，发现标准版的领口不舒服，特别是低头时间长了，被"拿捏"得头疼。我就建议小敏把领窝开低点，小敏又把领型调整一下，这样穿出来舒适了。我去城里的旗袍店试穿了几次都不舒服，他们拿的都是工厂货，跟我家的定制款不同。

　　打好的版也会有各种各样的毛病，小敏裁做好后，我们试穿找毛病反复改进，直到满意后，裁出基础版型。不同面料特性不同，做出的效果也不同，裁做时不能千篇一律。

　　最早是我缀扣子，棉布好缀，丝滑类的布料不好缀，我先摸索着学会后再教三弟媳。我在网上又学习了缝制各种盘扣花型，教给三弟媳，她很快学会了各种盘扣。小青也时常来我家，她也跟着学会了，有空就给我们盘扣缝扣花。

　　小敏裁剪好后，她用电脑车做出来，每天忙忙碌碌地开始运营起来。通过顾客来做旗袍时的沟通，以及我与小敏在交流中发现，小敏在对面料的设计和创意这方面好像没有太多想法，这可能跟她长期打工有关，固化了她的思维。我就根据顾客的气质、职业、素养等，给她们推荐适合她们的面料及款型。这又牵涉设计和审美，我意识到我必须加强学习，以适应我们工作室的需要。

　　干娘家的大女儿上过职高，专业学习过裁剪，她也是毕业就去了服装厂，现在带孩子在家。我把她请来给我们做旗袍。我让她把她的裁剪书拿来，又在网上买本旗袍裁剪的书，准备晚上抽空学习裁剪的基础知识，学习旗袍的设计。

　　五一到来，旗袍定制的顾客越来越多。我在朋友圈宣传，凡是来定制旗袍的顾客，都可以免费选一只镯子。镯子是之前我和三弟去景点卖剩下的。小敏说送出去一只，让按本钱入账。我和三弟媳说了，小敏有这份心就够了，也没入账。镯子也值不了多少钱，创业阶段难，得努力想法子吸引顾客鼓舞士气！

　　端午节头天，我发朋友圈，凡在端午节上午来定制旗袍的顾客，每人免费送六个新鲜大粽子。俩孩子放假在家,家里有糯米,我包了一百多个粽子,让孩子早早在地锅里煮好,那天上午来了很多顾客,品尝了我家粽子后,说这新鲜刚出锅的真好吃。

每天晚上除了学习,我还得和顾客聊天,介绍布料和款式。还得做宣传发朋友圈,广告文案都是我自己的创意。早起她们上班前,我穿上旗袍样衣,去休闲广场上发我们的广告宣传单,晨跑的女子看见我的旗袍,就会很感兴趣,每天都会有新顾客到来。

那段时间,我每天睡觉最多也就四个小时,别人酣眠时,我都在为生意的拓展冥思苦想。喜欢旗袍,所以就用心设计旗袍,从春到秋,不知疲倦。风动纱鸣衣知秋,窗外暮蝉唱尽愁!

工作室一款又一款的样衣出来了,顾客带动顾客,来了都赞不绝口。一绲一边,镶、嵌、滚的工艺制作,尽显妩媚!传统工艺融入了时尚元素,让一款旗袍,可展示东方女性的清雅秀娴,丰富气质女性的精神底蕴,既有塞北打马民族的粗犷,又有烟雨江南的婉约!

我每天在宣传文字里融入更多的文化符号,让更多的人了解旗袍,喜欢旗袍。下面这段文字是我曾发在朋友圈里的广告文案:"一件旗袍是一份量身定制的美好,独特修身的设计带着传统工艺的温度,复古优雅、端庄知性、内敛含蓄、古风流韵,彰显了女人的柔美温婉!旗袍是中式美的典范,邓丽君、宋氏三姐妹、张爱玲等都钟爱旗袍一生,民国名媛们更是把旗袍的风情诠释得淋漓尽致!"

我绞尽脑汁地把宣传文案写得让人看了有穿旗袍的冲动:"旗袍那竖起来的衣领托出了女子的高贵,服帖的手工扣自带含蓄、内敛的气韵,点缀在女子婀娜的身段上,展露出女人的万种风情。穿旗袍的女子永远清艳如一阙婉约词!普通棉布朴素雅致,真丝织锦华丽高贵。北方有佳人,绝世而独立。穿旗袍的女子是一首长诗,曼妙窈窕,翩若惊鸿!旗袍里藏着女人最优美的样子!最是那一低头的温柔,像一朵水莲花不胜凉风的娇羞!"

我喜欢旗袍,也喜欢设计旗袍,希望更多的人穿上旗袍!舞台和秀场上的旗袍让人望而却步,只有让旗袍生活化,才能拉近它与老百姓的距离,才能让它走进我们的生活。我们在保留旗袍基本元素的基础上去多元化,通过创新设计,让旗袍穿起来更舒适。譬如说领口,服装店里那些工厂货的领口又紧又高,站着不低头,端着身子一会儿还行,稍微低头活动,便觉得脖子颈椎不舒服。我们便精心设计,根据人体颈部活动的舒适度,定制出舒适又能呈现出颈部美的领口。

开衩的设计因人而异,更趋向生活化。旗袍是行走的艺术,我们用旗袍的时尚语言传播中国悠久的针尖儿上的文化,融入特色的手工技艺,诠释着工匠精神,让穿上旗袍的人尽显东方之美!旗袍不仅传承中国文化,更能重塑自我,修身也修心!我希望更多的人爱上旗袍,展现东方服饰的大美风华!

　　我把制作旗袍的辛苦和独家特色也写进文案当中,工作室的每件衣服都倾注了设计师和工人的许多时间和精力,所以每件衣服都有它的故事。因为耗时耗工,所以每件单品都有它独一无二的地方,永远不用担心穿上它走出去会"撞衫",它永远与工厂批量生产的"街货"不同。

　　没有实力的团队是不敢做私人订制的,纯手工制作,一人一版,是一种低调的奢华!"古风流韵私人订制"已成为我们太康新贵阶层最重要的标签之一。

　　我们的旗袍是全真襟盘扣到底,可以完全打开,一针一线,工艺细腻,每件旗袍都透着手工的温度。

　　精于裁剪,善于详略!亦是人生大智慧、大手笔!我喜欢设计旗袍到了痴迷的程度,晚上做梦都是创意。

　　压脚紧贴镶滚嵌,车曲缝直若等闲。多少凝妆不眠夜,始得裾袂飘飘款!

　　这段时间忙于旗袍的设计和创意,晨醒提笔泼墨,久不动笔思绪瞬间飞扬,是旗袍线条的流畅,带动了纸上生风笔走游龙?还是素笺上的文字给我了创意灵感,让旗袍上那诗意的领口、那一粒粒盘扣、那生香的袖口更加妩媚生动?

　　真正的旗袍是含蓄与柔美的,而不是前凸后翘的生硬;配色上是糅着矜持的典雅,而不是大红大绿,"何须深红轻碧色,自是花中第一流"!旗袍真正的点睛之处是手工盘扣,也是制作旗袍最烦琐的过程,从扣条到盘扣,耗时又耗工,但手工扣的精美质感是无与伦比的。一件真正的旗袍,要经过数十道工序,千针万线才能完成,露与藏、虚与实、松与紧,收与放,东方女性的美在旗袍面前不分年龄,没有迟暮,是林徽因的睿智,是宋美龄的端庄,是张爱玲一生的追求,是一首流动的诗,是一阕行走的词!

　　爱旗袍的女人知性优雅,娴静内敛,端庄大气。优秀的男人更爱女人隐藏在妩媚中的铮铮傲骨和绝世才华!希望所有爱美的女子都成为一个不仅男人爱慕、女人也会爱上的女神吧!

　　转眼秋凉,我们的生意依旧很忙,经小敏指导和我的勤学,我已经开始拿起剪刀裁衣了。

　　领、袖、摆衩、衣带、腰结……整体的线条美感、动感,都在我的脑海中千万次地排列组合成图片,创意一次次被设计成畅销款。

　　凝望着窗前的茶梅和海棠,阶前绿色暂缓我的视觉疲劳,静听雨滴声声,收回纷飞的思绪,让心归航!

　　秋风起,叶半黄,小轩窗,夜未央,裁土布,添新裳!我用采购的老土布和棉麻布料设计的衣服很受大家的喜爱。金风送爽秋渐深,素衣麻布不染尘!

　　喜欢棉麻的人都是热爱生活的人,棉麻总是文艺的,她静静地给人们带来舒适和凉爽,棉麻带人们充分解放身体,回归自然,让身体自由呼吸。棉麻也是诗意的,让人们感到生活的美好！

我们设计的棉麻偏襟小夹袄、小棉袄，配上设计时尚的棉裤，穿在身上利落、灵动又秀雅。燕南飞，离别绪。西风起，落叶去。粗布麻衣总相宜，最抵那晚凉急！

丁香愁，蕉不展，万念谁共遣？烟雨巷，油纸伞，西风层林染。天易变，奈何寒，新衣挑灯赶。一针针，一线线，密密远行纤（牵）。推轩窗，满目苍，雁字飞成行。

斗转星移，辗转秋夜长。岁更序替，寒露凝华霜。

水乡蓝印布，红袖对襟襦。风急能奈何，敢向凛冽赴。我特别钟情江南传统的蓝印花布，设计了多款小衫、小袄。每款旗袍犹如一阕意蕴悠长的小词，我发图文到朋友圈，次日必有客户纷至沓来。

牢缀同心纽，巧绕结盘扣。传承染技好，青白意蕴透。

一字一句，都倾注了订制过程中的深情。我用爱将文字和温度都融入其中，念念成结，丝丝入扣！

一昼一明，我心系着外地顾客的切盼。残月照东庭，霜风摇树影，他乡风独冷，针线总关情。

秋去冬来，一手忙生活，拿着针剪换盐钱。一手挚笔取暖，书写文字度流年。

落叶树树秋，雁声凄凄离。挥裁剪刀冷，萧瑟送寒意。量体作版纸，齐姜心思密。浆洗缩棉麻，著絮缝寒衣。

冬至将近天更短，裁衣夹絮御风寒。素手抽针针不语，却留温度三冬暖。

人都入睡，唯独我为成新款不知倦。一抹微凉，红褪翠减，谁可慰？身形瘦，影只单，谁不寐？奈何心念，难相忘，终成绝情，痴不改！

越罗衫袂迎春风，玉刻麒麟腰带红！我们设计的旗袍每件都是孤品，仙袂飘飘。敢将诗心缝成裳，念念不相忘！

县城里的裁缝店没人敢上香云纱面料，布料市场上，小敏和弟媳嫌贵。我认为就得做别人不敢做的，才能打开更大的市场，追求更大的利润。我就自己掏钱买了两块香云纱，我说拿回工作室先展示宣传，卖掉入账，卖不掉算我自己的，留着我做了自己穿。结果回去经我介绍，卖得很好，我开始上香云纱面料，后来香云纱旗袍款成了我们工作室的镇店之宝。

香云纱旗袍凉爽宜人、易洗易干、色深耐脏、不沾皮肤，柔软而富有身骨！还能除菌、驱虫，对皮肤有保健作用，因其价格昂贵，穿着日久涂层会慢慢露出褐黄色的底色，被称为"软黄金"。其本"莨纱"，做成衣服穿上身走路会沙沙作响，所以根据谐音被叫作"香云纱"。汲取日月精华，沐春秋洗礼，大自然赋予了莨纱神韵和灵性！

作为国家非物质文化遗产的香云纱，做成旗袍后，更代表着中国传统工艺之极致匠心精神，让更多国人得以领略到中国服饰的高雅和尊贵，也让世界对中国服饰文化有了全新的认识！

手工织布，薯莨汁液染制，经过珠江三角地区特有的含矿河塘泥覆盖后的过泥处理，手工洗刷，阳光晒制……一块布料，背后有多少故事！

我们不单单做旗袍，更是在学做人，做一个热爱生活、热爱民族、热爱国家、热爱传统文化的人！

热爱生活，不改初心！无论是一地鸡毛的烦琐，还是柴米油盐的浸润，都腐蚀不了我做人的底色：勤奋、务实、刚直、善良！

白天忙着接待顾客，晚上敏感的触角会给我带来设计的灵感，常常深夜不眠，没时间发群消息，没时间发朋友圈，但苦并快乐着！再忙再累也在欢愉着，看到顾客穿上旗袍后的满意和肯定，浑身的疲惫就会烟消云散！

村里的一个弟媳有一次笑着说我："嫂子，咱村里年轻人都羡慕你活得那么洒脱，你每天脸上都挂着微笑，穿着你家的衣服更好看，有气场！"

我笑笑不语，转身发了一个朋友圈："你说我穿着自己设计的衣服，微笑的样子真美。是啊，那是因为我心中一直充满自信！你说认识我的人说我活得率真潇洒，是啊，那是因为我心中有万千丘壑！你说我走路带风，我只能笑笑，你可知道我前行的脚步曾几度膝盖淤青？每一个横空出世的背后都有不为人知的辛酸！没有一个人能轻轻松松活出别人仰望的高度！"

身在天涯，每到秋日时节，我就会想起做旗袍订制的那段时光，想一起合作的工友。自别后，忆相逢，几回魂梦与君同……

衮扣锁清芳，秋衫知露凉。移步舞罗裙，纱鸣风动扬。经年已多忘，唯念旧时裳。丝丝密密缝，古风流韵长。

酒 香 不 怕 巷 子 深

多年的销售经历让我懂得：一个好的销售员，其实不是在销售商品，是在销售自己的人品！

我的许多顾客都是通过微信成了我的好朋友，她们说喜欢我朋友圈里的文字，喜欢我的才情和人品，认可我的眼光，也就认可了我的衣品，所以包容我，支持我。

喜欢旗袍的顾客是一个比较高端的群体，旗袍也与普通服饰不同。从 2018 年 3 月底开业，到秋天生意就好起来了。

冬天我们开发了棉旗袍，又在网上了解到，河北清河县是有名的羊绒基地。我们去清河采购，回来买了剖缝机，开始手工缝制双面羊绒大衣。

我开始在抖音上拍些新款做宣传，也积累了许多外地顾客，她们把尺寸发过来，我们做好后，再快递发货。

酒香不怕巷子深，2019 年春天，我们的工作室刚满一周年，口碑就响遍了县城。我们的旗袍走到哪里都会让人眼前一亮。顾客群体主要是教师、医生、政府官员等，她们口口相传。后来还有男顾客找我们设计唐装和冬天穿的中式手工棉袄。周口、郑州的顾客也很多。

兰河记忆

第十六章

天地有正气

天地有正气

　　二姑姐和姐夫一直在北京做快餐生意,自从我开始做旗袍生意后,二姑姐想让周岗和公爹去北京给他们帮忙。二姑姐说,家里仨孩子上学呢,要给他们两个开工资。二姑姐是个厚道人,不开工资也理应去帮帮她。

　　临走前的一天晚饭后,我正在收拾东西,公爹走到厨房门口喊我出去,他把9000块钱从口袋里掏出来给我,说:"这是我攒的零花钱,你放着让他们仨上学用吧。"

　　我惊呆了! 这两年公爹把日常的零用钱都攒着,他平常出去玩,没舍得花一点啊!

　　公爹在北京待了三个多月后,回来了。他不习惯北京的生活,而且二姐夫脾气有点急,公爹受不了他的脾气。在北京租房子住,他也嫌不方便,在家他一个人住着单独的大院子习惯了。

　　我天天忙旗袍生意,也准时做好一日三餐。公爹吃完饭后,就骑着车子去看戏。几个月后他说,天天闲着没意思,再看也还是那几场戏,想找点活干干。我们村南常有一些老人扎堆闲聊,有人自嘲开玩笑说是等死队。公爹说他才不去那里呢,他不愿意搭他们的班,觉得自己还年轻!

　　周岗这时候在北京,公爹想去跟着别人干活,我不放心,他就自己跑去找活干。到了2018年入冬,我和小青商量一下,让公爹跟着小青去了工地,干绿化上的杂活。

　　小青是在帮他的一个亲戚带人干活。她是个聪明好学的人,当年她卖了几年的豆腐脑,也跟我干过水磨石。我做完事要账的时候,她也跟着我去过,她有困难的时候会第一个想到我,娘家有啥事也常来找我帮忙,跟我相处得亲如姐妹。她是一个明事理、懂感恩的人,常对我说:"嫂子,我嫁到咱庄来,能遇到你是我这一生最大的福报。我从最早时的爱计较、好生气,到如今啥事都能看开,离不开你的开导和帮助。没有你就没有我的今天,可能没有你,依着我的性子早就离婚了,过不到现在。现在跟你学会了怎么带人,怎么安排活,怎么去要账,怎么说话,懂了许多做人做事的道理。"

　　小青在娘家是个娇闺女,她辍学早,读书少,爸妈护着没操过多少心。来到婆家以后,受我的影响比较大,她历练得执行力已经很强,公爹跟着她做事,我放心。

2019 年底至 2020 年初,因疫情原因,在家禁足了几个月,周岗就没再去北京。疫情结束后,他和三弟去周口工地包了一点小活,带了几个工友去干活,公爹也跟着去了。公爹年轻时给以前的老板看过工地,在周口十来年,他与周口这座小城很有感情。

6 月份干活结束,三弟和周岗都回来了,说这次的老板是咱太康人,想留下公爹干杂活,跟公爹说得很好听。公爹心动了,便留了下来。

颖儿毕业后,暑假期间就要去海南考特岗教师。7 月份,周岗便和她一起去海南了。我想让周岗在海口落户,以便让小女儿去海南求学。于是周岗便在海口找了个给缴五险一金的厂子上班。

公爹一个人在周口,我们总是不放心,多次打电话催他回家。我又让两个姑姐和儿子劝他,可他总说在周口挺好的,让我们别挂念。

农历七月十五快到了,往年都是我去上坟,坟地里会长一些拉拉秧,刺人很疼。每次上坟,我都是全副武装地拿着镰刀先割拉拉秧。这一年,我在坟地栽了许多艾草,春天的时候又锄了两遍地,艾草长得很茂盛,拉拉秧几乎没了。端午节过后,割了艾草,我又锄了一遍地,拉拉秧基本绝迹了,这些公爹不知道。我就打电话骗公爹说,我的旗袍生意太忙,顾不过来,去割拉拉秧上坟的空儿都没有,让他回来上坟。

公爹回来了,看我忙,把家门口胡同路两边的杂草也给清理得干干净净。他去上了坟,又给我留下 3000 块钱说:"中秋节我不回来了,这钱搁家里你们过节走亲戚用。我在周口挺好的,岗从工地走的时候,给我留有电饭锅,我不想买饭吃,就自己做着吃。你不用挂念我,我吃得很好,三个孩子上学正用钱,我干一点活不好吗?"

"我是担心你岁数大了,万一有个啥病的,跟前没有咱们自己人。"

"没事,我啥病都没有。你看我这几年身体多好,咱庄里俺这一时的人都不如我结实,不碍事的,我干到春节回来就不去了。"

公爹执意要走,我开车把他送到王隆集。等长途大巴时,我在路旁的水果摊上选了一些水果,想让公爹拿走,可他非得让我带回来,还争着替我付钱。他说在周口啥都不缺,我心里酸酸的,这是一个多么让人敬重的父亲形象啊!

记得初入周家时,那时的公爹和现在的他简直判若两人。四十多岁的他晃着摇椅,天天说自己活不长。只要喊他帮着干活,他就撅个嘴使脸子生气,认为他任务完成了,活是给我们干的。

生哲儿的那年夏天,我在兰河南岸种了二分地的麻。立秋时,周岗把麻刈回来了。卸在坑边大槐树下,我和周岗用三轮车带着俩孩子,剥根麻披绑在槐树上留个扣,周岗用斧头把刈好的麻根部砸开,我用绾好的麻披扣袢着剥麻。

麻是越新鲜越好分离,风干了不好剥。我俩紧着剥麻,颖儿自己会玩了,半岁的哲儿就躺在小席上。秋后这一伏真热,孩子背上、脸上热得起了痱子,我抱起孩子心疼得眼泪直掉！可那时的公爹腰里别着扇子,哪儿凉快哪儿去。

天旱坑里没水,剥好的麻披子捆好装上架子车,我和周岗一起拉到兰河,在浅水湾处钉上木桩把麻披子码放好,用河泥压好。

沤了半个月,我和周岗一起去兰河涮麻时,我被瓶渣子扎破了脚心。当时只顾干活,在水里并没觉察到疼。第三天脚心疼痛,一看伤口好像合上了,但周围红肿,去诊所看医生,说是里面发炎了。医生拿出刀片给我割开创面,用过氧化氢和碘伏清洗,回家后想想就心疼自己,两天没去棉花地。如今回忆还能记起那次刮肉般的疼!

那时公爹正值壮年,怎么就不知道我们的孩子小,他去干点好让我多照顾孩子呢?

公爹去周口的第二天,我接到了大姑姐的电话:"卫红,昨晚我给咱大打电话了,他想干点活,就让他干吧。他说昨天是你送他搭的车,上车后他趴在车窗上哭了一大场,说你不容易,可怜你和岗现在难,仨孩子花费大,说你成天东一头西一头地操心多。咱大跟咱奶一样,越老越知道跟恁亲啦! "

如今听着大姑姐暖心的话,遥想当年,眼睛怎会不潮湿呢?

天有不测风云,人有旦夕祸福。农历八月初三那天,后院的二奶奶去世了,我跟堂叔给公爹打电话打不通,想着可能是手机没充电。晚上我再打,仍打不通。我心里不踏实,让周岗给老板打电话,老板说回老家收玉米去了,让公爹在工地看库房。工地放假了,就剩几个粉墙的已经下班了。

八月初四早上,周岗又催老板找人去工地看看公爹,老板便让一个电梯工人去找公爹,发现他正躺在床上,手机被摔坏了,人被打得不能动弹。周岗闻听此言,赶紧给我打电话。周岗在海口刚上班,疫情封控请假难,一旦请假工作就丢了。

我赶紧给在太康工地的三弟打电话,又叫上前院的堂弟,还有村里的一个叔叔开车赶往周口。在周口骨科医院的急救室门口,我们见了公爹,是老板打急救车电话给他送来的,正在拍片。结果出来一看,三处骨折。当时手机被人夺去摔坏,又喊不应人,公爹醒来后就忍痛爬到了床上躺下了,直到第二天被电梯工发现。

我望着还穿着工地服的公爹,他还在宽慰我说不碍事。我的眼泪直打转儿,对打人者恨之入骨,是多么歹毒的人,能对老人下手如此狠重?

到周口次日,我在微信朋友圈发了一段文字,是我当时见到公爹后的心情写照:

庚子年秋,八月初三晨,公爹正在周口运粮河畔二冶工地看库房,在库房门口遇到两个歹人索要钥匙和其他东西,他不肯交,手机被夺去摔坏,还痛遭殴打,致多处骨折。因放假收秋,工地人少,第二天早上才被一位电梯工发现,给老板打电话,报警救治……闻听此信,怒发冲冠! 愤然欲绝! 仰天长叹:

怨天灾之年?

怪多事之秋?

不!

是人祸!

天地有正气,

山岳星河。

人间有正义,

胸怀浩然!

乌云终会散,

正气贯长虹!

黑夜终会亮,

正义不缺席!

须晴日,

当拔剑出鞘,

斩恶邪!

疾风知劲草,

岁寒知松柏!

迎风斗霜苦心志,

兀自凛立,

朝天阙!

我要用法律武器维权!周岗打电话给两个姑姐,她们都从外地赶了回来。儿子在三亚,女儿在海口,都飞回来了,可他们待了两天,开学还得走。

公爹心气儿这么盛,想为这个大家庭发挥余热,却受此大难!望着病床上的他,我心如刀割,化悲愤为力量,第二天我就到公安分局申请伤情鉴定。

大姑姐做得很好,她让姐夫和大外甥也一起回来了。第二天他们陪我一起送公爹去市中心医院和刑科所做各项伤情鉴定检查,忙完这些,他们才走。

伤情鉴定结果出来后,太昊路公安分局的警官来到医院告知我们是轻伤一级。9月28日,刑事立案。

我在医院一边陪护老人一边等待案情进展,分分秒秒都在煎熬着。之前也听说过一线民警不作为的事,不送钱啥都办不成,我愈加担心起来。在周口我举目无亲,没熟人,突然感到前所未有的无奈和无助。担心案情进展不下去,就打电话给警官,还是让耐心等待。我心中猜测种种,多多少少有对他们的不信任和质疑。

医院这边准备给公爹做手术,我联系工地老板要医疗费,电话几乎打爆,也气得心口疼,终于要来了五万块钱手术费。可仅仅脊椎处一处骨折就花了近四万,还有尾椎骨

456

和脚踝处两处骨折得治疗，术后几天就没钱了。

自此后，老板就一分不出，电话也不接。我只能先自费给公爹治疗。俩姑姐既生气又心疼，数落公爹老实，诚心诚意给老板做事，遇到事了，老板的作为却让人心寒。

那几日，周口风雨不断，我站在医院的15楼窗口，凉意又栖上心头：

烟锁小城秋，词难意，韵不成，素笺泼诗愁。

寒雨飘满楼，生当杰，死为雄，此恨煮云头。

我觉得自己仿佛活在无边的黑夜里，恨工头无情无义，恨歹人恶毒！担心办案人和稀泥打太极，我时不时拿起电话，想问问，又怕办案人太烦，就发信息询问案情，警官总是让等待。

案情毫无进展，我在医院里彻夜难眠。我一个乡野村妇无权无钱无关系，听说小城司法混乱，官场腐败全国有名，没人办不成事。但我仍然相信现在是法治社会，是自媒体时代，我时不时地给警官发信息关注案情进展，纠结、忐忑交织着，又想着嫌犯正道遥法外，我们流血又流泪，心里那个恨与痛，涌破肝胆！

10月12日下午，办案警官和两名民警冒雨又一次来到了医院，拿出一张有多人头像的纸，让公爹辨认嫌疑人。此刻我才知道，这背后他们得做很多工作，案情才能到这一步！我对他们热心为民、不畏劳苦的精神充满了敬意，我知道我误解他们了。他们在医院短短十来分钟的时间内，接了两个安排工作的电话。办案是他们的日常，从这个日常的小片段，我感知了他们平日的忙碌和艰辛。国庆和中秋期间，别人阖家团圆时，他们更忙——落实各项安防措施，履职执勤第一线，没有节假日……想到这儿，我仿佛看到这几日来，他们为我们去工地查证取线索的身影。而在这期间，还要应对我在电话中对他们的不满和曲解。他们都不言不语，默默承受着，依然尽职尽责地为民服务。此刻看到办案警官认真工作的态度，我被深深触动了，我发自内心地对他们说了一声谢谢时，其中一位灿然地笑道："应该的！"就这简单的三个字，展露了一个优秀人民警察的本色，"不忘初心、牢记使命"的背后是他们执着坚定的品质！灿烂的笑容和那句"应该的"，是他们对当事人的包容和理解！

他们数日之间洞察秋毫，清晰的证据链已经形成。通过他们的辛勤担当和周密严谨，让我的内心重新定义了"人民警察"这几个字，他们无愧这个称号！办案警官一身正气的形象，在我心中愈加高大起来。多年不握笔的我，此刻只想用我的文字来表达对他们的感谢和敬意！若我们的公安队伍人人如此，我们这个社会将会更加美好和谐！

10月14日，嫌犯被抓捕。在这个阴雨的小城里，是太昊路公安分局办案警官的公正执法驱散了我心头的乌云。随后我买了一支笔，写了一篇《印象周口》——一个人，温暖一座城，发表在中国城市网的融媒体上。

我又试着用手里的这支笔，给市公安局刚上任的张局长写了封感谢信，感谢为我们公正办案的警官,发了邮政快递。几日后,市局办公室的工作人员给我打来了电话,问了情况,我如实作答,办案警官得到了市局的表扬。

和姑姐煎熬着在骨科医院的那些日子,案子走过了侦查阶段,37天后批捕,进入了审查起诉阶段。

公爹老实能干,却遇无情工头老板,这次花费近七万元治疗费。11月23日上午出院后,我们到工地,想找老板结算公爹自4月份以来的工钱,老板不接电话。我发信息告知他,公爹出院了,才算接了电话,但仍不愿见面。电话里得到的结果是,不但公爹没有工钱了,连一同来的几个老乡的工资都算到了公爹头上,说那五万元医疗费就等于预付了公爹和工友的工钱。也就是说,工友的工资得公爹支付,出院回家还欠着债,天理何在!

老实人活着真难!我想到身边许多农民工为了生活苦苦挣扎,有些黑心工头等活干完之后,要么言语粗暴,一句"没钱"就想打发;要么拉黑电话玩失踪,他们肆意践踏着弱者的底线,为什么那么安然?

农民工工资不按时发放,不仅是一个法律问题,更是一个道义问题。农民工做的是最苦的活,拿的是最少的工资。家里老人儿女就指望这血汗钱生存,最后却拿不到。面对这些农民工兄弟,工头良心何在?我越想越气,决定为公爹和工友讨薪!

这段时间,我和姑姐已习惯在医院睡地板。我就带着大姑姐和公爹到了二冶工地项目部,这时候天上飘起了大片的雪花,天公也在为我们鸣不平!

我打12345表达诉求无果,正常讨薪维权之路,走起来漫长又无望,能把人给拖死。我决定留在项目总的办公室,只有留下来,才是讨薪维权的快车道!

我通知那几个工友来算一下各自的工资。11月24日,老父亲因为挂念公爹和我,让三弟和来算账的工友们把他带了来。父亲说担心公爹经不了事儿,胆小害怕,他来给公爹壮胆儿了。

我们买了两张爬爬垫,大姑姐和公爹铺上被褥和衣而卧一张垫子,我和父亲和衣而卧另一张垫子,就睡在项目总的办公室。晚上大姑姐听到我和父亲的交谈,忍不住说:"你和俺大爷净话说,我和咱大咋没话说呢!"

这期间,小班主、大工头,一个个粉墨亮相,你方唱罢我登场,一瞭、二哄、三吓、四唬、五赖,我是见招拆招,他们虚伪狰狞的面目也尽显在项目总的眼皮之下。11月27日,终于在项目总的督管之下得以解决,给我们算清了工钱。那日雪雨后刚放晴,阳光灿烂而温暖,天意不可违啊!

到哪儿都是好人多,这几日父亲看到了项目总工作的几个小片段,对我说:"这个经理年轻有为,做事果断,有学养!"老父亲身体不好却耳聪目明,识人入骨。晚上老父亲看到项目总桌案上的书,是《增广贤文》,他笑了,他一切了然——学识决定一个人的格局和人品高度！

在周口期间，我在网上接了几个旗袍订单，小敏在家里做。公爹出院后的第二天，大姑姐去陕西了，我又开始接单干活。每天一日三餐给公爹做饭，还要来来回回地往周口跑，案子还在审查起诉阶段。

过完年开春后，案子终于走到了川汇区法院。这么小的一个案子，在疫情期间，庭审了三次。犯罪嫌疑人拒不认罪，态度恶劣，庭审现场居然恐吓证人。川汇区的审判法官经验丰富，庭外做了许多工作，把案里案外吃得很透，有敏锐的观察力和清晰的法律思维。庭审过程中，审判法官义正词严，让我感受到了公平正义。

历时一年，我们拿到了一审判决书，后对方又提起上诉，中院驳回了上诉，维持原判，我们终于看到了写在纸面上的公平正义。

法院判决生效后，被执行人逾期不执行生效的判决书，民事赔偿部分执行难，是众所周知的。对违法罪犯予以追责和惩罚，矫正正义，恢复公平，让扭曲的正义得到伸展，这才是司法的真正含义。

道远且长，虽远必达，心之所向，行必能至。前路漫漫等我行！

2021年的春旗袍生意还不错，我们给顾客做了不少，库存面料也很多。夏秋之后不敢再进新的面料，疫情四起，三天两头的封控管理，街上一个人影都没有，工作室暂停营业。

海南那边，诸多事情等我过去，我也计划10月份去海南。又一次收拾行囊，远行是为了让自己的生命去体验更华丽的乐章！也是为了更好地归航。我望着舷窗外渐行渐远的家乡，思潮翻涌。万米蓝天之上，我铺纸提笔写下：

人已走，心难收，耕读数载记春秋，爱恨兰河流。

天碧悠，椰风柔，祥鹏万里驾云头，追梦寄琼州。

兰河记忆

我们仨眼里的妈妈

跋

我们仨眼里的妈妈（三则）

其一

母亲这本书，我亲眼见证了它的诞生。从母亲笔记本上几段细碎的文字，到抖音文案里一篇一篇的故事，再到现在的《兰河记忆》，整个过程并不是那么容易！写一份回忆录并不艰难，难的是创作的人要对自己诚实，每写出一则故事都需要母亲反复回忆当时的情景，在记忆中重历生命中的那些苦难，再变成文字，重现于读者眼前。

在我最初的记忆里，关于母亲的片段很少。很小的时候，爸爸妈妈去北京打工，我和弟弟就在姥姥家生活，后被母亲接去北京，要入学时又回到姥姥家里。我记得姥姥家红色的木门；记得堂屋屋檐上有一排鸽子窝；记得青砖墙上有我和兄弟姐妹们一起刻下的"中国"；记得放学回家时，听到姥爷说母亲给我们写的信时狂喜的心情；记得和母亲打电话时，我颤抖的声音；记得妈妈说的"要好好学习，要听姥姥、姥爷的话"；记得农忙时，我们几个表兄弟姐妹在地里拔草、掰玉米、收麦子的情景；也记得我们闲来无事结伴去河堤一起捡蘑菇、拾树叶，晚上会打着电筒在树上摸金蝉；记得晚上在月光下一边剥玉米，一边听姥爷给我们讲故事、讲道理……

小学二年级时，父亲、母亲才从北京回来把我和弟弟接回家。对母亲的记忆，从那时才深刻起来。我感觉母亲年轻的身体里，好像住着一座火山，有发泄不完的怒火——清晨的厨房里，白天的院子里，晚上的卧室里，她总是发脾气。我不明白，为什么她总是那么生气，那么暴躁，一点就着！那时候我年龄太小，哪知道成年人的世界充满狂风暴雨；长大点才觉得，她真的像一个冲锋的勇士，带着我们全家人蹚过泥泞，又披荆斩棘迎来光明。

正如罗曼·罗兰那句经典名言："世界上只有一种真正的英雄主义，那就是认清生活的真相后依然热爱生活。"我想我的母亲，就是那个真正的"英雄"。生活一路艰辛，而她一直斗志昂扬。在我眼里，她是我们姐弟三个的母亲，是父亲贤惠能干的妻子，是周家的好儿媳,是村里婶子大娘的闺中密友,是外公外婆的好女儿……她从来没有被一个身份困住过,生活充满困苦,但她从未被生活压弯过腰,她会变着戏法给我们做好吃的,干着活也不影响给我们讲她读过的书。

农村事多,邻里乡亲常常来家里找母亲帮忙解决事情,她从来没有嫌烦过,总是热心帮助身边的人。我没有见她怕过什么人或者什么事,好像天塌下来,她也有办法撑住。这时候我才发现,她身体里不是火山,而是有用不完的智慧和力量,让她在并不平坦的人生大道上带着我们勇往直前。

有一次我和弟弟去村里垃圾站倒垃圾,被后院一个近亲大娘拦住为难。这个大娘从前和我们闹过矛盾。本已多年不来往,垃圾站在她家屋后,她嫌脏,嫌离她家近,又不敢找干部说。她看见我和弟弟进站倒垃圾,就大声喊叫,不允许我们把垃圾倒在她家屋后,怕导致她家墙体受潮。我一听明白她是看我俩是小孩,找事撒气呢!弟弟一边叫着大娘,一边解释他把垃圾倒在离墙根很远的地方了,可那位大娘根本不听弟弟解释。一时间她大声吵嚷起来,并叫出她丈夫和儿子。他儿子又高又壮,刚出来就一脸凶相地喊着,是谁欺负了他母亲!我和弟弟一直在学校读书,哪经历过这样的阵势。弟弟还在耐心地跟他们讲道理,我心里明白讲道理没用,气哭了,他们不过是欺负我和弟弟年龄小,未经人事。这时候去村北地里的母亲刚好回来看到这一幕,她走过来没有跟他们据理力争,了解完事情经过后,就掏出手机给乡里负责人打电话,说村民把垃圾都堆放在人家屋后,天长日久真会导致人家墙体受潮。虽然是公共用地,这个垃圾站设置点也确实不合适,容易引起村民矛盾纠纷,抽空把垃圾站换个地方吧!母亲打完电话,就笑着拍着那位大娘的肩头说了她几句:"嫂子啊,这点事儿你就堵心了,亏你是个长辈,还是孩子大娘呢!跟小孩子吵架不怕人家笑话,好在我家孩子上学懂事了,不跟你吵,要是跟你对吵,谁更难堪?垃圾站有问题你找干部,不应该拿孩子出气!"

"平常这俩孩子不叫大娘不说话,今儿我一说,他们很是能说会道啊!"那个大娘顺嘴夸了我俩,也给自己找台阶下。

母亲继续说她:"你解决问题思路不清,要找到问题的根本,你认错方向找错了人,今儿这事要是换别人,还不得干架啊!"这个时候他们一家人早不吭声了,一场风波偃旗息鼓,就这样被母亲三言两语化解了。

回家的路上,我惊诧于母亲处理这件事的方式。农村发生这样的事情,大都以争吵开始,甚至会升级以武力解决,最后惊动干部调停结束。而母亲没有和他们争执,打一个电话就解决了事情。明明以前大娘一家总是仗势欺人为难我们家,两家从近亲关系到互相见面不说话,中间不知闹了多少不愉快!母亲不计前嫌,也没有护短,打一个电话从对方的利益出发,干脆利落地帮他们解决了问题和麻烦!

母亲大概知道我们心里的困惑,回家后她说,有些人你跟他们讲道理是没有用的,与其把时间浪费在和他们争吵不休上，不如换个思路解决问题。垃圾站存放位置确实不对，放在谁家屋后都不合适，迟早都是要解决的，那就趁着这个机会解决它。

我由衷地为我有这样的母亲感到自豪，她有青山一样的胸怀，总能用她的智慧化解生活中的每一道难题。

母亲忠于自己，忠于生活，她的时间总是充实而有意义。忙时辛勤劳作，闲时种花、读书、写字。对身边的人她一视同仁，哪怕是路边的乞丐她都真心相待。妈妈的朋友很多，谈笑有鸿儒，往来有白丁。对我们姐弟三个，她不苛求我们要成为什么样的人，而是言传身教地影响我们，让我们真诚待人，认真做事，热爱这个世界；对家人，她上孝长辈，下护晚辈；对她的丈夫——我的爸爸，她不离不弃，就如她面对人生的态度一样，当生活中的难题接踵而来时，她从不逃避，知命不惧，日日自新，正如鲁迅先生所说"如同萤火一般，也可以在黑暗中发一点光"，没有炬火，她就做那唯一的光！

谨以此文作为这本书的跋。如果您有幸读到我母亲的文字，透过文字窥见她平静、悲怆又热血的人生，愿她的文字和经历能给您带来力量，愿我们都能做生活中的勇士，一往无前！

老大子颖

2023 年 7 月 10 日于海口

其二

6 月底的一天，妈妈像往常一样给我打了一个电话，说她把这一年来写的回忆随笔整理成了书稿，准备出本书，想让我和姐妹给她写个跋。虽然我文笔不好，但妈妈说了，我得接受。

在我最初的记忆里，一开始是没有爸爸妈妈的影子的，我幼时的记忆是从两间砖瓦房、从曾祖母和爷爷开始的。他们对我说，爸爸妈妈在北京打工。当时家里还没通电话，我就记得胡同口的四老爷（方言，论辈分是曾祖辈）每隔几天会在小卖部里喊我们，去接爸爸妈妈从北京打来的电话。

那个时候我特别调皮，身上天天都是新伤，每天爬高上低一会儿也待不住。一直到4 岁那年夏天，曾祖母和爷爷还有小姑下地割麦子，把我和姐姐反锁在院子里，家里没大人，我和我姐喝完汽水之后没事干，我就怂恿姐姐从土院墙的那扇破门洞里爬出去，一起去田地里点火,结果烧伤了胳膊。还记得那时,5岁多的姐姐哭着跑去地里找爷爷,我当时皮实,忍痛不哭,爷爷知道后赶忙抱着我去最近的诊所里面看伤。

之后打电话给妈妈,她知道我烧伤了,让爸爸回来接我和姐姐去北京。那是我记忆里第一次去北京,那时的妈妈脾气还很好,没有那么大火气。记忆里的那个孜然肉片很好吃,后来稍大些,再吃时便寻不到小时候的味道了。闲暇时候,爸爸妈妈带我和姐姐去各种地方游玩,因为当时年纪小,很多地方去了也没记住。

转眼就入秋回家了,曾祖母和爷爷送我和姐姐在附近的小学读书。上了几天学后,二舅来家里和爷爷商量,要把我和姐姐接到姥姥家去上学。后来才知道,是因为我烧伤的事,妈妈担心曾祖母和爷爷年纪大了,看不住我和姐姐,怕再出点儿什么事。

待在姥姥家期间,我们上完学前班和一年级。一年级暑假我们去了北京,到该升二年级时,妈妈带着我和姐姐回来了,从那以后,一直到我们上大学,妈妈就再也没离开过家。

妈妈大概是觉得自己上学时走了岔路,所以很重视我和姐姐的教育。回家之后,妈妈给我们买了很多书,人文历史、寓言故事等各种类别的都有。当时那个年代,农村里的孩子接触外界信息的方式就是看电视和看书。我小时候电视看得并不多,大多时间用来看一些课外书,上下五千年、成语故事、名人传记等诸如此类的一些书籍。小时候特别喜欢看历史故事,只是当时觉得有意思,后来慢慢长大了才明白"纸上得来终觉浅,绝知此事要躬行"这句话的含义。

而彼时的妈妈一直对我和姐姐苛刻严厉,我小时候觉得很不理解,为什么我要比别人多学好多东西?为什么别的小孩子能出去玩我却不能玩?所以小时候的我经常蹦着跟妈妈吵架。不只是对我们,妈妈对爸爸也是很苛刻,小时候的记忆,家里几乎每天都有争吵,我觉得很烦,有时候不想去理会这些事。只记得很多次争吵完妈妈都要哭,我觉得哭的人应该是最委屈的那个吧!有时候我就站在妈妈身边,尽管不知道能表达些什么。当时的我始终觉得,家里的争吵很多时候都是妈妈的错,因为她每次都想把事情做到完美无缺,似乎过分苛责家里人了。

有句话说,家是最小的国,国是最大的家。现在回头看去,妈妈面对当时我们的家很像张居正变法时所面临的摇摇欲坠的明王朝。爷爷和曾祖母都是因循守旧的老顽固,就连爸爸也是,就如同张居正在改革变法期间所遇到的保守派一样。妈妈和张居正都是变法者,只是变法革新的结果不同。张居正在世期间的变法面临各种阻碍,虽然能强势扫平,然而当时的明王朝早已积重难返,最终在其离世后被毁于一旦;而妈妈是成功的,在不断的争吵中战胜了曾祖母和爷爷,还有爸爸这样的保守派,在她的带领下,家里的生活也变得越来越好。

曾经看到过一句话:"我们这一生的所见所闻,不过是在温习了一下中国的成语。"

小时候读过很多书,总觉得自己明白了很多道理,但是小时候的明白只是流于道理的表面。在经历一些事之后回头看,才懂得很多道理我们不亲身体会,根本不会真正明白。所以小孩子才无法理解父母的行为,因为以小孩子的阅历,即便熟知了那些道理,也不懂得如何去运用,只会不理解为什么父母一直要让自己去做自己不喜欢的事。

所以当时妈妈在家中"变法"的同时,也对我和姐姐严厉苛责,是我所不能理解的。以至于慢慢长大以后,在我跟妈妈之间,时常爆发冲突。忘记了从何时起,才突然明白了——好像天下所有的父母,都在以自己认为对孩子最好的方式去教育孩子,认为自己把最好的东西都给了孩子,孩子却还不能理解自己。他们却从未想过,他们想让孩子站在自己的角度理解自己的同时,却时常忘记了,自己从未站在孩子的角度去考虑孩子的想法。孩子真正想要的也许并不是父母认为的那些最好的东西,他们所想要的父母从来不了解,只是觉得小孩子一味地不听话胡闹,然后进行严厉地指责和批评。

也希望正在教育孩子的家长朋友们,读完这本书能够思考一下:如果自己在孩子同样的阅历和年纪,能不能接受自己现在教育孩子的方式? 换位思考不仅仅需要孩子体谅父母,父母也应该换位思考理解一下孩子的想法。金无足赤,人无完人,虽然我的妈妈并不完美,但是她和爸爸已经将他们所能给的全部的爱给了我们仨。后来随着年龄的增长,我和妈妈谈到过这个问题,妈妈在写回忆随笔的同时,也加入了自己的一部分反思,希望看完此书的家长朋友们,能够有所触动。

谨以此篇为妈妈的这本书做跋,也同时祝福阅读此书的读者朋友们,能在书中收获到不一样的人生感悟。

老二培哲
2023 年 7 月 8 日于海口

其三

小时候记忆中的父母很忙碌,尤其是妈妈。做水磨石的时候,这种忙碌就体现在了妈妈身上,爸爸主要干体力活,而妈妈不仅要干体力活,还要应对别人提出来的各种问题。有人拖账赖账时,是妈妈凭借她的智慧要回了欠款。我一直很佩服妈妈,但不妨碍我有时候也"恨"她。

从小学三年级起,妈妈就开始培养我的才艺。她每年花很多钱让我学习钢琴和口才,当时觉得花了这么多钱,也不能浪费,于是我用心学了一年多。但是在妈妈日复一日地催促中，我渐渐厌烦了。记得有一次妈妈催促得实在太狠了，我直接跟她吵了一架。当时的我不理解她为什么要过于压榨我的时间，弹完琴就要学习，学习完又要弹琴！现在才明白，那是一颗怎样伟大的爱子之心！因为她自己经历过曲折和苦难，所以希望我能出人头地，远离她所经历的！

我是家里最小的孩子，哥哥姐姐都大我很多。妈妈常说，我从出生起就被爱包围着。也是，爸爸对我更是宠爱有加。幼时家里有一辆摩托车，爸爸经常骑着它带我出去玩，而我常常想的是，妈妈怎么不陪我玩？有时候去找妈妈，妈妈总是在忙，她常常因对爸爸不满意而迁怒于我。对我的要求她也表现出不耐烦的样子，我就想，妈妈为什么火气这么大？那时只知道怨妈妈凶我，不会想到，妈妈在忍受着怎样的焦虑——被拖欠的账要不回来，爷爷和爸爸工作马虎，担心姐姐哥哥的学业荒废……这一头那一头，都在她心里放不下！

妈妈这辈子备受艰辛，走过的路曲折坎坷，初中毕业后便没再继续上学，帮助姥爷干农活的同时，从来没有放弃过学习。从去北京卖菜，到回老家干水磨石，又做旗袍，无一日不起早。如今来到海南打工，妈妈又熬夜，记录回忆整理成书稿。这是她的人生经历，她是完稿时告诉我的，我得知后想了很多。

回望妈妈所走的路，看似像一只无头苍蝇没有目标，其实妈妈做的每件事都经历过了深思熟虑——综合我们家的现实条件，考虑到老老少少、方方面面才定夺的。在外人看来，妈妈精力无限，但是我却知道，妈妈常在夜晚崩溃大哭。妈妈偏头疼好多年了，她头部受风或是生气时会发作，我见过妈妈曾在床上因头疼而呕吐得死去活来，眼泪不值钱地往下掉！直到现在，妈妈受点凉气头还是会痛。

我知道到海南后，妈妈身上所肩负的责任依旧很沉重，这边消费高，但她没有怨言。我明白她让我来这边，是想让我见更多优秀的人，走更远的路，想要我们仨远离那些底层的险恶人心。妈妈不想让我们走她走过的弯路，以至于有时候拔苗助长，用错了教育方式。当时不理解，会觉得她很严厉，但事实上，妈妈永远是刀子嘴豆腐心。

我敬重妈妈！也会一直爱她！

老三培一

2023 年 7 月 12 日于海口

后 记

　　《兰河记忆》快要进入印刷阶段了，我再一次逐字逐句校对，很感谢责编张茜老师完全保留了我的原稿，可以让读者更切实地把准我的脉搏，在文字里倾听我内心喷薄跳动的声音！

　　这本书的动笔时间是 2022 年 3 月，到 2023 年 3 月完稿。当时在三亚的二弟家，我住在顶层的阁楼里，面朝大海，春暖花开。我帮着二弟做饭、带孩子，年迈的双亲也在。每天晚饭后的时间很清闲，我就捋一捋思路，瞒着家人偷偷开始创作。当父亲的学生在抖音上刷到我写的有关父亲的文章时，他们打电话联系了我，要求与父亲通话。父亲这才知道抖音这个自媒体平台，他很高兴，不禁感叹网络功能的强大。这时候我已完成了十多万字，便向父亲说明了我在写书稿，父亲听完我的想法后，很是支持我。

　　很感谢二弟提供给我一个这么安静的住处，有了这一方小小的天地，我可以保持自由，让心灵井然有序。一个人退到任何地方都不如退守自己的心灵更为宁静！回首有关故乡的那些岁月，虽远隔时空，但此时的心更容易沉入其中，让万语千言汇于笔端。我用了一年时间完成了四十万字的初稿，并实名在抖音 APP 上每日连载分享。我没有虚构、没列写作大纲，仅以时间为轴，在记忆的长河里打捞往事。我在脑海里构建了一个思维导图，虽然没有专业作家的文字功底和艺术手法，但那些真实的故事在笔端一一流淌而出，文思如悠悠的兰河之水，是一气呵成的！

　　出版这本书，有朋友建议我找名人题跋，我笑而不答。我定稿时通知孩子们给我写《跋》，他们是我一手带大的，也就写出了眼里最真实的妈妈。对孩子们的文字，我没有作任何改动。我不认识名人，也就没有谁站台，没有业内人士吹捧和肯定，也无需包装，仅靠一颗真心，写好自己的故事！我的文字和我一样，一袭粗布棉麻，无需丝绸缎带去捆扎！她从田野走来，自带泥土的芬芳，在晨光下摇闪点点露华！

　　我的抖友们以 60 后、70 后、80 后居多，每天会有许多私信和留言，分享跟读我文章的感受。他们谈在生活和工作中遇到困惑和迷茫时，能在我的文章里找到方向，继而有勇气去面对一切；谈当遇事想不开时，看看我的文章，便能与自己和解，解开缠绕在心头的结。我的文章能帮到大家,这使我非常高兴。一本好书,一定是生活的教科书;一本好书,一定能给不同的人带来不同的思考。抖友们对我文章里那些在生命的漩涡中、在奋力拼搏中冲破黑暗的句子能信手拈来,跟读的认真和热情深深打动了我。他们的评论就是照在我心头的一束暖阳,让我的内心蓄满能量。是屏幕前他们的催更给了我无穷的创作力量,让我在烈烈风中,不惧黑夜漫长,让我的生命之花得以傲然开放!

写书的过程中,我与大姑姐通了电话,当提到我在写婚后那两三年的经历时可能会提及几件往事,会冒犯到家人们时,她说:写呗,都过去了,都是事实!

人生路,只要是往上走的都难,想要变得优秀,得走上坡路,当然难!我嫁入周家,是两个不同频的家庭长大的人结合了,不和谐是必然的。对他们来说,我就是个异类,我打破了他们躺平的舒适圈。咸鱼躺得好好的,硬是要折腾着给他们翻身,我的到来让他们感到有压力,感到难受。他们习惯固守困顿,他们宁愿像寒号鸟一样在风中瑟瑟发抖,也不愿动弹,即便是我带头干,他们也嫌烦!孩子小不理解,又受周围人的影响,也觉得我对他们要求严格,在这种教育环境中越发叛逆。累到撑不住的时候,我真的想过落荒而逃!

终究还是舍不得自己身上掉下的肉啊!周遭越是这样,我越是想把孩子带出泥潭,拼了命地努力想推他们上岸,想让他们走出小村,脱离我曾经历的一切苦难。低能量的人有一个共同的特性,不希望看到别人的好,所以当你比别人出色一点的时候,他们会拼了命地换着各种方法拉你进他们低频的圈子里。我想让孩子们脱离低能量的圈子,因为高频的圈子是人捧人的,是懂得相互成就的!

我思考着怎样弱化书中人物的负面形象,怎样才能减小对人物本人的影响,还得考虑成书后的文学价值,不得不从日常小事中去刻画人物,让人物鲜活丰满,可是拎哪件事儿都觉得不堪,拎哪件事儿都怕家人们看见后受伤害,虽然那些事儿都真实地发生过,虽然那些事儿曾经刺得我遍体鳞伤,但毕竟都过去了!

生活的不幸者往往成为文学的幸运儿。当生活虐你千遍之后才会把文学馈赠给你。文学是生活历经风霜后才会成熟的果实,无数个日夜的意难平,才有了笔下千言万语的呐喊!

踌躇纠结了几天,在开始写第五章"婚后的一地鸡毛"时,未提笔已是泪先流。我把房门紧闭,任涕泪横流,哭湿了一垃圾篓的纸巾……那些年那些事儿像电影镜头一样在我脑海里一幕幕地呈现,前行的路上一步一个坎儿,我就像那头落入枯井的驴子,时不时地被人扔下土去掩埋一下,我一次又一次地抖落泥土摇晃着站起来,想到孩子,我心里有爱,想到亲友,我眼里有光,埋葬我的每一锹泥土都成了我爬向光明和自由的垫脚石!

出版社审稿到最后阶段,我把书稿发给了爱人和姑姐妹们,把书稿内容跟公爹讲述了一遍，找到了奶奶的娘家人，征得他们的同意后，我决定将书稿全本出版发行。

在此，很感谢家人们对我的理解和支持！奶奶、公爹、爱人和她们，都是我到周家后朝夕相处的家人，在我的笔下是无法绕开的。人的一生都在成长和修行，他们曾经的无知与蒙昧，被我写出来，总觉得不恭敬、不厚道，我是很不愿意翻旧账的，可是从整书构架和文学的立意去考虑，绕过去是断章。在此也特别向他们致歉！许多时候，我也常懊悔年轻时的肤浅，处事不冷静不淡定，不会找方法和他们沟通。等有一天我们都老了，大约也都会像反刍的老牛一样，把大脑中的那些深刻记忆和往事，一遍遍地品尝，回味着其中的酸甜苦辣。到那时，曾经的一切都已过去，咀嚼岁月也只剩下亲情和风轻云淡。

非常感谢河大文学院的吴效群教授为我作序，书稿完成后，他帮我联系了河大出版社，总编鱼儿老师百忙中为我审稿报选题，因散文类别不符合选题要求，鱼儿老师又帮我找了湖北的池的老师，联系了团结出版社。在此期间，我县作协主席霍颖老师，还有在京工作的飞鸟老师都曾真诚地帮我联系过出版人、出版社。还有广大抖友也都利用自己的人脉和能力为我努力着。有了大家的帮助，这本书才得以面见读者。由于作者水平有限，错漏之处在所难免，在此也敬请广大读者批评指正。

每天分享一千字的文章满足不了粉丝们的跟读要求，抖友们急切地催我出书。在此，我要提到几位粉丝朋友：有山东单县的魏然民，还有河北衡水的刘震岭、太康刘勇等几位群管老师，无论多忙都在群里帮我操心。我除了会写一点文章外，别的啥也不懂，他们教我建粉丝群，帮我管理，我想不到的，他们都帮我想到了。还担心我家有老有小，孩子多，花费大，提出以预订的方式减小我的出书压力，他们有想法就行动，自发自愿地又在微信里建起预订群。

还要特别感谢河南省新密市的静笃老师、河南省商丘市的王青华、河南省开封市的刘志勇、陕西的王战林、河南省平顶山的孙明惠、河南省确山的刘侠等抖友们的资助，感谢关注此书出版进度的家乡所有的领导们。人间有爱，世界有光！谢谢你们！